KB021507

저항의 미학2

Die Ästhetik des Widerstands 2
Peter Weiss

First Published by Suhrkamp Verlag, Germany in 1978

대산세계문학총서 134

저항의 미학 2

Die Ästhetik des Widerstands

페터 바이스 지음 — 남덕현 옮김

문학과지성사
2016

대산세계문학총서 134_소설

저항의 미학2

지은이 페터 바이스
옮긴이 남덕현
펴낸이 주일우
펴낸곳 ㈜문학과지성사
등록번호 제1993-000098호
주소 121-894 서울 마포구 잔다리로7길 18(서교동 377-20)
전화 02) 338-7224
팩스 02) 323-4180(편집) 02) 338-7221(영업)
전자우편 moonji@moonji.com
홈페이지 www.moonji.com

제1판 제1쇄 2016년 3월 15일

ISBN 978-89-320-2845-3
ISBN 978-89-320-2843-9 (전 3권)
ISBN 978-89-320-1246-9 (세트)

이 책은 대산문화재단의 외국문학 번역지원사업을 통해 발간되었습니다.
대산문화재단은 大山 愼鏞虎 선생의 뜻에 따라 교보생명의 출연으로 창립되어
우리 문학의 창달과 세계화를 위해 다양한 공익문화사업을 펼치고 있습니다.

차례

주요 등장인물

나 국제여단이 해체된 후 주인공은 파리를 거쳐 스웨덴에 정착한다. 공산당의 지하활동과 더불어 브레히트의 집단창작 활동에 참여하면서 작가로서의 수업을 쌓는다.

제리코 낭만주의 회화의 창시자로, 프랑스 혁명기의 사회적 모순과 갈등을 온몸으로 체화하며, 「메두사 호의 뗏목」을 그려낸다.

뮌첸베르크 시골 출신의 말더듬이 잔심부름꾼에서 대중선동가로 성장한 인물로, 나치에 대항하여 공산당의 선전 및 문화예술 활동을 주도한다. 당 지도부와의 갈등으로 당에서 제명된 후 의문에 싸인 죽음에 이른다.

비쇼프 독일 공산당 지하운동가로 스웨덴에서 수감 생활을 한다. 성녀와 같은 자세로 지하활동 임무를 수행해간다.

브레히트 작가이며 '서사극'이론의 창시자로 망명지 스웨덴에서 집단창작 활동을 이끌어간다. 전 세계적 명성을 얻은 이면에, 이기적이고 유약한 모습을 보인다.

엥엘브레크트 중세 스웨덴의 민중봉기 지도자로 오늘날 스웨덴의 국민영웅으로 추앙받는다. 귀족 출신 기사들을 신뢰하여 중책을 맡겼으나 결국 그들의 음모에 의해 타살된다.

로스너 오스트리아 출신 언론인으로, 1939년 9월부터 1944년 12월까지 스웨덴의 좁은 비밀 아지트에 혼자 기거하면서 코민테른 기관지를 발행한다. 주인공이 그의 전령 역할을 수행한다.

일러두기

1. 이 책은 Peter Weiss의 *Die Ästhetik des Widerstands2*(Frankfurt am Main: Suhrkamp Verlag, 1986)를 우리말로 옮긴 것이다.
2. 본문의 주는 모두 옮긴이의 것이다.

1부

내 머리 위에는 흑단목으로 조각한 털보 난쟁이 형상이 두 손에 촛대를 쥐고 있는 모습의 샹들리에가 걸려 있었다. 긴 소파와 두툼한 쿠션을 넣은 안락의자, 그리고 대리석판을 얹거나 상감무늬로 치장된 탁자들이 거울처럼 반들거리는 널마루 바닥에 비쳤다. 문직 비단으로 뒤덮인 사방 벽에는, 바다나 자연 풍경을 그린 어두운 색조의 그림들이 육중한 황금빛 액자에 담겨 걸려 있었다. 벽난로의 전면 구조물은 마치 제단처럼 솟아 있었으며, 벽 중간에는 중국산 공예품들로 빼곡히 장식된 난간 구조의 전시 공간이 홀을 에워싸고 있었다. 고딕양식으로 3등분된 창문의 아래쪽에는 이 갤러리로 오르는 회전 계단이 있었다. 사람들은 소파 위에 눕거나 긴 안락의자에 쪼그려 앉아 잠들어 있었다. 등받이와 팔걸이에는 해진 옷가지들이 내던져져 있었다. 담요에서는 맨발 하나가 삐져나와 있었고, 퉁퉁 부은 손 하나가 꾀죄죄한 장화 쪽으로 늘어져 있었다. 마치 우리로 하여금 우리가 하고자 하는 모든 일을 규정짓는 적대적 대립성을 기억하도록, 오로지 그 목적을 위해 만들어진 것처럼 보이는 강당 한 곳에 우리는 진을 치고 있었다. 하지만 이번에 우리가 이곳에 온 이유는, 한동안 권세를 잃었던 한 금융 귀족의 화려한 건축물을 징발해서 우리가 목적한 바대로 사용하기 위해서가 아니라, 우리들 각자가 갈 길을 찾아 떠나기 전까지 집주인이 우리에게 며칠 동안의 잠자리를 제공해주었기 때문이다. 무너져가는 스페인공화국을 빠져나온 우리는 저녁 무렵 파리에 도착해서 카시미르 페리예 가에 있는 세르클 드 나시옹 도서관을 숙소로 삼았다. 제2제정 시대에 에스투르멜 후작을 위해 지은 이 궁전의 현 소유자인 스웨덴의 은행가 아시베리[1]가 세계평화운동기구와 독일인민전선[2] 창립준비위원회에게 숙소로 쓰도록 내주었던 것이다. 나는 무척 피곤했지만 잠이 오지 않았기 때문에 서가로 가서 눈에 띄는 책 한 권을 집어 들어 읽었다. 분명히 파국을 향해 치닫는 과정을 기술한 내용인데, 누렇게 바랜 그 책의 문장 하나하나는 더할 나위 없이 마음을 진정시켰다. 그건 마치, 이 글에 묘사된 오래전에 끝난 사건을 대면함으로써 내 모든 내면의 상처들이 위안을 얻는 것과 같았다. 1816년 6월 17일 아침 7시, 세네갈로 항해하라는 명령을 받은 함대는 뒤 쇼마레 함장의 지휘 아래, 바람이 적당하게 부는 가운데 엑스 섬의 정박장을 출항했다. 바로 그 프랑스 함대가 출항하기 4백 년 전, 베네치아 출신인 카다모스토가 포르투갈 정부의 위임을 받아 세네갈 강을 거슬러 오르는 항

---

1) Olof Aschberg(1877~1960): 스웨덴의 은행가. 얄마르 브란팅과 함께 스웨덴의 첫번째 노조은행을 설립했으며, 소련과의 협력을 위해 설립한 '러시아 무역은행'의 회장을 역임했다. 빌리 뮌첸베르크와 친분이 두터웠으며, 1935년 파리의 카시미르 페리예 광장에 면한 그의 저택에 일종의 정치적 · 문화적 살롱 역할을 하는 세르클 드 나시옹Cercle des Nations을 창설했다.

2) 인민전선Volksfront: 1930년대 후반 파시즘과 전쟁 위기에 처해 결성된 광범위한 반파시즘 계급 간 연합전선. '통일전선Einheitsfront'이 주로 사민당과 공산당의 연합을 일컫는데 비해, '인민전선'은 중산층 시민계급 또한 포괄한다.

해를 한 끝에 포르투갈 사람들이 해변에 공장을 지었으며, 그 뒤 네덜란드인들이 포르투갈 사람들을 내몰고 그 자리를 차지했고, 네덜란드인은 다시 프랑스인들에게 쫓겨났다. 프랑스인들은 삼각주 지역에 생루이를 건설하고 그곳을 노예무역의 중심지로 삼았다. 그때부터 블랑 봉과 감비아 강 사이에 있는 식민거주지들은, 1815년 파리조약에 의해 프랑스로 넘겨질 때까지 프랑스와 영국이 번갈아가며 지배했다. 오랜 전쟁에서 프랑스가 패배하고 나폴레옹이 세인트헬레나 섬으로 귀양 간 뒤, 자신들이 요구했던 거의 모든 식민지를 얻은 영국으로서는, 루이 18세의 즉위를 기해 아프리카 가장 서쪽의 건조한 스텝 지역과 대부분 사막에 가까운 반도 형태의 땅을 프랑스에 양보할 만큼 여유가 있었다. 희망봉에서부터 남부의 천연자원들을 개발해나가는 데다, 감비아와 배서스트[3] 항구의 비옥한 해안을 소유하고 있던 영국은, 그 밖에도 프랑스인들과 공동으로 고무 무역 거래를 하는 한편, 독자적인 요새와 환적장을 통해 이를 관할할 수 있는 권리를 가지고 있었다. 비스카야 만을 가로질러 항해 중인 기함 메두사 호에는 프랑스의 새로운 식민지 업무를 담당할 총독과 여타의 관리들, 두서너 명의 기술자, 측량사와 이주민들, 그리고 병원에 근무할 다섯 명의 의사와 두 명의 약제사, 주둔지에 배정된, 각기 여든네 명으로 구성된 3개 중대 소속의 장교와 해군 병사들, 네 명의 창고 관리인, 여섯 명의 서기, 두 명의 주임서기, 그리고 여덟 명의 아이들을 포함한 서른한 명의 하인들이 타고 있었다. 해양부에서 모두 365명의 인원이 세네갈로 파송되었는데, 이들 중 약 240명은 바로 그 전함에 승선했고, 나머지 사람들은 각기 중형 전함 에코 호와 대형 범선 루아르 호,

---

3) Bathurst: 감비아 강 하구의 항구도시 반줄의 옛 이름.

그리고 소형 범선 아르고스 호에 나누어 탔다. 유럽이 아프리카 대륙에 점점 더 많은 관심을 기울이고, 정복 지역을 분할하면서 또 다른 분쟁이 빚어질 수 있다는 점을 고려해볼 때 이것은 적은 숫자에 불과했다. 어설프게 즉흥적으로 진행된 이 원정 사업은 프랑스가 처한 상황과도 같았다. 당시 프랑스는 영국 은행에 전쟁배상금을 지불해야 하는 부담을 안고 있었으며, 이와 동시에 혁명이 다시 발호할 것을 걱정한 영국과 다른 연합국 측에 의해 표면적인 안정 상태를 이루고 있었다. 20년 동안의 망명에서 돌아온 왕은 자신이 총애하는 인물들을 고위직에 앉혔으며, 망명지에서 귀환한 귀족들은 경험이 없으면서도 또다시 영향력과 재산을 소유하려는 욕망에 사로잡혀 있었다. 관리들은 왕궁에 이익을 가져오라는 명령보다 자신들의 개인적인 부를 축적할 가능성을 더 생각하면서, 이전에 포르투갈인들이 세네갈 강 상류에서 찾아낸 금맥을 다시 발견하기를 기대했다. 장교들 역시 밀림에서 정찰하면서 상아나 동물의 가죽, 모피 따위를 팔아 수입을 챙기겠다고 다짐했으며, 연대의 병사들은 베르베르 종족을 토벌하면서 어쩌면 기분전환거리를 얻을 수도 있으리라는 기대에 부풀어 있었다. 이런 것들을 제외한다면, 소규모의 행정적인 차원에서 행해지는 이 모든 일은, 승리나 비극이 될 만한 것도 없는, 그저 평온한 활동에 지나지 않는 것처럼 보였다. 그러나 1817년 11월 메두사 호의 침몰을 다룬 이제 막 출간된 책에 몰두했던 한 독자는, 이를 통해 자신이 살고 있는 시대가 어떻게 전개되고 있는지 보았다. 그는 속 좁은 생각과 이기심, 그리고 탐욕으로부터 촌스러운 성향을 띤 하나의 제국이 번성해가는 것을 보았으며, 이득에 눈먼 사람들과 그 희생자들을 보았다. 좌초된 배에서 떨어져 나와 뗏목에 방치된 사람들의 고통은 그를 비롯한 많은 사람에게 충격을 주었다. 내가 1938년 9월 20일에서 21일로 넘어가는 밤에, 그 당시 독일어로 출간된 번역본으로 읽었던 바로 그 책의 원본, 즉 두 명의 생존자인 사비니와 코레아르가 쓴 그 책[4]은 마침내 그 한 독자로 하여금 수많은 장면들을 떠올리게 했다. 이 장면들은 일 년 동안의 습작 기간을 거친 뒤 한 곳에 모아져, 그의 거대한 그림으로 재탄생했다. 자신의 분노를 표현할 방법을 찾는 과정에서 그 화가가 겪었던 단계들이 내게는 분명해졌다. 화창한 날씨에 북동풍이 약하게 부는 가운데 피니스테르 곶을 휘돌아 간 직후, 작은 사고가 그 항해에 불운의 전조를 드리웠다. 사람들이 쥐돌고래들이 뛰노는 모습을 구경하느라 전함의 후미 갑판에 모였을 때, 배에서 일하는 한 어린 사내아이가 배에서 떨어졌다고 큰 소리로 떠드는 소리가 들려왔다. 그 아이는 늘어뜨린 밧줄에 한동안 매달려 있다가 배의 빠른 속력 때문에 떨어져 나갔다고 했다. 원정에 참가한 사람들을 하나하나 꼽아가는 데서 이미 저자들은 자신들이 얼마나 정확한 사실을 묘사하고자 하는지 잘 보여주었다. 이러한 열정으로 그들은, 이제 불행을 당한 소년에 대해서는 더 이상 묘사할 것이 없게 되자, 바다에 던져진 구조용 원통을 묘사했다. 제리코[5]가 그린 이 원통은, 지름 1미터 크기로 코르크 조각들을 짜 맞추어 만든 것인데, 깃발을 단 작은 장대가 꽂혀 있으며, 밧줄로 고정되어 있다. 이 원통의 텅 빈 모습과 주변 수면의 공허한 모습은 곧 다가오게 될 상실감을 암시하고 있었다. 열흘이 지난 뒤 도착한 마데이라는, 항구 도시 푼샬의 모

---

4) 페터 바이스가 집필 당시 참조한 이 책의 원 제목은 『1816년 세네갈 원정대의 일부를 이룬 메두사 호의 조난과 범선의 완벽한 관계. 지리기술자 A. 코레아르 씨와 마린/당글라 드 프라비엘의 외과 의사이며 세네갈/아드레의 폴 C. L. 알렉상드르 부대의 장교였던 H. 사비니 씨가 글로 쓴 증언. 배의 깃발, 조난의 모든 생존자』(파리: 보노 출판사, 1968)이다.

5) Jean Louis Andre Théodore Géricault(1791~1824): 프랑스의 화가. 낭만주의 회화 창시자의 한 사람으로, 대표작으로는 「메두사 호의 뗏목」(1819)이 있다.

습과 함께, 마치 채색된 동판화처럼 독자들의 눈앞에 펼쳐졌다. 대추야자나무와 등자나무, 그리고 레몬나무로 이루어진 숲과 꽃이 만발한 정원이 펼쳐진 가운데 농가가 자리 잡고 있었으며, 포도밭 언덕의 가장자리는 월계수와 야생 무화과나무로 수놓여 있었다. 다음 날 아침에는 셀바겐 군도의 섬들을 볼 수 있었으며, 해 질 무렵 테네리파 섬에서 펼쳐지는 장관에 마음을 사로잡힌 글쓴이들은, 정상에 마치 불의 화환을 두른 듯한 피코드타이드 산의 장엄한 모습을 묘사하면서, 또한 그 산의 정확한 높이와 경위도상의 위치를 기술하기도 했다. 산크리스토발 요새를 지나 산타쿠르즈 만으로 입항할 때, 저자들은 넬슨 제독이 한 팔을 잃은 오랜 전투 끝에, 수적으로 열세였던 프랑스인들이 영국 함대를 상대로 거둔 승리에 대해 언급하는 것을 잊지 않았다. 함대는 항구에 정박했고, 선원들이 여러 보트에 나눠 타고 포도주와 과일, 그리고 섬에서 화산토로 제조된, 절구 형태의 여과 용기를 구입하기 위해 시내로 갔다. 이런 활동을 관찰한 기록이 화가로 하여금 스케치를 하도록 자극했는데, 스케치에는 하나의 과정을 여러 단계로 나누어보려는 화가의 성향이 잘 나타났다. 난파선을 그리기 위해 연구하는 동안 화가는 혁명가 푸알데스[6]의 암살 이야기에 몰두하면서, 끔찍스러운 암살의 세세한 부분을 일련의 스케치로 남겨놓기도 했다. 이처럼 화가는 역사 기록자들이 산타쿠르즈의 고삐 풀린 열정에서 무엇을 보여주고자 했는지 오랫동안 생각했다. 사람들은 푸알데스를 사창가로 유인해 탁자 위에서 난도질한 뒤, 그의 피를 돼지들이 핥게 했으며, 시체를 강에 던졌다. 석탄재 재질의 뾰족뾰족한 암벽과, 솟아오른 삼나무와 야자수가 뒤섞인 정글 같은 초원 사이의 우묵한

6) Antoine-Bernardin Fualdes: 산타쿠르즈의 전 행정 관료로서 보나파티스트라는 이유로 왕당파에게 잔인하게 살해된 것으로 알려졌다.

평지에 자리 잡은 그 도시, 불타는 듯한 하늘 아래 하얀 색깔의 낮은 집들이 자리한 그 도시는 프랑스인들이 도착했다는 소식에 야릇한 흥분과 음탕함에 휩싸였다. 여인들이 문 앞에 나와 있다가 골목에 나타나는 이방인들에게 달려가서는, 자기 집에 와서 파포스 여신[7]에게 희생을 바치라고 요구했던 것이다. 이런 일은 종종 남편들이 보는 앞에서 벌어졌는데, 그러나 이들은 이를 막을 권리가 없었다. 왜냐하면 이는 예전에 종교재판소가 원했던 일이었고, 또 섬에 있는 수많은 수도사들이 이 관습을 지켜나가려고 애썼기 때문이었다. 끓어오르는 더위, 코르셋의 끈을 풀어헤치고, 레이스 장식을 댄 눈부신 흰색 치마를 살짝 들어 올리고 뒤로 제치면서, 검은색의 뾰족한 에나멜 구두를 신은 한 발을 앞으로 내밀고 있는 여인들, 침상 위에 뒤엉킨 벌거벗은 육체들, 손에 닿지 않은 것과 열락의 행복, 그리고 헤스페리데스 여신들[8]의 정원을 뜻하면서, 죽음에 이를 수 있는 위험을 경고하는 의미를 담고 있는 한편, 또한 낮과 영원한 밤 사이의 경계를 의미하기도 하는 그 섬의 옛 이름들, 전면의 산맥에 불쑥불쑥 튀어나와 있는 현무암과 향석들, 화산 발치에 피어 있는 하얀 금잔화의 향기, 회색과 노란색, 녹이 슬어 붉은빛을 띤 경석 암벽에 반짝이는 흑요석의 칠흑 같은 검은 줄무늬, 종유석 덩어리들, 유황색으로 흘러내리는 무지개 빛깔의 용암과 함께 연기를 내뿜고 있는 새끼 분화구들의 갈라진 틈과 화산구들, 정상 부근이 마치 원추형 유리같이 반짝이는 화산들, 이 모든 것이 제리코로 하여금 스스로 선택한 고립무원의 상

7) Paphos: 그리스 신화에 나오는 키프로스 왕 피그말리온의 딸.

8) Hesperides: 그리스 신화에 나오는 아이글레, 아레투사(에리테이아), 헤스페리아(헤스페라레투사)로, 이들 세 여신은 세계의 서쪽 끝 오케아노스의 강변에 있는 황금 사과나무를 지키고 있다고 한다.

태를 절감케 해주는 판타지를 불러일으켰다. 화가는 자신의 그림을 찢어 버렸으나, 그가 그림에 형식을 부여함으로써 표현하고자 했던 각각의 순간들은 여전히 고통스러운 불안감으로 가득 차 있었다. 다시 넓은 바다로 나온 함대는 7월 1일 보자도르 곶을 통과해 아침 10시에 북회귀선에 도착했다. 이때 승객들은 세례식을 흉내 낸 풍속으로 웃음꽃을 피웠는데, 보고자들의 말에 따르면, 그 목적은 이런 기회를 이용해 선원들에게 팁을 주는 데 있었다. 7월 2일에는 바르바스 봉에서부터 생시프리엥 만 쪽으로 향하는 코스에 접어들었다. 함포 유효 사거리의 반에 해당하는 거리에 육지가 있었고, 바람과 파도가 일구어낸 해안과 모래밭의 줄무늬와 더불어 그 앞쪽 절벽에 심한 파도가 부딪히는 모습이 뚜렷이 보였다. 해양부가 지시한 루트를 따라 배들은 촘촘한 암벽들 사이를 뚫고 방향을 잡아가는 사이에 함대의 사령관은, 몇몇 선원들의 경고를 무시하면서, 블랑 봉을 관측했다고 믿었다. 그러나 그가 짙은 구름을 블랑 봉으로 착각했다는 사실이 곧 밝혀졌다. 한밤중에 중형 전함 에코 호는 여러 번 신호용 화약 불빛을 밝혔으며, 배의 맨 뒤편 세로 돛대에 횃불을 꽂았다. 그러나 메두사 호의 경비를 맡은 사람들은 이 신호에 응답할 생각을 전혀 하지 않았다. 날이 밝아왔을 때 수심계는 수면이 점점 더 낮아지고 있음을 가리켰다. 다른 배들로부터 떨어져서 기함은 아르구인 섬 앞의 긴 수중 모래언덕을 향해 미끄러져 가고 있었다. 항해 훈련을 전혀 받지 못한 사람들조차도 파도가 누르스름한 색깔로 바뀌고 있는 것을 알아챌 수 있었다. 배를 돌리기 위해 가능한 한 많은 바람을 담으려고 후면 갑판의 모든 보조 돛을 펼쳤다. 그러나 배의 방향키가 바닥에 부딪혔다. 배는 한순간 다시 물에 떠서 앞으로 가는 듯싶더니, 수심 5미터 60센티미터에 박혀버렸다. 밀물이 만조에 도달했을 때였다. 그 책의 이어지는 페이지들이 전해주는 사건들에 화가는 며칠이나 몰두했을 것이다. 손에 잡힐 듯 상세하게, 놀라움과 절망감, 혼란과 경악스러움이 묘사되어 있어서 읽는 이는 마치 자신이 좌초된 배 안에 있는 것처럼 느꼈을 것이다. 화가는 외침 소리를 들었으며, 선체에 부딪히는 파도의 굉음을 들었다. 돛을 끌어내리고, 마스트의 망루를 떼어내고, 돛의 버팀목과 뱃머리의 돛, 화약통과 목제 구조물들을 바다로 던졌다. 배 밑바닥 선실에서는 물탱크로 이루어진 바닥이 깨지고 사람들은 펌프질을 시작했다. 그러나 배는 더 이상 구조될 수 없었다. 만일 모두 떼어냈더라면 배의 무게가 현저히 줄어들었으련만, 마흔네 문의 대포는 배에 그대로 남아 있었다. 나중에 건져 올릴 수 있기를 바랐기 때문이다. 그 전함에는 단지 여섯 척의 보트만 딸려 있어서 도합 4백 명이 넘는 승객과 선원 모두를 태울 수 없었기에, 선장이 계산한 바에 따라 2백여 명을 태울 뗏목이 급히 만들어졌다. 하늘은 짙은 구름으로 뒤덮였고, 바다 쪽에서 폭풍이 몰려왔다. 배는 심하게 요동쳤고, 한밤중에 밑창이 부서졌다. 노는 부러져 쇠사슬에 매달린 채 여전히 선미에 붙어 덜렁대고 있었다. 7월 15일 이른 아침에, 뒤집어질 지경에 이른 난파선을 떠나라는 명령이 내려졌다. 병사들은 뗏목에 타라는 명령을 받고, 무기와 실탄을 가져가려 했으나, 그들의 바람은 실현되지 못했다. 장교들은 엽총과 권총을 가지고 있었던 반면, 병사들에게는 단지 칼과 기병용 소총의 소지만 허용되었다. 뗏목은 길이 20미터에 너비 7미터로, 그 구조를 그린 그림이 동판화로 인쇄되어 책에 첨부되어 있었으며, 화가는 그 모형을 제작하도록 했다. 제1돛대가 긴 쪽으로 가로놓이고, 그 사이 사이에 이물돛대와 중앙돛대의 활대와 상판돛대가 놓여 삭구로 두텁게 연결되었다. 그 위에다가 오른쪽 각진 부분은 갑판의 판자들로 못질해 고정했으며, 세로로 2, 3미터가 넘는 넓은 판자들을 박아 모두 다섯 부분으로 나누었다. 뱃머리는 두 개의 서로 겹쳐진 상판 활대로 일종의 보호벽을 만들었다. 바닥에는 잡다한 목재들을 비끄러매어 수면에서 0.5미터 높이가 되게 했다. 뗏목을 만든 사람들은 이를 난간이라고 불렀으나 이 난간이 그 이름에 합당한 구실을 하리라고 믿지는 않았다. 뗏목에는 2백 명의 사람이 탈 수 있는 것처럼 보였다. 그러나 약 50명이 가운데로 몰리자마자 난간 쪽까지 물에 잠기기 시작했으며, 식료품을 담은 통들을 거의 다 던져버렸는데도 나머지 사람들이 승선하자 오갈 데 없는 사람들은 허리 위에까지 물에 잠겼고, 사람들이 밀려 있어 움직일 수조차 없었다. 뗏목에 탄 그들은 120명의 군부대 요원과 29명의 선원과 승객을 포함해 모두 149명이었는데 그중에는 여성이 한 명 있었다.[9] 그들은 포도주 여섯 통과 음료수 두 통을 받았다. 뗏목에는 돛대도 없고 방향키도 없는데도 돛으로 쓸 천 몇 조각과 함께 비스킷 한 자루가 그들에게 던져졌다. 난파선 조난자들은 선장이 주기로 약속한 기구와 지도를 받지 못했다. 쇼마레 선장은 황급히 배를 떠나 노군 열두 명과 함께 마흔두 명의 남자들이 타고 있는 참모용 보트에 승선했다. 열네 명이 노를 젓는 큰 보트에는 총독과 고위직 관리들을 포함해서 모두 서른다섯 명이, 적지 않은 짐과 함께 타고 있었다. 열두 명의 남자들이 노를 젓는 세번째 보트는 스물여덟 명의 장교들이 차지하고 있었다. 서른 명의 사람들이 노도 없는 화물용

9) 페터 바이스가 집필 당시 참조한 독일어 번역본 사료에는 승선인원이 모두 150명으로 되어 있으나, 현 시점에서 추적할 수 있는 다른 자료들에는 147명에서 151명까지 다양하게 기록되어 있다. 이는 생존자 코레아르와 사비니가 처음 보고서를 발간한 1817년부터 1821년까지 모두 다섯 가지 버전의 사료가 발견되었기 때문이다. 이 책의 1권과 2권에는 뗏목의 승선인원이 다르게 표기되어 있는데, 바이스는 이 부분에서 다른 자료를 참조한 것으로 보인다.

범선에 몰려들었고, 또 다른 서른 명은 세네갈에서 하역 작업에 쓰일 예정이던, 여덟 명이 노를 젓는 하역선에 승선했으며, 나머지 열다섯 명은 모선에 딸린 조각배에 탔다. 그렇다면 적어도 서른 명의 남자들은 익사했거나 메두사 호에 남아 있었던 것이다. 전복된 전함의 파도막이용 난간 벽과 돛대가 파도에 박살나는 사이에, 서로 밀치고 소리치는 가운데 이루어진 이 승선 과정에 대한 상상, 그물 사다리나 밧줄을 타고 내려오는 사람들, 바다로 떨어진 사람들이 살려달라고 외치는 소리들, 일그러진 입과 놀라움으로 치뜬 눈들, 뻗치고 벌린 손들, 미끄러운 갑판 바닥에서 뗏목을 밀쳐내려고 애쓰는 사람들, 팔걸이의자에 앉은 채로 맞바람을 맞으며 큰 보트로 내려앉은 총독의 모습. 이러한 모습들이 이미 화가를 사로잡았다. 그러다가 그는 드디어 사람으로 가득 찬 뗏목의 모습에 압도되었다. 뗏목은 항해가 가능한 작은 보트들에 예인 밧줄로 연결되어 있었다. 그러나 보트의 노를 젓는 사람들은 총독과 선장이 탄 보트들이 멀어져가는 것을 보면서, 그들 또한 점점 더 거세지는 파도와 싸우게 되면서, 예인을 포기하고 밧줄을 끊어버렸다. 그 보트의 선단이 해변 쪽으로 노를 저어가는 동안, 운항 능력을 잃은 뗏목은 썰물에 밀려 바다 쪽으로 떠내려갔다. 뗏목에 모여 있던 사람들은 자신들이 아직 방치된 것은 아니라고 생각하려고 애썼다. 포르투갈 요새의 폐허가 남아 있는 아르구인 섬과 함께 해변은 가시거리에 있었으며, 조난된 사람들은 보트들이 그들에게로 되돌아오거나 또는 에코, 루아르, 아르고스 호가 그들을 발견하게 될 것이라고 생각했다. 그러나 그들이 그 어떤 도움도 받지 못하는 사이 밤의 어두움이 닥쳐왔다. 거대한 파도가 우리[10)]

10) 여기서는 주인공 '나'의 상상 속에서 갑작스럽게 국제여단 패잔병들과 난파선에서 조난된 사람들이 다 함께 '우리'로 일체화되어 표현된다.

를 덮쳤다. 가쁜 숨을 몰아쉬며 이리저리 휩쓸리면서, 뗏목의 바닥에서 씻겨 내려가는 사람들의 외마디 소리를 들으면서, 우리는 날이 밝아오기를 갈망했다.

내가 일상적인 일과에서 벗어나겠다고 신고할 만한 사람은 아직 아무도 깨어나지 않았다. 나는 발길을 돌려 잠자고 있는 사람들에게로 돌아가 무슨 일이 일어날지 계속 기다려야 한다는 생각에 쫓기면서, 마치 탈영병처럼 인적 없는 카시미르 페리에 가에 서 있었다. 하지만 그 후 나는 강당에서 나를 사로잡았던 그 기류에 다시 휩쓸린 상태로 라스 카세 가를 지나 상타클로틸드의 벽돌 건물을 지나, 2년 전 아버지가 베너[11]를 만난 바로 그 작은 공원으로 향했다. 그곳에는 예전과 다름없이 참새가 짹짹거리고 비둘기가 꾸르륵거렸다. 그 사각형 공원의 너도밤나무 아래에는 교회 오르간 연주자였던 세자르 프랑크[12]가 앉아 있었다. 그는 대리석으로 된 자신의 악기 앞에 팔짱을 끼고 앉아 페달에 발을 얹고, 천사의 음성에 귀를 기울이고 있었다. 천사는 육중한 자세로 뒷벽 위에 배를 깔고 엎드려 그의 어깨에 팔을 두르고는 그의 구레나룻 수염에다 대

---

11) Herbert Wehner(1906~1990): 제화공의 아들로 1927년 독일 공산당에 입당했다. 쿠르트 풍크Kurt Funk라는 가명으로 나치에 맞선 지하 저항운동에 참여했으며, 독일 공산당의 중앙위원, 정치국 위원직을 수행했다. 1942년 체포되어 2년 5개월 동안 수형생활을 했고, 그 후 '배반자'로 독일 공산당에서 제명되었으며, 전후 독일 사민당에서 부당수직에 올랐다. 빌리 브란트 내각에서는 동서독 문제를 담당하는 연방장관직과 연방의회 원내대표직을 수행했다.

12) César Franck(1822~1890): 프랑스의 작곡가.

고 속삭이고 있었다. 이제 여명이 밝아오면서 바다는 잠잠해졌다. 바다는 열 명을 삼켰으며, 다른 열두 명은 판자와 널빤지들 사이에 끼어 매달린 채 죽어갔다. 나는 생도미니크 가를 따라 걸어갔다. 육군성 마당으로 가는 출입구의 보초들이 내게 눈길을 주었을 때, 나는 갑자기 의심을 사서 체포될 수도 있다는 두려움을 느끼며 발걸음을 늦췄다. 솔페리노 가로 꺾어 들어가면서 나는 저 멀리 사크레쾨르[13] 언덕 위, 외무성 건물 옆에 있는 나뭇가지 꼭대기를 바라보았다. 신문배달부가 자전거를 타고 이집 저집 돌아다니며, 각기 신문 부수를 세어 집 안으로 들고 들어갔다. 나는 그 옆을 지나가면서 1면에, 체임벌린[14] 고데스베르크로 향하다,라고 쓰인 것을 읽었다. 같은 모양의 고층 주거건물들이 늘어선 좁은 길 끝에는 드릴 가가 가로놓여 있었다. 이어서 나타난 레종 도뇌르의 2층 건물에는 아치 모양의 정문 위에 비스듬히 세워진 깃대에 삼색기가 꽂혀 펄럭였고, 덧창들이 닫혀 있는 누런 회색 건물 전면에는 나체 동자상들이 늘어서 있었다. 강가의 큰길 쪽에서 사람들이 홀로 혹은 작은 무리를 지어 걸어왔다. 그들은 고개를 숙이고 급히 걸어갔다. 그들은 청소하는 여자들이거나, 밤늦게까지 일하는 정부 관서에서, 가득 찬 재떨이와 휴지통을 비우고, 책상의 먼지를 털어내고, 바닥 닦는 일을 하는 심부름꾼들인 듯했다. 억눌린 고요함과 납덩이같은 피곤함이 정부 관서 구역을 뒤덮고 있었다. 아침 안개 속에서 어쩐지 흐느적거리는 듯한 이 무색의 형상들을 나는 잘 알고 있었다. 이 도시 주민으로는 처음 만난 그들 덕

---

13) Sacré Cœur: 성심교회. 19세기 말 파리 몽마르트르 언덕에 건설된 로마-비잔틴 양식의 교회.

14) Arthur Neville Chamberlain(1869~1950): 1937~40년에 영국 총리를 지낸 인물로 히틀러와의 화해정책을 대변했으며, 1938년 독일 및 이탈리아와 뮌헨협정을 체결했다.

분에 대도시로 들어가는 내 발걸음이 가벼워졌다. 눈에 띄지 않는 그 조력자들이 나타남으로써 곧 시작될 소음에도 친밀감을 얻을 수 있었던 것이다. 이제 그들의 빠르고 부드러운 발걸음은 주변의 돌덩이들을 진동시킬 굉음 속으로 빨려 들어가게 될 것이다. 내가 센 강 위의 강변도로에 도착했을 때, 비로소 낯선 세계로 진입하기 시작했다. 나는 착란과 현기증이 덮쳐오는 것을 느끼며 장벽 난간을 따라 오른쪽으로 걸어갔다. 돛대가 세워지고 예인용 밧줄로 고정되었을 때, 뗏목의 바닥에서 긴 장대가 하나 솟아올랐다. 돛 조각이 철썩거리는 소리가 들려왔다. 엄청나게 긴 나무토막이 옆쪽으로 삐져나와, 어찌 손대볼 수도 없이 뗏목이 뒤틀리며 돌아가는 것을 느낄 수 있었다. 왜 해군 병사들에게 총기가 지급되지 않았는지, 그 이유가 둘째 날이 되어서야 밝혀졌다. 포도주가 든 통 하나를 부수고 취해버린 선원들이 도끼와 칼을 들고 상관에게 달려들면서 선상 반란이 일어나고, 장교들이 자기 자리를 지키려고 권총을 빼들어 돛대 주변에서 드잡이가 벌어졌을 때, 화가는 그럴듯한 구성의 가능성을 보았다. 그러나 판자 쪽에 달라붙어 머리를 물속에 처박고 있는 사람들이 여전히 너무 많았으며, 서로의 이 격돌, 좁은 바닥에서 지배권을 차지하려는 이 투쟁은 여전히 너무 혼란스러웠다. 이 갈등은 아직 친밀감으로 전화되지 못했으며, 아직 공동의 위기와 공동의 경악이 그들을 하나로 묶어주지 못했다. 나는 전날 저녁 리옹 역에 도착한 뒤에 산 시내 지도를 담벽 장식 모서리 위에 펼쳤다. 오늘은 할 일이 많았고, 결정할 일들이 있었으며, 또 내 앞날을 위해 중요한 발걸음이 눈앞에 있었다. 그러나 나는 지금까지 적용된 법칙을 따를 수 없게 만드는 어떤 다양성 속에 빠져들었다. 그만큼 내 생각들은 대립적 충동들로 둘러싸여 있었으며, 이제 나를 구속하고 묶어두었던 것들에서 벗어나 전체적인 조망을 획득하려는 시도는 헛수

고인 듯했다. 그래서 나는 이성적인 것과 유용한 것에 대한 질문을 뒷전으로 미루고, 어떤 의미를 드러내지는 않지만 나의 내부에서 무게를 더해가는 충동들에 나 자신을 내맡겼다. 이 시간에 내가 알 수 있는 것은, 조금만 움직여도 깨어지고 갈라지는 소리가 날 정도로 촘촘히 얽히고 뒤엉킨, 이 가득 쌓인 침전물들 사이를 나 스스로 뚫고 나가야 한다는 것뿐이었다. 그물처럼 엉킨 형상과 실타래처럼 뒤엉킨 사건들이 나를 둘러싸고 있을 뿐만 아니라 시간도 산산조각이 나 있어서, 나는 그 시간의 지층들을 파헤치고 이빨로 분쇄해야만 할 것 같았다. 그러나 뭔가에 도취되거나 홀린 것 같은 상태에서도, 규칙을 세우고 무언가를 헤아려보려는 소망은 여전히 남아 있었다. 나는 반대편 강변도로 뒤쪽에, 루브르의 기다란 전면 건물에 둘러싸인 튈르리 궁전의 정원에 수많은 조각 작품들이 가득 차 있는 것을 확인하고 흡족한 마음이 들었다. 루브르 박물관 문이 열리기까지는 아직 시간이 많이 남아 있었다. 그 박물관은, 해가 뜰 때 이미 관람할 채비를 마친 사람들을 위해 만들어진 것이 아니었으며, 저녁 늦게 풍요로운 식사를 하고 편안한 밤을 보낸 뒤 낮 시간을 제 마음대로 쓸 수 있는 늦잠꾸러기들을 위한 것이었다. 하지만 기다려야 한다는 것은 아무래도 상관없는 일이었다. 나는 이날을 훔친 것이다. 나는 상상력과 독창성으로 만든 작품들이 빼곡히 걸려 있고, 내가 여태껏 그저 들어서 알거나 또는 조잡한 복제품을 통해서만 알고 있는 모든 것이 원작의 색채와 형태로 보관되어 있는 바로 그곳, 그 저장소에서 이리저리 어슬렁거리고 있는 나 자신의 모습을 상상해보았다. 너희들을 도와줄 사람들을 데려올 테니 두려워하지 마, 그러면 그때 다시 만나자 하고 누군가 외쳤다. 그러고 나서 그는 다른 사람들이 모두 고개를 갸우뚱하고 있는 사이에 뗏목을 벗어나 바다 속으로 걸어 들어갔다. 혼란의 와중에 60~65명이 사망했으며, 구워 말린 빵과 식수는 바닥이 났고, 포도주 한 통만 남았다. 제리코는 여자는 어떻게 되었을까 하는 의문이 들었다. 남자들 사이에 여자가 딱 한 명 끼어 있었다는 정황이 특별한 관심을 끌었을 것 같지만, 기이하게도 보고자들은 한마디도 언급하지 않았다. 그는, 남자들이 여자를 얻으려고 싸움을 벌였는지, 아니면 죽음의 위협을 눈앞에 둔 상황에서 성적 충동이 무의미해졌는지 알고 싶었다. 화가는 자신이 그녀 옆에 누워 있는 상황을 눈앞에 그리며 그 순간을 그림으로 그렸다. 그들은 시체로 둘러싸인 가운데 뗏목의 앞쪽에 자리 잡고 있었다. 여자는 의식을 잃은 채였다. 화가는 한 팔로 그녀를 감싸고, 다른 팔로는, 뗏목에 아기가 타고 있었다는 기록은 없었지만, 벌거벗은 한 아기를 안고 있었다. 뗏목은 점점 더 그 자신의 세계가 되었다. 그는 여자의 몸을 껴안았고 아기를 바싹 끌어안았다. 그는 밤에 그렇게 잠을 잤다. 깨어났을 때 그는 두 팔이 비어 있음을 느꼈다. 그가 눈을 떠서, 바다가 여자와 아기를 앗아갔다는 사실을 깨닫기까지는 오랜 시간이 걸렸다. 뗏목에 남은 사람의 숫자가 점점 더 줄어들수록, 화가는 자기 그림의 결정판을 그리기 위해 더욱 집중했다. 투쟁의 긴장이 풀리자, 가능한 한 삶을 오랫동안 지탱하고자 하는 소망은 기이한 모습으로 변해갔다. 첫번째 사람들이 주변에 널린 시체들을 칼로 조각내기 시작했다. 몇몇 사람은 바로 그 자리에서 생살을 먹었으며, 다른 사람들은 그것을 더 맛있게 만들려고 햇볕에 말렸다. 아직 이 새로운 먹이를 먹기로 결심하지 못한 사람들은 다음 날이 되자 배고픔에 못 이겨 어쩔 수 없이 그렇게 했다. 난동이 벌어진 뒤 완벽한 고독의 시간이 뒤따랐다. 화가는 모든 관계에서 떨어져 나간 바로 그 상태가 자기 자신의 상황임을 깨달았다. 그는 죽은 사람의 목과 넓적다리에 이빨을 박는 게 어떤 일인지 상상해보고자 애썼다. 그는 괴물 우골리노[15]가 제 아들의 살을 물어뜯는 모습을 그리는 동안, 뗏목의 조난자들이 짧게 기도한 뒤에 그랬듯이 그것에 만족하는 법을 배웠다. 벌거벗은 채 뗏목 위에 웅크리고 앉아 있는 형상들은 열병과 광기로 일그러진 세계 속에 있었으며, 아직 살아 있는 사람들은 죽은 자들을 몸 안으로 받아들임으로써 그들과 한 덩어리가 되었다. 구름과도 같은 바다 한가운데에 떠 있는, 얽어맨 판자 위에서 떠돌면서, 제리코는 자신이 전날 작별하며 포옹했던 바로 그 사람의 갈라진 가슴속에 손을 들이밀어 그의 심장을 움켜쥐는 느낌이 들었다. 일주일이 지난 뒤 뗏목에는 아직 서른 명이 남아 있었다. 짠 바닷물은 그들의 발과 다리에 물집을 만들고 피부를 벗겨냈으며, 그들의 몸은 짓무른 자국과 상처로 뒤덮였다. 그들은 가끔씩 고함을 지르고 중얼거렸으며, 그들 중 기껏 스무 명만이 여전히 몸을 지탱할 수 있었다. 하루하루를 세고 계산하면서, 난파되어 조난당한 사람들의 무리가 끊임없이 줄어드는 가운데, 마실 것이 없어 목말라 하는 모습, 그리고 때로는 달콤하고 때로는 자극적인 냄새를 풍기면서, 묽거나 진한 상태로 작은 양철통에 담긴 오줌을 갈망하는 모습들을 묘사할 때, 분배된 포도주를 조금이라도 오래 마시고자 깃털 펜대에 적셔 핥는 모습을 묘사할 때, 죽음이 끊임없이 다가오고 매시간 타들어갈 때, 화가도 또한 시간이 영원 속에서 새어 나가는 소리를 들었다. 그림을 창조하는 과정은, 똑똑 떨어지고 똑딱거리며 휙 지나가는 바로 이 소리에서 시작되었다. 13일의 낮과 밤을 지새운 고통의 나날들이 없었다면 그는 그 최후의 결정적 순간을 찾아내지 못했을 것이며, 나뉠

15) 단테의 『신곡』에서 우골리노Ugolino는 아들의 살을 뜯어먹는 괴물로 묘사되었는데, 제리코는 이를 모티프로 그림을 남겼다. 한편 단테의 『신곡』을 토대로 한 로댕의 조각 작품 「지옥의 문」을 통해, 역사적 인물 우골리노의 비극이 대중에게 더 잘 알려졌다.

수 없이 한데 엉겨 있는 그 생존자 무리를 표현해낼 수 없었을 것이다. 개별적인 것들이 여전히 그를 사로잡아, 완결성에 대한 그의 생각을 흐트러뜨리기도 했다. 그곳에는 장미 향수를 담았던 빈병이 있었다. 그 달콤한 향기를 맡으려고 이 사람 저 사람이 서로 달려들기도 했다. 화가는 그 작은 향수병을 머릿속에서 떨쳐버릴 수 없었으며, 그로 인해 오랫동안 잊고 있던 체험을 기억하게 되었다. 몇 주 동안 그는 대상 자체를 재현하는 것이 아니라 대상을 어루만질 때 생겨나는 감정과 꿈의 표상을 표현하려 애썼다. 그는 걸어 잠근 문 뒤쪽에서 오로지 자신의 비밀들만을 간직한 채, 바닥에 펼쳐진 도화지 위에 무릎을 꿇었다. 며칠 동안 그는 식음을 전폐하고 환영들에 둘러싸인 채 마루 판자 위를 이리저리 기어 다녔다. 그가 열 살 때 잃어버린 어머니가 나타나자, 그녀와 가까워지고자 하는 주체할 수 없는 열망에 휩싸였다. 그는 그녀의 윤곽을 더듬어 페드라[16]를 그렸으며, 자기 자신은, 언젠가 바다의 괴물이 암벽에 패대기쳐 박살내려고 했으며, 끝내는 말에 끌려 다니다 죽은 바로 그 히포리토스의 모습으로 그렸다. 자신의 존재, 그에게 그것은 이처럼 뗏목 위에서 이리저리 나뒹구는 것에 불과했다. 그에게 어머니를 대신한 여인이었던 외숙모를 향한 열망으로 그는 스스로를 파멸시켰다. 자기 아이를 잉태한 그녀를 거부하고 버렸으며, 그 죄책감이 그를 갈가리 찢어놓았다. 나는 그 화가와 관련해서 가능한 한 많은 것을 체험하고자 했으며, 이날 꼭 무엇을 하리라 마음먹지 않음으로써, 내 눈앞에 그의 삶이 펼쳐져 보이리라는 기대가 생겨났다. 점점 더 밝아오는 빛이 흐리

16) 페드라Phädra 또는 파이드라Phaedra라고 불리며, 그리스 신화에서 의붓아들 히포리토스를 사랑하는 여인으로, 파이드라 콤플렉스 또는 페드라 콤플렉스라는 정신분석 용어를 남겼다.

고 습한 공기로 스며들듯이, 소음도 끊임없이 늘어났다. 강변도로를 따라 이따금씩 자동차들이 달렸으며, 내 뒤편의 오르세 정거장으로 새벽 기차가 들어왔다. 내가 바라보고 있는 그 거대한 건축물은 문장과 투구, 왕관 형상의 조각들, 그리고 수호성인과 신들의 형상으로 둘러싸인 창문틀과 더불어 화관, 과일 바구니, 풍요를 상징하는 뿔의 형상이 조각된 시계, 그리고 이와 더불어 하프와 닻의 모양으로 가장자리를 덧대고 금박을 입힌 거대한 글자들로 장식되어 있었으며, 그림들로 가득 찬 그 위쪽의 궁전을 능가하려는 것처럼 보였다. 대부분 검은 옷을 입고 서류가방을 옆구리에 끼고 정문에서 나오는 사람들의 발소리는 시내 쪽에서 밀려오는 금속성의 소음, 그 윙윙대는 노랫소리에 곧장 묻혀버렸다. 산업시대의 종양과도 같은 것들과 비교해볼 때, 루브르 박물관 건물 벽의 오목하게 들어간 장식과 탑의 합각머리 부분에 아로새겨진 거인상과 뮤즈들, 영웅과 천사들은 적어도 겸손하고 순결한 면을 지니고 있었다. 하지만 봉건주의를 세련되게 만들어준 이 조형물들은 이쪽 편에 산더미처럼 쌓여 있는 거창한 조각품들과 마찬가지로 찬미할 만한 것이 못 되었다. 그때 내가 다가간 다리가 오히려 더 순수한 선을 보여주었다. 다리의 낮은 난간은 말끔하게 잘린 모습을 하고 있고, 다리 양편은 깔끔한 선을 이루는 중앙 접선을 향해 똑같은 각도로 들어 올려져 있었으며, 그 양편에는 주물로 만든 가로등 지주가 각각 네 개씩 세워져 있었다. 그렇지만 퐁 루아얄 다리 역시 내게 조화를 느끼게 해주지는 못했으며, 오히려 불빛에 의해 밀려들어오는 듯한 공기는 활기 없이 끈적거리는 덩어리가 된 듯했다. 나는 한 발자국 한 발자국 힘겹게 발을 옮겨놓아야 했으며, 몸이 떨리기 시작해 벽의 띠 모양 장식 부분을 붙잡고 서 있었다. 며칠 전까지만 해도 나는 확고부동한 체계에 소속되어 특정한 임무를 수행했으며, 다른 사람들의 행동과 연결되어 있었다. 이제 나는 우리가 여기서 관심거리가 되지 못하는 것과 마찬가지로, 우리가 그 존재를 잊고 있었던 삶이 영위되는 지역에 발을 들여놓은 것이다. 우리 뒤쪽에는 전쟁터가 있었고, 투쟁들이 계속 요동치고 있었지만, 여기서는 돌격과 후퇴, 부상자들의 비명 소리, 전사자들의 침묵, 이 모두가 아무 관심거리도 되지 못했다. 여기서는 모든 것이 달랐기 때문에 우리는 우리 자신을 시야에서 잃어버렸으며, 우리가 도대체 무엇을 위해서 몸을 던졌던 것인지 더 이상 알지 못했다. 프랑스 땅에 첫발을 내디딜 때부터 우리는 해산된 병사들, 내팽개쳐진 존재들로 간주되었다. 피난민 무리는 가시철망 울타리 안으로 내몰렸으며, 유효한 여권을 가지고 있던 소수만이 수용소 신세를 벗어날 수 있었다. 이것이 바로 황무지와 폐허에서 벗어나는 샛길이었던 셈이다. 환영의 인사나 연대감의 표시에 대한 기대는 물거품처럼 사라졌다. 이곳에는 인민전선도 없었고, 단지 지방경찰들만이 우리를 맞아주었다. 우리는 경찰의 서류철에 들어 있는 존재에 불과했으며, 이제 매일 관할 행정기관에 신고를 해야 했고, 도장을 받기 위해 우리의 생존을 의미하는 서류조각을 내밀어야 했다. 나는 언제나 내가 갈 길을 눈앞에 바라보며 결론을 내렸으며, 파시스트들에게 둘러싸여 지하에서 활동할 그 당시에도 시각은 자유롭게 열려 있었다. 그러나 바로 이곳, 개방성과 밝은 빛의 수도에서 비로소 우리는 눈먼 상태가 되어야 했다. 파리에서의 첫날밤 우리는 갑자기 서로 낯설다는 느낌에 휩싸였다. 부대가 해산되면서 우리들 사이에 당연시되었던 집단적 소속감 역시 사라져버렸다. 우리 대열이 분열되고 우리가 더 이상 쓸모없어졌다는 것을 깨닫게 되자, 무력감이 우리를 덮쳤다. 우리가 어느 당에 소속되어 있는지, 또는 가입하려고 생각하고 있는지를 되묻는 것만이 아직 확신을 유지할 수 있는 길이었다. 지금까지 나는 내가 찬성하는 편에서 내 역할들을 찾았다. 하지만 이제 나는, 이 자발적 공동체란 내가 친구들과 후원자들 사이에 있는 동안에만 가능한 것이며, 자연스러운 협력은 의무적인 속박으로 대체될 수밖에 없다는 것을 알게 되었다. 비합법적이고 비밀스러운 간부 활동으로 인해 극히 엄격한 구분 짓기가 필요해진 시점에서는 조직화된 집단에 가입하는 것이 불가피한 일이었다. 조직화된 집단 속에서만 신뢰를 입증 받을 수 있는 것처럼 보였다. 그러나 그런 행보는 당의 분화 때문에 어려워졌고, 또한 나 자신이 도대체 어떤 그룹에, 어떤 나라에 속해 있는지도 알지 못했다. 이제는 당을 재건하고 강화하는 일 말고는 다른 일이 있을 수 없었으며, 나는 이제 다시 내게 부과될 지시 사항에 따를 준비가 되어 있었다. 그러나 동시에 나는 다리 뒤쪽의, 스핑크스 상들이 지키고 있는, 공원 정문으로 이끌렸다. 나의 내면에서는 주체할 수 없는 지식욕이 솟아올랐다. 나는 돌난간에 몸을 기댔다. 내 아래쪽에서는 알록달록한 깃발들을 갖춘 화물선들이 예인되어 갔다. 외부 현실에서 엄밀하게 방향을 잡는 것이 필요한 오늘, 온 도시가 외교 무대에서 벌어지는 주인공들의 행마와 타격을 숨죽이며 지켜보고 있는 오늘, 나는 강 건너 높은 강변 요새 앞 포플러들이 늘어서 있는 쪽으로, 그림들이 전시되어 있는 곳으로 가고 싶었다. 당에 가입하겠다는 생각은 무언가 끝없이 발견하고자 하는 열망과 결합되어 있었다. 나는 그림이 그려진 평면들 앞에 서 있는 나 자신을 그려보았다. 제리코, 들라크루아,[17] 쿠르베,[18]

---

17) Eugène Delacroix(1798~1863): 19세기 낭만파를 대표하는 프랑스 화가이다.

18) Jean Desire Gustave Courbet(1819~1877): 프랑스의 사실주의 화가. 고전주의와 낭만주의에 반대하여 '현실을 있는 그대로 직시하고 묘사할' 것을 주장하면서 회화의 주제를 눈에 보이는 것에만 한정하고 일상생활을 섬세히 관찰할 것을 촉구했다.

밀레[19]와 만나고 있는 나 자신을 상상해보았다. 나는 폐쇄된 조직 속으로, 타협 없는 투쟁 속으로 들어가고자 했으며, 이와 동시에 상상의 절대적 자유 속으로 들어가고자 했다. 퐁 루아얄 다리를 건너면서 나는 당으로 들어가는 길과 예술로 들어가는 길을, 선택의 여지가 없는, 서로 떼어놓을 수 없는 것으로 상상했다. 정치적 결정, 적 앞에서의 비타협성, 이미지의 작용, 이 모든 것이 하나의 통일체로 결합되었다. 스핑크스를 지나면서 마지막 방어선이 돌파된 것이다. 열십자로 자갈길이 나 있는 공원에는 여기저기서 산책객들이 개를 줄에 매어 끌고 다녔다. 군마를 타고 있는 제후들을 경배하기 위해, 이집트인, 아시리아인, 드루이드족의 사제, 갈리아인, 로마인, 그리고 고트족 사람들이 이끌려 와서 돌 속에 박혀 있었고, 청동 속에 녹아들어 있었다. 위협하듯 칼과 창을 든 감시자와 지배자들이 도처에 몸을 치켜세우고 있었다. 동상 받침대 위에서는 시인, 철학자, 예술가 들이 몸을 돌리며 나를 서로에게 넘겨주었다. 내가 벤치 위에 등을 대고 앉자마자, 긴 가운을 입은 은회색의 여인들이 유령처럼 내 앞에 나타나서는, 손을 뻗어 나를 쫓아냈다. 나는, 이것이 무엇인지, 이 도시가 무엇이며, 그 본질은 무엇에서 비롯되는지, 이 도시가 내게 끊임없이 영향을 미치는 그 힘은 무엇인지 자문해볼 시간을 가졌다. 나는 언제나 이 도시에 와보고 싶었으며, 이제 내가 이곳에 와 있는 지금, 가장 미천한 존재에 속하면서 어디서도 용납되기 어려운 내게는, 이 도시에 무릎 꿇지 않는 것이 중요하다는 생각을 하게 되었다. 양편에 집들이 늘어선 도로와 건물들을 마주하며 나는 나 자신을 주장해야 했으며, 여기 살고 있고, 살았던 모든 사람에 의해 생명을 보전해가고 있는 이 거대한 집

19) Jean François Millet(1814~1875): 프랑스의 화가로 신앙심과 농민에 대한 애정으로 농촌 생활을 주로 그렸다.

합체 속에서 내 의식에 근거를 마련해줄 관계들을 찾아내야 했다. 건축물과 가로수 길들은 이 방랑자를 드넓은 공간 속으로 끌어들였으며, 주택 건물 벽의 황사 빛 색조와 물에 반사되고 있는 빛들은, 방랑자가 가벼운 마음으로 몰두하도록 제 역할을 다하고 있었다. 가운데가 활 모양으로 휜 형태로, 아우스터리츠 승전[20]을 기리기 위해 만든 붉은 대리석 정문을 지나자, 루브르 박물관 앞뜰에는, 직선 방향에 콩코드 광장의 오벨리스크와 엘리제궁 끝 부분에 자리 잡은 거대한, 나폴레옹 군대의 기념비가 보였다. 줄지어 선 나무들의 부드러운 녹색으로 마무리된 이러한 전경은 시선을 무한한 곳으로 이끌어갔다. 이 전경은 승전을 기리는 표지에서 다른 표지로 이어졌으며, 그 속에는 권력을 완성하려는 모든 노력이 담겨 있었다. 대규모 군사 행진과 더불어 수많은 국민 대중을 조망하는 시각을 열어주는 그런 모습은, 감정을 고조해 이를 웅대한 규모로 변화시킴으로써 우리로 하여금 제국주의를 아름답다고 느끼도록 하는 것이었다. 구시가가 철거되어 바리케이드를 세우는 일이 어려워진 대신 사격을 위한 시야가 탁 트이게 된 것을 생각하면서, 나는 파리가 상층부 사람들에게 속박되어 있는 모습을 보았으며, 모든 전략적 요충지에서는 수공업자와 소시민, 그리고 노동자들이 사는 폐쇄 구역 위에 부의 축적물들이 우뚝 솟아 있는 모습을 바라보았다. 그러나 도시에 외관을 부여하는 것은 이러한 틀이 아니었다. 오히려 이 모든 건축물을 마주보는 바로 그 자리에 내가 서 있다는 감정을 불러일으키는 것은, 도처에서, 아래쪽에서부터 언제나 다시 시작되었던 과정들, 그 자체의 힘과 그 자체의 권력을 펼쳤던 분노와 소요의 운동들에 대한 지식이었다. 각각의 건물에

---

20) 아우스터리츠Austerlitz 전투: 1805년 12월 2일 나폴레옹 1세가 오스트리아와 러시아의 동맹군을 격파한 전투로, 아우스터리츠는 지금의 슬로바키아 슬라프코프를 말한다.

는 왕조가 하달했던 억압의 흔적보다는 그런 행위의 흔적이 더욱 분명히 새겨져 있었다. 돌을 가져와 골목에 바리케이드를 쌓았던 이름 없는 사람들과 더불어 자신들의 예술작품으로 이 도시의 삶에 참여했던 사람들을 생각하자, 나는 뜨겁게 들끓는 혼란스러운 감정으로 숨이 막힐 지경이었다. 나의 사고를 형성하는 데 도움을 주었던 거의 모든 사람이 이곳에서 살았다. 지금 내가 보고 있는 것들을 그들 또한 스스로의 눈길로 탐색했으며, 그들 또한 길거리를 건너갔다는 사실이 한순간 내게 감당하기 어려운 요구를 해오는 것만 같았다. 그러나 이는 다시 내게 용기를 주었다. 왜냐하면 그들 중 누구도 비상을 해 자신의 출발점을 넘어서지는 못했으며, 내게 가장 가까운 바로 그들이 자신들의 노력과 궁핍의 증거들을 남겨놓았기 때문이다. 나는 기둥이 기울고, 쓰러지고, 부서진 모습을 본 적이 있는 방돔 광장을 빠져나왔다. 그곳은 교통 소음이 가득 차고 일자리로 달려가는 사람들로 혼잡했다. 흙을 두텁게 바른 그루터기를 중심으로 내부의 회전식 계단과 함께 나선형 모양으로 장식된 동판들과 수많은 독수리 문양, 흉갑, 군기, 그리고 나뭇가지 단에 묶은 도끼[21]로 에워싸인 채, 그 기둥이 마치 거꾸로 돌아가는 영화 필름처럼 다시 세워졌을지라도, 그 기둥이 언젠가 한 번, 그 반원형 지붕 위에 세워졌던, 월계관을 쓴 시저의 상과 함께 거꾸러졌다는 사실은, 고귀하게 장식된 그 광장을 떠나면서 내가 확신을 가질 만한 충분한 이유가 되었다. 예전 베를린 국립박물관에서는 정문으로 오르는 높은 계단 때문에 예술을 접하기가 어려웠다. 우리는 아무 영향력도 없는 무가치한 존재처럼 그 계단을 기어오르듯 엉금엉금 걸어올라, 선택된 자들에게만 열려 있는 아크로폴

21) 로마 총독의 권위를 상징하던 장식품.

리스로 올라가곤 했다. 그러나 루브르에 들어가는 일은 문턱만 넘으면 되었다. 독일 군대가 체코슬로바키아 국경에 집결해 폴란드와 헝가리에 영토를 할당하라고 요구하고, 라인 강변의 드레즌 호텔에서 사람들이 영국 대표단을 맞이할 준비를 하는 동안, 문들이 열리자 나는 순례자 무리에 휩쓸려 전람실이 줄지어 있는 홀 안으로 들어갔다. 나는 차양 모자를 쓰고 비로드 의자에 앉은 채 중얼거리고 있는 노인들이 무슨 말을 하는지 들으려 허리를 굽히기도 했고, 좌우로 발걸음을 옮길 때마다 비교할 수 없는 걸작들을 볼 수도 있었다. 종소리 신호가 울릴 때마다 다음번으로 가고, 계단을 오르내리다가, 나는 마침내, 거대한 흑갈색 화폭 앞에 서게 되었다. 그 그림은 맨 먼저 갑작스러운 소멸과 죽음의 인상을 전해주었다.

나는 이 첫번째 만남에서, 아스팔트와 혼합되어 있기 때문에 이제는 빛이 바래 칙칙하고 얼룩이 진 색채들 속에서, 아이시만[22]과 대화를 나누었을 때 생생하게 느낄 수 있었던 강렬한 영감의 근거들을 찾아보려 애썼다. 흑백으로 그려진 것처럼 보이는 그림에서는 점차 황, 청, 녹색의 몇 가지 톤들이 구별되었다. 더 이상 수평선에서 배가 발견되었을 때의 극도로 고조된 긴장감이 아니라, 일종의 불안과 절망감이 지배적이었다. 극도로 제어된 구도에서는 단지 고통과 상실감만 읽을 수 있었다. 그것

22) Jacques Ayschmann: 페터 바이스가 영국 망명 기간(1934~1936) 동안에 사귄 친구로, 1936년에 스페인 내전에 참전한 뒤 실종되었다. 따라서 이 소설에서는 가공의 인물이다.

은 마치 채색된 물감이 굳고 딱지가 지면서, 기록으로 파악될 수 있는 모든 건 그림에서 사라지고, 화가의 개인적 파국에 대한 보고만 남아 있는 것 같았다. 하지만 나는 그림이 퇴색되었다는 실망감보다는, 자신의 업적이 풍화되어 쇠퇴해가는 제리코에 감정적 동화를 느꼈다. 또한 그 그림의 불명확성은, 비전이 아직 확실한 모습을 갖추지 못하고 있는 층위, 개별적으로 등장하는 인물들이 자신의 내면에 품고 있는 계획들을 이야기하고 있는, 그러한 층위로 내 생각을 끌고 갔다. 완성된 것이 전시됨으로써, 아직 들끓고 있는 것, 꿈과 같은 것이 나타나게 된 것이다. 화가는 많은 사람들이 혼잡하게 뒤섞인 가운데, 그 뒤에 죽었거나 죽어가는 사람들 사이에서 오랜 시간을 보냈다. 그는 바로 쌍돛대 범선이 나타나면서 날카로운 외침 소리와 함께 완전한 전환이 시작된 순간, 이미 죽음을 받아들일 준비가 된 육체가 다시 한 번 벌떡 일어나, 절멸의 세계에 대항하는 쐐기가 되었던 바로 그 순간, 자신이 찾고자 했던 해결책이 생겨나는 것을 보았다. 조난당한 사람들이 그 끔찍한 상황 속에서도 농담을 할 수 있었고, 한순간 자신들이 처한 상황을 잊고 웃음을 터뜨렸다는 내용을 읽었을 때, 그는 이미 이러한 결론에 다가서고 있었다. 쌍돛대 범선을 우리에게 보낸다면, 제발 그 배가 아르고스[23]의 눈을 가졌으면, 하고 한 사람이 말했으며, 그럼으로써 그는 애타게 도움을 바라던 그 배의 이름을 암시했다. 이것은 극도로 절박한 상황에서도 아직 숨이 붙어 있는 한 여전히 삶의 의지가 존재한다는 점을 화가에게 보여주었다. 그가 마침내 하데스의 손아귀에 떨어지고 온몸이 타들어가면서 저항의 긴장이 사그라졌을 때, 온 힘을 다해 발휘한 그의 용기는 그만큼 더 커졌다. 그가 감

23) Argus: 그리스 신화에 나오는 괴물로 온몸에 수많은 눈이 달렸다.

행한 것은, 여전히 고개를 쳐들 수 있는 마지막 사람들을 그리는 것이었다. 그리고 그 뗏목이 거품이 이는 짙푸른 물을 가르고 멀어져 가면서, 파도로 들어 올려졌다가는 다음번 파도가 내리붓는 물줄기를 뒤집어쓰기를 반복하면서 출렁이는 동안, 밖에서 9월 21일의 한낮이 내게 밀려들어왔다. 나는 갑자기 그 그림을 이해하려는 노력을 더 이상 계속할 수가 없었다. 그것은 화가의 개인적 본질, 그 자신을 물어뜯는 불안, 불만을 너무도 많이 담고 있는 것처럼 보였다. 마치 저 바깥쪽 시내 어딘가에 있는 그를 찾아내어, 그에게 자신의 작업에 어떤 의미를 부여했는지 묻는 것이 시급한 일인 것처럼 여겨졌다. 그래서 나는 풍요한 이미지의 자산을 갖고 있는 그 궁전을 떠났다. 타르를 입힌 듯한 화폭에 그려진 그 작품을 이해하려 노력할 때, 나의 내면에서는 다시 갈등이 빚어졌다. 7월 14일 혁명[24]의 아들인 제리코는 파멸과 해체에 맞세울 수 있는 힘들을 알고 있었으며, 혁명은 마치 흉터처럼 그의 내면에 깊이 각인되어 있었다. 그는 공익의 지배체제를 건설하는 데 보탬이 될 능력을 갖추고자 애썼다. 하지만 그가 가지고 있었던 것은 자신의 예술적 언어뿐이었으며, 이것은 시대의 질환을 묘사하는 것 이상으로 자신의 노출된 신경이 겪는 고통을 그려내는 데 이용되었다. 제리코가 자신의 기술을 발전시킨 몇 해 동안 예전의 상태들이 복구되었으며, 이 왕정복고 시대에 제1공화국에 대해 묻는 사람은 더 이상 없었다. 지나가면서 다비드[25]의 그림들을 쳐다보는 것만으로도, 혁명의 의고전주의 정신이 발호한 뒤에, 이상주의가 꽃을 피운 뒤, 곧바로 왕정의 과대망상의 단초들을 발견할 수 있다는 걸

24) 1789년 프랑스 대혁명을 가리킴. 7월 14일은 파리 민중들이 바스티유 감옥을 습격한 날이다.

25) Jacques Louis David(1748~1825): 프랑스의 의고전주의를 대표하는 화가.

확인할 수 있을 것이다. 제리코의 작품에서 생동감을 불러일으키는 것은 개혁적인 측면에 속한 것이었다. 이는 테마의 선정과 화법, 그리고 채색할 때의 붓놀림과 형식을 취급하는 방식에서 잘 나타난다. 그러나 그의 삶은 폐쇄적이고 궁지에 몰린 자의 삶이었다. 사회의 교만과 허식에 대한 증오가 그를 파탄으로 몰고 갔다. 마침내 그는 오로지 감옥과 정신병원, 그리고 시체보관소에만 머물게 되었는데, 그 이유는 그가 단지 그 배제된 자들 사이에서만 삶을 견뎌낼 수 있었기 때문이다. 그는 그들과 친밀감을 느꼈으며, 환상을 벗어버린 절도범의 얼굴 앞에서, 정신병자의 누렇게 창백해진 피부와 붉은 눈자위를 연구하면서, 자기 자신과 일치하는 점을 발견했다. 해부대 위에 놓인 잘린 사지들과 신체에서 떼어진, 피 묻은 머리들을 바라보는 눈길에는 죽음을 향한 그의 열망이 담겨 있었다. 그의 내면적 파멸은 어떤 분열을 일깨워주었으며, 우리 세대 역시 그러한 분열을 겪고 있었다. 마치 우리 입에 재갈이 물려 있는 것과 같아서, 그로 인해 우리가 스페인에 대해 말하려는 모든 말들은 스산한 신음 소리가 될 뿐이었다. 우리에게는 영겁과도 같았던 2년 남짓한 기간 동안 그곳에서는 전투가 벌어졌지만, 이곳에서는 스페인공화국이 곤경에 처한 것과 관련한 모든 생각이 마치 물이 솜에 빨려 들어가듯이 무관심과 둔탁한 침묵 속에서 사라져 갔다. 이곳에서는 적의 공격을 버텨내고자 했던 이루 말할 수 없는 노력 또한 거짓된 평화의 외관 속에 묻혀버렸다. 이러한 평화는 신비로운 행복이 되었고, 이를 지켜내는 일은 초자연적인 특성을 갖춘 몇몇 인물들의 손에 달려 있었다. 도시는 일견 세계적인 사건을 둘러싼 긴장으로 가득 찬 듯 보였으며, 도처에서 모여든 사람들이 최신 뉴스에 대해 이야기하곤 했다. 그러나 그들이 그렇게 흥분해서 관심을 가지고 지켜보는 것은 그들 자신의 곤경을 거짓으로 꾸며 보여주는 통속극에 지나지 않았다. 그들은 수수께끼 같은 음모들에 홀려 희망을 품고 해결책을 기다리는 가운데, 체코슬로바키아가 위험에 처한 것은 스페인 문제를 무시한 결과라는 사실을 알지 못했다. 영국과 프랑스가 맹세하는 말에 현혹되어 그들은 이미 저질러진 범행에 이들이 연루되었다는 점을 깨닫지 못했다. 스페인은 버려졌고, 체코슬로바키아를 겨누는 위협은 당사자들이 알아서 할 문제로 내맡겨졌다. 권력의 공백 상태에 놓인 스페인에서 아직 그 향배를 놓고 결정적 전투가 벌어지는 동안, 서유럽 언론들은 독자들에게 이 일진일퇴를 마치 외교관들을 주인공으로 하는 흥미진진한 장기놀음처럼 전했다. 그들은 노동자 계급의 전투적인 전위대가 갖는 영향력을 제거하고 이 문제가 위정자들의 틀에 박힌 활동에 좌지우지되는 것처럼 묘사하면서, 이들 뒤편에 도사리고 있는 금융자본의 막강한 세력에 대해서는 일언반구 언급도 하지 않았다. 민중운동이 선도적 활동을 해나간다는 소식은 반동 세력이 고착되어가는 과정에서 봇물처럼 쏟아져 나오는 각종 미사여구에 밀려났다. 노예화에 저항하는 정당방위 활동은 왜곡과 거짓말로 축소되어 서술되었다. 얼마 전까지만 해도 통찰력과 이성이 파괴적 권력에 대항해 승리할 수 있을 것처럼 보였다. 그러나 이제는 검은 옷을 입은 신사들이 엄숙한 제스처와 부패한 방식으로 국가들의 운명을 결정했다. 그들은 소련과의 모든 협력을 거부하고, 그들의 호소와 경고를 무시했으며, 시장이 새롭게 분할되는 기회를 놓칠세라, 모든 일에 동의할 채비를 갖추고는 파시스트 동맹의 우두머리에게로 달려갔다. 스페인에서 겪은 불분명한 전선으로 인한 실패에도 불구하고, 그곳에서 우리를 덮쳤던 절망과 무력감에도 불구하고, 스페인공화국에서 시도했던 것은 우리에게 일종의 횃불과도 같았으며, 우리는 바로 그 빛이 나머지 유럽 지역도 밝혀줄 것이라고 생각했다. 그러나 이곳 사람들은 비열한 사업을 그려낸 통속소설에 눈이 멀어 배반과 약탈을 평화 유지를 위한 고상한 행위라고 불렀다. 우리는 어느 길거리에서나 냉소적인 타산을 찬양하는 소리를 들었다. 왜 노동자들은 자신들을 상대로 한 사기에 분노하며서 깃발을 들고 거리로 나서지 않는지, 우리는 그 이유를 자문해보았다. 그 이유는 아마도 우리가 우리의 임무에서 면직되었을 때 느꼈던 것과 똑같은 놀라움과 무력감을 그들 또한 갖고 있기 때문일 것이라고 우리는 말했다. 그들 역시 자신들의 집단행동이 지난 몇 년 동안 얼마나 교묘하게 무력화되었는지 이제야 비로소 깨닫기 시작했을 것이다. 망명에 불가피하게 끼어드는 우연성에 내맡겨진 채 점점 더 확산되는 불안과 조급함의 징후를 느끼면서, 우리는 이주 목표지를 논의했다. 멕시코나 북아메리카 또는 스칸디나비아는 정치 활동 금지 조건이 따라붙었다. 요구사항을 최소한으로 줄인 채 낯선 곳에 뿌리 내리기 위해서는 어딘가에서 후원이나 보증을 끌어들이거나, 또는 자력으로, 위조여권을 갖거나 몰래 국경을 넘어 낯선 나라에 잠입해 그곳에서 잠적해버려야만 했다. 납으로 주조된 창문틀 아래 놓인 값비싼 식탁 주위에는 촛불 아래에서 몸짓을 해가며 토론하는 그룹이 앉아 있었다. 눈에 띄게 밝고 만족스러운 얼굴을 한 집주인은 그들 사이를 이리저리 오갔다. 스웨덴의 하원의원인 브란팅[26]과 대화를 나누고 있는 호단[27]의 모습이 얼핏 보였다. 이제 사람들은 그를 불신하는 기색이 역력했다. 그가 뮌첸베르

26) Hjalmar Branting(1860~1925): 스웨덴의 사민당 정치가로 1920년 스웨덴 최초의 사민당 내각에서 수상직에 올랐다. 1921년 노벨 평화상을 수상했다.

27) Max Hodann(1894~1946): 의사이자 심리학자이며 성교육 연구가. 사회주의 의사연맹 대표 중 한 사람으로 제국의회 의사당 방화 사건(1933) 직후 체포되어 4개월 동안 수감되었다. 국제여단 의사로 스페인 내전에 참전했다. 1940년 이후 스웨덴 망명 중 페터 바이스와 친분관계를 맺었으나 1946년 자살했다.

크[28]와 친구 사이라는 것이 잘 알려졌기 때문이었다. 뮌첸베르크가 아직 당에 소속되어 있는지, 아니면 이미 제명되었는지, 그리고 그가 무슨 일로 비난을 받고 있는지 아무도 몰랐는데도, 그와 여전히 관계를 맺고 있는 사람들은 은연중에 소외되고 냉대를 받았다. 이처럼 무언가 틀어져 있었지만, 그 건물의 위층 홀에서는 하인리히 만[29]이 의장으로 참석한 가운데 인민전선 창립준비위원회가 열렸다. 공산주의 세력이 주도적으로 제안한 사업에는 정부 관계자들이 아예 참여하지 않았기 때문에 이 소극적인 소규모 집단들의 회합은 이미 비현실적인 면을 갖고 있었다. 하지만 이러한 시도는 우리의 모든 활동을 뒤덮고 있는 파국에 영향을 끼칠 만한 유일한 시도였다. 메르커, 달렘, 아커만[30] 그리고 아부시[31]가 공산당

28) Willy Münzenberg(1889~1940): 독일 공산당 정치가. 1914년부터 스위스 사회주의 청년동맹의 비서직을 수행하며 레닌과 친교를 맺었다. 1918년 스위스에서 추방된 후 스파르타쿠스단과 독일 공산당의 하원의원으로 활동했으며, 1924년 제국의회 의원으로 잡지 발행, 영화 제작, 출판업을 위주로 하는 '뮌첸베르크 재벌기업'을 세웠다. 1933년 나치 집권 후 파리로 망명해 1935년부터 인민전선정책 추진에 협력했고 1939년 독일 공산당을 비판한 일로 당에서 제명된 뒤 의문사했다(그의 삶과 죽음, 그리고 활동에 대해서는 이 소설에 상세히 소개된다).

29) Heinrich Mann(1871~1951): 독일 작가. 대표작으로는 소설 『운라트 교수』와 『충복』이 있다. 작가 토마스 만의 형으로 나치 집권 후 파리로 망명했다가 1940년 이후에는 미국에 거주했고 그곳에서 생을 마쳤다.

30) Paul Merker(1894~1969): 식당 사환 출신으로 독일 공산당에 입당해서 1929년 당중앙위원회 비서까지 역임했다. 나치 집권 후 프랑스와 멕시코로 망명했으며 나중에 동독에서 산림부 차관을 지내기도 했다.

Franz Dahlem(1892~1981): 1927년부터 독일 공산당 중앙위원회 위원을 역임했고 스페인 내전 시 독일 공산당과 코민테른의 대표로 활약했다. 프랑스 망명 중 1941년 독일로 송환되어 1945년까지 강제수용소에 수감되었다. 동독 사회주의통일당의 중앙위원을 지내기도 했다.

Anton Ackermann(1905~1973): 양말 제조공 출신으로 1933년 이후 독일 공산당 베를린 지부 대표로 지하운동에 참여했다. 스페인 내전 참전 후 소련에서 활동했고 동독 외무성 차관을 지냈다.

31) Alexander Abusch(1902~1982): 작가이자 언론인으로 1919년 독일 공산당에 입당하

을 대변했으며, 메비스[32]는 그 당시에 체코슬로바키아에 있었다. 사민당 당직자들 중에는 브라운, 슈탐퍼, 브라이트샤이트, 힐퍼딩[33]이 참석했는데, 모든 결정을 유보하는 것이 그들의 임무는 아니었지만 그들은 전권을 가지고 있지 않았다. 프라하와 런던에 당의 상임중앙위원회 위원들이 있었던 사민당은, 프랑스와 스페인의 사회당과 마찬가지로, 있으나 마나 한 조직이 되었다. 그들은 다만 자신들을 보전하기 위한, 자본 세력과의 결탁에서만 그 존재감을 드러냈다. 공산당은 그보다 더 형체가 없었는데, 이는 지하투쟁을 계속하기 위한 불가피한 위장전술 때문이었다. 그러나 그들은 또한 공동전선을 형성하기 위해 노력하면서도 내부의 재앙으로 분열되어 있었다. 체코슬로바키아에서는 머지않아 총동원령이 내려질 것으로 보였으며, 보헤미아 지방 도시들에 내걸렸던 갈고리 십자가

고 나치 집권 후 프랑스로 망명했다. 1939년 이후 수용소에 감금되었다가 1941년 멕시코로 망명했으며 1960년대에 동독 내각의 부대표로 문화정책을 담당했다.

32) Karl Mewis(1907~1987): 선반공 출신으로 1933년 이후 독일과 망명지의 불법 공산당 활동을 지도했다. 스페인 내전에 참전 후 스웨덴으로 망명했지만, 그곳에서 감금되었다. 동독에서 1981년까지 중앙위원직에 있었으며, 폴란드 대사를 역임했다.

33) Max Braun(1892~1945): 언론인 출신의 독일 사민당 정치가로 1935년 프랑스로 망명한 뒤 뮌첸베르크와 협력해 활동했다.
Friedrich Stampfer(1874~1956): 독일 사민당 정치가로 1920년 이후 사민당 기관지 『전진*Vorwärts*』의 편집장을 역임했다. 1933년 프라하로 망명한 뒤 좌파의 반파시즘 노선에 반대해 파리, 미국 등지에서 망명 생활을 했다. 1948년 이후 서독에 거주하면서 반공주의를 대변했다.
Rudolf Breitscheid(1874~1944): 사민당 제국의회 의원으로 1933년 스위스로 망명했다. 1941년 프랑스에서 체포되어 부헨발트 강제수용소에 수감 중 사망했다.
Rudolf Hilferding(1877~1943): 빈 출신 의사이자 경제학자, 사민당 정치가로 대표작으로는 『금융자본론*Das Finanzkapital*』(1910)이 있다. 제1차 세계대전 전까지는 사민당 좌파 계열에 속했으며, 바이마르공화국 당시 점차 부르주아 입장을 대변했다. 1940년 독일의 비밀보안경찰(게슈타포)에 이송되어 부헨발트 강제수용소에 수감 중 1943년 사망했다.

깃발들이 끌어내려지고, 일반 가정에서 보관하고 있던 무기들이 징발되었다. 나는 바른스도르프에 있는 부엌을 떠올리며, 부모님이 프라하로 떠났기를 바라면서 그 공간이 비어 있는 모습을 상상해보려고 했다. 나는 예전에 뮌첸베르크의 동지였던 카츠[34]에게 체로슬로바키아 대사관에 입대 신고를 해야 할지 상의했지만, 그는 내게 기다려보라고 충고했다. 처음에 나는 파리에 거주하고 있는 그를 예전에 내 아버지가 베너의 말을 빌려 내게 묘사해주었던, 그런 시각으로 바라보았다. 그러나 그런 모습은 이제 그에게서 찾아볼 수 없었다. 옷을 멋지게 차려입은 그의 모습이 거부감을 불러일으키지는 않았다. 그것이 바로 그에게 일종의 보호막 구실을 해주고 있는 것처럼 보였다. 그는 코민테른의 위임을 받아 그 도시에 머물고 있었으며, 그의 수많은 임무 중 하나는, 파리에 도착한 스페인 국제여단 부대원들을 지원하는 일이었다. 대화를 할 때면 그는 개방적이고도 경험이 풍부한 모습을 보여주었다. 나는 입당하겠다는 의지를 피력했으며, 현실적인 문제들을 시급히 해결해야 한다는 것은 알지만 이 점이 예술가적인 또는 학문적인 작업에 대한 나의 욕구와 배치되지 않는다는 점 또한 언급했다. 제리코가 우리를 연결해주었다. 오후에 우리는 몽마르트르 아래쪽에 있는 클리시 광장에서부터 좁지만 번잡한 마르티르 가를 따라 내려가 23번지 집의 현관문으로 들어갔다. 우리는 통로를 지나 포석이 깔린 마당에 들어섰다. 예전에는 고상했던 건물의 벽들이 칙칙한 회색이 되었고, 모르타르를 바른 곳에는 여기저기 균열이 나 있

34) Otto Katz(1893~1952): 체코슬로바키아 출신의 언론인이자 독일 공산당원으로 연극인 파스카토르의 동료였다. 1933년 파리로 망명 후 1936년부터 스페인공화국의 언론 홍보처장직을 수행했고 그 후 프랑스에서 뮌첸베르크와 협력했다. 1939년 미국으로, 1941년 다시 멕시코로 망명했으며 1946년 체코슬로바키아로 귀환했지만 1952년 이른바 슬란스키 재판에서 사형을 선고받고 처형되었다.

었으며, 벽에 달린 창문과 출입문, 그리고 문지방들은 비스듬히 기울어 있었다. 측면 건물이 정원을 지나서까지 길게 뻗어 있었으며, 키 큰 아카시아나무와 단풍나무 몇 그루가 심어져 있는 정원은 담쟁이덩굴이 뒤덮인 울타리로 마당과 연결되어 있었다. 격자문들 사이에는 낮게 설치된 말구유 물통과 함께 우물이 있었으며, 건물 1층 왼편에는 지난 세기 초에 축조된 마구간이 있었다. 카츠는 그 위층에 있는 두 개의 반달형 창문과 그 위층의 그보다 더 높게 설치된 사각형 창문을 가리키며, 저곳에서 제리코가 1817년 11월부터 1818년 가을까지 그림을 스케치했다고 말했다. 대형 그림을 그리기 위해 그는 외곽의 포부르 룰 지역에 있는 루이레그랑 가로 이사했으며, 전시회를 연 뒤 2년 동안 영국에 머문 다음 다시 정원이 딸린 이 집으로 돌아왔다. 이곳에서 그는 1824년 1월 26일, 말에서 떨어져 얻은 병으로 죽었다. 당시 이 거리는 시 외곽의 시골 지역에 있었으며, 정원들과 따로 떨어져 있는 저택들, 그리고 가축 시장과 농가들을 지나 베네딕트 수도원의 폐허와 방앗간, 포도밭들, 그리고 몽마르트르의 석회석 채석장으로 이어져 있었다. 그 후 10, 20년이 지나서야 도시는 그 언덕 위까지 확장되었다. 1920년대 초까지만 해도 구불구불한 골목길에 접한 가옥들과 가파른 계단들 사이의 오두막과 판잣집들이, 덤불이 우거진 마르키 언덕에 다닥다닥 붙어서 극빈자들의 피난처를 이루고 있었다. 블랑셰 광장 근처에서 제리코가 탄 말이 횡목 앞에서 겁에 질려 멈추면서 그를 내동댕이쳤다. 그때 입은 상처에서 며칠이 지나자 화농이 곪아터졌고, 그런 병에도 불구하고 그는 마르스궁전에서 열린 경마대회에 참가해 또다시 낙마했다. 등골이 감염되어 척추뼈가 부서지기 시작했으며, 산 채로 썩어갔다. 당시 그는 천장이 둥근 방에서 자신이 그린 그림과 스케치로 둘러싸인 가운데 부분적으로 가려진 침대 위에 누워 있었다. 액자에서 떼어낸 「메두사 호의 뗏목」이 긴 쪽 벽을 가득 메우고 있었다. 아무도 그 작품을 사려고 하지 않았으며, 다만 한 상인이 그에게, 화폭을 잘라 각 부분을 개별적인 습작 작품으로 위탁판매해보는 것이 어떻겠느냐고 제안했다. 1823년 12월 말 들라크루아가 그를 방문했을 때, 제리코의 몸무게는 어린애의 몸무게와 같았으나 서른두 살인 그의 머리는 노인의 머리였다. 그는 마치 자신을 벌하고 싶어 하듯 이러한 죽음을 갈망해왔으며, 자신의 작품에 대해 말할 때도 스스로를 없애고자 하는 충동을 드러내곤 했다. 누군가 작품을 호평하면, 그는 해골처럼 된 얼굴을 그림 속의 조난당한 사람들에게로 향하면서, 그까짓 것, 책의 장식 그림일 뿐, 이라고 대답했다. 그러나 그는 마지막까지도, 노예제도의 끔찍한 실상이나 종교재판 희생자의 해방 같은 소재를 다루는 대형 작품들을 구상했다. 고통을 견뎌내는 일 말고 그에게 더 이상 확실한 것은 없었으며, 단지 고통에서만 현실을 체험했지만, 그는 언제나 다시 그림을 생각함으로써 죽음을 극복했고, 자신의 질병에서 극단적인 열정을 끌어냈다. 9월 22일 목요일, 다시 그의 작품이 보여주는 시커먼 무리 아래쪽에 서 있을 때, 나는 하나의 전체로 응집된 무리의 얼굴 윤곽과 동작들이 어둠 속에서 모습을 드러내는 것을 알아볼 수 있었다. 조난당한 사람들 중 아무도 관람객에게 눈길을 주지 않았지만, 화가는 관람객이 마치 뗏목이 바로 코앞에 있는 듯한 착각에 빠지게 하고, 자신이 이미 기력이 다해 구조를 받기에는 너무 힘이 없는 손으로 튀어나온 판자를 잡고 있는 것처럼 느끼기를 바라는 것처럼 보였다. 그의 머리 위 높은 곳에서 벌어지는 일들은 그에게 더 이상 아무런 상관이 없었다. 그대들, 이 그림 앞에 서 있는 그대들은 패배자이며, 희망은 그대들이 떠나보낸 사람들의 것이다,라고 화가는 말하고 있었다. 화면 왼쪽에 있는 죽은 사람의 팔은 원래 앞쪽 모서리에 있는 죽은 어린애의 발치에까지 뻗쳐 있던 것으로, 팔꿈치 아래쪽 팔과 손의 모습이 덧칠된 흔적을 알아볼 수 있었다. 갈비뼈 아래쪽 하체는 마치 끊어져 나간 것처럼 보였으며, 그것은 두꺼운 널빤지들 사이에 끼어 있거나 혹은 구멍 속으로 꺾여 들어갔거나, 그것도 아니면 반쪽이 잡아먹힌 것처럼 보였다. 앞쪽에는 네 구의 시체가 나란히 놓였으며, 그 뒤쪽에는 세 사람이 다른 사람들에게서 고개를 돌린 채 웅크리고 있고, 그중 한 명은 마스트에 기대 양손에 얼굴을 파묻고 있다. 그 뒤쪽에는 반쯤 몸을 일으켜 세운 네 명의 몸뚱이가 있고, 그 위에는 거꾸러진 사람이 가로놓여 있다. 그다음에는 네 명이 함께 붙어 서 있으며, 마지막으로 세 명이 있는데, 그중 두 명은 가장 높이 몸을 일으켜 세운 사람을 받치고 있다. 모든 사람의 피부에는 희미한 녹황색이 반사되고 있다. 내가 발렌시아에서 아이시만과 함께 이 그림의 복사본을 보았을 때, 지금 보이는 대부분의 모습을 알아볼 수 있었다. 그러나 이제 내가 이 작품을 직접 보고 목격자가 되어 그 사건을 원래 모습대로 볼 수 있게 된 지금에야 비로소 그림을 그린다는 것이 어떤 행위인지 알 수 있게 되었다. 나는 점차 고심의 강도가 높아지는 가운데 어떻게 형식들이 배치되는지, 그리고 어떻게 대비에서 통일성이 짜 맞추어지는지 이해하기 시작했다. 어두운 부분이 밝은 부분과 마주치도록 꼼꼼하게 그림으로써, 빛이 반사되는 얼굴이나 등, 또는 장딴지의 윤곽이, 그림자가 진 천이나 나무, 또는 살덩이와 대비되었으며, 반대로 머리와 손, 엉덩이의 검은 단면은 희미한 빛을 반사하는 돛폭이나 하늘, 물의 색깔과 대조되었다. 이러한 뒤섞임 속에서 묶이고 지배당하는 것이 인내의 감정을 전달했다. 이러한 특성은, 고집스럽게 참아내는 그 태도가 무거운 슬픔에 사로잡힌 듯한 모습으로 나타남으로써 강조되었다. 돌이킬 수 없는 것과 결부되기 때문에 모든 감정 중에서 가장 끈질긴 이 감정은, 그림의 앞쪽에 위치한, 온몸이 그려진 인물을 통해 표현되었다. 그것은 희미한 빛을 발하는 이마와 관자놀이, 그리고 뒤쪽으로 처진 광대뼈 여기저기서 발견할 수 있었다. 그러고는 이제 표현이 바뀌어서, 엄청난 에너지로 생존 가능성을 지향했다. 구원을 바라는 기대는 불안감으로 각인되었으며, 마치 꿈속에서 무언가에 옥죄인 상태에서 벗어나기 위해 깨어나려 애쓰는 상황과도 같은, 기다림의 분위기가 지배적이었다. 무언가 다가오는 것을 보았다고 믿는 사람들은 관람객을 외면하고 있었고, 알아볼 수 있는 몇몇 얼굴들에는 내면을 향하는 경직된 눈길이 담겨 있었다. 맨 가장자리에 자리 잡은 한 사람은 검은 피부를 가진 아프리카인인데, 텅 빈 공간을 향하고 있는 그의 윤곽선은 몹시 흔들렸다. 어깨와 뒤쪽에서 보이는 뺨, 그리고 머리카락의 선들은 구름 속으로 흘러들어가려는 것처럼 보였으며, 바로 그 선들의 가장 윗부분에서 무리의 해체, 소멸이 시작되고 있었다. 내가 알아볼 수 있는 한, 이처럼 살짝 지워지거나 윤곽이 흔들리는 부분은 그림의 다른 곳에서는 발견할 수 없었다. 사라지고 있는 이 부분은, 인지할 수 있는 한계를 넘어서는 것에 대한, 알아보기 어려운 기호로서 의도된 것이 틀림없었다. 경계를 넘어서는 현상이 시작되는 이 부분에는 그와 동시에 육체적인 것이 가장 뚜렷한 모습으로 각인되어 있었다. 식민지 출신 흑인 병사였던 샤를은 조난된 사람들 가운데 가장 힘이 센 사람이었다. 그러나 보고에 따르면 그는 하사관 로작과 클레레, 포병 쿠르타드, 소방하사관 라비레, 그리고 무명의 툴롱 출신 수병처럼 아르고스 호에 의해 구조된 뒤 생루이에서 죽은 사람들에 포함되었다. 제리코는 습작을 마칠 무렵, 뜨거운 여름 내내 이 사람들 사이에서 살았다. 화폭에 옮기기 전, 그는 종종 마치 자신이 생루이에 있는 듯한 착각에 빠졌다. 세네갈 강 어귀의 섬에 있는 바로 이 작은 도시에서, 눈이 쑥 들어가고 수염이 덥수룩한 모습으로 구조된 사람들이 배에서 실려 나와 군병원의 한구석에 뉘어졌다. 아마도 화가는, 육지에서도 고통이 이어졌던 바로 이 부분에서 비로소 그림을 시작했어야 했던 건 아닌가 하고 자문했을 것이다. 고립무원의 해상 여행은 끝났으며, 이제 그들은 다시 정착민들 가운데, 연속성 안에 있게 되었다. 여전히 병영을 손아귀에 틀어쥐고 있는 영국인들은 그들에게 어떤 도움의 손길도 허용하지 않았다. 가장 약한 사람들이 죽은 뒤에 살아남은 아홉 명의 사람들, 즉 지리학자 코레아르와 외과 의사 사비니, 뒤퐁 대위와 외뢰 소위, 공무원 벨레와 사관후보생 쿠댕과 코스트, 수병인 조타수 토마, 그리고 의무병 프랑수아는 장기간의 구금생활을 각오했다. 제리코는 그들 사이에 누워, 지저분한 바닥 위를 기어갔으며, 비틀거리며 몇 발짝을 걸어보려 했다. 그러고 나서 그는 아직 걸을 수 있는 몇몇 사람들과 함께 거리로 나가 동냥을 할 용기를 냈다. 조약이라는 것이, 속이 빤히 들여다보이는 짓거리였다는 사실이 이미 드러났다. 영국의 관리와 장교들은, 예고되었던 프랑스 점령군이 오지 않았기 때문에, 그 지역을 비워줄 이유가 없다고 생각했다. 몇 주가 지나자 비로소, 북쪽에서 육지로 상륙했던 한 무리의 꾀죄죄한 식민지 통치자들이 무기도 없고 옷도 거의 입지 못한 채로 나타났다. 제리코가 생루이의 당시 상황을 상상할 때, 다시 한 시대의 혼란이라는 거대한 테마가 머릿속의 그림에서 나타났다. 탐욕에 가득 차고, 내부는 핏속까지 분열되어 있는 백인종이 아프리카 해안으로 기어왔으며, 정복자들이 여기저기 둥지를 틀었다. 조난되어 흩어졌던 사람들이 쇠잔해진 그들의 몸뚱이를 모래밭 사이로 질질 끌고 와서, 수세기 동안의 노예무역으로 기반이 흔들리고 있는 흑인 문화를 오염시켰다. 메두사 호가 좌초된 뒤 뗏목에 탄 사람들을 내팽개쳤던, 총독이자 지휘함의 선장이 이끄는 가운데, 병사와 수병 그리고 승객들은 사막을 지나 자이데 왕의 나라로 진군했다. 화가는 그 행렬이 군주의 천막궁전에 도착한 정황을 알게 되었으며, 이는 그에게 넓고 새로운 시야를 열어주었다. 궁핍한 가운데 행군을 마친 프랑스인들은 무어 족이 손님을 친절하게 대해주기만을 바라야 했다. 그들은 나폴레옹을 생각해냈다. 퇴위한 황제가 머나먼 영국령 섬에 여전히 살아 있다는 생각은 제리코에게도 좀 놀라운 것이었다. 그의 이름을 들먹임으로써 꾀죄죄한 몰골의 정복자들은 자신의 출신 성분을 치장하고자 했다. 창을 든 병사들과 낙타꾼들에게 둘러싸인 가운데 그들은 왕의 양탄자 앞에 머리를 조아리며 무릎을 꿇고 모래땅에 유럽과 북아프리카의 모양을 그리고는, 바다를 건너 그들이 항해해온 뱃길을 그렸다. 모하메드교도인 왕은 언젠가 메카로 순례 여행을 하던 중에 보나파르트 장군의 군대를 본 적이 있는데, 바로 그가 세계의 지배자 나폴레옹임을 깨닫고는 경탄해 마지않았다. 엘바 섬에서 헤라클레스 입상을 지나고 적도를 지나, 새로운 질서를 건설했던 바로 그 위대한 사람이 권력을 잃고 유폐된 채 쓰라린 마음으로 중병을 앓고 있는 바로 그곳, 남대서양의 한 지점까지 가늘고 긴 선이 그어졌다. 이방인들은 전설적인 이야기를 들려준 대가로 빵과 음료수를 얻었다. 그리하여 그들은 아무런 특이한 점도 없는 바로 이 도시, 생루이에 도착했다. 그 섬은 길이 2.5킬로미터에 너비 2백 미터, 그리고 고도는 1미터를 넘지 못했다. 곧바른 도로와 단조로운 주택들, 엉성한 정원 시설들, 그리고 몇 그루의 야자나무 뒤편에는 대포들과 병기고를 갖춘 요새가 있었으며, 야만의 첨단이라는 이름을 가진 개울을 따라 형성된 좁고 긴 반도에는 진흙으로 만든 오두막이 몇 채 있었다. 영국인들은 이제 막 그곳에 도착한 사람들에게 자신들이 아직 정부로부터 병영 철수 명령을 받지 못했노라고 정중히 전했다. 쇼마레는 삼각모자와 몇 가지 남아 있는 장식품으로 복장을 갖추고는 야전병원에 누워 있는 병자들과 굶어 죽기 직전의 사람들을 방문했다. 그러고는 그들에게, 수십만 프랑이 들어 있는 메두사 호의 금고가 인양된다면 더 좋은 숙소와 급식, 그리고 간병을 제공할 것이라고 약속했다. 그는 영국인의 대리인들과, 선상에 남겨진 귀중품들을 나누기로 합의했다. 배들은 바다 속에 처박혀 있었다. 그러나 그들에 앞서 이미 약탈자들이 난파선을 찾아냈고 화폐들을 탈취해갔다. 아직 남아 있는 것들은 시내에서 매각되었다. 황량했던 그 지역은 며칠 동안 열광적인 꿈의 장소로 변했다. 여기저기서 밀가루 통들이 먼지를 일으키며 굴러다녔고, 포도주통의 마개들이 열렸고, 바닥에 누워 있는 사람들의 벌어진 입으로 음료수들이 부어졌다. 쇠약해질 대로 쇠약해지고 온통 상처로 뒤덮인 제리코와 그의 동료들[35]은 맨발로 이리저리 헤매다가, 던지듯 내준 항해지도와 담요, 그리고 그물침대 따위를 얻었다. 항해에 쓰이는 도구들은 분해되어 여인들이 장식품으로 머리에 꽂고 다녔다. 아이들은 배낭과 가방을 끌고 다니며 서류와 책을 뒤적거렸다. 옷장의 장식품들은 오두막 대문에 박혀 있었다. 돛포와 침대 격자들은 잘렸으며, 삭구들은 길을 따라 길게 벌여져 있었다. 아프리카인들은 자신들의 주인 행세를 하듯, 크고 작은 조끼와 긴 바지에 칼을 차고는 긴 회색 외투를 두르고 다녔다. 그들은 시곗줄과 목이 접힌 장화를 차지하려고 서로 다투었고, 땀에 젖은 맨살 위에 견장을 달고 휘장을 둘렀다. 몇몇 사람은 혼잡한 행렬을 이루며 은장식을 박아 넣은 소총을 공중에 쏘는가 하면, 망원경으로

35) 여기서는 화가 제리코가 예술가적 상상력으로 자신을 조난자의 일원으로 일체화한 것으로 표현된다.

저 건너편에 있는 원숭이 떼를 관찰하기도 했다. 장사꾼들은 총독에게 깃발, 그 자랑스러운 삼색기를 돌려주려 하지 않았으며, 그가 흐느끼면서 모래바닥에 몸을 던지자 사람들은 이에 아랑곳하지 않고 그 천을 찢어서는, 청색은 청색대로 적색은 적색대로, 춤추는 사람들의 엉덩이를 치장하는 장식품으로 만들었다. 프랑스인들은 칼과 노, 배의 갈고리 따위를 휘두르는 사람들에게 쫓겨났다. 그들은 다카를 향해 치욕적인 후퇴의 길에 들어섰다. 뗏목의 생존자들은, 프랑스에서 그들을 기억하고 그들을 찾기 위해 루아르 호를 파견하기 전인 그해 11월 말까지, 동정을 베푸는 사람들의 도움을 받으며 유배 상태로 머물러 있었다. 8월 말에 제리코의 아들이 태어나고, 그가 이 아이에게 이폴리트라는 이름을 붙여준 것 또한, 환영 같은 사건들로 가득 찬 이 시기의 일이었다. 아이가 성명 미상의 부모에게서 출생한 것으로 등록되고, 아이 엄마가 시골로 보내지고, 젖먹이 어린아이가 양부모에게 맡겨지는 등, 이 스캔들을 외부 세계에 숨기고자 하는 가족들의 힘겨운 노력은, 그로 하여금 점점 더 자신의 실패와 무능을 절감하고 폐쇄적이 되게 만들었다. 그는 룰 지역의 보종 병원 근처에서 작업했으며, 바로 이곳에서, 죽은 자들 사이에서 지내는 그의 삶이 시작되었다. 그곳 시체실에서 그는 생기를 잃은 피부 연구에 몰두했다. 그 그림이 루브르 박물관에 전시되었을 때, 그는 헤어나기 어려운 혼란 속에서 살고 있었다. 카레 살롱에서 그는 우아하게 차려입은 사교계의 신사 숙녀, 궁정 관리, 그리고 비평가 떼거리가 북적이는 가운데 눈에 띄지 않는 구석에 머물러 있었다. 그러나 그는 모든 인습적인 것에 대한 거칠고 가차 없는 공격에 놀라는 외침 소리를 듣고, 이 생생한 절망감의 표현에 놀라는 모습들을 보았으며, 그 그림의 둔탁한 색채와 경직된 황량함에 경멸적인 소감을 내뱉는 소리들을 들었다. 바로 그때 그는 만족감과 함께, 나는 더 이상 어찌해볼 도리가 없었다는 교만함이 차오르는 것을 느꼈으며, 그 속에 검은 색깔이 많으면 많을수록 더 좋았을 것이라는 생각을 했다. 이 짙은 검은색, 이 어둡고, 마치 전류가 흐르는 듯한 회색, 이 둔탁한 흑갈색, 이것들은, 그가 매 순간 숨을 쉬면서 느끼는 불행의 전조를 담고 있었다. 이미 그의 습작 시기 작품에서부터 이러한 색깔들이 주조를 이루었으며, 그림을 그리고자 하는 충동은 견딜 수 없는 삶의 고통이 뿌리를 내리고 있는 바로 그 지층에서 생겨났다. 그는 스물한 살의 나이로, 마치 메두사 호마저도 덮쳐버릴 듯한 대홍수를 그렸다. 그 그림에서는 낮게 떠도는 구름에서 빗줄기들이 내리 쏟아졌고, 넘실대는 물은 몇 사람이 기어오르고 있는, 깎아지른 듯한 절벽에 부딪혔다. 뒤집히고 있는 뗏목에서 여인이 한 아이를 들어 올려 남편에게 건넸으며, 한 소년이 판자 위에 무릎을 꿇었다. 가라앉는 보트에서 멀리 떨어진 곳에서는 익사자의 손이 보였고, 콧구멍이 부풀어 오른 채 헤엄을 치고 있는 말 등에는 죽은 시체가 타고 있었다. 이 젊은 화가는 그 모티프를 푸생[36]의 그림에서 따와 변형시켰다. 그의 선임자 또한 풍경화에서의 모든 통상적인 것들을 포기했으며, 바위와 나무들을 뼈대만 남은 앙상한 형태로 그리고, 폭포의 물과 궂은 날의 하늘을 묵시록의 분위기로 묶어냈다. 그런데도 그 그림에서는 자연현상의 흔적들을 알아볼 수 있었다. 제리코의 그림에는 단지 비전과 영적인 현상만이 존재했으며, 푸생의 그림에 있는, 물속에서 돌출된 지붕 뒤편에 유유히 떠다니는 구원의 방주가 빠져 있었다. 달과 번개는 폭풍과 경악스러운 모습에 가려

36) Nicolas Poussin(1594~1665): 프랑스 근대 회화의 시조로 일컬어진다. 신화, 고대사, 성서 등에서 제재를 골라 독창적인 작품을 그렸다. 장대하고 세련된, 정연한 화면 구성과 화면의 정취는 프랑스 회화에 큰 영향을 끼쳤다.

졌으며, 그것들은 단지 저 깊은 내면을 뒤적거려야만 찾아볼 수 있었다. 푸생은 어두운 회색 바탕에 드물게나마 섞어 넣은 색채들을 통해 멜로디와 같은 선율을 부여했다. 부드럽다고 할 수 있는 빛깔이 보트 주변에 늘어선 인물들을 비추었다. 노를 잡고 있는 노인의 청색과 흰색, 갑판 벽을 기어오르는 사람의 창백한 적색, 그리고 바위 위에 서 있는 푸른 셔츠의 남자에게 붉은 빛깔의 천에 싸인 아이를 건네는 여인의 흰색, 황색, 청색의 배열은 이보다 약간 흐린 색깔로, 말의 목에 매달리거나 떠다니는 판자에 매달린 사람들의 옷 색깔의 적색과 청색으로 반복되었다. 푸생의 그림에 담긴 이 모든 황량함과 저주스러운 모습들을 보노라면 관람객들은 무겁고 침울한 생각에 잠기게 되었다. 제리코는 우리로 하여금 모든 실낱같은 기대감을 버리게 하며 불안에 찬 그의 꿈속으로 우리를 잡아끈다. 푸생의 세계 역시 기이하긴 했지만, 우리는 그 명철함과 대면하면서 우리의 사고를 견지할 수 있었다. 그러나 제리코는 우리에게 열정적인 심적 사건의 과정을 들여다보게 함으로써 우리를 경악에 빠뜨렸다. 같은 해에 한 인간의, 아니 한 여인의 초상화와 비슷한, 흰색의 말머리 그림이 제작되었다. 가늘게 떨고 있는 콧구멍 주위로 핑크빛이 살짝 보였고, 솜털이 보송보송한 피부와, 부드럽게 다발을 이룬 갈기, 이마 위에 드리워진 곱슬머리는 더할 바 없이 부드럽게 어루만진 듯했다. 어둡게 빛나는 두 눈은 연인의 눈길을 담고 있었다. 그리고 이 얼굴의 뒤편에는 암흑의 밤이 배경을 이루고 있었다. 제리코는 삶의 마지막 해에 몽마르트르에서 석고 화덕이 딸린 제작소를 그렸다. 생투앙의 들판에 높이 솟아 있는 허물어진 건물은 세상의 끝에 다다른 것과 같은 모습이었고, 구름들은 언덕 봉우리의 숲에서 피어오르는 연기와 합쳐졌다. 열린 문을 통해 반쯤 모습을 드러낸, 엄청나게 큰 수레에서 털로 짠 옷을 입고 챙이 넓은 모자를 쓰고는 자루들 사이에서 잠들어 있는 하인의 모습은 마치 죽음과도 같았으며, 마구가 벗겨진 말들은 이리저리 바퀴자국이 나 있는 진흙길 옆에, 금방이라도 소나기가 내릴 듯한 무더운 날씨에 아무도 돌보는 사람 없이 서 있었다. 제리코는 그림을 그림으로써 자신의 삶을 변화시킬 수는 없었다. 그의 작품을 개관해보더라도 어떤 발전 단계나 결정적인 양식의 변화가 눈에 띄지는 않았다. 그가 작업을 했던 10년 동안은, 처음부터 무언가에 사로잡힌 상태로 줄곧 머물렀으며, 그 기간 내내, 그가 구원을 찾고자 할 때와 동일한 강렬함을 간직했다. 그에게 도움이나 구원은 존재하지 않았으며, 그의 내면에 쌓인 엄청난 에너지는 단지 만들어지고 있는 그림을 통해서만 가끔씩 숨을 쉴 수 있었다. 이승에서 누린 짧은 생애 동안 그에게 그림은 내면의 중압감과 직면하기 위한 도구였으며, 끊임없이 드리워진 광기는 경직에 대한 일종의 반항이었다. 압제와 파괴의 체제에 대항하고자 했던 그는 패배자로 몰락해가는 자신의 모습을 보았다. 그러나 어떻게 예술에서 고립과 절망을 극복하는 가치들을 만들 수 있고, 비전을 형상화하는 것이 어떻게 멜랑콜리를 떨쳐버리는 데 도움이 될 수 있었는지, 내게는 여전히 불분명했다. 아마도 그는 어떤 힘들이 그를 파괴했는지 알지 못했을 수도 있고, 또 어쩌면 그의 좌절이 너무도 컸기 때문에, 드러난 그 표시를 해석할 열쇠를 얻는 데 실패했을 수도 있을 것이다. 그러나 적어도 수공업적인 면에서는, 제리코는 자신의 회화적인 언어가 다른 사람들에게 길을 열어준다는 점을 깨달을 만큼, 이에 대한 충분한 의식을 가지고 작업에 임했다. 미켈란젤로, 틴토레토,[37] 카라바지

37) Jacopo Robusti Tintoretto(1518~1594): 르네상스와 바로크 사이의 과도기 미술 양식인 마니에리스모(매너리즘) 양식을 대표하는 이탈리아 베네치아의 화가.

오[38]에서 시작된 계보를 그 자신이 얼마만큼 더 밀고 나갔는지는, 붓의 터치에서 제리코의 영향을 받은 것으로 보이는 도미에,[39] 쿠르베, 드가[40] 그리고 그 나름의 방식으로 반 고흐 같은 화가들이 보여주었다. 나는 제리코의 삶의 수수께끼를 푸는 일에 갑자기 흥미를 잃게 되었다. 내가 알고자 했던 것을 모두 알았기 때문이다. 그는 자신이 주고받은 것을 통해 예술 활동의 토대를 형성하는 보편적 관계와 연결의 그물망 속에 자리 잡고 있었던 것이다.

아, 피곤하구나,라고 체임벌린은 외치면서, 다우닝 가 관저의 안락의자에 몸을 던졌다. 뻣뻣한 모자와 우산이 바닥에 떨어졌다. 그는 곧추세운 와이셔츠 깃을 느슨하게 풀었다. 헨더슨과 핼리팩스가 기운을 북돋는 말을 했다. 중차대한 거래를 체결하면서 한순간이나마 걱정하는 모습을 보여주는 것은 탐정소설에 등장하는 인물들에게 인간적인 면모를 부여하는 것이었다. 영국 수상은 열광하는 군중들의 부름을 받고 이에 답하기 위해 피곤한 모습으로 창가에 나타나서, 전쟁의 위험을 막는 데 성공했다는 사실을 확인해주었다. 정부 관계자들이 감사와 신뢰를 받은 것은

---

38) Michelangelo Merisi Caravaggio(1560/65~1609): 이탈리아 화가. 초기 바로크 시대의 거장이다.

39) Honore Daumier(1808~1879): 프랑스의 화가, 판화가. 사회 풍속 만화로 전환해 분노와 고통을 호소하는 민중의 진정한 모습과 귀족과 부르주아지의 생태를, 때로는 인간적으로, 때로는 풍자적인 유머를 담아 그렸다.

40) Edgar Degas(1834~1917): 프랑스 화가. 특히 발레와 경마 장면을 다룬 그림으로 유명하다.

비단 영국과 프랑스에서만이 아니었으며, 독일에서도 위기가 잘 해결되었다는 확신이 지배적이었다. 사실상 독일 측은 목요일에 여러 제안을 제시한 이래로 요구 조건의 수위를 높여왔으며, 폭격기들은 출격 준비를 갖추고 있었고, 지상군은 출동 명령을 기다리고 있었다. 폴란드와 헝가리의 봉건 지배자들도 그들의 요구 조건을 강조했으며, 소련은 폴란드 군대가 진격할 경우 양국 간의 불가침조약을 파기하겠다고 경고했다. 체코슬로바키아가 23일 금요일에 동원령을 내렸다는 사실은 평화에 대한 사람들의 믿음을 흔들어놓지 못했다. 늦여름의 무더운 저녁 클리시 광장의 카페테라스와 술집들은 사람들로 가득 찼으며, 산책로에서는 아직도 푸른색을 띤 나뭇잎 아래, 살아 있는 개구리를 삼키고는 물을 마신 뒤 얼굴을 찡그리며 이를 다시 뱉어내는 마술사 주변에 많은 사람들이 몰려들었다. 이와 함께 한 소녀가 어깨에 원숭이를 올려놓고는 탬버린을 치면서 춤을 추었다. 마술사의 입술 사이에서 물줄기가 뿜어져 나오며, 개구리의 머리와 버둥대는 다리가 연이어 나타났을 때, 이 과정을 지켜보던 카츠는, 마술사의 기술은 동물을 입속에 간직하는 동안 이를 억지로 삼키는 체하는 데 있다고 말했다. 관람객들이 구역질을 하면서도 재미있어 하는 가운데, 개구리 한 마리가 자신의 따뜻하고 어두운 위 속에 머물기를 더 좋아하나 보다고, 마술사가 그럴듯한 제스처를 써가며 설명하자, 어린아이를 시켜 받는 동전이 더 많아졌다. 나중에 그는 혀를 이용해 잡아두었던 개구리를 남의 눈에 띄지 않게 유리병으로 옮겨놓을 것이다. 반 고흐는 그러한 방법으로 생계비를 버는 일에 이해심을 보였을 것이라고 카츠는 말했다. 그는 양피로 만든 외투를 입고, 토끼털로 만든 모자를 쓰고, 덥수룩한 붉은 수염을 하고는 가파른 골목에서 우리 쪽으로 다가왔다. 그는 아침에 피갈 광장에서 그린, 아직 물감이 마르지 않은 그림을 옆

구리에 끼고 있었으며, 그림으로 가득 찬 탕부랭 카페의 벽에 그 그림을 걸 자리를 찾으려 했다. 우리는 이 환영, 그 속에서 하나의 얼굴이 불현듯 떠올랐다가 다시 사라지는, 이 그림자를 찾고자 배회하고 있었다. 많은 사람들은, 여기 몽마르트르에서 이 도시의 심장이 느껴진다고 말했다. 그곳에는 지붕의 합각머리 벽에 설치된 작은 풍차의 날개들에서 붉은 전구들이 반짝였으며, 유리문들은 요란한 경음악이 사방에 울려 퍼지도록 활짝 열려 있었고, 갖가지 형상의 사람들이 알록달록한 무리를 이루어 드나들었다. 유리잔과 병들에서 반사되는 빛들이 다발을 이루었고, 눈과 입들이 부산하게 움직이다가 한순간 흥분해 멈추었다가는 다시 소란 속으로 묻혔다. 여기서 심장이 뛰고 있다면, 그것은 다름 아니라 빙빙 돌면서 요란한 소음을 내는 인위적인 시장의 심장, 다시 말해 이리저리 널려 있는 넝마와 파편 조각들 속에 있는 심장일 것이다. 사람들은 그 겉면을 이리저리 기어 다니며 구멍을 내고, 스스로 겉치레 화장과 그림을 그리고는, 그 가상의 넝마들 사이 곳곳에 자리 잡고 있었다. 우리 시야에서 그를 놓치지 말자. 모든 것이 이처럼 황색, 녹색, 청색으로 번쩍이고, 아연과 에나멜, 자기 그릇이 휘황찬란하게 빛을 발하는 클리시 광장 66번지 술집, 바로 그 안으로 그를 따라 들어가보자. 혼잡을 뚫고 들어가 테이블에서 포도주를 한잔 마시자고 카츠가 말했다. 반 고흐의 환영이 사라져버렸다. 시간이 남기는 거품과 찌꺼기에 대한 통찰은 더 이상 가능하지 않았다. 단지 눈앞에 보이는 것만이 우리를 둘러싸고 있었으며, 파악될 수 있었던 모든 것은 불현듯 순식간에 미끄러져 나갔다. 우리 또한 그 가운데 존재하지 않고 한순간에 사라져서 잊힐 것처럼 보였다. 그러자 갑자기 고흐가 다시 나타났고 바에서 술을 마시던 사람들은 한옆으로 물러섰다. 저쪽의 조그만 둥근 탁자 앞 일본 목판화 아래, 번쩍이는 노란색과 오렌지색의 필치로 그린 정물화 아래 그가 앉아 있었다. 그는 말없이 고개를 숙이고 입을 꽉 다물고 귀를 기울이며, 악의적인 듯한 표정을 지으며, 물감으로 얼룩진 손가락들로 그림을 잡아 앞으로 세워놓고는, 사람들이 자신과 자신의 작품을 관찰하기를 기다리며 앉아 있었다. 그러나 로트렉,[41] 피사로,[42] 고갱은 한데 어울려 술을 마시며, 살집 좋은 검은 머리의 로마 출신 여주인과 시시덕거리고 있었다. 잠시 후 소동이 벌어졌다. 고흐의 친구인 베르나르[43]가 고흐에게 다가와 어깨에 손을 얹었다. 그 순간 그림이 위로 내던져져 공중으로 날아갔으며, 드잡이 싸움이 벌어졌다. 흰 앞치마를 펄럭거리며 웨이터가 달려와 모피 옷을 입은 사람의 목을 휘어잡고는 출입문을 향해 재빨리 몸을 틀었다. 망토로 몸을 감싸고 챙이 넓은 모자를 깊숙이 눌러쓰고 있던 고갱은 눈길 한 번 주지 않았다. 우리는 밖으로 뛰어나갔다. 경찰관의 호루라기 소리가 들려왔다. 우리는 압생트[44]를 마시고 취한 화가에 의해 시작된 드잡이 싸움 때문에 붙잡혀서 심문을 받고, 체포되어 추방당할 수는 없었다. 그때 고흐가 염두에 둔 것은 한 가지뿐이었는데, 그것은 바로 자신과 동료의 생활을 보장하는 일, 즉 자신과 그들의 생산수단인 약간의 물감, 한 조각의 캔버스, 몇 자루의 붓을 얻기 위해 투쟁하는 일이었다고 카츠가 말했다. 그는 다만 자신의 노동에 대한 권리,

---

41) Henri Marie Raymond de Toulouse-Lautrec(1864~1901): 프랑스 화가로 몽마르트르의 밤 풍경을 주로 그렸으며, 고흐, 베르나르와 어울렸다. 1887년 탕부랭 카페에서 고흐의 초상화를 그렸다.

42) Camille Pissarro(1830~1903): 프랑스의 인상파 화가.

43) Emile Henri Bernard(1868~1941): 프랑스의 인상주의 화가로 1886년 이래로 고흐와 가깝게 지냈다.

44) 독주로 유명한 프랑스의 술.

자신의 작품을 처분할 권리를 얻고자 했다. 그는 예술노동자들의 자유로운 공동체를 원했으며, 자신의 생산품을 다시 손수레에 싣고 고물장수에게 가야 하는 치욕을 거부했다. 이것이 그 도시의 심장이라면, 그것은 먼지와 쓰레기 속에 파묻혀 있었으며, 그 위로 겹겹이 산이 솟아 있었다. 언덕에서부터 우리 쪽으로 좁은 배수로와 하수관을 따라 썩은 냄새가 나는 바람이 한줄기 불어왔다. 반 고흐는 보행자들의 물결 속으로 내팽개쳐졌으며, 한동안 멍한 상태로 서 있었다. 그는 선술집으로 돌아가려고 했다. 그러나 다시 생각을 가다듬었다. 그는 자신이 알지도 못하는 코로, 모네, 쇠라[45]의 팔에 기대어 한동안 비틀거리더니, 블랑슈 광장을 지나 르피크 가로 올라갔다. 한밤중의 산보객들이 만나는 장소인 바로 이 블랑슈 광장, 쉬, 브르톤, 네르발,[46] 위고, 발자크, 비니,[47] 보들레르, 베를렌 그리고 랭보가 스쳐 지나가는 모습을 볼 수 있었던 이 원형 광장에서는 신속한 거래가 체결되었고, 잠깐 동안의 파트너 관계가

---

45) Jean Baptiste Camille Corot(1796~1875): 이탈리아풍의 풍경화로 유명한 프랑스 화가. 이 소설에서와는 달리 고흐와 만난 적은 없으나, 탕부랭 카페의 여주인 아고스티나 세가토리Agostina Segatori의 초상화를 그린 적이 있으므로, 1인칭 화자는 그를 상상 속에서 고흐와 연결 지은 것이다.
Claude Oscar Monet(1840~1926): 인상파의 거장으로 추앙받는 프랑스 화가. 고흐의 동생 테오가 그의 그림을 도맡아 판매하는 경매인 역할을 하기도 했다.
Georges-Pierre Seurat(1859~1891): 고흐와 가깝게 지낸 프랑스 화가. 고흐가 아를로 떠나기 전까지 많은 대화를 나누었으며, 그 후 고흐의 동생 테오와 사업상 친분 관계를 맺기도 했다.

46) Eugene Sue(1804~1857): 소설 『파리의 비밀들』로 유명한 프랑스 작가로 주로 하층민의 비참한 생활상을 묘사했고, 신문 소설로 대중의 인기를 얻었다.
Nicolas Bretonne(1734~1806): 또는 Restif de la Bretonne. 프랑스 소설가로 극사실주의와 자연주의의 선구자로 알려졌다. 그의 소설 묘사에서 신발에 대한 대물음란증(페티즘)을 뜻하는 '레스티피즘Restifismus'이라는 용어가 유래하기도 했다.
Gerade de Nerval(1808~1855): 프랑스의 낭만주의 시인.

47) Alfred Comte de Vigny(1797~1863): 프랑스의 낭만주의 시인.

이루어져 곁골목들에서 잠자리를 찾을 수 있었다. 이 블랑슈 광장은 석회석 채굴장에서 나오는 노동자들의 발자국을 기억하고 있으며, 언덕의 중턱에서 내려오거나, 블랑슈 가에 있는 분필 공장에서부터 올라오는 질질 끄는 발걸음들, 때로는 가로질러 가거나 급히 내닫는 발걸음들, 그리고 말발굽들을 기억하고 있었다. 말이 기수와 함께 내달으며, 덜컹거리는 녹색 버스들 뒤쪽으로 사라지는 바로 이 흰색의 광장, 이 광장은 이제 시끄럽고 지저분한 가마솥같이 되었으며, 우리는 도망치는 사람을 뒤쫓아 그곳을 빠져나왔다. 반 고흐는 르피크 가가 언덕 봉우리에 이르기 전에 휘어진 바로 그곳의 54번지 건물의 3층, 그의 동생 집에 살고 있었다. 그는 낮은 철제 난간이 딸린 창문을 통해, 판자 울타리 뒤편에 있는 잡목 숲과 바람에 기운 수풀가의 오두막들 사이로 풍차들을 건너다볼 수 있었다. 풍차 하나가 50년이 지난 지금까지 남아 어느 카바레 건물의 탑 장식물로 판자벽에 붙어 있었다. 그 카바레 뜰에서는 종이로 만든 초롱불 아래에서 사람들이 춤을 추고 있었다. 고흐는 저 위쪽 어두운 방에서 큰 장롱과 난로 사이에 웅크리고 앉아 있거나 아니면, 테르트르 광장 쪽으로 달려 나가, 팔꿈치로 사람들을 밀치면서, 가로수 아래 놓인 나무 탁자에 둘러앉아 각자 나름대로 음식을 먹고 음료수를 마시면서, 이 평화로운 저녁 시간이 깨지지 않을 것이라는 생각으로 서로 축하하는 가족들, 친구들, 노인들, 젊은이들이 떼 지어 모여 있는 사이를 헤쳐 나갔다. 또 그는 저 위쪽 사크레쾨르 바실리카 성당 주변의 건축부지 어딘가에 숨어 있었다. 우리에게는 생피에르 쪽에서 비탄에 잠긴 그의 목소리가 들려오는 듯했다. 그 도시의 가장 오래된 교회로 가는 문이 열려 있었고, 몇몇 기도하는 사람들이 의자 앞에 무릎을 꿇고 있었으며, 1천 년 이상의 시간이 그 의자의 화강암 재료 속에 겹겹이 쌓여 있었다. 그 사원은 로마인들을 피해 산속 동굴에 숨어 있던 순교자들을 기리기 위해, 뚱보 왕 루이와 아델라이드 왕비의 명에 의해 지어졌다. 근처 숲에는 짚으로 덮은 그들의 별장이 있었다. 고대 로마 사원의 사각형 건축물을 발판으로 하고, 로마네스크 양식의 아치와 고딕 양식의 기둥들에 의지해 높이 솟아 있는 대사원은 담장으로 둘러쳐졌으며 대혁명 시기에 불탄 흔적을 남기고 있었다. 반혁명의 하수인들이 새롭게 보수해 안전하게 명맥을 유지할 수 있었던 그 사원은 1871년 봄 탄약고와 야전병원으로 사용되었다. 돼지 머리를 하고 숫염소를 타고 있는 형상으로, 가짜 성인으로 이 도시의 수호여신 노릇을 하는 주느비에브[48]는 그 언덕에서 이루어졌던 모든 노력을 비웃었으며, 그 위쪽에 있는 대부분의 것들은 재와 먼지로 변해버렸다. 하지만 그곳은 또한 코뮌이 진을 쳤던 장소이기도 했다. 바로 이 돌무더기 속에서 도시의 심장이 뛰고 있다는 생각은, 아마도 바로 이곳이 도망자들에게는 은신처를, 항거하는 사람들에게는 방어진지를 제공해주었기 때문에 생겨난 것일 테다. 드니스, 루스티크, 엘뢰테르 같은 성자들만 아니라 마라[49]와 1834년, 1848년의 반란자들 역시 몽마르트르의 구덩이와 굴 속에서 그들의 추적자들을 피했다. 예전에 이곳에 줄지어 서 있던 시민군의 대포와 비교해볼 때 사탕발림으로 만든 그 성당은 아무것도 아니었다. 그 언덕은 언제나 피난과 농성, 그리고 이를 악문 반항의 장소였으며, 이후 세대에 의해 비로소 알록달록한 위장막이 덧입혀졌다. 부르주아지가 잠정적으로 권력을 장악했을 때, 보헤미안과 사기꾼,

48) Geneviève: 파리의 여수호신.

49) Jean Paul Marat(1743~1793): 프랑스의 급진적인 혁명 지도자. 페터 바이스는 그와 사드의 가상적 대결을 극화한 「마라/사드」(1964)라는 작품으로 전 세계적 명성을 얻기도 했다.

고급 창부 들이 거리를 누비긴 했지만, 비밀스러운 박동 소리가 들리는 그 언덕 자체는 말없이 노동에 헌신하는 사람들의 소유물이었다. 반 고흐는 사라졌다. 그러나 그 근처 여기저기 집들에는 밤중에 그가 이 골목 저 골목 기웃거리는 모습을 본 적이 있는 누군가가 아직 살고 있을 것이다. 썩는 냄새와 곰팡이 냄새가 진동했다. 하지만 갑자기 우리가 묘지 위에 올라간 것 같지가 않았다. 우리는 여기 살았던 사람들을 생각하면서 뒤돌아보지 않았다. 그들은 바로 전투 신호와 더불어 극도로 정신을 집중해야 하는 대상들을 흔적으로 남기고 있었다. 정치적 전위와 예술의 아방가르드는 이 언덕 위에 그 거점을 마련해놓고 있었다. 우리보다 앞서 활동했던 그 사람들과의 결합은 미래를 향해 길을 열어가는 일과 언제나 같은 의미를 갖고 있었다. 이런 의미에서 우리는 전통주의자들이라고 카츠는 말했다. 지나간 것을 존중할 줄 모른다면 우리는 다가오는 어떤 것도 믿을 수 없을 것이다. 세계가 산산이 부서지려고 하는 이 순간 테르트르 광장에서 먹고 마시는 사람들도 바로 그렇게 삶의 연속성을 고수하고 있었다. 장군과 외무장관들은 흥정과 속임수를 위한 자료가 들어 있는 서류가방을 들고 런던과 파리를 이리저리 날아다니고 있었다. 중요 인사들이 자신의 추잡한 사업에 몰두하는 사이에, 소시민들은 땅에 꽉 박힌 작은 탁자 앞에 앉아 있었다. 그들은 여기 모인 것 자체로 그들의 것이 아닌 것, 추잡한 것에 경멸을 표했으며, 죽음의 위협에 둘러싸인 가운데 두어 시간 동안이나마 평화를 찬양했던 것이다. 좁은 골목길을 지나 우리는 라비냥 가에 이르렀다. 그 길은 같은 이름을 가진 급경사진 광장으로 이어졌다. 이곳에는 이 도시 곳곳에서 볼 수 있는 다양한 모양의 분수 하나를 둘러싸고 비쩍 마른 나무들이 몇 그루 서 있었다. 주철로 만들어진 분수대는 녹색으로 칠해졌는데, 물의 요정들이

윤무를 추면서 아치형 지붕을 받들고 있는 모습이었다. 가로등이 광장 주변 주택가의 낮은 담벼락을 비추고 있었다. 석회 모르타르로 칠해진 담벼락 표면은 여기저기 떨어져 나가 얼룩져 있었다. 문짝들이 돌쩌귀에 비스듬히 걸려 있는 대문을 통해 나무 계단과 녹슨 하수구를 지나자 드문드문 잡목이 우거진, 각진 마당이 나타났다. 가로Garreau 가 쪽으로 조잡하게 축조된 건축물이 뻗쳐 있었다. 그 건축물에는 위층으로 올라가는 비스듬한 사다리와 부분적으로 골판지에 못질을 해서 막아놓은 창문이 딸려 있었다. 층층이 높아져 가는 지붕에는 양철로 만든 높은 굴뚝 사이로 채광창을 내기 위한 돌출부가 있었다. 헛간 같은 이 건물보다 더 낡고 허물어진 채 빛을 잃고 있는 것은 없을 것 같았다. 센 강 위에 떠도는 세탁선의 모습을 따 바토 라부아르라고 부르는 이 건물은 마치 방화벽이라는 암초에 끼어 좌초한 증기선 같은 모습이었다. 예전에는 이곳에서 석탄재를 이용한 특별한 방법으로 세탁을 했는데, 바로 이 갈라진 나무판자 뒤쪽에서는 그렇게 깨끗이 세탁된 상태에서, 금세기의 회화와 서정시가 꽃을 피웠다. 사방의 벽을 판자 칸막이로 막은 그 방들은, 그 당시에도 거주지로서 그리 목가적이지는 않았을 터인데, 그 내부는 여름이면 마치 오븐 속처럼 뜨거웠고 겨울에는 얼음처럼 차갑고 외풍이 세었다. 문화계의 아웃사이더들은 바로 이곳에서 값싼 방을 얻을 수 있었기 때문에 이 외진 곳에 체류했다. 위트릴로,[50] 피카소, 그리스, 브라크,[51] 에르

50) Maurice Utrillo(1883~1955): 프랑스의 화가. 모딜리아니와 가깝게 지냈으며, 몽마르트르와 바토 라부아르 근교의 길거리 모습을 주로 그렸다.

51) Juan Gris(1887~1927): 입체파 화가. 마드리드 출신으로 원래 이름은 호세 빅토리아노 곤잘레스Jose Victoriano Gonzalez. 1906년 파리에 와서 1922년까지 가족과 함께 바토 라부아르에 거주했다.
Georges Braque(1882~1963): 프랑스의 화가로 입체파 창시자 중 한 사람이다. 피카

뱅, 아폴리네르, 로랑생, 브랑쿠시, 세베리니, 모딜리아니, 드랭, 르베르디, 살몽, 거트루드 스타인 그리고 막스 자코브[52]가 마구간 같은 바로 이곳에서 기거하거나 손님으로 묵었다. 낡아빠진 높은 천장에 나 있는, 바로 저 깨진 유리창 아래에서 아비뇽의 처녀들은 이 세상의 뿌연 빛들을 바라보았으며, 저 아래쪽에 대패질도 되지 않은 나무 기둥이 떠받치고 있는, 창고처럼 넓은 1층에서는, 세관 관리였던 루소[53]를 기리기 위해, 동화와도 같은 축제가 벌어지기도 했다. 잎사귀 장식과 작은 깃발들로 둘러싸인 가운데, 그는 나무 상자 위에 세워진 의자에 왕관을 쓰고 앉아 어린이용 바이올린을 켜고 있었다. 그것은 그에게 마치 테르트르 광장에

소와 가깝게 지냈다.

52) Auguste Herbin(1882~1960): 프랑스의 화가. 1909년 바토 라부아르로 이사한 뒤 야수파 성향을 가진 입체파 작업에 몰두하다가 후기에는 추상화로 전환했다.
Guillaume Apollinaire(1880~1918): 프랑스의 시인으로 『입체파 화가』라는 평론집을 냈다.
Marie Laurencin(1883~1956): 프랑스의 화가. 브라크, 아폴리네르와 가까웠다.
Constantin Brancusi(1876~1957): 루마니아 출신의 조각가로 아폴리네르, 루소, 모딜리아니와 가깝게 지내면서 입체파의 영향을 받았다.
Gino Severini(1883~1966): 이탈리아의 화가. 바토 라부아르의 예술가들과 가깝게 지냈으나 1910년 미래파 운동에 참여했고, 후기에는 입체파 화가로 활동했다.
Amadeo Modigliani(1884~1920): 보헤미아 출신의 화가. 1906년에서 1909년 사이 몽마르트르에 거주하면서 매너리즘적인 초상화를 주로 그렸다.
Andre Louis Derain(1880~1954): 프랑스의 야수파 화가. 블라맹크, 마티스와 가깝게 지냈다.
Pierre Reverdy(1889~1960): 프랑스의 시인. 초현실주의에 영향을 주었다.
Andre Salmon(1881~1969): 프랑스의 시인, 예술비평가. 아폴리네르와 함께 입체파의 선구자로 활약했다.
Gertrud Stein(1874~1946): 미국의 여성 작가. 1902년부터 파리에 거주했다.
Max Jacob(1876~1944): 프랑스의 화가이자 시인. 피카소, 아폴리네르를 비롯한 바토 라부아르 예술가들과 교우했다. 1920년대 가톨릭으로 개종했으나 유대인 출신이라는 이유로 강제수용소에 수감되었다가 사망했다.

53) Henri Russeau(1844~1910): 프랑스의 화가. 세관원 출신으로 독학으로 그림을 그렸다.

서의 기념식과 마찬가지였으며, 저기 위쪽에서 파리 코뮌에 참가했던 사람들을 기리는 일이기도 했다. 그리고 나는 깔깔대며 웃는 목소리들이 남기는 여운을 들으며 이 도시가 내 고향처럼 여겨졌다. 카시미르 페리에 가에 있는 도서관 강당에 돌아와서야 비로소 나는 다시 질척거리는 바닥 위에서 움직여야 하는 현실로 돌아왔다. 소련은, 독일이 침공할 경우 체코슬로바키아를 지원할 의무를 다할 것이라고 천명했다. 프랑스의 예비군들에게는 소집령이 하달되었다. 토요일 오후 3시 정각에 시청의 각 관공서 건물 벽에는 소집 명령을 알리는 벽보가 붙었으며, 수만 명의 공장 노동자들은 정거장으로 가서 군용열차를 기다렸다. 가멜린 장군을 대동하고 기자회견장에 나타난 달라디에[54]는 사태의 심각성에 대해 언급했다. 황소 목을 하고 키가 작은 그 소시민은 애국적인 톤을 내뱉으며, 늘어진 안면 근육을 뻣뻣하게 유지해 자신을 존경받을 만한 인물, 프랑스의 동맹 의무를 짊어지고 있는 인물처럼 보이도록 애썼다. 그에게는 프랑스가 체코슬로바키아 편을 들 것인지, 전쟁이 일어날 것인지를 묻는 질문이 조성하게 될 긴장감이 필요했다. 그것은 이미 계획한 동맹 파기의 부담을 크게 덜기 위한 것이었다. 그는 정치인으로서 현명하게 물러나야 할 때가 왔을 때, 자신이 보여주었던 침착함과 위엄, 그리고 역사적 행위를 수행하는 각오를 사람들이 기억해주었으면 했다. 그는 자신이 마치, 낡은 모델이긴 하지만, 이미 소총을 들어 올려 적을 겨냥하고 있는 용기 있는 남자인 것처럼 과시했으며, 자신이 겁쟁이 꼭두각시일 뿐 아무것도 아니라는 사실이 밝혀졌을 때, 자신의 이런 모습을 사람들이 기억해주기를 바랐던 것이다. 사람들은 교활한 장난을 통해 희망에서 느닷없는 공

54) Édouard Daladier(1884~1970): 프랑스의 급진적 사회주의 정치인으로 1933~34, 1938~40년에 각각 프랑스 수상을 역임했다.

포로, 그리고 다시 희망으로 이끌려갔다. 영국에서도 똑같은 일이 벌어졌다. 한쪽을 찡그린 입술 위에 풍성하게 자리한 콧수염을 기르고, 조끼에는 시계를 매단 금줄을 늘어뜨린 비쩍 마른 노인네와 그 옆에서 그레이하운드 얼굴을 한 아무개 경은, 동원 준비를 공포했다. 하이드 파크, 세인트 제임스 파크, 그린 파크에는 참호와 방공호들이 만들어졌다. 프랑스에서 고개를 들고 있는 동요의 분위기에 대응하기 위해 이처럼 지배자들은 남자 주민들을 병역으로 옭아맸으며, 언론은 국가적 자긍심에 대한 기억을 떠들어댐으로써, 혹시 있을지도 모르는 소요 행위를 사전에 차단하고자 했다. 세르클 드 나시옹의 홀은 이런저런 주장들로 떠들썩했다. 스칸디나비아의 노조 대표들, 스페인후원회의 대표자들, 정치가들, 그리고 당 간부들은 값비싼 고블랭직 커튼이 늘어진 여러 홀에서 토론을 벌였다. 피크[55]가 모스크바에서 왔다는 얘기도 들려왔다. 당 중앙위원회는 파시즘에 대항하는 공동투쟁을 선언했다. 형이상학적으로 과장된 서방 세력의 방어 의지와 동시에 체코슬로바키아에 대한 신경질적 비방이 분출되기도 했다. 즉 체코슬로바키아가 대독일 제국에 굴복해 주데텐란트[56] 지역을 넘겨주기로 했다는 것이다. 게다가 영국과 프랑스는 이제 소련과 연합해 침략자에게 대항하게 될 것이라는 소문이 유포되었다. 25일 아침, 나는 다시 내가 묵고 있는 숙소 근처 공원의, 잘 다듬어진 잡목 숲에 설치된 벤치에 앉아 성 클로틸드 성당에서 울리는 종소리에 귀를 기울이고 있었다. 주일을 잘 지키는 국가에서 가족들은 미사를 드

55) Wilhelm Pieck(1876~1960): 베를린의 목공 출신으로 독일 공산당 창당에 참여했다. 1933년 파리로 망명한 뒤 달렘, 플로린과 함께 독일 공산당의 해외지도부를 맡았다. 1938년 이후 모스크바에서 활동했으며, 1949~60년에 동독 대통령을 역임했다.

56) Sudetenland: 보헤미아와 모라비아와 슐레지엔의 경계 지역으로 이곳의 독일인 거주지역을 일컫는 이름이기도 하다. 바른스도르프도 그 일부이다.

리러 가고 있었다. 아이들은 깔끔하게 단장하고 머리도 꼼꼼하게 빗질한 모습이었다. 폭도들이 모여들어 전복하려 했으나 번번이 실패하기만 했던 바로 그 체제를 수호해달라는 기도의 목소리들이 바로 그 시각에 성당에서 들려올 것이다. 엄청난 크기로 불어나는 이 도시에서 우리는 얼마나 자그마한 난쟁이였던가. 병기고를 소유한 자들에 대항해 하루, 또는 며칠 동안을 버티기 위해 여기 길거리에 바리케이드를 설치한 것은 얼마나 대담한 짓이었던가. 과거부터 오늘날까지 이어진 저 무수한 사람들처럼 한 구석에 쭈그리고 앉아 자신의 열등함을 저주하면서 자신의 이웃을 말살한 자들에게 복수를 꿈꾸는 나는 일종의 낙오병이었다. 남의 피를 빨아먹는 저들은 정말이지 우리가 그렇게 무기력하게 덤불 속에 웅크리고 있는 모습을 보고자 했고, 또 높은 급료를 받는 그들의 허풍선이 들은 수백만 대중이, 자신들의 머리 위에서 투기와 착취가 이루어지는 동안, 말없이 고분고분한 태도를 취하게 만들었다. 나는 다시 한 번 더 서둘러서 부둣가를 따라 걷다가 다리를 넘었다. 아마 내가 보고 싶은 것을 볼 수 있는 시간은 단 하루밖에 없을 것이다. 숨을 곳을 찾으면서 다시 나는 이것이 도망치는 것은 아닌지, 다른 중요한 결정들을 미루는 짓은 아닌지 스스로에게 물었다. 입당을 미루어오며 내가 이제까지 망설였던 것은, 회의로 기우는 내 성향과 더불어, 확정적인 것, 최종적인 것에 대한 거부감에서 생겨난 것은 아니었을까. 그렇게 생각하자 내가 감히 다른 책임들을 떠맡기에 앞서 우선 나 자신을 증명해야 한다는 변명이 고개를 들었다. 줄지어 있는 그림의 열은 끝이 없었다. 나는 바리케이드에 선 자유의 형상을 그린 들라크루아의 작품보다 오히려 메소니에[57]의

---

57) Jean Louis Ernest Meissonnier(1815~1891): 프랑스의 화가. 나폴레옹을 회고한 작품으로 많이 알려졌으며, 대표작으로 「바리케이드」(1848)가 있다.

작은 그림에 거리의 주민과 무기고 주인들 사이의 세력 관계가 더 설득력 있게 표현되어 있다고 생각했다. 한 뼘도 채 되지 않은 화폭에 아무런 장식도 없고 특별한 구도도 없이 마치 르포르타주처럼 냉정하게 그린 그 그림은 1848년 6월에 화가가 보았던 것, 즉 문과 창문들이 닫히고 가게들이 문을 닫은 골목, 깨진 보도블록이 쌓여 있는 가운데 피투성이의 반란군 시체가 널브러진 골목을 보여주고 있다. 그 그림은 파괴 후의 정적을 담고 있다. 살인자들은 보이지 않는다. 그들은 이 치욕적인 승리의 시간에 멀찌감치 물러나 있다. 그곳에는 단지 불쌍한 희생자들만이 누워 있다. 앞쪽에는, 한 사람이 옷이 찢긴 채로, 등을 땅에 대고 누워 있는데, 붉은색 바지를 입고 한쪽 신발이 벗겨져 있다. 또 다른 한 사람은 가슴에 난 상처를 손으로 누르고 있고, 경계석 앞에는 한 소년이 배를 깔고 엎어져 있다. 그 옆에는 주인 잃은 모자가 나뒹굴고 있으며, 한 노인의 뻣뻣한 붉은 수염이 공중으로 치솟아 있다. 그림 앞쪽 부스러진 돌덩이들에는 약간의 빛이 비추어지고 있으나, 텅 빈 거리 뒤쪽은 점점 더 어두워져 간다. 그러나 내가 그 사원에서 쫓겨날 때 내게 마지막으로 강렬한 인상을 남긴 것은 이 소박한 그림이 아니었다. 그것은 바로 성자 라니에가 지하실에 감금된 불쌍한 사람들을 해방시키기 위해 한 손을 휘저어 구멍을 낸 감옥의 평평한 벽 앞에서 하늘로 날아가는 모습을 그린, 역시 세밀화에 가까운 판넬화였다. 그 성자는 떠오르는 것이 아니라 총알처럼 날아가고 있으며 그의 다리는 불꽃같은 구름 속으로 사라지고 있다. 그가 솟아오른 벽은 차가운 회색빛이다. 이미 몇몇 죄수들은 모서리에 난 구멍을 통해 평평한 바닥으로 빠져나와 왼편 광장 쪽으로, 그리고 더 멀리 오른편 골목으로 도망쳤다. 이와 더불어 셔츠에 혁대를 맨 또 다른 자는 지금 막 지하 감옥에서 몸을 일으켜 세우고 있다. 건물의 좁은 쪽, 몇 개의 계단이 놓인 위쪽 전면에는 조그맣고 어두운 문이 나 있으며, 입구에서 볼 때 벽이 얼마만큼 두꺼운지 알아볼 수 있다. 그 삭막한 정육면체의 건물이 그림의 3분의 2를 차지하고 있다. 그림자 없이 평평한 바닥의 밝은 회색부터 계단이 딸린 전면의 어두운 회색에 이르기까지 회색은 세 단계로 나뉘어 있다. 그림 뒤편에, 골목으로 꺾어지는 모서리에 자리한 건물은 반은 성곽, 반은 시장 건물로, 그 위편에는 총안이 있으며, 일련의 닫힌 반달형 창문 아래쪽에는 경사진 지붕이 얹혀 있다. 그 지붕은 천창을 닫아놓은 매점들에 그림자를 드리우고 있다. 상단 왼편의 하늘과 라니에의 후광은 금박으로 장식되었다. 먼 곳에서 요령을 흔드는 소리가 들려왔으며, 이제 그 딸랑대는 소리는 점점 더 가까워졌고, 여기저기서 떠드는 소리와 부르는 소리 그리고 발소리들과 뒤섞였다. 수위들이 요령을 흔들며 나타나서는 한 무리의 관람객을 앞으로 밀쳐냈다. 그들은 머뭇거리는 사람들을 툭툭 치며, 이쪽에서는 어깨를 잡아 흔들고, 저쪽에서는 팔을 잡아끌었다. 하는 일 없이 지겹게 기다리면서 수년을 보낸 뒤 그들은 마침내 자신들이 전권을 위임받은 사람들이었다는 사실을 깨달은 것이다. 그들은 바로 이날, 하나의 뜻 깊은 과제, 즉 루브르를 비우고 그림들을 옮기는 임무를 실행해야 했던 것이다. 트레센토홀과 콰트로센토홀에서 요령 소리가 울려 퍼졌다. 점차 거칠어가는 명령 소리, 호루라기 소리, 혀를 차는 소리, 손뼉을 치는 소리를 들으며, 마르티니를 지나고, 프라 안젤리코를 지났다. 올리브 빛깔의 얼굴색을 한 수위가 경고하듯 내 곁에 멈추어 섰다. 또 다른 수위는 마르토렐리의 작품, 성 게오르그를 그린 세 폭의 성화 옆으로 왔다. 그 성인은 허리에 두른 천 조각을 제외하고는 벌거벗었으며, 기둥 앞에서 무릎을 꿇고 두 팔은 앞쪽으로 묶인 채 입을 반쯤 벌리고는 넋이 나간 듯 앞쪽을 응시하고 있었다. 수염이 난, 근엄한 표정의 남자 넷이 매듭진 채찍과 곤장으로 그를 때리고 있었다. 그 오른편과 왼편의 그림은 그가 어떻게 재판실로 끌려가고 참수형에 처해졌는지 보여주고 있었다. 수위들이 그 그림을 바라보고 있는 나를 밀쳐냈다. 그때 그 작은 그림은 갑작스럽게 나의 내부에서 제리코의 그림들보다 더 많은 비중을 차지하게 되었다. 그 그림은 한 시대 전체와 대면하고자 하는 내용을 담고 있지도 않았으며, 창조적인 과정과 맞물린 모든 의심스러운 것과 복잡한 것을 펼쳐보이고자 하지도 않았다. 그 그림은 단지 그 자체만으로, 단지 하나의 기호로서 그냥 존재할 뿐이었으며, 1392년부터 1450년까지 시에나에 살았던 사세타[58]의 흔적만을 보여줄 뿐이었다. 나는 그 그림이 어떤 부분에서 나를 감동시켰는지 알 수 없었다. 다만 그것이 표현의 단순성과 직접적이고 생동하는 비전, 대상성과 추상성의 결합, 그리고 색채와 형식의 분명함과 명확함 따위에서 비롯되었으리라고 추정해볼 따름이었다. 고개를 뒤로 돌려 수평으로 날아가고 있는 사람을 바라보며 나는 그곳에서 멀어지면서 긴장이 풀리고 마음이 가벼워지는 것을 느꼈다. 사람들은 이미 사다리를 가져와 철거를 시작했다. 우리는 동원 상태로, 전쟁 대기 상태로 내몰렸다. 월요일에는 라디오의 스피커에서 이제는 귀에 익은 목소리로 그의 목을 매달아라, 그를 매달아라, 하는 소리가 들려왔다. 깡패 두목[59]이 베네시[60]를 몰아치고 있었던 것이다. 우리의 인내는 이제 끝났다. 이제 주데텐란트는

---

58) Sassetta von Siena(1392?~1450?): 이탈리아 화가로 본명은 스테파노 디 조반니 Stepano di Giovanni. 이른바 시에나파의 화풍을 대표하는 화가이기도 하다.

59) 히틀러를 지칭함. 이와 같이 이 소설에서 히틀러는 한 번도 이름이 언급되지 않고, '살인자 우두머리' '콧수염이 난 자' 등으로 지칭된다.

60) Eduard Benesch(1884~1948): 체코슬로바키아의 정치가. 1935~38년과 1945~48년에 체코슬로바키아 대통령을 지냈다.

제국에 다시 귀속되어야 한다고 그는 외쳐댔다. 그러고 나서 다시 가슴에서 우러나오는 목소리로, 자신이 최전선 병사였으며, 전쟁이 얼마나 끔찍한 것인지 잘 안다, 그렇기 때문에 독일 국민에게 전쟁이 일어나지 않도록 만들 수 있기를 바란다고 말했다. 그에 대해 영국 왕은 선한 용기를 가지고, 신의 도움으로 정의롭고 평화로운 해결책을 찾게 될 여러분의 정부를 믿으라고 말했다. 허장성세가 극에 달했다. 서방 세력은 이미 체코슬로바키아를 도울 것이라고 선언했으며 영국 함대에는 동원령이 내려졌다. 베를린도 역시 수요일에 동원령이 내려질 것이라고 공표되었다. 기만술책의 뒤편에서 영국 대기업가들은, 산업시설을 넘겨받을 채비를 하고 있는 독일 회사들에게, 자신들이 갖고 있던 체코 주식을 이익을 남기고 매각했다. 수요일에는 영국, 프랑스와 소련의 협력, 그리고 전면적인 동원령의 실행에 대해서는 더 이상 언급이 없었다. 오히려 이른바 4개국 회담이 9월 29일 목요일 뮌헨에서 비밀리에 열린다는 사실이 알려졌다. 온갖 위협적인 주장들이 목소리를 높이고 조국애를 부르짖는 선서들이 횡행하는 가운데 거래들이 체결되었고, 그 결과 체코슬로바키아는 독일이 요구하는 지역을 내주는 것 말고는 다른 대책을 세울 수가 없었다. 지난 20여 년 동안 추진돼온 정책이 마침내 실현을 눈앞에 두었다는 사실이 드러난 것이다. 영국과 프랑스, 그리고 외견상의 중립정책에서 그들과 가까운 나라들은 파시즘에 대한 공포보다 소련을 고립시키고 옥죄려는 소망이 더 컸던 것이다. 서유럽의 통치자들이 평화를 이야기하며 자신의 손을 씻었을 때, 이 평화는 그들에게 단지 사회주의의 말살을 의미할 뿐이었다. 체임벌린과 달라디에는 이륙하기에 앞서, 평화를 구하기 위해서라면 어떤 대가도 비싸지 않다는 말을 남겼다. 이로써 그들은 이제 갈등이 독일과 그 유일한 적대국 간의 충돌로 제한될 것이며, 따라서 그들은 기다리기만 하면 나중에 승리가 굴러들어오는 이익을 얻게 되리라 계산하고 있었다. 소련 혼자서는 체코슬로바키아를 도울 수 없었으며, 오히려 스스로를 방어할 준비를 해야 했다. 모든 상호방위조약은 폐기되었다. 영국과 프랑스의 위선자들이 살인자 우두머리, 그리고 그의 이탈리아 동업자와 함께 회합을 갖자 주가는 엄청나게 상승했다. 밤 12시 반에 그들은 넓게 펼쳐놓고 색연필로 동그라미를 그린 체코슬로바키아의 지도 뒤편에 한 줄로 서서 역사적인 기념촬영을 했으며, 우리는 그다음 날 아침 모든 신문의 1면에서 그들의 악의와 욕심에 찬, 모난 얼굴과 마주하게 되었다. 그들은 단지 체코슬로바키아만 한쪽으로 밀어놓은 것이 아니라, 유럽 전체를 투매했던 것이다. 그러나 이것은 황홀한 기쁨에 들뜬 환호성을 불러일으켰으며, 사람들은 정신 나간 환희로 눈물을 흘리면서 서로 껴안았다. 저 건너편 독일에서 사람들은 체임벌린 만세를 외쳤으며, 실린더 모자를 쓴 그 노인은 크로이던에 도착했을 때, 모든 것이 잘되었다고 말했다. 그는 런던에 들어서면서, 우리 시대를 위한 평화를 칭송했다. 그러자 이제 파리에서도 군중들이 거리로 쏟아져 나와, 기적을 이룬 자들을 환영하고 꽃다발을 건네기 위해, 지배계급의 승리를 축하하기 위해, 르부르제 공항으로, 라파예트 가로, 오스만 로로 몰려들었다. 자본은 끊임없이 들끓고 있는 자신의 파산 위기를 다시 공격적인 세력 확장으로 전환했다. 대기업 운영자들은 그들의 검은 리무진에서, 반사되는 태양빛에 눈을 찡그리며, 사거리에서 경찰 저지선을 뚫고 나오려는 유혹에 빠진 자들과 속아 넘어간 자들을 향해 자비로운 시선을 던졌다. 그들 모두는 평화를 원했으며, 조용히 살아가기를 원했다. 그리고 그들은 이 평화의 성격에 대해서는 감히 질문을 던지지 않았으며, 단지 그들 자신이 만들어낼 수 없었던 것, 그들에게 선물로 주어진 것에 경탄할 뿐이었다. 그곳에 몰려든 사람들은 자영업자, 월급쟁이, 소시민 들이었다. 그들은 가게에서, 사무실에서, 공공관서에서, 그리고 여기저기 공장에서 달려 나왔다. 몇몇 미장이들은 공사장 비계 옆에서 한동안 구경꾼으로 머물렀다. 그 밖에 노동자들은 한 사람도 보이지 않았다. 그들은 저 바깥쪽 공장에 있었다. 우리는 시내 전철을 타고 북부 교외 지역으로 갔다. 그곳에는 답답한 침묵이 깔려 있었으며, 그곳으로는 안도의 열광적인 기쁨이 뚫고 들어오지 못했다. 우직하고, 밖으로 드러나지 않는 분노와 함께 실망감, 당황스러움, 체념 역시 느낄 수 있었다. 여기 살고 있는 그들은 이것이 바로 그들이 얻고자 노력했고, 그들의 본질에 상응하는 평화가 아니라는 사실을 알았던 것이다. 그들은 이 평화가 단지 전쟁이 연기된 것이며, 군비를 갖추기 위한, 더 많은 약탈을 위한 시간 벌기에 지나지 않는다는 사실을 알았다. 그들이 없다면 전쟁은 수행될 수 없었다. 하지만 그들은 그들에게 부과된 잔혹한 강압을 떨쳐버릴 준비가 되어 있지 않았다. 전쟁을 증오하는 그들은 전쟁을 위해 일하도록 강요당했다. 삶을 지탱하기 위해 그들은 자신을 찢어발기고, 자신에게 죽음을 가져다줄 뿐인 재료들을 생산해야만 했다. 단결과 비타협의 구호는 희미해졌고, 축재의 욕심에서 나오는 썩은 고기 냄새가 코를 찔렀다. 사형집행자들에게 던져졌던 꽃다발들은, 무명용사의 무덤에, 곧 수백만의 희생자들로 이루어지게 될 산에 바쳐지게 될 것이다. 이익을 배당받는 자들에 의해 유지되는 이 체제, 대중들에게는 굴욕과 노예화를 가져다주는 이 체제를 결단코 분쇄하는 것, 이것이 바로 여전히 존재하는 과제였다. 그것은 우리의 모든 역량을 요구하는 과제로서, 우리가 패배했을 때나 기진맥진했을 때라도 우리로 하여금 계속해서 적과 맞설 수 있는 무기, 즉 통일이라는 무기를 찾도록 추동하는 과제이기도 했다.

이윽고 거리에는 붉은 깃발이 나부꼈다. 우리는 대열에 합류했다. 우리는 1천여 명, 5천 명, 8천 명에 이르렀다. 불길이 도시를 뒤덮은 것이 아니라, 단지 불씨가 생겨난 것이다. 이 행진은 하나의 시작이었다. 우리는 이전의 선언들에서 살아남은 사람들이었다. 우리는 좁은 길을 뚫고 앞으로 나아갔다. 중무장한 경비대가 우리를 마주 보고 서 있었다. 우리의 발걸음은 지난 20년간 여러 도시를 행진한 대열들을 기억나게 했다. 한때 그 발걸음들은 한 계급의 힘을 담고 있었으며, 다른 모든 소음은 합창 소리에 묻혀 소멸되었다. 이제 그 목소리들은 도시의 요새 속에서 공허하게 울렸으며 손꼽아 세어볼 수 있는 정도에 불과했다. 옆길에서 소방차의 사이렌 소리가 허공을 가르며 울려 퍼졌다. 경찰은 국수주의자들을 석방했다. 우리는 비록 적은 숫자였지만, 엄청난 대군에 합류해 있다는 사실을 알고 있었다. 우리에게서 격리된 많은 사람들이 묶이고 정신을 잃어 몽롱한 상태였으나, 또한 많은 사람들은 새로운 세력들을 규합하면서, 멀리 중국에서, 동남아시아에서 투쟁을 벌이고 있었다. 우리가 비록 수백 명에 불과할지라도 이 숫자는 우리들이 포기하지 않으리라는 것을 보여주기에 충분할 것이다. 스페인에서 귀환한 사람들의 무리가 촘촘히 대열을 지어 앞으로 나아갔다. 드문드문 보이는 그들의 찢어진 깃발들은 연대를 이루겠다는 각오를 새롭게 해주었다. 스페인에서의 선봉 투쟁을 상기하면서 퇴각하고 있는 우리들은 갈등을 느꼈다. 대열의 움직임 속에는 대중 저항 집회의 모든 시작과 끝 순서가 들어 있었다. 우리는 어린 시절부터 이 거리에서 저 거리로 전달되는 집회의 구호, 공동 보조에서 생겨나는 확고부동한 태도, 그리고 우리의 요구에 담긴 힘을 알고 있었다. 또 우리는 언젠가는 다가올 수밖에 없는 해산, 각자에게 인내심을 가질 의무를 부과하는 이별도 알고 있었다. 우리는 두어 시간 동안 의사 표현과 선동 금지 규정을 무시했다. 우리는 개별적으로, 이름도 없는 상태로나마 국제적 연대주의의 기치 아래, 사기꾼과 암매매상에 대항해 방어전을 펼치고 있는 그들과 같은 편에 속해 있었다. 일하는 사람들의 생활 조건으로서 평화는 아직도 쟁취되지 못했다. 우리는 저 멀리 내동댕이쳐진 것이다. 지난 대전 기간 동안 이러한 평화의 사상은 사방의 적대감을 헤치고 나아갔다. 우리의 아버지들은 이를 위해 싸웠다. 한 나라에서 그 사상은 승리를 거두었다. 우리에게 이 한 나라는 곧, 여기서도 그 사상이 질식될 수 없다는 사실을 보여주는 증거물이 되었다. 클리냥쿠르에서 우리는 해산했다. 대로변에 있는 병영의 연병장에는 장갑차가 대기하고 있었다. 대포의 포신은 단지 우리를 겨냥하고, 언제나 우리를 향하고 있을 것이다. 동지들의 얼굴은 잿빛으로 피곤한 기색이었다. 그 얼굴들은 이미 피폐하고 더러운 도시 구역의 외관을 닮아가고 있었다. 우리가 흩어지기 시작했을 때, 밝은 빛이 도시의 외관을 비추었다. 밝은 빛 역시 이 도시에 속한 것이며 이는 다시 얻을 수 있는 것이었다. 작은 그룹으로 나뉘어 길거리로 흩어질 때, 다시 신뢰감이 마음속에 일어났던 침울한 기분을 눌러버렸다. 내가 지난 며칠 동안 보아온 이 도시의 모습이 되살아났다. 나는 여기서 머무를 곳을 발견할 수 있으리라고 믿었다. 네 생각에서 파리는 제외시켜. 카츠가 말했다. 어느 순간 이 도시는 안락한 삶의 가능성으로 우리를 현혹시키고 있는데, 너는 바로 그 단계에 들어섰어. 이 도시는 그 유명한 빛으로 우리에게 아첨을 하고, 그 경박한 포용심으로 우리를 유혹하고 있는데, 이는 단지 우리를 새로이 물리치기 위해서지. 이 도시는 코앞에 가까이 있는 것 같지만 결코 다다를 수 없는 곳이야. 그러나 나는 일자리를 제안 받았다. 그것은 바로 고아가 된 스페인 어린이들을 위해 아시베리가 마련한 것으로, 콩피에뉴 숲에 있는 라브레비에르라는 고아원이었다. 화물차 정거장에서 들려오는 소음 속에서 푸아소니에 성문을 지날 때 카츠가 말했다. 우리를 위한 또 다른 수용시설이 마련될 계획이야. 사람들이 우리를 독일 복지기관에 넘기기를 원치 않는다면, 전쟁이 벌어졌을 때는 물론 이 썩어빠진 평화 시에도 받아들일 거야. 그러면 나는 어디로 가야 할지 생각해보았다. 호단과 마찬가지로 오슬로로 가야 할까, 아니면 프라하로 돌아가야 할까. 체코슬로바키아 역시 그의 관할권에 속한 나라이긴 하지만, 그곳으로 가는 여행은 목숨을 거는 일이 될 수도 있다고 카츠가 말했다. 독일은 주데텐란트 지역의 땅뙈기에 만족하지 않고 얼마 지나지 않아 서방 국가들의 승인을 얻어 그 나라 전체를 삼키게 될걸. 그는 무슨 수를 써서라도 스웨덴으로 가라고 충고했다. 스웨덴 노조의 중재로 일단의 체코슬로바키아 금속노동자들이 입국할 계획인데, 그는 아시베리, 브란팅과 얘기해서 내가 그 그룹에 합류할 수 있도록 도움을 청하려고 했다. 그러나 그 초청 문제와 관련해 다시 노동운동 내부의 분열이 드러났는데, 초청은 다만 사민당원들에게만 적용된다는 것이었다. 게다가 내가 스페인에 있었다는 사실 때문에 더욱더 나를 받아들이기 어려울 것이다. 그가 말했다. 네가 어느 당에도 속하지 않았다는 점이 네게 도움이 될 거야. 네 아버지는 사민당원이지. 직접적인 위험에 처해 있는 네 부모님도 스웨덴으로 이주하실 수 있을 거야. 우리가 푸아소니에 가를 내려올 때 그가 말했다. 너는 당적 없는 반파시스트이며, 그 밖에 네 삶에 관한 다른 모든 사항에 대해서 너는 지금부터 입을 다물어야 해. 네 임무는 너 자신을 발전시키기 위한 교육을 받고, 너 자신의 것이 될 활동을 준비하기 위해 확고한 기반을 마련하는 거야. 첩자와 사기꾼들, 충동질하는 자들 사이에서 살아가고 있는 오늘날, 우리는 자신의 고유한 의도를 위장하고 감출 수 있어야 하지. 한발 뒤로 물러서. 합법적인 길로 스웨덴으로 가. 뭐가 됐든 수입을 얻을 일거리를 찾아봐. 접선할 때는 조심하고. 그 나라의 상황에 대해 배워. 결정은 나중으로 미루고. 선로구간을 따라 나 있는 도로는 점점 좁아졌다. 더 이상 포장이 되어 있지 않았다. 왼편으로는 창고 몇 채와 버려진 공장 건물들이 있었고, 묘지의 담장이 이어졌다. 생선장수들이 포획물을 북쪽 강어귀에서부터 시장으로 싣고 갔던, 이곳의 오래된 도로는 울퉁불퉁한 소로가 되었으며, 양편에는 쓰레기들이 쌓여 있었다. 허물어진 낮은 담장 너머로 잡초가 뒤덮인 묘지들이 보였다. 오른쪽으로는 화물열차들이 덜거덕거리며 판자 울타리 옆을 지나갔다. 우리의 대화는, 우리의 모든 과업에 영향을 미치는 당 내부의 분열 이야기에 이르렀다. 그러고 나서 카츠가 수년 동안 가까이 지냈던 뮌첸베르크를 언급했다. 먼저 그는 직접적인 언급을 회피하면서, 대규모 충돌이 예상되는 지금 모든 정치조직은 자신들의 행동반경을 탐색하고 계산하는 중이며, 이제 각 정당에서는 사태를 장악할 수 있도록 입지를 강화하는 것이 관건이 되고 있다고 답했다. 또 인사이동과 숙청을 통해, 전선 구성에 필수불가결한 집중력이 생겨나게 된다고 했다. 1936년 가을에 벌어진 사건에 대해 질문을 던지자, 그는 내게, 결과적으로 뮌첸베르크와의 관계 단절로 끝난 그 당시의 의견 대립과 오해들에 대해 몇 가지를 암시했다. 코민테른이 인민전선 정책을 취하기로 결정한 1935년, 뮌첸베르크는 여전히 프롤레타리아 통일전선을 찬성하는 쪽에 속했지. 이것은 바로 아래에서부터, 즉 사민당 지도부에 대항해 건설되어야 한다는 생각이었어. 코민테른의 눈으로 볼 때도 역시 마찬가지로 프롤레타리아 전선은 광범위한 반파시즘 연합의 토대였지. 노동계급의 통일 없이는 다른 그룹들과의 동맹 또한 가능하지 않았던 거야. 프롤레타리아의 통일을 통해 이 전선이 반동 세력의 도구가 되는 것을 막아야만 했지. 그러나 프롤레타리아 지도부는 다시 공산당 지도부와 동일해야만 했던 거야. 그럼으로써 사민당과의 대립 관계가 계속되었던 거지. 프랑스의 정당들은 행동 통일을 이루어냄으로써 가장 큰 성과를 거두었지. 프랑스에서 인민전선이 승리를 거둔 1936년 5월 이후, 독일의 두 정당이 모순을 극복하는 일은 이제 절박해졌지. 그러나 독일 당 지도자들 뒤에는 대중 조직이 존재하지 않았던 거야. 그들 사이의 논의는 노동자 계급이 뒷받침하는 공론의 장에서 이루어질 수가 없었지. 그것은 망명 중에 비밀리에 행해졌던 거야. 우선 공동전선을 형성하기 위한 노력은 단지 전술적인 성격의 것으로, 당 정책의 구분을 유지하는 가운데 이루어질 수 있었지. 뮌첸베르크는 프롤레타리아의 우위를 강조함으로써, 공산당이 다시 그 전선을 자신들의 헤게모니에 종속시키려 한다는 논거를 북돋워준 꼴이 되었지. 카츠가 계속했다. 전쟁과 나치즘에 반대한다고 여겨지는 모든 사회 계층들, 개별 간부들, 분산된 그룹들, 숫자를 알 수 없는 개인들 사이에 접촉을 취하는 것이 유일하게 중요한 사안이 된 시점에도, 미래의 국가 건설에 대한 견해 차이로 빚어진 적대 관계는 여전히 작용했지. 비합법적 협력 사업 문제에서도 의견 일치가 이루어지지 못했어. 독일의 상황에 관해 9월에 작성한 비망록에서 뮌첸베르크는, 결정적인 투쟁은 국내에서 이루어져야 한다고 강조하기는 했어. 하지만 야당 활동이 마비된 상황에서, 이데올로기적 선전 활동은 외국에서 지도해야 한다고 했지. 당 중앙위원회도 그 시점에 지하 세포조직들을 확장할 것을 결정했고, 이와 더불어 진보적인 그룹들이 성장하고 있다는 견해를 대변했어. 그러다 그가 갑자기 사민당 입장에 근접했는데, 이에 따르면 정당들은 자신들을 보위하기 위해 현재의 활동을 국외로 제한해야 한다는 거였지. 공산당 역시 독일에서 흘러나오는 뉴스를 평가하고 판단할 때 종종 입장을 달리해, 어느 때는 수동성과 무기력이 팽배해 있다고 판단했고, 또 어느 때는, 1936년 가을에 사람들이 믿었던 바와 같이, 민중들 사이에 소요 분위기가 있을 수 있다는 판단을 내리기도 했지. 그러니까 뮌첸베르크의 견해가 바뀐 것은 원칙적으로 중앙위원회의 태도와 모순되지 않았어. 다만 당 중앙위원회는 코민테른과 조율하면서 결정을 내린 반면, 뮌첸베르크는 독자적인 판단에 따라 결정을 내린 거야. 이러한 예측 불가능성은, 방침을 엄격히 준수하는 것이 관건이 되는 시점에 당을 위태롭게 했고, 또 그 자신에게도 돌이킬 수 없는 결과를 가져왔지. 외국에서의 활동을 강화하자는 뮌첸베르크의 제안은 9월에도 여전히 사회민주당의 입장으로 돌아섰음을 의미하지 않았고, 모스크바에서 돌아온 뒤에 비로소 그는 사민당원 및 자유주의자들과 가까운 관계가 되었다고 카츠가 말했다. 내 질문에 카츠는, 베너가 그 당시 브라이트샤이트, 헤르츠,[61] 그르제신스키,[62] 브라운, 쿠트너[63] 같은 사민당 지도자들과 긴밀한 접촉을 갖고 있었으나, 이는 협력할 준비가 되어 있는 몇몇 인물들을 지도위원회에서 분리해낸다는 당의 규정에 따라 행해진 것이라고 말했다. 뮌첸베르크도 모스크바에서 돌아오기 전까지는, 공산당의 전선 정책을 위해 사민당 안의 야당 그룹을 끌어당긴다는

61) Paul Hertz(1888～1961): 1920～33년에 사민당 소속 제국의회 의원을 지냈으며, 1933년 프라하, 파리, 미국 등지로 망명했다가 전후 서베를린 시의 경제 및 차관 담당 시정부 의원을 역임했다.

62) Albert Grzesinsky(1879～1947): 독일 사민당 정치가로 1925년 베를린 시 경찰국장을 지냈고 1933년 프랑스, 1937년 페루와 미국으로 망명했다.

63) Erich Kuttner(1887～1942): 독일의 작가, 언론인이자 사민당 정치가로 나치에 맞서 저항운동을 벌이다 마타우젠 강제수용소에서 사망했다.

생각으로 활동했다는 것이다. 그런데 왜 베너가 그와 적대적이 되었는지, 그도 역시 코민테른에게 의심을 받지 않았는지 내가 물었다. 우리도 알고 있듯이 당기위원회가 뮌첸베르크를 심문하려 생각했던 바와 같이, 베너가 똑같은 심문을 받게 된 이유는 그가 사민당 진영과 너무 가까운 관계를 유지하고 있다는 비난을 받은 것 때문이었지. 올해 7월에야 비로소 그 조사들은 매듭이 지어졌고 베너의 복권이 이루어졌어. 그는 자신의 사회적 출신 배경과 자신이 알고 있는 사람들, 사민당 간부들과 나눈 대화, 그동안 다닌 여행, 그리고 이전에 행했던 당과 노조에서의 활동에 대한 42개 항목의 질문에 서면 답변과 동시에 구두 설명을 했지. 카츠는 한동안 침묵했다. 입수된 정보에 토대를 둔 그런 식의 언급들은 최근의 긴장된 상황 때문에 우리로서는 어쩔 도리 없는 현실이 되어버렸지. 우리의 생존에 관계된 것이기에 우리는 이를 받아들였으며, 때때로 아주 친밀한 관계를 갖는 범위에서만 그와 관련한 이야기를 나누었다. 당의 고위층 내부에서 생긴 불협화음은 아주 사소한 것처럼 보일지 몰라도, 중앙위원회와 정치국의 개편과 연관되어 점차 날카로워지고 있는, 심각한 입장 차이를 담고 있다고 카츠가 말했다. 뮌첸베르크와는 반대로 베너는 공개적인 선언이 아니라, 먼저 상호신뢰를 얻기 위해 인내심을 가지고 조용하게 행동하는 방식을 원했다. 나는 아커만과 메르커, 뮌첸베르크와 베너, 그리고 이들과 울브리히트[64]를 둘러싼 그룹들 간의 경쟁 관계에 관해 호단이 했던 말을 기억했다. 공식적으로는 독일 감옥에 수감 중인 텔만[65]이 여전히

---

64) Walter Ulbricht(1893~1973): 목공 출신으로 독일 공산당 창당 멤버가 된 인물이다. 1927년 당 중앙위원회 상임위원을 역임했고, 1937년에는 스페인, 1938년 이후에는 모스크바에서 활동했다. 1960년 빌헬름 피크의 사망 후 국무회의 의장을 지냈다.

65) Ernst Thälmann(1886~1944): 항만, 운수 노동자 출신으로 1923년 10월 함부르크 노동자 봉기에 참여했고 1925년 이후 독일 공산당 당수를 지냈다. 1925년과 1932년 제국

당수였다. 그의 대리인으로 간주되었던 셰르[66]가 살해된 뒤 피크가 지도부를 관장했다. 젊은 정치국위원 후보였던 베너에게는 그러한 장점을 갖고 있다는 것이 중요한 것이 아니라, 피크가 의존하고 있는 소련 공산당에 맞서 자신을 내세워야 한다는 것이 관건이 되었다. 중앙위원회의 여타 위원들인 달렘, 플로린,[67] 뎅엘,[68] 아부시, 아이슬러[69] 그리고 메비스, 코발스키,[70] 크뇌헬[71] 등 지도적 위치에 오를 후보들이 연루되어 지금 벌어지고 있는 투쟁들은, 아마도 그들의 동지였던 레멜레, 플리크, 노이만,[72]

대통령 후보였으며 1933년 나치에 체포되어 부헨발트 강제수용소에 수감 중 살해되었다.

66) John Schehr(1896~1934): 선반공 출신으로 공산당 소속의 제국의회 의원을 지냈으며 1933년 3월 당수 텔만이 나치에 체포된 뒤에는 당수직을 맡았다. 1933년 11월에 게슈타포에게 체포되어 고문을 받다 '탈옥 시도로 인한 총살'로 사망했다.

67) Wilhelm Florin(1894~1944): 리벳공 출신으로 1927년과 1929년 독일 공산당 중앙위원을 지냈고, 1933년 망명 후 코민테른 집행위원회 위원을 역임했다.

68) Philipp Dengel(1888~1948): 교사 출신으로 1919년 이후 독일 공산당에 입당해서 코민테른 집행위원을 지냈다.

69) Gerhart Eisler(1897~1968): 오스트리아 출신으로 1921년 독일 공산당에 입당해서 베를린 지역당 위원장을 지냈다. 1967년 동독 사회주의 통일당의 중앙위원을 역임했으며 브레히트와 오랫동안 공동 작업을 한 작곡가 한스 아이슬러의 형이다.

70) Werner Kowalski(1901~1943): 제본공 출신의 독일 공산당 정치가이자 나치 저항운동가로 나치를 피해 도주하던 중 저격당해 살해되었다.

71) Wilhelm Knöchel(1901~1944): 광부 출신으로 1939년 이후 네덜란드에서 독일 공산당 활동을 지도했으며 1942년 1월 베를린으로 잠입했다. 1943년 체포되어, 1944년 7월 브란덴부르크 형무소에서 처형되었다.

72) Herman Remmele(1880~1939): 선반공 출신으로 1920년부터 공산당 소속 제국의회 의원을 역임했고 1923~26년에는 독일 공산당 기관지 『적기』의 편집장을 맡았다. 1933년 당직에서 해직된 뒤 1937년 체포되어 처형되었다.
Leopold Flieg(1893~1939): 독일 공산당 창당 멤버로 뮌첸베르크와 가까웠다. 1937년 모스크바에서 체포되어 1939년 총살형에 처해졌다.
Heinz Neumann(1902~1937): 철학과 경제학을 전공하고 1929년부터 독일 공산당 중앙위원으로 『적기』의 편집장을 맡았다. 플리크, 뮌첸베르크, 레멜레와 더불어 텔만, 피크, 울브리히트 그룹에 대항했으며 1937년 소련에서 체포되어 숙청되었다.

키펜베르거, 에베르라인[73]처럼, 최고위 심급기관을 통과하지 못하고 숙청될 수도 있다는, 끊임없이 도를 더해가는 공포에서 비롯될 것이다. 또는 우위를 점하기 위한 공산당과 사민당 사이의 끊임없는 투쟁에서 이러한 정책을 이끄는 사람들의 성격이 권력을 행사하려는 욕구에 이끌리는 것은 아닌지 내가 물었다. 권력이 아니라 생존을 위해 불가피한 냉철함, 상호간에, 그리고 자기 자신에 대한 냉철함에 관해 말하고 싶다고 카츠가 답했다. 베너는 당에 대한 충성심을 입증해야 했다. 뮌첸베르크도 역시 1937년에 여전히 당에 대한 자신의 충성심을 강조했다. 베너에게 혐의를 지우는 자료 대부분을 코민테른에 넘긴 사람이 바로 뮌첸베르크였다고 카츠가 말했다. 그러나 그가 여전히 소련 공산당과 협조하고 있다고 자처하는 동안에도, 그가 하는 활동에서는 앞뒤가 안 맞는 일들이 점차 많아졌다. 뮌첸베르크는 언제나 독선적이었으며 독자적인 결정으로 기우는 경향이 있었는데, 이제 그는 자신의 본성에 깊이 뿌리를 내리고 있는 것처럼 보이는 고립 상태에서 행동하고 있다고 카츠가 말했다. 당이 견고한 형식을 갖추고 있는 한 그는 자신이 맡은 임무에 적합한 사람이었으며, 그의 풍부한 발상은 모든 직책에서 그에게 도움이 되었지. 그러나 조직이 무너지고, 우리들이 활동을 제한해야 할 때, 우리가 알고 있는 그의 장점인 너그럽고 포부가 크다는 점은 불분명하고 유토피아적인 것이 되었던 거야. 이 대화를 나누는 동안 나는 당내 적대 관계들의 정황을 상상할 수 없었다. 그러자 다시, 우리는 당을 절대적인 것으로 평

---

73) Karl Hans Kippenberger(1898~1937): 1928년 독일 공산당 소속 제국의회 의원을 지냈고 1937년 모스크바에서 체포되어 처형되었다.
Hugo Eberlein(1887~1944): 기계제도사 출신으로 독일 공산당 창당 멤버가 된 인물이다. 1937년 소련에서 체포되었다.

가해야 하며, 모든 갈등을 헤쳐 나가야 한다는 해답이 고개를 들었다. 그러나 그 해답은 내 의도에 상응할 수 없었다. 당을 다시 활력 있게 만들기 위해 지금 당장 실행해야 하는 바로 그 엄청난 과업은, 하나의 분명하고도 명확한 목표 설정을 촉구했다. 내가 카츠에게 뮌첸베르크와 10여 년 동안 긴밀하게 유지해온 관계를 어떻게 끊을 수 있었느냐고 물었을 때, 나는 내가 오랫동안 고심해왔던 또 다른 문제를 건드린 셈이었다. 그의 대답은 짤막했다. 당의 이해관계에 더 이상 부합하지 못할 때 개인적인 친분관계는 아무 의미도 없다는 것이었다. 말이 나왔으니 말이지만, 뮌첸베르크와 가까이 지내는 것은 아직 규정에 어긋나는 일은 아니라고 그는 말했다. 그와 체코슬로바키아 공산당을 창당한 스메랄[74]이 뮌첸베르크의 임무를 넘겨받기는 했지만, 그는 아직, 이른바 파문을 당하지는 않은 상태라고 했다. 현시점에서 우리가 기대하고 있는 급격한 변화가 이루어질 경우 그에 대한 반감은 다시 철회될 수도 있다는 것이다. 중세기 교역로의 잔재인 이 길은 묘지 담장의 끄트머리에서 쓰레기 더미로 이어졌다. 장작 더미처럼 쌓이고 혹처럼 불거진 그 쓰레기 더미 여기저기서 연기가 피어오르고 있었다. 사람들은 땅굴이나, 판자와 골판지, 그리고 요철 함석으로 만든 오두막에서 살았다. 줄에는 빨래들이 널려 있었으며, 여자들이 강에서 양동이를 들고 왔다. 보온병과 도시락을 팔에 낀 한 무리의 노동자들이 그 언덕들 사이로 터벅터벅 걸어왔다. 철둑의 자갈밭과 고철 더미 속에서 아이들이 놀고 있었다. 선로와 줄지어 선 전신주들은 흐릿하게 보이는 생드니 평지 쪽으로 모습을 감추었다. 카츠는 마치 특정한 장소를 눈여겨두고 있는 것처럼 곧장 걸어갔다. 공격하라, 공격하

74) Bohumir Šmeral(1880~1941): 체코슬로바키아의 혁명가. 1920년 소련에서 레닌을 만나고, 1921년부터 체코슬로바키아 공산당의 지도자가 되었다.

라가 언제나 뮌첸베르크의 모토였다고 그가 말했다. 하지만 그는 끊임없이 투쟁하는 사람의 이러한 태도는 강한 힘이 흘러넘쳐서가 아니라 오히려 약함에서, 공포에서 생겨난 것이었다고 보았다. 아버지가 온다,라는 것이 그가 알게 된 첫번째 위험이었어. 아버지의 방은 성역이었고, 아이들은 결코 그 방에 들어갈 수 없었지. 음식점 주인이었던 아버지는 가끔 술에 취해 벽에 걸린 총을 집어 들고 가족들을 향해, 이 모든 떼거리들을 쏴버리겠다고 위협했다는 거야. 너희들을 쏴버리겠다는 외침 소리는 밤중까지 그를 따라왔고, 그는 아버지에게 기습당할 거라는 공포감에 질려 잠이 들 수 없었다는 거야. 때때로 그는 술집에 가서 병과 술잔들을 닦으라는 명령을 받았다고 해. 카츠는 계속 이야기했다. 뮌첸베르크는 손찌검을 당하고 두들겨 맞으면서 잔 하나를 네 번에서 다섯 번까지 닦았지만 그의 아버지는 언제나 거기서 얼룩을 발견했다고 내게 여러 번 이야기했지. 목을 매라, 이 게으름뱅이야,라고 아버지는 외치면서 그에게 밧줄을 던져주었지. 나는 선사시대에 살고 있는 그의 모습을 상상해보지. 그때 그는 네세 강변에 위치한 프리마라는 마을의, 연기에 그을린 주점에서 밧줄을 손에 들고 서 있는 거야. 탁자 위에는 석유램프가 흔들거리고, 벽에 걸린 박제 사슴은 거대한 그림자를 드리우고 있지. 탁자 주위에는 콧수염에 거품을 묻힌 채 얼굴을 가린 농부들이 앉아 있는 거야. 창백하고 비쩍 마른 여인이 힘겹게 계단을 올라가서는, 몸을 돌려 다시 한 번 더 그 사내아이를 쳐다보지. 그녀는 죽기 위해 위층 그녀의 방 침대 위에 몸을 눕히지. 그러면 다섯 살짜리 아이는 밧줄을 들고 계단을 기어 올라오지. 그는 다락방에 숨어들지. 아무도 그를 뒤따라오지 않는 거야. 이 삶은 아무런 가치도 없다,라는 것이, 나중에 다른 사람들의 삶에 가치를 부여하기 위해 전 생애를 바쳤던 바로 그가 얻은 첫번째 교훈이야. 카츠는 계속했다. 뮌첸베르크를 이해하기 위해서는 그가 자라난 곳, 즉 하르츠와 튀링거발트 사이, 잘레와 베라 사이의 시골 지역을 이해해야 하지. 이 지역에서 털보 루트비히, 강철 루트비히, 고상한 하인리히, 타락한 알브레히트, 대담한 프리드리히, 진지한 프리드리히, 단순한 프리드리히, 그리고 엄정한 프리드리히라는 이름을 가진 제후들이 배출되었지. 발터하우젠이 위치해 있는 이 황막한 시골은 불행한 횔덜린[75]이 가정교사로 고용되었던 곳이기도 하지만, 또한 이곳은 바이마르와 예나와도 멀리 떨어져 있지 않았고, 이 지방의 고타와 에어푸르트는 독일 사민당의 상징적인 도시로 알려지기도 했지. 이전에 그렸던 몇 점의 소묘에서 뮌첸베르크는 자신이 자란 주점을 그리기도 했어. 카츠가 계속 이야기했다. 그 당시 그는 솔직했지. 하지만 그는 해가 지남에 따라 이 환경과 화해하고자 했고, 심지어 아버지에게 일종의 친근감과 존경심을 보이기도 했다고 하더군. 아이일 때의 뮌첸베르크는 어머니를 닮아 유약했는데, 그의 누이와 두 형제는 아버지를 닮아 거칠었지. 언젠가 아버지는 맏형에게 총을 쏘았대. 형은 창문으로 도망쳐서 다시는 돌아오지 않았다는군. 그 뒤로 막내는 그곳에서 벗어나고 싶다는 소망에 휩싸이게 되었어. 열한 살이었을 때 그는 어느 날 아침 한 자루의 빵 조각을 어깨에 걸머지고 집에서 도망쳐 나왔지. 그는 아프리카로 가서 영국인들에 대항해 싸우는 전쟁에서 아프리카 백인 부대에 지원하려 했어. 그러나 그는 아이제나흐에 도착하기도 전에 순찰 경찰에게 붙들려 아버지에게 넘겨졌지. 그 뒤로 그가 2년 동안 받은 학대는, 아버지가 스스로 머리에 산탄총을 쏘면서 갑

---

75) Johann Christian Friedrich Hölderlin(1770~1843): 서간체 소설 『히페리온』으로 잘 알려진 독일의 시인. 페터 바이스는 그와 마르크스의 가공적 만남을 소재로 한 희곡 작품 「횔덜린」(1971)을 쓰기도 했다.

자기 끝나게 되었어. 뮌첸베르크는 그것이 자살이었다는 것을 언제나 부정해왔지. 카츠가 말했다. 그 노인은 단지 자신의 총을 청소하려고 했으며, 늘 그렇듯이 취해 있었다는 것이다. 그렇지만 어린 시절의 고통이 끝났다고 해서 괴로운 일이 모두 끝난 것은 아니었다. 그는 고타에서 첫번째 견습생 자리를 얻었으며, 그렇게 되자 마이스터가 아버지의 교육권을 갖게 되었다. 그는 이발사가 되기 위한 교육을 받기로 되어 있었다. 누나의 견해에 따르면 이 직업은 그의 유약한 성격에 맞는 것이었다. 근무 시간은 아침 5시 반에서 저녁 9시까지였으며 일요일에는 7시부터 1시까지였다. 근무 중 휴식 시간이나 휴일은 없었다. 그때는 1904년이었다. 프리마와 에베르슈테트의 시골 학교에서 그는 아쉬운 대로 읽고 쓰는 것을 배웠다. 그는 바로 그 당시 베를린에서 창립된 도제와 미성년 노동자를 위한 협회에 대해 모르고 있었으며, 교육권자의 월권행위에서 청소년들을 보호할 자구책을 마련하자는 베른슈타인의 호소에 대해서도 들어보지 못했다. 그가 집회에 참석할 용기를 내기까지 두어 해가 더 걸렸다는 사실은, 아마도 그가 심한 말더듬 증세를 가지고 있었다는 점과 연관이 있을 것이다. 그래서 그는 말도 없었고 내성적이었다. 또한 황야에서, 노상강도와 도적들이 드나드는 싸구려 술집에서 세월을 보낸 뒤인지라, 도시는 그를 혼란스럽게 하기도 했다. 그 당시 고타의 인구 수는 3만 명이었다. 그곳은 주물 공장, 기계 공장, 증기를 사용하는 낙농업, 도자기 산업, 그리고 육류 가공업 시설이 있는 노동자 도시였다. 자신의 고타 강령은 꾸지람과 따귀, 비누거품 만드는 일과 바닥 청소하는 일로 이루어졌다고 뮌첸베르크는 말하곤 했다. 매주 토요일에는 살아 있는 모델을 대상으로 이발 연습을 했다. 도제들은 양로원에 수용된 약 1백여 명의 노인들에게 면도를 해주어야만 했다. 짓밟혀왔던 그들은 이 몇 시간 동안 강자가 될 수 있었다. 노인들은 그들을 두려워하며 도망쳤고, 끌려와서는 바닥에 앉혀졌다. 턱수염 자국은 철사 끝처럼 단단했고, 면도칼은 무뎠으며, 면도를 할 때 피부 살점들이 뜯겨져 나갔다. 고타 시는 그런 취급을 당한 연금생활자 한 사람당 50페니히를 마이스터에게 지불했다. 뮌첸베르크의 에어푸르트 강령은, 그가 게라 강변에 있는 그 도시의 신발 공장에 도착한 1906년에 시작되었다. 하루 열두 시간씩 제품 선별공으로 일하면서, 그는 기계들이 쿵쾅대고 끽끽거리는 소음 속에서 말하는 연습을 했다. 그곳에선 아무도 그가 말하는 소리를 듣지 않았으며, 그는 대화에 끼어들 준비를 하고자 했다. 변화가 일어났다. 그는 한 협회, 즉 프로파간다라는 이름의 노동자교육협회에 발을 들여놓게 되었다. 그는 프로파간다가 무슨 말인지 아직 몰랐지만, 젊은 노동자들의 모임 속에서 이제 그의 삶이 바뀌리라는 것을 느꼈다. 그에게는 7만 5천 명이 살고 있는 그 대도시의 모습이 분명해졌다. 그뿐만 아니라 그는 자신을 일하는 대중의 일원으로 간주하기 시작했다. 그는 더 이상 동떨어진 개인이 아니었으며, 신발 공장, 양조장, 열차 차량 제작 공장, 의류 공장, 표백 공장, 양모 염색 공장, 그리고 기관차, 터빈, 농기계 생산 분야에서 일하는 사람들에게 속했다. 얼마 지나지 않아 그는 프로파간다라는 말을 발음할 수 있게 되었으며, 때때로 말을 더듬는 버릇 때문에 숨이 막히고 씩씩대느라 여전히 중단되기도 했지만, 정치적 계몽과 사회적 요구를 유포하는 일에 참여했다. 그를 아는 사람들은, 특히 당에서 권위를 가진 인물들과의 관계에서 그러한 버릇이 나타나는바, 오늘날까지도 그가 말을 더듬는 버릇을 완전히 극복하지는 못했다는 사실을 눈치챌 수 있다고 카츠가 말했다. 공격하라, 공격하라는 구호로 그는 심리적 압박감을 떨쳐버렸다. 오래지 않아 그는 유명한 연설가이자 선동가로 자유청년협회 회장이 되었으며 토론과 투쟁, 시위의 지도자가 되었다. 그러나 그는 자신의 독립성을 유지했으며, 사업주와 마이스터들을 증오했다. 당내 분파 싸움에는 끼어들지 않았으며 자신의 입지를 좁히고자 하는 모든 것에 저항했다. 1910년 여름에 그는 도보여행으로 취리히까지 가서는 곧바로 그곳 청년 조직에 가입했다. 내가 피스카토르[76]의 극단에서 일하고 있을 때, 우리는 뮌첸베르크가 스물다섯 살에 쓴 희곡을 무대에 올리기도 했지. 카츠가 말했다. 그때 그는 이미 오래전에 사회주의청년단 중앙위원회 위원단에 속해 있었어. 그는 한편으로는 새로운 인터내셔널을 건립하기 위한 노력의 일환으로 치머발트 회의를 준비하는 데 힘을 기울였고, 다른 한편으로는 폭력과 거친 고함으로 얼룩진 악몽과 내적인 투쟁을 벌였지. 카츠는 땅이 평평하게 다져진 곳에 멈추어 섰다. 그곳에는 몇 개의 천막이 세워져 있었다. 코뚜레를 하고 기둥에 매인 재주꾼 곰 주위를 파리들이 윙윙대고 있었으며, 집시들이 화톳불 주변에 둘러앉아 있었다. 뮌첸베르크는 레닌 곁에서 활동하던 시기에도 벗어던질 수 없었던 자신의 내적 심리 상태를 표현한 희곡 작품을 쓴 적이 있었다. 카츠는 바로 그 희곡 작품에 나오는 인물들을 흉내 냈다. 여전히 그의 귓가에는 뮌첸베르크의 아버지가 지르는 위협적인 고함 소리가 울리고 있었다. 카츠는 집시들이 귀를 세우고 듣고 있는 것에도 아랑곳하지 않고, 이 상놈의 자식들을 한꺼번에 쏴버리겠어,라고 외쳤다. 그는 아버지 역을 하면서 주먹을 흔들어댔다. 닥쳐, 이 개자식아,라고 그는 항의를 하려는 아들에게 소리쳤다. 주둥이 좀 놀려봤으면 좋겠지. 낯선 사람이 하는 말을 들어보려고 집시들이 가까이 다가왔다. 여보, 이리 오세요, 저녁 식사

76) Erwin Piscator(1893~1966): 바이마르공화국 시대의 진보적 연극연출가. 1931년부터 1951년까지 모스크바, 스위스, 뉴욕에서 활동하다 1951년에 동독으로 귀환했다.

준비가 다 되었어요,라고 어머니가 말했다. 너희 여물이나 처먹어,라고 아버지가 답했다. 이 떼거지들 버르장머리를 고쳐줘야겠어. 어머니와 자식들을 위협하는 것을 부끄러워해야 해요, 하고 아들이 낮은 목소리로 말했다. 그러자 다시 아버지 쪽에서 달려들었다. 나는 내가 아버지와 싸워 이길 만큼 충분히 강하고 억세졌으면 좋겠어요. 아들이 말했다. 그러면 목을 졸라버릴 거예요. 카츠는 아들의 웅크린 자세에서 아버지의 거대한 모습으로 단박에 자세를 바꾸었다. 집시들은 이를 놀란 눈으로 바라보았다. 이 비열한 쓰레기 같은 놈, 네놈이 기어 다니지도 못하게 두들겨 패주마,라고 아버지가 외쳤다. 때리지 마세요, 때리지 마세요, 아들이 애원했다. 카츠는 아들이 방어하는 흉내를 냈다. 안 돼, 나는 못하겠어, 아버지가 내 핏속에 비겁함을 심어주었단 말이야. 그러자 아버지는, 네 골통을 부숴주마, 죽도록 패주마,라고 말했다. 카츠는 팬터마임으로 총을 집어 드는 시늉을 했다. 탕. 맙소사, 어머니가 외쳤다. 뮌첸베르크는, 피스카토르가 그에게 개작하도록 주문했던 이 희곡 작품에다가, '머리 한가운데로. 잡동사니'라는 제목을 붙였다. 그는 이 작품에 더 이상 관심을 두려하지 않았다. 그는 그 소재를 몸으로 써내려간 것이며, 그것으로 충분하다고 말했다는 것이다. 다시 아버지를 변호하는 쪽으로 넘어갔다. 아버지는 불안하고 조급한 점에서 그와 닮았다는 것이다. 그러나 이 희곡에는 그의 어린 시절이 모두 들어 있으며, 산간벽지 그 촌구석에서 벗어나 넓은 세상을 알기 위해 그가 치러야 했던 말할 수 없는 노력에 대한 암시가 담겨 있었다. 그런데 카츠는 뮌첸베르크가 청년기에 썼던 작품을 적당한 장소에서 연기로 보여주기 위해 생투앵 변두리의 이 황막한 지역으로 나를 데리고 온 것은 아니었다. 곧 밝혀졌지만 그가 이곳으로 온 목적은 집시들을 방문하는 것이었다. 그는 내게 기다리라고 했다. 길고 풍성한 치마를 입은 한 젊은 여인이 그에게 다가와서 그의 손을 잡고는 그와 함께 쇠파리가 윙윙대며 날아다니는 가운데로 걸어갔다. 그 집 식구들은 화톳불이 있는 곳으로 되돌아왔다. 지주에 묶여 있는 곰이 구르륵 소리를 냈다. 카츠는 여인과 함께 천막 안으로 사라졌다.

우리는 아주 일찍 시작해야 해. 그러지 않으면 결코 해내지 못할 거야. 뮌첸베르크가 말했다. 견습생인 우리들은 클럽에서 역사, 정치, 예술, 문학을 배웠지. 그것은 매우 짜임새 있게 진행되었어. 앞쪽 연단에 한 사람이 앉아 요령을 흔들면, 젊은 노동자 중 한 사람이 일어나 발제를 하고, 이에 대해 각자 발언 신청을 한 순서에 따라 토론이 진행되었지. 여태껏 나는 쥘 베른, 쿠퍼, 카를 마이[77]를 읽고, 카드놀이를 했어. 그러나 이제 나는 라살레,[78] 엥겔스, 베벨, 메링, 헤켈, 포렐[79]을 알게 되었지.

---

77) Jules Verne(1828~1905): 『80일간의 세계일주』 『해저 2만리』 등 유토피아 소설로 유명한 프랑스 작가.
James Fenimore Cooper(1789~1851): 미국의 소설가이자 평론가로 『모히칸 족의 최후』 『개척자들』 등의 작품을 남겼다.
Karl May(1842~1912): 『비네토우*Winetou*』를 비롯한 모험소설로 유명한 독일 작가.

78) Ferdinand Lasalle(1825~1864): 독일의 철학자, 작가이자 정치가로 『프란츠 폰 지킹엔』이라는 희곡을 쓰기도 했다. 1863년 독일 사민당의 전신인 독일전국노동자연맹(Der Allgemeine deutsche Arbeiterverein)을 창설함으로써 마르크스, 엥겔스와 함께 노동운동의 지도자가 되었다.

79) August Bebel(1840~1913): 독일 사민당의 창당 대표 중 한 사람으로 마르크스, 엥겔스와 친분 관계를 가졌으며 『여성과 사회주의*Die Frau und der Sozialismus*』의 저자이기도 하다.
Franz Mehring(1846~1919): 독일의 사회주의적 작가이자 저술가로 『레싱 전설*Die Lessing-Legende*』(1892), 『카를 마르크스. 그의 삶의 역사*Karl Marx. Geschichte seines Lebens*』(1918)를 썼으며 독일 공산당 창당에 참여했다.
Ernst Haeckel(1834~1919): 독일의 유물론적 자연과학자로 1862~1909년에 예나 대학 교수를 지낸 다윈 진화론의 대변자이다.
Auguste Forel(1848~1931): 스위스의 정신병리학자로 스위스에서 처음으로 최면술 강의를 했다.

엄격한 규율이 모임의 기본 토대를 이루었어. 열여섯 살인 우리들은 칼라를 세운 외출복을 입고 있었지. 공장 일과가 끝나고 땀에 전 작업복을 집어던지고 옷을 갈아입으면서, 우리는 그 즉시 더 높은 차원의 삶을 준비했어. 그러나 1906년은 내게 마치 폭포와 같이 덮쳐왔지. 시작은 거창했지만 곧 공장, 노조, 당에서 우리 상황에 대한 폭풍과도 같은 논란이 빚어졌어. 나이 든 사람들은 우리에게 단지 멸시와 거부감만을 보였지. 회합 장소에서 그들은, 그들의 말로, 젊은이들의 인식 능력에 적합한 강연만을 허용하고자 했지. 우리는 당 고위직 안에서의 노선 투쟁에 대해 아직 아무것도 아는 바가 없는 상태로 변화 과정의 소용돌이 속으로 빨려 들어갔어. 개혁주의, 수정주의, 그것은 우리에게 단지 반동에 불과했지. 우리는 당 내부의 타락과 혁명으로부터의 이반에 반대했으며, 민족주의, 자본 및 군부와의 동맹 정책에 맞섰지. 우리는 배우는 동안 질서를 유지했다네. 그것은 변혁을 위한 우리의 준비와 상치되지 않았지. 우리는 1905년에 벌어진 사건들 이후 러시아에서 계획한 것과 같은 당을 건설하는 데 힘을 보태기 위해서는 논리적인 것과 목적의식이 꼭 필요하다고 생각했다네. 몇 년 안에 우리는 혹사당하면서 얻은 경험으로부터 프롤레타리아 청년이라는 새로운 개념을 발전시켰지. 내가 취리히로 왔을 때 많은 것이 여전히 헤르첸, 크로포트킨, 바쿠닌[80]의 영향을 받고 있었어. 무정부주의는 세대 간의 투쟁이기도 한 혁명 투쟁의 첫번째 단

---

80) Aleksandr Ivanovich Herzen(1812~1870): 러시아의 작가이자 혁명가로 자전적 소설 『누가 죄인인가?』를 남겼다.
Pyotr Alekseevich Kropotkin(1842~1921): 러시아의 지리학자이자 무정부주의 이론가로 무정부주의자의 삶을 그린 자서전을 남겼다.
Michail Aleksandrovich Bakunin(1814~1876): 러시아의 무정부주의자로 마르크스의 동지였다가 적대자로 돌아섰다.

계에 속했지. 우리는 플레하노프,[81] 레닌, 그리고 『이스크라』[82]를 알기 전에, 또 그 후 볼셰비키에 가까워지면서 이들과 함께, 도스토옙스키, 입센, 스트린드베리[83]를 읽었지. 그가 계속해서 말했다. 그러니까 외견상 대립적인 듯한 두 힘이 언제나 우리 내부에서 작용하고 있었지. 하나는 인내와 절도를 요구하고, 다른 하나는 우리의 급진성을 촉구했어. 한쪽은 건설적이고, 다른 쪽은 굳어진 것을 향해 맹렬히 돌진하는 것처럼 보였어. 그러나 그 뒤에는 이 모든 것이 하나의 양면에 불과하며, 우리가 자신을 전적으로 인정받으려면 두 가지 면을 모두 받아들여야 한다는 사실을 깨닫게 되었지. 입센과 스트린드베리는 우리를 하마터면 노동자연맹에서 제적시키는 계기가 될 뻔했어. 여러 간부들의 견해에 따르자면 그들의 문학이 도덕적 타락을 불러오기 때문이었지. 간부들은 우리가 마르크스주의를 학습하기 시작하면서 접하는 사회변혁에 대한 학문적 지식보다도, 사실주의적, 사회비판적 소설과 희곡들을 읽는 것이 더 위협적이라고 생각했지. 그 선조들의 이름은 아직 당내에서 거부감을 불러일으키지는 않았어. 하지만 부르주아 제도들, 특히 가족의 몰락에 대한 묘사에서, 나이든 사민주의자들은 자신들의 조직에도 영향을 미칠 수 있어 보이는 위험을 감지했지. 인간의 공동생활을 가차 없이 분석하는 것을 두려워하는 마음은 예술과 문학에 대한 적대감으로 전이될 수밖에 없었지. 항상 무의식 속에 머물러 있는 이 충동은 논쟁이 제기되면 곧 부정되긴 했지만, 타협적 성향과 고루함과 독단주의를 불러일으키는 소시민적 반동적 부담으

81) Georgii Valentinovich Plekhanov(1856~1918): 러시아의 혁명가이자 마르크시즘 이론가로 멘셰비키의 입장을 대변했다.

82) Iskra: '불꽃'이라는 뜻의 러시아어로 러시아의 혁명적 마르크스주의 신문 이름이다. 레닌이 플레하노프, 마르토프 등과 함께 1900년에 창간했다.

83) Johan August Strindberg(1849~1912): 스웨덴의 극작가이자 소설가.

로 그 뒤로 줄곧 노동운동을 따라다녔지. 낡은 교육 이념을 분쇄하려 투쟁하고, 새로운 삶의 형식을 찾고자 노력할 때, 우리는 다가오는 혁명이 총체적이어야 하며, 꿈의 충동에서부터 실제적 행위에 이르기까지 인간 전체를 사로잡아야 한다고 주장하는 사람들과 마주쳤지. 1912년 우리는 문화적 폭동의 신호를 접하게 되었는데, 우리는 이를 곧장 우리의 정치적 돌격과 결합했지. 그로부터 4년 뒤 대량 학살의 소용돌이에서 빠져나온 사람들이 카바레 볼테르[84]에서 그토록 열정적으로 집약해 표현한 것을, 우리는 그 최초의 징후에서 받아들인 셈이지. 수많은 국제적인 신문과 잡지들, 삐라와 선언문, 그리고 이리저리 뛰어다니는 밀사들의 틈바구니에서 살면서 우리들은 크라반, 피카비아, 뒤샹, 아르프,[85] 아폴리네르의 작품을 접할 수 있었어. 우리가 어떻게 그런 실험에 개방적인 태도를 갖게 되었는지는 아무도 설명할 수 없었지. 아마 우리가 체험한 그 모든 굴욕과 체벌 때문에 우리의 감각이 그만큼 예리해졌으리라는 설명만은 가능할 거야. 나는 간섭과 폭행, 그리고 매질을 증오해. 그가 외쳤다. 하지만 우리는 불행과 가난, 당국을 피해 끊임없이 도망 다니며 집 없이 떠돌던 경험을 통해 과학적 사고에 도달한 세대지. 그걸 찬양하자는 건 결코

---

84) Cabaret Voltaire: 스위스 취리히 주의 주도 취리히에 있는 복합 문화 공간. 1916년 2월 5일 제1차 세계대전을 피해 중립국으로 모여든 예술인 중 독일 장가 후고 발Hugo Ball이 아내 에미 헤닝스Emmy Hennings와 함께 예술과 정치적 모임을 위한 공간으로 카바레를 열었다. 여기서는 '다다이즘' 선언을 말한다.

85) Arthur Cravan(1887~1918?): 원래 이름은 파비안 로이드Fabian Avenarius Lloyd. 스위스 출생의 다다파 영국 시인으로 오스카 와일드와 인척 관계이며 태평양에서 익사한 것으로 추정된다.
Francis Picabia(1879~1953): 프랑스의 전위적 화가로 다다파의 창시자 중 한 사람이다.
Marcel Duchamp(1887~1968): 프랑스의 초현실주의 화가.
Jean Arp(1887~1966): 프랑스의 화가이자 조각가, 작가로 초현실주의의 창시자 중 한 사람이다.

아니야. 제반 관계들에 대한 이해는 그보다 더 나은 방법으로 얻을 수도 있을 거야. 그러나 우리는 폭력과 테러를 통해 통찰을 얻었지. 새로운 것은, 언제나 그렇듯이, 파리에서부터 왔어. 비루하고 슬픔에 젖어 있던, 사환 출신의 우리들, 늑대로 만들어지기로 되어 있던 우리들은, 자본이 유사 이래 최대 규모로 약탈과 야만 행위를 자행하기 시작한 시대에, 여기 이 도시에서 형제애의 사상을 만났고, 종종 험악한 논쟁의 와중에서도 울려 퍼지는 환희에 접했지. 그는 이 말을 하며 두 팔을 넓게 벌리고, 시외곽 방브 지역이 시작되는 베르사유 궁전 정문 뒤편의 엑스포지시옹 공원에 멈추어 섰다. 그의 회색 눈동자는 불타오르는 듯 반짝였다. 그는 땅딸막한 체구와 벗어진 이마, 검은 머리칼 때문에 호단을 닮았다. 말투나 제스처는 더 많이 닮았다. 뮌첸베르크는 다시 새로운 잡지를 창간했다. 그는 언제나 이와 같은 대변지를 필요로 했지. 당과의 관계가 단절된 채 그는 경탄할 만한 좌익 후원자인 아시베리를 재정 후원자로 삼았다. 이제 10월에 그 첫 호가 발행될 예정이었다. 그의 필자들은 토마스 만과 하인리히 만, 그리고 클라우스 만, 아르놀트 츠바이크와 슈테판 츠바이크, 포이히트방거, 케르, 되블린, 올덴, 쉬프린, 로트, 쉬켈레, 베르펠, 에른스트 바이스, 그라프[86]였으며, 호단도 그에게 원고를 제공했다. 나는 부아장베

---

86) Thomas Mann(1875~1955): 노벨 문학상을 수상한 독일 작가. 대표작으로는『부덴부로크가의 사람들』『마의 산』『파우스트 박사』 등이 있다.
Heinrich Mann(1871~1951): 토마스 만의 친형으로, 역시 독일 작가. 대표작으로『운라트 교수』,『충복』이 있다.
Klaus Mann(1906~1949): 토마스 만의 아들로, 독일 작가이자 언론인.
Arnold Zweig(1887~1968): 독일 작가. 제2차 세계대전 후 동독으로 귀환하여 펜클럽 회장을 역임했다.
Stefan Zweig(1881~1942): 오스트리아의 작가.
Lion Feuchtwanger(1884~1958): 독일 소설가. 브레히트와 친교를 맺으며 공동작업을 하기도 했다.

르 가와 카트르 셉탕브르 가의 모서리에 있는 뮌첸베르크의 집으로 가는 길에 호단과 동행한 적 있었다. 그의 집이 있는 새 건물은 검게 그을린 주변의 임대주택들과 대조되어 돋보였다. 대화에 빠져들자 뮌첸베르크는 우리를 밖으로 데리고 나가, 맨 먼저 르낭 가에 있는 스낵바에 들렀다가 창고들을 지나 철교 아래를 통과한 뒤, 야외 전시공원으로 끌고 갔다. 모든 공간이 그에게는 비좁았다. 그에게는 자기 주변의 광장, 들판, 파노라마들이 필요했다. 그는 또한 반바지와 구두끈으로 매는 장화를 신어, 마치 등산을 위해 차려입은 것처럼 보였다. 그의 생각들은 끊임없이 외부세계와 소통하고 있는 것처럼 보였으며, 마치 그가 무한정한 자원에서 각각의 단어와 그림들을 끌어다 쓰는 듯했다. 또 그가 지나가는 말로 덧붙이는 표현 역시 강한 내적 공감에서 나온 것이었다. 호단은 기침과 함께 웃음을 터뜨리며, 당에는 뮌첸베르크 같은 사람이 설 자리가 없을 것이라고 했다. 그 이유는 틀림없이 자네가, 당에서 가장 귀중한 것은 전사, 당원, 인간이라고 썼기 때문이야. 호단이 말했다. 그것은 절대 권력을 갖고 있는 지도부에 대한 비방이었지. 그렇다면 자네가 오늘날 어떻게 사상의 자유를 옹호할 수 있겠어. 그가 외쳤다. 어떻게 자네는 잡지가 독립성을 유지하게 될 것이라고 공포할 수 있단 말이야. 독립성, 그것은 당파성이 부족

Alfred Kerr(1867~1948): 바이마르공화국 시대의 연극비평가. 1933년 이후 망명했다.
Alfred Döblin(1878~1957): 독일 작가. 대표작으로 『베를린 알렉산더 광장』이 있다.
Balder Olden(1882~1949): 독일의 작가이자 언론인.
Alexander Schifrin(1901~1950 또는 1951): 러시아 태생의 독일 언론인. 바이마르공화국 시대 사민당 좌파 이론가.
Joseph Roth(1884~1939): 우크라이나 태생의 오스트리아 작가.
René Schickele(1883~1940): 알자스 지역 출신의 독일 표현주의 작가.
Franz Werfel(1890~1945): 프라하 태생의 독일 작가.
Ernst Weiss(1882~1940): 체코 출신의 독일 작가이자 의사.
Oskar Maria Graf(1894~1967): 독일 작가.

하다는 얘기고, 제3인터내셔널, 곧 소련을 비판할 구실에 불과하지. 제2 인터내셔널로부터의 독립성 역시, 단지 이것이냐 저것이냐, 찬성이냐 반대냐만 존재하는 오늘날의 상황에서 볼 때 무가치할 뿐이란 말이야. 나는 이러한 동기들이 실제로 뮌첸베르크를 당에서 제명시키는 데 충분한 이유가 될 수 있는지 곰곰이 생각해보았다. 나는 그 대답을 권력의 집중, 경쟁자들 간의 충돌에서 찾아볼 수 있으리라고 생각했다. 내가 판단할 수 있는 한, 뮌첸베르크와 당의 다른 지도자들은 같은 것을 원했다. 다만 회합을 소집한 것이 뮌첸베르크가 아니라, 현재 당정치국을 점하고 있는 그룹이라는 차이만 있을 뿐이었다. 그에게 통일전선을 옹호하는 잡지를 발간하는 것 말고 다른 선택이 있을 수 있었겠는가. 비록 출발점이 다르다 하더라도 통일전선을 위해 활동하는 것이 침묵하는 것보다는 더 나은 일이었다. 그러나 공산주의 인터내셔널 창건에 기여했던 그에게 그처럼 강요된 독립성은 분명 무소속과 고통스러운 고립을 의미했을 것이다. 그가 말했다. 1914년, 사민당의 전쟁 지원 정책에 반대하는 입장을 취하게 되면서 우리는 당에서 쫓겨났지. 반군국주의적 태도 때문에 모든 청년 단체가 늙은 간부진에 의해 해체되었지. 러시아의 지하에서부터 정치적 힘을 가진 혁명 사조가 우리에게로 다가왔고, 파리에서는 예술적 혁명 사조가 밀어닥쳤던 거야. 이 두 조류는 취리히에서, 우리의 머리 위에서 합쳐졌으며, 이로써 우리는 마비된 것이 아니라, 생각을 정화하게 되었지. 뮌첸베르크가 계속 이야기했다. 9월 14일 나는 처음으로 레닌 곁에 섰어. 오스트리아인들이 레닌을 크라카우에 감금해놓기 몇 주 전에 벌써 라데크[87]와 부

---

87) Karl Radek(1885~1939): 폴란드의 혁명가로 레닌과 스탈린의 비밀 외교 담당관이었다. 독일 공산당의 창당 멤버이기도 하다. 1923년 이후 트로츠키 편에 서면서 1927년 소련 공산당에서 제명되었으나 1929년 트로츠키와 단절하고 스탈린 편에 섰다. 1936년 부하

하린[88]은 스위스에 도착했지. 그달 말에는 트로츠키[89]가 취리히에 도착했어. 뮌첸베르크의 이야기는 계속되었다. 이 시기를 생각하면, 전쟁을 충동질하는 사람들이 막강한 우위를 점하고 있던 것을 생각하면, 또 베른과, 그 이후 취리히에서 종종 굶주리면서, 돈이 없어 끊임없이 궁핍한 가운데, 초라한 방에서 살면서, 탐욕을 깨뜨릴 계획을 세웠던 몇몇 사람들을 생각하면, 그들의 행위는 10월에도 여전히 상상할 수 없는 것이었지. 레닌이 나를 곧장 일에 끌어들인 것은 중요한 자극이기도 했지만, 동시에 어느 정도 불안을 가져다주기도 했어. 그는 지배적인 성격의 소유자였고, 그의 지도력은 논란의 여지가 없는 것이었어. 그래서 그에게 오히려 반항하려는 생각이 들기도 했지. 반면 트로츠키는 상대를 묶어놓는 성향과는 거리가 멀었어. 청년사회주의자인 우리들은 전쟁과 인터내셔널에 대해 트로츠키가 쓴 팸플릿들을 인쇄하고 배포하는 일에 참여했고, 겨울에는 국경을 넘어 책자들을 독일로 밀반입했지. 트로츠키가 있을 때면 항상 무언가 모험적이고 무정부주의적인 일들이 생겨났어. 그는 광적인 인물이고 보헤미안이기도 했어. 자리, 칸딘스키, 마리네티, 피카소, 키리코[90]에 대해서와 마찬가지로 봉기의 전략에 대해 토론하는 데에

린과 카메네프에 대한 전시(展示)재판Schauprozess에 찬성했으나, 그 자신 역시 1937년 두번째 전시재판에서 실형을 선고받고 복역 중 사망했다. 1988년 복권되었다.

88) Nikolay Ivanovich Bukharin(1888~1938): 레닌의 동지로 1911년 독일로 망명했다. 1926~29년에 코민테른 의장을 지냈으나 1929년 당에서 제명되고 1938년 전시재판에서 사형선고를 받고 처형되었다. 1988년 복권되었다.

89) Leon Trotsky(1879~1940): 러시아 혁명가. 1918~25년에 '전쟁전권위원'으로 붉은 군대를 창설했으나 1929년 스탈린의 반대자로 낙인찍혀 소련에서 추방된 후, 1937년부터 멕시코에 체류하다 1940년 암살되었다.

90) Alfred Jarry(1873~1907): 프랑스의 풍자적인 극작가.
Wassily Kandinsky(1866~1944): 러시아 출신으로 파리에서 활동한 화가. 추상화의 창시자 중 한 사람이다.

도 관심을 보였지. 레닌과 트로츠키는 무엇보다도 언론매체를 통해 서로 다투었는데, 그런 식으로 그들은 서로를 보완했어. 트로츠키는 레닌을 상대로 자신의 의견을 감히 말할 수 있는 유일한 사람이었지. 바로 이런 자립성 때문에 레닌은 그를 높이 평가했다네. 그들 간의 격렬한 충돌은 비타협성 때문이 아니라 억누를 수 없는 변증법적 활력에서 비롯되었던 것이지. 혁명의 순간이 오직 대립에서, 역설적인 조건들에 의해서만 생겨날 수 있는 것과 마찬가지로 예술가적 발전 역시 긴장, 갈등, 파괴의 실험이 없으면 생각해볼 수도 없을 걸세. 나는 이제까지 이에 대해 별로 말하지 않았고, 아마도 내가 함정에 빠져 좌절하고 있는 이제야 비로소 분명하게 알게 된 것일 텐데, 그 당시 정치에 대한 내 생각은 문화적 변혁에 대한 생각과 밀접하게 연관되어 있었지. 뮌첸베르크가 계속 이야기했다. 치머발트 회의[91]가 벌어지기 전 여름, 소규모의 직업 혁명가들이 비밀 회합에서 뜨거운 논쟁을 벌이는 가운데, 우리는 이제 앞으로 우리의 모든 활동에 적용될 방향으로 이끌려 들어갔어. 에어푸르트 강령을 따르는 구사민당에서 탈퇴한 분파 그룹들은 1915년 9월 5일 공동노선을 취하기로 한다는 혁명 강령을 발표했지. 우리 기관지 『자유청년』은 『청년 인터내셔널』로 개칭되었고, 각국 간의 연결이 이루어졌지. 우리는 전쟁에 반대하는 투쟁이 프롤레타리아 세계혁명으로 발전해갈 것이라는

Filippo Tommaso Marinetti(1876~1944): 이탈리아의 미래파 작가. 파시즘으로 전향했다.

Giorgio de Chirico(1888~1978): 이탈리아의 초현실주의 화가.

91) 1915년 9월 5~8일에 스위스 베른의 시골 마을 치머발트Zimmerwald에서 비밀리에 개최된 국제사회주의자대회. 레닌도 참여했던 이 회의에서 당시 사회주의 운동의 중요한 쟁점들에 대한 합의가 이루어지지 못했다. 제2차 대회는 베른의 계곡 마을 킨탈의 호텔에서 1916년 4월에 열렸다.

확신 말고 다른 생각은 할 수 없었어. 치머발트는 미흡한 것투성이인 하나의 시작이었지. 그가 계속했다. 우리가 레닌의 인터내셔널을 계속 전진시키기 위해 키엔탈에서 그다음의 회합을 준비하는 동안 예술적 반란이 우리를 앞질렀는데, 그것은 우리의 사업보다 훨씬 더 비타협적이고 대담하다고 자부했지. 프랑스 사전을 무작위로 들춰낸 끝에 만들어진 1916년 2월 8일의 이 다다dada 선언 소동은, 우리로 하여금 물질적 혁명은 정신적 혁명과 불가분의 관계에 있다는 우리의 신념을 한동안 잊게 만들었지. 슈피겔 가에 모인 예술가들은, 이른바 그들의 원래 과제, 즉 정치적 혁명을 보완하겠다는 과제도 거의 의식하지 않았는데, 이는 예술이 변혁의 역량을 가지고 있다는 점을 신뢰하지 않으려는 정치가들도 마찬가지였어. 휠젠베크,[92] 발,[93] 차라,[94] 아르프, 그리고 요란하게 떠들고 무대에서 자유롭게 연상해대는 다른 시인들은 모든 정치적 사회적 야망들은 썩고 부패했다고 선언했지. 그들은 혁명을 성취하기 위한 전제 조건으로 사려 깊은 사고나 계획을 세우는 일을 경멸했으며, 단지 카오스만이 생산적인 것이라고 보았지. 하지만 그들은 이때 자신들이 이미 거꾸러진 것을 신비롭고 비합리적인 것으로 대체하는 위험에 빠져 있다는 사실을 깨닫지 못했지. 그들은 자신들이 생산한 것을 안티쿤스트Antikunst, 즉 반예술이라고 불렀지. 이와 반대로 우리는 과거의 작품들과 단절할 생각을 갖지는 않았어. 우리는 그것들과 새로운 사회적 관계들이 만들어낸 산물들 사이에 역사적 연속성이 존재한다고 생각했지. 이전의 성과물들

---

92) Richard Huelsenbeck(1892~1974): 독일의 의사이자 심리학자이며 작가, 언론인으로 '카바레 볼테르'와 다다이즘 창시자 중 한 사람이다.

93) Hugo Ball(1886~1927): 독일 작가. 다다이즘의 창시자 중 한 사람이다.

94) Tristan Tzara(1896~1963): 본명은 자무엘 로젠슈타인Samuel Rosenstein으로 루마니아 출신의 시인. 다다이즘 창시자 중 한 사람이다.

에서 손을 뗀다면 우리는 아무것도 없는 허공에 들어섰을 걸세. 이에 따라 우리는 무수한 선언문들에 동의하면서도 반감을 가질 수밖에 없었으며, 종종 개개의 표현물들에 원저자가 의도했던 것과는 다른 의미를 부여했지. 1916년 봄부터 슈피겔 가에는 전면적 혁명이 둥지를 틀었어. 레닌도 그곳으로 이사해왔기 때문이었지. 레닌은 그때 거의 완전한 대머리인데다가 마흔다섯 살인데도 벌써 노인처럼 보여서 우리는 그를 노인이라고 불렀다네. 그는 다다 예술가들의 기벽이 마치 르네상스나 바로크식 정원의 인공 동굴 속에서 상상하는 것과 마찬가지로 비실용적인 것을 찬양하는 행위라고 비판했지. 저 위쪽 구불구불한 골목에서는 이성적으로 계획하는 일이 벌어지고, 저 깊은 아래쪽에서는 환상적인 비이성이 분출하고 있었어. 슈피겔 가는 강력하고 복합적인 혁명, 깨어 있으며 꿈꾸는 혁명의 상징이 되었다네. 나는 뮌첸베르크에게 그 골목길의 위치를 물어보았다. 리마트 부두 쪽에서 와서 마르크트 가를 따라가다가 뮌스터 가로 꺾어져 들어가면, 거기서 바로 왼편으로 경사져 올라가는 길이 슈피겔 가일세. 그가 답했다. 왼편의 첫번째 문은, 그 앞에 계단이 몇 개 있고, 카바레로 통하지. 저녁이 되면 낮은 반달형 창문에서 소음이 쏟아져 나와 담장들을 진동시킨다네. 나는 아직도 라데크가 좁은 골목길 담장들을 떠받치기 위해 양팔을 옆으로 벌리고 있는 모습을 보는 듯하군. 그가 말했다. 울퉁불퉁한 포장도로를 따라 가파르게 오르는 길은 취리히베르크 언덕 쪽으로 나 있었고, 그 길을 따라가면 나프 가에 접한 광장이 나왔지. 그 광장에 라바터[95]가 살던 집이 있었어. 내가 알기로는 아마 1775년에 그는 그 집에서 괴테를 맞았고, 프랑스 혁명의 지지자였던 그

---

95) Johann Kasper Lavater(1741~1801): 스위스의 신학자이자 시인으로 관상학과 골상학 연구로도 유명하다.

가 반혁명가가 되기 전에, 방랑 중이던 젊은 횔덜린 또한 그를 방문했지. 또 뷔히너[96]가 이 광장을 종종 지나갔는데, 당시 그는 취리히 대학의 해부학 강사였지. 그는 거기서 열두어 발자국 더 위쪽, 슈피겔 가로 꺾어지는 모퉁이에 있는 우물탑이라는 집에서 죽을 때까지 기거했지. 바로 그 옆, 여기서부터 골목길이 내리막길로 접어드는 바로 그곳에 위치한 14번지 2층의, 구두제조공 카머러 씨 댁에서 레닌과 크룹스카야[97]가 방 하나를 세내어 살았어. 카머러 씨는 12번지 모퉁이 집에 구둣방을 차리고 있었어. 나는 가끔 옛날 생각을 하면서 그의 집에 머무르곤 했지. 뮌첸베르크는 어느 건축물 지지대 옆에 멈춰 서더니 사다리를 타고 올라가려고 했다. 나는 그를 저지했다. 알았어, 하고 그가 소리쳤다. 그 방은 길이 4미터에 너비가 3미터였고, 천장 높이는 2미터가 약간 넘었어. 사방의 벽은 어두운 색깔로 칠해져 있었고, 테두리는 십자형 나무 빗살무늬로 장식되어 있었지. 두 개뿐인 창문에 걸린 커튼은 거의 언제나 내려져 있었어. 방문 옆에는 각진 연통이 달린 철제 난로가 놓여 있었고, 방구석과 난로 사이의 좁은 공간에 식탁과 좁은 소파가 놓여 있었지. 창가 구석에는 작은 대야가 딸린 세면대가 있었어. 세면대는 글을 쓸 때도 썼지. 세면대 위 테두리 장식에는 거울이 달려 있었어. 방 가운데에는 2인용 침대가 있었는데 방 안을 꽉 채우다시피 했지. 깃털로 속을 채운 베개와 넓은 오리털 이불이 있었고. 또 의자 몇 개와 서랍장이 하나 있었지. 다른 것은 더 들어갈 여지가 없었어. 그 안에서는 옆걸음질을 해야 했지. 부엌은 주인집 부엌을 같이 쓰기로 했고. 월세는 28프랑. 주인집 사람들 말고 다

96) Georg Büchner(1813~1837): 「당통의 죽음」 「보이체크」 등의 작품을 남긴 독일의 극작가로 혁명가이자 의사, 자연과학자이기도 했다. 3월 전야 시기를 대표하는 극작가이다.

97) Nadezhda Konstantinovna Krupskaya(1869~1939): 레닌의 부인.

른 거주자들도 있었어. 망명자들이었지. 이탈리아 남자 한 명, 두어 명의 오스트리아 배우들, 아이들을 데리고 있는 독일 여자 등이었어. 레닌은 아침마다 문 앞에서 기다렸지. 우편배달부가 많은 양의 편지와 신문을 들고 계단을 오르는 수고를 덜어주기 위해서였어. 그는 카머러가 그에게 준 종이 상자 속에 서신들을 보관했지. 목이 긴 구두를 말하는 편상화라는 레테르가 붙은 상자 안에는 고리키,[98] 부하린, 지노비예프, 룩셈부르크, 치체린, 슬랴프니코프,[99] 트로츠키의 이름이 적힌 편지들이 보관되어 있었어. 그랬지. 창문을 열어놓을 수 있는 밤이 되면 저 낮은 곳에서 울리는 북소리를 여기 이 높은 곳에서도 들을 수 있었어. 뮌첸베르크는 계속했다. 그들은 마당으로 갔어. 하루 종일 문을 닫고 있어야 했지. 그래도 피와 내장의 비린내가 온갖 틈새들을 뚫고 끊임없이 방 안으로 밀려들어왔지. 저 아래쪽에 소시지 공장이 있었거든. 살코기 분쇄기에서 나오는 덜컹거리는 소리와 북소리에 레닌은 불평을 늘어놓았어. 이제 우리는 나무판자로 된 계단을 올라, 나무들 위로 정자 건물을 바라보면서 난간 앞

98) Maksim Gor'kii(1868~1936): 러시아의 작가. 대표작으로는 소설 『어머니』(1908), 희곡 『밤의 망명』 등이 있다.

99) Grigory Yevseyevich Zinovyev(1883~1936): 레닌의 동지로 1924년 레닌 서거 후 스탈린, 카메네프와 함께 소련 공산당 지도부를 형성했다. 스탈린의 경쟁자로 1936년 전시재판에서 사형선고를 받고 처형되었다. 1988년 복권되었다.

Rosa Luxemburg(1870~1919): 폴란드 출신의 마르크스주의 이론가이자 혁명가. 독일 공산당 창건자 중 한 사람으로 1919년 1월 리프크네히트와 함께 극우파 민병대에게 살해되었다.

Georgii Vasil'evich Chicherin(1872~1936): 소비에트의 외교관으로 1922년 패전국 독일과 라팔로 조약을 체결하는 등 외교력을 발휘했다.

Aleksandr Gavirilovich Schlaypnikov(1884~1943): 러시아의 금속노동자 출신으로 1908년 파리로 망명했다가 1917년 11월 레닌의 첫번째 내각에서 노동 담당 인민위원으로 취임했다. 1920년 이후 레닌에 반대 입장을 표명했고 1933년 당에서 제명된 뒤 1943년 숙청되었다.

에 섰다. 뮌첸베르크는 우물탑에서 시작해 일련의 정원들을 구획 짓는 담장을 따라 이름이 붙은 길로 이어지며 내리막길을 이루는 슈피겔 가를 여전히 눈앞에 그려보고 있었다. 카머러가 자신의 가게 문 앞에 나와 뒤로 비스듬히 몸을 젖히고는 진열장에 나란히 세워진 구두들을 세심하게 살펴보고 있었다. 14번지 건물 1층에 있는 춤 야콥스브룬넨이라는 레스토랑 앞에서는 맥주를 운반하는 마부가 짤그랑대는 병들로 가득 찬 상자들을 내려놓고 있었다. 도로 이편은 햇빛이 들어 밝았고, 맞은편에는 골목길이 넓어지면서 어느 저택 앞마당으로 연결되었다. 16번지와 18번지 너머까지 루프라는 이름의 정육점이 늘어서 있었으며, 황금색 화환 장식들 사이로 이 정육점의 소시지 제품들이 최고의 품평을 받았다고 알릴 수 있었다. 이때가 레닌에게는 가장 어려운 해였지. 뮌첸베르크는 말했다. 그전의 3년 동안 그는 추방 생활을 했고, 1년 반 이상 망명 생활을 해오던 중이었어. 러시아에서 벌어지고 있는 사건들과 단절되어 지낸다는 것이 참기 어려운 일이었지. 그의 동지들은 전 세계에 흩어져 있었지. 그들과의 연락은 쉽지 않았어. 그의 건강 상태도 좋지 않았고. 불면증에 미칠 듯한 두통. 종종 일그러진 그의 얼굴이 우리를 놀라게 했지. 스스로 좌초되었다고 여기는 순간들이었어. 혁명 상황을 놓치고 뒤늦게 도착하리라는 끊임없는 공포. 슈바르첸 아들러 식당이나 슈튀시호프 술집에서 열리는 회합에서 그는 종종 활기를 찾을 수 있었어. 하지만 그의 활기는 인위적이고 조급하다는 느낌을 주었지. 그러고 나면 그는 다시 몇 시간씩 무언가를 골똘히 생각하면서 앉아 있었어. 그의 내부에는 엄청난 에너지가 저장되어 있었지. 매일 아침 9시부터 저녁 6시까지 그는 도서관에 틀어박혀 쓰고 또 썼지. 제국주의에 관한 책, 수많은 기사, 선전 삐라, 팸플릿 들. 나는 어떤 사람들이 그의 집을 방문했느냐고 물었다. 몇 사람 되지 않았지. 뮌첸베르크가 답했다. 크룹스카야도 병을 앓고 있었어. 그들은 대체로 고립 상태로 살았어. 때때로 지노비예프, 발라바노프,[100] 라데크가 왔지. 그 밖에 레닌이 회합에서 알게 되어, 선동할 생각으로 집에 초대한 사람들이 오기도 했어. 손님이 세 사람 이상 되면, 침대에 걸터앉았지. 전쟁이 프롤레타리아 혁명을 불러일으키게 될 것이라는 데 라데크가 회의를 표명했을 때, 사람들은 흥분해 난리가 나기도 했지. 나는 뮌첸베르크에게 아르망[101]을 만난 적이 있느냐고 물었다. 그는 대답을 회피하면서 딱 한 번 만났다고 답했다. 그녀의 이름을 거론하는 것 자체가, 받아들이기에는 매우 지나치고, 매우 폭력적인 어떤 것을 건드렸다. 그 여자는 어땠나요. 내가 재차 물었다. 그 여자 주변에는 뭔가 떠들썩한 분위기가 있었지. 그가 대답했다. 큼지막한 모자, 베일, 깃털 장식 등등. 그때 우리 젊은이들은 레닌을 작가나 예술가들과 만나게 하고, 그를 고립 상태에서 벗어나게 하려 했어. 하지만 그는 고집스러운 자세로 팔뚝에 찬 시계의 초침만 바라보고 앉아 있었지. 때때로 나는 그를 시야에서 잃어버리기도 했어. 그가 말했다. 그는 딱 한 가지만을 목표로 설정했지. 우린 할 일이 너무 많았고 말이야. 우리는 시내를 배회했다. 뮌첸베르크는 검지로 코를 눌러 납작한 모양새를 만들었다. 이 결정적인 몇 달 동안 무슨 일이 벌어졌는지 어떻게 설명해야 좋을지 모르겠군. 그가 말했다. 우리가 혁명의 두 축에 대해 말할 때, 우리는 무엇보다 철학적 경로로 얻은 인식을 끌어들였지. 예술 혁명이 정치 혁명과는 다른 전선에서 수행되고 사회 변

100) Angelica Balabanoff(1877~1965): 러시아의 혁명가. 이탈리아 사회당 기관지 『아반티』의 편집인으로 1924년 소련 공산당에서 제명된 뒤 1935년부터 미국에서 체류하다 1946년부터 이탈리아에 거주했다.

101) Ines Armand(1875~1920): 프랑스인으로 러시아에서 성장해 1910년부터 레닌과 친교를 맺었다. 1918년 소련 공산당 중앙위원회에서 여성 문제 담당 지도자를 역임했다.

화에 개입하지 않는 것처럼 보이더라도, 그것은 낡은 관습에 맞서고, 이미 오래전부터 그 강압적 본보기를 드러낸 규범들을 파괴하고자 함으로써 우리의 혁명과 밀접한 관계를 맺고 있었어. 형식과 운동의 해방을 위해, 또 언어와 시각의 혁신을 위해 투쟁함으로써 예술은 우리의 감각과 변화된 삶을 추구하는 데 영향을 미쳐왔지. 정치가들은 예술이 현실에 아무런 힘도 미치지 못한다고 말했지. 또 그들은 현실이라는 말로 그저 외부세계의 현실만을 생각했지. 허나 그들은 이 현실이란 것이 얼마나 고리타분해졌는지 몰랐던 거야. 스위스에서는 우리에게 본질적으로 중요한 온갖 사건들이 기이하게도 안전한 분위기 속에서 일어났지. 치머발트는 베른 근교에 있는 목가적인 시골 마을이어서, 숲으로 소풍을 가거나 요양차 휴가를 보내기에 적합한 장소였어. 키엔탈은 블륌리잘프 기슭의 마을이었지. 정거장에 이르러서야 우리는 비로소 그 은밀한 여행의 목적지가 어디인지 알게 되었다네. 산악열차를 타고 베른의 고지대에 있는 라이헨바흐로 가서 한 무리의 관광객처럼 마차로 배렌 호텔로 갔지. 슈피겔 가에는 마치 렙쿠헨 과자로 만든 것 같은 합각머리 지붕과 작은 탑들로 이루어진 고풍스러운 집들이 들어차 있었어. 그러나 창문들 뒤편으로 폭발물들이 모여들었지. 우리의 꿈과 이상, 계획 들로 우리는 현실을 개조해가고 있었던 거야. 1916년 4월 우리는 만나는 장소를 조망 가능한 범위에서 벗어나 세계사적 연관성 속으로 옮겨놓았지. 그러나 아래쪽 골목에 모여든 예술가들은, 그들이 요컨대 우리가 의도하는 바를 알아차린 한에서, 키엔탈의 결의로 무엇을 이룰 수 있는지 묻고 싶었을 걸세. 사회주의 분파들 사이에는 여전히 견해차가 있지 않았는지, 독일과 러시아 그룹들은 그 내부에서 균열되고 서로 적대적이지 않았는지, 사회주의적 국수주의자들은 다시 제3인터내셔널 창립을 방해하는 데 성공하지 않았는지, 프롤레타리아트들은 각자 진지에 틀어박혀 서로 총질을 해대지 않았는지, 의미 있는 것들은 그저 모든 질서를 포기한 사람들에게서만 찾을 수 있는 것이 아닌지 말일세. 뮌첸베르크는 계속했다. 어떤 포괄적인 사회적 예술적 혁명의 가설을 세운 뒤, 이제까지 서로 분리되어 취급되어왔던 요소들이 실은 하나로 묶여 있다는 사실을 입증하는 것이 관건이었지. 당시에는 정신적 현실을 전복하는 것을 의무로 삼는 예술이 정치적 사명 또한 감당해야 한다고 요구할 필요조차 없었어. 예술은 이미 그 매체를 가장 잘 활용할 수 있는 분야에서 역할을 해내고 있었지. 마찬가지로 정치 또한 예술을 직접적으로 자신의 목적을 위해 끌어다 쓸 책임을 갖고 있지는 않았지. 그가 계속 설명했다. 오늘날에도 충분히 파악하지 못하고 있는 새로운 점은, 그 두 힘의 고유성과 대등한 가치를 인정하는 한편, 그것들을 서로 대립케 하는 것이 아니라, 양자의 병행 내지 동시적 창조 작업의 공통분모를 찾아내는 거야. 혁명적인 예술 행위와 정치 행위는 그 강렬함과 국제주의라는 목표에서 일치하고 있었어. 그러나 예술이 애용하는 조롱과 아이러니는 정치의 진지함이나 책임의식과는 결합될 수 없는 것처럼 보였지. 전 세계 노동 전사들에 대한 키엔탈의 선언을 조롱하면서 다다이스트들은 전 세계의 시민, 학생, 노동자, 떠돌이, 목적 없는 자들이여 단결하라고 노래를 불렀단 말일세. 1916년 4월에는 예술의 손길이 과장된 몸짓을 하며 우리 앞을 훨씬 지나쳐간 것처럼 보이긴 했지만, 바로 1년 뒤에는 러시아의 노동자 대중이 봉기를 했고 레닌의 테제는 카바레 볼테르의 저녁 야회에서 떠들어대던 말들을 압도해버렸지. 뮌첸베르크가 말했다. 우리는 아직 정의할 수 없는 것, 처음에는 그저 예감과 암시만으로 존재하는 어떤 것들을 상상했지. 1917년에는 우리에게는 문화혁명 이념의 밑바탕에 깔려 있는 사고 과정들을 계속 추적할 시간적 여유가 없었지. 그런데 기이하게도 그 뒤에 레닌이 그것을 수용했단 말일세. 그는 사실 슈피겔 가의 반란을 보고 예술의 정치화가 시작된 것이라고 생각하지는 않았지만, 혁명가는 꿈꿀 능력이 있어야 한다고 말했지. 항상 실천적인 일과가 더 큰 비중을 차지하고 있었기 때문에, 레닌 자신이 죽기 몇 달 전부터 종종 사용했던 문화혁명이라는 말은 뒷전으로 밀려난 것처럼 보였던 거야. 하지만 레닌이 무엇보다 관료화되고 교조화된 당 기구에 대한 균형추로 파악한 바로 그 의미에서 그 말은 우리에게 계속 영향을 미쳤지. 그 당시 생겨난 여러 노선들을 하나로 묶어낼 때가 되었다고 여겨지는 오늘날 내 입장에서 볼 때, 우리가 문화혁명이라는 말로 정치 투쟁을 비로소 완성할 수 있는 변혁을 생각했다는 사실을 알겠더군. 레닌은 길고 긴 과정에 대해 말했고, 나 또한 역시 이전에 생각했던 것들을 시야에서 잃어버린 몇 해 동안에는, 예술을 당에 복무하도록 하고 이데올로기적 계몽을 위해 쓸 수 있도록 노력했지. 그가 계속 말했다. 허나 예술은 정치 제도들이 경직되는 것을 막고, 인지작용의 다양성을 상기시키는 수단이지. 선전 말이야. 뮌첸베르크는 웃으면서 말했다. 우리는 차량들이 르낭 가에서, 이시와 베르사유 궁전 정문 사이에서, 원형도로를 따라 돌면서 빅토르 가, 레페브르 가 쪽으로, 끝없이 긴 보지라르 가 쪽으로 이리저리 흘러가는 모습을 바라보았다. 우리는 마치 바다처럼 펼쳐진 회색 지붕들 너머로 미슐레 학교의 푸른 공원과 센 강까지 뻗어 있는 훈련장들을 바라보았다. 그가 말했다. 프로파간다, 나는 이 기구를 만들라는 명령을 받았고, 그것도 맨땅에서, 아무것도 없는 데서 부르주아지의 막강한 언론 매체에 대항할 무기를 만들라는 명령을 받았지. 우리의 글만으로, 반세기 전부터 마취되고 거짓말과 잡동사니에 뒤덮여온 수백만 명의 사람들에게 그들의 상황과 관련한 진실을 알리고 그들에게 영향을 끼쳐야만 했지. 그는 생각에 잠긴 채 말을 이었다. 그 일은 1921년 여름부터 시작되었는데, 그때부터 나는 본래의 예술 문제에 별로 관여하지 않았지. 언론의 입장에서 문화적인 문제들을 받아들였지만, 취리히 시절에 우리가 다루었던 주제들은 더 이상 언급하지 않았어. 미술적인 것과 문학적인 것은 정치 선전의 필요에 따라 투입되어야만 했지. 우리는 당의 역량을 강화하고 소비에트 국가의 난관을 덜어주는 일에 얼마나 도움이 되느냐에 따라 작품의 질을 평가했지. 기아의 위기와 내전의 여파를 극복해야 했거든. 국제노동자원조기구[102] 창설과 동시에 최초의 『노동자 화보 신문*Die Arbeiter Illustrierte Zeitung*』[103]이 발행되었어. 레닌이 나를 소환했어. 전쟁 기간 동안 그는 우리의 청년 인터내셔널 창립에 기여했지만, 이제 혁명이 고립되어 있는 이 시점에서 그는 내게 국제적 원조 사업이 이루어질 수 있도록 하라고 요구했지. 그것이 내 첫번째 크렘린 방문이었어. 뮌첸베르크가 1921년 7월과 1938년 사이에 얼마나 큰 간극이 벌어졌는지 이제야 깨닫게 된 것처럼 말을 멈췄을 때, 나는 그가 레닌과 마주했던 장소가 어떻게 생겼는지 물었다. 나는 다시 한 사건의 범위에 속하는 각각의 개별 사안들을 내 눈앞에 그려보고자 했지만, 그 그림이 선명하게 눈앞에 그려지지 않자, 이를 보완하고자 하는 충동을 느끼게 된 것이다. 레닌이 거주하는 방은 이전에

---

102) IAH, Internationale Arbeiterhilfe: 러시아 볼가 강 유역의 가뭄과 기근에 대처하기 위한 레닌의 국제적 원조 요청에 부응해 1921년 8월 베를린에서 뮌첸베르크의 주도로 창설된 기구. 이후 1933년까지 노동자들의 복지 지원과 아울러 영화산업 분야에서 활발한 활동을 벌였다.

103) 뮌첸베르크에 의해 1921년부터 1938년까지 베를린과 프라하에서 간행된 주간 신문. 1933년 무렵에는 발행부수가 50만 부에 이를 정도로 당시 노동운동에 많은 영향을 끼쳤으며, 존 허트필드John Heartfield의 몽타주 사진으로 유명해졌다.

병기고로 쓰였던 건물이 딸려 있고, 안쪽으로 움푹 들어간 창문들이 있는, 너비가 긴 건물의 맨 위층, 메네게 광장과 붉은 광장이 만나는 북동쪽 담 모서리 바로 가까이, 아치가 덮인 복도 끝에 자리 잡고 있었는데, 복도에서는 발소리가 둔탁한 천둥소리처럼 들렸다. 접견실 옆에는 레닌의 개인 도서관이 있었는데, 뮌첸베르크는 그곳에서 넥쇠[104]의 영어 판 몇 권, 하이네[105]의 작품들, 베벨, 메링의 책 몇 권, 레나우[106]의 시집, 위고의 소설들, 하웁트만[107]의 『직조공들』, 하인리히 만의 『충복』, 그 밖에 특히 사민당에 맞선 투쟁 문서들, 멘셰비키와 볼셰비키 간의 논쟁문들을 보았다고 기억했다. 그는 커다란 녹색 책상보를 씌운 책상 주변에 팔걸이가 높은 등나무 의자가 놓여 있고 벽에 러시아와 서부 유럽의 낡은 지도가 걸려 있는 내각평의회의 회의실을 지나 레닌의 작은 집무실로 안내되었다. 방문객들을 위해 한 개의 가죽 소파와 역시 가죽으로 된 네 개의 안락의자가 준비되어 있었다. 레닌은 단순한 등나무 의자를 이용했다. 그의 뒤쪽에는 나지막한 회전식 책받침대가 두 개 있었고, 그 위에는 메모용지가 잔뜩 꽂혀 있는 참고서들과, 방금 검토한 문헌들이 놓여 있었다. 책상 위에는 전화기가 두 대, 동상이 하나 있었다. 뮌첸베르크는

104) Martin Andersen-Nexø(1869~1954): 덴마크의 소설가로 석공의 아들로 태어나 목동, 양화점 직공 등의 일을 하며 겨우 학교에 다녔다. 『정복자 펠레*Pelle Erobreren*』를 발표하면서 서유럽의 대표적인 사회주의 작가가 되었다.

105) Heinrich Heine(1797~1856): 독일의 시인이자 비평가, 진보적 저널리스트로 사랑을 노래한 시와 혁명을 부르짖는 시를 썼다. 25년 동안 파리에서 망명생활을 한 뒤 척추결핵으로 고통을 겪다 사망했다.

106) Nikolaus Lenau(1802~1850): 헝가리 출신의 오스트리아 시인. 우수와 정열이 뒤섞인 서정시를 썼으며 정신이상으로 사망했다.

107) Gerhart Hauptmann(1862~1946): 독일 자연주의 문학의 대표적인 극작가이자 소설가로 1912년 노벨 문학상을 수상했다.

먼저 창문 앞 나무 화분에 담긴 야자나무와 한 노동자가 붉은 바탕 위에 그린 마르크스의 초상화, 흰색 타일을 입힌 난로와 전화교환수들이 근무하는 옆방에 대해 이야기하고, 역시 나무로 마감된 벽에 걸린, 색 바랜 지도에 대해 언급했다. 그러고 나서야 그는 그 동상이 무슨 모습이었는지 생각해냈다. 그것은 원숭이 한 마리가 한 손으로는 턱을 받치고 다른 손으로는 인간의 두개골을 들고 무언가를 곰곰이 생각하며 앉아 있는 것이었다. 레닌의 방은 어땠느냐고 내가 물었다. 레닌이 묵는 방은 같은 복도에 있었다. 그의 침실에는 베개들을 높이 쌓아놓은 작은 놋쇠 침대가 있었고, 그 옆에는 침실용 협탁 하나, 그리고 비단 갓을 씌운 아크등이 있었다. 크룹스카야의 방 역시 같은 가구들로 치장되어 있었으며, 단지 녹청색의 책상보를 씌운 책상 하나와 거울 달린 장롱이 하나 더 있었다. 창문에서는 트로이츠키예 성문 앞 마당이 내려다보였다. 주방에서는 사람들이 차 한 잔과 빵 한 조각을 앞에 놓고 앉아 있었다. 내가 끈질기게 질문하며 재촉하자 뮌첸베르크는 방수포를 씌운 탁자 앞의 나무 의자들, 철제 화로, 석탄 양동이, 나뭇조각과 장작이 담긴 바구니, 개수대, 같은 종류가 하나도 없는 몇 개의 찻잔과 접시들, 작은 냄비와 주발들이 들어 있는 유리 찬장, 그리고 화로 위에 놓아 데워서 쓰는 다리미 따위를 묘사해주었다. 한데 그때 그는, 그렇게 재촉을 받고 묘사하게 된 이 모든 것이, 이 순간 그에게 더 중요한 일들에서 주의를 돌려놓는 짓이라고 여기는 듯했다. 하지만 그의 이야기가 불러일으킨 인상에 비춰보면, 그렇게 생생히 묘사한 것들은 새로이 방향을 잡으려는 온갖 노력들보다도 그에게 더 현실적인 듯했다. 희망찬 마음으로 '미래'라는 제목을 붙인 잡지가 그의 새로운 방향 정립에 도움이 될 수는 있을 것이다. 그는 자신에 대해 그렇게 많은 것을 말했다는 점 때문에 곤혹스러워하는 것 같았다. 그는 구조물의 계단을 뛰어내려 갔다. 호단은 그가 우리에게서 달아나지 않도록 그의 팔을 잡아끌었다. 아니야. 나는 저들이 원하는 대로 무릎을 꿇고 간청하지는 않을 거야. 뮌첸베르크가 소리쳤다. 그 점이 바로 고발당한 내 동지들과 내가 다른 점인데, 나는 계속해서 내가 해왔던 것들을 옹호할 테고, 현재의 내 모습을 그대로 견지할 거야. 또 나는 비판받아야 하는 것들을 비판하는 일을 서슴지 않을 작정일세. 왜냐하면 내가 소련을 비판한 것은, 다른 사람들이 주장하듯이 해를 끼치려는 것이 아니라 지원하려는 것이었기 때문이네. 최초의 노동자 국가를 방어해야 한다고 내가 15년 넘게 썼던 대로 지금도 그렇게 쓰고 있다네. 중병이 든 레닌이 염두에 두었던 것, 즉 민주화 시대를 열어가기 위한 문화혁명을 마침내 받아들이고 있다네. 그가 외쳤다. 그런데 그자들, 아첨꾼, 기회주의자들, 내게서 배웠던 카츠, 우리가 청년 인터내셔널을 창건했을 때 합스부르크 제국의회의 상원의원이었던 스메랄, 바로 그들이 나를 비방하고 있어. 내가 그들의 위선에 뜻을 같이하지 않기 때문에 그들은 내게 재갈을 물리려 들고, 내가 그들을 불편하게 하기 때문에 나를 제거하려 한다네. 카츠가 천막에서 나왔을 때, 그는 손금으로 예시된 것을 읽어보려는 듯 자신의 활짝 편 양손을 응시했다. 가로수로 뒤덮인 길을 지나 되돌아오는 동안 그는 오랫동안 침묵했다. 그러고 나서 몇 마디 말을 내뱉는 그의 목소리는 알아들을 수 없을 만큼 달라져 있었다. 보헤미아 식 억양으로 그는 집시 여인의 말을 흉내 냈다. 너희들은 밧줄을 조심하거라. 그녀의 눈에는 밧줄만 보인다는 거야. 우리들이 매달려 있는 밧줄만 보인다는 거야.

오늘날 우리 앞에 펼쳐지는 폭력적 범죄의 멜로드라마에 외젠 쉬는 이미 1백여 년 전에 하나의 형식을 부여했다. 이 형식은 신문 문예란의 기법과, 평판이 나쁘고 의심쩍은 인물들, 종종 화려한 색깔로 채색된 세부들을 통해 현재의 사건들과 어울렸다. 나는 가끔 아시베리의 도서관 도서목록에 들어 있는 쉬의 소설들을 찾아 읽으면서 모순적인 감정을 느꼈다. 선술집과 은밀한 장소들, 연회실과 사창가, 사기꾼과 첩자들, 도둑과 주식투기꾼들의 세계를 폭로하는 그 스타일이 처음에는 내게 거부감을 주었다. 그러나 나는 악평을 받는, 기이하고도 통속적인 글쓰기를 반복하는 것이 특정한 세태를 나타내기 위한 수단임을 깨닫게 되었다. 마르크스와 엥겔스는 『파리의 비밀』『마리의 꽃』『방황하는 유대인』의 작가인 그를 일방적으로 폄하했다. 그리고 그가 등장인물들을 통해 표현했던, 비밀에 싸인 척하는 태도와 끔찍한 것을 좋아하는 경향, 기적과 구원과 은총에 대한 믿음을 선호하는 경향을 바로 작가 자신이 갖고 있다고 보았다. 그들이 보기에 쉬는 생명력이 가득 찬 도시를 단지 하나의 이념으로 받아들이고, 자신에게 나타난 모든 것을 단지 자신의 환각으로 축소한 눈먼 사람, 고립된 사람에 불과했다. 그들은 문명 속의 야만화와 국가의 불법 및 불평등을 묘사한 부분에서 작가의 비판적 성향을 발견해낼 수도 있었다. 그러나 그들은 광란과 복수욕으로 가득 찬 수많은 장면들에서 작가가 단지 인간의 자기비하를 표현하고자 하는 자신의 욕구를 충족시켰을 뿐이며, 유난히 잔인한 행위에 대한 속죄와 회한을 단지 현실을 신기루로 바꾸어놓는 데 이용했을 뿐이라는 생각을 버리지 않았다. 푸리에[108]와 프루동[109]의 이론에 깊은 감명을 받은 쉬가 경제적

108) Charles Fourier(1772~1837): 프랑스의 사회이론가이자 초기 사회주의자.

109) Pierre-Joseph Proudhon(1809~1865): 프랑스의 사회학자. 아나키즘의 이론적 창

참상에 대한 자신의 인식에서 끌어낸 정치적 귀결들을 존중하더라도, 그들이 보기에 그는 혼란스럽고 감상적인 속물 부르주아에 불과했으며, 개인적인 삶에서 실패했으나, 도덕적 타락을 묘사함으로써 성공해 많은 수입을 올린 인물에 불과했다. 하지만 그의 작품은 비록 의심스럽고 사변적인 것처럼 보일 수 있을지라도 이를 사드[110]나 브르톤과 연관 지어보면 이해할 수 있는 것이었다. 이 경우 고문이나 다른 억압 방식의 묘사에서는 인도주의적이고 도덕적인 의도들이 드러났고, 신비화는 지배자들이 그들의 음모를 가리기 위한 덮개에 지나지 않았으며, 체벌과 비열함을 강조하는 것은 체제 전체를 비난하기 위한 것이었다. 게다가 몽환적으로 그려진, 포주와 창녀, 하인, 문지기, 빈민 변호인 들과의 만남, 은밀한 출입구와 공간들에 대한 놀라운 관찰, 희미한 어둠 속에서 떠오르는 다리와 주랑, 그리고 제방의 담장들, 스치고 지나가는 애매모호한 형상들의 묘사는, 19세기 전반부에 몇몇 문학 작품뿐만 아니라 조형예술, 특히 그래픽에서 시작되고, 내가 국립도서관에서 알게 된 메리옹[111]의 동판화, 그리고 보들레르의 『악의 꽃』에서 정점을 이루는 어떤 관점에 부합되었다. 나는 가난과 정신착란으로 쓰러져 잊힌 바로 그 화가, 동판화가와 제리코를 연구하면서 이 도시의 삶에 대해 무엇인가를 배웠다. 그것은 바로 마르크스와 엥겔스가 거부감을 가졌던 부패와 타락의 약점보다, 현실에 대한 깊은 이해를 말해주는 것이었다. 이 경우 엄밀하게 객관적으로 묘사된 세부에 꿈과 같은 특성이 덧붙여지게 되었다. 그처럼 지극히 개

시자.

110) Marquis de Sade(1740~1814): '성적 가학증(사디즘)'이라는 용어를 낳은 프랑스의 작가. 페터 바이스는 그와 혁명가 마라의 가상적·이념적 대결을 소재로 한 희곡 「마라/ 사드」(1964)로 전 세계적인 명성을 얻었다.

111) Charles Meryon(1821~1868): 프랑스 화가. 동판화가.

인적인 관점은 바로 이 도시에 어울리는 것이었으며, 그것이 없었다면 로트레아몽과 랭보의 예술 또한 불가능했을 것이다. 그것은, 뮌첸베르크가 문화혁명을 언급하면서 말한 바와 같이, 파리에서부터 와야만 했다. 사회적인 것, 정치적인 것이 시적인 것, 환상적인 것과 같은 부류의 것이라는 그의 생각은, 주어진 틀과 규칙에 만족하지 않는 사람들, 구조물을 투명하게 만들고 그 내부의 사건들을 인식할 줄 아는 사람들, 힐끗 쳐다본 얼굴에서 한 개인의 운명과 한 시대의 불행을 읽어낼 줄 아는 사람들의 사상 세계를 엿보게 해주었다. 뮌첸베르크는, 우리가 개방성, 선입견 없는 태도, 개혁의 의지라고 부르는 모든 것을 포괄하는 예술적 삶의 방식을 염두에 두고 있었다. 그에게 시각적 혁명이란 좀더 풍부하게 구성된 개념들, 좀더 현실에 상응하는 개념들에 이르는 길을 의미했다. 마르크스와 엥겔스는 『인간희극』의 위대한 역사가가 문학적으로 열등한 풍속 묘사 작가에게 퍼부었던 조롱에 합류해, 쉬를 거부하고 발자크에게 경탄했다. 제리코가 「메두사 호의 뗏목」을 그리기 위한 습작을 하고 있을 때 그에게 시체를 모델로 쓰도록 조치해주었던 바로 그 해부학자의 아들인 쉬는 처음에는 해군 군의관이었으며 오랜 항해 끝에 비로소 글을 쓰기 시작했다. 발자크와 또 다른 사회 분석의 거장인 두 사람의 눈으로 볼 때, 그는 대상의 외면적 인상들을 내면의 넘쳐나는 감정에서 떼어낼 줄 몰라 늘 과장되게 잘못 그려내는 아마추어에 불과했다. 발자크가 쉬를 비난했던 이유는, 그가 바로 자신의 전문 영역이라고 생각했던 분야에서 활동했기 때문인데다, 쉬가 좌파의 대표의원으로서 사회주의적 변혁에 찬성했기 때문이기도 했다. 발자크는 귀족계급에 호의를 가지고 있던 반동적인 인물이었다. 그러나 발자크는 자신이 속해 있던 계급의 온갖 모순과 몰락 현상들을 묘사할 수 있었기 때문에 마르크스와 엥겔스에게서 진보적이라는 평가를 받았다. 마르크스와 엥겔스는 발자크의 예술가적 우월성을 발견해낼 수 있었다. 하지만 그들은 쉬의 특성이었던 것, 즉 세련되지 못한 면과 애매성이라는 척도에 대한 감각을 갖지는 못했다. 매춘부 마리의 형상을 통해 쉬는 부르주아지의 테러에 대한 자신의 입장을 매우 분명하게 표명했다. 마리는 몰락해가면서도 자신의 존엄성을 지켜나갔다. 그녀는 사회의 가장 교활한 억압 도구인 교회에 의해 버림받고 파괴될 때까지 저항했다. 쉬는 그녀의 운명에 동정심을 보이는 데서 한 걸음 더 나아가 아직 탐구의 어떤 기준도 마련되지 않은 새로운 삶의 영역들로 치고 나갔다. 이 점에서도 그는 기괴하고 외설스러운 것들을 받아들이면서 새로운 유물론적 세계관의 토대를 마련하려 했으며 이미 18세기 중엽에 공산주의 이론을 선취했던 레스티프 드 라 브르톤의 발자취를 따랐다. 브르톤과 마찬가지로 그도 극빈자의 편에 섰으며, 지배계급에 의해 이용되는 예술을 경멸했다. 그는 또한 시란 모름지기 풍우에 시달리더라도 부랑자들이 읽을 수 있게끔 담벼락이나 교각에 새겨 넣어야 한다고 생각했다. 파리에 머무르는 동안 한 사람의 이름을 거론하는 것, 하나의 테마를 건드리는 것만으로도 폭넓은 연관성들이 함께 어우러졌다. 내 삶의 모든 주제들이, 마치 언젠가는 한꺼번에 울려 퍼지게 될 하나의 목록처럼 눈앞에 펼쳐졌다. 그래서 나는 짧고 우연한 만남과 뜬금없이 중단되는 대화도 받아들였다. 마무리되지 않고 그친 이야기는 또 다른 만남에서 이어졌다. 이 시간을 통과해 지났던 길은, 마치 눈에 띄지 않는 사이에 더 깊은 곳으로 빠져드는 나선형 통로를 지나는 것처럼 진행되었으며, 그래서 파리 체류는 지옥의 계절이 되었다. 랭보를 읽어보게. 거기서 자네는 시를 다층적으로 만드는 모든 것과, 또 시를 파멸시키는 모든 것을 만나게 될 걸세. 뮌첸베르크가 내게 한 말이었는데, 그 말에는 그럴 만한 이유가 있었던 셈이다. 그가 말했다. 이 예술은 반항적인 태도와 격렬한 모순들을 도발적으로 드러낸다는 점에서 특정한 사회적 존재와 연관성을 지니지. 하지만 이 예술은 또한 자신의 시대를 앞서가며, 미래의 시점에서 구상되었다는 인상들을 남겨준다네. 이때 의식은, 횔덜린의 경우와 마찬가지로 자신의 현재를 훨씬 뛰어넘으면서 우리의 귀를 특히 밝게 열어주고, 우리로 하여금 우리 자신의 개인적 의도를 예리한 주의력으로 평가하게 해주지. 내가 파리에서 체험했던 많은 것들은 마치 알아맞히기 게임과 같았다. 내게 다가온 대부분의 것들에 나는 예비 지식을 갖지 못했으며, 이해하려는 나의 노력은 많은 경우 나를 혼란스럽게 만들었다. 스치고 지나가듯 만난 것으로 뮌첸베르크의 본질을 파악한다는 것은 내게 불가능했다. 중요한 문제에 다가가면 딴전을 피우고 대화를 중단하는 것을 보면, 당이 겪고 있는 분열증이 그에게도 나타나는 것처럼 보였다. 그는 기회가 있을 때마다 자신이 자유로우며 아무것도 자기를 집어삼킬 수 없을 것이라고 강조하곤 했다. 하지만 그가 함께 건설했던 당을 덮친 모든 재앙이 그에게도 덮치지 않을 수 없었다. 그렇게 혼란과 위기의 근원 속에 깊숙이 얽혀든 사람이 자기 시대의 정치적 망상에 휘말리지 않는다는 것은 상상할 수 없을 것이다. 나는 그와 카츠가 서로 상반된 관점에서 표명했던 말들을 받아들였다. 하나의 테마에서 또 다른 테마로 건너뛰면서 일종의 양극화 현상이 일어났으며, 바로 이런 원리가 또한 당의 모습을 각인시키기도 했다. 우리는 당이 짊어진 부담을 감지했으며, 이 때문에 종종 절망할 지경이었다. 그러나 대안은 존재하지 않았다. 독성에 물든 것은 떨어져나가게 될 것이며, 이 과정에서 사람들이, 아마도 훌륭한 사람들 중 많은 사람이 파멸하게 될 것이다. 그러한 희생자들이 나올 수밖에 없다는 것은 저주스러운 일이었다. 우리는 잠을 자다 놀라서 벌떡 깨어나 쉬지 않고 이리저리 돌아다녔으나, 어떤 해결책도 찾지 못했다. 그러나 삶이 존재하는 한 중단한다는 것은 생각해볼 수도 없었으며 정체 또한 있을 수 없었다. 우리는 그토록 무기력하고 그러한 왜곡을 멈출 수 없는 우리 자신을 저주했다. 우리는 우리가 알 수 있는 것이 제한되어 있으며, 지금 벌어지는 일이 무슨 일인지, 무슨 일을 해야 하는지 모든 사람이 알아듣게끔 설명할 수 없다는 사실에 분노하면서 벽에다 머리를 찧었다. 우리는 스스로 눈먼 것처럼 느꼈고, 몰아닥치는 비방의 폭풍 속에서 더 이상 똑바로 서 있을 수가 없을 때면 바닥에 몸을 던졌다. 우리는 언제나 다시 이처럼 기어가도록, 전염병이 만연한 가운데 이처럼 끔찍한 모습으로 제 몸을 질질 끌고 가도록 강요당했다. 이 도시에서는 모든 일이 벌어졌다. 사람들을 마비시키는 당내 노선 투쟁과 부르주아들의 음모가 횡행하는 가운데, 눈에 띄지 않게 맞아 쓰러진 자들 중 한 사람이 몸을 일으켜 세우고 춤을 추기 시작했다. 그것은 바로 오데옹 광장에서 벌어진 일이었다. 이곳은 낡은 구역이 철거되고 생제르맹 로가 생기기 이전에 에콜 드 메드신 가가 카레 가와 교차하면서 앙시엔 코메디 가 쪽으로 향하는 곳이었다. 오늘날 지하철로 내려가는 계단 옆에서와 마찬가지로 그 당시에도 역시 수레에서 군밤을 팔고 있었을 것이며, 구수한 냄새와 장사꾼의 외치는 소리는 변함없었다. 골목길들을 둘러보고 다니던 쉬도 역시 넝마를 걸친 그 사람을 보았다. 그는 길가에서 실성한 듯이 쪼그려 앉아 있다가 갑자기 즐거워하며 뛰어올랐다. 또 그는 분명히 그 뒤에 메리용이 그랬듯이 1층부터 쌓아 올린 모서리 탑이 딸린 그 집을 오래 관찰했을 것이다. 왜냐하면 그 집 안채에서 마라가 살았고 또 죽음을 맞았기 때문이다. 메리용은 그 집 주변의 유달리 번잡스러운 모습을 그렸다. 지금과 마찬가지로 사람들은 광장을 가로질러 바삐 지나가거나 몇몇씩 또는 작은 그룹을 지어 몰려 있다. 그들의 태도에서는 어떤 음모의 기색이 엿보인다. 길 쪽에서 체고가 높은 포장마차가 달려온다. 앞좌석에 앉은 두 명의 여인 중 한 사람은 고삐 끈을 쥐고 있는데, 그들은 말이 겁을 집어먹은 것을 눈치채지 못하는 것처럼 보인다. 그들은 서로 얼굴을 마주보며, 마치 분주한 가운데에도 조용한 바구니 안에 들어앉은 듯 깊은 대화에 빠져 있다. 화가는 탑을 떠받들고 있는 좌대 아래쪽 돌에다 자신과 마라의 이름에서 따온 이니셜을 그려 넣었다. 거리 이름을 써넣은 팻말의 위쪽 공간에는, 내가 알지 못하는, 카바라는 이름이 써 있다. 왼편의 상점 진열창은 향료들로 가득 차 있다. 길 건너편 빵집 앞에는 두세 사람이 볼품없이 높은 봇짐을 등에 지고 있다. 그림의 위쪽 지붕 주각에는 두 개의 나체 형상이 서로 싸우는 모습이 그려져 있는데, 그중 한쪽은 무릎을 꿇고 있고 다른 쪽은 최후의 일격을 가하려고 팔을 쳐들고 있다. 건물 벽에 나 있는 모든 홈과 회칠이 떨어져 나가 생긴 얼룩, 그리고 상점 간판들이 정확하게 그려져 있다. 그러나 하늘에서는 여신들이 날아서 내려오고 있다. 복수의 여신은 풍성한 머리채와 너울에 에워싸인 못생긴 얼굴로 저울에 묶인 칼을 탑 모양의 그 건물 안으로 던지고 있으며, 우미의 여신 그라지와 새벽의 여신 오로라는 피아트 룩스FIAT LUX[112]라는 글자가 적힌 책을 펼쳐 들고 있다. 작은 정령은 날개를 잃은 채 높이 내던져진다. 루이 나폴레옹의 쿠데타 이후 군사독재가 행해지고, 인도차이나에선 식민 정복 전쟁이 벌어지던 1861년, 쉬가 프랑스에서 추방되어 망명 중에 죽었을 때, 메리용은 박해받을 것

112) FIAT LUX: 빛이 있으라(『구약성서』 「창세기」 1장 3절).

을 두려워하며 민중의 친구이자 혁명가였던 마라의 집을 아주 난해한 뜻이 담긴 기호들로 그려냈다. 그 암호는 그의 불안감의 흔적을 담고 있었다. 그 집들 주변에서는, 살금살금 걷고 기회를 엿보며 공모자들을 기다리는 기색들을 느낄 수 있었다. 이제 이곳에는 의과대학 건물이 길게 늘어서 있으며, 약속장소인 시계탑 앞에서는 한 남자와 한 여자가 포옹을 하고 있다. 부랑인은 몸을 흔들며 노래하면서 춤을 추고 있으며, 구걸로 아무것도 얻지 못했지만 그래도 상관없다는 듯, 당당한 태도를 취하고 있다. 지하로 내려가는 계단 앞에서 한 무리의 사람들이 막 헤어지려 하자 그는 그곳으로 뛰어가서 합류하고는, 작별을 고하는 손들 사이로 자기 손을 집어넣고 마주잡고 흔들며 기사처럼 몸을 숙여 인사했다. 그렇게 작별에 끼어든 행위에 사람들은 웃음으로 답했다. 인물들이 갑작스럽게 다가옴으로써 우리의 마음이 흔들렸을 뿐만 아니라, 건물들도 활기를 띠게 되었다. 그 건물들을 바라본다는 것은 마치 한 장의 그림, 하나의 조각상이 나타나는 것과 같았다. 다만 그 집들은 더 많이 살아 있었고, 더욱더 신체의 기관들과 닮아 있었다. 수세기 동안 그 집들을 바라본 눈과 만져본 손에 의해 그 외관은 마치 피부처럼 민감해졌다. 또 그 집들의 내부는 여러 세대의 숨결로 채워져 있었다. 그래서 종종 나는 인간의 손으로 만든 그런 존재들과 대화를 나누곤 했다. 메리용은 교차로 쪽에서부터, 한쪽 옆이 높은 방화벽으로 가로막힌 좁은 정원으로 들어서서 마라가 살았던 방의 창문을 올려다볼 수 있었을 것이다. 나는 카르나발레 박물관에서 1876년 바로 그 모서리 건물이 퇴락해가는 모습을 담은 사진들을 볼 수 있었을 뿐이다. 허물어진 담장에 딸린 계단 입구, 계단의 둥근 부분에 풍부하게 장식된 난간들, 위층의 살롱, 꽃무늬 양탄자, 덮개 없는 벽난로, 그리고 그 주택의 위치를 그린 한 장의 스케치, 코르데[113]가 거실을 지나 구석의 작은 방으로 향해 갔던 길에 대한 설명, 스케치 A는 마라의 욕조를 그렸고, 스케치 B는 살인자 코르데의 위치를 보여주었다. 이 모든 것은 희미한 기억들을 바스락거리는 종이에 담고자, 가늘고 떨리는 필치의 묵화로 그려졌다. 그리고 상상 속에서의 만남들은 언제나 그 순간에 벌어진 일들과 뒤엉켜 있었다. 그것들은 현실에 의해 씻겨 내려갔으며, 역사적 연관관계들은 정치적 상황과 우리에게 부과된 과업에서 발생하는 입장 및 행보들과 동시에 수용되었다. 호단은 출국하기 전날인 10월 23일 쓰러졌다. 엄청난 정신적 압박감이 질식발작을 일으켰던 것이다. 브란팅과 뮌첸베르크가 그 자리에 있었고, 나는 스페인후원회 사무실에서 달려왔다. 거기서 나는 새로 도착한 아이들을 등록했다. 이들을 다음 차편으로 콩피에뉴에 있는 라브레비에르 고아원으로 보낼 예정이었다. 나는 현재 의무부대원들이 묵고 있는 옆 건물 방들을 지나 마당과 로마식 분수대를 거쳐 회의실로 올라갔다. 호단은 벽거울에 반사된 전등빛으로 밝게 빛나는 그곳에서 소파 위에 무릎을 끌어안고 옆으로 누워 있었다. 친구들이 그를 보살피고 있었다. 그러나 그는 이미 졸도 상태를 극복하는 중이었으며, 땀에 젖은 얼굴을 쓸어내리며 스스로 진단을 내렸다. 폐기종에 의해 하엽허파가 손상된 데다가 기관지염 통증으로 객담의 방출이 원활하지 못했기 때문이라는 것이다. 그는 내게 코데인 용액 주사를 놓으라고 하고는 자신의 병에 대해 개의치 말라고 했다. 그는 몸을 일으켜 중단되었던 대화를 계속 이어갔다. 주제는 교조주의에 관한 것으로 프랑스 당은 이를 강화함으로써 당의 몰락을 막아보려고 시도하고 있었다. 그리고 호단의 몇 마디 언급을 통

113) Charlotte Corday(1768~1793): 프랑스 혁명기의 귀족. 혁명가 마라를 살해한 인물로 유명하다.

해 나는 그가 뮌첸베르크의 입장에 가까워지고 있다고 추측할 수 있었다. 자국에 알맞은 광범위한 민주정책을 실행하는 것이 불가피한 시점에서 코민테른의 방침에 종속되는 것은 틀림없이 파괴적인 결과를 초래하게 될 테고, 독일 공산당원들 역시 인민전선 준비위원회를 단지 자신의 정당 이익에 부합되도록 이용하고 있다고 그가 말했다. 그런데 내게 불안감을 안겨준 것은 그가 말한 내용보다도 그 말투였다. 호단이 이미 저질러진 실수와 잘못된 결정들을 참지 못한다는 사실을 나는 잘 알고 있었다. 그렇기 때문에 나는 이를 이데올로기적 변절과 연관 지을 수 없었다. 그러나 이제 내게는 더 이상 그가 예전에 그랬던 것처럼, 그 어떤 어려움이 있더라도 당을 지지할 태세가 되어 있다고 여겨지지 않았다. 그의 비판에는 실망과 낙담의 징후가 역력했으며, 답답한 대립 관계가 느껴졌다. 이 토론은 나를 다시 이중적 충성심의 갈등에 빠지게 했다. 그러나 나는 이날 저녁 그가 흥분한 이유를 무엇보다도 노르웨이로 떠날 일을 앞두고 긴장한 탓으로 돌렸다. 그가 언젠가 알바세트와 데니아 사이를 차를 타고 지나는 동안 내게 밝혔던 자신의 견해, 즉 뿌리가 뽑힌 느낌을 주는 성향은 모두 우리의 행동력을 상실케 한다는 견해에 나는 아무 말도 하지 않았다. 우리는, 사는 나라를 바꾼다 할지라도 우리의 정치적 태도의 연속성을 끊임없이 지켜나가야 한다고 그는 말했었다. 그로부터 며칠이 지나서야 비로소, 콩피에뉴 숲 속의 중세풍 마을 가장자리에 있는 라브레비에르 성의 망사르드 양식[114]의 다락방에서, 가로등 불빛으로 그 지붕에 앙상한 나뭇가지의 그림자가 드리워질 때, 다시 이 시간이 내게 괴로움으로 다가왔다. 이때 나는 나 자신의 의심과 대면해야 했다. 내가 침

114) 프랑스의 건축가 망사르François-Mansart(1598~1666)가 창안한 건축양식으로 이중 물매지붕을 특징으로 한다.

묵했던 이유는 임박한 이별, 그에 대한 나의 오랜 호의와 의무감, 또한 나 자신도 관계되어 있다는 느낌 말고도, 이제 깨닫게 되는바, 공포와 소심함 때문이기도 했다. 왜냐하면 브란팅이 내게 스웨덴 입국을 보장했기 때문이었다. 변호사이자 사민당 국회의원이며, 또한 스웨덴의 스페인위원회 회장이면서 반파시스트 인민전선 옹호자인 브란팅은, 은행가 아시베리의 재정보증과 더불어 내게 계속 활동할 수 있는 유일한 가능성을 제공해주었던 것이다. 카츠는 여러 번 내게 이에 동의할 것을 권유하는 한편, 독일 공산당이 그 근거지를 스웨덴으로 옮길 계획을 갖고 있으며, 메비스가 그 분과의 책임을 위임받게 될 것이기 때문에 그와의 접촉이 생기게 되리라는 점에 유의해야 한다고 경고했다. 내가 예전부터 사회주의 전선을 지탱해나가기 위해 불가피한 전제 조건이라고 생각해왔던, 급진 사민당원들과의 협력은, 당 정책상의 구분점을 명확히 해야 한다는 경고의 의미 또한 담고 있기 때문에, 이 점이 내게 불안감을 안겨주었다. 나는 브란팅이 소련에 공감하고 있음에도 불구하고, 그를 얼마만큼 신뢰할 수 있을지 알지 못했다. 또한 아시베리도 10월 혁명 이후에 언제나 자신을 휴머니스트이자 민주주의자로 내세우면서 소비에트 국가들의 후원자 역할을 해왔지만, 그의 엄청난 자산과 더불어, 한편으로는 박해를 받는 사람들을 위해 쓰이면서도 다른 한편으로는 그보다 엄청나게 더 많은 양을 은행과 산업에 투자하고 있는 그의 돈을 생각해볼 때, 무언가 꺼려지는 느낌을 지울 수가 없었다. 내키지 않아 하는 내 태도와 계산된 소심함을 간파하면서 나는 왜곡된 방법, 당당하지 못한 방법에 만족해야 했다. 나폴레옹 3세 시대의 호화로운 양식으로 지어진 라브레비에르 성은 60개의 방과 함께 종마사육장이 딸린 성으로 이전에는 사냥할 때 사용하는 궁전이었으나 지금은 아이들이 머무는 장소로, 아이들 우는 소리와 외마디 소리를 들을 수 있었다. 바로 그곳에 머물던 밤중에 나는 열병을 앓게 되었다. 나는 스페인에서 단 한 번도 아픈 적이 없었다. 그러나 이제 전쟁터에서 멀리 떨어진 이곳에서 욱신거리고 피가 들끓었으며, 목과 허파는 불타는 듯했다. 비가 내리는 소리와 더불어 나뭇가지의 그림자들이 일렁였다. 내 침대 바로 옆에서 한 아이가 훌쩍이는 듯했다. 그 성은 일종의 열병식을 하는 장소이자 동물원이었다. 그곳에서는 스페인의 고아들이 그곳을 방문한 위원들 앞에 도열해 있기도 했으며, 여사감이 엄격하고 부당한 통치권을 휘두르고 있었다. 그날 저녁 나는 그곳에서 몇 가지 규정을 개선하기 위한 제안을 했는데, 그곳에서 나는 단지 난민 신분에 지나지 않기 때문에 보고를 할 필요는 없다는 답변을 들었다. 나는 벌떡 일어나 창문을 통해 저 아래쪽에 있는 사슴 한 마리를 보았다. 사슴은 비에 젖어 반짝이면서 미동도 하지 않고 언덕 위에 서 있었다. 10월 24일 저녁 호단은 르부르제를 이륙해, 어두운 가운데 밝게 빛나는 브레멘과 함부르크를 내려다본 뒤, 카스트루프에 착륙했으며, 다음 날 아침 오슬로로 떠났다. 공항으로 가는 길에 그는 자신의 불안감을 숨기지 않았다. 내 손 안에서 떨리던 그의 손길이 아직도 느껴졌다. 이제 그는, 적어도 잠정적으로나마, 안전한 곳에 있게 된 것이다. 나는 저 위쪽 세르클 드 나시옹의 홀에서 나누었던 대화를 곰곰이 생각해보았다. 사슴이 나를 물끄러미 올려다보았으며, 그 뒤편 공원에서는 낙엽들이 흩날렸다. 뮌첸베르크가 한 몇 마디 말은 틀림없이 이전에 언급한 말과 연관성을 갖고 있었다. 내 생각에 그가 그렇게 말한 이유는, 당 중앙위원회에 의해 제명되기 전에 스스로 탈당을 공표하겠다는 결심을 하고 있었기 때문이었다. 호단의 대답은 당이 아직 결정을 내리지 않았음을 암시했다. 왜냐하면 그는 이제 다시 모든 논쟁점을 토론에 부쳐 합의점을 찾아야 한다는 의견을 대변하고 있었기 때문이었다. 너 자신도, 당도 너를 배제하지는 못할 거다. 그가 뮌첸베르크에게 말했다. 당의 관점에서는, 나는 오래전부터 부르주아 진영에서 편안한 삶을 살아가고 있는 것처럼 보일걸. 뮌첸베르크가 대답했다. 브란팅은 진정시키려고 애를 썼다. 모든 역량을 최대한 집중해야 하는 현 시점에서 모든 개인적 불화는 접어두어야 해. 그가 말했다. 나는 오한을 느끼며 침대로 기어들어갔다. 그러나 나는 카시미르 페리에 가에 위치한 홀의 천장을 뒤덮고 있는 석고세공 장식들, 좌대 위에 얹혀 있는 나신의 동자상들, 천장에 그려진 향락적인 알레고리 형상들을 올려다보았다. 낯선 손에 의해 그려진 것들, 조각된 바로 그것들은 언제나 다시 거대한 그림 속으로 뒤섞여 들어갔다. 그것은 바로 뮌첸베르크가 두터운 양탄자 위를 이리저리 거닐면서 소리 없이 우리들 앞에 그려 보여준 것이었다. 이 그림을 통해 그는 자신이 일생 동안 싸워왔던 적대 세력들을 포괄적으로 보여주었다. 그는 내가 들어서기 전에 언급하려던 것들을 다시 끄집어냈다. 프랑스는 파시즘에 저항하지 않을 거고, 대부르주아지는 노동자들의 전선이 다시 형성되는 것을 막기 위해 심지어는 파시스트들과도 연합하게 될 거야. 그가 말했다. 현재 발호하고 있는 대중운동 혹은 파업운동은 잔인한 수단으로 분쇄될 테고, 수동적인 태도가 나타날 거야. 이렇게 뮌첸베르크가 묘사한 메커니즘, 즉 지배계급이 모든 위기 상황 이후에 자신들의 지위를 새롭게 고착해가는 메커니즘은 거대한 악몽과도 같았다. 그의 비전을 따라가는 어려움에는, 그의 말 한마디 한마디가 말을 더듬는 그의 습관을 깨고 나와야 한다는 점도 포함되어 있었다. 그 습관은 표현을 하기 위한 그의 모든 노력의 밑바탕에 깔려 있었다. 그래서 나는 그가 때때로 튀링겐 숲의 싸구려 선술집에서 날강도 같은 사람들 사이에서 연설하고 있는 모습을 보는 듯했다. 그의 뒤편에서는 박제된 수사슴과 멧돼지 머리들이 얼핏얼핏 드러났으며, 그의 얼굴은 흔들리는 석유램프에 비쳐 환하게 일렁이고 있었다. 해방의 의지는 산더미 같은 돈 아래 파묻히고, 항거의 목소리들은 윤전기의 덜컹거리는 소리에 묻혀버렸다. 저 밑바닥에서 일어선 살아 있는 육체들의 장벽은 당장 그 속에 쏟아지는 총탄 세례에 맞서 아무 소용도 없었다. 폭력적 지배자들은 자신의 재산으로 도처에 앞잡이들을 세워 둘 수 있었다. 그런데 이 떼거리, 그들 자신도 가난뱅이 출신인 이 군대들이 어떻게 권력자들의 지시를 받을 준비를 하고 있을 수 있는가. 그들은 왜 저들이 아니라 자신들과 같이 비천한 사람들에 맞서 무기를 들었는가. 그 이유는 돈이 그들을 마취시키고, 돈으로 만들어진 거짓말들이 그들의 두뇌를 엉클어놓았기 때문이다. 또 엄청난 이윤의 조그만 부분에 지나지 않는 봉급이 그들에게 우월감을 조장하고, 그들의 모험심을 일깨우며 탐욕을 부추겼기 때문이다. 그들은 내려치려고 치켜든 자신들의 손보다 더 멀리 볼 수 없었고, 저 위쪽에 놓인 제어판에서, 스위치와 스피커에서 울려나오는 소리에 조종되고 있었다. 뮌첸베르크의 환각 속에서 가장 끔찍스러운 것은 가진 자들이 확고부동하고 당당하게 군림하는 것이었다. 그들은 우리들도 추구하는 모든 것, 곧 전체에 대한 조망, 조직력, 일관성 등을 자기들 것이라고 천명했다. 우리 군대는 분열된 반면, 그들의 돌격대는 도처에서 효과적으로 활동하고 있었다. 우리는 땅바닥을 기어야 했고, 지하에서 땅을 파고 있을 때, 그들은 국가들을 지배했다. 우리가 힘겹게 동맹자들을 구하고 있을 때 그들은 산처럼 쌓인 예비군들을 활용했다. 우리가 은밀히 팸플릿을 인쇄해 전 세계적 단결을 호소하고 공장 문 앞에서 도망갈 길을 엿보며 이를 나누어주고 있을 때, 그들은 뻔뻔스럽게 드러내놓고 국제적으로 투기를 하며 대륙들을 착취했다. 그러나 뮌첸베르크는 스페인, 중국, 인도차이나에서 투쟁이 벌어지고 있다는 사실과 프랑스에서도 노동자들이 자신들의 힘을 되찾고자 한다는 사실에 대해서는 입을 다물었다. 라브레비에르에서의 그 밤에 나는 무엇이 실제로 있었던 일이고 무엇이 상상이었는지 더 이상 알지 못했다. 모든 살아 있는 생명체 속에서 암종양이 자라고 있었고, 의식은 스스로를 잠식해갔으며, 차분히 정리되어 있던 것들은 오랜 질병과 같은 것이 되어갔다. 지상의 소란스러움은 단지 고통을 불러일으키는 데 보탬이 될 뿐이었고, 우리는 우리 자신을 매질하는 사람, 우리 자신을 고문하는 사람들을 선출했던 셈이다. 우리는 미친 짓을 하고 스스로 망상을 강요한 것이다. 나는 우리가 적어도 이성이라는 것을 가지고 있기 때문에, 그렇지 않고 그렇게 될 수도 없다고 외쳤다. 나는 이성이 승리할 것이라고 나 자신이 말하는 소리를 들었고, 이에 대해 뮌첸베르크는 웃음을 터뜨렸다. 당신은 레닌의 방에 있지 않았나요. 나는 그에게 이렇게 말하면서 스스로를 진정시켰다. 당신은 그를 직접 눈으로 보지 않았습니까. 그러나 그는 다만 어깨를 으쓱하며, 그런데 그게 무슨 상관이냐고 물었다. 나는 그가 묘사해주었던 갈색 톤의 노란색 벨라루스 지도, 크렘린의 레닌 집무실에 걸려 있던 지도를 눈앞에 그려보았다. 그러나 그것은 이미 밝은 회색으로 오버랩되었다. 나는 그것을 다른 실내에 있는 지도와 혼동했다. 그것은 나뭇잎 화환을 든 모델의 옆자리, 이젤 뒤편 벽에 활짝 펼쳐진 채 엉성하게 걸려 있었다. 그 지도는 검은 옷을 입은 화가 베르메르[115]의 아틀리에 분위기를 만들고 있었다. 거기에는 뱃머리가 높은 범선들과 열도들 그리고 북해연안이 펼쳐져 있었다. 북해라는 글자가 읽을

115) Johannes Vermeer(1632~1675): 네덜란드의 17세기 황금기를 대표하는 화가로 가정 생활을 정감 있게 그렸다.

수 있을 만큼 선명하게 적혀 있었다. 호단은 북해를 향해 날아갔다. 그는 베저 강줄기가 반짝이는 모습을 보았다. 갑자기 엔진이 고장 나서 프로펠러가 멈추고, 비행기가 비상착륙하는 바람에 사형집행인들이 그를 맞이하지나 않을까 하는 두려움이 그를 엄습했다. 그러자 내가 도대체 누구의 여행을 상상하고 있는 것인지 내게는 더 이상 확실하지 않았다. 나의 여행인가, 호단의 여행인가, 아니면 뮌첸베르크의 여행인가. 뮌첸베르크는 1917년 5월 자신이 청년 인터내셔널 대표로 스톡홀름을 방문했던 일을 이야기하기 시작했다. 취리히에서 출발하고 다시 귀환하는 길에 그는 독일을 가로질러 여행했다. 그는 열차 안에서 체포될 수도 있다고 계속 생각했다. 이 끔찍스러운 독일에 대한 그의 생각은, 전쟁을 준비하고 있는 제국에 대한 호단의 공포, 그리고 내가 자라나고 떠나왔던 나라에 대한 나 자신의 생각과 서로 연결되었다. 촌스러운 분위기를 풍기는 수도와 함께 스웨덴은 위험한 세계에서 한편으로 비켜서 있었다. 뮌첸베르크는 회의 참석자들이 정거장에서 브라스밴드의 환영을 받았고, 그들이 연단에 등장할 때마다 팡파르가 울려 퍼졌다고 회상했다. 레닌이 4월 테제를 발표한 뒤이자 10월 혁명 반년 전인 1917년 초여름의 스톡홀름은 여전히 자본주의의 이상적인 정착지였다. 지배자들은 자신감에 차 있어, 그곳에 도착한 발라바노프, 루나차르스키,[116] 치체린, 마누일스키,[117] 소콜니코프,[118] 슬랴프니코프 등이 누구인지 개의치 않았다. 레닌도 역시

---

116) Anatorly Vasilievich Lunacharsky(1875~1933): 10월 혁명 이후 러시아의 교육 정책 및 문화, 예술 분야에 큰 영향을 미친 러시아의 마르크스주의 문화이론가.

117) Dmitri Manuilski(1883~1959): 소련의 정치가로 1924~43년에 코민테른 집행위원회 의장단에 소속되어 서유럽 내 코민테른 활동을 주도했다. 1945년 국제연합 창설 당시 소련 대표였다.

118) Grigori Sokolnikov(1888~1939): 볼셰비키 지도자로 브레스트-리토프스크 협상에

한 달 전에 페트로그라드로 가는 도중에 지노비예프, 크룹스카야, 아르망, 라데크와 함께 이곳에서 눈에 띄지 않게 정거장을 벗어난 적이 있었다. 그러나 강가에 위치해 있고 숲들로 둘러싸인 이 목가적인 도시에서, 그 시절에는 파업과 대중 시위, 단식 행진이 벌어졌으며, 그때 새로운 정당인 좌파사민당이 창당되기도 했다고 뮌첸베르크는 말했다. 다만 이 도시에서는 길거리를 행진한 사람들이 순식간에 말을 탄 경찰과 군대에 의해 깔아뭉개지고 쫓겨났으며, 보도 위의 핏자국들은 당장 싹 씻어버렸지. 또 수정주의자들은 마치 급진주의자들이 존재한 적도 없는 것처럼 자신의 입장을 고수했으며, 오늘날까지도 그 나라는 개혁의 부드러운 진보와, 노동력 구매자와 판매자 간의 조화에 관한 한 모범적인 예로 제시될 수 있었지. 뮌첸베르크의 말이었다. 나는 뮌첸베르크에게 한 가지 질문을 더 하려 했다. 그가 브레멘을 거쳐 올 때 내 아버지를 만난 적이 있는지 물으려 했다. 그러나 그는 호단과 마찬가지로 모호해졌다. 그리고 도시들도 서로 뒤섞이기 시작했다. 나는 내가 브레멘, 함부르크, 스톡홀름과 무슨 관계가 있는지 자문했다. 내가 침대에 누워 있다는 것, 그 사실만은 내게 확실했다. 나는 내가 호텔방 침대 위에 길게 뻗어 있다는 사실은 알고 있었다. 거칠고 각이 진 벽의 돌출부가 바닥에서 천장까지 솟아올랐다. 벽지들은 낡은 청회색을 띠고 있었다. 레이스가 달린 창가의 커튼은 뒤로 젖혀져 두툼한 장식 끈으로 묶여 있었다. 밖에는 흐릿한 안개 속에 빛이 비치고 있었으며, 내 한쪽 옆에서는 내 어머니가 손으로 얼굴을 받친 채 누워 나를 바라보고 있었다. 나는 이제 우리가 브레멘을 떠나 베를린으로 가는 도중에 함부르크에서 하루를 묵고 있는 중이라는

참여했다. 1922년 레닌 정부의 재무장관을 지냈으며 코민테른에서 활약했다. 1925년 스탈린에 반대했고 1937년 공개재판을 받은 뒤 10년 구류형에 처해졌다.

생각이 들었다. 아버지는 세 들 집을 구하기 위해 먼저 출발했다. 조금 있으면 우리는 항구 쪽으로 가서 엘베 강의 터널을 지나가게 될 것이다. 엄청난 양의 물과 큰 배들이 지나다니는 그 아래쪽 깊은 곳에 뚫린 그 터널에 들어가보는 것이 내 소원이었다. 우리는 벌써 유리로 된 둥근 천장이 딸린 홀을 지나 나선형 계단을 내려가 좁은 보도를 따라 걸어갔다. 차도에는 자동차와 마차들이 덜커덕거리며 지나갔으며 말굽 소리가 또각거렸다. 나는 호텔방에서, 또 나중에는 기차 안에서 그 터널을 길게 가로로 그렸다. 나는 연필로 계단들과, 거대한 기어 바퀴에 매달린 승강기, 그 안에 실린 자동차들, 운전수가 딸린 승용차, 긴 관 속에서 이리저리 오가는 작은 남자들, 그 위쪽에는 군함과 대양 횡단 증기선들을, 그리고 마치 신기루처럼 탑들과 화물을 접수하는 건물의 합각머리 지붕들이 있는 부둣가의 실루엣을 스케치했다. 나는 스케치에 깊이 몰두해 기술적으로 기적과 같은 작품을 만들려고 애썼다. 그러나 무언가 아귀가 맞지 않았다. 나는 어머니가 어디 있는지 알지 못했다. 방금 전 어머니는 저 아래쪽 곧바른 길에서 내 손을 잡고 있었다. 끔찍한 불안감이 고개를 들었다. 내가 어머니를 어디서 잃어버렸던가. 아마도 어머니는 끌려갔는지도 모른다. 나는 고함을 지르고 애원하는 소리를 들을 뿐이었다. 사람들이 바쁘게 지나갔고, 창문이 깨지는 것 같은 소리가 났다. 많은 사람들이 한 여인을 앞세우고 쫓아가고 있었으며, 그녀의 목에는 유대인이라고 쓴 팻말이 걸려 있었다. 아마도 그 여자가 내 어머니인 듯싶었다. 나는 사람들을 헤치고 나아갔으나 더 이상 그 여인을 볼 수가 없었다. 지금 내게 요구되는 것은 내 힘을 넘어서고 있었다. 파악할 수 있는 것의 바깥쪽에 있는 것들을 개념화해야 했다. 뮌첸베르크가 물었다. 너는 아직도 설명될 수 없는 것은 아무것도 없다는 생각을 고수하니. 너는 모든 수수께끼들이 해결될 수 있다고 생각하니. 나는 그렇다고 외치려 했다. 그러나 나는 아무 소리도 낼 수 없었다. 모든 노력이 아무 소용도 없을 것이다. 그럼에도 불구하고 나는 마치 흔적들, 실마리들이 바로 내 눈앞에 보이는 것처럼 달려갔다. 설혹 너무 늦어지고 아무 도움이 못 되더라도 내가 가야 할 곳의 팻말이 적힌 열차를 발견할 때까지 나는 정거장으로, 이 플랫폼에서 저 플랫폼으로, 기차를 따라 달려가 승강장에서 올라갔다가 다시 뛰어내리면서 계속해서 달려갈 것이다. 분명히 어떤 의미가 있고 어떤 목표가 있을 것이다. 다만 나는 지쳐서는 안 되고 노력을 소홀히 해서도 안 된다. 내가 가야 할 곳은 이미 정해져 있다. 단지 내가 그 도시의 이름을 잊었을 따름이다. 내가 가야 할 방향을 손들이 가리키고 있고, 기관차의 연기 속에서 나를 향해 지르는 어떤 소리가 들렸다. 그러나 나를 부르는 소리는 날카로운 목소리에 뒤덮였다. 바스크 언어로 도움을 구하는 어린아이의 목소리였다. 나는 달려 나가 옆방으로, 침실로 쓰는 홀로 들어갔다. 그곳에서 아이들이 땀에 흠뻑 젖어 떨면서 내게 안겨왔다.

기차가 천천히 좁은 다리를 건너 정거장으로 들어섰다. 선명한 기적 소리를 내면서 기차는 도시의 남쪽 언덕 아래에 있는 터널을 빠져나와 수문 옆 방파제 위를 달려갔다. 어선이 정박해 있는 항구를 지나고, 물위에 떠 있는 어시장 건물 옆을 지나, 구시가지의 다닥다닥 붙은 합각머리 지붕들과 리다르홀름의 가파른 장벽을 따라 굴러갔다. 클라라 부둣가에는 흰색과 빨간색 줄무늬의 차단기가 내려져 있었다. 시청 건물과 벽돌 건물들 사이에는 자동차와 전동차들이 멈춰 서 있었다. 기차 바퀴 아래에서 침목들이 끽끽 소리를 냈다. 교량의 철제 옆면 받침판들이 덜컹거렸다. 철로 옆 좁은 보도에 선 보행자들은 몸을 난간 쪽으로 기대고 지나가는 기차의 창문을 올려다보았다. 창문 안에는 베를린, 함부르크, 파리에서 온 여행객들이 서 있었다. 진눈깨비가 내리고 있었고, 피오르 fjord에는 회색의 얼음이 깔려 있었다. 얼음이 깨진 뱃길과 정박지에 있는 흰색의 멜라렌 호수 증기선 주변에는 얼음덩어리들이 몰려다녔다. 물빛은 검게 보였으며, 정숙한 마리아의 집이 있는 광장으로 내려가는 길거리의 보도는 반쯤 녹은 더러운 눈으로 뒤덮여 있었다. 차단기 옆의 두 여인도 기차의 팻말을 보았다. 그들은 플랫폼에서 울리는 호루라기 소리와 화물 수레들의 덜커덕거리는 소리, 그리고 길게 이어지는, 기차의 브레이크 소리를 들었다. 비쇼프[119]는 이제 얼마 안 있으면 이곳에서 사복 경찰관들에게 호송되어 기차를 타고 반대 방향으로 갈 것이었다. 그녀는 그것이 자신에게 무엇을 뜻하는지, 과연 자신의 동행인이 이해하고 있을지 자문해보았다. 여자 경관은 마치 여행객이 고향으로 돌아가는 길에 대해서 말하듯, 그렇게 가볍게 그녀의 예정된 여행에 대해 말했다. 차단기가 딸랑거리는 소리를 내면서 올라가고 자동차들이 움직이기 시작했다. 전깃줄에 접지된 트롤리를 출렁이며 섬광을 번쩍이면서 전동차들이 출발할 때, 그녀는 옆으로 몸을 던져 그곳에서 도망쳐 아마도 클라라 해변 뒤편이나 시장 좌판들 사이 또는 계류된 보트들 안으로 몸을 숨길 수 있겠다고 생각했다. 그러나 그녀는 자신이 그러지 않으리라는 것을 알고 있었다. 그녀는 호송하는 여자 경관에게 산책할 기회를 얻는 조건

119) Charlotte Bischoff(1901~1994): 독일 공산당 지하운동가. 그녀의 삶에 대해서는 이 소설에 상세히 서술되어 있다.

으로 맹세를 했던 것이다. 그녀는 도착한 지 얼마 되지 않아 미결수 감옥에 감금되었기 때문에 그 도시를 볼 기회가 거의 없었다. 추방되기 전에 그 도시를 한번 볼 수 있었으면 하고 바랐는데, 그녀에게 바로 그런 혜택이 주어진 것이다. 이제 그녀가 스톡홀름에 머물 기회를 갖게 되었으니 그 도시의 아름다움을 알게 될 것이라고 여자 경관은 말했다. 그들은 베리스 가에 접해 있는 감옥에서부터 거리를 따라 내려왔다. 오늘은 날씨가 흐리고 습하며 춥지만 그게 무슨 상관이냐고 비쇼프가 말했다. 그녀는 날씨야 어떻든 도시는 아름답다고 느꼈다. 마치 빌려온 것처럼 주어진 이날의 자유를 그녀는 그렇게 생각했다. 길거리를 걷고, 쇼윈도를 바라보며 다른 사람들과 스쳐 지나가는 것은 멋진 일이었다. 그녀는 저 위쪽, 도시 남부 지역 언덕 위에 있는, 흙벽과 둥근 지붕으로 된 저택들, 그리고 리다르홀름의 중세식 둥근 탑과 궁전들의 조망은 더할 나위 없이 멋지다는 여간수의 말에 동의했다. 이 모든 아름다움 중에는 신문을 통해 정치적 상황을 모두 알 수 있다는 기대감도 포함되어 있었다. 죄수가 이송되기 전에 그 도시를 기억하도록 둘러보게끔 호의를 베푸는 여자 경관의 순진한 친절에 그녀는 처음에는 놀라움을 금치 못했다. 그러고 나서 그녀는 친절함과 잔인함이 뒤섞인 그러한 태도는 바로 현 시대에, 밖에서 벌어지는 변화에 자신은 아무런 상관이 없다고 생각하는 사람들 사이에서 생겨나는 특성이라고 받아들였다. 실제로 그녀가 감옥에서 보낸 3주 동안 때때로 그녀의 담당자는, 도주한 공산주의자인 그녀가 독일로 돌아가게 되면 무슨 일을 겪게 될지 전혀 모르는 것처럼 보였다. 그러나 다시 생각해볼 때, 그녀에게 도움을 주고 싶어 하면서도 동시에 독일 비밀경찰과 뜻을 같이하는 담당자의 이중적인 모습이 그녀에게는 답답하게 느껴졌다. 여자 경관은 그녀를 이송하기 위해 감옥으로 다시 데려가겠노라고 보증했지만 이는 곧 그녀를 적에게 넘겨줄 준비가 되었다는 의미였다. 그녀는 맹세를 어기고 죽음의 위협에서 벗어나기 위해 기회를 노려볼 만하다고 생각했다. 그녀는 12월 말에 스톡홀름에 도착해서 곧장 멜라렌 광장에 있는 적색구호대에 신고하고는 한 스웨덴 동지의 집에 거처를 정했다. 그녀는 소련에서 우회로를 거쳐 불법으로 스웨덴에 입국했으며, 이곳에서 다시 지하활동을 하기 위해 독일로 들어가려 했다. 그녀는 이 나라에서 정치적 난민으로서 자신의 존재를 합법화할 경우 자신의 신상 기록이 독일 기관에 넘겨지게 되리라는 것을 알았다. 1월 4일, 그녀는 비밀 투쟁에 경험이 없는 동지들의 재촉에 못 이겨 경찰에 전입신고를 했다. 그 닷새 후 그녀는 자신의 방에서 관리들에게 체포되었다. 저기 남자 두 분이 와 있는데 당신과 이야기를 하고 싶다는군요, 라고 동지의 어머니가 그녀에게 말했을 때, 그녀는 놀라지 않았다. 그녀는 이전부터 그런 만남에 익숙해 있었다. 그녀가 경찰청으로 이송되기도 전에 곧장 심문이 시작되었다. 어떻게 입국했느냐는 질문에 그녀는 코펜하겐에서 말뫼로 가는 페리를 타고 그곳에서 스칸디나비아로 넘어가는 길을 택했다고 대답했다. 그녀는 지난 3년 동안 소련에 머물렀다는 사실을 말하지 않았다. 덴마크로 입국한 경로를 물었을 때, 그녀는 슐레스비히홀슈타인에서 국경을 넘었다고 대답했다. 관청은 재빠르고 효율적으로 일했다. 며칠 후 쇠데르스트룀 경감은, 그녀가 1930년 이후 공산당 중앙위원회에서 속기사로, 그 뒤에는 선전국에서 일했으며, 1933년 이후에는 비합법 정당의 비서실에서 근무했다는 사실을 알게 되었다. 이 정보는 예전에 공산당 청년연맹 회원이었던 라스가 독일 수사기관에 제공한 것이었다. 미결수 감옥에서의 심문은 지난 5년간 그녀가 어떤 활동을 했는지에 집중되었다. 그러나 그녀는 파시즘의 반대자로 숨어 지냈다는 말 말고는 다른 정보는 일절 말하지 않았다. 독일 관리들이 그녀를 인도해달라고 요구할 것이 확실한 상태에서 그녀는 그 대기 시간을 경찰청 뒤편에 있는, 창문틀이 안쪽으로 깊숙이 들어가 있고 안쪽으로 창살이 박힌 창문이 딸린 건물의 넓고 깨끗한 감옥에서 보냈다. 그 안에는 접을 수 있는 침대, 가죽소파, 탁자, 의자가 있었으나 세면 시설은 없었다. 식사는 식당에서 배달되었으며, 그녀는 알코올이 없는 맥주까지 제공받았다. 그녀는 여죄수 감옥에서 유일한 정치범이었다. 빨래방과 공동 휴게실에서 그녀는 부랑자 생활, 매춘 또는 임신중절을 했다는 이유로 체포된 사람들만 만날 수 있었다. 그 여인들은 그녀에게 낯설지 않았다. 그녀는 이런 방식으로 밖에서 볼 때는 조화롭게 보이는 사회의 내면을 들여다볼 기회를 갖게 되었다는 사실에 기뻐했다. 그녀는 베를린 시절부터 익히 알고 있는 비참함에 결코 뒤지지 않는, 스웨덴 식 복지국가에서의 불행을 겪는 동료들 사이에 있었던 것이다. 그녀는 서른일곱 살이었고, 이른 청소년기부터 정치 활동을 해왔다. 1915년 그녀는 사회주의 노동자청년연맹의 회원이 되었고, 그 뒤 공산주의자가 되었다. 사민당원인 그녀의 아버지도 처음에는 룩셈부르크, 리프크네히트[120]를 지지했으나, 그 뒤에는 다시 사민당에 합류했다. 언젠가 아버지는, 너희들이 너희들의 프롤레타리아 독재를 고수한다면 나는 내 방식대로 하겠다고 말했다. 이에 대해 그녀는, 자본의 독재와 프롤레타리아트 독재 두 가지 독재밖에 없으며, 그녀는 후자를 선택하겠다고 대답했다. 그러나 그녀가 정치 교육

---

120) Karl Liebknecht(1871~1919): 독일 제2제국 시기의 유명한 마르크스주의 이론가이자 반전운동가. 사민당 내 좌파혁명관을 대변했다. 1918년 11월 혁명 중에 사회주의 공화국을 선포했고, 그해 말 로자 룩셈부르크와 함께 독일 공산당 창립을 주도했다. 1919년 1월 극우 자유군단의 테러로 살해되었다.

을 받은 것은 아버지 덕분이었다. 그녀는 그가 1914년 8월 4일, 전쟁비용 차관이 승인되었을 때 눈물을 흘리며 노동자들은 스스로를 지킬 것이라고 끊임없이 되뇌었던 사실을 기억하고 있다. 아버지는 자신이 몸담은 당의 좌익에서 여전히 활발하게 활동하고 있었다. 어린 시절부터 그녀는 가택수색과 체포가 무엇인지 알았고, 위험한 문건들로 가득 찬 가방을 들고 경찰 저지선을 뚫고 다니기도 했다. 지금까지의 삶을 돌아볼 때 그녀는 자신의 삶이 전적으로 당에 복무하는 것이었음을 깨달았다. 스톡홀름에서의 이날도 역시 중단될 수 없는 의무들로 이어진 사슬의 한 고리로 연결되었다. 그녀 입장에서 볼 때 어떤 희생도 없었다. 비합법 활동은 그 이전 활동 전체의 자연스러운 결과였다. 그녀는 임무를 수행했으며, 이는 익명으로 눈에 띄지 않는 가운데 말없이 이루어졌다. 거의 5년이 다 가도록 그녀는 남편을 보지 못했다. 청년민중극단과 노동자문화협의회 회장이었던 남편은 1934년에 체포된 이래 카셀의 벨하이덴 형무소에 수감되어 있었다. 개인적인 감정을 감안한다면, 그녀는 아마도 남편에게 좀더 가까이 있고 싶어 했을 것이다. 어쩌면 그녀가 독일에서 다시 활동할 기회를 찾고 싶어 한 것도 그 때문일지 모른다. 그녀는 자신이 소련에 남겨두고 온 딸의 사진을 한 번도 몸에 지닌 적이 없었다. 그녀는 열네 살짜리 딸의 모습을 분명하게 그려볼 수 있었지만, 아무런 동요도 느끼지 않았다. 그녀는 그 아이가 이바노보의 고아원에서 안전하게 지내고 있다는 것을 알고 있었다. 여자 경관은 자신이 맡은 죄수가 그렇게 소박하고 이제까지 상상해왔던 모반자와는 전혀 다르게 보여서 놀랐다. 이미 감옥에서부터 그녀는 이 여죄수가 어떻게 옷치장, 몸치장을 하는지 보아왔으며, 그렇게 점잖은 태도를 취하는 사람이 어떻게 공산주의자일 수 있는가 싶어 놀라움을 표하기도 했다. 공산주의자는 더럽고 음험하며 날강도 같고, 국가를 위험에 처하게 한다고 그녀는 들어왔다. 비쇼프는 언제나 자신의 옷매무새를 단정하게 유지하려고 노력했다. 그녀가 3년 전부터 가지고 있으며 종종 입기도 하는 푸른색 옷은 새것처럼 보였다. 그 이유는 단정하지 않은 매무새가 의심을 불러일으킨다는 사실을 알고 있기 때문만은 아니었다. 자신이 공산주의자로서 항상 모범적인 태도를 보여야 하고, 그러기 위해서는 깨끗해야 한다는 것이 그녀의 신념이었다. 매 순간의 돌발 사태에 어떻게 반응하느냐에 자신의 운명이 달려 있다는 사실을 잘 알고 있는 만큼 그녀는 늘 세심하고 사려 깊었다. 눈은 항상 주변에서 벌어지는 일들을 일별함으로써 전체를 파악할 수 있도록 훈련되어야 했다. 원인 없는 것은 아무것도 없었으며, 그녀는 아무것도 두려워할 필요가 없었다. 그 순간 도망치는 건 더 이상 불가능해 보였다. 그녀는 마치 여자 경관과 함께 있으면서, 비록 사소하기는 하지만 교육 사업을 수행하도록 위임받은 듯했다. 그녀는 여자 경관을 실망시켜서도 안 되고, 공산주의자들은 사기꾼이고 거짓말쟁이라는 그녀의 믿음을 확인시켜서도 안 되었다. 마치 베네치아를 북유럽에 옮겨다 놓으려는 듯한 탑이 딸린 시청 건물을 뒤로하고 그녀는 테겔바켄 쪽으로 갔다. 정숙한 마리아의 집 근처 신문가판대에 내걸린 신문들을 훑어보았다. 비쇼프는 신문에 무슨 기사가 실렸는지 알고 싶었다. 하지만 그녀는 마리가 린드스트룀이란 이름을 가지고 있었으며 지난 세기 초엽에 야코브 교회로 가는 길 근처에서 선술집을 운영했다고 설명하는 여자 경관의 말을 참을성 있게 들었다. 그녀는 금발의 곱슬머리를 하고 있었고 부드럽고 차분하고 조용했다고 한다. 그러자 비쇼프는 저기 신문에 바르셀로나라고 적힌 부분 위쪽에 뭐라고 써 있느냐고 물었다. 바르셀로나를 향한 돌격이 시작되었고 시 외곽이 모로코 군대에 정복되었다고 그녀가 답했다. 비쇼프는 더 많은 내용을 알고 싶었으나 여자 경관에게 의심을 불러일으키지 않기 위해 먼저 도시를 둘러보자는 그녀의 말에 동의했다. 나중에 카페에 들어갔을 때 읽어주려고 여자 경관은 신문을 하나 사 들었다. 비쇼프는 여자 경관에게 자신의 처지를 이해해달라고 요구하지 않았다. 다만 그녀는 동행인의 입장을 이해했으며, 자신이 가치 있고 구경해볼 만하다고 생각하는 것을 죄수인 자신에게 보여주고자 하는 여자 경관의 뜻을 존중했다. 비쇼프는 그녀와 나란히 신문사가 있는 거리를 지나갔다. 큰 창문들 앞을 지날 때 안쪽에서는 롤러에 감긴 종이가 인쇄기 안으로 빨려 들어가는 모습이 보였다. 그동안 그녀는 이 도시가 여기서 살고 일하는 사람들에게 어떤 의미가 있는지 상상해보았다. 여자 경관은 이 건물, 골목과 광장, 그리고 모든 팻말, 표식, 기념물 들과 한데 결합되어 있었다. 이 도시는 곧 그녀의 삶의 한 부분이었으며, 그녀 자신의 과거를 담고 있고, 그녀를 위한 역사로 가득 차 있었다. 그런데도 그녀는 이 소유물에 대해 일반적인 것 이상의 이야기를 할 수 없었다. 그것은 아마 자신이 담당하는 죄수가 결코 이곳에 정착할 수는 없을 테니 결국 이 도시와 작별하는 길을 배웅하기 위해 자신이 도시 곳곳을 안내하고 있다는 갑작스러운 느낌과 관련 있을 것이다. 불안감과 부끄러운 느낌을 밀쳐내기 위해 그녀는 앞으로 모든 일이 틀림없이 아주 잘될 것이며, 자신이 독일 관청에서 온 편지를 읽어보았는데, 그 안에는 송환된 난민이 정당한 대접을 받게 될 것을 보장한다는 내용이 적혀 있었다고 말했다. 비쇼프는 멈추어 섰다. 그녀는 단지 자신이 놀라지 말아야 하고 자제심을 잃어서는 안 된다는 것을 느꼈다. 그녀는 여자 경관을 지나쳐서 썰렁하고 불친절하며 누런 갈색으로 찌든 맥줏집들 중 한 곳을 들여다보았다. 그런 맥줏집은 이 구역에 무수히 많았다. 그 안에는 검은 얼룩을 손에 묻힌 인쇄 노동자들, 몇몇 노인들, 누추한 옷차림의 남자들이 투박한 나무 탁자에, 마치 정거장 대합실에서 그러하듯, 곧 떠날 태세로 공허한 표정으로 앉아 있었다. 그녀는 기꺼이 그 안으로 들어가고자 했다. 그러나 그녀의 안내인이 그걸 막았다. 브룬셰베리로 가는 길에 그녀는 그곳에서 스웨덴 농민들과 덴마크 점령군 사이에 벌어졌던 전투에 대해 이야기했다. 저 건물들 아래 땅속에는 틀림없이 많은 해골과 투구들, 그리고 무기들이 묻혀 있을 것이라고 비쇼프는 생각했다. 그 군대의 지도자 스텐 스투레의 이름은 그녀에게 아무런 느낌도 주지 못했다. 오히려 지붕들 위로 높게 솟은 전화국 송신탑과 광장의 채소시장을 보는 것이 그녀에게 이 도시를 더 가깝게 느끼게 해주었으며, 덕분에 그녀는 이 짧은 방문의 아쉬움을 잊을 수 있었다. 네 귀퉁이에 격자무늬 철망이 달려 있고, 각각의 한가운데에 안테나가 솟아 있는 거대한 철제 구조물 아래쪽에, 긴 지렛대의 펌프가 딸린 분수대가 발자국이 어지럽게 찍힌 눈 위에 솟아 있었고, 가판대의 장사꾼 여인들은 얼굴을 가리고 있었다. 그녀가 볼 때 이러한 풍경들은 도시의 성격을 구성하는 무언가를 품고 있었다. 그녀는 그것을 여자 경관에게 설명해보고자 했다. 그때 조야한 모피 신을 신은 여인들이 발을 동동 굴렀다. 그들의 얼굴은 빨갛게 얼어 있었고, 그들이 내쉬는 숨은 수증기처럼 피어올랐다. 그들은 작은 구리 추가 올라앉은 손저울로 물건의 무게를 달고, 온실에서 자란 겨울 사과, 무, 감자, 신선한 채소를 종이에 포장하고 있었다. 바로 그들 머리 위로, 윙윙대는 철사 줄을 통해 전 세계의 목소리를 끌어 모으는 기술의 상징인 금속 구조물이 솟아 있었다. 그녀는 여자 경관이 그녀의 생각을 따라올 수 있을지 확신하지 못했다. 그녀는 계속 걸으면서 한 도시에서 다양한 삶들이 맺어지는 관계에 대해 자신이 어떻게 생각하고 있는지 보여주는 또 다른 예를 말했다. 정치범이 수용된 감방에는 규정상 연필과 종이를 들일 수 없었다. 그런데 언젠가 그녀의 감방 창문 앞에서 건물 전면을 보수하기 위해 두어 명의 건축 노동자들이 일하고 있었다. 그들은 이미 몇 번인가 그녀에게 윙크를 보낸 적이 있으며, 그녀가 왜 감금되었는지도 알고 있었다. 그녀가 부탁하자 그들은 환기구 구멍을 통해 그녀에게 종이 몇 장과 목수용 연필 한 자루를 전해주었다. 그렇게 나는 이 닳고 닳은 청색 몽당연필 한 자루를 갖게 되었고, 그들이 내게 그걸 넘겨준 것은 당연한 일이었지요. 그들은 행정 규정에 개의치 않았으니까요. 나는 연필이 필요했고, 그들은 자연스러운 동료의식 속에서 내게 그걸 준 겁니다. 그녀가 말했다. 이제 부드러운 함박눈이 내렸다. 성의 전면은 넓게 포진한 시커먼 덩어리처럼 보였고, 비스듬한 보루들이 솟아 있었다. 오른편으로는 제국의회 건물이 위풍당당하게 위용을 과시하고 있었는데, 그 뒤편에는 제국은행이 붙어 있어 두 대형 건물이 서로 딱 붙어 친밀히 포옹하는 형상을 띠는 것이, 두 기관의 존재방식에 완전히 상응하는 모습을 보여주고 있었다. 행정부가 자리 잡은 건물은 앞쪽이 좁았으며, 지주형 정문은 이집트 양식으로 되어 있었다. 중앙행정부 사무실들도 구시가 쪽으로 나 있는 좁은 골목길 초입의 건물들 속에 자리 잡고 있었다. 오전인데도 이미 전등이 줄줄이 켜 있는 창문들 아래쪽 카페에서 입안에서 달콤하게 부서지는 과자를 먹을 때, 그녀에게는 시간이 얼마 남지 않았다는 생각이 다시 밀려왔다. 여자 경관은 신문을 펼쳤다. 첫머리에 카탈루냐 전선에서 질서정연한 후퇴가 이루어졌다는 기사가 적혀 있다고 했다. 타라고나 지역이 소개되는 동안 공화군은 브루네테 근처에서 반격을 시작했다. 이탈리아 군대가 퇴각했고 공화파가 승리를 목전에 두고 있는 것처럼 보였을 때, 탱크와 비행편대로 무장한 독일 지원군이 도착했다. 여자 경관이 말했다. 그래요. 또 파리에서는 스페인에 무기를, 이라는 구호와 함께 피레네 국경을 개방하라고 요구하는 시위가 있었다네요. 브뤼셀에 있는 사회주의 인터내셔널도 금수조치의 해제를 요구했다는 것이다. 그러나 노동운동은 11월, 파리에서의 마지막 파업이 분쇄된 이후 세력을 잃었다. 달라디에는 거리낌 없이 자신의 봉쇄정책을 고수할 수 있었다. 로마에서 협상한 뒤 교황을 알현하고 돌아온 체임벌린은 그를 후원했다. 그런데 달라디에가 오늘 노벨 평화상 후보로 천거되었다는 소식도 있었다. 평화라는 말은 파시즘, 팔랑헤당,[121] 교황, 그리고 영국과 프랑스의 금융자본가들 사이의 계약이라고 이해할 수 있었다. 비쇼프는 바르셀로나에 대해 더 많은 것을 알고 싶어 했다. 여자 경관은, 극심한 폭격이 이루어진 뒤 비가 오고 짙은 안개가 낀 가운데 주민들이 도시를 방어할 준비를 하고 있다는 기사를 읽어주었다. 거리에는 바리케이드가 설치되었고, 모든 공화파 지역이 포위되었다. 그다음에는 로열 호텔 빈터가르텐에서 열린 스웨덴-독일 협회의 향연에 대한 상세한 보도가 있었다. 1천여 명이 넘는 사람들 가운데 많은 외교관과 고위 장교들이 눈에 띄었다. 커피를 마시고 산책을 계속했다. 쏟아지는 눈발 사이로 그들은 좁은 거리를 따라 걸어갔다. 때때로 지붕들 쪽에서 외치는 소리가 들렸고, 보초를 서는 사람이 보행자들을 멈춰 세웠으며, 삽으로 끌어내린 눈이 골목길가에 쌓인 눈 더미 위로 떨어졌다. 그들은 눈의 장벽들 사이를 지나 부두까지 갔다. 우윳빛 눈보라 속에서 몇몇 큰 배의 크레인과 선체들을 알아볼 수 있었다. 오늘은 멀리까지 볼 수 없겠네요. 여자 경관이 말했다. 그래도 그들은 승강기를 타고 올라갔다. 수문 옆에 있는 원형교차로

---

121) 1936년 이래로 프랑코Franco의 지도로 결성된 스페인의 파시스트 정당.

가 아래쪽으로 멀어지고, 철탑의 대들보가 스쳐 지나갔다. 우선 아래쪽에는 전차, 자동차, 버스 들이 보이고 높은 좌대 위에서 한 팔을 내뻗고 있는 기사의 동상이 보였다. 그다음에는 희미한 불빛이 반짝이는 가운데 형체 불분명한 그림자들만이 멀어져 갔다. 비쇼프는 좁은 승강기 안에서 승강기를 작동하는 여자 앞쪽에 가까이 서 있었다. 그녀의 얼굴에는 깊은 주름이 패어 있었으며, 머리에는 모직 수건을 두르고 있었다. 그녀는 동전 때문에 닳아서 매끄러운 납빛으로 변한 곱은 손가락으로 요금을 안내원 가방 안에 집어넣었다. 바람이 세차게 부는 통로에 도착했을 때 여자 경관은 전망이 좋을 때 여기서 보면 강과 섬들이 어떻게 펼쳐져 있을지 상상해보아야 한다고 말했다. 비쇼프는 눈발이 흩날리는 가운데 여자 경관이 그 경치를 보여주려고 애쓰며 설명하는 소리를 말없이 듣고 있었다. 두 사람이 앞을 분간하기 어려운 지경에 빠지면 빠질수록, 여자 경관은 그녀가 사는 도시의 모습을 그만큼 더 멋지게 죄수의 눈앞에 그려주고자 했다. 비쇼프는 그녀에게 감사했다. 이제 위로해주어야 할 사람은 바로 그녀 자신인 것처럼 보였다. 그렇다. 그녀는 왼편에 있는 베스테르 다리의 반달형 교각과 오른편에 있는 하마르뷔의 숲이 우거진 산들, 성채가 있는 작은 섬 뒤편의 동물원, 그리고 라두고르스란드와 베르타 호수 앞의 산업단지, 리딩외, 이 모든 것을 똑똑히 눈앞에 그려볼 수 있다고 말했다. 여자 경관이, 아마도 그녀의 방식대로 연민을 표현하기 위해서인 듯 가족에 대해 물었을 때, 그녀는 경계심을 갖게 되었다. 이 번잡스러운 산책이 오로지 그녀의 입을 열어 무언가를 알아내고, 그럼으로써 그녀가 심문관에게 일절 발설하지 않은 무언가를 내뱉게 할 목적에서 이루어진 것일 수 있다고 그녀는 생각했다. 한순간 그녀는 자신의 감시인에게 분노를 느꼈다. 눈발이 날리는 이 위쪽에는 그들 말고는 아무도 없었다. 그녀는 여자 경관을 쓰러뜨리고 도망갈 수도 있을 것이다. 그녀는 자신이 현혹되어 스스로를 배반하도록, 자유라는 미끼가 주어진 것인가 하고 자문했다. 그녀는 한 달 전 그녀의 이성에 반하는 충고를 따랐듯이, 그렇게 다시 쉽게 믿어버리는 실수를 저지른 것은 아닌가. 그녀는 아직도 충분히 배우지 못했다. 체포되기 전 얼마 동안 그녀는 난민들과의 접촉을 자제하지 못했다. 생각해보니 그들의 수다 때문에 경찰이 그녀를 주목하게 된 것이 틀림없었다. 한순간 자유에 현혹될 준비가 되어 있었기 때문에 그녀는 함정에 빠져버린 것이다. 말이 나왔으니 말이지만 어떤 사람이 다른 사람에게 자유를 줄 수 있다는 것은 말도 안 되는 생각이었다. 자유란 스스로 얻어낼 수 있을 뿐이다. 비쇼프는 여자 경관과 마주 섰다. 이 여자는 얼추 그녀와 같은 나이였고, 키가 좀더 크고 힘도 더 세 보였다. 파마를 한 짙은 금발머리에, 선명한 윤곽의 계란형 얼굴에다가 눈매가 부드러웠다. 옷 또한 재단된 것으로 맵시 있게 차려입었다. 이 모든 것을 감안하면 여자 경관은 부유한 시민계급 출신이었다. 그러나 경관의 태도는 약간 경직되어 있었는데, 그것은 그녀가 마치 총을 잡을 준비가 되어 있는 것처럼 한 손으로 걸쳐 멘 가방을 누르고 있었기 때문이었다. 그러나 비쇼프는 감옥에서 그녀를 대하는 동안 그녀가 그 정도로 위장할 만한 능력을 갖춘 걸 본 적이 없었다. 여자 경관은 밤에도 감방에 불을 켜놓고 가끔씩 문구멍을 통해 안을 들여다보아야 한다면서 비쇼프에게 사과했다. 많은 죄수들이 자살을 기도하기 때문이라고 설명했다. 또한 경관은 단지 종교 서적과 애국주의적 서적만 비치한 감옥 안의 도서관에 대해서도 부끄러움을 표했다. 다른 읽을거리는 허용되지 않아서 그녀는 비쇼프에게 사전을 주었다. 덕분에 비쇼프는 앞으로 있을지도 모를 추방에 대비라도 하듯 언어 공부를 할 수 있었다.

독일에서 가족들과 재회하지는 못할 것이라고 비쇼프가 말했다. 그러자 여자 경관은 그녀의 팔짱을 꼈다. 이것이 신뢰감의 표시인지 아니면 죄수가 난간을 넘어 끝이 보이지 않는 심연으로 몸을 던질 것을 두려워한 예방조치인지는 알 수 없었다. 비쇼프는 그러한 도피는 생각해볼 가치도 없다고 스스로 말했으므로, 자신이 그러한 가능성을 적어도 생각은 했다는 사실을 깨달았다. 그러고 나서 그들은 가파른 골목길을 내려왔다. 감옥으로 돌아가는 길에 비쇼프는, 자신의 상황을 극복하기 위해 당이 그녀에게 어떤 충고를 할 수 있을지 곰곰이 생각해보았다. 그녀가 단지 신의를 지키기 위해, 비록 온순한 성격을 가졌지만 어쨌든 적에게 봉사하고 있는 누군가의 곁에 머물러 있다는 것은 올바른 행위라고 평가될 것인가 아니면 잘못된 행위라고 평가될 것인가. 그러나 그 결정은 그녀 자신이 내려야만 했다. 그녀는, 위선이 냉정한 태도와 구분되지 않는 나라, 모든 가망 없는 시도를 무시하는 것이 문제를 덮어버리고 매끄럽게 만드는 것으로 치부되는 나라, 정치적 윤곽들이 구분되지 못하고 희미한 이 나라에서, 자신이 다시 새로운 실수를 저지르는 것은 아닌지 알 수 없었다. 그들이 감옥에 도착했을 때 비쇼프는 안도감에 가까운 감정을 느꼈다. 그녀는 여자 경관이 이끄는 대로 복도를 지나갔으며, 감방 문 뒤쪽에서 빗장이 철컥 소리를 내며 내려졌을 때 비로소 절망감이 엄습해왔다. 그것은, 어떤 사람은 끝까지 저항하면서 사슬에 묶여야 하는 반면, 또 다른 사람은 언제나 항복하면서 안온함과 자기만족에 안주한다는 이 구분을 인정해야 했다는 데서 오는 절망감이었다. 가죽소파 위에 길게 누워 그녀는 여자 경관의 발소리가 멀어져 가는 소리를 들었다. 그녀의 경우를 다룰 때, 국가안보에 반하는 범죄를 수사하는 부서에서 온순하게 일하는 경찰 관리들이 그렇듯이, 그 여자 경관도 틀림없이 자신의 사회를 위험스럽게 한다면 누구라도 그러지 못하게 막는 것이 자신의 임무라고 생각했을 것이다.

이 모든 집행 절차가 비록 불확정적이고 모호한 상태에서 벌어지는 것처럼 보였을지라도, 그 밑바탕에는 엄밀한 계획과 합의가 깔려 있었다. 여기에 물론 애매성이 포함되기는 했다. 하지만 이 또한 규정들을 가능한 한 확장할 수 있는 상태로 유지하고 그때그때 발생한 상황들에 부합하도록 하기 위해 의식적으로 도입한 수단이기도 했다. 그 기구가 눈에 띄지 않게 활동해야 한다는 것은 국제적인 규칙이었으며 여기서 비로소 그 기구의 효율성이 드러났다. 국경을 넘어 펼쳐지는 경찰의 수사망에 포착된 자는 그 절차의 범위와 진행 과정을 알면 안 되었다. 이때 비밀정보부의 메커니즘이 그자를 쓰러뜨리면, 그는 곧장 무력화되었다. 체포된 도망자들은 변호사와 접촉할 수 없었다. 그들은 법의 외부에 있게 된다. 아니 오히려 양국 간의 좀더 높은 차원의 합법 상태에 편입된다. 이는 그들을 전면적으로 고립시키고 배제한다는 것을 전제로 한 것이며 오로지 국가의 이해관계만을 고려하는 처사였다. 이방인의 권리를 박탈하는 것이 이를 실행하는 데 필요불가결한 요소였는데, 왜냐하면 그가 정치적인 이유로 추방된 사람으로서 헌법이 보장하는 망명권을 주장할 수 있는지 여부는 배제되기 때문이었다. 1939년으로 넘어갈 무렵, 바로 그 2년 전 제국의회에서 승인된 외국인법은 정치적 망명이라는 개념을 정의하지 않고, 개별 관청들로 하여금 입국자들을 받아들일지 아니면 추방할지 결정하도록 했다. 이는 원치 않는 이민으로부터 국가를 지켜내는 동시에,

점차 불어나는, 독일, 오스트리아, 그리고 이제는 체코슬로바키아에서 오는 망명객들이 스웨덴을 피난국가로 여기지 못하도록 만드는 정책에 가장 적합한 것이었다. 권리를 박탈당한 사람들을 돕고자 하는 이들은 바로 공산당과 적색구호대 대표들 외에 몇몇 사민당 좌파 인사, 그리고 자유주의 성향의 시민계급 인사, 작가, 언론인 들이었다. 이들은, 겉으로는 초당파성을 내세우면서도 실제로는 혈통의 순수성을 보존하고 볼셰비키화를 막을 목적으로 만들어진 법령에 강하게 종속되어 있는, 전체 사법기구를 극복해야 했다. 위험에 처한 사람을 만나보고 그가 어떤 상태에 있는지 알기 위해서는 특별한 용기와 강한 인내심, 그리고 최상의 친분관계가 필요했다. 감옥에 있는 사람들은 합법적이든 불법적이든 이미 국내에 들어와 있는 사람들로서, 이들은 국경에서 입국 비자를 가지고 있지 않거나 또는 여권 첫 장의 왼쪽 구석에 3센티미터 높이로 붉은 J자가 박혀 있기 때문에 입국이 거절된 사람 중 일부에 지나지 않았다. 바로 이 표식 제도를 도입하는 데 스웨덴 관청이 일조했다. 언론은 끊임없이 밀려오는 사람들에 대해, 들여보내주기를 간청하는 이들에 대해, 정착해 있는 사람들과 집 없는 사람들, 그리고 국가를 지키고 보호하는 사람들과 모든 소속감을 박탈당한 사람들 사이에 벌어지는 실랑이에 대해 아무런 언급도 하지 않았다. 국경검문소에서 매일같이 벌어지는 비극에 대해 언급하지 않는 것은, 우리 시대의 본질을 드러내주는 어떤 것도 국민의 집이라는 구조 속에 들어오지 못하게 하겠다는 전술에 상응하는 것이었다. 스웨덴의 사회 질서는 침해되지 않았다. 자본이 거리낌 없이 통치하고 사회민주주의가 계급들 사이의 균형을 유지하기 위해 애쓰는 나라에서, 저항의 의지는 오래전부터 잠식되어 있었다. 노동자들의 행동 역량이 마비되었을 때 소시민 계급이 영향력을 얻게 되고, 또 스스로 평화를 유지하는 데 책임이 있다고 생각할 뿐 아니라, 습관적인 만족과 무색무취한 상태를 깨치고 나올 태세를 갖춘 계층이 형성된다는 것은 당연한 귀결이었다. 스웨덴의 장막 속에서 아직 폭력을 행사하려는 욕구들이 감지되거나 드러나지는 않았다. 관청에서 행하는 것들 중 자유민주주의적 사고에 위배된다고 볼 수 있는 것은 없었다. 체포와 인도는 규정에 맞게 이루어졌으며, 다른 나라 보안경찰들과의 연결에서 의심쩍은 점은 없었다. 그 정보 교류망 속에 베를린과 빈이 포함되었을 뿐만 아니라, 파리, 런던, 뉴욕과도 범죄에 관한 정보교환은 유지되고 있었다. 이민 문제를 다루기 위해, 무엇보다도 자국 생활권역으로의 이주를 가능한 한 적게 하거나 저해할 목적으로, 1938년 7월 에비앙에서 회의가 열린 뒤 서유럽 강대국들의 위원회가 소집되었다. 불법 입국한 자는 모두 이미 범법 행위를 저지른 것으로 간주되었으며, 공산주의자라는 사실이 알려진 자는 유럽을 가로질러 그어진 공동의 방어전선 밖으로 추방되었다. 통제하고 추방할 권리가 법으로 규정되고 강화된 덕분에 출입국 관리 공무원들은 자신의 생각에 따라 결정권을 행사할 수 있는 권한을 갖게 되었다. 법률 규정에 따르면, 입국 대기자는 자신의 귀속국으로 돌아갈 생각이 없다는 의심을 사면 입국 불허 통보를 받았다. 귀국에 따르는 생명의 위험은 고려되지 않았다. 자신들의 과제를 완수하기 위해 관리들은 행색만으로도 신분을 가려낼 만큼 충분한 훈련을 받았다. 그들은 증명서를 확인하기도 전에 이미 부유한 사람, 받아들일 수 있는 사람, 입국 승인을 받은 사람들을, 대책 없는 자, 가난뱅이, 국적이 박탈된 자, 쫓기는 유대인, 정치적 활동가들과 구분할 줄 알았다. 공산주의에 오염될 그 어떤 징후도 없고, 국내의 소규모 정당을 엄격히 감시할 수 있는데도 스웨덴은 이런 식의 방어망을 구축했다. 비록 빈틈이 많아 보이는데다 거의 산만하고 느슨한 형태로 작동하는 것처럼 보이지만 그들의 방어망에는 확고한 이데올로기적 목표가 투영되어 있었다. 직접적 종속관계를 드러내지 않으면서도 독일 제국에 대한 존중과 의무감을 표한다는 것이었다. 특정 난민을 추방하거나 수감자를 심각하게 학대하는 일이 담당 형사의 개인적인 맹목성 때문에 생긴 것인지 아니면 사회복지 관청, 법무부 또는 외교부의 방침 때문에 일어난 것인지 알 수 없었으며, 개별적인 경우 누가 책임자인지도 알 수 없었다. 만일 누군가 체포된 뒤의 행적이 완전히 은폐되지 않는다면, 이는 냉엄한 법률 규정에 저항하면서 줄기차게 활동하는 소규모 집단의 개입이 있었기 때문이었다. 이들은 모든 과정을 감시하고 종종 분초를 다투면서 구조에 힘쓰기도 했다. 비쇼프는 다시 심문을 받기 위해 불려나와 그녀가 이전에 이미 여러 번 대답한 질문을 다시 또 받았다. 이때 그녀는 바로 그 열성적으로 활동하는 소규모 집단에 의지하게 되었다. 그들은 청원서, 질의서, 보증, 정부 관계자들 사이의 전화통화를 통해 이송을 연기하거나 아예 저지했으며, 만일 이 방법이 실패할 경우 굳게 입을 다물었다. 법치주의나 인도주의적인 생각을 지지하는 사람들과 파괴적 입장의 대표자들 사이에 소모전이 일어나기 시작했다. 전자가 승리할 때면 언제나 반대쪽은 조치를 강화하라고 촉구했다. 한동안은 다수의 고위급 군인과 경제계 인사 대부분, 그리고 학계와 공공영역의 여러 대표자들이 속한 이 진영이 우위를 점하는 것이 확실해 보였다. 그러나 한 달이 지나고 두 달이 지나면서 거칠고 잔인한 활동이 세력 범위를 확장해가는 징후가 점점 더 분명해졌다. 이미 파시즘의 발호를 체험한 우리들은, 모든 것이 은폐되고 뭐라고 정의하기 어려운 바로 그 초기 상태에 다시 빠져들었다는 사실을 알게 되었다. 용어들이 달라졌고 박해받는 그룹에 대한 선고가 갈수록 가혹해졌다. 지배자들은 그들의 친위대를 모집하는 일에 더 이상 신경 쓰지 않아도 되었다. 폭력을 조장하는 분위기가 알아서 지원자들을 모아주었던 것이다. 대부분 차별과 무시를 당했던 사람들이었다. 쇼비니즘과 반동세력이 영향력과 세력을 얻는 만큼, 조직적인 저항의 신호와 조우하고 우리와 마찬가지로 같은 전선에서 분쇄되었던 그룹과 접촉할 방법을 찾으려는 우리의 소망 또한 커져갔다. 이 나라에서 벌어지는 일들은 평온과 질서, 그리고 국가적 자주권을 보전하는 데 이바지하고 있다는 게 저들의 설명이다. 난민들을 받아들이지 않는 것은 유럽의 중심부에 있는 막강한 국가에게서 중립적 지위를 매입하려는 외교 정책에 속했다. 대외적으로 이러한 중립성은 요지부동의 형태로 나타났다. 지난 5년간 입국이 허용된 수십 명, 수백 명의 사람들을 핑계거리로 써먹었다. 급진적 정치가도 동의하는 것처럼, 중립성을 유지하는 것이 가장 중요한 임무라는 주장의 이면에는 피 냄새를 풍기거나 민족적으로 이질적인 것과 혁명적이라고 의심받는 것에 대항해 투쟁을 선포하는 모든 것이 숨어 있었다. 스페인공화국에서 수만 명이 프랑스 국경을 넘어 도망가고 바르셀로나에서는 처형조의 일제사격 소리가 들리는 동안, 스웨덴의 기업가들은 국수주의로 치닫는 스페인과 어떤 부문의 교역이 가능한지 탐색했다. 마드리드에 도착한 산업계의 지도적 인사들은 조만간 교역 협정을 체결할 전망이 밝다고 평가했다. 영국과 프랑스의 공장주들도 정상적인 경제 관계를 기대하고 있었다. 아사냐[122] 대통령이 도망간 뒤 서유럽 열강들은 공화국의 나머지 지역을 방어하려던 네그린[123]에게 항복을 종용했다. 공화파를 굴복시키기 위해 영국 군

122) Manuel Azaña(1880~1940): 스페인 제2공화국의 총리와 대통령을 지낸 정치가로 스페인 내전 당시 프랑코 군대를 피해 프랑스로 망명했다.

123) Juan Negrín y López(1894~1956): 스페인의 정치가이자 의사로 1929년 사회당

대는 메노르카 섬을 공격했다. 귀환하고 있는 스웨덴 자원병들 중 마지막 부대가 스톡홀름 정거장에서 스페인위원회 회원들에게 영접을 받았다. 연설은 맥이 없었고, 따라 부르는 노래 또한 공허하게 메아리쳤다. 저녁이 되자 그 적은 수의 무리는 경찰관들이 동행하는 가운데 정거장 홀을 지나, 교외로 가는 기차를 잡기 위해 서두는 수많은 사람을 뚫고 분수 옆을 지나 움직였다. 그 분수에서는 사자들이 입으로 물을 뿜어대고 있었으며 분수 위쪽에는 돌로 만든 지구의가 자리 잡고 있었다. 깡마른 얼굴에 바스크 모자를 쓴 그 사내들을 주의 깊게 보는 사람은 별로 없었다. 그들이 국제여단에서 싸웠다는 사실이 주변에 알려졌다 하더라도 이는 무관심 속에 묻혀버렸을 것이다. 하지만 1년 전에는 스페인을 원조하기 위한 광범위한 국민운동이 전개되었다. 겨울까지만 해도 개별적인 호소들이 이어졌다. 그러나 이제 공화국의 몰락과 함께 참여 의지가 마비되고, 저항은 더 이상 아무 소용이 없다는 인식이 지배적이었다. 일주일 뒤인 2월 6일에는 그 도시 도로에서 또 다른 대열을 볼 수 있었다. 대열에서 행진하는 사람들은 확인 없이 흩어지거나 하지 않았다. 경찰은 그들을 감시하기 위해서가 아니라 그들과 함께 행진하기 위해 그들 앞에 섰다. 국기를 들고 행진곡을 울리며 플래카드와 함께 허리띠를 두르고는 횃불을 든 5백 명 이상의 학생들, 즉 미래의 약제사, 치과 의사, 의사 들이 대담하게도 자신들의 집단을 나타내는 흰색 모자를 쓰고 모였다. 그들은 외스테르말름 광장에서 행진을 시작했으며, 그들의 목적은 노라 반토르예트에 있는 빅토리아 홀에서 공개 행사를 갖는 것이었다. 그들은 외국인 의사의 이주와 더불어 지식인 망명객과 유대인의 국내 유입

에 입당한 뒤 1937년 아사냐에 의해 총리가 되었다. 친소파로 스페인 내전이 끝난 뒤 1939~45년에 망명정부 총리를 지냈으며, 파리에서 사망했다.

을 즉각 중단할 것을 촉구했다. 스웨덴인 대학 졸업자들에게 의사라는 직업은 언제까지나 보장되어야 한다는 것이었다. 그들은 스웨덴은 스웨덴인들에게,라고 목소리를 합쳐 외쳐댔다. 많은 구경꾼들이 가던 길을 멈추었다. 우리는 이 나라에서 조용히 처신해야 했으며, 다시 지하 은신처를 찾아야 했다. 수정의 밤[124]이라는 이름이 붙게 된 바로 그날 우리는 파리를 떠났다. 말뫼에 도착했을 때 우리는 입국신고서에 아버지 쪽이든 어머니 쪽이든, 유대인인지 아닌지 적어 넣어야만 했다. 우리는 스웨덴 금속노조의 보호 아래 이 나라로 숨어들어온 것이다. 체코슬로바키아 여권을 가지고 있는 우리 역시 어디로 가는지도 모르는 탑승객과 같았다. 파리에서 나는 아버지를 끌어대면서 공산당과의 모든 관계를 부정했으며, 스페인에서 보낸 기간에 대해 말하지 않고 숨겼다. 나는 잠정 체류 및 노동 허가를 얻었다. 나는 아시베리가 권하는 대로 스톡홀름에 있는 알파 라발 공장의 관리부로 가서, 이전에 베를린의 자회사에서 일한 경험이 있기 때문에 원심분리기 공장에서 일하는 데 적합하다고 알렸다. 이것은 생각해볼 수 있는 모든 길 중에서 가장 좁은 길로, 반쯤 섞인 거짓말과 위선으로 닦아놓은 비천한 길이었다. 하지만 그것이 바로 내게 주어진 유일한 길이었다. 아시베리는 내 신원을 보증할 수 없었고, 나의 안전을 약속할 수도 없었다. 나는 입국 후 첫 3개월 동안 그 공장이 있는 거리를 벗어나지 않았다. 공장에서는 주석도금부의 임시직 청소부 겸 화부로 고용되었다. 그리고 이 거리의 37번지에, 가구 딸린 방 한 칸을 세내었다. 널찍하고 바람이 많은 플레밍 가는 내게 만족스러웠다. 그것

124) 1938년 11월 9일 독일의 나치 조직에 의해 유대인과 그들의 상점, 교회에 저질러진 조직적 테러 사건. 상점의 유리창이 깨져 길거리에 흩어진 모습을 시니컬하게 묘사하여 '제국 수정의 밤Reichskristallnacht'이라는 이름으로 역사에 기록되었다.

은 철도부지 위쪽으로 난 다리에서 시작해 쿵스 가를 접하면서 스타스하겐 언덕의 가파른 경사면까지 뻗어 있었다. 나는 대개 밤중에 이 거리를 보았다. 내 근무시간이 새벽 4시에 시작되고 구내식당에서 식사를 마치고 돌아오는 길에는 이미 겨울의 어두움이 깔리기 시작했기 때문이었다. 파리를 떠나올 때부터 나를 짓누르고 있던 압박감을 극복하는 데 꼬박 석 달이 걸렸다. 파리와는 반대로 여기서는 모든 것이 맥없고 희미하다는 이유에서만이 아니라, 이미 국경을 넘을 때 내가 받았던 인상이 계속해서 내 마음속에 남아, 시간이 지날수록 더욱 강하게 작용했기 때문이었다. 우리가 헬싱보리에 막 도착했을 때 유대인 두 가족이 추방되었다. 그들은 어렵사리 덴마크로 와서 스웨덴으로 들어오는 열차 페리를 탔다. 나는 그 당시 우리와 같이 여행했던 승객들이 경멸조의 말을 하는 것을 들었다. 이런 말들은 나중에 유대인들을 경멸하고 공산당과 소련을 조롱하는 말들과 결부되었다. 노동운동 내부의 분열은 독일과 프랑스보다 이곳에서 더 깊은 것처럼 보였다. 두 나라에서는 전술적으로 경계선을 그으면서도 통일의 단초들은 늘 보였다. 스웨덴에서는 마치 사민당과 노조연맹 지도부들이, 우리가 자라면서 알아왔던 노동자들 간의 모든 협력을 제거했거나 또는 더 이상 언급할 가치가 없는 것으로 몰아내버린 듯했다. 스웨덴으로 들어갈 그룹이 형성되는 과정에서 이미 공산당원으로 추정되는 몇 사람이 즉각 배제됨으로써 비타협적인 태도가 확연히 드러났다. 사민당 노동자들만 도움을 받고, 당적이 없는 나도 역시 기획본부가 아버지의 위치를 알고 있다는 이유만으로 받아들여졌다는 사실을 잘 알면서도, 나는 노조가 가장 많은 위협을 받고 있는 사람들을 파멸에 내맡겼다는 사실에 경악했다. 할당량에 포함될 때 우리는 이 같은 일방적 연대로 압박을 받았다. 또 스웨덴 땅에 첫발을 내디딜 때 목숨을 부지하기 위해서는 이 같은 조치에 대한 우리의 반응을 숨겨야 한다는 사실이 우리를 이중으로 짓눌렀다. 한 가족에게는 젖먹이 아이가 있고, 또 다른 가족에는 노인과 몇 명의 어린아이들이 딸려 있던 그 두 가족은 보헤미아 출신이었는데, 처음에는 소리를 지르다가 그다음에는 절망적으로 애걸하고, 끝내 말없이 주저앉아 페리로 도로 옮겨졌다. 그런데 이러한 일은 바로 독일에서 유대교 회당이 불타고, 유대인 상점들이 파괴되고, 인종적으로 저주받은 사람들이 길거리에서 쫓겨 다니는 바로 그 시점에 벌어졌다. 처음 한 달 동안 나를 비참하게 만든 것은 이 강요된 침묵이었다. 그것은 불가피한 정치적 책임의식에서가 아니라 소심하고 옹졸한 두려움, 즉 조금이라도 의심을 받을 만한 말은 무기한 해고나 국외 추방의 빌미가 될 수 있다는 두려움에서 나온 침묵이었다. 나는 유효한 여권을 가지고 있지 못하면 증명서를 얻을 수 없다는 점을 잘 알고 있었다. 나는 어떤 정치적 활동도 하지 않겠다는 서약에 서명하고, 초청인들이 요구하는 대로 해당 노조분과에 가입함으로써 중립화된 셈이었다. 이러한 제약사항들은 나로 하여금 언어적인 어려움과 더불어, 처음에는 공장 동료들과 거리를 두게 만들기도 했다. 내가 알게 된 바로는 그 공장의 경우 650명의 노동자 중 거의 절반이 공산당에 가깝거나 속해 있었으며, 단위사업장 선거에서 종종 공산당 계열이 다수표를 얻기도 했다. 항상 조심스러운 태도를 염두에 두면서도 나는 내 가까이에 있는 노동자들을 사귀고, 그들 중 누구를 신뢰할 수 있는지 알아내려고 노력했다. 그들의 입장은, 그들이 정치적 사건들, 특히 난민 문제에 대해 어떤 말투로 논평하는지 보면 알아차릴 수 있었다. 누군가 추방되었거나 이를 막아낸 일이 화제가 될 때, 투쟁의 전체적인, 혹은 그 어딘가 익명으로 존재하는 틀이 나타났다. 이 경우 기일이 정해진 상태로 자유를 누리거나 미래가 불투명한 감금 상태에 처한 사람들을 위해 다만 조금이라도 성과가 있을 때, 우리는 새로운 희망을 품게 되었다. 밤의, 어두워지는 오후의, 황량한 일요일의 플레밍 가, 묘지와 가구 창고, 전당포들과 초라한 가게들이 있는 플레밍 가, 브레이크를 밟고 날카로운 소리를 내며 빠르게 스쳐 지나가는 푸른 전차가 있는 플레밍 가, 브뤼켄 광장과 시장 건물, 운하 가장자리의 앙상한 나무들, 그리고 건물들 틈으로 멀리 언덕이 바라다 보이는 플레밍 가, 출근하고 퇴근하는 길에 오가던 플레밍 가, 정원의 앞쪽 울타리 가까이에 죽은 자들이 안치되는 예배당 바로 옆으로 분만실로 쓰이는 녹색 가건물이 있는 성 에리크 병원 맞은편, 높은 5층 내 방 창문에서 본 플레밍 가, 회색의 오래된 공장 지대 거리인 그 플레밍 가는 단조로움과 낯설음의 화신이 되었다. 언젠가 나는 위쪽이 알록달록한 부채꼴의 반원형으로 된 창문이 딸린 정문을 지나 공장 관리실 건물로 들어갔다가, 화려한 영접 홀에서 다시 도로로 나가 마당 입구로 가라는 지시를 받았다. 또 언젠가 나는 벽과 기둥에 장식된, 매끄러운 광택으로 반짝이는 마호가니를 보았다. 그 벽과 기둥에는 꿈틀거리는 모양의 석고 장식으로 된 둥근 천장이 솟아 있었다. 나는 근사한 책상 앞에 있는 창구에 서서 사무직원 한 사람에게 내 서류를 건네주었다. 벽의 장식대에서는 얇은 옷 아래 젖꼭지가 뾰족이 솟아 있는 처녀상들이 원심분리기에 기대서서 손에는 야자수 가지와 월계수 꽃다발을 들고 나를 내려다보고 있었다. 나는 그러고 나서는 왕관 모양의 탑으로 장식된 그 구석 건물에 더 이상 볼 일이 없었다. 검은 양복에 뻣뻣한 칼라와 커프스를 하고는 다면체의 전등갓 아래 책상 앞에 앉아 있는 신사들은 내게 더 이상 볼일이 없었다. 노동자들의 채용 문제는 출입구 뒤쪽 두번째 마당의 사무실에 있는 공장기술자 소관이었던 것이다. 이 거대하고 고색창

연한 공장은 위압적인 성채 같았다. 공장부지 안에 있는 건물들은 미로와 같이 배치되어 있었으며, 건물 사이의 출입문을 통해 나갈 수 있는 마당은 다시 창고와 연결 통로로 나뉘어 있었다. 감시초소 사이로, 갈라진 길을 따라 나는 내 서류를 들고 걸어갔다. 은행가의 추천서, 베를린에서의 재직증명서, 도장이 찍힌 여권, 금속노조 조합원증, 이 모든 것이 내 신원을 보증해줄 서류들이었다. 그러나 나는 하적장 위의 어두운 공간에서 만난 기술자에게 나 자신을 노동력으로 소개하는 것이 아니라 적선을 간청하는 것 같았다. 선반부와 조립부, 그리고 포장부에서는 사람이 필요했다. 그러나 나는 기껏해야 하급직으로 고려될 뿐이었다. 원래 이 회사는, 전 세계에 걸쳐 주식회사의 지점망을 갖고 있는 사무실을 제외하고는 외국인을 고용하지 않는다고 했다. 그는 형식적으로만 친절하게 내 서류들을 훑어보면서, 내 경우가 예외적이라며 단지 잠정적으로 시험 삼아 채용되는 것일 뿐이라고 말했다. 그 말은, 내가 이해하는 바로는, 임금을 가능한 한 낮게 책정하겠다는 뜻이었다. 그 기술자는 내가 어떤 제안도 물리칠 수 없는 처지라는 걸 알고 있었던 것이다. 나는 시간당 80외레[125]를 받기로 했다. 이것은 임금협상안에 규정된 최저임금이었다. 내가 비숙련 노동자로 분류되고 다시 심부름꾼, 배달꾼이 된다는 것은 그 나름으로 질서정연한 일이었으며, 아버지 또한 비슷한 일을 겪었다. 그 기술자의 회피성 발언, 잠정적 채용 승인, 내가 먼저 성실성을 보여주어야 한다는 첨언, 내가 도대체 어떤 일을 담당해야 하는지 나를 혼란스럽게 하는 그의 모호한 지시 등은 내가 익히 알고 있는 시작의 어려움에 속하는 것들이었다. 주석도금부에서 나는 금속 재료가 든 무개화

---

125) öre: 덴마크, 노르웨이, 스웨덴의 화폐 단위. 100외레가 1크로네Krone다.

차를 밀고, 용광로를 달구는 일에 조수 역할을 할 수 있었다. 석탄을 삽으로 퍼 나르고, 염산용기를 채우고 비우는 일에 불려 다녔다. 이러한 일들을 위해 자국 출신 노동자를 구하기는 어려웠던 것이다. 나는 일터에서 언제나 외국인이었고 맨 끝의 사람으로 간주되었으나, 필요시에는 첫 번째로 해고될 처지였다. 더욱이 여기서는 그 전에 불안한 상태를 보상해주었던 모든 것, 즉 같은 생각을 갖고 있는 사람들과 함께 공부하고 계획을 짜는 일과 하루하루를 가치 있게 해주었던 연구 활동이 없었으며, 그것과 관련한 질문도 결코 제기될 수 없었다. 왜냐하면 그러한 질문은 이 자리에 적합하지 않은 의도를 드러내기 때문이었다. 마당에 있으면 어쩐지 완전히 포위된 듯한 느낌이 들었다. 나는 언제나 저 아래쪽 깊숙이 검은 빛깔을 띤 적색 벽돌의 담장들과 갈색의 지저분하고 낡은 건물 전면 사이에, 거대한 덩어리처럼 보이는 용광로실 옆의 석탄 창고 안에, 엄청나게 큰 연통 아래쪽에, 운반 차량이 있는 레일 앞에, 혼잡한 통로에, 산을 담는 용기들과 용광로 화덕이 있는 천장 낮은 방에 있었다. 우리가 출입할 수 있는 모든 작업장은 시설 안쪽으로 향해 있었으며, 창문으로는 거의 빛이 들어오지 않았다. 그러나 이 모든 것은 그 상태로 있어야 했다. 증기망치의 쿵쾅대는 소리는 우리 자신을 단련하기 위한 것이었다. 우리는 계속되는 충돌음에도 능히 견딜 수 있다는 것을 보여주어야 했다. 석탄 하적장 옆에 있는 철공소는 일종의 검은 동굴이었다. 그 안에 있는 쇠막대와 속도조절용 바퀴들, 지주와 철봉들은 전구의 빛을 받아 얼룩처럼 반짝였다. 증기와 금속 먼지 속에서 그 끝이 보이지 않는 기계실에서는 피댓줄이 쉭쉭대며 돌아가고 절삭공구들이 날카로운 소리를 냈다. 우리는 우리 자신을 찾기 위해 귀를 먹먹하게 만드는 소음과 우리를 꺼꾸러뜨리려는 모든 것을 넘어서야 했다. 노동자란 매일같이 말로 표현할 수 없는 마모를 견뎌가면서도 언젠가 때가 되었을 때 모든 것을 움켜쥐기 위해 힘을 비축해야 하는 존재를 의미했다. 새벽 4시부터 용광로가 가열되기 시작해 주석이 녹을 때까지는 3시간이 걸렸다. 그동안 제작된 원심분리기들은 수레로 옮겨져서 표면 다듬기를 위해 염산이 담긴 용기 속에 담가야 했다. 대부분의 경우 우리는 방호 마스크를 착용할 시간이 없었다. 장갑이 달린 뻣뻣한 보호 외투를 거추장스러워하면서 우리는 사슬에 매달린 제품들을 끌어내렸다. 찌르는 듯한 증기가 폐 속으로 파고들었다. 기침하고 눈물을 흘리면서 우리는 염산을 뚝뚝 떨어뜨리며 타들어가는 부속품들을 용기에서 감아올려 주석용광로 속으로 옮겼다. 이때 부속품들은 표면이 마르지 않은 상태에서 바로 용광로 속으로 들어가야 하는데, 그렇게 지지직 소리를 내면서 끓고 있는 금속 액체 속에 잠겼다. 같은 식으로 왔다 갔다 하며 항상 반복적으로 몸을 굽혔다 펴고 물건을 건네주면서 우리는 많은 날들을 아무 생각 없이 보냈다. 이는 우리가 석탄 구덩이 위쪽, 마당이 약간 도드라진 곳에 세워진 화장실의 굴곡진 양철 판자들 사이에 서서 연기로 뒤덮인 하늘을 바라보며 오줌을 누는 순간에만 중단되곤 했다. 그러나 나와 동료들 사이에는 무언가를 잡으라는 지시나 눈짓, 그리고 말없이 이를 따르는 것 말고는 다른 의사소통이 없었다. 그리고 내 출신 배경을 아는 사람은 아무도 없는 것처럼 보였다. 그러나 얼마 지나지 않아 우리 사이에 언어나 출신을 개의치 않는 일체감과, 함께 짐을 끌고 함께 고생하면서 싹튼 연대가 생겨났다. 나는, 작업의 개별 부분들이 갖는 필요성을 인식하고, 어떤 일도 하찮은 것으로 보지 말 것이며, 실행할 때는 집중하고 협력하는 데 결코 게을리 하지 말자는, 아버지의 원칙을 기억해냈다. 그러자 난민이라는 내 처지 때문에 아직 정치 활동의 장으로 들어서지도 못했는데 어느새 일체감이 싹트기 시작했다. 그 일체감의 본질은 동작 하나와 얼굴 표정 하나를 바라보는 것과 직결되어 있었다. 내가 완제품 검사부에서 낮은 임금을 받고 일하는 여성들보다 더 많은 임금을 받지는 못해도, 나이 든 이곳 노동자들도 도급제가 강화되면서 1크로네 35 또는 50 이상의 시급을 받는 경우는 드물었다. 그래서 많은 노동자들은 전차 차장으로, 극장 문지기로, 또 어떤 사람은 일요일마다 스칸센 동물원에서 감시인으로 시간당 임금을 받고 추가로 일하지 않을 수 없었다. 새로운 조건들을 형성하는 데 적합해 보이는 시점을 기다리고 있을 때, 주석도금부의 선임노동자이자 직장클럽의 대의원인 셀린이 내게 다가왔다. 2월 초 어느 토요일 일과 후 그가 내게 함께 가자고 했을 때, 그는 내가 어떤 일을 하면 만족스러워할지 이미 눈치채고 있었다는 사실을 나는 알지 못했다. 그는 공장 정문 앞에서 마치 우연인 것처럼 나와 합류했다. 우리는 셀레 가를 거슬러 올라갔다. 그는 내가 의심을 품을 만한 어떤 이야기도 하지 않았으며, 단지 일상적인 직장 문제에 대해 이야기하고자 하는 것처럼 보였다. 저쪽 시청 건물 뒤편으로 눈 속의 검은 나무들 사이로 경찰서가 보였다. 흰색 띠 모양의 벽장식, 받침기둥이 있는 난간과 테라스, 밝은 녹색의 용마루를 갖춘 그 건물은 마치 장난감 블록으로 세워진 것 같았다. 그리고 거대한 사각형에 투구 모양의 지붕을 얹은 시청 탑 맞은편에는 벽의 기둥이 도드라진, 낮고 길게 뻗은 건물에 딸린 정원이 울타리에 에워싸여 있었다. 그 부지를 경계 짓는 높게 솟은 담장 양쪽 면을 따라 좁은 길들이 나 있었다. 그 왼편의 붉은색 계단 앞에는 눈에 잘 띄지 않는 카페가 있었다. 셀린은 내게 그 안으로 들어가자고 하면서, 대수롭지 않다는 투로 우리가 함께 알고 지내는 로예뷔가 여기서 우리를 기다리고 있다고 말했다.

먹을 것이 부족했던 해인 1917년 소년의 부모는 이혼했다. 일곱 살짜리 사내아이는 아버지에게 갔다. 목수인 그는 베네른 호숫가의 칼스타드에 있는 감옥 안 공장에서 일하고 있었다. 두 자매는 병든 어머니에게 맡겨졌다. 아버지는 시 외곽 목조 가옥에 난로가 딸린 한 칸짜리 방에서 살았다. 아버지의 근무시간은 아침 7시부터 저녁 7시까지였기 때문에 소년은 초등학교에서 보내는 시간을 제외하고는 혼자 지냈다. 아버지는 소년에게 마른 빵 몇 조각을 남겨주었고, 소년은 그걸 조금씩 씹어 먹을 수 있었다. 찬장은 붉은 사탕무조림 병 하나를 제외하고는 텅 비어 있었다. 내가 무 하나를 먹는다 해도 아버지는 눈치채지 못할 거라고 소년은 생각했다. 소년이 문이 열린 찬장 쪽으로 탁자를 끌어당겨 그 위에 의자를 얹자 제일 위칸에 손이 닿았다. 그러고 나서 다시 정리를 해놓았다. 그날 저녁 아버지는 아들이 한 짓을 눈치챘다. 붉은 식초 몇 방울이 흘러나왔던 것이다. 아버지는 소년을 거꾸로 들고 엉덩이를 두들겼다. 소년의 비명 소리가 이웃집까지 들렸다. 그 당시는 어린이들의 영양 상태를 검사하기 위해 관계위원들이 파견되었다. 사람들이 소년에게 몸에 든 멍자국이 어떻게 생긴 거냐고 묻자 소년은 탁자에서 떨어졌다고 대답했다. 그러나 진짜 이유가 밝혀지고, 사람들은 아버지에게서 아이를 빼앗아 목사에게 돌보도록 맡겼다. 그러나 부유한 집주인의 집에서 소년은 아버지의 매질보다 더 엄격한 간섭을 받게 되었다. 소년은 매질에 익숙했다. 그런 건 말하자면 일상적인 일이었다. 목사의 처벌이야말로 부당한 폭력이었다. 언젠가 소년은 길거리에서 드잡이 싸움을 벌인 뒤 길에 떨어진 목도리를 주워 다음 날 임자에게 돌려주려고 책가방 안에 집어넣었다. 목도리를 발견한 목사는 소년의 설명을 믿지 않았다. 목사는 소년을 무릎

사이에 끼우고 꽉 조였다. 아버지는 신분이 낮은 사람이었고 관청이 그에게 도움을 줄 수 있었다. 허나 목사는 관청 그 자체였던 것이다. 소년이 목도리를 훔쳤다고 목사가 말했을 때, 소년은 그의 말에 동의할 수밖에 없었다. 처음에 소년은 자신을 변호하고자 했으며 고백하라는 명령을 거부하려 했다. 그러나 소년은 자신을 조여대는 살찐 무릎이 혐오스러웠으며, 이 굴욕적인 처지에서 벗어나기 위해 자신이 저지르지도 않은 도둑질을 고백했다. 남들의 은총으로 살아가는 양자인 소년은 아버지보다도 더 보잘것없는 존재로서, 단지 존재하는 것만으로도 죄를 짓는 것이어서 그렇게 또 한 번 죗값을 치러야 했다. 거짓말쟁이이자 도둑으로 몰려 교회의 육아원에서 쫓겨난 소년은 양육할 다른 가족에게 넘겨졌다. 소년은 구제불능인 자, 짓밟힌 존재였다. 소년은 저 위쪽 샬로텐베리의 순네에 있는 값싼 노동력이 필요한 소농에게 보내졌다. 베름란드의 강이 흐르는 계곡들과 노르웨이 국경 근처에 있는 핀마르셴 숲들은 광활한 경관일지 모르나, 소년에게 그곳은 머슴살이하던 지역이었다. 소작농들의 집에서 몇 해를 보내는 동안 소년의 내면에서는 자신의 삶이 과연 어떻게 될까 하는 질문이 솟아올랐다. 칼스토르프에 살던 그의 마지막 양아버지는 마당에 암소 네 마리와 말 한 마리, 가금류 몇 마리를 키우고 있었다. 그는 대상포진을 앓고 있었지만 한사코 병원에 가기를 싫어했는데, 왜냐하면 그곳 병원에서 사람들이 누군가를 칼로 찔러 죽였다고 생각해서였다. 그는 돌팔이 의사를 데려와서, 결국 냄새를 풍기며 발진과 종양으로 엉망이 된 몸뚱이를 남기고 죽었다. 소년은 그 농부가 자신에게 결코 호의를 베풀지 않았기 때문에 그의 죽음을 슬퍼하지 않았다. 그러나 소년은 양어머니를 기억하고 있었다. 어느 수도원장 가문 출신으로 재세례파 교인이었던 그녀는 소년에게 때때로 다정했다. 소년은 다락에 있는 바구니에 담아놓은 책들을 읽어도 되었다. 『몽테크리스토 백작』 『트리스탄과 이졸데』 바로 이런 제목의 책들로, 그 안에서는 낯선 세계가 열렸다. 그러나 열네 살인 자신을 일터로 내몬 것이 무엇이었는지 생각해볼 때, 그것은 꿈이 아니었고 단지 극도의 궁핍함이었을 뿐이었다. 엘브 강변에 있는 뗏목꾼 집에서 소년은 머슴에서 일당노동자로 바뀌었다. 소년의 일은 목재의 크기를 재는 것이었다. 두 명의 소년이 한 조를 이루어 교대로 일했는데, 한 명이 줄자를 잡고 나무 밑동 끝부분에 대고 있으면 다른 한 명이 위쪽의 잘린 부분으로 달려가 크기를 소리치고, 서기가 그것을 목록에 적어 넣었다. 그런 다음 나무를 줄로 엮기 위해 강물로 굴려갔다. 소년은 아직도 그 소리가 들리는 듯했다. 13피트, 13피트 23. 소년은 하루에 2크로네 25외레를 벌었으며, 그것은 늘 돈이 없었던 사람에게는 큰 액수였다. 소년은 몸도 커지고 힘도 세졌으며 티게르브란트 상표의 담배를 샀다. 장사꾼 집에서 숙박하는 데는 65외레가 들었다. 이 일은 한여름 동안 지속되었다. 그러고 나서 소년은 다시 일자리를 찾아야만 했다. 나는 일, 일을 해야 해. 이는 소년을 끊임없이 따라다니는 노크 소리 같은 것이었다. 숲에서 벌목을 하다가 소년은 다리를 찍었다. 병가를 내자 보험 덕분에 일할 때보다 더 많은 돈을 받았다. 하루에 3크로네 50외레를 받았으며, 60크로네를 저축할 수 있었다. 소년은 도시에서 일자리를 찾아보기 위해 그 돈으로 양복 한 벌과 구두 한 켤레를 샀다. 그러나 그곳에는 소년에게 적당한 일거리가 없었다. 소년은 도로 시골로, 숲으로 돌아가고 싶지 않았다. 소년은 화물선에 채용되기에는 너무 어렸다. 그러나 소년은 16세의 나이로 소년 항해단에 지원할 수 있다는 얘기를 들었다. 그러기 위해서는 양육권자의 동의가 필요했기 때문에 소년은 다시 한 번 아버지를 찾아야 했다. 그는 동의서에 자기 이름을 적어 넣는 것을 거부했다. 소년은 서명을 위조하겠다고 위협했다. 아들이 감옥에 가게 된다면 목공소 마이스터인 그가 그런 창피한 일에 책임을 지게 될 것이라고 말해주었다. 원래 소년은 그 노인과 이야기를 나누고, 그에게 자신이 겪은 일들을 들려주고 싶었다. 떨어져 산 지 거의 10여 년 만에 소년은 자유롭게 독립적으로 노인을 만나고 싶었다. 식구라는 것은 더 이상 존재하지 않았다. 설혹 예전에 그런 것이 있었다 하더라도 이제는 오래전에 잊힌 것이라고 할 수 있었다. 그러나 아버지는 자신이 예전에 했던 역할 이외의 다른 것은 알고 싶어 하지도 않았고, 고함을 지르며 난동을 피웠다. 아들이 아버지를 제지했고, 아버지는 아들이 내민 종이를 받아 들고는 억지로 손에 펜을 들었다. 소년은 분노가 아니라 오히려 연민을 느꼈다. 교도소 목공인 아버지는 그뿐만이 아니라 다른 두 자녀도 잃었으며, 더 이상 두번째 아내도 찾지 못했다. 어머니는 수년 전부터 정신착란을 일으켜 어느 무숙자 수용소에서 살고 있었다. 소년은 기다리며 서 있었다. 이 좁고 답답한 세계에서 빠져나오고자 하는 소년의 소망은 너무나도 강렬해서 아버지는 결국 승복할 수밖에 없었다. 집을 떠나올 때 소년은 고개를 돌려 아버지를 바라볼 수 없었다. 그렇게 열여섯 살 소년은 마르스트란드로 가서 항구 이름을 따 배 이름을 지은 교육용 범선에 올랐다. 세 개의 돛을 단 그 배는 여름 동안 카테가트 해협과 스카예라크 해협을 순항하고, 겨울 동안 선원들은 정비 기간을 가졌다. 소년은 포병 사격수와 병기제조공 교육을 받고 2년 반 뒤에 스톡홀름의 해군기지로 갔다. 소년은 훈련을 받으면서도 한 달에 10크로네를 내고 통신교육을 통해 대학입학 자격시험을 준비했다. 열아홉 살에 소년은 하사로 진급했으나, 그의 옷장에서 공산주의 팸플릿이 발견되는 바람에 군에서 해직되었다. 이때가 바로 전국적으로 실업률이 높아가고 스웨덴도 경제위기에 빠져 사회 내부에 깊은 균열이 드러나던 시기였다. 그때까지 사민당과 시민계급은 이 균열을 감추고자 애써왔으며, 다시 이를 덧칠하고자 했다. 1930년 소년은 자신이 어떻게 공산주의자가 되었는지 자문해볼 필요조차 없었다. 단 하나의 일관된 상황으로 인해 그는 입당했다. 즉 강한 자와 약한 자, 권력자와 피착취자 사이의 대립을 끊임없이 체험했기 때문이었다. 처음에 이는 불분명한 충동이었으나, 나중에는 불의에 맞서 자신을 지키려는 의식적 의지가 되었다. 금융자본의 판도가 재편성되면서 세계시장에는 불황이라고 부르는 상황이 발생했고, 누구보다도 이미 힘을 잃은 사람들이 더욱 억압받았다. 비경제활동 노동력의 대군이 형성됨으로써 프롤레타리아트의 절망과 도덕적 타락이 확산되었다. 생산량이 감소하는데 자신의 권리를 주장하면서 감히 파업을 하는 사람은 즉각적이고 폭력적인 대항 조치를 각오해야만 했다. 노동자들과 파업방해꾼, 경찰, 군인 사이의 충돌은 오달렌 지역에서 절정에 달했다. 시위대를 향한 발포는 그대로 공산주의자들을 잡기 위한 엄중한 추적으로, 또 노조 지도부와 기업인들 사이의 긴밀한 결합으로 이어졌다. 1938년 12월 살트셰바덴에서 이들 사이에 협약이 체결되었다. 왕립해군에서 강제 퇴역당한 소년은 실업률이 30퍼센트에 이르는 상황에서 육지에서는 일자리를 구할 수 없었다. 스페인 내전이 발발하기까지 소년은 견습수부이자 기관사로 불법적으로 채용되어 배를 타고 나가서는 서로 비슷하게 생긴 항구들을 구경하거나, 책을 통해 언제나 새로운 것들을 배우면서 편지를 쓰거나 글을 쓰기 시작했다. 편지는 도처에 살고 있는, 이름도 모르는 사람들에게 보내는 것이었다. 글을 쓴다는 것은 배를 타고 일을 하는 것과 마찬가지로 당연한 일이었으며, 어떤 요구에 의해서가 아니라 필요에 의한 것이었다. 나는 쿠에바 라 포티타에서 조용하고 사려 깊은 동지와 대화를 나누던 중, 베름란드의 황량한 시골 출신이자 농부의 아들이 어떻게 바다에서 일을 하게 되고 국제주의자가 되었는지 물어보았다. 그러자 그는 어깨를 으쓱거리고 미소를 지으며 그것이 아마 역사유물론의 힘일 것이라고 답했다. 오랜 선원 생활로 약간의 독일어와 영어를 배운 그가 테루엘 공방전이 벌어지기 전 가을, 내게 자신의 어린 시절 이야기를 들려주었을 때, 그는 나뿐만 아니라 스스로에게도 저주받은 중세 분위기가 풍기는 세계의 모습을 생생히 떠올려주었던 것이다. 지난 20년이 내게는 길게 보일 겁니다. 내가 밑바탕에서부터 변했기 때문이지요. 그가 말했다. 그러나 많은 점에서 삶의 상황은 거의 매한가지지요. 그곳에서는 마치 원시시대처럼 기거하며, 무지와 미신에 사로잡힌 사람들을 여전히 볼 수 있습니다. 피퍼 가문의 정자 옆 카페에서 로예뷔와 마주앉아 있는 지금, 나는 의사에게는 감히 갈 생각도 못하고 마녀가 만든 연고로 치료받기를 택했던 한 농부의 임종을 지켜보는 그를 상상해보았다. 나는 어머니가 세 아이들과 함께 침대에 누워 있고, 그 옆 방바닥에는 아버지가 옷을 입은 채 저고리를 말아서 베고 누워 있는 단칸방을 눈앞에 떠올렸다. 그다음 그가 아버지와 함께 살았던 방, 뚜껑이 열린 난로와 벽돌로 두껍게 쌓은 굴뚝, 불쏘시개 나뭇더미가 있는 방을 생각했다. 여기서도 그들은 시큼한 냄새가 나는 옷을 입은 채로 아버지는 부엌의 긴 의자 위에서, 소년은 좁은 관과 같은 끄집어낸 상자 속에서 잠을 잤다. 그는 내게 노란빛을 띤 갈색으로 착색된 탁자와 거친 마루 판자, 화장실과 함께 겨울에는 종종 얼어버리는 펌프가 딸린 바깥마당을 묘사해주었듯이, 그의 양아버지가 그를 덮쳐왔던 방의 모습도 설명할 수 있었다. 그 목사는 조각 무늬가 있는 높은 의자에 앉아 있었고 기둥시계의 추는 이리저리 왔다 갔다 했다. 탁자 위에는 수를 놓은 흰 덮개가 씌워져 있었고, 주름을 잡은 망사 커튼의 틈새로는 햇빛이 쏟아져 들어왔다. 벽에 걸린 예수는 그 어린아이에게 이리 오라고 손짓하고 있었다. 가난과 편협함에 찌든 아버지와 곤궁으로 파괴된 어머니에 대한 그의 이해심과 동정은, 그가 권력자들에게 느끼는 분노와 마찬가지로 강했다.

쿵스 가 위쪽에 있는 당사에서 열린 한 모임에서 셀린은 자기 동료들에 대해 말하기 시작했고, 파리에서 해산된 체코슬로바키아 그룹에 속했던 보조노동자에 대해 언급했다. 보헤미아와 메렌 지방이 아직 점령되기 전인 1938년 가을에 그가 국제여단 소속이었다는 말을 했다. 그는 내가 공장에서 퇴근할 때 비밀스럽게 로예뷔를 소개해주었다. 그는 이 만남을 주선하기 훨씬 전부터 내가 어디서 왔는지 알고 있었으며, 나를 살펴보고, 또 그동안에 내가 다른 임무를 할당받고 있지는 않은지 알아보기 위해 뜸을 들였다. 로예뷔는 스페인에서의 마지막 몇 달 동안 당 기관지의 기자였으며, 현재 그 편집부에서 일하고 있었다. 그런데 그와 셀린은 내게 잠정적으로 당과 접촉하지 말라고 충고했다. 그들은 내가 위험한 상황에 처해서는 안 되고, 계속해서 정치적인 견해를 표명하지 말아야 한다고 말했다. 현 상황에서는 내가 원심분리기 공장에서 일자리를 확보하는 것이 급선무라는 것이다. 또 내가 나중에 적당한 시기에 임무를 부여받게 되더라도, 내가 당에 소속되지 않은 것이 장점일 수 있다는 것이다. 우리는 카페를 떠났다. 담장으로 둘러싸인 피퍼 저택 앞의 지붕과 나무들에는 눈이 높이 쌓여 있었으며, 추녀에는 고드름이 달려 있었다. 질척거리는 회색 눈길을 지나고 격자 울타리를 따라 우리는 건너편

길로 갔다. 이곳에는 쿵스 절벽을 발파해서 만든 부지에 세워진 신축 건물과 구조물 쪽으로 올라가는 계단이 있었다. 로예뷔는 계단 발치에 있는 한 월세방에서 살고 있었다. 가구 딸린 그의 방 창문에서는 정원 가운데 있는 건물이 눈에 들어왔다. 그 건물은 예전에 아마랑탕 훈장과 콜디뉘 작위를 받은 사람들의 관사였다. 지금은 식당 하나와 사적 모임을 위한 단체석 방들이 마련되어 있었다. 촛불을 밝힌 한 홀에서는 정장을 입은 신사들이 식사하고 있었고, 제복을 입은 시중꾼들이 쟁반을 나르고 있었다. 누군가 연설을 하고 있었다. 그곳에 모인 사람들은 번쩍이는 흰색 조끼를 입은 당당한 모습으로 거침이 없어 보였다. 반면에 우리는 마치 음모를 꾸미는 사람들처럼 단출하게 설비를 갖춘 방에 몸을 숨기고 있었다. 이날 늦은 오후에 우리는 이미 베를린, 스페인, 파리에서 다뤘고 바로 얼마 전 독일 당 대회에서 다시 현안이 된 테마를 두고 이야기를 나누었다. 그 대회 장소는 위장을 위해 베른이라고 지칭했다. 베른은 치머발트 회의를 상기시켰지만, 실제로 이번에는 파리 남쪽에 있는 외딴 집이었다. 이미 익숙해진 바와 같이 우리는 몇 개 항목의 방침으로 요약 전달된 그 회합의 결과에 만족해야만 했다. 반파시즘 전선이 앞으로 얼마나 유지될 수 있는지, 그리고 어떤 방법으로 독일 내 반대파를 활성화하고 감시와 밀고 체계를 피해나갈 수 있을지 하는 문제가 제기되었다. 프랑스와 스페인에서 인민전선이 실패하고 독일 사민당 지도부가 거부하는 입장을 취한 지 수년이 지난 뒤에는 노동자 정당들의 연대 행동을 위한 조건들이 더 이상 존재하지 않는 것처럼 보였다. 그럼에도 불구하고 결의안은 정당 구분을 넘어선 공동보조를 위한 대중들의 준비 태세를 언급했다. 독일에서 전쟁으로 몰아가는 데 저항하는 사람들의 숫자가 증가하고 있다는 것이다. 더욱이 국민들의 불만이 위기 상황을 초래할 수 있으리라는 계산도 이루어졌다. 그러나 모든 진보 성향 세력의 연대를 위한 호소, 독점자본에서 해방된 민주공화국이라는 목표 설정, 사회주의를 위한 계속되는 투쟁의 강조와 함께, 사민당의 유보적인 태도 또한 드러났다. 바이마르공화국의 전통으로 돌아가고자 하는 희망은 공산주의자들이 제안한 통합정당의 창립을 허용하지 않았다. 사민당 지도 그룹은 이러한 통합이 단지 공산당에게 헤게모니를 넘겨주게 될 뿐이라는 생각에 사로잡혀 있었다. 사민당 지도부에게는 마지막 순간에 하나의 공동전선을 구축하려는 시도보다 정당정책적 이해관계가 더 중요했던 것이다. 그들은 단지 전쟁만이 나치즘 독재를 척결할 수 있다고 주장했다. 공산당과 연합함으로써 경우에 따라 사민당이 뒷전으로 밀려날 수도 있다는 위험 부담보다는 파국을 선택한 것이다. 사민당의 이러한 숙명론은, 독일 노동계급은 평화를 지키려는 소련의 의지에 신뢰를 보내게 될 것이라는, 공산주의자들의 공개적인 환상과 짝을 이루었다. 우리는 파리 외곽 드라베이유에서 우리에게 전해진 결의문들에 앞서 어떤 의견 차이들이 있었는지 논의해볼 따름이었다. 그렇지만 우리는 그것을 희망사항을 드러낸 것일 따름이라고 평가하지 않고, 지하세포들에 대한 호소, 즉 이들에게 용기를 북돋워주는 한편, 당이 여전히 건재하고 활동력이 있다는 걸 보여주기 위한 것이라고 평가하고자 했다. 콜디뉘 계단 옆에 있는 우리의 아지트에서도 우리는 제국주의가 모든 대륙에 걸쳐 드리운 위협에 노출되어 있었다. 이제 도처에서 우리가 나눈 것과 같은 대화들이 이루어질 것이다. 이때 우리는 어떻게 우리의 제한된 힘으로, 숫자가 줄어든 그룹들을 가지고, 말살 계획을 견뎌낼 수 있을지 고민했다. 독일에서는 늘 사회적 적대 관계가 공공연히 드러났지만, 스웨덴에서는 지난 20년 동안 사회적 적대 관계가 복지국가가 실현될 것이라는 희망에 가려져 있었다고 로예뷔가 말했다. 나이 든 노동자들은 금세기 초에 벌어진 대규모 파업 운동에 참여한 경험을 갖고 있고 1930년경에 또 한 차례 폭력적인 대결을 치렀는데도, 그 발전은 일상적인 개혁을 통해 점차 무뎌지게 되었다. 1917년 6월, 초기의 혁명 전야 상황이었는데도, 그 당시 창립되어 나중에 공산당이 된 좌파 정당은 이 나라에서 결코 기반을 마련할 수 없었다. 노동자들은 노조들과 결합된 낡은 정당에 머물러 있었다. 이 정당은 노동자들에게 선거권과 8시간 노동제 쟁취 투쟁 이후 사회적 경제적 개선을 보장하겠노라고 약속했다. 분열과 단절로 끊임없이 뒤흔들리고, 코민테른에 대한 충성심과, 독립성을 갖고자 하는 소망 사이를 왔다 갔다 하면서, 공산당은 기껏해야 진보적인 발전에 간접적으로 도움을 줄 수 있는 제안들을 내놓았다. 하지만 이런 제안들은 국민들에게 접근할 수 있게 해줄 지속적 강령에 도달하지는 못했다. 지배자들이 어떤 약탈을 획책하고 있는지 분명히 드러난 1938년의 선거에서도 그들은 채 4퍼센트의 득표율도 얻지 못했다. 지난 3년간 많은 노동자들은 소련에서 일어난 일들이 바로 공산당을 불신하게 된 이유라고 보았다. 호경기가 그들에게 잘못된 기대감을 불러일으켰다. 노동자 국가에 민주주의가 결여되어 있다고 비판하면서 그들은 자신들의 주도권이 강탈당하고 있다는 사실을 깨닫지 못했다. 어려운 시기를 겪어내느라 힘이 약화된 그들은 시장이 안정되면서 기업가들에게 항복을 강요당했다. 그들에게는 사민당이 여당의 위치를 고수하고 그럼으로써 여태껏 이룩한 것을 확장해가는 것이 관건이었던 것이다. 몇 달 전 노조 지도부와 사용자연맹 간에 맺어진 협약으로 평화가 이루어졌으며, 협약에는 노동자 조직과 노동 구매자가 동등한 권리를 갖는 것으로 명시되었다. 하지만 생산의 결정권은 무조건 자본 소유자들의 손에 남겨졌다. 공동의 책임이라는 가상 아래 경제적 안정이 이루어졌고, 계급투쟁이라는 수단의 사용이 포기되었다. 급진적 이데올로기에서 여전히 남아 있는 요소들은 비방의 대상이 되었으며, 탈정치화된 민중 교육에 대립하는 것으로 활용되었다. 레이스가 달린 테이블보를 씌운 둥근 탁자에 앉아 반투명지로 갓을 씌운 희미한 전등 불빛 아래에서 우리는 언제나 반복되는 새로운 시도들, 즉 지식인들을 기생 그룹으로 상정함으로써 노동계급과 단절시키고 중산층으로 분류하고자 하는 시도에 대해 이야기를 나누었다. 겉보기에는 우리들의 독자성을 강조하려는 의도로 행해지는 이런 조작은 결과적으로 우리의 사고가 학문적으로 발전해가는 것을 저해했다. 그 영향을 우리는 어린 시절부터 잘 알고 있었다. 특히 시골에서 자란 사람들은 공부를 한 사람들을 자신들을 속박하려는 부류의 대표자들이라고 생각하는 경향이 있다고 로예뷔는 말했다. 신부, 학교 선생, 지방 의사, 시장, 그리고 여타의 행정관리들 모두는 하나의 위계질서에 속해 있었고, 그 상층부에 우리는 다가갈 수 없었다. 우리의 좁은 방, 땀내 나는 숙소에서 우리는 예술과 문학의 세계를 완전히 낯설고 적대적인 어떤 것으로밖에 볼 수 없었다. 부모와 아이들이 함께 기거하는 방과 목사관, 귀족 저택 사이의 대립만으로도 우리의 문화적 시야의 차원이 규정되었다. 우리가 고립 속에 오래 머물러 있으면 있을수록, 교양이란 단지 엘리트에게만 도움이 될 뿐이라는 신념이 더욱 확고하게 통용되었다. 일찍이 도시로 나가 도서관에 출입하면서 단순한 저작들에서 시작해 고전 작품들까지 접해본 사람만이, 수공업과 친근한 지식노동이라는 것이 존재하고, 두 활동은 서로 겹치고 서로 보완하면서 서로를 추동해간다는 사실을 알게 될 것이다. 반지성주의가 사민당에서뿐만 아니라 우리 당 내부에서도 영향력을 갖는 이유는 무언가 검열되어 우리에게 전해지는 것이 유보되어야 하기 때문이었다. 학교를 졸업하고 나서 대학 졸업자에게만 주어지는 직업을 택할 수 있는 사람들이 대부분 단지 자신의 출세만을 염두에 두고 우리 같은 사람들에게는 주의를 기울이지 않으며, 우리가 불이익을 당한다는 것을 고려하지 않는다는 사실은 우리 중 누구도 부인할 수 없을 것이라고 로예뷔는 말했다. 그러나 또 우리의 투쟁 과정에 결정적 전기를 마련해준 이념들을 만들어낸 사람들 대부분이 바로 그 대열에서 나왔다는 사실을 우리가 어떻게 잊을 수 있겠는가. 그가 말했다. 나는 그들이 자신들을 어떻게 부르는지, 자신들 각자를 지식인이라고 생각하는지 알지 못하겠어. 몇몇 사람은 노동자 출신이고 대부분은 시민 가문 출신이지. 그러나 정작 문제가 되는 것은 그들이 자신들의 배경을 통해 무엇을 이루었고, 기존 상황의 변혁을 위해 자신들의 역량을 얼마나 쏟아부었느냐는 것이지. 그들의 작품을 살펴보면 그들이 어느 편인지 드러난다네. 노동자 문화를 수호하는 사람들은 종종 모든 것을 훤히 잘 아는 지식인들이 높은 말 위에 올라 앉아 우리를 가르치고 이끌려 하지만 우리 자신만이 우리의 처지를 변화시킬 수 있다고 말하지. 그러나 그런 견해는 성장 과정을 고려하지 않은데다, 우리 모두 언젠가 학업의 기회를 가져야 한다는 전망을 차단한다네. 이 과정이 없으면 노동자 계급이 자신의 과제를 인식하게 되는 일은 불가능할 걸세. 그 과제란 사회의 사회적 경제적 변화에 기여하는 것뿐만 아니라, 함께 새로운 표현 수단을 구상하는 것이기도 하지. 우리 운동의 내부에는 정신에 적대적이고 반동적인 성향이 스며들어 있다네. 독서와 예술에 대한 이해를 소홀히 하는 사람은 생각하기를 거부하는 셈이지. 공산당 활동가들은 부르주아 이데올로기가 혁명적 성향을 해칠까 두려워 빗장을 채우지. 지도적 사민주의자들이 하는 짓은 더 심각한 영향을 끼친다네. 그들은 정부 관리들과 가까웠던 탓에 의식 확장을 촉진할 만한 위치에 이르렀기 때문이지. 게다가 노동자들을 이끌고 있어서 이들로 하여금 문화유산에 거리낌 없이 접근하도록 자극할 수 있기 때문이기도 하고. 하지만 그들은 지식 활동이나 진보적 학습, 국제적 갈등에 대한 관심은 물론, 실제로 해방투쟁에 참여하는 행위들까지도 자신들이 설정해놓은 한계를 무너뜨릴 수 있다고 여겨 대단히 두려워하지. 그들은 공히 교양에는 찬성하지만, 이때 교양이란 시민계급과의 공조 속에서 그들이 만든 중간 상태, 즉 사회주의의 잔재와 자본주의의 이익에 대한 관심을 뒤섞은 경제체제를 본질로 하는 이 국가정체성을 넘어서지 않는 교양을 의미하지. 그들은, 자신들이 정부권력을 획득했지만 부르주아지가 여전히 결정적인 위치들을 점하고 있어서 균형을 맞추려 끊임없이 노력해야 권력을 유지할 수 있다고 강조하는데, 이는 겉보기에만 객관적인 사실이라네. 그들은 말하고 있지 않지만, 자신들이 자본주의 생산체제를 위해 산업민주주의 사상을 이미 오래전에 포기했다는 사실을 날마다 실천으로 증명하고 있거든. 국가의 중립성을 유지하는 한 그들은 매일 자신들의 행위의 정당성을 입증할 수 있고, 노동자들은 그들에게 동의할 수밖에 없지. 궁핍에서 벗어난 지 불과 얼마 안 된 노동자들이 자신들이 얻을 것 중에서 다만 뭐라도 걸고 모험을 하기는 어렵잖아. 노동자들은 매일 해고될 처지에 있다는 것이 무엇을 의미하는지 잘 알고 있으니까. 몇 푼의 임금을 계산하는 일과 생존 자체가 긴밀하게 결부되어 있는 그들에게, 새로운 갈등 상황은 패배와 다름없을 걸세. 그가 계속 이야기했다. 우리에게도 모두가 예상하는 전쟁에서 우리나라를 벗어나게 하는 것이 관건이지. 하지만 우리는 과연 어떤 방법으로 전쟁을 막을 수 있을지 고심하고 있어. 그런데 정부 관계자들은 전쟁을 충동질하는 자들에 맞서기 위해 모든 수단을 강구하는 대신, 이를 이미 피할 수 없는 것으로 보고 있지. 그들은 사민주의 인터내셔널이 방어 전선을 형성하게끔 추동하도록 주도권을 넘겨주지 않는 걸세. 그들은 망명한 독일 친구들, 그리고 프랑스와 영국의 친구들과 마찬가지로 기다릴 뿐이야. 이미 오래전에 그들은 파리에서의 호소에 대한 대답을 내놓았지. 그들은 선언문으로 자신의 입장을 강조했어. 그들은 11월 혁명을 청산한 샤이데만[126]을 스톡홀름으로 초대했다네. 로예뷔가 말했다. 2월 7일, 오늘 저녁 그는 노동자회관 집회실에서 '양차 세계대전 사이에서'라는 의미 있는 제목으로 연설할 예정이었다. 사민주의의 투쟁적인 과거를 잊지 말아야 할 의무를 지고 있는 바로 그 노동자 공동체가 방금 전 다시 체포된 독일의 두 공산주의자, 드뢰게뮐러[127]와 비쇼프를 추방하기로 한 시점에, 공화국을 반혁명에 팔아먹으려 소리쳤던 전직 총리의 미라를 끌어들였다는 사실은 공개적인 적대감의 선언이었던 것이다. 셀린이 말했다. 하지만 우리는 상호이해를 위한 노력을 계속해야만 해. 우리는 브란팅, 스트룀,[128] 비그포르스,[129] 운덴[130]과 같은 사민주의자들의 조력에

---

126) Philipp Scheidemann(1865～1939): 베를린의 식자공 출신으로 사민당 우파를 대변하는 정치가가 된 인물이다. 1918년 에버트와 공동 당수에 올랐고 볼셰비키와 러시아 혁명에 반대해 독일의 11월 혁명에 대항한 반혁명투쟁을 주도하기도 했다. 1918년 11월 9일 독일공화국(바이마르공화국)을 선포하고 1933년 망명해 1935년부터 코펜하겐에 거주했다.

127) Alfred Drögemüller(1913～1988): 독일 공산당 간부. 1934년 덴마크로 망명 후 1942년부터 독일 공산당 덴마크 지부의 지도자를 역임했다.

128) Frederik Ström(1880～1948): 1911～16년에는 스웨덴 사민당 당비서를, 1921～24년에는 스웨덴 공산당 당비서를 지내고 코민테른과의 갈등으로 다시 사민당으로 이적했다. 1930～48년 하원의원을 역임했다.

129) Ernst Wigforss(1881～1977): 스웨덴 사민주의 운동의 최고 이론가로 1930년대에는 재무장관직을 맡았고 1959년에 '소유주 없는 사회적 기업'이라는 구상을 내놓았다.

130) Östen Unden(1886～1974): 스웨덴의 민법학자이자 사민당 정치가. 1924～25, 1945～62년에 각각 외무장관을 역임했다.

의지하고 있어. 그들은 쇠데르스트룀 경감에서부터 산들러 외무장관에 이르기까지 긴밀한 방어기제를 갖추고 있지. 그가 말했다. 하지만 인민전선이라는 개념은, 우리가 그들에게 어떤 개별적인 도움을 억지로 얻어야 하더라도, 아직 몇몇 민주주의자와 휴머니스트들이 존재하는 한, 내던질 수 없는 거지. 이게 바로 우리가 처한 상황이야. 그렇게 어두워지고 정원의 젖은 나무들이 창문에서 흘러나오는 빛으로 반짝이는 이 시간에 다시 조급하고 애타는 마음이 엄습해왔다. 아마도 이미 늦었을 것이다. 아마도 죄수들은 이미 추방을 담당하는 관리에게 넘겨져서 이미 어디선가 열차를 타고 있거나 배를 타고 있을 것이다. 우리가 바깥쪽을 응시하고 있고 저 건너편 연회장에서는 건배 소리가 흘러나오는 동안, 우리의 긴장된 감각에는 저 멀리 밖에서 구조를 바라는 소리가 들리는 것 같았다.

백작 가문 피퍼의 정원은 정자와 인공동굴, 꽃밭과 온실, 그리고 미로들로 유명했다. 지금은 셸레 가라고 부르는, 트레드고르스 가의 산책객들은 높은 담장 때문에 그 시설들을 들여다볼 수 없었다. 안쪽 잔디밭의 분수와 동상 주변에서는 연회가 벌어지고, 음악 소리가 들렸으며, 저녁이 되면 일반 사람들도 불꽃놀이가 벌어지는 것을 볼 수 있었다. 지난 세기 초까지 화원과 별궁, 그리고 사냥터의 섬이었던 쿵스홀멘은 점차 수공업자와 공장주들의 거주지가 되어갔다. 봉건제가 몰락해가던 후기 이후에는 제혁공과 돛 제작자, 도자기 장인, 벽돌제조공 들이 해변으로 이주해왔다. 그들의 조그만 목조 가옥들 중 몇 채는, 점차 늘어난 기계화된 제작소, 주물 공장, 병기제작소, 양조장 들 사이에 여전히 오랫동안 남아 있었다. 너도밤나무 숲과 길가의 보리수는 벌목되었고, 테옐바켄 쪽으로 가는 돌다리가 놓인 멜라르 해변의 한 모퉁이에는 현대 산업인 증기제분소와 화력제분소의 거창한 건물들이 솟아 있었다. 그 밖에 남은 부지에는 병영과 병원이 세워졌다. 세기말 무렵에는 증기가 솟아오르는 굴뚝을 거느린 큰 건물과 도시 지역 노동자들을 위한 월세 주택의 긴 대열 사이에서 어쩌다 여기저기 나무가 솟은 언덕과 묘지, 그리고 울타리를 둘러친 부지에 조성된 잡목 숲들을 볼 수 있었다. 귀족이 남긴 땅에 프롤레타리아트 지역이 형성된 것이다. 이전에 풍족한 삶을 영위했던 섬을 곤궁한 시절에는 홍에르홀름[131]이라고 불렀다. 피퍼 가문 소유지 주변에 있던 몇 채의 주말농장과 농지들은 이곳에 세계대전 전 몇 해 동안, 시청과 미결수 감옥이 딸린 경찰서가 세워지기까지 가장 오랫동안 남아 있었다. 군드베리의 금속 공장 뒤편 언덕에는 마지막 제분소가 있었는데, 이 공장은 세기가 바뀔 무렵 원심분리기 제작소로 확장되었다. 그 당시 플레밍 가는 아직 포장되지 않았으며, 그 오래된 시골길은 레일 위에 길게 천막을 치고 일하던, 밧줄 만드는 사람들을 빗대어 레파레반스 가[132]라고 불렀다. 그 길은 화물차 바퀴로 움푹 파이고, 말발굽으로 헤집어졌으며, 이른 아침과 저녁에는 노동자들의 행렬이 먼지와 진흙 속에서 움직였다. 쿵스 다리 옆으로 나 있는 길가에는 오늘날에도 역시 판자 울타리 뒤쪽으로 부지가 조성되어 있다. 그곳에는 판자들이 쌓여 있고, 목수, 땔감 장사꾼, 그리고 고물장수들의 헛간이 모여 있었다. 그 아래 리다 피오르를 칼베리 호수, 울브순다 호수와 연결하는 운하의 늪지대 해안에는 화물 거룻배의 정박장이 있었다. 이곳에 살면서 밤에 잠이

131) Hungerholm: '배고픈 섬'이라는 뜻.

132) Reparebansgata: '제작용 레일 거리'라는 뜻.

쏟아지기 전에 내 방 창문틀에 기대 있으면, 나는 온종일 묻혀 있던 어떤 것에 대해 통찰할 수 있었다. 이 시간에는 무언가 사고력 같은 것이 생겨나고 감각들이 꿈틀거리며, 그렇지 않으면 눈치채지 못했을 주변 사건들의 세세한 부분을 파악할 수 있었다. 플레밍 가는 적막했으며, 이따금 전차가 지나다닐 뿐이었다. 길거리에는 이곳에 볼일이 있는 사람이 아니고는 아무도 다니지 않았고, 이곳에 사는 사람들은 일찌감치 자리에 누워 쉬었다. 오른편으로는, 창문에 불이 꺼진 주택지 뒤편으로 공장 건물 덩어리가 보였다. 그 거주지 안의 방들은 무거운 숨소리, 계속해서 공기를 들이마시고 내뱉는 소리로 가득했다. 그 떠들썩하고 비좁은 곳에는 축 늘어진 육체들이 밀집한 채로 의식도 없이 누워 있었다. 나는 피곤함을 물리치면서 곧 명철해질 수 있으리라 생각했다. 하지만 나는 아직 내가 무엇을 숙고하려는지 몰랐다. 아마도 자유롭게 움직일 수 있는 곳에서 갑자기 꽉 막힌 지역으로 옮겨졌기 때문일 것이다. 온갖 관계와 임무들로 가득 찬 유럽 대륙은 가라앉아버렸고, 새로운 연결망을 힘들게 찾는 일이 시작되었다. 정치적 사건과 대립들에 직접 참여하던 데서 사람을 마모시키는 단조로운 영역으로 이동함으로써, 나는 언제나 우리 스스로에 대한 믿음에 가장 강력한 위협이 되는 바로 그 수동적 태도에 근접하게 되었다. 지나간 것, 낡아빠진 것이 작업장을 지배했다. 가끔 나는 음울한 불변성과 지속적인 정체 상태 말고는 아무것도 없고, 모든 충동이 무관심에 둘러싸이고, 숙고의 모든 단초가 말살되는 문맹 상태에 빠진 듯한 느낌이 들었다. 이는 비록 육체적인 노고보다 나를 더욱 지치게 만들기는 했지만 그래도 내게 교훈이 되었다. 아버지는 언제나 이처럼 자기 스스로를 제한하는 상태에서 벗어나려고 투쟁해왔으며 나 또한 베를린 동료들의 서클에서 그런 상태에 맞섰는데, 그것을 거의 잊고 있었다.

로예뷔, 셀린과 함께 나눴던 대화를 통해 나는 그 문제를 다시 살펴보게 되었다. 이전에는 정치적으로 긴장하고 우리 행위를 거대한 연관관계 속에 편입함으로써, 우리 자신이 의식의 마비 상태로 굴러 떨어지는 것을 막아왔다. 우리가 세력을 잃고 지하에 머물러 있을 때조차도 우리의 업무에 속하는 모든 것은 당의 계획과 맞물려 있었다. 이제 이 나라의 말을 이해하기 시작하고, 아직 모자란 점이 있긴 하지만 토론에 참여할 수 있게 되었을 때, 나는 맨 먼저 사람들이 실천적인 관심사를 정치적 귀결과 분리하는 것을 이해할 수 없었다. 우리 공장에 있는 공산주의자들 역시 전체 종업원에게 직접 이익이 되는 문제들만 다루었다. 이데올로기적 관점은 아무것도 제시하지 않았고 기본적인 사회 비판도 하지 않았다. 나중에 나는 그 당시 공산주의자들이 단지 임금과 도급 할당, 그리고 작업장 위생 조건 개선 등과 비슷한 일에 관한 협상에서만 자신들의 주장을 관철할 수 있었다는 점을 이해했다. 그들은 장기적 관점에서 활동하면서 전문 분야에서 영향력을 획득할 줄 알았다. 노동운동 안에서 극소수를 이룬다는 점을 감안해볼 때, 그들이 주요 산업 부문에서, 노조 간부의 위치에서 강력한 대표성을 갖는 것은 전략적인 의미를 가지고 있었다. 공산당이 제기하는 요구들은 전술상 사민당 좌파의 이해관계와 보조를 맞추어야 했다. 왜냐하면 정부 여당만이 부분적으로나마 그 요구를 실현시킬 수 있기 때문이었다. 내가 일상적인 것들을 협의하는 데 만족하지 못하고 그들이 국제적 시야에 무관심하다면서 조급해할 때, 나는 독일에 있는 노동자들의 처지를 생각했다. 때로는 태연한 것처럼 보이기도 하는 소심한 분위기는 지난 수십 년간의 혁명 전통을 포기하고 타협한다는 인상을 줄 수도 있겠지만, 대단한 인내심의 표현이기도 할 것이다. 노동자들의 얼굴은 그들이 권리를 위해 투쟁 중이라는 사실을 잘 보여주고 있었다. 그러나 이 투쟁을 대하는 그들의 냉담한 태도는, 자신들 뒤에는 강력한 조직이 있다는 신념과 관련 있는 것처럼 보인다. 노동계급의 권력은 노조의 권력으로 나타나고 있었으나, 이 권력은 자발적으로 스스로를 제한하는 권력이었다. 내가 독일에서 보아왔고 그곳의 노동운동을 파국으로 몰고 간 흥분된 사고와는 반대로, 이곳 노동자들의 기본 태도는 민주적인 것이었다. 그들은 의회의 표결을 토대로 상황이 점진적으로 자신들에게 이롭게 변화되고 있다고 확신했다. 그들은 독재에 이끌려가게 되지 않을 것이다. 그들은 폭력적 충돌보다는 협상을 선호했다. 자신들을 주도하는 정의감 때문에 그들은 공산주의 활동가들의 업적을 존중했다. 그러나 노동자들의 이런 사려 깊은 태도가 곧 사회민주주의의 정당성을 의미한다고 말할 수는 없을 것이다. 그들은 많은 부분에서 당 지도층에 반대하는 태도를 보였으며, 산별노조의 지도 지침과도 대립할 수 있었다. 그들은 단지 내가 자라면서 보았던 주변의 노동자들보다 참을성이 더 많을 뿐이었다. 그러나 이날 저녁 창문틀에 기대어 플레밍 가를 내려다보면서, 나는 내가 스페인에서 그리고 그 전에 베를린의 비밀 세포에서 체험했던 투쟁이 그들의 내면에도 틀림없이 존재하고 있고, 이전의 경험들에서 다시 우러나올 수 있다는 생각을 갖게 되었다. 나는 겉보기에는 행동 능력이 반감된 것처럼 보이며 저항하지 못하고 단조로움에 적응해가는 모습을 보이는 그들을 눈앞에 그려보면서, 현재의 조건에서는 단지 작은 활동, 여기저기서 조금씩 변화를 꾀하는 일만이 가능하다는 것을 깨달았다. 그러나 내가 유리창에 이마를 대고 깊이 생각했던 것은 이것만이 아니었다. 밤에도 굴뚝에서 연기가 피어오르는 저 건너편의 공장은 담장이 둘러쳐진 거대한 입상 같았다. 나는 피퍼 가문 저택의 정원에서와는 또 다르게 길이 헷갈리는 공장의 미로들을 눈앞에 그려볼 수 있었다. 나는 어떻게 숲이 우거진 언덕과 점점이 흩어져 있는 풀밭 주변에 산업시설들이 늘어나고, 사장들은 또 어떻게 주민들에게 일자리를 제공한다는 명성을 얻게 되었을지 상상해보았다. 사무실 건물들의 합각머리와 탑들에서는 스스로를 국가적 부의 창출자라고 이해하는 사람들의 자부심을 읽을 수 있었다. 지금은 병원 출입구 맞은편에 자리 잡고 있는 구호기관인 빈민구제소 역시 마치 궁전이라도 된 듯 장식용 돌림띠와 요철형 난간으로 뒤덮여 있었다. 도시의 성장, 낡은 것의 철거, 끊임없이 새로운 것으로 무장하는 일, 단지 꿈같은 그림들 속에만 존재하는 세계의 잔존, 그리고 현재적인 것의 당연한 지배, 이 모든 것이 생각의 소재가 되었다. 그러나 이제 여기에 또 다른 것, 파악하기 어렵고 단지 생각 속에서만 존재하는 것이 덧붙여졌다. 나는 다른 세입자들이 잠들어 있는 방과 부엌 사이의 좁은 방 창가 침대 모서리에 앉아 있었다. 내 옆에는 탁자와 의자 하나가 놓여 있고 뒤쪽에는 타일 난로가 있었는데, 내가 운하의 가장자리에서 주워 모은 몇 개의 나무토막들이 그 안에서 타고 있었다. 문득 뭐라고 말로 표현할 수 없지만, 나 스스로에게 설명하고 싶은 어떤 것이 떠올랐다. 이러한 충동을 촉발한 것은 아마도 나무들이었을 것이다. 앙상한 가지들과 가냘픈 가지 끄트머리가, 도시의 불그레한 빛을 반사하고 있는 구름 낀 하늘을 배경으로 뚜렷하게 모습을 드러내고 있었다. 이 기묘한 둥치들은 땅속에 퍼져 있는 뿌리에서 솟아올라 다시 모든 방향으로 팔을 벌리고 있었다. 지구는 공간을 굴러가고 있는 하나의 공이었다. 나는 병원의 정원, 담장, 인적이 없는 거리로 이루어진 공의 한 작은 단면을 보았다. 나무들 속에는 성장이 담겨 있었다. 수액은 가지를 타고 올라 마디에 이르며, 그 마디 속에는 잎의 싹들이 숨어 있었다. 잔가지들이 미풍에 흔들리며 떨고 있었다. 도시에는 사람들이 살고 있었다. 정거장 근처에서 화물 열차들의 둔탁한 소음이 들려왔다. 내일 잔가지들은 밝은 빛을 향해 손을 뻗칠 것이다. 몇 주 안에 그 가지에는 싹이 돋아날 것이다. 나무들은 공중을, 열려 있는 공간을 더듬어 갔다. 나무들은 그림자 속에서 몸을 일으켜 높이 떠오르며 지붕들 뒤편으로 사라지는 새와 같이, 무언가를 받아들일 수 있었다. 나는 우주 안에서 돌고 있는 이 지구의 모든 것, 생각해볼 수 있는 모든 형태의 무수한 신경줄기와 촉수들, 섬세한 재질과 기관들을 갖고 있는 모든 것이 단지 하나의 귀 기울임이고 느낌이라는 생각을 했다. 또 모든 삶은 단지 느끼기 위해 존재하며, 끊임없이 움직이면서 눈먼 상태에서 이해에 도달하기 위해 존재하는 것이라고 생각했다. 20년도 채 지나지 않은 그때, 버려진 노인들과 노동으로 피폐해진 사람들이 버려진 채로 떼를 지어 다니는 아이들 사이를 방황하던 그때 그 정원에 말없이 서 있는 나무들과, 죽은 자들이 잠들어 있는 곳 바로 옆 낮은 바라크 건물에서 산모가 내지르는 비명 소리를 듣고 나는 갑자기 우리 행성의 감수성을 깨닫게 되었다. 그때에도 나는 그것들을 어떻게 말로 표현해야 할지 알지 못했다. 그것은 순식간에 사라지는 감정일 뿐이었다. 무절제한 눈길에 이끌려간 생각은 다시 잊혔을 뿐이지만 기나긴 낯선 상태를 마감해주었기 때문에 한편으로는 마음을 가볍게 해주었다. 나는 이제 내가 더 이상 섬의 울타리 안에 홀로 남아 있을 필요가 없으며, 과감하게 시내로 들어갈 수 있으리라는 것을 알고 있었다. 내가 지금 이 순간, 이 밤중에 떼어놓은 발걸음은 스스로 선택한 고립 상태의 마지막 활보였다. 시작의 첫 박자는 주어졌다. 지난 3개월의 시간을 되돌아보았을 때, 나는 그것을 음향으로, 금속성의 둔탁한 진동 소리로 받아들이게 된다. 그 소리의 여운을 들으며 나는 네 개의 계단을 내려갔다. 맨 위쪽 두 층에서는 정원 쪽의 창문을 통해 시청 탑의 투구 모양 장식을 볼 수 있었다. 계단을 따라 내려가자 담장의 발치 아래쪽에는 눈 더미들이 쌓여 있었다. 쓰레기통과 세탁소 사이 콘크리트 바닥에 여러 개의 물웅덩이가 흩어져 있었다. 나는 공장 옆을 지나갔다. 모퉁이를 밝은 색의 네모난 돌로 에워싸고, 반달형 창문과 함께 합각머리 지붕에 장식을 한 관리사무실 건물은 안쪽이 어두웠으며, 운하 쪽으로 향한 공장 건물의 긴 전면과 뚜렷이 대조를 이루었다. 기계제작실들에는 야간작업을 위해 불이 밝혀져 있었다. 급경사진 길에서는 선반 피스톤과 피댓줄이 윙윙대는 소리가 들렸다. 오른편 울타리 뒤쪽에는 간이숙소와 헛간들이 뒤섞여 있었으며, 축축한 나무 냄새며 지붕을 덮는 기름종이 냄새에다 곰팡이 냄새까지 났다. 물은 아직 얼어 있었고, 얼음 위로는 말뚝들이 솟아 있었다. 해안가 성벽 옆에는 반쯤 주저앉은 보트 계류용 가건물, 창고, 기울어진 잔교 들이 줄지어 있었다. 나는 돌 더미 위로 기어올라 병원의 정원 아래쪽에 있는 잡목 숲을 따라 걸어갔다. 건너편 부두에는 돛대도 없는 쌍돛대범선 한 척이 계류되어 있었다. 주거용 선박으로 사용하는 것으로 이제는 수명을 다했다. 그러나 고물에 있는 기울어진 깃대는 이 배가 항해를 했었다는 사실을 말해주려는 것처럼 보였다. 뒤편의 정거장에서는 파이프 소리와 흔들리는 신호등에 맞춰 열차 차량들이 조차되고 있었다. 길게 늘어져 휘청거리는 버드나무 숲 위로 성 에리크 다리의 거대한 교각 받침대가 솟아 있었다. 교각 위쪽에서는 버스 한 대가 고요하고 칠흑 같은 어둠 위로 재빠르게 사라졌다. 가파른 절벽에서 마치 망루처럼 솟아난 두 개의 대규모 구조물이 쿵스홀름으로 들어가는 다리를 양쪽에서 호위하고 있었다. 나는 협곡을 통해 아래로 내려가 구멍이 숭숭 뚫린 화산암 절벽 사이에 자리 잡은 크로노베리 공원으로 갔다. 스타스하겐 숲이 시작되는 곳인 질산

염 광산 근처의 오래된 유대인 묘지는 예전에 한구석에 있었으나 지금은 공원의 일부가 되었다. 이 묘지는 주철 담장으로 둘러싸여 있었고, 굵은 나무 둥치 뒤쪽에는 풍화된 묘비석들이 여기저기 숨어 있었다. 똑같은 모양의 돌로 장식된 묘지 전면의 여러 구멍들 가운데 하나에서 램프 불빛이 깜빡였다. 쉽게 눈에 띄지 않는 길들이 언덕 주변의 꼬불꼬불한 길들로 이어졌으며, 이 길을 따라가자 나는 경찰청 감옥 쪽으로 난 거리로 나서게 되었다. 2월 중순이었다. 드뢰게뮐러의 추방을 저지하려는 노력들은 실패로 돌아갔다. 그는 기차로 말뫼로 이송된 뒤, 코펜하겐행 페리 선상에서 덴마크 관리들에게 영수증을 받고 넘겨졌다. 공산당 국회의원 세난더는 국회에서 이처럼 인간을 화물 취급하는 것에 반대하는 입장을 표명했다. 왕명에 따라, 재입국 시에는 1년의 구류형에 처한다고 위협하는 추방명령서가 낭독된 뒤 의장의 의사봉은 이를 확정지었다. 드뢰게뮐러를 도와줄 수 있는 사람은 아무도 없었다. 그러나 바로 그날 밤 창구에 불이 밝혀진 한 감옥에서는 비쇼프가 출옥을 준비하고 있었다. 저녁 무렵에 심문 책임자는 그녀에게, 만일 방면된다면 무슨 말을 하겠느냐고 물었다. 처음에 그녀는 아무런 준비도 없이 불쑥 튀어나온 듯한 그 말을 속임수라고 생각했기 때문에 대답하지 않았다. 그러자 심문 책임자는 그녀가 다음 날 아침 감옥을 떠나도 좋다는 결정이 내려졌노라고 전했다. 아무런 제한 없이 삶과 죽음을 결정할 수 있는 바로 그곳에서 그 결정과 똑같이 무감동한 어조로, 그녀에게는 사면의 언도가, 또 다른 포로에게는 유죄 선고가 내려진 것이다. 3주 전 여경관이 시내를 안내하며 그녀를 데리고 다닐 때만 해도 그녀는 그 도시를 다시 보지 못할 것이라고 확신했다. 그런데 갑자기 체류가 허가된 것이다. 그녀는 그러한 자의적 처리에 감사하는 마음을 가질 수 없었다. 왜 자신은 사면을 받고 다른 사람은 추방되었는지 자문해보지 않을 수 없었다. 심문 책임자는 그녀와 숨바꼭질 놀이 같은 대화를 이어갔다. 그는 이제 무국적자인 그녀에게 무엇을 할 생각이냐고 물었다. 국제협약에 따라 보장된 정치적 망명을 신청할 것이라고 그녀가 말했다. 무엇 때문에 그러한 망명이 필요하냐고 심문 책임자가 물었다. 무슨 일이 되었든 일을 하기 위해서라고 그녀가 답했다. 정치 활동이냐고 심문 책임자가 다시 물었다. 외국인에게 정치 활동은 금지된 것으로 안다고 그녀가 말했다. 이미 그녀 앞에 있는 탁자 위에는 체류 허가 신청서 용지가 놓여 있었다. 그 옆으로 독일 국가경찰의 인장이 찍힌 편지 한 통이 보였다. 그 편지에는 그녀의 국적이 박탈되었음을 전하는 내용이 적혀 있었다. 심문 책임자가 그녀에게 서류들을 내밀었다. 그녀는 서명해야 할 모든 곳에 서명했다. 그녀는 신고 의무를 지킬 것이라고 서약했다. 정치 활동을 포기한다는 서약서를 쓰면서, 그녀는 지난 몇 주간의 체험을 통해 자신의 정치적 행동력은 더욱 강화되었다고 생각했다. 그녀는 누가 자신의 방면을 위해 애썼는지 묻지 않았다. 그녀 같은 활동가라면 그런 질문은 하지 않는 법이었다. 심문 책임자는 그녀가 기쁨을 표현하는 말을 한마디도 하지 않는 것이 놀랍다고 말했다. 그의 반응은, 그녀가 여경관에게서도 눈치챘던 바로 그 어린애 같은 반응이었다. 그의 얼굴에서는 어떤 잔혹함도 읽어낼 수 없었다. 그녀는 어떤 상대를 만나든, 일종의 지명수배서 같은 것을 만들어보는 습관을 가지고 있었다. 그녀는 그렇게 해서 모은 특징들을 내면의 기록부에 저장해두었다. 그녀는 두꺼우면서 꼬리가 약간 쳐진 상대의 입술 모양과 둥글고 살찐 뺨, 밝은 푸른색 눈동자, 그리고 뒤로 빗질해 넘긴 데다 관자놀이 위쪽의 숱이 적은 갈색 머릿결을 기억해두었다. 그것은 다른 사람의 근심과 고통에 무감각하고, 자신의 인격과 관계없이 그저 익명으로 주어지는 임무에 따라 행동하는 사람들의 저 매끈하고 친절한 얼굴이었으며, 스웨덴이라는 나라가 내세우는 중립성과 누구에게도 비난받을 일 없는 태도의 상징으로 간주될 수 있는 얼굴이었다. 그러면 내일 당신은 어디로 가겠느냐는 질문을 받자, 그녀는 곧바로 멜라르 광장에 있는 적색구호대로 갈 것이라고 대답했다. 그녀는 모든 것을 숨길 수 있는 개방성도 있다는 것을 알고 있었다. 비합법 혁명 업무를 위해 사는 사람들은 결코 무언가를 숨기는 듯한 태도를 보여서는 안 되었다.

3월 15일에 붕괴가 시작되었다. 활동과 계획의 징후를 찾아보고자 했던 지난달, 같은 시기에 두려운 기대감이 생겨났었다. 이제 모습을 드러낸 재앙은, 일 년 전 스페인에서와 마찬가지로, 우리 자신도 그 존재를 깨닫지 못했던 우리 내부의 역량들을 이끌어냈으며, 이는 또한 우리로 하여금 붕괴에 대처해 사려 깊은 행동을 할 수 있도록 해주었다. 나는 고립을 극복하고 몇몇 동지들과 관계를 맺음으로써 인내심을 갖추는 데 도움을 얻었다. 체코슬로바키아가 예속되기 몇 주 전에 이미 나는 금속 노조를 찾아가서, 내 부모님이 머물고 있는 곳을 알아내어 그들이 스웨덴으로 입국하도록 도울 수 있는 방법이 없는지 알아보았다. 그러나 노조나 난민구호기관, 그리고 스톡홀름에 주재하는 체코슬로바키아 영사관에서도 부모님이 어디 있는지 찾아낼 수 없었다. 독일군이 프라하로 진격한 뒤에는 그들이 폴란드 국경을 넘어 도망쳤기를 바랄 수밖에 없었다. 이 며칠 사이에, 위험에 처한 자들을 위해 노력하는 사람들과 모든 입장 표명을 거부하기로 마음먹은 의사결정권자들 간에 사력을 다한 힘겨루기가 시작되었다. 상황이 최악에 이르렀을 때는 지원에 대한 거부감도 절정에 달했다. 각국 공사관과 여권 발급 관청에 내려진 강화조치는 성과가 있는 것으로 드러났다. 정치적 난민이 범인시되고 인종적 이유로 박해받는 사람들의 입국이 거절된 뒤, 더 이상 국경에 사람들이 몰리는 것을 염려할 필요는 없었다. 이것은 비단 스웨덴뿐만 아니라 직접 피해를 입지 않은 유럽의 모든 국가도 마찬가지였다. 독일 정부가 본질적으로 영토 문제와 관련된 어떤 주장도 제기하지 않겠다고 확약한 것과 마찬가지로, 서유럽 여러 나라는 특기할 만한 난민 문제는 더 이상 존재하지 않는다고 공표할 수 있었다. 자본을 반출하는 데 성공한 사람이거나, 부유한 후원자나 산업계 지도 인사들과 관계를 맺고 있는 사람, 또는 스스로 기업가로 자리를 잡을 수 있었던 사람들만이 이주가 허용되기를 기대할 수 있었다. 지금까지 이루어진 노조연맹의 소규모 후원조차도 점차 줄어들었다. 그 이유는 공식적으로 밝힌 바와 같이 경제적 수단이 부족해서가 아니라, 프라하에 있는 당수와 연락이 두절되면서 망명 신청자에 대한 믿을 만한 정보를 얻을 수 없었기 때문이었다. 결정적인 대결이 임박해올수록, 공산주의자로 의심되는 사람들을 차단하는 조치가 도처에서 더욱 노골화되었다. 미적지근하게 진행된 국제연맹과의 협상과 아울러 영국에서 벌인 협상의 결과 프라하 난센위원회[133]는 결국 수십만 명의 난민 중 몇 백 명만을 여러 나라로 나누어 수용하기로 결론지었다. 우선 각국은 자신들이 해를 입지 않기 위해 난민들을 마다가스카르, 영국령 가나, 로데지아 그리고 기타 해외의 영토로 내쫓고, 나머지는 멕시코와 도미니카공화국에 있는 몇 개의 작은 점령지에 남겼다. 난민들 중

133) Nansen Komitee: 노르웨이 탐험가 프리드쇼프 난센(1861~1930)에 의해 창설된 유엔의 난민원조기구. 이 공로로 난센은 1922년 노벨 평화상을 받았다.

가장 많은 수가 유대인이었기 때문에 스웨덴의 외무장관 산들러는 이들의 입국을 허용하는 것이 국내 여론에 부정적인 영향을 미칠 수 있다는 유화적인 성명을 발표했다. 그러자 스톡홀름 유대인협회는 그를 지지했는데, 이들은 동구권에서 온 동포들을 열등하다고 생각해 외면했던 것이다. 그러나 일반 국민들 사이에서는 정의에 대한 요구라고 할 수 있는 것이 제기되기 시작했다. 그것은 아직 확정적인 입장 표명은 아니었으며, 단지 보편적인 연민의 단초일 뿐이었다. 개별 노조들, 즉 금속노동자, 농업노동자, 임업노동자, 지방행정노동자, 그리고 인쇄공 노조는 효율적 후원을 위해 개입했다. 반면에 의회와 기업계 대표들 사이에서, 그리고 국수주의 그룹 내부에서는 유대화의 위험성을 지적하는 발언들이 나왔다. 여하튼 체코슬로바키아 점령 지역에서 곧바로 의도적인 형식을 취한 추방은, 자유주의적이고 진보적인 태도로 이름 높았던 북유럽 왕국에까지 흔적을 남겼다. 공공 여론에서 광범위한 토론이 벌어지지는 않았다. 재난을 차단하고자 정부와 거대 정당들이 쌓아놓은 벽이 너무 높았던 것이다. 공산당 계열의 신문들과 몇몇 자유주의 신문들만 전체적 조망이 어려운 그 문제를 다루었지만 영향력은 미미했다. 3월 15일에 서유럽 세계가 총체적으로 파산했다는 사실이 입증되었다. 물론 주식 가치가 하락해 파산했다는 의미는 아니다. 증권거래소의 활동, 특히 금속 시장에서의 거래는 오히려 활발하게 이루어지고 있었다. 그것은 도덕적 가치들의 마지막 겉치레가 해체되었다는 것이다. 몰염치함을 감추고자 하는 시도조차 전혀 없었다. 외교적 발언에 따르자면, 추방된 사람들의 운명에 어떤 식으로든 끼어드는 것은 단지 공황 상태를 가중시킬 뿐이라는 것이었다. 자기 스스로를 지키는 것만이 중요했다. 유럽을 뒤덮는 경악의 비명 소리는 질식되었다. 눈이 녹고 봄이 시작되면서 우리 모두를 죽음이

에워싸고 지배했다. 서유럽 강대국들은 체코슬로바키아의 몰락을 목격한 것처럼, 며칠 뒤에는 스페인공화국의 붕괴를 지켜보았다. 그들은 두 공화국의 파멸에 기여했을 뿐 아니라, 그 파멸이 바로 그들 자신이 만든 결과였다. 중립국가 정부들이 조력하는 가운데 바로 그들이 파시즘에 날개를 달아주었다는 사실에 그들은 침묵했다. 피점령국가들에서 자행되는 끔찍하고 잔혹한 사태가 보고될 때조차도 정치가들은 정상 상태라는 생각에 매달렸다. 다른 민족의 문제에 개입할 이유가 없다는 것이었다. 고문과 강제 연행을 다룬 보도들은 동화로 치부되었다. 그런 사건을 언급하는 것이 우리에게는 허용되지 않았다. 스위스에서 저 위쪽 스칸디나비아 제국들에 이르기까지 감히 자신의 의견을 말함으로써 주인국의 주목을 끄는 모든 외국인은 체포되거나 추방되었다. 정치적이라고 여겨지는 모든 의견 표명은 곧 자기 자신에 대한 유죄 판결과 같았다. 우리가 얼마나 엄청난 혜택을 받고 있는지 아느냐는 질책이 우리에게 돌아왔다. 우리는 어떠한 비판의 충동도 감사의 마음으로 대체했다. 우리는 스웨덴의 제한 조치들을 비난할 권리가 없었다. 우리 자신이 법망을 빠져나가 있었던 것이다. 우리는 스웨덴에 머물고 있는 이 상태가 여전히 과도 상태일 뿐이라고 생각했다. 우리는 언어를 배우고 직장 생활에 편입되었지만, 각자 이 나라에 깊숙이 발을 들여놓을 수도 있으리라는 생각은 버렸다. 우리가 이곳에서 얼마만큼 환영받지 못하는 사람들인지 매번 알게 해주는 이 나라에 어떻게 소속감을 느낄 수 있겠느냐고 나는 비쇼프에게 말했다. 그녀는 놀라운 듯 나를 바라보면서, 우리는 단지 다른 일에 투입되기를 기다리고 있을 뿐이기에 그런 것은 문제가 될 것이 없다고 말했다. 그녀는 스웨덴을 비난할 수 없다고 했다. 왜냐하면 이 나라는 우리가 이미 오래전부터 익히 알고 있는 체제와 뜻을 같이하며 행동하고 있을 뿐인

데, 그 체제는 조그만 계기로도 적극적인 자세로 돌변하여 그 토대를 위험에 빠뜨리기 때문이라는 것이다. 그녀에게 스웨덴은 프롤레타리아의 국제주의적 연대를 배제함으로써 자신의 정체성을 주장하는 세계의 작은 일부에 지나지 않는다고 했다. 현재 우리는 우리의 세포조직 속에 숨어 있을 수밖에 없어. 하지만 긴 안목으로 볼 때 더 강한 쪽은 우리라고 할 수 있지. 왜냐하면 우리는 모든 대륙에 걸쳐 연결되어 있는 반면에 서방은 내적으로 분열되어 있기 때문이야. 그들의 이기주의에서는 몰락에 대한 두려움이 드러날 뿐이지. 그녀가 덧붙였다. 아직 사용되지 않은 지구의 엄청난 부분, 언젠가 그곳에서 하나의 권력이 성장하게 되고, 그 권력 아래에서 지금 우리가 겪는 누추한 현실을 잊게 될 바로 그 엄청난 부분과 비교해볼 때, 이처럼 허풍을 떠는 유럽이 대체 무엇이겠어. 그리고 끈질기게 버텨내려는 우리의 노력이 난항에 빠질 때, 우리는 어떤 미래가 소련을 기다리고 있는지 생각해봐야 할 거야. 그녀는 지금 모두가 소련을 말살하려 벼르고 있다고 말했다. 파시즘에 정복된 나라에 살고 있는 사람들에게 일어나는 끔찍한 일들조차도 그녀를 놀라게 할 수 없는데, 왜냐하면 그녀는 아직 정점에 이르지 않은 그런 과정을 이미 오래전부터 지켜봐왔기 때문이라고 했다. 스웨덴은 멀리 떨어져 있는 것처럼 보이지만, 다른 서방 국가들과 긴밀히 연결되어 있지. 그녀는 이야기를 계속했다. 그래서 한 나라에서 벌어진 일들이 다른 나라의 사건과 결정에도 영향을 미치는 것처럼 모든 민족의 운명은 뗄 수 없는 단 하나의 운명이지. 따라서 고문과 살인은 하나의 범세계적인 질서에 속하는 거야. 한 개인의 운명을 그 질서와 떼어놓는 것은 불가능해. 설령 내가 이 사람 저 사람의 개인적인 고통을 알게 되더라도 그들과 그 고통을 나눌 수 있는지는 결코 알 수 없어. 그만큼 고통은 우리 모두를 짓누르고 있다는 거지. 그녀는 계속했다. 악한 행위는 전체로서만 공략할 수 있고, 전체로서만 제거할 수 있어. 그러나 그녀는 견딜 수 없을 것 같아 보이는 짐을 짊어져야 할 상황에서도, 가령 우리의 목을 조르기 위해 어떤 짓도 마다하지 않는 이 나라에서의 삶에도, 무언가 합목적적인 것을 부여하는, 작고 눈에 띄지 않는 행동들 또한 있다고 주장했다. 그녀의 이 말은 자신이 적색구호대를 위해 모금함을 들고 공사장을 돌아다닌 시간을 뜻했다. 이 일을 정치 활동이라고 보아 그녀를 비난할 수는 없었다. 노동자 정당들 스스로가 이 조직을 관할하고 있었다. 선동을 해야 할 때면 그녀는 스페인 이야기나, 독일에서 처형된 사람들 이야기를 들려주면서 눈에 띄지 않게 했다. 적은 임금에서 후원금을 떼어 그녀를 도왔던 노동자들은 그녀를 알아보고는, 친절하지만 약간 조롱기가 섞인 어조로 그녀를 선생님이라고 불렀다. 그녀가 짧은 휴식 시간에 그들에게 파시즘의 역사를 들려주었기 때문이었다. 이때 그녀는 끄나풀들이 선동이라고 파악할 수 없는 형태로, 구체적이면서도, 또한 청중들이 쉽게 자신들의 일상생활과 가깝게 느낄 수 있는 일화들을 섞어 넣었다. 그 밖의 시간에 그녀는 시간당 80외레를 받고 파출부로 일했다. 인력중개소 측의 실수가 발견되자 다른 구실로 그녀를 해고하는 바람에 일반 가정으로 일터를 옮기기 전까지 그녀는 외무성에서 바닥을 닦고, 중요한 서류들이 널브러진 책상들의 먼지를 털기도 했다. 그녀는 내게 자신이 해고된 일을 이야기하면서, 이미 여경관을 보았을 때 알아차렸던 것, 즉 관료에게서는 그녀가 겪었던 무자비함과 더불어, 말하자면 일종의 본질적 순진무구함을 볼 수 있다는 점을 강조했다. 이때 그녀는 갈등에 빠지게 되는데, 이 갈등은 한편으로 그녀를 상대했던 자들이 교육 받은 대로 행동할 따름이라고 이해하면서도, 다른 한편으로는 그들이 지배자들의 하수인이라는 점에서 거부감을 갖게 되기 때문에 생긴다는 것이다. 그녀는 언제나 심부름꾼과 하수인들에게서 그들이 억압에 대해 조금이라도 의식하고 있는지 어떤지 그 징후를 찾아보려 애쓸 뿐만 아니라, 종종 자신에게 심한 욕을 퍼부었던 사람을 대할 때조차 어떻게 그의 마음을 얻을 수 있을지 고민하게 된다고 털어놓았다. 과연 유럽의 다른 어떤 나라가 이제 막 출옥한 정치적 난민에게 외무성의 방을, 그것도 책장에는 레닌 전집을 포함해 러시아어로 된 책들이 가득 꽂혀 있는 방들을 청소하게 할까 하고 그녀는 웃으면서 말했다. 그녀는 이것이 간첩 활동을 하는 현장에서 자신을 체포하기 위해 꾸민 속임수였다고는 생각하지 않는다고 덧붙였다. 오히려 근본적으로 순진무구하고, 음모를 꾸미는 데 미숙하기 때문인 게 틀림없다고 했다. 이에 근거해 동지들의 다양한 도움으로 보완한다면, 언젠가는 지금의 억압적인 이미지와는 전혀 다른 이 나라의 새로운 이미지를 만들어낼 수 있으리라고 그녀는 말했다. 리다르홀름에 있는 사회복지국의 외국인 담당과를 찾는 망명객들은 불안한 눈길과 소심한 태도를 갖기 마련이다. 그런데 내가 그곳에서 그녀를 처음 만났을 때 그녀는 이미 서류를 작성하고 증명서에 도장을 찍는 성가신 일들이 아무 부담이 되지 않는다는 듯이 거리낌 없는 태도를 보였다. 그 긴 목조 바라크 건물은 스웨덴이 막강한 세력을 가졌던 시기에 지어진 궁전의 아래쪽에 자리잡고 있으면서 궁전과 보도로 연결되어 있었는데, 그녀는 마치 호기심을 느끼는 것처럼 만족스러운 표정으로 건물로 들어섰다. 좁고 곰팡내 나는 대기실이 딸린, 헛간 같은 그 건물과, 우리 일을 처리하는 창구들은, 우리가 이미 국경검문소와 수용소에서 보아왔던 것들과 마찬가지로 급조된 건물이었다. 이는 더럽혀진 압지와 원통형 난로에 이르기까지 우리 삶의 초라하고 임시적인 상태와 어울렸다. 섬의 가장자리에 위치한 구스타브 바사[134] 교회 주변에는 16, 17세기에 지어진 인상적인 건물들이 모여 있었는데 고상한 전면과 테라스 그리고 둥근 탑 들을 갖춘 이 건물들은 고향 잃은 사람들을 위해 지어진 것들이라 특히 두드러져 보였다. 16, 17세기에는 수용할지 또는 처단할지 아니면 다른 곳으로 보낼지를 결정하기 전에 이방인들이 임시로 거처하게끔 만든 판잣집처럼 좁고 허름한 건물들을 흔히 볼 수 있었다. 우리 위쪽 높은 곳에는 멜라렌 호수의 물에 반사된 빛을 받기 위해 창문들이 활짝 열려 있었다. 조형적으로 잘 다듬어진 공간으로 빛이 쏟아지고 있었다. 이곳에는 한때 스파레, 본데, 브랑엘, 로센하네, 헤센스테인, 스텐보크, 옥센셰르나 가문들의 저택이 있었다. 비쇼프는 문크브로 쪽에서 접근해오는 가련한 몰골들의 대열에 눈길을 주면서, 예전에 이 자리에 있던 회색 수도승 사원 주변에서 단지 염소들만이 풀을 뜯었다는 사실이 우리에게 위안이 될 수 있다고 말했다. 나는 그녀 옆에 서 있는 린드너[135]를 알아보았다. 그녀는 라브레비에르, 즉 콩피에뉴 숲에 있는 바로 그 유령의 집 같은 고아원에서 간호사로 일한 적이 있었다. 그녀는 이제 국적을 상실한 나와 마찬가지로 외국인 여권을 받으러 왔다. 비쇼프는 수많은 외국인들이 값싼 방을 얻어 살고 있는 남부 외곽 지역 아스푸덴의 헤예르스텐스 가에 있는 그녀의 집에서 기거했다. 간이 취사 시설이 마련된 그 방 월세로 그녀는 매달 56크로네를 지불했다. 린드너는 예전에 공산주의청년동맹과 적색학생연합의 회원이었으며, 그녀의 아버지는 1933년에 투옥 중 실종되었고, 그녀의 남편

134) Gustav Vasa(1495~1560): 스웨덴 바사 왕조의 초대 왕으로, 덴마크의 지배를 받을 당시 농민을 이끌고 독립을 쟁취했다. 루터 교회에 의한 국교회 제도와 절대왕정을 확립해 근대 스웨덴의 기초를 쌓았다.

135) Paul Lindner(1900~?): 오스트리아의 의사로 1940년 스웨덴에 망명했으며 영국 영사관에서 일했다.

은 1938년 4월 에브로에서 전사했다. 그녀 역시 시급을 받으며 방 청소 일을 하고 있었다. 우리는 바라크 건물을 떠나서야 비로소 이야기를 나누기 시작했다. 모르는 사람들이 있는 데서 만나게 되면 단지 짧은 인사만 나누고 밖에서 서로 기다리자는 것이 우리의 규칙이 되었다. 린드너와 비쇼프가 먼저 나갔고, 나는 부두로 가는 길 끝머리에서 그들을 만났다. 섬의 저택들 사이에 자리 잡은 관공서의 경리직원들이 물가 벤치와 돌계단에 앉아 있었다. 정오의 햇살은 따스했다. 많은 사람들이 가져온 간식을 먹고 있었으며, 부두노동자들도 멜라렌 증기선들에 선적될 화물들 옆에서 휴식을 취하고 있었다. 우연인 것처럼 나란히 자리 잡고 앉아 우리는 피오르 건너편에 있는, 갑문에서부터 베스터 다리에까지 이르는 긴 남쪽 해안도로를 바라보았다. 구시가지의 노란색과 참나무 색 주택들이 서로 다닥다닥 붙어 언덕 위까지 이어졌으며, 협곡과 같은 계단, 골목길, 앞마당 들이 짙은 그림자 안에 잠겨 있었다. 반짝이는 지붕들 사이로 솟은 굴뚝들이 숲을 이루고 있었는데 그중 높은 탑을 거느린 성채 비슷한 건물이 도드라졌다. 그보다 더 오른쪽으로는 가파른 절벽 옆으로 공장과 붉은색의 낮은 목조 가옥, 창고, 그리고 산업 시설들이 길게 늘어서 있었다. 해안가 길에는 몇 대의 화물차들이 서 있었고 작은 증기기관차 한 대가 동그란 증기 구름을 내뿜으며 천천히 굴러가고 있었다. 기중기는 예인 화물선에서 모래, 골재, 그리고 고틀란드 섬의 석판들을 부두에 하적하고 있었다. 우리가 받은 외국인 비자에는 여자는 가사도우미, 나 같은 남자는 금속노동자로 일하며 생계비를 벌 수 있다고 되어 있고, 3개월 뒤에 개별적으로 그간의 활동을 심사받은 뒤 체류 기간 연장을 신청할 수 있다고 되어 있었다. 체코슬로바키아와 스페인이 점령되었다. 독일의 영토권 주장은 메멜란트, 단치히, 폴란드를 겨냥하고 있었다. 우리는 3월의 햇살 아래 앉아 있었고, 새벽 4시에 시작된 일과 후의 피곤함이 사라졌으며, 귀가 먹먹한 증세도 없어졌다. 밝고 넓은 바다의 전망이 우리를 진정시켰다. 우리들 가족은 죽었거나 실종되었다. 그러나 우리는 왠지 안온한 분위기에 휩싸였다. 이 첫 만남에서 비쇼프는, 우리가 이곳에서 몇 안 되는 동지들 말고는 아무것도 발견할 수 없다고 생각한다면 그것은 우리가 약하다는 증거이며, 우리는 주어진 여건에서 더 많은 것을 얻어내려고 노력해야 한다고 말했다. 그녀도 처음에는 주변에서 벌어지는 일들이 표리부동하다고 생각했고, 이곳에서는 무슨 일이든 항상 장막 뒤편에서 이루어지는 것처럼 보였다는 것이다. 그녀가 말했다. 속임수가 준비되는 것인지 아니면 별로 나쁜 뜻이 없는 사면에 불과한 것인지 나는 알 수 없었어. 그러다 나는 이 불투명한 것들이 단지 내가 이 나라를 잘 알지 못하고 도덕과 풍습에 무지하기 때문일 수 있으리라고 생각했지. 아마도 우리는 단지 우리와 함께 투쟁하는 사람들만 믿을 수 있었을 것이다. 그러나 저 위쪽 폴순드에 있는 항구와 보트 계류장의 소음들과 그 주변의 평화로운 움직임들 때문에 여기서 누군가 우리에게 해를 입히기 위해 음모를 꾸미는 것은 불가능해 보였다. 관청과 관공서 사무실은 어디나 똑같았다. 그들은 우리를 자기들 노예로 만들려고 했다. 그러나 노동의 세계는 그보다 훨씬 더 끝없이 광대하며, 우리는 그 세계를 잘 알고 있다. 하지만 우리는 우리 앞에 펼쳐진 이미지 속의 평화스러움과 태평스러움을 보면서 우리의 삶과 결부되어 있는 난관과 위험을 생각할 수밖에 없었다. 음험한 흉계가 유럽을 뒤덮고 있는데도 하루하루가 어떻게 그렇게 태평스럽게 흘러갈 수 있는지 우리는 자문해보았다. 그리고 우리는 이런 순진한 믿음의 근거를 단지 두려움의 정도가 너무 커서 파악할 수 없기 때문이라고 설명할 수 있을 뿐이었다. 이렇게 자기 자신의 말살을 상상하지 못하는 인간의 무능력에서 파시즘은 그 전제 조건을 발견했다. 각자는 모두 작은 범위에서 정당방위를 상상할 수 있다. 그러나 왜곡된 현실에 불만감은 계속 쌓이는데 그 이면에 무엇이 도사리고 있는지는 더 이상 알 수 없고, 도저히 침투할 수 없는 첫 번째 요새가 저항의 일상적인 단초들을 당장 둘러싸고 만다. 그러고 나서 바로 그곳에서부터 점점 더 굳건하게 파렴치한 행위가 가지를 쳐 나가는 것이다. 작업대와 판매대 앞에서 일하는 사람들이 어떻게 습관적인 질서들이 낳은 살인 욕구를 조금이라도 감지할 수 있단 말인가. 일상적인 걱정거리에 사로잡힌 사람이 어떻게 폭군의 머리에서 나온 미친 생각들을 이해할 수 있단 말인가. 이처럼 사악하고 이익에 눈먼 영역에서 나오는 독소들이 끊임없이 개별 그룹과 이익단체와 기구 들에 흘러들어가서 결합과 상호관계들을 해체시키고 대표자들의 성실성을 파괴했다. 이러한 과정이 효과적으로 진행된 것은, 그 토양에 수십 년 동안 자양분을 뿌려왔기 때문이었다. 3월 말의 어느 맑고 아름다운 날에, 우리 아버지들의 전쟁이 끝난 지 30년이 지난 뒤, 사회의 변화를 위한 30년간의 노력이 실패로 돌아간 지금, 물 위에 갈매기들이 뛰노는 가운데 우리는 해안의 담장 위에 앉아 있었다. 우리는, 뭐든 쉽게 믿는 우리 주변 사람들 그리고 속아 넘어간 사람들과 우리 자신을 구분할 수 없었다. 무수히 많은 다른 사람들과 마찬가지로 우리는 미미한 지원을 받으며 상황을 개선하고자 했으며 다른 모든 사람들과 마찬가지로 실패했다. 우리가 여전히 희망을 걸었던 최후의 보루, 즉 프랑스의 노동자들도 마찬가지로 억압을 받았다. 린드너는 터져 나온 총파업이 분쇄된 11월 말과 12월 초 파리에서 며칠 동안 겪은 일을 들려주었다. 그녀는 자신이 보았던 것들, 즉 총소리에 놀라 도망치며 흩어지는 군중, 내려치는 몽둥이들, 보도 위에 널린 부상자와 죽은 자들, 붙들려 경찰차에 실리는 사람들, 찢어진 적색 깃발들, 쾌재를 부르는 신문 기사들을 되새기면서, 눈앞의 강한 빛을 손으로 가렸다. 인민전선에 대한 생각은 더 이상 존재하지 않았다. 파업의 권리는 더 이상 존재하지 않았다. 집회의 권리는 해체되었다. 분노는 더 이상 표출될 수 없었다. 떨림, 절망적인 한숨 소리만 남았다. 비쇼프는 린드너의 어깨에 팔을 얹었다. 짐승들은 승리하지 못할 거야. 그녀가 말했다.

잘린 머리 두 개가 피에 얼룩지고 구겨진 회색빛 천 위에 놓여 있었다. 침대 시트 아래 밀어 넣은 베개가 머리들을 받쳐주고 있었다. 거칠게 잘려 나간 목의 단면들, 질척하게 흘러나오는 피가 보이지 않는다면, 침대에 나란히 누운 채 죽음에 놀라 경악하는 한 쌍의 모습이라고 착각할 수도 있을 것이다. 이 그림은 검은색과 흰색, 그리고 약간의 갈색과 적색 톤을 섞어 그린 것이었다. 여자의 얼굴은 남자를 향해 있었다. 그녀의 입은 약간 벌어져 있었고, 그늘진 눈꺼풀 사이에서는 흰자위 한 부분이 빛나고 있었다. 참수형에 처하기 위해 짧게 자른 머리카락 사이로 고스란히 드러난 귀가 기이하게 솟아 있었다. 움푹 들어간 뺨 주위로 턱수염의 흔적이 남아 있는 남자의 얼굴은 여전히 놀란 표정을 짓고 있었다. 눈두덩 깊숙이 박힌 채 움직이지 않는 눈은 열려 있었으며, 입 또한 벌어져 있었다. 갈라진 입술, 그리고 이와 혀는 여전히 마지막 외마디 소리를 담고 있는 듯했다. 그들은 남자를 틀림없이 단두대로 질질 끌고 갔을 것이다. 여자는 이미 포기했다. 그녀의 얼굴에 깃든 숨이 꺼진 모습을 평화에 비교한다면 그것은 주제넘은 짓일 것이다. 왜냐하면 마침내 휴식에 들어가게 된 뒤에도 그녀의 존재는 평화라는 개념과는 결합될 수 없을 것이기 때문이다. 그러나 희미하게 빛을 받고 있는 그녀의 관자놀이와 광대뼈, 코와 턱은 어쩐지 부드러운 느낌을 담고 있었다. 그녀의 머리는 마치 농익어서 떨어진 과일처럼 그곳에 놓여 있었다. 남자는 자신의 존재에서 찢겨져 나왔다. 턱의 근육들, 예리하게 앞쪽으로 굽은 코, 그리고 대머리 두개골의 휘어진 선의 윤곽은 여전히 긴장된 에너지를 드러내고 있었다. 여자가 완전히 소진된 모습이라면, 남자는 숨이 완전히 끊어질 때까지 격렬하게 저항한 흔적을 담고 있었다. 이 그림은 국립박물관의 작은 부속건물 옆쪽 벽에 걸려 있었다. 창문을 통해서, 성안에, 그리고 오벨리스크로 가는 넓은 진입로를 오가는 사람과 차량의 물결이 내려다보였다. 셉스브로에는 차량들이 밀물과 썰물처럼 움직이고 있었다. 그 작은 화폭으로 다시 눈길을 돌리자, 거기에 서려 있는 고통이 더욱더 깊숙이 폐부를 찔렀다. 그렇게 나는 다시 제리코에 가까이 다가섰던 것이다. 내가 스톡홀름에 도착한 지 반년이 지난 5월 초하루, 이 일요일에 파리는 나의 내면에서 걷잡을 수 없이 솟아올랐다. 나는 다시 결정적인 것을 탐구하려는 충동에 따라 파리 근교 룰에 있는 보종 병원으로, 부녀자 감화원으로, 시체공시소로 돌아다니는 제리코의 뒤를 따라다녔다. 죽음이 그에게 준 매력은 모든 것이 최후를 맞이한 순간과 대결하고자 하는 그의 충동에 상응했다. 나는 그가 왜 자신의 활력과 반대되는 것을 필요로 했는지 이해하기 시작했다. 이때 그는 진실에 대한 자신의 갈망이 어느 정도인지 시험했던 것이다. 이제 더 이상 변화가 불가능한 지점, 그 마지막 지점 앞에서 그의 작품은 견뎌내야만 했다. 죽은 자들을 보는 순간 그의 내부에서는 허영과 자기기만의 모든 찌꺼기들이 사그라졌다.

나는 생미셸 다리와 프티 다리 사이에 있는 강변 담장 아래의 좁은 길을 따라 걸었다. 제방에서부터 가파르게 올라가는 계단 옆쪽, 부두의 위편으로 시체공시장의 사각형 건물이 있던 곳에는 이제 마르셰 뇌프 강변에 면해 경찰청장 관저로 쓰이는 큰 궁전이 솟아 있었다. 제리코의 시대까지만 해도 프티 다리는 높은 요새 담장들 사이에 있었으며, 직육면체의 커다란 석재로 만들어진 궁형 교각이 다리를 떠받치고 있었다. 바로 그 다리에서부터 높고 좁은 집들이 밀집해 있는 지역으로 들어가는 문 쪽으로 길이 나 있었고, 그 집들 위로 교회가 높이 솟아 있었다. 메리용은 자신의 기이한 동판화 한편에 그 오래된 시체보관소를 그려두었는데, 그곳은 원래 시장에 접한 도살장이었다. 그도 역시 이 건물에 끌렸다. 건물 안쪽의 을씨년스러운 곳에서는 그 도시가 자랑하는 문명에 반하는 끔찍한 모습이 드러났기 때문이었다. 그는 앞쪽 가장자리에 시체공시장이 있는 구역을 주변 환경에서 떼어내어 그 자체로 하나의 닫힌 세계로 묘사했다. 판화 속 시체보관소의 두 굴뚝에서는 마치 그 안의 화덕에서 넝마와 젖은 옷들과 아울러 아마도 부패한 신체 부위와 몸뚱어리들을 태우고 있는 듯 검은 연기가 꾸역꾸역 치솟고 있다. 화폭의 아래쪽 구석에는 센 강의 줄기가 보인다. 길고 평평한 형태의 세탁선 한 척이 강변 요새에 접해 계류되어 있다. 여자들이 난간에 기대어 수건을 헹구고 쥐어짜고 있다. 비스듬한 판자 지붕 아래쪽에는 셔츠와 시트들이 건조를 위해 걸려 있다. 외벽에는 옆으로 길게 사다리를 거치해놓고, 갑판에는 장대와 밧줄을 갖춘 그 세탁선은 강가를 점령하다시피 꽉 들어차 있다. 세탁선 안에서는 바로 위에서 벌어지는 일에 개의치 않고 사람들이 부지런히 일하고 있다. 왼쪽 배의 뒤편에는 부두를 이루고 있는 부지 모퉁이로 강물에서부터 계단이 솟아올라 있다. 여기서부터 죽은 자들을 묻는 장면이 시작된다. 그 움직임과 동작들은 서로 얽혀 있어서 위쪽으로 가면서 그다음 진행 과정을 보여준다. 여자들이 빨래하는 강물에서 익사한 남자가 끌어올려져 운구를 담당한 두 남자의 팔에 들려 있다. 긴 가운을 입은 비쩍 마른 여자가 머리를 풀어헤친 채 절망의 몸짓으로 몸을 활처럼 크게 뒤로 젖혀 그 등이 그림의 오른쪽 모서리 한쪽을 거의 다 차지하고 있다. 그녀는 한 무리의 사람들 앞에 서서 두 손을 얼굴 앞쪽에서 마주치고 있다. 그녀의 뒤편에 있는 한 아이는 헐벗은 한 그루의 작은 나무와도 같다. 삼각모자를 쓰고 칼을 찬 경찰관이 돌로 쌓은 제방에서부터 하수구의 배출구 위를 지나 담장 중간의 계단으로 나 있는 길을 가리키고 있다. 서둘러 계단을 내려가고 있는 다른 두 여자는 보초병의 제지를 받고 있다. 왼편에서는 밝게 빛나는 담장 평면에 접해 죽은 사람이 운반되고 있는데, 그의 양손은 바닥에 끌리고 있다. 오른편으로는 자그마한 토대 위에 공시장이 자리 잡고 있으며 안쪽으로 깊이 들어간 창문들은 앞쪽으로 튀어나온 두터운 채광창들로 반쯤 가려져 있다. 각이 진 빗물받이가 처마의 물받이홈통에서부터 제방 길의 석재 보도블록으로 내려오고 있으며, 블록의 틈새들에서는 잡초들이 자라고 있다. 그림의 상단을 지배하다시피 채우며, 배경에 솟아오른 주택 단지와 수직으로 넓게 나누어진 담장 분리대가 드리운 그림자 때문에 왼편 아래쪽 구석의 작은 인물들이 거의 형체를 알아볼 수 없게 되었다. 구경꾼들은 담장의 난간 위에 걸터앉거나 웅크리고 앉아 있으며 서 있는 사람도 있다. 몇 사람은 담장의 장식 띠에 몸을 기대고 있다. 그들은 극장의 관람석을 차지한 것처럼 자연스럽게 모여 있다. 멀리 떨어진 창문의 난간에도 구경꾼들이 몸을 기대고 있다. 물, 배, 제방, 담장, 건물 전면, 연기, 다락방 등 여러 층위로 나누어져 하나의 사건이 펼쳐지고 있다. 언뜻 보기에 일상적인 도시 풍경의 한 단면을 그린 듯하지만, 그림의 복잡한 극적 성격은 차츰차츰 드러난다. 길게 뻗은 동굴 같은 선체에 갇힌 노동자들은 앞쪽을 향해 있다. 제방 길은 무언극 속의 배우들을 위한 무대다. 산책객들과 장사꾼들은 불행한 사건이 불러일으키는 호기심을 가지고 시장의 가판대에서 부두의 담장 쪽으로 몰려들었다. 그들 중 단지 두어 사람만이 놀라움과 관심을 표현하고 있으며, 다른 사람들은 아주 일상적인 그 무료 공연을 냉담한 표정으로 참관하고 있다. 시장 광장은 높은 담벼락에 가려 보이지 않는다. 한 개의 굴뚝에서 나오는 연기가 옆으로 흐르며 그 위에 걸쳐 있는데, 그 타는 냄새가 집들 사이에 내내 배어 있을 것이다. 오른편의 굵은 굴뚝에서는 서로 겹쳐진 지붕들 쪽으로 연기가 뿜어져 나온다. 지붕들 위쪽 그러니까 화폭의 상단 구석에는 까마귀들이 날고 있는 한 조각의 하늘이 섬세한 선으로 묘사되어 있다. 무엇보다도 그림의 주요 모티프인 시체공시소는 마치 그 그림을 그리게 된 동기와 아무 관계없는 듯 황량한 모습으로 그려져 있다. 마치 창고 하나가 길게 서 있는 듯했고, 지하실에는 닻 주변으로 보트 작대기들이 세워져 있고, 벽에는 밧줄이 고정되어 있고 그 위쪽에 돛의 천이 걸려 있다. 메리용과 제리코는 그 안쪽이 어떤 모습인지 알고 있었다. 죽은 자는 곧 그 홀 안의 석재 탁자 중 하나 위에, 다른 사망자들 사이에, 무명의 자살자들, 굶어 죽은 자들, 마약으로 죽은 자들, 처형된 자들 사이에 눕혀졌을 것이다. 사람들은 담장에서 물러서고, 영업은 계속될 것이다. 사각형의 창구멍이 나 있는 건물 정면의 기울어진 짙은 그림자들, 밝은 면들, 수직과 수평의 선들, 그 중간에 그려진 작은 인물들, 숨이 끊어진 남자, 거꾸러진 여자, 어쩔 줄 몰라 하는 아이, 엄밀하게 한정된 도시의 한 장면, 인식을 가로지르는 길을 가고자 하는 사람이면 들어가야만 하는 지옥 입구를 들여다본 것이었다. 나는 메리용의 동판화에 오랫동안 몰두했으며, 그 복사본의 상태가 좋지 않아 이를 본떠 그려보기도 했다. 일요일 오후 플레밍 가에 있는 내 방에 앉아 나는 파리에서 제작된 이 그림을 들여다보며 『신곡』「지옥」편의 둘째와 셋째 노래에 대해 오래전에 나누었던 대화를 되새겨보려고 했다. 지난 몇 개월이 황량했던 이유에는 내 친구들인 코피[136]와 하일만[137]이 없다는 점도 포함되어 있었다. 이제는 나 자신을 돌아보기 위해 필요한 시간을 만들어낼 수 있었다. 힘든 일과에서 언제나 한두 시간을 쥐어짜낼 수 있었다. 예전에 우리는 서클에서 서로 마음이 잘 맞았다. 그래서 우리가 각자 말한 내용은 상대방에 의해 곧바로 토론에 부쳐졌고 모든 질문은 대답과 반대 질문을 이끌어냈으며, 이를 통해 우리의 사고는 예리해졌다. 그러나 이제 혼자 생각만 하다 보니 나는 자주 자신감을 상실했다. 나는 삼운구법[138]을 암송하던 하일만의 목소리를 기억해보려 애썼다. 그의 얼굴을 생각하고 그의 입술의 움직임을 떠올려보았다. 그러나 들리는 거라곤 생각과는 다르게 불분명한 소리뿐이었다. 나는 우리가 그 당시 헤드비 구역의 묘지에서 이야기를 나누며 예견했던 것, 즉 원칙이 세워지고 이미 일이 진행된 뒤에 동요와 비난이 시작되는 순간을 체험했다. 그것은 가파르게 경사진 울퉁불퉁한 길 위의 언덕에서 있었던 일이었다. 나는 하일만, 코피와 함께 그곳에 있었으며,

---

136) Hans Coppi(1916~1942): 독일의 반파쇼 저항 운동가로 1934년 공산당 청년연맹에 가입했으며 불법 전단 배포로 열여섯 살에 1년간 수감되었다. 1941년 슐체 보이젠 그룹에서 무선으로 소련과 연락 활동을 벌이다 1942년 체포되어 처형되었다.

137) Horst Heilmann(1923~1942): 독일의 반파쇼 저항 운동가로 1940년 베를린 대학에서 슐체 보이젠과 만난 뒤 1941년 육군에 자원 입대해 군 사령부 암호해독반에서 일하면서 얻은 정보들을 슐체 보이젠에게 전했다. 1942년 체포되어 처형되었다.

138) 3행 1절을 이루는 이탈리아의 시형, 여기서는 단테의 『신곡』을 말한다

아이시만, 제리코, 메리용과도 그곳에서 만났다. 그때 우리는 올바른 길이 무엇이든 간에, 또 그 올바른 길이 우리를 위해서는 어쩌면 존재한 적도 없을지라도, 아무튼 우리가 그 길에서 비켜나 있다고 인식한 상태였다. 우리가 알고 있는 것은 단지 되돌아갈 가능성이 없으며 계속해서 앞으로 나아가는 데 따르는 두려움에서 해방되어야 한다는 것뿐이었다. 나는 열린 창문을 통해 점차 녹색이 더해가는 병원의 정원 위쪽에 대고 하일만과 코피를 불러보았다. 꽃이 만발한 잡목 숲 사이로 임부 한 명이 이리저리 오갔다. 지나가는 전차의 운전수는 철길 위를 급하게 건너가는 사람을 보고 발로 누르는 경보음을 울렸다. 저승으로 내려가는 길이 나 있는 도시로 화자가 들어섰을 때, 그 이름이 뭐였지, 뭐라고 불렀지 하고 나는 소리쳤다. 그때 나는 몇 줄의 시행에 모든 상실감과 모든 망명의 참상을 담고 있는 어떤 소음의 홍수 같은 것을 들었다. 이러한 소리의 울림은 이미 파리에서 내게 다가왔었지만 나는 그것이 어디서 나는 것인지 규정지을 수 없었다. 그런데 이제 싹이 트는 나무들을 내려다보면서 나는 공중으로 퍼져나가는 시끄러운 소리들 속에서 그 하나하나를 구분해냈다. 얼어붙은 바퀴들에서 들리는 끽끽 소리, 멀어져가는 종소리, 자동차 모터의 윙윙대는 소리, 힘차게 내딛는 발소리에서, 한숨 소리가, 또 같은 종류의 여러 목소리들과 연결되는 개별적 비탄의 외침 소리가 솟아올랐다. 밀착하여 끊임없이 움직여갈 때처럼 긁는 소리와 질질 끄는 소리가 생겨났다. 입술들이 열리고, 혀가 움직이며, 이가 뽀드득거리고 서로 부딪치는 소리를 들을 수 있었다. 중얼대는 소리들 속에서 온갖 언어의 말들을 찾아볼 수 있었다. 휘파람 소리, 손뼉 치는 소리, 고통과 분노의 외마디 소리가 더듬는 말소리, 속삭임 소리, 노랫소리를 가로지르고 있었다. 그렇게 추방된 사람들이 그림자처럼 앞쪽으로 움직이면서, 저승과 이승을 가르는 강, 아케론 쪽으로 가고 있었다. 한 사공이 우리를 건너편으로 건네줄 것이다. 사공의 모습은 너무 경악스러워 우리의 감각들은 사라지게 될 것이다. 그러나 나는 잠에 빠진 것처럼 주저앉지 않고 나선형으로 된 계단을 성큼성큼 뛰어내려 갔다. 계단의 진주 색깔은 그물망처럼 가는 균열로 뒤덮여 있었으며, 그중 몇 군데는 구멍이 뚫리고 깊이 파인 줄이 그어져 있었다. 층계참에서 층계참으로 뛰어내리면서 나는 궁전 건물의 지붕들이 솟아올라 시청 탑을 가리는 모습을 보았다. 나는 플레밍 가를 따라 달리며 자전거 공장과 석탄 판매소를 지나고, 유골단지와 관들로 가득 찬 쇼윈도를 지나 얼룩진 탁자들 앞에 몇 사람이 미동도 하지 않고 앉아 있는 회녹색의 맥주홀을 지나고, 공장과 판자 울타리 옆을 지나 열차 궤도들의 넓은 들판과 전신주들의 숲 위쪽을 지나는 쿵스 다리로 달려갔다. 늦은 오후 시간에 태양은 쿵스 가를 곧바로 비추었다. 내 뒤쪽 거리의 끄트머리 어두운 블록에서 역광에 의해 마치 투명한 소재처럼 시청의 탑이 솟아올랐다. 대로 쪽에는 산보객들이 긴 그림자를 늘어뜨리고, 서로 지나치며 떠밀리는 물결을 이루면서 이리저리 오가며 여기저기서 파도와 소용돌이를 형성하고, 정체되고 꺾이고 회전하기도 했다. 그 한가운데에서는 마주 보는 방향으로 번쩍이는 자동차들이 줄지어 미끄러져갔다. 그사이에서는 전차가 앞머리에서 번쩍이는 섬광을 내뿜었고, 거인의 외눈과 같은 둥근 전조등에는 각각 2와 11이라는 숫자를 달고 있었다. 나는 튀어나온 간판들 아래에서 흘러가고 소용돌이치는 일요일의 인파를 헤치며 쇼윈도 앞에 모여 선 사람들 사이에서 한옆으로 몸을 기울이고 반원을 그리며 쿵스 가를 내려갔다. 쇼윈도 유리 안에서는 남자 마네킹이 따라 하기 어려운 능숙한 솜씨로 편안한 바지와, 스포티한 재킷, 성긴 나사 셔츠, 알록달록한 넥타이, 가벼운 신발과 샌들, 레인

코트, 펠트모자, 그리고 여름에 쓸 차양 달린 모자를 선보이고 있었다. 반면에 역시 인공 소재로 만들어진 여자 마네킹은 도취한 듯 몸을 뒤틀고 유혹의 미소를 지으며 격자무늬 의상과 비단 블라우스, 밝은 색 언더웨어, 꽃무늬가 있는 수영복, 꽃잎과 거품으로 만든 머리 장식을 선전하고 있었다. 스베아 가를 건너 나는 모퉁이에 있는 사무실 건물로 갔다. 그곳의 지하실에는 노르웨이에서 온 호단이 살고 있었다.

거리 아래쪽 3층 건물의 질식할 것 같이 후덥지근한 좁은 방에서 그는 방수포로 거죽을 씌운 소파 위에 양팔로 팔베개를 하고 누워 있었다. 서류와 의학용 표본들로 꽉 찬 선반들이 천장을 따라 설치된 연통 가까이까지 높이 솟아 있었다. 한쪽 벽은 작은 창살 우리로 꽉 들어차 있었다. 그 안에서는 토끼들이 냄새를 맡으며 바닥을 파헤치고 있었다. 세면대에서는 한 여자가 전기풍로 위에 놓인 실험용 기구를 이용해 커피를 준비하고 있었다. 호단은 스웨덴에서 의사로 일할 수 있는 허가를 얻지 못했다. 그가 베를린에서 활동하던 시절에 알게 된 동료 여의사 오테센 옌센[139]이 위층에 있는 성과학연구소에서 일하고 있었으며, 그는 그녀가 환자와 상담할 때 돕는 보조원으로 채용되었다. 프라하 난민 출신으로 오슬로에서 그를 따라온 여자가 비커에 받쳐둔 커피 필터에 끓는 물을 붓자, 한동안 커피 냄새가 토끼의 지독한 냄새를 잊게 해주었다. 그 토끼들은 임신 실험과 다른 실험들에 이용되었다. 내가 누워 있는 바로 이 소

---

139) Elise Ottesen-Jensen(1886~1973): 노르웨이 및 스웨덴의 성교육자, 무정부주의자. 스웨덴 아나코-생디칼리스트 조합의 일원이었다.

파가 우리 신혼 침대라네. 호단은 내게 손을 내밀며 말했다. 여자는 그의 머리를 받쳐주고 시험관에 든 커피를 그에게 먹여주었다. 그는 목쉰 소리를 내면서 짐짓 만족스러운 표정을 지었다. 스웨덴 의사협의회의 규정에 어긋나기는 하지만, 나는 적지 않은 경험을 살려 비밀리에 특파원 활동망을 구축할 계획을 갖고 있다네. 그가 웃으며 말했다. 여자는 높은 금속제 보조의자 쪽으로 가서 조용히 귀를 기울였다. 우리에서 토끼들이 바스락거리는 소리가 났다. 토끼들은 창살에 장밋빛 콧구멍을 비비고 귀를 쫑긋대며, 앞니를 반짝이면서 앞발로 작은 건초 덩어리를 잡고 있었다. 팔을 기대고 몸을 일으켜 세우면서 호단이 말했다. 뮌첸베르크는, 아부시, 아이슬러, 달렘과의 계속적인 반목 때문에 당과 관계를 유지할 수 없게 되어버렸어. 피크, 디미트로프,[140] 마누일스키는 처음에 그에게 호의적이었고, 모스크바에 있는 울브리히트 그룹은 그를 반대하는 일을 벌여왔다. 대외지도부 측의 독선과 시기가 있었다. 아이슬러는 중앙위원회의 신문인 『인터내셔널』을 간행했다. 아부시는 『적기』의 편집장이었다. 그 신문들은 지하에 있는 세포들에게 당의 방침을 전달하기 위해 독일로 밀반입되었다. 그들에게 뮌첸베르크는 강력한 경쟁자였다. 뮌첸베르크는 그들이 독일 노동자들의 힘을 과대평가한다고 비난했다. 그는 대중들이 스스로의 힘으로 파시스트 독재를 타도하게 될 것이라고 믿지 않았던 것이다. 자네들은 1933년 직전 시기의 오판들에서 여전히 아무런 교훈도 얻지 못했네. 뮌첸베르크는 그들에게 말할 수 있었다. 그러자 그

140) Georgi Mikhailovich Dimitrov(1882~1949): 불가리아의 정치가로 1923년 이후 모스크바, 빈, 베를린 등지로 이주했으며, 1933년 독일 제국의회 의사당 방화 혐의자로 지목되기도 했다. 1935~43년에 코민테른 총비서를 역임했으며 1946~49년에 불가리아인민공화국 총리를 지냈다.

에게는 트로츠키주의자라는 죄명이 씌워졌다. 그 당시 트로츠키야말로 위험의 정도를 인식했던 유일한 사람이었기 때문이었다. 그들은 뮌첸베르크의 과거를 위조하려고 일을 벌였다. 당에 돈을 벌어준 유일한 사람이었던 그는 자본주의의 동맹자라는 소리를 들었다. 인민전선 전술을 시행하고 있을 때, 사람들은 그 실패의 책임을 뮌첸베르크에게 전가했다. 그가 프롤레타리아 통일전선에 집착함으로써 사민주의를 배격했다는 것이 이유였다. 그러나 이 점에서 뮌첸베르크만큼 모든 계층의 대표자들을 협력 관계로 끌어들이기에 적합한 사람은 당에 아무도 없었다. 뮌첸베르크는 괴벨스[141]의 선전기구에 대적할 수 있는 선전기구를 만들도록 촉구했다. 그러자 파시즘을 과대평가한다는 비난을 들었다. 그가 프롤레타리아트에 대한 믿음에서 멀어져 소시민적 관점을 취한다는 것이었다. 그를 비난하는 논거들은 모순적이고, 혼란스러웠으며, 비합리적이었다. 뮌첸베르크는 독일 노동자들의 투쟁력을 과신해서는 안 된다고 수없이 경고했다. 노동자들은 그들의 계급의식에 따라 행동하는 것이 아니라 선전 활동의 영향을 받아 행동한다는 사실이 드러났다는 것이다. 사람들로 하여금 참전을 준비하도록 조장하는 어리석음과 고루함, 그리고 반동적 오염을 깨부술 수단을 찾아야 한다는 것이었다. 그는 자신이 꼭 필요한 계몽 활동을 펼칠 수 있다고 생각했다. 그러자 그에게는 자만한 데다 권력욕이 있다는 비난이 쏟아졌다. 소비에트의 신임을 얻고 있는 그룹을 지켜내는 것이 중요했다. 이 그룹은 스스로를 지켜내려는 욕구 때문에 그들과 다른 의견을 갖는 모든 사람을 없앴다. 우리가 소련 없이는 파시즘을 이길 수 없다는 인식을 가지고 있으면서, 소련을 방어하겠다는 확고

141) Paul Joseph Goebbels(1897~1945): 나치스 정권에서 선전상으로 보도 통제, 문화 통제, 조직적인 유대인 박해를 자행하다 제2차 세계대전이 끝나기 직전 자살했다.

한 생각을 가지고 있는 건 자네도 잘 알 테지. 호단이 내게 말했다. 뮌첸베르크는 오늘날까지, 비록 그의 동지들에게 집행된 것과 같은 판결을 받았음에도 불구하고 소련에 적대적인 견해들에 결코 동요되지 않았다. 파리에서 그의 가장 강력한 적대자는 달렘이었다. 달렘은 1938년 늦여름에 그에게, 용서를 구하든지 아니면 탈당 조치를 당하든지 둘 중 하나를 택하라는 최후통첩을 보냈다. 뮌첸베르크는 파리에 갔던 부하린처럼 당기위원회의 처분에 자신을 맡기기 위해 고분고분 모스크바로 돌아가지 않았다. 그 뒤 그는 끊임없이 감시를 받았다. 그의 우편물은 검열을 받았다. 예전에 그와 함께 일했던 사람들은 그를 반대하도록 종용받았다. 베너는 냉담하게 기다리는 태도를 취했다. 그는 명예욕이 강했고, 서른두 살의 나이였다. 진급은 그저 끊임없이 안전장치를 강구함으로써만 가능했다. 베너는 누구보다도 말이 없는 사람이었다. 카츠도 여전히 저항했다. 사람들은 카츠로 하여금 사실상 뮌첸베르크에게 아이디어를 제공한 게 바로 카츠 자신이었다고 믿게 만들려고 했다. 그러나 카츠는 이것을 믿기에는 너무 현명했다. 그는 지난 20년 동안 뮌첸베르크가 이룬 업적을 너무나 잘 알고 있었다. 허나 아무리 강하다고 해도 개인이 당의 체계적인 압력을 견뎌낼 만큼 강할 수야 있겠어. 호단이 몸을 일으키며 말했다. 나는 파리에서 이미 시작된 것이 호단에게도 집행되고 있다는 사실을 깨달았다. 나는 카츠를 이해했지. 호단이 말했다. 그에게는 결국 충성을 고백할 것이냐 아니면 즉결 총살 처분을 당할 것이냐 하는 양자택일의 길밖에 없었어. 뮌첸베르크의 생명은 위협받고 있어. 호단이 계속했다. 배신자들은 외국에서 살해되었지. 그라고 해서 관대한 처분을 받을 것이라고 생각할 이유는 없잖아. 그래서 그는 자신의 탈당을 알리는 공지문을 3월 10일에 발행된 자신의 잡지에 실었지. 호단이 뮌첸베르크의 말을 전하는 동안, 나는 앞으로 비스듬히 몸을 기울인 채 왼손은 쫙 펴서 탁자 위에 올려놓고 오른손을 치켜들어 손가락으로 공중에 글씨를 쓰는 뮌첸베르크의 모습을 눈앞에 그려보았다. 그는 다리를 벌리고 듬직한 자세로 서 있었으며, 그의 튀링겐 사투리가 호단의 베를린 억양과 뒤섞였다. 호단은 뮌첸베르크의 성명에 뜻을 같이했다. 그가 말했다. 지난 2년간의 내 경험에 비춰볼 때, 오늘날 당내에서 정치적 이견들을 밝히고 이끌고 간다는 것은 불가능하다고 확신하네. 당 지도부와 나의 갈등은 당의 강령, 선전 방법, 당내 민주주의, 그리고 개별 당원들과 당의 관계에 대한 견해 차이 때문이지. 우리 모두는 민주집중제의 원칙, 모든 소수의 권리와 모든 충실한 비판의 권리 존중, 개별 당기구들의 자율성, 선거권과 결산공지의 의무 및 전권을 지닌 모든 위원에 대한 소환권의 인정에 동의했지. 우리가 이러한 기본 원칙들을 재확인할 때, 당원들과 당의 올바른 관계가 다시 형성될 수 있을 걸세. 당은 모든 개별적인 당원들이 합해져서 형성된 거야. 제재나 명령을 통해서가 아니라 자발적 규율 속에서 하나가 된 사람들만이 목전의 혁명전쟁을 승리로 이끌 수 있지. 당원들, 즉 개별적인 남자, 개별적인 여자, 정치적으로 생각하는 사람, 창조적이며 성장하는 사람, 이들이 바로 당인 것이지 당기구가 당은 아니야. 이 많은 사람들이 지도부에 의해 추진되는 전략과 전술의 적합성을 확신할 수 없을 때, 규율을 세우려는 모든 시도는 단지 픽션이며 기괴한 것이 될 수밖에 없다네. 언제나 다시 새롭게 당에 대해 생각해내는 바로 우리가 당이지, 저 위에서 진노하는 신으로서 감히 우리를 규정짓는 우상이 당은 아니라네. 나는 비록 지도부에서, 그들의 기구에서 떨어져 나왔지만, 법에 반해 재판도 받지 못하고, 변호의 가능성도 없이 익명의 직위에 의해 배척당한 수천 명의 사람들에게서 떨어져 나온 것은 아니라고 뮌첸베르크는 말했지. 호단은 앞으로 몸을 숙이고 얼굴을 쓰다듬었다. 여자가 자리에서 뛰어나와 호단을 받쳐줄 자세를 취하며 그가 더 이상 말을 하지 않게 하려고 애를 썼다. 호단은 뮌첸베르크가 소련과 관계를 끊을 생각도, 당내에 자신의 분파를 만들 생각도, 또는 자신의 활동을 하나의 그룹에 제한할 생각도 하지 않으며, 하나의 거대하고 포괄적인 통합정당을 만들기 위해 일을 계속할 것이라고 말했다. 그러나 호단이 다시 자리에 누웠을 때, 나는 지금 이 시점에서 이런 말이 무슨 의미가 있을지 자문해보았다. 파리에서의 이런 개별적인 목소리들은 어떤 조직의 뒷받침도 받지 못했으며, 당이 지금 가고 있는 길을 바꾸는 데 결코 성공하지 못할 것이다. 또 그것들이 아무리 집요하게 하나의 신념을 표현한다 할지라도 결국에는 단지 혼자만의 목소리에 머물게 될 것이다. 그럼에도 불구하고 나는 뮌첸베르크가 옳다고 생각했다. 나는 내가 그를 아는 만큼만 그에 대해 판단을 내릴 수 있었다. 내가 그에 대해 듣고 아는 바는 이중적이다. 하지만 나는 그의 관점이 너무 멀리 나가 있기 때문에 그의 동지들이 갖고 있는, 중앙집중제적 결정에 절대적으로 적응하려는 편협한 사고와 조화를 이룰 수 없다고 생각했다. 그가 대변하는 견해는 강한 자들의 관점에서 볼 때는 의미 없는 것이었다. 이 사람들은 위험에 처한 당을 지탱해가야만 했다. 나는 사람들이 그를 비난하듯 그가 이기주의적이고 자만에 빠져 있는지 판단할 수 없었다. 또 나는 그가 주장하듯이 그의 가까운 동료들이 단지 출세주의자들일 뿐인지 알지 못했다. 어딘가에는 사실 관계를 밝혀줄 설명들이 분명히 있을 것이다. 다만 우리로서는 알 수 없고 영원히 접근할 수도 없을 것이다. 모든 것이 내게서 멀어질 수밖에 없었다. 나는 나 자신의 가능성에 대해 아무것도 이야기할 수 없었으며, 내가 비합법 정치 사업을 할 능력을 가지고 있는지도 아직 입증하지 못했다. 다만 정치 투쟁에 참여하지 않으면 나 자신의 미래 또한 없다는 사실만은 확실했다. 몇 주 전 나는 로예뷔의 주선으로 메비스를 만났다. 그는 말뫼에 있는 자신의 근거지를 떠나 며칠 동안의 일정으로 스톡홀름에 왔다. 우리는 오후마다 기능주의적으로 건축 중인 도시 구역 예르데트 근처의 라두고르드 벌판으로 갔다. 사실 이 만남에서는 나중에, 그러니까 아마도 늦여름쯤에 발간하게 될 잡지에 필요한 자료를 모으는 일을 내가 하게 되리라는 이야기 말고는 더 이상 언급된 건 없었다. 지나가는 말로 흘린 다른 말들은 모두 며칠이 지난 뒤에 나의 내면에 영향을 미치는 한편, 정치적 지하운동이 갖는 엄청난 은폐성과 폐쇄성을 느끼게 해주는 계기가 되었을 뿐이었다. 칸디다 빌라에서의 회합 때와 마찬가지로 나는 나를 탐색하는 몇 가지 질문과 청녹색의 눈길을 받아내야만 했다. 메비스가 다시 한 번 낯설게 느껴졌는데, 그는 자신의 개인적 성향을 드러내는 호단이나 뮌첸베르크 같은 사람들과는 완전히 달랐다. 발작이 시작되어 이를 가라앉히려 가쁜 숨을 쉬는 호단 옆에 앉아, 나는 감추어진 음모의 세계에 대해 생각했다. 그 세계에서는 6주마다 위조된 스웨덴 여권을 가지고 트렐레보리에서 자스니츠로 가는, 조심스럽게 계획된 여행을 하고, 지도원들이 베를린, 함부르크, 브레멘에 있는 접선 장소를 찾았다. 그 세계에서는 산업체와 대중조직, 도시 구역 들에서 세포들을 조직하고 있었고, 베를린에서만도 3천 명의 공산주의자들이 자신들의 일상적인 소규모 사업을 펼치고 있었으며, 세 명에서 네 명을 넘지 않는 그룹들이 서로 전달문을 전하고 보고서를 받고 인쇄물을 제작 배포하고 있었다. 코피와 하일만이 살고 있는 세계가 내게 좀더 가까이 다가왔다. 그 안에서는 비밀스러운 손길로 기구의 진동판, 모터의 코일을 고의적으로 잘못 만들고, 열차와 비행기, 수류탄과 총기들에 손상된 부품들을 장착하고 있었다. 당의 대표자들은 국내로 들어갔다 다시 자신들의 스웨덴 은거지로 잠입해 들어왔으며, 아무도 그들의 이름을 묻지 않았다. 그들은 노동자, 선원들의 집에 기거하고 있었다. 저 아래쪽 깊은 곳에서는 긴밀한 연대가 고스란히 살아 있었으며, 저 아래쪽 깊은 곳, 초라한 공장들에서는 증명서를 위조하고, 사진들을 바꾸고, 적당히 삶은 계란 껍질을 벗긴 다음 직인 위에 굴려 복사를 해내고 있었다. 아래쪽 깊은 곳에서는 적의 엄청난 기구들에 대항하는 끊임없는 투쟁에 불필요한 말은 한마디도 나오지 않았다. 호단도 역시 뮌첸베르크와 마찬가지로 부수적인 위치에 처하게 되었지만 자신이 시작한 일을 계속 추진해갔다. 그는 여전히 파시즘의 반대자로서 공산당이 포진한 같은 전선에 있었으며, 이 전선에서는 모든 반목에도 불구하고 여전히 통일의 필요성이 존중받았다. 1월 말의 파리 회의에서는 위로부터의 통일에 대한 논의가 이루어졌다. 아마도 유기적으로 결합되기에는 균열이 너무도 깊기 때문에, 통일은 단지 권력자, 주도권을 쥐고 있는 자의 행동에 의해서만 이루어질 수 있다는 통찰과 관련된 논의였을 것이다. 여전히 어떤 확고한 형식들을 눈앞에 두지 않고 한 번도 나 자신의 길을 눈앞에 그려본 적이 없는 내게, 공통점이 한 곳으로 모아진 표적이야말로 나를 지탱해주는 유일한 것이었다. 쿠에바 라 포티타와 데니아 근교의 야전병원에서와 마찬가지로 호단은 스톡홀름의 지하 묘지 같은 그의 방에서도 활발한 활동을 통해 근심과 우울증을 극복할 태세를 갖추고 있었다. 기독교의 부수현상이라고 생각하며 경멸했던 모든 종류의 연민들 가운데서 그가 가장 싫어했던 것은 자기연민이었다. 불행을 따라 느끼는 것은 누구에게도 도움이 되지 않으며, 단지 자신이 관여하지 못한 것에 대한 핑계거리가 될 뿐이었다. 감정적인 참여는 단지 직접적이고 실천적인 도움으로 연결될 경우에만 가치가 있을 뿐이며, 도움이 시작되었을 때 모든 감정은 뒤로 물러나야 했다. 그가 자신에게 요구하는 강인함과 인내심은 보통의 정도를 훨씬 뛰어넘는 것이 분명했다. 왜냐하면 그의 에너지 가운데 많은 부분은 이미 병과 싸우느라 소진되었기 때문이었다. 불안감이 천식 발작의 형태로 그를 괴롭혔지만, 그는 밖으로는 신뢰감만을 보여주었다. 그는 항상 자신이 초조함을 느끼게 되는 이유에 대해 말하기를 꺼려왔다. 다른 사람이 갖고 있는 병의 심리적 원인은 사려 깊게 받아들이면서 자신에게 부과되는 압박에는 냉담하고 침착한 태도를 취했다. 그가 무언가를 숨기려고 애쓸 때, 주로 정치적 성격을 갖는 갈등이 불명료한 상태로 남아 있을 때, 그는 언제나 숨이 막히는 증상을 보였다. 스페인에서 함께 있는 동안 나는 종종 그가 자신의 절제력을 조금만 포기하고 스스로 도움을 청해주기를 바랐다. 그러나 그는 태연한 태도를 고집했다. 그의 목은 그르렁거리는 소리로 가득 찼다. 그는 여자가 건네준 종이 봉지에 침을 뱉었다. 여전히 놀라움에 가득 찬 표정으로 음울한 눈빛을 띠었지만, 어느새 다시 미소를 지었다. 여자가 그의 얼굴을 씻기고 닦아주었을 때, 그는 스스로에게 아이러니를 느끼는 듯한 표정으로 나를 바라보았다. 나는 여자가 나를 질투하고 있다고 느꼈다. 그녀에게서는, 호단의 예전 동반자였던 린드백에게서와 마찬가지로 소유욕이 느껴졌다. 그러나 린드백의 소유욕이 무언가를 요구하는, 거의 폭력에 가까운 성격을 띠고 있었다면, 이 여자의 경우에는 방어적이고 자기희생으로 가득 차 있었다. 내 주변을 빙 둘러싼 토끼 우리에서 들리는 킁킁대고 쩝쩝대는 소리가 마치 귓속에서 무언가 계속 바스락거리는 소리처럼 들리는 가운데 나는 결혼에 대해 경멸적으로 말하곤 하던 호단이 어떻게 해서 이 여자와 맺어질 수 있었는지 자문해보았다. 아마도 외로움이 너무 큰 나머지 그 여자에게서 느껴지는 안온함이 필요했던 모양이다. 얼마 안 있으면 이사를 하게 될 것이라고 여자가 말했다. 도시 외곽의 크리스티네베리에 작은 집을 얻었으며, 그녀는 이미 망명구호기관에서 가구를 둘러보았다고 했다. 그녀는 탁자와 의자, 그릇, 커튼 이야기를 하면서 호단의 봉급에서 월세를 제하면 얼마가 남는지 계산했다. 그러자 호단은 초기에는 어렵겠지만 일단 망명 생활에 어느 정도 적응하고 나면 다른 직업을 가질 수 있으리라는 희망을 보이면서, 진보적인 스웨덴 의사들은 틀림없이 잘 알려진 전문가인 자신과 함께 작업하기를 원하게 될 것이라고 말했다. 그는 다시 덮쳐오려는 쇠약함을 물리치고 새로운 일거리에 대한 기대감을 과시하면서 몸을 일으켜 위쪽을 가리켰다. 그곳에는 거의 잊고 있었던 도시가 다시 하나의 가마솥처럼 우리 머리 위로 쏟아지고 있었다. 그는 갑자기 주교의 아들인 카우츠키[142]의 이름을 들먹였다. 학창 시절 자신의 친구였다는 것이다. 그러고는 브레히트[143]를 거론했다. 두 사람은 교외인 비그뷔홀름에 있는 학생 기숙사에 손님으로 묵고 있었다. 카우츠키도 의사였으며, 스웨덴의 노동 금지 규정에 묶인 채 미국 입국비자를 기다리고 있었다. 브레히트는 가족들과 함께 덴마크에서 왔는데, 그에게는 곧 주택 한 채가 마련될 것이라고 했다. 호단은 오늘 중으로 그들을 방문하자고 제안했다. 아내가 이를 막으려 했으나 그는 이미 그녀 옆을 지나 바닥을 긁는 소리, 삐걱거리는 소리가 나는 공간을 지나갔다. 그가 활기를 가지고 움직이기 시작하면서 내가 그를 만났던 바로 그 공간도 모습이 바뀌

142) Karl Kautsky(1854~1938): 독일 사민당과 제2인터내셔널의 지도적 이론가로 독일 사민당의 이론적 기관지 『새 시대*Die Neue Zeit*』의 편집장을 역임했다.

143) Bertolt Brecht(1898~1956): 사회주의적 작가이자 이론가. 주인공과 무대에 관객이 감정이입하기보다 이성적 비판 능력을 발휘하는 데 중점을 두는 '서사극'이론의 창시자다.

어, 이제는 더 이상 지하 감옥이 아니라 살아가며 계획을 세울 만한 임시 피난처로 바뀐 듯했다.

학교들이 모여 있는 가문비나무 숲으로 가는 길가, 농가의 외양간 옆, 우유 양동이를 차에 올리고 내리기 위해 판자로 높게 만든 탁자 위에 오시에츠키[144]의 딸이 앉아 있었다. 왼쪽으로는 묘지와 울타리 뒤쪽에 목초지가 펼쳐져 있었고, 오른쪽에는 방금 갈아엎은 밭고랑들이 뻗어 있었다. 1936년에 그녀는 아버지를 돕기 위해 설립된 스웨덴위원회의 후원에 힘입어 비그뷔홀름으로 왔다. 그전에 그녀는 독일 출신 정치 난민의 자녀로서는 첫번째로 3년 동안 영국 남부의 다팅턴 홀에 있는 기숙학교에서 보냈다. 그녀가 누군지 알기도 전에 완전한 고독감에 휩싸인 그녀의 태도가 나의 눈길을 끌었다. 나는 카우츠키와 그의 가족들이 역으로 마중을 나와 데려간 호단과 그의 처를 따라 학교 건물로 가지 않고, 경작지에 딸린 녹지대에 머물렀다. 한참 침묵하던 그녀는 내가 학생으로 그 기관에 들어가려 하는지 물었다. 그러더니 곧이어 나 역시 학교를 졸업했을 것으로 추측하기도 했다. 그녀는 살기는 여기서 살지만 주중에는 시내의 에네비베리에서 가정부로 일한다고 말했다. 그러더니 곧이어 그녀는 혹시 유리잔을 깨뜨리는 재미를 아느냐고 물었다. 그때 그녀는 장

144) Carl von Ossietzky(1889~1938): 진보적인 독일 언론인으로 1927년부터 투홀스키의 후임으로 『세계무대*Weltbühne*』의 편집을 맡았다. 1931~32년 투옥, 1933~36년 파펜부르크-에스터베겐 강제수용소에 수용되었다. 1935년 수용소에서 노벨 평화상을 수상했다.

식장에서 꺼내왔다는 유리잔 하나를 손에 들고 있었다. 그녀는 회계원의 아내인 여주인이 그 값을 임금에서 제하게 되리라는 걸 알면서도 그걸 떨어뜨리고 싶은 충동을 억제할 수 없다고 했다. 게다가 그 여주인은, 그건 아주 귀한 것이란 말이야 하고 비명을 지르겠지만, 그건 단지 싸구려 대량상품에 불과하다고 했다. 그녀가 넓고 얄팍한 입 주변에 짓는 웃음은 어린아이의 모습이면서 동시에 반항의 기미를 담고 있었다. 그녀의 검은 머릿결은 길고 매끄럽게 어깨 위에 늘어져 있었다. 그녀가 무릎 위에 얹어놓은 갈색 양손은 아주 힘이 셀 것처럼 보였다. 그녀는 자신이 외가 쪽은 인도 공주의 후예이며, 친가 쪽은 메테르니히 시대에 조국의 자유를 위해 싸웠던 폴란드 기사의 후예라고 말했다. 내가 그녀 옆에서 나무 기둥 구조물 가장자리에 마치 동화 얘기를 듣는 자세로 몸을 기대고 있을 때, 그녀의 목소리는 화나고 갈라지는 음색을 띠었다. 그녀의 녹회색 눈은 나를 불신의 눈초리로 바라보았다. 나는 조금이라도 믿지 못하겠다는 징후가 나타나면 그녀가 곧 가버릴 것이라고 느꼈다. 그녀는 영국에서 처음에는 러셀의 집에서 살았고, 그다음에는 헉슬리와 그의 자녀들이 있는 엑시터 근교 데번의 엘리트 학교로 옮겼다고 말했다. 바람 때문에 그녀 얼굴에 머릿결이 흩날렸다. 흩날리는 머리카락 사이로 그녀는 스웨덴어와 영어를 반반 섞어서 말했다. 그녀는 대영제국의 존속을 책임져야 하는 엘리트들 사이에서 교육을 받았고, 그녀에게 특별한 성장 과정이 예정되어 있다는 생각 속에서 자라났다고 했다. 그러던 중 톨러[145] 같은 이단자가 그녀의 후견인 중 하나가 되었으며, 무용과 연극에 대한

145) Ernst Toller(1893~1939): 독일의 표현주의 희곡 작가로 '바이에른 소비에트 공화국'의 지도자 중 한 사람이다. 1933년 이후 스위스-프랑스-미국으로 망명하며 반파시즘 활동을 했으며 대표작으로는 「만세, 우리는 살았다Hoppla, wir leben!」가 있다.

그녀의 관심을 부추겼고, 또 그녀로 하여금 학교를 졸업하기도 전에 올드 빅에 있는 연극학교에 입학시험을 볼 수 있도록 도와주었으며, 그녀는 스웨덴으로 불려오기 전인 열여섯 살에 그 시험에 합격했다는 것이다. 그제야 비로소 처음으로 그녀의 아버지 이름이 거론되었다. 1936년 11월 그에게 노벨상위원회가 평화상을 수여하면서, 그녀는 매우 저명한 독일 양심수의 딸로서 스웨덴에 받아들여졌다. 학장인 순드베리가 기숙사에 머물도록 그녀를 초청했을 때, 그녀는 아버지의 소망에 따라 10여만 마르크에 달하는 상금 일부를 연극인이 되기 위한 교육에 쓸 수 있으리라고 생각했다. 그녀는 독일 비밀경찰의 횡령에 대해서는 내게 그저 암시적으로만 이야기하고 싶다고 했다. 한 달에 80마르크를 아버지 간호에 썼으며, 그가 죽기 전 몇 달 동안 어머니는 하루에 1마르크를 받았고, 나머지는 암거래꾼의 손에 들어갔다. 수년 동안의 고문으로 중병이 들어 있던 그녀의 아버지는 국제 여론의 압력으로 에스터베겐 근교의 습지대에 있는 수용소에서 베를린으로 이송되어 병원에 입원했는데, 이 병원에는 제국 원수와 가까운 도스크베트 박사라는 사람이 원장으로 있었다. 그녀는 판자 모서리를 손으로 잡고 몸을 일으키며 이제 얼굴을 위로 치켜들고 말했다. 1년 전인 1938년 부활절 직후, 밀반입된 편지 한 통을 통해 나는 아빠가 돌아가셨다는 소식을 들었어요. 결핵과 심장병을 앓고 있었다고 쓰여 있었지요. 하지만 아빠는 결코 폐병을 앓은 적이 없고 육체적으로 강건한 체질이었어요. 그녀가 말했다. 간호를 제대로 받았다면 생명을 구할 수 있었을 것이라고 했다. 흰색 장군 제복을 입은 사기꾼이자 국가의 2인자가 그의 살해를 지시했다는 것이다. 니더쇤하우젠에 있는 노르드엔드 요양원에 체류하는 값으로 월 60프랑이 지불되었는데, 그 돈은 파리에 있는 인권연맹이 송금해주었다. 환자는 정원에 있는 헛간 비슷한 건물의 한 방에 누워 있었는데, 그 방은 반쯤 높이까지 목재 벽으로 나누어져 있었다. 그가 소지하고 있는 것이라고는 가방 한 개, 두어 개의 골판지 상자, 책이 몇 권 얹혀 있는 판자가 전부였다. 그의 폐병은 수용소에서 보낸 수년 동안 맞은 주사 때문에 생긴 것이라고 그녀가 말했다. 공식적으로 보호감금 상태에 있는 그를 점차 육체적으로 파괴함으로써, 그의 삶을 스스로 끝내도록 하려 했던 것이다. 그러나 그가 꿋꿋이 버텨내는데다, 또 사실로 입증되었듯이 아직 숨을 쉬고 있는 정치범보다는 죽은 정치범이 국제 여론의 관심을 덜 끌게 될 것이기에, 그를 제거하라는 명령이 내려졌던 것이다. 그녀는 자신의 증인이, 원수가 방문한 직후 수감자의 상태가 점차 악화되었노라고 말해주었다고 했다. 환자는 육체적으로 쇠약해져 사망할 수 있는, 과다한 양의 결핵균 주사를 맞은 것이 틀림없다고 말했다는 것이다. 그때 주사라는 말이 나왔다고 했다. 죽기 전 얼마 동안 습기 차고 외풍이 심한 곳에 있던 그가 담요를 요청했지만 간호인이 거절했다고 그녀는 말했다. 그런데 이제 그에게 더 이상 어떤 도움도 소용없게 되고 국제 여론의 항의도 무위로 돌아간 뒤, 사람들이 그녀에게 보였던 관심 역시 점차 줄어들었다. 그녀는 여전히 학교재단이 초청한 사람이긴 했지만 점점 더 자주, 특히 여사감인 크론하이머에게서, 자신이 여배우나 춤꾼이 될 소질을 타고났다는 생각을 머릿속에서 지우고 우선 일하는 것부터 배워야 한다는 소리를 들었다. 그녀의 아버지가 노벨상을 받았을 때 그녀는 유명인사로 소개되었으며, 사진사와 기자들로 둘러싸였다. 그녀는 스톡홀름에 있는 호콘손 연극학교에 입학할 수 있는 허가를 얻어냈다. 노벨상위원회가 그 경비를 지불했다. 1938년 가을, 톨러가 며칠 동안 스톡홀름에 머물면서 그녀를 왕립극단의 여자 단장인 브루니우스에게 추천했다. 그러나 그녀는 이 여자에게, 첫째 그녀는 외국인이어서 국립학교에 받아들일 수 없고, 둘째 그녀의 억양으로는 무대 언어를 결코 배울 수 없다는 설명과 함께 일언지하에 거절당했다. 그녀는 앉았던 자리에서 뛰어내렸다. 순간 나는 그녀가 급히 자리를 뜨려는 줄 알았다. 그러나 그녀는 나와 함께 학교가 있는 마을 쪽으로 갔다. 그녀는 자기가 어린 청소년기부터 일상적으로 기숙학교에서 지내왔다는 것을 내가 한번 생각해봐야 한다고 말했다. 그녀의 아버지를 감옥에 가둔 건 사실 파시스트들이 처음이 아니었다. 그전부터 융커와 군국주의자들을 반대하는 운동을 벌여온 그를 바이마르공화국 정부가 먼저 투옥시킨 바 있다고 했다. 그가 테겔 감옥에 있을 때 그녀는 그라우에 수도원으로 갔고, 브라이텐 가에 있는 예전의 비스마르크 학교에 다녔다. 거기서 그녀는 반역자의 딸이라고 괴롭힘을 당했다. 그 후 그녀는 나치식 경례를 거부했다는 이유로 그 학교에서 퇴학을 당했다. 그녀는 말했다. 1938년 10월, 내가 열여덟 살이었을 때, 지난 몇 년 동안 벌어진 일들의 결과가 톨러를 통해 비로소 분명히 인식되었지요. 일 년 전 나는 아빠가 감옥과 수용소에서 어떤 대접을 받는지 잘 알고 있으면서도, 아빠가 엄마를 통해 내게 전해준 애정 어린 편지들과, 아빠를 석방시키기 위한 모든 신문 기사, 성명서, 활동 들을 통해 아빠가 석방되리라는 믿음이 내 마음속에서 자라왔던 거예요. 그와 마찬가지로, 아빠가 돌아가신 뒤에도 여전히 나는 속죄나 구원 같은 것들이 틀림없이 있다고 생각했어요. 열세 살의 나이로 독일을 떠났을 때 나는 이리저리 떠돌면서도 보호를 받고 살았으며, 결코 어떤 한 나라에 속해 있지 않은 세계시민이었어요. 이제 톨러 역시 얼마나 쫓기고 있었는지 알게 된 이 시점에야 비로소 나는 그 파괴욕의 범위가 얼마나 넓은지 깨닫게 되었지요. 평화주의자인 톨러는 내게 아빠의 어떤 부분을 대신해주고 있었어요. 부드럽고 따뜻한 사람인 그이는 다시 오슬로로 떠나기 직전 노르웨이 신문 『프리트 폴크』에서 대량학살자라는 소리를 들었지요. 방랑하는 유대인인 그가 게르만 문화를 증오하며 공산주의자들에게 돈을 받고 약탈과 전쟁을 준비하기 위해 이 나라 저 나라로 바삐 돌아다닌다는 거지요. 당신이 독일어로 말하면 더 잘 알아들을 수 있겠다고 내가 말했다. 그녀는 멈추어 서서 나를 경악스러운 눈초리로 바라보았고, 그 때문에 얼굴 표정 또한 일그러지려 했다. 그런데 당신은 누구지요. 나는 당신이 스웨덴 사람이라고 생각했는데. 그녀가 갑자기 중얼거리며 말했다. 그녀는 기부 받은 옷일 게 분명한 얇고 몸에 꽉 끼는 옷을 입고 내 앞에서 있었다. 이미 오래전에 옷에 비해 몸이 너무 자라버렸다. 그녀의 양손은 이제 힘없이 아래로 늘어뜨려져 있었다. 그녀가 말했다. 나는 더 이상 독일어로 말할 수 없어요. 내가 말했다. 내 부모님은 노동자이고 주데텐 지역이 점령되면서 그분들이 살던 곳에서 쫓겨났지요. 그분들이 어디 머물고 있는지도 나는 몰라요. 나 역시 주석도금 노동자로 원심분리기 공장에서 시간당 1크로네의 임금을 받고 일하고 있어요. 플레밍 가에 있는 내 방의 월세는 40크로네입니다. 나는 내가 왜 이 모든 것을 그녀에게 설명했는지 모르겠다. 아마도 당황해서 그랬을 것이다. 그녀는 내 손을 잡고 우리 앞에 있는 학교 건물에서 멀어지더니 나를 뒤쪽으로 끌고 갔다. 우리 호단에게 가보는 것이 어떻겠어요. 그녀가 말했다. 언젠가 그이를 찾아가본 적이 있어요. 그이는 충고를 주고 도움을 주는 사람이지요. 하지만 다른 사람들에게는 가지 말아야지요. 그이의 아내, 그 여자는 나를 품에 안고 돌보려고만 해요. 카우츠키 부부, 이 순수하고 문화적 소양을 갖춘 사람들, 그리고 나를 초대해준 순드베리는 자신의 종교적 인도주의의 틀 안에서는 더할 나위 없이 점잖고, 도와주려고 하고, 개방적이지요. 나는 그 사람들의 눈을 똑바로 바라볼 수가 없어요. 그들의 착한 마음을 많이 배반했기 때문이지요. 그 사람들이 나를 자신들의 피보호자로 보는 걸 나는 견딜 수 없어요. 그 사람들은 여기 이 학교에서 내게 자연 체험을 시키려고 해요. 그녀는 계속 말했다. 그 사람들은 이곳이 내 마음을 부드럽게 해줄 거라고 생각해요. 나는 소똥들이 있는 들판 앞에서, 기둥을 박고 철사 줄을 늘여놓은 다음 약한 전류를 흐르게 한 철조망 앞에서, 질척대는 시냇물 앞에서, 농부들이 밭에서 추려내어 쌓아놓은 돌 더미 앞에서 무언가를 느껴보려고 해보았어요. 하늘을, 구름을 쳐다보았고요. 그런데 내가 느낀 유일한 것은 내가 이곳에 속하는 사람이 아니라는 거지요. 나는 브레히트를 상기시켰다. 그러나 그녀는 브레히트 역시 알고 싶지 않다고 했다. 그녀는 그가 단지 영향력 있는 사람들과의 교제만을 추구한다고 말했다. 우리는 다시 시골길에 이르렀다. 그녀는 빠른 걸음으로 빌라들이 있는 언덕 방향으로 갔다. 내가 아빠를 마지막으로 본 게 7년 전이에요. 그녀가 말했다. 아빠가 테겔 형무소로, 그걸 뭐라고 하더라, 아, 이감, 이감되기 전이었지요. 아빠는 아직 영양 상태가 좋았고, 외투와 모자, 셔츠와 넥타이를 갖추고 있었어요. 그 후로는, 그건 마치 영화 속에서와 같았는데, 언제나 서로 겹쳐지는 사진들만 내게 배달되었어요. 그것들은 점점 더 무시무시한 모습이었고, 마스크를 쓴 것 같은 모습으로 변해갔지요. 존넨부르크 수용소에서 온 사진 속의 아빠는 562라는 숫자가 적힌 헝겊을 가슴 위쪽에 달고 있었어요. 그다음에는 헐렁한 옷을 입고 동쪽 건물 제5내무반 옆에 질서정연하게 줄을 서 있었으며, 눈은 푹 꺼지고, 커다란 코, 꽉 다문 입으로, 삽을 잡고도 제대로 몸을 가누지 못하는 모습이었지요. 그다음에는 네덜란드 국경 근처 엠스 강변 파펜부르크의 에스터베겐에서 찍은 것으로, 쭈그리고 앉아 감자를 깎고 있는 모습이었어요. 그다음 1934년 말에는 이미 해골처럼 삐쩍 말라 간이침대에 누워 있는 모습이었지요. 그다음에는 두 명의 검은 유니폼을 입은 사람들 사이에 매달려 있는 모습으로, 분필처럼 하얗게 되고, 한 눈은 부어올랐고, 이는 부러져 있었으며, 골절상을 당하고 제대로 치료받지 못한 한 발을 질질 끄는 모습이었지요. 그다음 두 명이 같이 찍은 사진, 수감자를 조롱하고 저주하는 함순[146]의 팽팽한 얼굴을 대면하고 있는 아빠의 해골 같은 모습이에요. 함순은 아빠의 수상에 반대해 수개월 동안 싸웠던 주요 인물 중 한 사람이었는데, 나는 내가 한때 사랑했던 그의 책 『굶주림』 『판』 『빅토리아』에 침을 뱉고 구역질을 해대며 찢어버렸어요. 그다음 1938년 2월, 아직 살아 있는 시체가 다시 민간인 복장으로 위장하고 베를린 미테 지역 배심법원 앞에서 옆얼굴을 찍은 사진으로 힘겹게 고개를 들고 있었지요. 그러고는 단지 생각 속에서 떠오르는 모습으로, 아빠가 저기 헛간의 더러운 구석에 누워 있고 반만 설치한 판자벽 뒤쪽에서는 간호인이 지키고 있는 모습. 1938년 5월 4일 오후 3시 인목꽃이 피어 있는 병원 정원에서 가톨릭 수녀가 아빠를 위해 기도하면서, 우리를 위해 애원하오니, 우리를 위해 애원하오니,라는 말을 반복하는 모습. 그리고 마지막으로 밤중에 임종실에 몰래 들어간 무명의 조각가가 아빠의 얼굴에서 찍어내 국외로 반출할 수 있었던 석고 데스마스크, 아주 낯설고 차가운, 실러와 브레이크의 것과 비슷한 마스크. 우리는 거리를 따라 위쪽으로 올라갔다. 그녀는 계속 이야기했다. 이제 누구도 내게 어찌할 바를 모르게 된 지금, 우리 학교의 유대인 여사감은 내가 어린 시절부터 독일에서 가장 끔찍스러워했던 모든 것, 즉 권

146) Knut Hamsun(1859~1952): 노르웨이의 소설가로 1920년 노벨 문학상을 수상했으나, 나치에 동조한 경력으로 비판을 받기도 했다. 대표작으로는 『굶주림*Hunger*』이 있다.

위주의적인 것과 테러에 가까운 강제 규율을 내게 퍼붓지요. 그녀 자신이 그 수치스러운 나라에서 도망쳐온 난민이면서도, 내가 일을 하지 않으면 먹지도 말아야 한다고 악담을 퍼붓지요. 그러면 주변의 점잖은 사람들은 이에 동의하듯 고개를 끄덕거리며, 나는 아무런 가치도 없는 사람이고, 거지로서 내가 받은 자선에 대해 기뻐해야 한다고 인정하지요. 우리는 교외선 열차 정거장에 도착했다. 그녀는 나와 함께 시내로 가고 싶다고 했다. 호단이 우리를 기다릴 것이라고 내가 말하자 그녀는, 그에게 전화하면 되지 뭘 그러느냐고 대답했다. 누군가 나와 함께 방문을 넘어 들어와 내 방 안으로 동행한 것은 처음 있는 일이었다. 나와 함께 세 들어 사는 사람들은 저녁 식사를 하려고 부엌에 앉아 있었다. 자가 증류기로 브랜디를 만들고 있었다. 술을 마시며 부르는 노랫소리가 벽을 타고 울렸다. 나는 내가 기거하는 공간을 손님의 눈으로 바라보았다. 그것은 감방과 같았다. 좁은 침대, 탁자, 의자, 서랍장, 타일 난로. 책은 없고, 단지 탁자 상판에 놓인 몇 장의 종이뿐. 그녀에게 권할 만한 것이 없었다. 그렇다고 부엌에 가기는 싫었다. 전등을 끄라고 그녀가 말했다. 초여름의 납빛 하늘, 거리의 가로등만이 벽과 천장을 밝히고 있었다. 지나가는 자동차의 전조등 빛이 매번 방을 훑고 지나갔다. 늘 공원을 바라볼 수 있는 전망이라고 그녀가 말했다. 나는 이 나라에 와서 처음으로 내가 스페인에서 보냈던 시간들에 대해 말했다. 점차 어두워졌다. 그 여자 방문객은 침대 위에 길게 몸을 뻗고 누워 있었고, 나는 창가에 앉아 있었다. 부엌과 옆방이 점차 조용해졌다. 다음 날은 근무일이라 일찍 일어나야 했다. 나는 몇 분의 일 초 정도의 짧은 시간 동안에 내가 새벽 4시에 출근 시각을 기록하는 타이머에 내 카드를 꽂고 손잡이를 내리누르는 모습을 상상해보았다. 그녀는 내게 이곳에서 어떻게 적응했느냐고 물었다. 그녀는 거의 3년 동안 이 나라에 있었지만, 여태껏 살아남기 위해 치러야 하는 고생들만 겪었을 뿐이라고 했다. 연극 분야로 들어가려고 했던 시도가 좌절되고 나서 그녀는 더 이상 교육에 대한 희망을 포기했고, 그저 무위도식하고 있을 뿐이라고 했다. 그녀가 소속감을 갖지 못하는 것은 이주했기 때문이 아니라고 했다. 그녀는 항상 출국하고 입국하고 이사를 해왔으며, 그러한 불안정은 그녀 가족의 핏속에 들어 있는 것이라고 했다. 아빠의 조부모는 여전히 폴란드어를 썼고 엄마는 인도에서 태어나 영국에서 교육을 받으며 자랐지요. 조부모는 오버슐레지엔 지방에서 함부르크로 이주했고, 그곳에서 아빠는 전쟁 직전에 팽크허스트[147)]의 추종자이자 여성 인권 운동가인 엄마를 알게 되었다더군요. 두 분은 1913년 에섹스에 있는 마을에서 결혼하고 다시 독일로 돌아와 함부르크와 베를린에서 살았지요. 두 분은 자신들의 잡지와 반전운동을 위해 자주 돌아다녔어요. 하지만 그분들의 성장 배경인 국제주의에 맞서서 언제나 보잘것없고 편협한 것들이 기승을 부렸지요. 베를린에서 사람들은 그녀의 검은 피부와 검은 머릿결 때문에 그녀를 외국 여자, 유대 여자라고 욕했고, 비그뷔홀름의 학교에서는 아이들이 뒤에서 그녀를 인도 여자, 인디언 여자라고 불렀다고 했다. 그녀는 영국에서 한동안 족보를 갖겠다는 꿈을 키워왔다고 했다. 나는 이 모든 상류층의 후예들 사이에서 벌어진 일들을 상상해보려 했어요. 나는 증조부인 팔머, 여왕의 근위대 장군인 이분을 발굴해냈지요. 그분은 어떤 살육전이 벌어지는 동안 인도의 영주 가문을 보호하기 위해 나섰으며, 그 후 마하라차라는 가문의 딸과 하이다라바드에서 결혼했지요. 나는 그분의 재산, 농지, 그분이 창업한 은행을

147) Emmeline Pankhurst(1858~1928): 영국의 급진적인 여성운동가로 여성 참정권 운동의 공동 창시자이기도 하다.

상상하며, 그 환상으로 나 자신을 둘러쌌어요. 그분의 뒤편에는 식민지 권력인 동인도회사가 있었지요. 그리고 나는 엄마를, 하이드 파크에서 선동 연설을 하고 감옥에서 단식투쟁을 하는 적극적 여성 참정론자로 보지 않고, 야자나무 사이에 있는 대리석 궁전들과 묘지 건축물들, 그리고 종, 노예, 수도승 들로 가득 찬 과거 속에서 그녀를 바라보았지요. 그들 중 한 사람은 내게 마치 그린 것처럼 보였고, 수년 동안 담장 옆에서 기형이 되고 나뭇가지처럼 된 한 팔로 서 있기도 했어요. 이 전설적인 세계는 아빠 쪽 가문의 귀족, 봉건 영주, 군인 들과 결합되었지요. 이렇게 해서 나는 한 가족사를 그려보았고, 그 속에 나의 불안감을 감출 수 있었던 거예요. 아마도 사람들이 아빠를 위해 나를 낯선 사람들 속에 받아들이지 않았더라면, 또 내가 나의 현실인 가난에서 벗어날 길을 찾으라고 강요했더라면 더 좋았을 것 같아요. 그녀가 말했다. 나는 그녀의 입이 움직이는 모습을 바라보며, 그녀가 하는 말을 들었다. 그러나 그녀의 말에 대한 대답으로 소외감과 관련한 내 체험들을 그녀에게 들려줄 수가 없었다. 그녀에게는 이 모든 것이 틀림없이 공허하게 들렸을 것이며, 나 자신에게 부족했던 것들을 말로 표현했다면, 그건 도덕적 교훈을 주려는 태도에 지나지 않았을 것이기 때문이었다. 게다가 나는, 오늘은 그녀의 날이고, 그녀는 내 얘기를 경청하고 내게 이해심으로 화답해줄 준비가 전혀 되어 있지 않다는 것을 알고 있었다. 나는 다만, 내게 노동의 기회가 주어졌기 때문에 그런대로 여기서 견디어 갈 수 있으며, 다른 것은 모두 무시했다고만 말했다. 그러자 그녀가 말했다. 당신이 정치적인 길에 접어들었다는 것이 당신에게는 도움이 되었겠지만, 나를 청소년 그룹으로 이끌어주는 사람은 한 명도 없었어요. 나는 언제나 일종의 예외적인 경우였고, 사람들은 언제나 나를 여기저기 보호소로 보냈던 겁니다. 나는 엄마에게서 무언가를 배울 수 있었을지도 몰라요. 하지만 엄마는 언제나 그 자리에 없었고, 나는 단지 일요일에 엄마의 집을 방문하는 손님에 불과했어요. 그리고 나는 아빠를 이상화해서 머리에서 발끝까지 한 사람의 영웅으로 만들었기 때문에 아빠와 이야기를 하거나 서로 포옹할 수 없었고, 단지 아빠를 신격화할 뿐이었어요. 나는 이 모든 것을 가을에 톨러가 미국으로 떠난 뒤에 깨닫게 되었지요. 나는 내가 원래 실용적인 사람이고 유물론자라고 믿어요. 나는 나를 유럽인이고 범세계주의자라고 생각합니다. 그러나 나는 나의 발전을 위한 조건들을 이용할 줄 몰랐고, 단지 망명자 역할, 게다가 또 다른 역할, 즉 여성으로서의 역할을 하도록 강요받았던 겁니다. 그녀는 벌떡 일어났다. 망명자이자 동시에 여자라는 것, 그것은 이중의 제한이에요. 그녀가 말했다. 망명자는 인간이 아니고, 단지 인간이 되기를 꿈꾸는 그림자일 뿐이지요. 여자, 그것은 어떤 요구도 제기해서는 안 되는 존재지요. 이 두 가지를 동시에 짊어진다는 것, 그것은 내가 감당하기 어려운 것이었어요. 내가 유리잔을 깨뜨릴 때 나는 나 자신이 조각난다는 것을 알고 있었지요. 비그뷔홀름에서는 아무도 이 점을 이해해주지 않았어요. 내가 겪는 어려움 중 어떤 것을 암시하려고 시도만 해도 사람들은 처음에는 나를 보고 놀라고 그다음에는 화를 내며 노려보게 될 뿐이었지요. 사람들이 나를 도와주었고 아빠를 위해 애썼다는 사실을 내가 어떻게 잊을 수 있느냐는 겁니다. 이 비난들은 정당한 것이었어요. 하지만 동시에 우리를 피란길로 내몰고 아빠와 수많은 다른 사람들을 말살한 일이 이곳에 존재하지 않는다는 점 또한 사실이지요. 우리가 태어난 이 유럽은 형체가 없는 거지요. 나는 이방인일 뿐이에요. 내가 나의 독립성 같은 것을 보여주고자 하면 사람들은 마치 끔찍하고 참을 수 없는 갈등을 앞에 둔 것처럼 내 앞에서 마음의 문을 닫아버렸지요. 가정부 일을 하거라, 속기술을 배워라, 그러면 너는 사무실에서 일자리를 찾을 수 있을 거라고 후원자들은 말했지요. 그녀는 드러누웠다. 이어서 그녀는 말했다. 나는 적응하려고 했고 사람은 어딘가에 속해야 한다고 마음속으로 다짐하기도 했어요. 그러고 나면 이 스웨덴이 내 머리통을 두들겨댔지요. 스웨덴은 엄청나게 넓은 숲과 들판, 호수, 언덕, 산, 그리고 여기저기 빨간색으로 칠해진 오두막집들이 있는 섬일 뿐이지요. 유럽은 아주 멀고 이국적이에요. 그곳이 어떻게 생겼는지 당신은 여전히 상상할 수 있나요. 저 바깥을 생각해보고 싶을 때면 이 길고 긴 해안선이 당신을 에워싸고 있지 않던가요. 그녀가 물었다. 그러고는 조용해졌다. 나는 벌써 그녀가 잠들었다고 생각했다. 그러다 그녀가 갑자기 웃는 소리를 들었다. 그녀가 말했다. 당신 알아요? 나는 이제 마침내 아주 높은 카스트 계급에서 손을 댈 수 없는 낮은 곳으로 추락한 거예요.

밤을 새우고 난 뒤 용광로들 사이에서 증기가 솟아오르는 가운데 나는 그녀의 이름을 혼자 되뇌어보았다. 그녀는 아무 곳에도 속하지 못한 자신의 상태를 극복하기 위해 수년 동안 자신의 삶에 환상적인 장식물을 달고 다녔던 것과 마찬가지로, 또한 여전히 그녀의 부모가 그녀를 생각하기 위해 만들었던 꿈에 매달려 있었다. 그것은 불안정한 전후시기에 그녀의 아버지와 어머니에게 허용되지 않았던 모든 것을 몽상적으로 에워싼 어떤 이름의 꿈이었다. 이 꽃다운 이름에서는 아이에 대한 부모의 기쁨, 그것과 함께 묶어놓은 소망들, 평온과 평화에 대한 그들의 생각이 표현되어 있었는데, 그녀는 이러한 이름의 꿈에 매달려 있었던 것이다. 그들이 항상 쫓기는 자신들의 전투적인 삶 속에서 딸의 이름을 로잘린데Rosalinde[148]라고 지었다는 사실은, 그녀의 아버지가 당했던 것과 그녀의 어머니가 날마다 비밀경찰의 감시 아래 참아내야 했던 것에 한층 특별한 고통을 더해주었다. 그것은 채워지지 못한 것 때문에 받는 고통이자 빗나간 소망으로 인한 고통이었다. 그녀는 비록 이를 드러내놓고 말하지는 않았지만, 나는 예전에 부모가 생각했던 기적에서 이렇게 가차 없이 이반되어 있다는 사실이 그녀에게 어떤 영향을 미쳤고 또 어떻게 그녀를 마치 죄인처럼 만들 수밖에 없었는지 상상할 수 있었다. 그녀는 방면되어 떠나왔으나 그녀의 아버지와 어머니는 고문실에 남아 있었기 때문이다. 내 부모 역시 흔적도 남기지 않은 채 뒤에 남아 있었다. 오시에츠키의 딸이나 나나 이제는 생존 가능성을 찾고, 우리의 의도와 소망을 가로막는 것들을 넘어서는 것이 관건이었다. 그녀에게는 자신의 좁은 환경을 벗어나는 것이 나보다 더 어려웠다. 열아홉 살인 그녀는 자신을 절망적이고 무감각하게 만드는 갈등 상황에 빠져 있었다. 나는 비록 스페인이 이제 끔찍하게 능욕당하는 상태에 처해 있을지라도 국제여단에서 보냈던 시간들이 여전히 버팀목이 되어주었다. 그다음 몇 주 동안 그곳에서 벌어진 사건들을 되새기고 붕괴를 초래한 원인이 무엇이었는지 되묻곤 했다. 로잘린데의 본질 속에는 정치적 파멸이 개인들에게 미치는 영향이 반영되어 있었다. 5월 23일 그녀는 내가 그날의 주요 기사들을 보느라 놓쳐버린 짤막한 신문 기사를 통해 톨러가 죽었다는 사실을 알게 되었다. 그녀가 무미건조한 목소리로 그가 어제 메이플라워 호

148) Rosalinde von Ossietzky-Palm(1919~2000): 독일 작가 칼 폰 오시에츠키의 딸. 1935년부터 스웨덴 거주하며 반역죄로 몰린 부친을 구하기 위해 노력했다.

텔 자신의 방 옆에 딸린 샤워장에서 목욕 가운의 허리띠로 목을 맸다는 얘기를 전해주었을 때, 처음에 나는 그녀가 꿈속에서 본 것을 이야기한다고 생각했다. 그러나 내가 로예뷔, 비쇼프, 린드너와 함께 단편적인 언론 보도들을 종합해서 공들여 만든 문맥보다도 그녀에게는 이러한 이미지가 더 현실적인 것이었다. 신문들은 1면을 통해 영국과 프랑스가 소련의 동맹 제안을 수용해, 앞으로 침공을 받게 될 모든 경우에 상호 군사 원조를 하기로 결의했다는 사실을 전했다. 폴란드와 루마니아가 이 동맹에 참여할 것으로 기대된다고 했다. 그러나 그다음 날에는 이에 대한 유보 기사가 뒤따랐다. 우리는 영국 측이 생각해낸 작은 수정 제안이 어떤 의미를 갖는지 곰곰이 생각해보았다. 5월 30일에는 조약의 서명이 임박한 것처럼 보였다. 그러나 6월 1일에는 소련 측에서 발트 해 연안 국가들과 핀란드에 대한 충분한 보장이 없다는 이유로 조약을 철회했다. 우리에게 실제 상황은 여기저기서 낱낱의 실들이 지나가는 길만 간신히 알아볼 수 있을 만큼 형체가 불분명한 거대한 직물 같아 보였다. 프라하가 점령된 지 이틀이 지난 뒤인 3월 17일 소련 정부는 공동의 행동 계획을 논의하기 위해 영국, 프랑스, 폴란드 그리고 루마니아에 긴급회담을 촉구했다. 독일이 폴란드에 영토를 반환하라고 압박하는 가운데 영국과 프랑스는 폴란드를 지킬 의무를 지고 있었기 때문에 여태껏 회피해왔던 안전보장에 관한 대화를 재개할 수밖에 없었다. 독일이 단치히를 접수하고 폴란드로 진입할 통로를 열어달라고 요구하고 있는데도, 군사동맹은 여전히 거론되지 않았다. 협정 체결을 지연하려는 영국의 책략은, 서유럽 열강이 미국의 지지를 받는 가운데 독일로 하여금 소련과 일방적인 전쟁을 벌이도록 몰아가는 전술을 계속 고집하는 데서 나온 것이었다. 우리가 나중에 알게 된 사실이지만, 영국의 승인 아래 독일 정부는 폴란드에게 소련 측의 부담으로 보상할 것을 제안했다. 로예뷔의 방에서 논의할 때, 우리는 그러한 행동 양태를 마치 모눈종이처럼 지도에 비춰보며 파악했다. 시시각각 급변하고 단절되는 외교 놀음에 좀더 지속성을 부여하기 위해서였다. 3월 23일 메멜란트가 합병되고 독일이 폴란드에 더 한층 강화된 요구를 제기한 뒤에도 발트 해 연안 국가들을 침공할 경우 즉각 방어 지원에 나선다는 결의를 영국이 거부한다는 것은 동맹을 거절하는 것과 같았다. 독일과 소련은 공동의 국경선을 갖고 있지는 않았다. 그렇기 때문에 독일의 침공은 폴란드, 리투아니아, 또는 라트비아를 거쳐 이루어져야 했다. 레닌그라드는 핀란드에서 대포 사정거리 안에 있었다. 발트 해 연안 국가들, 폴란드, 그리고 루마니아 정부는 반동적이고 반쯤 파시스트적이었다. 이들은 독일에 맞서 자신들의 국가적 독립성을 유지하려 생각했지만, 또 이와 동시에 소련과 방어 동맹을 맺는 데는 거부 반응을 보였다. 이들 정부의 뜻에 부응해 서방 세력은 독일이 동쪽으로 진군할 경우 소련군이 폴란드와 발트 해 연안 지역을 통과할 수 있도록 보장해달라는 소련 측의 요청을 거절했다. 그들은 폴란드와 발트 해 연안국들이 소련의 이권 지역에 속한다는 사실을 인정함으로써 소련의 입장을 강화해주는 결과를 초래하는 것을 꺼렸던 것이다. 정치적 상투어와 미사여구들 속에서 영국과 프랑스가 직접 침공이 이루어질 경우 군사동맹을 맺고자 한다는 점을 읽어낼 수 있었다. 그러나 직접 침공은 있을 수 없었다. 간접 침공의 경우 원조는 생각해볼 필요도 없다고 보았다. 소련은 간접 침공이란 현재 단치히에서 벌어지고 있듯이 독일 시민을 유입시킴으로써 서서히 침투하는 것이라고 이해했다. 영국 측의 수수께끼 같은 표현들은 소련이 단독으로 그들의 서부와 북서부 국경을 방어해야 한다는 것을 뜻했다. 동맹을 완전히 거부하지 않는 동시에 독일 정부와 막후협상을 벌이면서 영국은 자신이 피해를 입지 않고자 했다. 이러한 영국 측의 태도는 4월 15일 그들이 소련에 제기한 요구, 즉 전쟁 발발 시 이웃 나라들에 대한 원조를 보장하라는 요구에서 분명히 표현되었다. 이러한 냉소적 성명으로 협상을 지속할 만한 전제 조건은 사라진 것처럼 보였다. 그러나 이틀 뒤 영국은 군사협정을 체결하라는 소련의 거듭된 경고를 받았다. 이에 대한 영국의 답변에서는, 서방 세력이 주변 국가들에 대한 직접 공격 역시 소련에 대한 간접 위협이라고 파악하고 있으며 이 경우 협정의 효력을 발생시킬 필요가 없다고 생각한다는 점이 드러났다. 영국의 여론이 변화되고 처칠이 이끄는 야당이 등장함으로써 비로소 영국 정부는 5월 초 동부전선을 강화하라는 요구를 수용하거나 또는 적어도 이를 받아들인다는 인상을 줌으로써 당장 자신의 주도권을 과시할 필요가 있었다. 소련에서도 정치적 변화가 일어났지만, 그 결과는 6월이 지나서야 비로소 가시화되었다. 『프라우다』의 마지막 면에 난 조그만 기사에 따르면 민주주의적 통일전선을 찬성해왔던 리트비노프[149]가 5월 2일 외교부 인민전권위원 직위에서 해임되고 몰로토프[150]로 교체되었다. 5월 중순 협정 체결을 위해 대화를 재개하려는 영국 측의 술책을 부르주아 신문들은 일제히 평화 유지를 위한 위대한 행위라고 소개했다. 반면에 소련은 미적지근한 태도를 취한다고 비난받았다. 이후 영국은 동맹을 이루어내기 위한 노력으로 찬양을 받은 반면, 소련은 그들의 고집 때문에 협정 체결을 지연한 책임을 지게 되었다. 그러나 영국 정부가

---

149) Maksim Maksimovich Litvinov(1876~1951): 1930~39년에 소련의 외무장관을 지냈고 1941~43년에 주미 소련 대사를 역임한 인물이다.

150) Vyacheslav Mihaylovich Molotov(1890~): 1939~49년과 1953~56년에 소련의 외무장관을 역임한 인물이다.

동맹에 얼마나 소극적인 태도를 갖고 있었는지는, 그들이 그 협상을 결코 고위직 차원에서 이끌어가지 않았다는 사실에서 드러났다. 소련 측이 요구한 대로 외무장관이 아니라 하위 공무원인 스트랭이 6월 8일 모스크바로 가서 수주 동안 머물렀지만, 언론이 확인했듯이, 몰로토프의 관심을 불러일으키지 못했다. 그동안 독일군은 지그프리트 라인에서 군사 훈련을 펼쳤고, 갈고리 십자가 깃발로 치장된 단치히는 축제 분위기에 휩싸였다. 6월 18일 일요일 단치히에서는 괴벨스의 목소리가 울려 퍼지며 곧 총통이 제국 영토에 속하는 이 독일 도시를 방문하게 될 것이라고 밝혔다. 라디오에서 울려 나오는 저 유명한 부르짖음에서는 독일이 소모전의 중심에서 인기 있는 존재가 되었음이 확실해졌다. 핼리팩스[151]는 영국과 독일의 인민들이 상호이해를 갖기를 바란다는 뜻을 밝혔으며, 영국의 경제사절단은 계약을 맺기 위해 독일로 갔다. 제국 정부는 협정 체결의 미끼로 식민지에 대한 출입권을 제공받았다. 그런데 우리는, 항상 최종 결과만을 대면해서 그렇게 보였는지 몰라도, 독일에 대한 소련의 논조가 바뀐 것을 불현듯 깨닫게 되었다. 6월 23일 영국의 제안을 몰로토프가 거절하자마자 모스크바에서는 독일 사절 슐렌부르크와 협상하기 시작했다. 처음에 우리는 동맹을 둘러싸고 계속 밀고 당기는 가운데 소련이 독일에 접근하는 것은 서방 세력에 구속력 있는 결과를 촉구하기 위한 하나의 수단이라고 믿었다. 그 후 여름이 계속되고 아직 동맹조약에 서명이 이루어지지 않았는데도 유럽에 이상하게 평온한 기운이 감돌던 7월 초, 우리는 소련과 독일 사이에 향후 10년간 수천만 마르크의 금액을 포괄하는 무역조약이 체결되었다는 것을 알게 되었다. 일거에 역학

151) Edward Fredrick Lindley Wood, Earl of Halifax(1881~1959): 영국 보수당 정치가. 1938~40년에 영국 외상으로 독일과의 유화정책을 대변했다.

관계가 바뀌었던 것이다. 영국과 프랑스는 고립되었다. 소련과 독일 사이의 긴장 완화에 대한 이야기들이 오갔다. 그동안 진행되어온 파시즘과의 비타협적 투쟁에 모순되는 이 일은 우리에게 오랫동안 수수께끼였다. 스페인에서 공화파 포로들을 대량학살한 사건을 되새기면서, 우리는 평화를 지탱하기 위해 어떤 대가를 치러야 하는지를 두고 고심했다. 소련과 독일이 상업적 협력 관계를 맺었다고 해서 우리의 정치적 목표가 제한되었다고 볼 필요는 없어. 로예뷔가 말했다. 서방 세계가 갖는 적대감 때문에 소련은 자신을 지키기 위한 새로운 조치들을 취할 수밖에 없었다는 것이다. 우리는 거대한 그림 앞에 서 있었다. 멀리서 보면 그것은 파티니르[152] 또는 알트도르퍼[153]의 자연 풍경화나 전투화 같았다. 그러나 그것은 우리가 알지 못하는 암호와 형식 그리고 인물들로 조합되어 있었으며, 우리는 그것을 지속적인 연구와 비교를 통해 하나하나 풀어보려고 노력했다. 비가 많이 내린 여름 중반이 지나고 도시의 거리는 한산해졌다. 대부분의 사람들은 시골로 휴가를 떠났다. 기분 나쁜 적막감이 지배하는 가운데, 뒤에 남은 우리는 일종의 무감각 상태에 빠졌다. 우리는 다시 고립과 함께 자극이 결여된 상태, 그리고 일상의 끔찍스러운 단조로움을 체감했다. 이 유령과 같은 적막감의 배경에 대해 어떤 설명을 들을 수 있지 않을까 해서 브레히트를 방문해보는 것이 어떻겠느냐는 이야기들이 오갔으나 그때마다 항상 뒤로 미루어졌다. 결국 이 만남은 브레히트의 집에 자주 손님으로 갔던 호단이 아니라, 이 시대의 특징적 모습

---

152) Joachim de Patinier(1480년경~1524): 16세기 네덜란드의 화가로 종교화와 풍경화를 잘 그렸으며, 네덜란드 풍경화의 기초를 닦았다.

153) Albrecht Altdorfer(1480년경~1538): 16세기 독일의 화가로 이른바 도나우풍의 현대적 풍경화를 창시자 화가이다.

인, 수상하면서 뒤에 무언가 다른 생각을 갖고 있는 듯한 모습의 연락책인 한 부랑인의 주선으로 이루어졌다. 브레히트에게 갈 때 함께 가고 싶다는 내 청을 호단은 번번이 회피해왔다. 아마도 예전에 우리가 느꼈던 공감에서 그가 멀어졌거나, 아니면 브레히트가 엄격한 제한을 요구했기 때문일 것이다. 예기치 않게 나타나 우리에게 초대 사실을 전해준 떠돌이 심부름꾼은 화가인 톰브로크[154]였다. 내 쪽에서는 가급적 그를 피하고 싶었으나 나는 헝클어진 더러운 머릿결과 쏘아보는 듯한 눈길을 가진 그 비쩍 마른 남자에게 꼼짝없이 붙잡혔다. 자신의 말을 들으려 하지 않는 모든 사람을 저주하는 악령과도 같이 그는 로잘린데에게 접근했으며 린드너와도 어울리고 사려 깊은 비쇼프까지도 붙들어두고 있었다. 그에게 스웨덴은 낯선 나라가 아니라 쏘다니며 사냥하는 사냥터였다. 베스트팔렌 지역 노동자 집안 출신으로 45세인 그는 이미 어릴 적부터 삐쩍 말랐기 때문에 청어라는 별명을 가지고 있었다. 그는 열여섯 살에 작고 깡마른 사람들을 필요로 하는 광산으로 가서 광부가 되었다. 갱내에서 그는 견인마를 몰고 석탄수레를 밀고 갱목을 끌고 다녔다. 그 후 그는 견습선원으로 배를 탔다. 그는 나와 로잘린데에게 자신은 거기서도 회르데 근교의 베닝호펜에서와 마찬가지로 이리저리 치이고 밀쳐지며 짓밟히고 감자를 깎고 접시를 닦으며 바닥에 물걸레질을 해야 했노라고 말했다. 그때 로잘린데는 그가 그린 한 묶음의 스케치와 수채화들을 그 대신 들고 있었다. 이 세상의 모든 아름답고 고귀한 것은 부자들 것이라고 그는 말했다. 내가 그 말을 당연한 것처럼 받아들이자 그는 분노했다. 그는 내

154) Hans Tombrock(1895~1966): 독일의 화가로 1933년부터 망명 생활을 했으며 스웨덴으로 망명한 뒤 1939년 브레히트와 친교를 맺었다. 1946년 독일로 귀국해서 1949년 바이마르의 건축 및 조형예술 학교에서 교사로 일하다가 1953년 서독으로 이주했다.

가 허기를 달래줄 임금을 받기 위해 공장에서 인내함으로써 결국은 소유주들에게 부가가치를 창출해주고 있다고 나를 경멸했다. 그는 내게 일을 빼먹고 떠돌아다니고 구걸하고 자신의 소망에 따라 그림을 그리고 글을 쓰라고 촉구했다. 그는 거칠게 욕하며 말했다. 그래야만 너는 자신을 프롤레타리아트라고 칭할 권리를 갖게 되는 거야. 그는 세계대전 전에 브레이커라는 사람의 고기잡이 배인 굿하일 호에 채용되어 말하자면 자신의 오장육부까지 시장으로 지고 나갔을 때 모든 종류의 자기기만을 일거에 쓸어버렸노라고 했다. 루르 혁명 당시에는 좌충우돌하며 감옥과 교도소를 드나들었고, 그 후 시골길을 방랑하게 되었다는 것이다. 그는 말했다. 거기 가장 가난한 사람들 사이에서 너는 네 학교를 발견하게 될 거야. 네가 자신을 아첨으로 왜곡해야 비로소 들어갈 수 있는 대학에서는 결코 그걸 발견할 수 없을 거다. 선이 굵고 왜곡이 많고 원근법 또한 엉망인 그 독학 화가의 조야한 스케치들은 그럴듯해 보이기도 했다. 그러나 그중에는 대가의 작품을 모방해서 쉽게 팔아먹기 위해 만든 졸렬한 작품들도 들어 있었다. 그가 끌어들인 여자들은 그의 상품의 유통을 맡았다. 그는 결혼했고 아이들도 몇 명 있었으며 로순다 지역 어딘가에 살면서 여기저기 임시 숙소를 가지고 있었다. 그는 봉제사인 자신의 처를 인민의 집과 노동자 클럽에 내보냈다. 그리고 그녀가 그림을 충분히 팔지 못할 때면 재단해놓은 것들을 찢고 가위질을 해대며 그녀에게 매타작을 퍼부었다. 그는 이 사실을 은연중에 자랑스레 드러내면서 인정했다. 대체 무엇 때문에 오시에츠키의 딸이 자신의 이름을 팔면서 그에게 봉사하고 있는지 의문스러웠다. 또 나는 비쇼프가 그에게 두들겨 맞아 팔과 얼굴에 난 멍 자국을 하고도 그의 그림을 수집품으로 사갈 사람들을 찾기 위해 계속 돌아다니는 것을 더욱 이해할 수 없었다. 이 구걸인 부랑자가 이제 브레히트와의 친교 관계를 장황하게 떠들어대면서 우리에게 브레히트의 집에서 열리는 모임에 참석할 것을 요구했다. 우리는 서로 떨어져서 서로 다른 시점에 리딩외 전철로 훔레고르덴에서 출발하거나 걷거나 또는 자전거로 바사가 정거장까지 가서 그곳에서 리다르 가를 지나 뢰브가 1번지로 향했다. 우리는 반드시 길에 사람이 아무도 없을 때 숲 쪽에서 검붉은색으로 칠해진 목조 가옥 정원으로 들어가야 한다고 지시받았다. 그의 지시는 수다처럼 들렸다. 하지만 안전책을 강구하는 것이 필요했다. 브레히트가 감시받고 있을 뿐 아니라 우리 모두에게는 음모적 성격의 모임이 금지되어 있었기 때문이다. 게다가 불법으로 체류하고 있는 당 간부 몇 명이 올 것이라고 했다.

갈색의 교외선 열차는 탑 모양의 지붕을 얹은 경기장 벽돌 건물 옆을 지나, 울타리가 쳐진 넓은 자유항의 공터 옆을 지나갔다. 항구에는 발트 해를 항해하는 거대한 배들이 정박해 있었다. 도로 너머로는 석탄을 가득 실은 무개화차들이 전동로프로 묶인 채 가스 공장 주변의 산업 시설들이 모인 곳으로 끌려가고 있었다. 공장의 굴뚝에서는 지독한 냄새가 나는 연기가 솟아올라, 숲이 우거진 섬의 해변 쪽으로 흘러가고 있었다. 우리는 반달형의 철골 구조물로 된 좁은 다리를 건너 섬으로 다가갔다. 베르탄 지역 건너편에 있는 리딩외 지역은 시골이었다. 언덕의 중턱과 숲가에는 몇 채의 빌라들로 이루어진 마을이 자리 잡고 있었다. 우리는 골짜기와 들판을 지나 시골 정거장에 도착했다. 리다르 가에서부터는 여성 조각가 산테손이 브레히트에게 빌려준 집이 바위산 등성이 뒤편에서 있는 소나무와 몇 그루의 자작나무들 사이로 보였다. 그 집은 옆으로 넓기보다 위로 높은 형태였다. 하지만 거칠고 균형이 맞지 않는 그 집은 부분적으로 잡목 숲에 가려져 있었다. 대문의 흰색 기둥 옆에는 재스민 관목들이 우거져 있었으며 그 냄새가 딱총나무 향기와 섞였다. 나는 나뭇잎과 잔디 그리고 손넨투펜 꽃이 반짝거리는 곳을 지나 집 쪽으로 갔다. 둥그스름한 그 회색 석조 건물은 마치 반쯤 파묻힌 코끼리처럼 이끼 낀 땅에서 솟아 있었다. 건물 뒤편에 지어진 작업실의 입구를 찾고 있을 때 나뭇잎들이 내 얼굴을 스쳤다. 격자 울타리 뒤쪽의 두 계단을 올라서자 작업실의 열린 문이 보였다. 문 안으로 들어설 때 나는 톰브로크가 내 이름을 부르며 도착을 알리는 소리를 들었다. 주변의 나무들이 빛을 차단해, 하얀 회벽과 큰 창문에도 불구하고 작업실은 희미한 어둠 속에 잠겨 있었다. 여기저기 세워진 여러 개의 탁자들 때문에 그 공간의 크기를 가늠하기는 어려웠다. 홀로 나가는 문 옆 구석에는 목제 기둥 위에 난간이 있었다. 좁은 계단을 따라 그 위로 올라가자 침대 겸용 소파가 놓여 있었고 그 위에는 책이 꽂힌 선반이 있었다. 모인 사람들은 반원을 그리며 의자와 궤짝 위에 앉아 있었다. 약간 떨어져 회랑 아래쪽에 어깨가 좁은 한 남자가 창을 등지고 가죽의자에 깊숙이 쪼그리고 앉아 있었다. 나는 비쇼프의 옆자리 궤짝 위에 앉았다. 방문객 몇 명이 더 오기를 기다리고 있었다. 내 눈이 희미한 빛에 적응하고 난 뒤에야 나는 작업실의 크기가 약 7 곱하기 5미터쯤 될 것이라고 생각했다. 긴 쪽 벽 창문 아래에는 받침틀 위에 얹어놓은 작업대가 펼쳐져 있었으며, 그 위에는 종이 묶음과 오려낸 신문 기사들이 가득 차 있었다. 오른쪽 구석에는 기다랗고 다리가 긴 탁자가 튀어나와 있었으며 그 위에는 원고 뭉치와 책들 그리고 낡은 리본이 걸린 구식 타자기가 놓여 있었다. 그 밖에도 모형으로 사용되는 듯한 간이침대, 교탁, 스탠드가 있었고, 그중 하나는 젓가락, 종이 판지, 작은 상자, 옷감 조각 들을 조합해 만든 무대 모형을 떠받치고 있었다. 안락의자 옆쪽에는 밝은 색깔의 짧은 머리를 하고 느슨하게 늘어지는 굵은 삼베 가운을 입은 여자가 경직된 모습으로 앉아 있었다. 그녀는 갑작스럽게 대화가 시작될 경우 대부분 그녀 옆에 앉아 있는 남자가 고개를 돌리거나 신호를 보내는 것에 따라 속기로 이를 기록했다. 브레히트는 내가 상상했던 것보다 더 작고 허약해 보였다. 얼굴은 치즈빛깔로 창백했다. 그는 무두질한 가죽으로 된 칼라 없는 갈색 재킷을 입고 있었다. 뿔테 안경의 두꺼운 렌즈 뒤의 두 눈은 간격이 좁고 눈자위는 붉은색이 감도는 데다 약간 젖어 있었는데 눈을 조급하게 깜빡일 때마다 쏘아보는 시선도 깜빡였다. 그는 시거를 질겅거리고 피우면서 재를 큰 놋쇠 재떨이에 떨었다. 같은 종류의 재떨이들이 방 여기저기 탁자들 사이에 놓여 있었다. 손님 중 한 남자가 페르피냥 근교에 있는 수용소들의 상태에 대해 보고했다. 나는 처음에 브란팅을 알아보지 못했다. 그는 어린이들을 대피시킬 수 있는 가능성을 찾아보기 위해 남부 프랑스 지역을 방문했다가 방금 돌아왔다. 그는 피곤한 목소리로 떠듬떠듬 말했다. 그는 마치 상상할 수 없는 어떤 것을 표현하려 애쓰는 것 같았다. 청중들은 미동도 하지 않았다. 그의 말들은 우리 각자의 감각 안으로 파고들었다. 우리 중 많은 이가 피레네 산맥의 가장자리 오지에 있는 태양이 작열하는 그 황갈색 지역을 기억하고 있었다. 지중해 해변은 걸어서 한 시간 반 거리에 있었다. 온종일 걸어가면 언덕과 산맥 초입으로 가는 점이지대에 도달할 수 있었다. 수천 명이 그곳에서부터 공화파 군대로 가기 위해 국경감시대원들을 피해 숨어들어갔다. 로마 시대의 잔해들에서부터 그 뒤 수세기에 걸쳐 만들어진 성채들 그리고 다시 그 안의 작은 보루들에 이르기까지 갖가지 요새를 갖춘 그 도시를 우리는 여러 각도에서 관찰했었다. 현재 거의 15만 명에 가까운 사람들이 철조망 뒤의 허허벌판에 혹은 급조된 바라크에 수용되어 있었다. 수용소들은 도시에서부터 1, 2킬로미터 떨어진 메마른 들판 가에 세워져 있었다. 차가운 봄날 비가 내리퍼붓는 가운데 사람들은 바르셀로나에 행해진 포격으로 피폐해질 대로 피폐해진 채로 온종일 북쪽으로 이동해갔다. 길가에는 시체들이 나뒹굴었고 많은 여자들이 죽은 자기 아이를 안고 있었다. 마을에서는 더 이상 식량을 구할 수 없었으며, 피구에라스에 있는 긴급수용소에 도착해서야 비로소 허기를 조금 달랠 수 있었다. 피난민들은 허기지고 지쳤으며 그중 상당수는 대로에서 자행된 팔랑헤당 식민군대의 대량학살에 대한 기억으로 여전히 몸을 떨었다. 그들이 산맥을 넘어가자 국경에서 이들을 맞이한 동원 근위대 소속의 세네갈 병사들은 소총 개머리판으로 그들을 위협하며 가축수송용 화물차에 밀어 넣었다. 강제로 징집된 예전의 노예 식민지 출신 아프리카 사람들은 자신들이 당했던 것을 갚아주었다. 난민들은 관세를 물지 않았다는 이유로 가지고 있던 소유물들, 시계, 장신구, 만년필, 심지어는 안경과 스카프, 빗까지도 약탈당했다. 페르피냥에 도착하자 남자들은 여자들과 분리되었고, 여자들은 어린아이들을 빼앗겼다. 정거장에서는 밤낮없이 고함 소리, 간청하는 소리, 훌쩍거리며 우는 소리들이 들려왔다. 그 옆 선로에는 프랑스 정부가 스페인으로 보내는 것을 허용하지 않아 발이 묶인 화물열차들이 줄지어 서 있었다. 그 안에는 발송지가 소련으로 찍힌 기관총, 대포, 대공화기, 탄약 들이 가득 실려 있었다. 많은 난민들이 그 도시의 생장 성당과 무어 양식이 두드러져 보이는 성에서 가축우리 같은 개별 수용소로 내몰렸다. 어린이들을 위한 특별 수용소의 상황이 가장 끔찍했다고 브란팅이 말했다.

지역 주민에게 호소해봤지만 별다른 소용이 없었으며 적은 숫자의 봉사자들로는 어린이들이 쇠약과 영양부족으로 죽어가는 것을 막을 수 없었다. 어린이들은 그룹별로 무리지어 서로 껴안은 채 맨바닥에 누워 있었다. 민간인들의 후퇴를 보호해주었던 공화파 군대가 도착하자 며칠 동안 희망이 생겼다. 그러나 이는 더 큰 절망감으로 바뀌었다. 병사들은 질서 정연하게 열을 지어 국경을 넘었다. 그들은 자신들이 패했다고 생각지 않았으며 그들의 태도에서는 자신들이 정의로운 전쟁을 벌이고 있다는 자부심이 그대로 드러났다. 여자들은 자기 아들을 찾고 남편을 만나기 위해 수용소 울타리를 부수고 밖으로 뛰쳐나갔다. 하지만 그들을 공포탄으로 다시 우리 속으로 몰아넣었다. 자동차로 페르피냥에 도착해서 호텔이나 민가에 숙소를 얻는 데 성공한 사람들 역시 체포되고 돈을 약탈당하고는 수용소로 끌려갔다. 공화파 군대는 프랑스군에게 무기를 반납하면서 그들이 자신들을 받아주고 도와주리라 기대했으나 욕을 먹고 조롱당해야 했다. 처음으로 브레히트의 목소리가 들려왔다. 카라 부인에 관한 작품을 스웨덴에서 초연할 예정인 연출자 트렙테[155)]가 그에게 달라진 상황에 알맞은 프롤로그와 에필로그를 써줄 것을 요청하자, 그는 트렙테 쪽으로 고개를 돌리면서 날카롭고 목이 쉰 소리로 작품의 틀을 이루는 줄거리가 더 이상 적합하지 않기 때문에 새로 개작해야 한다고 말했다. 그러면서 그는 카라 부인, 그녀의 아들, 그녀의 오라비를 프랑스 수용소 상황으로 옮겨놓았다. 두어 명의 보초들이 무료한 시간을 보낼 요량으로 그들에게 패배한 전쟁에 대한 질문을 던지며 그 대답은 작품 줄거리를 통해 알게 될 것이라고 했다. 결말 부분은 지금의 패배에도 불구하고 투

155) Curt Trepte(1901~1967): 연출가 겸 배우로 독일 공산당원이었다. 1938년 스웨덴으로 망명해 스톡홀름 자유무대를 주도했으며 전후 동베를린 예술원에서 일했다.

쟁이 계속되어야 한다는 점을 관객들에게 가르쳐주어야 한다는 것이다. 그는 이러한 방식으로 등장인물들의 강인함을 표현할 수 있으리라고 믿었다. 프랑스 병사들과 스페인 노동자들이 한쪽은 감시인으로 또 다른 쪽은 포로로 만나 서로 이야기를 나눌 수 있다는 인상을 불러일으켰다. 아마 이러한 계급적 조건에 따른 가정을 유지하는 것 역시 중요했을 것이다. 예컨대 아직 어떤 변화가 일어날 수 있다면 그건 이러한 연대감의 토대 위에서 생겨날 것이다. 그러나 그러한 해결책은 브란팅이 보고한 바에 따르자면 더 이상 현실에 부합하지 않았다. 지금 나타난 것은 대륙 전체, 지구 전체를 포함하는 대규모 섬멸전으로 가는 예비 전투 단계에서의 전환점이었다. 피폐해진 개인들이 반응하기 시작했고 그것이 이미 깊은 흔적을 남겼다. 방금 전만 해도 구상할 수 있었던 단순한 희곡 줄거리는 갑작스럽게 파묻혀버린 세계에나 어울릴 법한 것이었다. 프랑스 노동자들은 블룸[156]이 인민전선을 깨고 달라디에가 테러 정권을 세우도록 허용했다. 스페인의 파시즘을 피해 도망쳐 나온 사람들은 프랑스 파시즘의 마중을 받았다. 브레히트는 이제 시작된 것은 더 이상 소극장 공간에 어울리지 않고, 브뤼헐[157]이 그린 것과 같은 「툴러 흐릿」 또는 「죽음의 승리」의 엄청난 풍경들에 어울린다고 보았다. 그는 탁자 위에 펼쳐진 대형 판형의 책을 가져오도록 했다. 그는 한참 동안 뼈만 앙상한 이시골풍의 복수의 여신 에리니에스[158]에게만 관심이 있는 것처럼 보였다.

---

156) Léon Blum(1872~1950): 프랑스의 법률가이자 정치가로 제2차 세계대전 이전 프랑스 인민전선의 구성에 중요한 역할을 했고, 1936년 프랑스 최초의 사회주의자 수상이 되었다.

157) Pieter Brueghel(1525~1569): 플랑드르의 르네상스 화가로 농촌 생활과 풍경 그림으로 유명하다.

158) Erinyes: 그리스 신화에 나오는 세 자매 티시포네, 알렉토, 메가이라를 가리키는 말로

그녀는 쏘아보는 눈길로 입을 벌리고 치마 위에는 흉갑을 두르고 약탈한 물품으로 가득 찬 자루를 짊어지고는 불꽃과 연기가 치솟는 가운데 칼을 휘두르며, 음탕하고, 격분하고, 짐승의 코로 뒤덮이고 물고기 또는 파충류 같은 존재들로 가득 찬 파괴된 도시들을 뚫고 달려가고 있다. 브레히트가 관심을 보인 것은 어쩌면 해골의 군대로 가득 찬 이 붉은 모래 해안인 듯했다. 이들은 종소리, 나팔 소리, 북소리를 울리며 수륙양용 마차와 다른 전차들을 타고 방패를 높이 든 뒤편에서 사각형의 돌격대형을 취하며 벙커에서 꾸역꾸역 쏟아져 나온다. 그리고 큰 낫과 갈고리, 부젓가락, 콜타르를 적신 횃불, 맷돌, 그물망을 들고서 인간들을 덮쳐서 그들을 거꾸로 웅덩이에 처박고 우리와 동굴 속, 황량한 언덕 위로 내몰고 바퀴에 매달고 참수를 하고 일렬로 세워진 교수대에 매달고 있다. 그러다 브레히트는 갑자기 스페인 전선에서 인민전선이 얼마나 검증되었는지 알고 싶어 했다. 이어지는 이야기를 들어보건대, 그는 상이한 정치 그룹에 속하는 사람들을 불러서 서로 대립되는 그들의 관점을 통해 공화국 파멸의 원인이 무엇인지 그 결론을 이끌어내고자 한 것이 분명했다. 그의 특별한 좌석 역시 모인 사람들에 대해 신중하고자 하는 그의 태도에 상응하는 것처럼 보였다. 둘러앉은 사람들을 바라보는 그의 눈길은 냉담했지만 극도의 집중력을 갖고 있었다. 그는 종종 참을성 없는 신경질적인 표정으로 어깨를 들썩이며 주제에서 벗어난 이야기들을 다시 주제로 끌고 갔다. 사회주의자, 무정부주의자, 사민주의자, 그리고 공산주의자로 조합된 군대가 거론되었을 때 그는 당신들이 실제로 상호간에 의견 통일을 이룬 것이냐고 물었다. 여러가지 관점들이 표명되는 가운데에서도 그

복수의 여신을 뜻한다.

가 집중적으로 관심을 갖는 사안이 항상 논의의 초점이 되었다. 알고자 하는 그의 욕구를 조금이라도 무시할 경우 그 모임은 곧 깨질 것 같았다. 게릴라전 내지 혁명적 인민해방전쟁을 활용하지 않은 것이 패배의 원인이 되었다는 관점을 옹호하는 사람들과, 비록 적이 물질적으로 우월했기 때문에 승리를 거둘 수 없었더라도 전통적 진지전이 유일한 가능성이었다고 보는 사람들 사이에서 알력이 싹트기 시작했다. 대부분의 사람들은 사민당 지도부가 참여하지 않은 것과 더불어 불간섭 원칙이라는 미명 아래 공화파의 사활이 걸린 사안에 태업을 벌인 프랑스와 영국 정부의 태도가 항복의 가장 큰 원인이었다고 그에게 증언했다. 독일당의 단위지도부는 바른케,[159] 페르너,[160] 메비스가 대표하고 있었다. 페르너는 국제여단의 해체 결정을 내린 뒤에도 투쟁의지가 결코 꺾이지 않았다고 말했다. 카사도[161]의 쿠데타 발생 이전인 2월까지만 해도 함락된 바르셀로나에서 자신의 군대와 함께 일단 프랑스로 후퇴했던 모데스토[162]가 새로운 방어선을 구축하러 다시 국내로 들어올 것을 많은 사람들은 확신하고 있었다. 단지 독일과 이탈리아가 군대 철수 합의를 지키지 않았는데도 프랑스가 무기 반입을 불허했기 때문에, 그 작전은 대규모로 이루어질 수 없었다. 소련은 아무리 서방 세력이 강요했다 해도 군사 원조를 중단

---

159) Herbert Warnke(1902~1975): 베를린의 금속노동자 출신으로 1932~33년에 독일공산당 소속 제국의회 의원을 지냈으며, 1938년 이후 스웨덴으로 망명했다가 1958년 동독 집권당의 정치국 위원을 역임했다.

160) Paul Verner(1911~1986): 베를린의 금속노동자 출신으로 스페인 내전에 참전했으며, 1939~43년에 스웨덴에서 수형 생활을 했다. 1963년 동독 집권당의 정치국 위원을 역임했다.

161) Segismundo Casado(1893~1968): 스페인 내전 당시 공화파군의 총사령관.

162) Juan Modesto(1906~1969): 스페인 내전 당시 공화파군의 총사령관. 스페인 공산당 중앙위원회 위원.

하지는 말았어야 했다고 다른 사람이 말했다. 소련 당내에서의 분열이 스페인의 몰락에 책임이 있다고 주장하는 사람과 소련의 정책이 평화를 유지하기 위한 전제 조건이라고 주장하는 바르케 사이에 논쟁이 시작되었다. 잿빛이 도는 금발의 여자가 도로 받아 가져간 책의 화보에서 반사되는 빛에 이끌려 나는 내 자리에서 창문가의 탁자 쪽으로 옮겨갔다. 나는 부엌 의자를 끌어당기고 제자리에 놓였던 책을 내 쪽으로 돌려놓고 그 복사본들을 들여다보았다. 거의 2년 전에 나는 이 그림들을 바른스도르프에 있는 책방에서 보았다. 이제 스페인 체험 이후에 그 그림들은 새로운 느낌을 주었다. 나는 종종 어떤 방법으로 전쟁의 인상들을 재현해야 할지 곰곰이 생각해보곤 했다. 그 인상들은 아무리 정확히 묘사한다 하더라도 언제나 그 본질 가운데 어떤 것을 잃어버렸다. 전달된 체험들에는 어떤 이물질이 달라붙었으며, 사실주의적 묘사는 단지 하나의 조그만 조각하고만 일치했다. 그 아래쪽에는 악몽과도 같은 놀라움과 공황 상태의 혼란이 풀리지 않은 채로 남아 있었다. 그런데 이 작품에서는 메가이라[163)]의 형상에 미혹되어 지하의 것들이 모두 솟아났다. 거기에는 불 먼지, 갈라지는 바닥이 있었다. 거기에는 열기에 말라비틀어진 나뭇가지, 갈라진 담벼락이 있었다. 거기에는 감시 구멍 뒤편에서 엿보는 자의 투구를 쓴 머리들이 있었다. 거기에는 성문 앞길과 지하 동굴에서 벌어지는 대량학살이 있고 바위틈에 몸을 피하는 사람들이 있었다. 거기에는 세세한 부분에 이르기까지 너무도 분명하게 알아볼 수 있는 것이 있었다. 거기에는 모의를 하고 음모를 꾸미는 모습이 있었다. 거기에는 간계, 배반, 몰염치, 치욕스러운 행위의 환영들이 있었다. 이 모든 것은

163) Megaera: 에리니에스, 즉 복수의 세 여신 중 하나.

혼잡한 가운데에도 손에 잡힐 듯 가까이 있었다. 쫓기고 고문당한 사람들의 동작과 움직임이 광기의 산물들과 결합되어, 우리가 때때로 수초 동안 느낀 바로 그 미친 상태와 번쩍이는 혜안에 접근하는 상태가 만들어졌다. 그렇게 모래언덕과 돌 더미를 자세히 관찰해보면 그 틈새와 구멍들에서 얼굴들이 나타났고, 나무뿌리와 타버린 대들보는 숨어서 기회를 엿보는 육체들로 탈바꿈했으며, 회색 먼지 덮인 길가의 풀들은 겨누어진 총구멍이 되었다. 번쩍이는 인상과 착각들 사이의 이러한 전이에서 여타의 현상들이 생겨났는데, 이는 항상 공포에 가까운 구토 증상을 일으켰다. 정당방위로 살인을 할 수밖에 없는 처지에서 우리는 이성이 불구화되지 않도록 이성을 위해 투쟁했다. 이 그림을 바라보면 비자연적인 것이 노골적으로 우리에게 다가와 우리를 핥고 건드리며 끔찍스럽게도 우리의 피부를 쓰다듬었고, 우리에게 빳빳한 털, 긴 코, 빨판, 송곳니 그리고 발톱을 내밀었다. 여기에는 소문을 조작해내고 사기를 치고 계략을 꾸미는 모든 것이 대담하고 뻔뻔스럽게 모여 있다. 매달린 방울 속에, 유리로 만든 종 아래, 속이 빈, 엄청나게 큰 알 속에는 원숭이 같고, 깃털이 달린 불량배들이 주둥이와 부리를 쩍 벌리고는, 쓸개즙, 콜타르를 뱉어내며, 탄환들을 쏟아낼 준비를 한 채 웅크리고 있다. 지붕 위에는 발을 쩍 벌린 괴물이 앉아 옷을 들추고 엉덩이를 내보이며 비어져 나오는 똥을 수저로 쑤시고 있다. 이 걸어 다니는 똥통, 오두막을 지고 낚싯대를 든 이 풍뎅이, 먹이를 잡으려고 하프 줄을 펼치고 있는 이 거미들, 구더기와 생선, 곤충과 설치류 사이의 이 잡종들, 그것은 대개 우리 앞에 숨어 있다가, 지체 없이 일을 벌이는 무리들이었다. 그것들은 기생충들이며 페스트를 몰고 오는 것들이었다. 그것들은 통통한 성직자의 낯짝을 하고는 편안한 듯한 모습을 보일 수 있었다. 그것들은 안락하게 누워 있는 것처럼 보였다. 그러나 그것들은 부지불식간에 사라질 수도 있었다. 그것들을 짓눌러 죽이려고 하는 사람은 설혹 그럴 수 있다 하더라도 그것들이 터지면서 수많은 벌레 떼로 번식될 뿐이라는 사실을 알게 될 것이다. 상처를 입고 열에 들뜬 사람이 지옥 같은 지배가 시작되는 것을 가장 잘 인식할 수 있을 것이다. 우리는 종종 실명하고 팔과 다리가 절단된 사람들이 구원을 요청하는 소리를 들었다. 저기 있는 짐승들, 염소들, 부엉이들, 물려고 달려드는 잉어들, 또는 그것이 무엇이든 간에, 그것들을 자신의 침대에서 쫓아버리고 날파리들을 쓸어버리라는 것이었다. 비현실적인 세상으로 가는 문턱을 일단 넘어서면 브뤼헐이 묘사한 이 현상들은 직접 파악 가능한 것이 되었다. 아무것도 없는 한쪽 눈과 어둡게 반짝이는 다른 쪽 눈, 창의 덧문처럼 열려 있는 눈꺼풀들, 한쪽 콧구멍에서 돌돌 말려 나온 징그러운 쥐꼬리, 돌로 굳어져 망루가 되어버린 이마, 벌레들이 떼 지어 쏟아져 나오는 벌어진 목구멍에 비늘이 덮인 거대한 얼굴은, 투쟁이 벌어지다가 잠잠해지고, 다시 불붙는 모든 나라에서 만들어져온 폭군의 모습이었다. 권좌가 부서진 성벽에 둘러싸인 채 솟아 있고, 대지의 곳곳에서 전투가 벌어지고 화염이 치솟고, 포로들이 함께 묶여 누워 있다. 저 멀리 협곡 뒤쪽으로, 도달할 수 없는 높은 산에, 붉은 하늘 앞에, 열기를 식혀주고 고통을 덜어주겠노라고 약속이라도 하는 듯 거대한 항아리가 놓여 있다. 뒬러 흐릿은 마치 종군 여자 상인처럼 쇳조각을 덧댄 장갑을 낀 손에 훔친 물건들이 든 자루를 들고 그 지역을 휩쓸고 다녔다. 그녀는 전쟁 덕분에 살았고 전쟁에서 이윤을 챙겼다. 그녀의 치맛자락은 한 떼거리의 여인들을 휩쓸고 있는데 그 여인들은 돌격해 들어오는 놈들을 도리깨와 프라이팬으로 때려눕히고 그들의 배를 갈라 창자를 꺼내고 있다. 다시 그놈들은 도망치면서 가게를 약탈해 밀가루 자루, 빵

덩어리, 햄을 갖고 튀는데 다음 모퉁이에서는 또 다른 짐승들이 이들을 덮치고 있다. 메비스가 내게 전선 후방에서의 활동 상황을 보고하라고 촉구했을 때도 이 얼굴들은 여전히 내 망막에 새겨져 있었다. 전쟁이 끝난 지 석 달이 지난 지금 벌써 우리 기억 가운데 많은 것들이 의심스럽게 된 듯했다. 우리가 고수하고자 했던 것들은 이미 거짓된 역사 서술의 촘촘한 그물망으로 뒤덮였다. 사건들은 신화들 사이로 잠적해 들어가려 하는데, 이 점은 양측, 즉 우리 편과 적의 편 모두에게 해당되었다. 우리가 어떤 대상을 수용하고자 하든 간에 그것은 항상 왜곡되었다. 상부에서 규정해놓은 진실과 충돌할지 모른다는 두려움뿐만 아니라 자신의 실패를 잊고자 하는 소망 때문에도, 우리는 진실을 파악하기 어려웠다. 모든 개인의 끝없는 인내와 용기 그리고 역량이 집중되었다는 것을 고려할 때, 공화국의 파멸은 설명할 수 없었다. 패배의 가능성은 상상할 수 없었다. 단지 고집과 열광만이 있었을 따름이며 희생이 무위로 돌아갔다는 책망이야말로 참아낼 수 없는 것이었다. 그렇지만 이제 파멸의 이유를 밝히는 것이 관건이라면, 물론 우리의 상상력 부족에서 찾아야 했다. 우리는 광범위한 지하조직 활동에서 충분히 전문적이지 못했고 우리의 은신처에 고집스럽게 머물러 있었다. 우리는 우리의 선한 의지와, 정의를 구현하겠다는 우리의 이상을 출발점으로 삼았지만, 정작 우리 주변에서 이루어지는 온갖 조작들에 대해서는 충분히 이해하지 못했다. 그렇다. 그러질 못했다. 바로 작은 다툼들, 혼란, 정당 사이에 불거지는 적대 관계, 기만적인 선전선동, 외교의 이중적 언사, 스스로의 약점과 분열의 증거들이 우리를 짓눌렀다. 우리는 버텨내기 위해, 생각하기조차 싫은 끔찍한 것들을 부인했다. 아무런 문제가 없다고 가장하고, 우리의 행동에는 빈틈이 없다고 믿는 것, 바로 이런 태도가 칭찬을 받고 모범으로 치켜

세워졌지만 그것들이 또한 우리에게는 불운의 씨앗이 되었다. 그렇지만 우리가 달리 뭘 할 수 있었겠는지 나는 자문해보았다. 언제나 힘겹게 버텨내야만 하는 하루하루의 삶이 있었을 뿐이다. 버텨내기 위해 우리와 똑같이 노력을 기울였던 군사, 정치 지도부를 신뢰하는 것 말고는 다른 대안은 있을 수 없었다. 이런 생각들에서 무언가를 표현하려 애쓰는 동안 나는 창문을 통해 우거진 잡목 뒤편에서 비쩍 마른 검은 머리의 여자가 담배를 끼운 긴 빨부리를 입에 문 채로 주석통에 담긴 빨랫감들을 빨고 있는 것을 보았다. 그녀는 뜨거운 여름 날씨에 장밋빛 속치마만 입고 있었다. 그녀는 빨랫감 하나하나를 세심하게 헹구고 쥐어짜서는 자작나무와 사과나무 사이에 매단 줄에 널었다. 그러더니 거품이 이는 비눗물 속으로 들어가 무릎을 모으고 등을 기댄 채 조용히 앉아 새로이 담배 한 개비를 피우면서 살랑대는 나뭇잎들을 올려다보았다. 모임에서는 이제 다른 사람이 이야기를 하고 있었는데, 내 눈길이 반복해서 잡목 숲 뒤쪽의 그 여자에게서 수줍은 소녀 얼굴의 여비서에게로 다시 브레히트의 발치에 앉아 있는 제3의 건장한 여자에게 미끄러져가고 있을 때, 나는 약탈자 톰브로크가 브레히트와 자신을 연결짓는 부분이라고 말한 어떤 것을 건드리고 있다고 생각했다. 얼굴 윤곽이 콜비츠[164]의 스케치를 생각나게 하는 밝은 금발의 여조수는 참을성 있게 브레히트의 지시를 기다리고 있고, 바깥에 있는 여자는 체념한 듯 계속 혼자 앉아 있었으며, 또 그에 대한 특권을 과시하려는 듯 무릎을 꿇고 그에게 팔을 얹고 있는 또 다른 여자는 긴장된 표정과 끊임없이 관찰하는 태도를 통해 자신이 그에게 복종할 준비가 되어 있다는 점을 암시하고 있었다. 톰브로

164) Käte Kollwitz(1867~1945): 독일의 사회주의적 화가.

크의 여자 관계가 졸렬하고 거칠게 아무렇게나 만든 자신의 작품들에 상응한다면, 브레히트의 가부장적인 방식은 효과가 없었으며 절대적인 자기확신과 구별되지 않았다. 소파에서 그가 취하는 자세와 뭔가를 요구하는 듯한 그의 냉랭한 목소리 말고는 그의 인격에 대해 아는 바가 없으면서도, 나는 브레히트가 자신이 남긴 업적에 근거한 권리를 가지고 자신의 신호를 받은 자는 누구나 자신에게 달려와 자신을 돕고 지원하며 자기가 캐묻는 말에 대답하고 필요한 일을 도맡는다는 것을 전제하고 있다고 생각했다. 나는 그의 집에 발을 들여놓을 수 있게 해준 것이 충분한 호의라는 생각을 거부하고, 그가 우리에게 적어도 물 한 잔이라도 내놓았으면 좋겠다고 생각했다. 연기로 가득 찬 답답하고 더운 공기 속에서 그리고 무엇보다도 전문가들 앞에서 이중적이고도 위험한 질문들에 대답해야 하는 긴장감 때문에 나는 땀으로 범벅이 되고 말았다. 바깥의 푸른빛이 해방처럼 나를 유혹했다.

이 녹색. 바로 로르카[165]가 노래한 바로 이 녹색이야. 스쳐 지나가는 스웨덴의 해안에 눈길을 고정하며 갈레고[166]는 말했다. 녹색의 바람, 녹색의 나뭇가지들, 바닷물 위에 떠 있는 범선들. 갈레고 옆에는 슈탈만[167]

165) Fedrico Garcia Lorca(1898~1936): 스페인의 희곡 작가로 스페인 내전에서 팔랑헤 당원들에게 총살당했다.

166) Ignacio Gallego(1914~1990): 스페인 공산주의 정치가로 스페인 인민공산당(PCPE) 총서기를 역임했으며, 스페인 내전 당시 공화파 쪽에서 싸우다 패배 후 1945년까지 소련에 거주했다.

167) Richard Stahlmann(1891~1974): 원래 이름은 일러Iller 또는 일너Illner. 베를린의

이 서 있었다. 르아브르에서 와서 그들을 레닌그라드로 데려다줄 배의 난간에 기댄 채였다. 바위가 많은 땅에서, 안달루시아의 적갈색 흙먼지 속에서, 그리고 황무지에서, 보가리Bogai 주위의 눈부신 모래 속에서 우리가 꿈꾸었던 이 짙고도 싱싱한 녹색. 갈레고는 전쟁 중 빨치산 부대를 이끌었던 그 독일 동지에게, 지난 며칠간, 몇 주간, 그리고 스페인공화국이 붕괴된 이후 거의 다섯 달이 지나는 동안 벌어진 일을 보고하려 했다. 그는 자신의 군대와 함께 3월 24일까지 숨어 있었던 파르도 궁전에 대해 보고하려 했으나 실제로는 훨씬 더 지난 얘기, 즉 장Jean 근교의 질레 마을에서 보낸 어린 시절 얘기까지 거슬러 올라가야만 했다. 그곳에서 그는 농부의 아들로 황량한 고지대에서 양치기 노릇을 했다. 아버지가 돌아가신 뒤 어머니는 열여섯 살이 된 나를 도시로 보내 읽고 쓰는 것과 손기술을 배우게 했는데, 나는 이때서야 비로소 신발이라는 것을 얻었지요. 갈레고가 말했다. 그는 처음에 신발을 신을 수 없었다. 산속과 메마른 언덕들을 돌아다니느라 발바닥이 딱딱하게 굳어 있었기 때문이었다. 그에게는 학교에 가는 일과 더불어 다시 가축들을 돌보는 일 말고는 할 일이 없었다. 당과 청년 조직 소속원들인 서른 명의 남자들과 함께 파르도 궁전의 위층 모래 자루를 쌓아놓은 창문 뒤쪽을 지키고 있을 때 그는 종종 자신의 출생과 내전이 돌발하기 전까지의 성장 과정을 생각해봐야 했다. 그들이 3주 동안이나 버텨냈다는 사실은 그리 특이한 일이 아니었다. 그것은 그가 열일곱 살이 되어 청년동맹에 가입했을 때 접어들었던 길의 당연한 결과였던 것이다. 그가 머물고 있는 홀 천장에 천

목공 출신으로 1919년 독일 공산당에 입당했고 1923년부터 모스크바에서 군사학교를 다닌 뒤 코민테른의 지시에 따라 중국과 스페인 내전에서 활동했다. 1940년 독일 공산당의 지시에 따라 스웨덴으로 파견되어 베너, 메비스, 로스너와 함께 활동했다.

사들을 그려 넣은 샹들리에를 보자, 또 홀의 벽 쪽에 있는 금도금 의자들을 바라보자, 그의 내면에서는 지난 몇 년의 시간이 나눌 수 없는 하나의 전체로 응축되었다. 그는 마치 자신의 마을에서부터 곧바로 도시와 국가를 방어하기 위해 이 전초기지로 온 것만 같은 기분이 들었다. 벽면에는 고야[168]가 고블랭 천에 그린 그림을 떼어내서 남게 된 넓고 검은 면이 보였다. 바닥의 모자이크 꽃무늬는 탄피들로 뒤덮여 있었다. 고급 비단으로 만든 커튼 아래에는 사람들이 누워 잠자고 있었으며, 다른 사람들은 총안 앞에서 보초를 서고 있었다. 그가 말했다. 1936년 7월에 우리는 모든 가난과 불행을 끝내고, 우리의 해방을 위한 투쟁에 들어섰지요. 나는 일찍 죽는 아이들, 병약한 사람들, 실업자들, 거지들 사이에서 자라났소. 도시에서도 역시 최소한의 먹을 것만 건져낼 수 있을 뿐이었다. 하지만 그는 그 도시에서 돈도 없고 직업도 없었지만 이 나라의 변혁을 위해 준비하는 젊은 사람들을 만났다. 야간 강좌, 야간 공부, 몇 년간의 학교생활 그리고 정치교육을 거친 뒤 그는 지방의 청년 지도자가 되었으며, 1934년 10월 총파업과 봉기에 참여해 수만 명과 함께 투옥되었다. 농부의 아들이자 목동이었으며 한 연대에 몇 명이 소속되는지조차 알지 못했던 그는 전쟁이 시작되자 스물한 살의 나이로 인민군 소령으로 임명되었다. 그 투쟁이 불의와 결핍을 해소하게 될 것이라는 확신이 모두에게 그때까지 느껴보지 못했던 힘을 갖게 해주었지요. 그가 말했다. 하루가 다르게 얼굴들이 변해갔어요. 근심하고 괴로워하던 표정들이 즐거운 희망의 표정으로 바뀌었지요. 하지만 우리가 무슨 기적 같은 일을 해낸 것은 아니고 오랫동안 준비해왔던 행동들을 했을 뿐이지요. 그가 계속 말

168) Francisco José de Goya(1746~1828): 스페인의 독창적인 낭만주의 화가로 근대 회화의 선구자로 평가받는다.

했다. 우리는 어려운 시절을 겪어왔습니다. 무기를 잡음으로써 비로소 안도하는 마음이 들기 시작했지요. 그래서 또한 마지막까지 항복은 생각해볼 수도 없었습니다. 파르도에서 우리는 고립되었다는 것을 알고 있었지만 매시간 여기서 해방되기를 기다렸지요. 우리에게서 몇 미터쯤 떨어진 울타리 뒤편에는 팔랑헤당의 저격수들이 있었습니다. 탱크들이 진입해왔지요. 항복하라, 마드리드는 카사도 군에 의해 점령되었다고 외치는 소리가 들렸어요. 그러나 나는 늘 우세한 힘을 가진 것에 맞선 싸움 속에서 발전해왔기 때문에, 3월의 셋째 주까지만 해도 투쟁이 계속될 것이고 승리를 거머쥘 수 있으리라고 믿었지요. 우리가 어떻게 우리 혼자만 있다고 상상이나 할 수 있었겠습니까. 그런 생각은 우리가 여태껏 갖고 있던 모든 인식과 배치될 수밖에 없었을 겁니다. 카우디요[169]가 자신의 거처로 쓰기 위해 극심한 포격을 삼가해왔던 바로 그 궁전에서 우리가 더 이상 지원이 없을 것이라고 생각했다면 그것은 스스로를 저주하는 것이나 다름없었을 겁니다. 갈레고는 그때 기관총을 앞에 두고 쪼그려 앉아 국제여단이 도착했을 때 어떤 인상을 받았는지 회상했다. 그 당시 그는 처음으로 외국인을 보았다. 이방인들은 그와 같은 제복을 입었고 그는 그들과 같은 군대에 속해 있었다. 소속이 같다는 느낌은 그들이 서로 말을 할 수 없었다는 점을 통해 더욱 견고해졌다. 그는 공통의 언어가 필요 없는 연대감을 알게 되었다. 그는 생각에 잠겨 말했다. 어쨌거나 우리는 파시스트들을 코앞에 두고 있었지요. 우리의 식량은 바닥이 났어요. 우리는 마지막 실탄을 소모할 때까지 남아 있을 각오를 했습니다. 우리

169) caudillo: 라틴아메리카에서 공동체, 단체의 지도자를 뜻한다. 출신과 상관없이 민중의 여망을 바탕으로 지역의 이익을 대표해 중앙의 권력을 장악하려는 정치가를 가리키는 말이다.

의 의사는 아직 우리 모두를 각자 최소한 일곱 번씩은 수술할 수 있다고 확언했지요. 만일 누군가 포위망을 뚫고 우리에게 숨어들어와 후퇴하라는 명령을 전달하지 않았더라면 우리는 엘 파르도를 떠나지 않았을 겁니다. 우리는 여전히 마드리드가 함락되었다는 사실을 믿으려 하지 않았어요. 여러 도시가 함락되고 전쟁은 계속되었지요. 북부군은 패배했으나 모데스토는 반격할 부대를 모으고 있었지요. 밖에 있는 사람들에게 이것은 미친 짓처럼 보일 수도 있었을 겁니다. 하지만 우리에게 그것은 올바른 것이었지요. 에브로 전투에서도 역시 우리는 단지 두어 시간만 더 있으면 적이 후퇴할 거라고 생각했습니다. 그런데 지원 물자가 오지 않았지요. 이번에는 왜 우리에게 지원 물자가 오지 않는지 의아해했지요. 적 진영은 언제나 그렇듯이 취약했고 규율이 와해되어 있었어요. 민중들이 이루 말할 수 없는 노력을 기울였기에 반동이 승리한다는 건 있을 수 없는 일이었지요. 그는 계속 이야기했다. 우리가 들어가 있던 건물은 평범한 궁전이 아니고 중세 이후 봉건주의의 본거지들 중 하나이자 왕실의 별궁이었습니다. 카를로스 3세가 증축했고, 카를로스 4세가 벨라스케스,[170] 무리요,[171] 고야의 걸작들로 채웠지요. 그는 슈탈만에게 말했다. 당신은 마녀 같거나 인형 같은 모습으로, 멍청하고 기름이 줄줄 흐르는 열네 명의 왕실 가족이 번쩍이는 의상과 화려한 제복을 입고 뽐내는 모습을 그린 고야의 그림을 알고 있을 겁니다. 그 궁전이 우리 손에 있다는 사실, 그리고 단지 버스럭거리고 번쩍거리는 옷들을 통해서만 권력 있는 자들임을 알 수 있는 그 백치들이 다시는 이 궁전으로 되돌아오지

---

170) Diego Rodríguez de Silva y Velázques(1599~1660): 17세기 스페인의 궁정화가.

171) Bartolomé Esteban Murillo(1618~1682): 17세기 스페인 바로크 회화의 대표자 중 한 사람.

못하게 되었다는 사실에 우리는 자부심을 가졌지요. 그러나 우리는 서두르라는 경고를 들었습니다. 마드리드에서는 영국과 프랑스가 인정한 군대들이 승리의 퍼레이드를 준비하고 있었습니다. 나는 내 그룹을 안전한 곳으로 옮겨놓아야 한다는 임무와 혁명투쟁을 계속하고자 하는 의지 사이에서 모순에 빠졌지요. 그 갈등은 동지들의 삶을 구해야 한다는 의무를 통해 해결되었습니다. 부분적인 패배는 받아들여야 했습니다. 우리는 다른 장소에서 투쟁을 다시 재개하기 위해 뚫고 나가야만 했지요. 그 후에 있었던 모든 일은 비록 겉보기에는 우연적이고 즉흥적인 것 같지만 내게 한 가지를 가르쳐주었습니다. 그것은 빠져나갈 길이 없는 상황은 없다는 것이지요. 실패란 단지 어딘가에 분명히 있는 출구를 찾아내지 못했다는 것뿐입니다. 녹색의 스웨덴 해변이 멀어져가고 뱃머리에서 갈라지는 파도가 거품을 품으며 뱃전을 따라 굴러가고 있는 동안, 갈레고는 파르도에서의 퇴각을 자신이 느꼈던 순간적인 인상들과 함께 어떻게 말로 옮길 수 있을지 곰곰이 생각해보았다. 새벽이 밝아오기 전에 그들은 정문 쪽에서 누군가 고함치는 소리를 들었다. 철제문들이 열렸고 구급차 한 대가 정문을 지나갔다. 구급차 운전자는 카사도의 근위대에 속하는 무정부주의자들의 증명서로 위장하고 큰 소리를 질러댐으로써 그가 성에서 공화파들을 데려오라는 명령을 받았다는 것을 보초들에게 확신시켰다. 갈레고는 그때까지 덮개 문이 열린 벽난로 위쪽에 촛불 받침대가 양옆에 세워져 있는 거울을 바라보며 딱지가 앉은 머리칼을 가지런히 쓰다듬고 있었다. 그러고 나서 그들은 대리석 계단을 뛰어내려 갔다. 그러자마자 그들 뒤쪽에서 자동차 문이 쾅하고 닫혔다. 그들은 길을 따라 질주했고 멀리 푸른빛이 감돌고 눈으로 뒤덮인 과다라마 산 정상을 바라보면서 평야 지대를 가로질러 병영 쪽으로 갔다. 그곳에서 다시 운전수는 갖고 있던 증명서를 흔들면서 고래고래 소리를 지르며 휘발유를 요구했다. 그 뻔뻔함이 팔랑헤 당원들로 하여금 자기 편이라고 믿게 만들어 휘발유까지 얻어낼 수 있었다. 이렇게 그들은 마드리드를 둘러싼 포위망을 뚫었으며, 계속해서 국토를 가로질러 카르타헤나 근처의 마자론까지 갔다. 그에게 이 모든 일이 지나간 과거가 되었을 때, 발트 해를 항해하면서, 그는 그 일들을 이런 식으로 묘사했다. 그러나 이 묘사가 가끔씩 웃음을 불러일으키긴 했지만 악당소설식의 무용담은 아니었다. 오히려 경악과 공포가 우리를 둘러싸고 있었습니다. 갈레고가 말했다. 구급차의 창문을 통해 그들은 폭격으로 폐허가 된 도시들, 피난민들의 물결, 이탈리아군의 탱크들, 약탈을 자행하고 있는 파쇼 군대들을 보았다. 그들은 포로가 된 공화파 군인들의 대열 옆을 천천히 지나간 적도 있었다. 불타고 있는 어느 마을에서는 한 어린아이가 계속해서 원을 그리며 달리고 있었다. 나뭇가지에 목을 매단 사람들. 허허벌판에서 총살당한 한 무더기의 사람들. 그들은 심하게 요동치는 차 안에 오밀조밀하게 누워 있었다. 차는 어느 들판 길가에 멈추어 섰다. 구급차의 문짝이 열어젖혀지고 그들은 뛰쳐나왔다. 운전수는 경례를 붙이고 자기 자리로 가볍게 올라가 앉아 차를 돌렸다. 그 차는 먼지가 일으키는 구름 속으로 사라졌다. 그는 자신의 임무를 완수했고, 우리는 이제 홀로 계속해 가야 했습니다. 갈레고가 말했다. 정치적인 이유로 쫓기는 우리 서른 명은 어떻게 해야 할지 논의했지요. 해안 도시로 들어가는 길들은 감시가 심했습니다. 항구들은 바다를 건너 아프리카로 데려다줄 화물선과 어선들을 찾는 사람들로 가득 찼지요. 그 바깥쪽에는 이탈리아 함대들이 지키고 있었습니다. 나는 보트를 구하기 위해 마자론 쪽으로 길을 나섰습니다. 다른 사람들은 올리브나무들이 있는 언덕의 토담 뒤편에서 기다리고 있었지요.

나는 알지도 못하는 출구를 찾아 헤매던 중 시골길 한가운데에서 조종사 한 사람을 만났습니다. 그가 우리 편 공군 소속임을 알아차렸지요. 그는 우리를 가까이에 있는 군용비행장으로 데려갔습니다. 그는 권총을 빼어들고 카사도의 지휘를 받고 있는 부대원들에게 자신이 우리를 국외로 데리고 갈 임무를 부여받았다고 설명했습니다. 전체적인 혼란 상황으로 혼선에 빠진 조종사들은 경폭격기인 작은 나타샤 비행기 열한 대의 엔진을 작동시켰습니다. 오래지 않아 우리는 이륙 준비를 했지요. 갈레고는 다시 한 번 우연히 작동하는 일에 대해 이야기했다. 우연이란 것은 없으며 불가능한 것 또한 없었다고 그는 말했다. 그들은 언제나 불가능해 보이는 것들을 극복해왔기 때문이라는 것이다. 그는 말했다. 내가 아직 알지 못하는 것을 찾으려 하지 않았더라면 나는 그 조종사를 만나지 못했을 것이고, 그의 태도가 그처럼 당당하고 확신에 차 있어 보이지 않았더라면 우리는 그 조종사들의 의심을 풀지 못했을 것입니다. 대담한 짓도 하지 못했을 겁니다. 지난 수년간은 모든 일들이 다 하나의 모험이었으며 우리는 이에 익숙해 있었습니다. 따라서 상황이 달라졌을 때 우리는 결코 망설이는 법이 없었지요. 우리는 나중에 우리의 구원자가 바로 공화국의 영웅 카라스코였다는 사실을 알게 되었지요. 우리를 격추시키기 위해 우리 뒤를 쫓으라는 명령을 받은 비행기들에는 공산주의자들이 타고 있었으며 그들은 단지 몇 번의 거짓 작전을 수행한 다음 휘발유가 아프리카까지 날아가기에는 충분치 않았기 때문에 기지로 귀환을 했지요. 우리를 오랑[172]으로 데려다준 비행사들은 우리 편에 남기로 결정했습니다. 그런데 도착 직후 인민해방전쟁의 새로운 국면, 즉 망명 중

172) Oran: 알제리 서북부에 있는 항구도시.

의 무기 없는 투쟁이 시작되었지요. 이제 우리의 적은 프랑스인들이었습니다. 우리는 항구도시의 요새에 감금되었지요. 우리가 남부 프랑스의 스페인 피난민 수용에 대해 들어왔던 것이 알제리에서 반복되었지요. 식민지 군대들이, 해상 봉쇄를 뚫고 오랑에 도착한 배들에서 사람들을 끌어내어 수용소에 집어넣었지요. 우리는 우리가 받는 취급에 대해 항의했습니다. 우리는 프랑스와 전쟁을 하고 있는 것이 아니었지요. 그래서 전쟁포로에 적용되는 헌장을 준수하라고 요구하지는 않았지요. 하지만 우리는 포로가 된 장교로서의 대접은 차치하고라도 한 번도 전쟁포로 취급도 받지 못했습니다. 프랑스 관청의 눈으로 볼 때 공화파 군대는 존재하지 않았지요. 이들은 파시스트 군대하고만 외교관계를 맺고 있었습니다. 우리는 조를 나누어서 소리치고, 휘파람을 불고, 감방의 쇠창살을 두드리면서 끊임없이 우리를 석방하라고 요구했습니다. 갈레고는 흰빛으로 타오르는 도시 오랑을 눈앞에 그려보았다. 보루 주변에는 가파른 골목길과 계단들이 있는 오래된 스페인인 거주 지역이 지에벨 무르지아조 언덕 쪽으로 솟아 있었다. 그 아래쪽 항만의 서쪽에 큰 무역항이 자리 잡고 있었으며 아랍 식 가옥들이 오밀조밀 들어찬 뒤쪽 맞은편으로는 넓은 대로가 딸린 원형극장식으로 현대적인 프랑스인 거주 구역이 펼쳐져 있었다. 그가 말했다. 우리는 우리의 모든 에너지를 석방을 촉구하는 데 집중했습니다. 사람들이 우리를 수용소로 데려가기 위해 요새에서 꺼내주었을 때 우리에게 이것은 마치 승리처럼 보였지요. 우리의 촉구에 의해 무언가 이루어진 겁니다. 우리는 그 나라의 내륙에서는 더 쉽게 도망칠 수 있으리라고 믿었습니다. 첫번째 계명은 주어진 것에 결코 만족하지 않는다는 것이었지요. 우리는 3백 킬로미터 떨어져, 사하라 사막에 접해 있는 고원지대 아래쪽에 있는 보가리 주둔지로 이송되었습니다. 그것은 우리가 강한 힘을 유지하고 있다는 증거였지요. 하지만 오래지 않아 사막에서 생활하는 것이 요새에서의 포로 생활보다 더 어렵다는 사실이 드러났지요. 남쪽에서 불어오는 열사풍이 수용소를 먼지와 모래구름으로 뒤덮었습니다. 낮에는 종종 열기가 50도까지 이르렀고, 밤은 얼음처럼 차가웠습니다. 하지만 우리는 알제리에서 60 내지 70킬로미터 떨어져 있을 뿐이었습니다. 우리는 마드리드에서 도망쳐왔으며, 그러니 병영을 둘러싼 장벽들 역시 틀림없이 넘어설 수 있으리라고 생각했습니다. 그곳에는 프랑스군 1개 연대와 외인부대 1개 연대가 주둔해 있었지요. 병력의 대부분은 베두인 종족을 감시하거나, 산악 지역에서 원숭이들을 사냥하기 위해 부대 밖으로 나가 있었습니다. 남아 있는 병사들은 하루 종일 우두커니 앉아 있거나 근처에 있는 오아시스에 머물고 있었지요. 그곳에는 대추야자나무가 몇 그루 있었고 약간의 담배를 재배하고 있었지요. 도망치는 것이 모든 포로들의 의무였기 때문에 우리는 언제라도 시작될 수 있지만, 언제가 될지 알 수 없는 탈출에 대해 끊임없이 생각했습니다. 갈레고가 계속 이야기했다. 우리가 도망치기로 결정했을 때는 스페인에서 비행기를 타고 온 지 거의 석 달이 지났을 때였지요. 우리는 조바심 때문에 잘못된 방법을 선택했는데 우리가 만일 그 방법을 실행에 옮겼더라면 우리는 틀림없이 사막에서 죽었을 겁니다. 그러나 동시에 우리는 스스로도 믿지 않는 또 다른 방법을 강구했는데 그것은 불법적 감금에 대한 분노를 계속 표현해서 식민지 관할 관청이 우리를 이송하지 않을 수 없도록 강요하는 것이었습니다. 여하튼 우리가 병영 지역 가장자리에 있는 빨래터에서 담장에 기어 올라갈 기회, 그 잘못된 기회를 잡기 전에 구원병이 도착했습니다. 구원병은 사막을 가로질러 우리를 알제리로 데려다줄 화물자동차 대열의 형태로 나타났습니다. 이것은 다시 스페인 난민들을 소련으로 보내는 문제에 대해 5월과 6월 파리에서 있었던 협상의 결과였습니다. 먼저 우리는 3백 명의 공화파군 소속원으로 이루어진 단위부대에 포함되어 배편으로 마르세유로 보내졌지요. 선실들은 신구교 공동 주최 회의에 참석하기 위해 여행하고 있는 성직자들로 가득 찼기 때문에 우리는 화물칸의 양과 노새들 사이의 공간을 숙소로 배정받았습니다. 그 냄새나는 깊숙한 곳에서 우리 중 여러 명이 뱃멀미를 했지요. 선체 어딘가에 흔들림이 가장 적은 곳이 있다는 얘기를 듣고 우리는 그곳을 찾아 밤새 헤맸지만 결국 찾지 못하고 가축들이 있는 곳으로 돌아왔습니다. 그러나 적어도 내게는 그 가축들이 어린 시절부터 친숙한 것들이었지요. 역시 자물쇠가 채워진 가축수송용 화물열차를 타고 우리는 프랑스를 가로질러 이송되었습니다. 벽에 나 있는 환기 구멍을 통해 나는 우리를 그렇게 찬양했고 또 우리에게 그렇게 많은 고통을 안겨주었던 나라를 보았습니다. 파리에서는 한 시간 체류했습니다. 그 순간을 생각하자 따뜻한 느낌이 그를 엄습했다. 그들을 환영하면서 그들에게 음식, 포도주, 담배를 건네준 프랑스 금속노동자들의 포옹을 통해 그는 자신이 한시도 믿음을 포기하지 않았던 국제적 동질감을 재삼 확인할 수 있었다. 그들은 파리에 들어갈 수 없었기 때문에 동부역의 플랫폼에서 한 시간 머문 뒤 르아브르로 계속해서 열차를 타고 갔다. 그러고 나서는 피레네 산맥을 넘어 불법적으로 파리에 와서는 동지들의 집에서 수개월 동안 숨어 지낸 슈탈만과 함께 소련 선박에 탑승하기 위한 통로 위를 걸어가게 되었다. 소련 땅에 도착하는 것은 갈레고에게, 그리고 그와 함께 출발했던 여러 스페인 사람들에게 오래된 꿈의 실현을 의미했다. 이제 미풍 속에서, 녹색 바람 속에서, 그에게는 마치 방금 얘기했던 것들이 자신에게서 이미 빠져나갔고, 모든 것을 다시 한 번 더 보고해야 할 것 같은 느낌이 들었다. 그는 파르도에서 만난 무정부주의자의 얼굴과 시골 길에서 만난 조종사의 얼굴, 그리고 친구와 후원자들의 모든 얼굴, 적의 증오스러운 얼굴들을 떠올리기 위한 말을 찾느라 애를 썼다.

2부

그녀 앞에는 인적이 없는 해변이 눈부시게 빛나며 펼쳐져 있었다. 멜라렌 해협의 바닷물은 거울처럼 매끄럽고 고요했다. 범선과 예인선 그리고 작은 증기선 들이 항만을 따라 늘어서 있었다. 방금 전 카스텔홀름 위로 떠오른 태양은 시청 별관의 탑과 시청의 반달형 지붕, 그리고 어두운 틈새로 인해 분할된 항구 북쪽 건물들의 전면을 비추고 있었다. 철로 방벽 뒤편에 있는 구시가지는 흐릿한 그림자 속에 잠겨 있었다. 비쇼프는 아침 일찍 출발해서 전철을 타고 베스테르 다리까지 간 다음 폴순드 쪽으로 내려갔다. 그러고는 공원을 가로질러 부두와 가건물, 창고들을 지나고 수문을 향해 걸어갔다. 오른편 산비탈에는 계단 모양의 합각머리 벽과 테라스와 요철형 장식에다 성당 모양의 보일러실과 거대한 굴뚝을 갖춘 뮌헨 맥주 공장 벽돌 건물들이 늘어서 있었다. 왼편으로는 흰 모래언덕 사이로 기중기들이 발을 벌리고 목을 곧추세운 채 레일 위에 서 있었다. 배의 이물과 고물들은 밧줄로 팽팽하게 매여 장벽 가장자리에 있는 쇠말뚝에 고정되어 있었다. 매주 목요일 아침에 그러하듯이 그녀는 8월

24일 오늘도 역시 적색구호대를 위해 모금할 목적으로 아침 식사 후의 휴식 시간에 맞추어 쿵스클립페 앞의 공사장으로 가는 길이었다. 그녀는 자신에게 쏟아질 질문들에 어떻게 대답해야 할지 몰랐다. 그녀 스스로 설명할 방도를 찾고 있는 중이었다. 그러나 노동자들과의 만남을 회피하고 싶지는 않았다. 내가 바로 오늘 그들 앞에 선다는 것은 불가피한 일이야 하고 그녀는 생각했다. 오른쪽으로는 여기저기 지하수에 젖은 짙은 회색 암벽이 솟아 있었으며 그 틈새를 뚫고 마리아 엘리베이터 회사의 회관이 세워져 있었다. 이 역시 가운데가 뾰족한 궁형 창문과 아케이드, 그리고 돌출된 창문과 작은 탑들을 갖추고 있었다. 그 위쪽으로 산봉우리의 녹색을 배경으로 성채 비슷한 건물이 솟아 있었다. 이 건물은 남쪽 경사면에 있는 구시가지 풍경에 마무리 장식을 해주고 있었다. 비쇼프는 그 건물의 전면에 적힌 글자들을 읽어보았다. 합각머리 벽 위쪽에는 도르래 장치가 된 발코니가 솟아 있었으며 그 벽에 써 있는 기계제작소라는 글자는 읽기가 어려웠다. 그 아래쪽에 남아 있는 나머지 철자들을 통해 예전에 이 자리에 철공소와 마차 공장이 있었다는 사실을 알아챌 수 있었다. 그보다 더 이전에 쓴 것처럼 보이는 희미한 간판 글씨는 스톡홀름 전기보일러 청소 회사라고 적혀 있었다. 앞마당으로 향하는 좁은 목조 계단은 에른스트룀 운트 콤파니의 집, 건축 재료라는 간판과 붙어 있었다. 그 훨씬 뒤쪽에는 짙은 그림자들과 불을 밝힌 옆 건물들 사이에, 발코니의 난간 장식 뒤편으로 세탁 공장과 수영장의 각이 진 방화벽이 보였다. 그녀는 이 모든 활자들을 읽어낼 수 있다면 뭔가 확고한 것을 얻을 수 있을 것 같은 느낌이 들었다. 큰 글씨로 시멘트라고 쓴 판자 칸막이 앞에서 그녀는 한동안 머물렀다. 항만가에는 사각 형태의 화물들이 햇볕에 삭아서 쩍쩍 갈라진 방수포로 덮여 있었는데, 마치 석관 같아 보였다. 흙벽들은 허물어진 담장의 자갈 더미들과 함께 호른스 가 쪽으로 높아지고 있었다. 그 도로에서 비스듬히 나 있는 길을 따라 첫번째 부두노동자 무리가 다가왔다. 바로 그때 기차가 경쾌한 기적 소리를 울리며 터널에서 나와 언덕을 지나 다리 위를 달려갔다. 수문 주변의 꼬불꼬불한 언덕길에는 교통량이 증가하고 있었다. 마리아 교회 탑시계의 시침은 6시에 가까워지고 있었다. 모든 것이 끊임없이 움직이고 있었다. 잠시 후면 비쇼프는 한 걸음 한 걸음 수문도로에 다가갈 것이고, 생선 장수와 채소 장수들이 가판대를 펼쳐놓은 시장 광장에 도착할 것이다. 그리고 멜라르토르그에 있는 사무실에 들어설 것이며, 전개된 상황에 대해 설명을 들을 것이다. 그로부터 세 시간 뒤 그녀는 미장이와 벽돌공들 앞에 섰다. 평상시에 그녀를 언제나 친절하게 맞아주던 나이 든 현장감독이 팔짱을 끼고 말없이 서 있었다. 몇몇 젊은 노동자들은 이미 돌을 집어 들었다. 한 사람이 그녀에게 나치코뮤니스트라고 소리쳤다. 그녀는 그들에게 더 가까이 다가섰다. 이에 앞서 적색구호대 사무실에서 벌인 토론에서는 견해가 극단적으로 갈렸다. 한쪽에서는 공산당의 정책은 항상 누구나 이해할 수 있도록 실행되어야 한다는 레닌의 원칙을 언급했다. 그러나 현재 상황은 너무도 복잡하고 위협적이었다. 따라서 곧바로 설명될 수는 없다고 하더라도 안전을 위한 모든 가능한 조치들을 취해야만 했다. 어제 당 기관지는 소련과 독일 간의 불가침조약 체결을 소련의 외교적 승리라고 지칭했다. 파시즘을 막기 위한 동맹을 결성하자는 모든 제안을 영국과 프랑스는 일 년 이상이나 거부해왔던 것이다. 체임벌린과 달라디에는 독일로 하여금 소련에 맞서 전쟁을 벌이도록 충동질하는 전술을 지속적으로 추구해왔다. 따라서 이제 자구책을 마련할 시점이 된 것이다. 그 조약은 반코민테른 동맹의 파기를 의미했다. 그러나 폴란드가 어떻게 되어야 하느냐는 문제는 불명확한 상태로 남아 있었다. 누군가 왜 조약문에는 제3국을 침공할 시 상호방위조약이 효력을 상실한다는 통상적인 유보조항이 담겨 있지 않은지 물었다. 이 조약이 서유럽 연합국들과의 동맹을 끌어내기 위한 마지막 수단이라는 점을 인정한다 하더라도, 그것이 독일 제국과 선린 관계를 맺었다는 증거가 될 수는 없었다. 공사장에 모여 있던 사람 중 하나가 비쇼프에게 너희들은 파시스트들과 연합했다고 소리쳤다. 그리고 그는 전권대사들이 모스크바에서 벌어진 연회장에서 축배를 들고 있는 모습을 담은 신문 사진을 가리켰다. 수북한 콧수염, 짧게 다듬은 콧수염, 코안경, 외눈안경, 입가가 경직된 미소. 불가침조약은 동맹이 아니라고 그녀는 말했다. 독일이 수용하게끔 강요하는 데 성공했다는 것은 반파시즘 투쟁의 한 부분일 수 있다고 주장했다. 이 조약은 전 세계를 자본주의적으로 재편하기 위한 음모에 쐐기를 박는 것입니다. 신문을 들고 있던 노동자는 거짓말하지 말라고 외치면서, 양측의 합의는 깨어질 수 없는 것이라는 내용의 신문 기사를 읽었노라고 말했다. 그 조약은 평화를 지키기 위한 것이라고 비쇼프는 말했다. 또 다른 사람이, 그건 폴란드를 분할하기 위한 것이라고 응수하면서, 그녀에게 돌을 던지려고 팔을 치켜들었다. 이제 가는 편이 낫겠소. 나는 더 이상 당신의 안전을 위해 편을 들어줄 수가 없겠소. 현장감독이 말했다. 소련은 독일의 침공을 받을 위험에 처하든지, 아니면 전쟁을 막기 위해 오해받을 위험을 무릅쓰든지, 둘 중 하나를 택했어야만 했다고 비쇼프는 말했다. 소련은 더 작은 필요악을 택한 것입니다. 영국과 프랑스가 어떻게 독일의 군비 확장을 허용해왔는지, 그들이 어떻게 오스트리아, 체코슬로바키아, 메멜란트의 정복, 그리고 스페인공화국의 패배를 승인해왔는지, 그들이 어떻게 자신들만 피해를 입지 않기 위해 모든 걸 걸어왔는지 한번 생각해보라고 그녀는 말했다. 돌이 그녀의 머리를 향해 날아왔다. 그녀의 이마에서는 피가 흘렀으며, 그녀가 오후에 톰브로크에 의해 소집된, 브레히트의 집에서 열린 모임에 참석했을 때에도 여전히 피멍이 들어 있었다. 우리는 다시 담배 연기 자욱한 탁자를 사이에 두고 앉았다. 그러나 이번에는 불안정한 긴장감 속에서도 모두 집중력을 잃지 않았다. 이 조약이 프랑스의 공산주의자들과 독일의 야당에게 어떤 영향을 끼치게 될 것인지 브레히트가 물었다. 이 자리에는 메비스와 함께 바른케도 와 있었다. 그들은 서로 속삭이면서 말을 주고받았다. 바른케가 말했다. 우리 당 조직들은 조약을 위험에 빠뜨리지 않도록 자제하는 태도를 취해야 할 겁니다. 우리는 독일이 평화를 지키겠다는 의지를 가지고 있다는 전제에서 출발해야 합니다. 비록 파시즘이 진격을 멈추겠다고 보장하지는 않았을지라도, 소련이 자신의 이해관계가 걸린 영역의 안전을 보장받았다고 볼 수 있노라고 그가 말했다. 이번에는 이 모임에 참석한 호단이 이해관계 지역을 분할하는 것이 어떻게 소련이 대변하는 국제적 연대와 합치될 수 있는지 질문했다. 그 분할이 현시점에서 올바른 것처럼 보이는 길을 선택함으로써 장기적인 관점에서는 모든 나라의 노동자들을 희생시키는 것은 아닌지, 그들에게서 원칙들을 앗아버리고 새로운 방침도 제시하지 않은 채 방치하는 것은 아닌지 물었다. 메비스는 버럭 화를 냈다. 새로운 방침들은 조약을 통해 제시되었다고 그가 말했다. 그것들은 소련 인민과 독일 노동계급의 접근을 이루어내려는 노력에서 찾아야 한다고 주장했다. 사회주의를 위해 이것은 하나의 큰 이익이라는 것이다. 만일 독일이 폴란드와 발트 해 연안 국가들을 침공할 경우 이는 필연적으로 붉은 군대의 진격을 유발하게 될 것이라고 브레히트가 말했다. 전 세계 프롤레타리아트 앞에서 그와 같은 행보를 보인다면 그 책임을 어떻게 질 수 있겠느냐고 그가 물었다. 그런 사태가 벌어진다면 그 결정은 다만 전쟁을 저지하는 데 기여할 것이기 때문에 정당하다고 메비스가 말했다. 왜 소련은 여태껏 독일이 저질러온 침략에 저항하지 않았느냐고 누군가 물었다. 서유럽 연합국들이 소련이 희생되기만을 바라고 있는 시점에서 소련이 어떻게 그런 일을 할 수 있었겠느냐고 메비스가 목소리를 높였다. 그가 말했다. 아닙니다. 베르사유 조약의 부당성을 바로잡는 문제에서 우리는 독일의 입장을 인정해야 합니다. 화가 나서 외치는 소리들이 들렸다. 메비스는 계속했다. 소련은 고립되어 있고 그로 인한 위협은 제거되지 않았습니다. 안전을 확고히 하기 위해서는 아마도 국경선의 이동이 불가피할 겁니다. 우리는 독일이 아니라 영국과 프랑스 정부가 주적임을 알아야 합니다. 전쟁을 충동질하는 것은 바로 이들이기 때문이지요. 브레히트가 이 설명에 회의적인 것은 분명했다. 그가 말했다. 이제 사민주의자들이 투쟁적인 태도를 취할 수 있을 겁니다. 그들은, 자 봐라, 공산주의자들이 인민전선 정책을 걷어치우지 않았는가,라고 외칠 겁니다. 사민주의자들이 소련의 정책에 격분하는 것은 단지 그들이 기대했던 바와는 다른 결과가 나왔기 때문이지요. 바르케의 말이었다. 그들은 서유럽 연합국들과 동맹을 맺으려는 소련의 노력에 동의한다는 말을 한마디도 하지 않았습니다. 그와 반대로 그들은 모스크바가 원하는 바를 이루는 것은 불가능하다는 영국의 허위선전을 받아들여왔지요. 그들은 공동의 안전보장 계획을 거부하는 데 일조해왔으면서도 이제 와서는 진정한 사회주의자들처럼 행세하고 있는 겁니다. 그들 바로 옆에는 자유민주주의의 탈을 쓴 시민계급이 있습니다. 불신과 상호 감시의 분위기가 생겨났다. 꾸부정하게 앉아 있는 사람들과 부옇게 희미해지는 받침대들 때문에 작업실은 마치 취조실 같았다. 브레히트는 다시 프랑스의 공산주의자들과 독일에서 지하운동을 벌이는 반파시스트들의 상황이 어떤지 얘기해달라고 종용했다. 프랑스에 관해 말하자면, 당과 반동 세력이 결탁했다는 얘기는 나오지 않고 있다고 메비스가 약간 탓하는 어조로 말했다. 프랑스에서는 불가침조약을 군사 및 정치적 결정이지 이데올로기적 결정은 아닌 것으로 보고 있다고 했다. 독일에서도 파시즘과 타협한 공산주의자는 한 명도 없다고 단언했다. 하지만 현 정권에 대해서는 장제스의 독재 아래 있는 중국 공산주의자들과 비슷한 태도를 취하고, 또 우리의 합법적 지위를 다시 얻기 위한 사업을 벌이라는 지시가 내려졌다고 메비스가 말했다. 브레히트의 또 다른 질문에 그는, 수감자들이 빠른 시일 안에 석방되기를 기대하기는 이르지만 국내에서 불만의 목소리가 점차 높아지고 군과 대중조직에서 규율이 해체되고 있다고 대답했다. 리벤트로프[173]가 모스크바를 방문한 뒤 독일의 기세를 꺾을 수 없다는 생각은 더 이상 통용되지 않는다고 주장했다. 정보에 따르면 생필품 부족과 전쟁에 대한 두려움이 봉기를 야기할 수도 있다는 것이다. 작업실 문 옆에 자리한 그룹에서 격앙된 입씨름이 벌어졌다. 그 조약은 파시즘이 초래한 독일 노동자들의 부패를 더욱 심화시킬 것이라고 한 여자가 외쳤다. 그러자 린드너의 목소리가 들렸다. 그녀는 프랑스 당의 쇠약함과 무력함에 대해 말했다. 그 협정이 평화에 대한 독일의 의지 표시로 해석된다면, 그건 프랑스 공산주의자들에게 거의 도움이 되지 못해요. 그들이 파시즘에 대해 어쩔 수 없이 중립적인 태도를 취해야만 한다면, 그들은 마지막 힘마저도 빼앗기게 될 겁니다. 그들은 프랑스와 영국의 완강한 태도와 애국주의로 인해 경멸의 대상이 될 뿐만 아니라, 그들의 당

173) Joachim von Ribbentrop(1893~1946): 독일의 나치 정치가. 1938~45년에 독일 외무장관을 지냈고 전후 뉘른베르크 전범재판에서 사형을 언도 받고 처형되었다.

역시 소련에 종속되어 있는지라 활동 금지의 위협을 받고 있지요. 뒤편에 있던 검은 머리의 여자 바이겔[174]은, 노동계급은 소련의 지시로 혼란에 빠져서 무기를 잡게 될 것이라고 소리쳤다. 분위기를 진정시키려는 듯 메비스는, 새로운 기치 아래 프롤레타리아의 계급적 협력이 재탄생할 시점이 다가왔다고 대답했다. 의자 등받이의 그늘 속에 묻혀 있던 브레히트의 좁은 얼굴이 가면을 쓴 것처럼 놀라는 표정을 드러냈다. 우리는 의견 대립에서 벗어나지 못했다. 당의 대변자들만이 소련의 결정은 그 어떤 흔들림도 허용치 않는 상황에서 유일하게 옳은 결정이었다고 확신했다. 다른 사람이 이 견해에 동의할 준비가 되어 있다손 치더라도, 그 결정에 이성이 작용했으리라는 바람과, 또 규율을 이유로 모순적인 것에 복종하려는 노력 사이의 갈등으로 생겨난 불명확함이 여전히 남아 있었다. 우리는 우리 자신이 영향을 미칠 수 없으며 개인적 고려들은 모두 말살하는 정책에 내맡겨졌다는 느낌을 갖게 되었다. 악몽 같은 점은, 비현실적으로 보이는 어떤 것이 유일하게 타당한 현실을 대변한다고 주장하는 점이었다. 실제로 이 시점에서 우리 자신이 국가적 중대사에 속하는 모든 것으로부터 얼마나 멀리 떨어져 있느냐 하는 인식이 다시 우리를 무겁게 내리누르고 있을 뿐이었다. 우리는 왜곡된 것, 즉 우리 자신의 하찮음과 사고력 부족을 반영하는 것을 받아들이는 데 익숙해 있었다. 당 간부들은 결합될 수 없는 요소들을 합치는 것을 불가피한 일로 받아들일 태세를 갖추고 있었다. 그들은 기울어져 있고 부서지기 쉬운 구조물을, 이해의 능력을 벗어나는 영역에서 아무튼 의지할 것을 마련하기 위한 비상조치라고 인정했다. 파괴적인 힘은 너무도 강해서 그들에게는 단지 샛길이

174) Helene Weigel(1900~1971): 오스트리아 출신의 배우로 브레히트와 결혼했다. 전후 동베를린의 베를리너 앙상블에서 총감독으로 활동하기도 했다.

나 교활한 방책만 떠오르게 되고 정면을 향한 채 꿋꿋이 견뎌내려는 사람은 극단적으로 자신을 단련해야 했다. 우리가 미쳤다고 말하는 시스템은 정상적인 것으로 간주되어야 했다. 이미 뱉어낸 건배 구호는 사실은 서로의 가슴에 권총을 갖다 대면서 외친 것이었다. 사려 깊다는 것은 단지 교활함을 의미할 따름이었다. 이 점이 바로 대표들의 얼굴을 특징지었다. 표정은 긴장되었고, 눈길은 의심을 품고 있었으며, 입은 꽉 다물어져 있었다. 예전에는 베벨, 리프크네히트, 룩셈부르크, 레닌, 트로츠키, 안토노프 오브세옌코,[175] 부하린, 슬랴프니코프, 트레티야코프[176] 같은 얼굴들이 있었다. 그러나 오늘날 파 뒤집고 파묻는 이 와중에서 어떻게 그런 얼굴들이 나타날 수 있는지 우리는 자문했다. 진흙탕을 기어가더라도 어딘가에서 마른 땅에 오를 수 있는 발판에 이른다면 우리는 기뻐해야 할 것이다. 우리가 할 수 있는 것 중 어느 것도 저 대가들의 의도와 비교할 수 있는 것은 없었다. 우리는 낯선 형체들 사이에서 허우적대면서 파도 속에서 해변으로 떠밀리는 연체동물에 불과했다. 통나무들과 날카로운 모서리들 사이에서 조금이라도 앞으로 나아갈 수 있다면 그건 이미 하나의 승리를 의미했다. 브레히트는 귀 뒤에 손을 대고 푹 파묻히는 깊숙한 소파에 앉아 있었다. 가로로 검은 주름 장식을 가득 넣은 그의 재킷의 갈색 베니스산 가죽은 안락의자의 짙은 적색 가죽과 섞여 윤곽이 희미해졌다. 그의 얼굴은 납작한 모자로 그늘이 진 깊은 어둠 속에

175) Vladimir Antonov-Ovseyenko(1883~1938): 러시아 혁명가로 소련의 군사령관, 외교관을 지냈다. 1936~37년 스페인공화국에 특사로 파견되었으며 트로츠키와 가까웠다. 1937년 스탈린에 의해 숙청되었다.

176) Sergei Trett'yakov(1892~1939): 소련의 아방가르드 작가. 1930년 독일을 방문하면서 브레히트, 벤야민과 친교를 맺었으며, 브레히트의 작품을 러시아어로 번역했다. 1937년 체포되어 수용소 생활 중 1939년에 처형되었다.

서 상아색으로 빛을 발하고 있었다. 어깨는 가파른 각도로 처져 있었다. 가는 목이 머리를 받치고 있었다. 그의 여자 조수 슈테핀[177]은 마치 체스판의 쓰러진 말처럼 방의 가장자리에 비스듬하고 뻣뻣하게 기대앉아 있었다. 손님들은 무릎에 팔꿈치를 얹고 의자에 나란히 앉아 있었다. 언제나 술에 절어 있는 인간인 앙드레[178]는 깊이 뻗은 밝은 홀 앞에 앉아 있었다. 브레히트는 자기 입장을 표명하지 않았다. 단지 질문을 던질 뿐이었다. 나는 그의 생각을 조금이라도 추측해보려고 노력했다. 예전에 그리그[179]와 만났을 때 나는 비로소 정치와 문학의 충돌에 대해 어렴풋이 알게 되었다. 이제 내 마음은 흔들리려 했으며, 그 충돌을 의식하면서 나는 나의 익명성에서 벗어나고 싶었다. 그러나 나는 다른 사람의 관심을 불러일으킬 만한 어떤 것도 제시할 것이 없었다. 내 뒤편에서는 종이로 가득 찬 책상 표면들이 헤엄을 치고 있었고 기둥과 받침대들이 솟아오르고 있었다. 이곳에서 벌어지고 있는 생산의 메커니즘에 대해 나는 아직 아는 게 없었다. 브레히트가 냉혹한 보호막을 쓰고 뒤편으로 물러나 있다는 것은 아무래도 상관없는 일이었다. 내게는 단지 그의 작품, 그러니까 아주 짤막한 시에 이르기까지, 나 자신의 실존을 건드리는 사건

---

177) Margarete Steffin(1908~1946): 독일 공산당 당원으로 작가, 번역가. 브레히트의 협력자로 브레히트와 함께 덴마크, 스웨덴, 핀란드로 망명했으며 모스크바에서 사망했다.

178) Etkar André(1894~1936): 제1차 세계대전 이후 함부르크 지역에서 활동한 노동운동 지도자. 사민당 소속이었으나, 전후 혁명기에 갈등을 겪으며 1923년 1월 공산당에 입당한 뒤 텔만의 측근이 되었다. 1924~29년에 적색참전용사회(Roter Frontkämpferbund)의 단장으로 활동하다가, 1933년 3월 체포, 구금된 후 1936년 11월에 참수되었다. 스페인공화국의 제11국제여단 제1대대는 그의 이름을 따, 에트카르 앙드레 대대로 불렸다.

179) Nordahl Grieg(1902~1943): 노르웨이 작가로 1932~34년에 모스크바에 체류했으며, 스페인 내전에 참전했고, 1940~43년에 연합군 장교로 복무 중 사망했다.

들에 참여하는 일을 묘사한 바로 그 작품들만이 중요하게 여겨졌다. 전문가들을 불러 모으고 마치 깔때기를 귀에 대고 있는 것처럼 귀를 세우고 기다리는 것, 정보들을 받아들이기 위해 앞서 뛰쳐나가는 것, 그리고 추동력을 혼합하는 과정, 이런 것들이 그의 작업 방식에 속하는 것처럼 보였다. 그가 빨아들이는 집단적 지식은 그가 써내려간 모든 것에 하나의 보편타당한 정치적 의미를 부여했다. 하지만 여기서 정치적이란 것은 인간의 공동생활 영역에서 영향력을 얻는다는 정도로 이해될 수 있을 것이다. 그는 교만한 것처럼 보이는 태도로 관점들이 요동치는 것을 포착했다. 그것이 내게는 마치 그가 상반된 것에서 어떤 일관성의 사슬을 생산해내는 망치 소리를 듣는 것처럼 느껴졌다. 그러나 이 정치적인 능력이 어떻게 문학이라는 매체로 옮겨져서, 온전히 현 시대 속에 자리 잡으면서 동시에 완전한 자율성을 인정받는 특징을 갖게 되었는지 나는 곰곰이 생각해보았다. 우리는 국가의 운명을 결정하는 정치가 예술적 언어에 속하는 모든 것을 뒷전으로 물러나게 할 수밖에 없다는 생각에 동의하는 경향이 있었다. 그럴 경우 당면 문제들과 연관된 표현 형식이 아닌 다른 표현 형식을 숙고한다는 것은 평화를 유지하기 위한 힘겨운 경쟁을 하찮은 것으로 치부하는 것과 거의 마찬가지일 것이다. 그러나 나는 많은 준비 끝에 나의 임무라고 생각하는 것에 더한층 접근해갔다. 직업 작가, 그것은 마치 직업 혁명가라는 말처럼 들렸다. 직업 혁명가 뒤에는 혁명을 짊어진 많은 사람들이 있듯이, 그들은 또한 글 쓰는 사람의 뒤편에서서 작가가 홀로 생각해낸 것을 검토하고, 숙고를 거듭한 끝에, 그의 말들에 비로소 독자적인 삶을 부여했다. 우리 모두는 계획을 세우고 발명을 하는 사람들이었다. 우리는 우리가 가장 잘 다룰 수 있는 연장들을 찾아야 했다. 내가 브레히트와 단둘이 있었더라면, 나는 그에게 내가 여태껏 동등한 가치가 있다고 생각했던 두 가지 수단의 충돌에서 갑자기 한 가지 수단, 즉 예술적 수단을 선택하게 되었노라고 말했을 것이다. 나는 이를 통해 나의 정치적인 길, 내가 선택한 결속, 나의 기본 태도에 거리를 두게 된 것이 아니었다. 이 모든 것은 계속해서 존속했다. 하지만 나는 단지 나 자신의 체험에 대해 배우는 학생이 되려는 소망, 그 체험들을 더 이상 뒤로 밀어두지 않고 가능한 한 엄밀하게 표현하고자 하는 소망에 사로잡히게 되었음을 인식하게 되었다. 나는 일어섰다. 시선들이 내게로 쏠렸다가, 내가 아무 말이 없자 다시 내게서 멀어졌다. 여기 작업실에 있으면서 동시에 이곳에 있는 도구와 기계들에 대해 알고자 하는 노력이 내게 무기력감을 느끼게 해주었기 때문에 내게는 지금이 일종의 고문실에 있는 셈이었다. 브레히트는 이 위협적인 받침대와 긴 의자들 사이에서 고향에 온 듯 익숙해 보였다. 그는 앙상한 양손을 포갠 채 가죽으로 된 자신의 보금자리 속에 교활하게 앉아 있었다. 그는 우리가 막을 수 없었던 파국에서 튕겨 나와 서로 얽히는 언어의 직물을 능란하게 다룰 수 있었다. 내게는 고문에 직면할 때 써먹을 수 있을 말보다 착란상태의 비명이 아직 더 친숙했다. 초고들, 메모지들, 무대 모형들을 통해 연극이 어떤 식으로 전개될지 자연스럽게 예측할 수 있었다. 예측 가능한 것이 모음과 자음들로 이루어진 음향의 파도가 되어 내게로 굴러와 부닥치듯이, 내가 내 몸속에 지니고 있는 모든 것은 공장과 작업장에서의 끝없는 날들이 지나가는 동안 함께 씻기고, 한데 엉겨 으깨졌다. 내가 내놓으려는 대답들은 평생 동안의 압박을 박차고 끄집어내야만 했다. 방 안에서는 기계장치들이 쿵쾅거리는 것 같았다. 베비스, 바른케, 그리고 이름을 알지 못하는 몇몇 다른 사람들은 자신들의 몰락과 재난에 대비해서 만든 구조물을 세우고 있었다. 그들은 언제나 다시 새로운 방어

방식을 생각해낼 수 있었다. 브레히트도 다른 방식이긴 하지만 내구성 있는 것들을 다루고 있었다. 그의 안경알에서 반사되는 빛은 두 개의 눈동자가 불타는 듯한 인상을 주었다. 코는 날카롭게 앞으로 튀어나왔다. 그의 입가는 시거를 질겅댈 때 나오는 즙 때문에 갈색으로 물들어 있었다. 브레히트의 딸인 여덟 살쯤 된 소녀가 앉아 있는 사람들 사이로 돌아다니며 그들의 발을 밟았다. 브레히트가 딸을 꾸짖었다. 바닥에 있는 것들은 모두 밟으라고 있는 거라고 아이는 덴마크어로 말했다. 뜻밖에도 대화가 느슨해졌다. 마지막 문장들이 흩어져 사라져버렸다. 가끔씩 여기저기서 속삭이거나 중얼거리는 소리만 들렸다. 대작가 행세를 하는 한 인물이 그림자 속에서 불쑥 튀어나왔다. 장발에다가 뻣뻣한 자세로 얼굴의 선들은 시원시원했지만 윤곽선은 희미했다. 그는 브레히트의 머리 위에서 고개를 숙이며 그에게 다정하게 말을 건넸다. 브레히트는 튀는 침을 피해 그에게서 몸을 틀었다. 그라이트[180]는 다른 두 명의 스웨덴 작가 마티스,[181] 융달[182]과 마찬가지로 그에게 도움과 충고를 주는 참모진에 속해 있었다. 그라이트는 은행가 아시베리의 누이와 결혼함으로써 망명객들 사이에서 눈에 띄게 화려한 위치를 얻었을 뿐만 아니라, 배우 교육을 받은 덕분에 자신이 하는 말을 의미 있고 화려해 보이게 만드는 능력을 갖고 있었다. 그의 말을 몇 마디만 들으면, 다른 사람들은 브레히트가 그에게 고무되어 아포리즘 선집을 만들었다고 믿을 판이었다. 그의 스웨덴 친구들 역시 브레히트에게 가까이 다가갔다. 브레히트는 의자에

---

180) Hermann Greid(1892~1975): 오스트리아의 배우이자 연출가로 스웨덴과 핀란드에 망명 중이던 브레히트와 친교를 맺었다.

181) Henry Peter Matthis(1892~1988): 스웨덴 작가로 브레히트와 친교를 맺었다.

182) Arnold Ljundahl: 스웨덴 작가로 브레히트와 친교를 맺었다.

몸을 깊숙이 파묻고 앉아 피곤한 기색으로, 그들의 문학적 계획과 관련된 보고를 들었다. 나는 홀로 들어가는 문 앞에 서 있는 로잘린데의 노란 얼굴을 보았다. 낡은 푸른색 앞치마를 걸친 바이겔은 조급한 마음으로 손님들이 어서 떠나기를 기다렸다. 비쇼프와 린드너가 자리를 떴다. 다른 그룹들은 천천히 몸을 일으켰다. 탁자와 궤짝들 사이에서 비틀거리며 어두운 도랑 속에 발들을 담그고 있는 듯했다. 밖에는 저물어가는 태양이 소나무 가지를 붉게 비추고 있었다. 나는 새로운 가능성에 대한 예감처럼 조금 전 나를 스치고 지나간 것이 무엇이었는지 곰곰이 생각해보았다. 그러나 남은 것은 공허함뿐이었다. 브레히트에게 접근하는 것은 더 이상 가능하지 않았다. 아무도 작별 인사를 나누지 않았다. 방문객들은 개별적으로 다소 시간 간격을 두고 정원에서 사라져갔다. 메비스가 내게 자기와 동행인들 쪽으로 오라고 손짓했다. 헤어지기 전에 나는 그에게서 임무를 부여받았다. 문을 나설 때 슈테핀이 내 옆으로 다가왔다. 그녀는 내 팔에 자신의 손을 가볍게 얹었다. 가까운 시일 안에 오후에 한번 방문해달라고 그녀는 말했다.

내가 브레히트의 집에서 보낸 시간들에 대해 로잘린데와 이야기를 나누었을 때, 내게 부과된 임무는 마치 침묵으로 둘러싸인 덩어리처럼 이미 내 마음속에 자리 잡고 있었다. 비밀활동에 참여하는 일 자체는 단순하고 당연한 일이었으며, 위험해 보이지는 않았다. 나는 비쇼프의 규칙에 따라 확고한 자신감을 가지고 임무를 수행했다. 돌발 사태에도 태연하게, 느닷없는 질문을 받더라도 확실한 합법성을 과시하는 자세로 마치 산보객처럼 여유 있게 행동했다. 내 임무는 얼마 지나지 않아 일상적으로 반복되는 일의 일부가 되었다. 하지만 로잘린데와 대화했을 때는 임무의 생경함이 아직 남아 있던 때였다. 그 느낌이란 것도 임무에 대해 어떤 것도 결코 발설해서는 안 된다는 생각 정도였다. 처음에 그 임무가 나를 긴장시켰던 이유는 단지 그것이 나를 다시 더 넓은 연관성 속으로 끌어들였기 때문이었다. 8월 말의 더위 속에서 우리는 시내를 걸었다. 나는 저 아래쪽 드로트닝 가의 경찰서 분실물 보관소에서 10크로네를 주고 산 자전거를 끌고 갔다. 나는 우리 시대의 혼란이 냉철한 판단에 의해 극복될 수 있으며, 공포나 오해 그리고 충격의 영향은 일상적인 사건들과 마찬가지로 소멸된다고 말했다. 로잘린데는 내 말에 반박했다. 그녀는 왜곡된 상태에 적응하는 능력 따위는 하나도 중요하지 않다고 생각한다고 말했다. 그런 능력을 바람직한 것으로 취급하는 건 사상에 대한 테러에 굴복하고 항복하는 것이죠. 만일 전쟁이 일어난다면, 우리가 왜곡에 충분히 대처하지 못했기 때문이 아니라 우리가 그것들과 지나치게 많이 어울렸기 때문일 거예요. 나는 그녀 아버지의 투쟁을 언급했다. 그분의 평화주의, 그리고 수십 년 동안 군국주의자와 국수주의자들을 공격한 것은 파괴의 충동을 극복하려는 위대한 노력의 한 부분이었죠. 수만 명이 그분 곁에 있었지만 그들은 아직 충분히 강하지 못했죠. 환상은 이성이 침투해 들어갈 때 비로소 벗겨질 수 있을 것이라고 나는 말했다. 병든 질서들과 끊임없이 관계를 맺어감으로써 우리 자신의 내부에서도 기형적인 것들이 생겨날 수밖에 없었다는 점을 나는 인정했다. 하지만 이것은 어찌 되었든 간에 자기를 방어해야 할 상황에서 우리가 치러야 했던 대가일 따름이었다. 단지 파시즘을 척결하는 것만이 문제가 되는 것은 아니다. 물론 파시즘에서 폭력이 가장 선명하게 드러나지만, 파시즘은 트러스트와 카르텔이 조종하는, 전 세계적 파괴 계획의 일부에 지나지 않았다. 모든 대륙은 강탈과 노예화, 그리고 착취로 얼룩져 있으며, 우리를 경악케 하고 마비시키려는 세력들은 환영이 아니며, 그 모두의 이름이 하나하나 거명될 수 있었다. 우리 측에서 조금이라도 포기하는 기색을 보이는 건 그들의 성장을 촉진하는 데 기여하는 것이며, 우리의 지식은 끊임없이 더해가는 그들의 약탈을 극복하기에 충분하지 않았다. 전쟁이 벌어지게 된다면 끔찍스러운 점은, 그것이 정의를 실현하기 위한 전쟁이 아니라 대규모 사업가들 간의 전쟁이라는 점이며, 약탈자들을 타도하기 위한 혁명 전쟁이 아니라 자본주의 시장을 위한 자원 쟁탈전이라는 점이었다. 그렇게 되면 그때는 수백만 노동자들이 무작위의 살인 행위에 휘말리게 되는데, 그 이유는 자칭 진보 정치가들이 노동자들에게 그들의 상황을 정확하게 이해시킬 능력이 없기 때문이죠. 그건 또한 진보 정치가들이 기존의 지식을 이용하는 대신 20년 동안이나 머리끄덩이를 잡고 서로를 죽이는 데 시간을 허비해왔기 때문이라고 로잘린데가 말했다. 정치가들은 자신들이 그토록 수없이 떠들어왔던 통일을 결코 원하지 않아요. 그들에게는 언제나 자신들의 위치를 격상시키는 것만이 중요하죠. 정당 꼭대기에 있는 그들은 경제계의 지도자들과 마찬가지로 독점주의자들이죠. 이데올로그인 그들은 주식시장의 투기꾼이나 다름없어요. 그들의 세계에서는 결코 새로운 것이 나올 수 없습니다. 왜냐하면 그들은 자신들의 낡은 척도를 버릴 수 없다고 버티면서, 자신들의 기득권, 자신들의 지적 우월의식, 자신들의 시기심, 자신들의 명예욕에 꽉 달라붙어 있기 때문이죠. 그런데 도대체 내가 뭘 하자고 이런 분석을 하는지 모르겠군요. 그러자 내 안에서 스스로 의문을 제기하는 목소리가 들려왔고, 나는 그것에 저항했다. 공산당이, 전쟁의 위험을 초래한 죄를 영국의 재정 귀족들과 프랑스의 은행가 가문에 돌리는 것은 단지 미사여구에 지나지 않는 것은 아닐까. 공산주의자들과 파시스트들은 자신들에게 동의하지 않는 모든 사람을 감옥과 수용소에 가두어버림으로써 결국은 같은 사람들이 되어버린 건 아닌가. 그들의 마지막 말은 항상 숙청하라는 명령이 아니었던가. 그들은 똑같은 감독 체계를 원했기 때문에 서로 같은 언어로 줄기차게 반복해왔던 바로 그 논거, 즉 전쟁이라는 논거를 최종적으로 들이대는 것은 아닌가. 그러나 우리 측에서는 모두가 전쟁을 반대하는 쪽으로 방향을 잡아가고 있고, 수많은 사람들이 지금도 여전히 지하에서 상황을 바꾸기 위해 투쟁하고 있다고 나는 말했다. 스페인을 회상해볼 때 그렇다는 얘기다. 하지만 스페인에 그때까지 남아 있던 저항의 의지가 바로 그 높은 사람들의 책략으로 말살되지 않았느냐고 그녀가 반박했다. 나는 관점의 변화, 즉 겉보기에 일관성이 없어 보이는 우리의 정책이 사실상 불가피한 일이었다고 설명해보려고 했다. 하지만 그녀는 입에 발린 말과 거짓말로는 더 이상 아무것도 이룰 수 없다는 입장을 고수했다. 내가 토를 달려고 하자 그녀가 나를 제지하면서, 우리를 절망적인 상태로 몰아넣는 정책이라면 그 정책이 우리에게 무슨 소용이 있겠느냐고 말했다. 내가 대답하려고 하자 그녀는 내 말을 다시 막았다. 당신은 마치 기적을 믿듯이 이성을 믿는군요. 마치 어리석은 시대의 결과물로 갑자기 이성이 도래할 수 있는 것처럼 말이에요. 물론 자신에게는 식견이 부족하다고 그녀는 인정했다. 하지만 내가 이성의 정치라고 부르는 것이 아무리 봐도 그녀의 눈에는 우리를 자기부정으로 이끌어 굴복시키는 기만전술에 불과할 뿐이라고 말했다. 우리에게 가치 있는 모든 것은 산산이 부서진 채 상투어 속에 파묻혔다고 그녀는 말했다. 우리 개개인의 반응으로는 이제 아무것도 할 수 없죠. 우리에게는 불완전한 것들 가운데에서 우리의 의도에 가장 잘 맞는 조각들을 찾아내는 것 말고는 다른 선택의 여지가 없죠. 그녀는 내가 어째서 그처럼 스스로를 비하하는 일에 자발적으로 임할 수 있는지 이해할 수 없다고 말했다. 물론 그런 식의 자기비하는 내가 지금까지 말한 작업 계획들과 전적으로 어긋나는 것이죠. 하지만 정치적인 영역에서 제한을 받아들인다고 해서 그것이 바로 예술 작업에 필요한 완전성의 요구를 배제하는 것은 아니라고 나는 말했다. 구속받지 않겠다는 요구는 우리의 삶을 결정짓는 사람들에게 그저 비웃음을 살 뿐이라고 그녀는 반박했다. 나는 예술과 정치는 서로 불가분의 관계에 있으며, 정치 영역에 상존하는 불명확성이 내가 예술가로서의 의도를 분명하게 하는 데 장애 요소가 된다는 것을 알고 있었다. 그렇기 때문에 내 설명도 마찬가지로 부족하다고 느꼈다. 내 출생 배경이 마치 무거운 짐처럼, 나 자신을 찾으려는 모든 시도에 방해 요소가 되었다. 권리가 박탈되고 제 목소리를 내지 못하는 것, 바로 그런 근본적 제약 조건들에 나는 언제나 부딪혀왔던 것이다. 로잘린데가 틀러 이야기를 꺼냈다. 자신이 필요로 하는 도움을 내게 기대하지 않겠다는 걸 명확하게 해두려는 것이 틀림없었다. 그녀는 이 고인의 이상적인 모습에 매달려 있었다. 그녀의 환상은 그가 갖고 있었던 따뜻함, 선함, 자발성, 그리고 다른 사람의 불행에 대한 배려로 가득 차 있었다. 그녀는 그를 마치 한 사람의 연인인 것처럼 내게 묘사했으며, 이상적인 아버지상으로 포장해 보여주었다. 그렇지만 그는 자신을 돌볼 줄 몰랐고, 더 이상 정치적인 출구를 찾을 수 없었기 때문에 자살한 것이라고 나는 말했다. 그리고 바로 그런 태도, 즉 자신이 무능력하다고 괴로워하면서 더 이상 사태를 파악할 수 없다고 스스로 파멸을 택하는 것이 해결책이 될 수 있겠느냐고 나는 물었다. 그녀는 화를 내며, 그는 혁명을 위해 살았고, 이를 위해 젊은 날 5년을 감옥에서 보냈으며, 당 정책의 편협성에 대항해 투쟁했다고 말했다. 그는 개인의 권리를 박탈하는 모든 조치에 저항했고, 육체적으로 병들고 정신적으로 파괴된 상태에서도 약한 사람들을 위해 나섰으며, 하루도 자신의 몸을 사리지 않았고 결코 어정쩡한 임시 해결책에 적응하려고 시도하지 않았다고 했다. 그가 자신을 파멸에 내맡겼다는 것은 맞는 말이지요. 하지만 자신을 위해서는 아무런 대비책도 세우지 않았던 그 사람이야말로 절제된 태도 뒤에 자신을 감추고 있는 사람들보다 몇 배나 더 진실한 사람이었죠. 나는 우리가 언젠가, 많은 시간을 겪고 난 뒤에, 그와 같은 사람들이 가장 통찰력 있는 사람들이었다는 사실을 깨닫게 되리라고 확신해요. 지금으로서는, 이렇게 말하고 나서 마치 한숨처럼 물론이라고 덧붙이면서 그녀가 말했다. 지금으로서는 물론, 그들이 스스로 목을 매고 독극물을 마시고 관자놀이에 총을 쐈기 때문에 당신들에게는 그들이 패배자로 보이겠죠. 하지만 나중에 당신들은 아마 그것이 전면적 협박에 대한 고귀한 대답이었음을 알게 될 거예요. 나는, 그들의 절망, 그들의 도피가 우리에게 무슨 소용이 있느냐고 물었다. 그러자 그녀의 얼굴이 납빛으로 변했고 나는 놀랐다. 우리는 스투레 광장을 앞에 두고 쿵스 가의 모퉁이에 멈추어 섰다. 청색 전차들이 우리 옆을 스치며 내달리고 있었다. 그들과 같은 사람들이 더 많았더라면, 입에 발린 구호들만 떠들어대는 저들의 말뿐만 아니라 그들의 말에도 귀를 기울였더라면, 오늘날 세계는 다르게 보였을 겁니다. 그녀의 이 말에 이의를 제기하는 것이 공허하게 느껴졌기에 나는 그냥 접었다. 나는 두어 시간 전에 헤어졌던 다른 사람, 즉 우플란드 가의 좁은 방에 사는 백발의 난쟁이를 생각했다. 그는 닫힌 커튼 뒤쪽에서 노래를 흥얼거리며 초고 인쇄지에 무언가를 빽빽하게 끼적거리다가 가끔 몸을 일으켜 써놓은 것을 읽었다. 그럴 때면 그는 빈 사투리 발음으로 중얼거리며 조소하는 듯한 피리 소리를 내기도 했다. 코민테른의 비서실 소속인 그는 디미트로프의 지시로 비밀리에 스웨덴으로 잠입해, 9월에 창간호 발행 예정인 주간지를 준비하고 있었다. 당 기관지 『뉘 다그』의 발행인이자 정치국 임원인 라예르[183]가 내게 임무를 알려주었다. 나는 정거장에서 독일과 스웨덴 신문들을 사들고 로스너[184]에게로 가서, 약속된 초인종 소리로 방문을 알리고, 그에게 스웨덴의 뉴스들을 번역해주었다. 그러고는 그가 추가로 필요로 하는 것들을 조달해주고는, 낡은 신문과 절단된 용지들을 조금씩 갖고 나와 기회가 되는 대로 휴지통이나 쓰레기통에 집어넣었다. 큰 머리에 난쟁이 같은 신체를 가진 로스너는 창문 쪽으로 비스듬히 놓은 책상 위에 쌓인 종이 더미에 가려 보이지 않았다. 그가 거주하는 방은 길이가 3미터 반을 넘지 않았고, 너비는 2미터 정도였다. 방은 부엌 옆에 있었는데 출입문에는 창유리가 끼워져 있었다. 복도로 나가는 출입문 옆, 앞쪽 구석에는 흰색 타일이 박힌 난로가 세워져 있었고, 녹색 계통의 벽지를 바른 벽에는 구겨진 유럽 지도가 걸려 있었다. 신문과 책들이 바닥에, 의자에, 소파에 층층이 쌓여 있었다. 로스너를 집에 숨겨주고 있는 동지들은 낮에는 집에 없었다. 남편은 택시운전수였고, 아내는 그 집의 바로 아래쪽 오덴 광장에 있는 트라난 카페의 종업원이었다. 나는 커튼 틈새로 뒷마당을 바라보면서, 닫힌 커튼이 이웃의

183) Fritjof Lager(1905~1973): 스웨덴 공산당 기관지 『뉘 다그*Ny Dag*』의 편집인을 지냈다. 뉘 다그Ny Dag는 스웨덴어로 '새로운 날(New Day)'을 뜻한다.

184) Jacob Rosner(1890~1970): 오스트리아 언론인이자 오스트리아 공산당 당원으로 1936~36년 코민테른 사무총장인 디미트로프의 개인 비서로 모스크바에서 활동했으며, 1939년 9월부터 1943년 12월까지 스웨덴에서 비밀리에 코민테른 기관지 『세계*Die Welt*』를 발간했다.

주의를 끌지 않겠느냐고 물었다. 처음 한 주 동안은 그럴 수 있겠지만, 그러고 나면 사람들은 익숙해진다고 그가 대답했다. 1층에는 한 가구가 살고 있었고, 왼쪽에는 탑의 기단과 비슷하게 앞으로 튀어나온 실내 계단이 우뚝 서 있었다. 저 멀리 정원의 한쪽 공간을 가로지르는 담벼락 뒤쪽의 높은 건물이 시야를 반쯤 가렸다. 건너편 건물 벽에 붙은 담쟁이덩굴 속에서 참새들이 지저귀고 있었다. 마당은 오른쪽으로도 길게 뻗어 있었으며, 도구 보관 창고, 양탄자를 털기 위한 받침대, 자전거 보관대 그리고 세탁실을 갖추고 있었다. 쇠창살 모양의 주물로 된 울타리가 이웃 함석제품 공장의 고철 야적장과 인접한 마당들을 서로 구분해주었다. 모든 것이 회색으로 희미한 모습이었으며, 4층, 5층으로 포개져서 끝없이 늘어서 있는 창문들은 투명하지 않은 것처럼 보였다. 아무도 여기 이 깊은 구석, 꽃무늬가 있는 커튼 뒤쪽에 코민테른의 지침을 유포하는 신문 편집실이 있을 거라고는 생각지 못했을 것이다. 어떤 장소도, 우플란드 가의 눈에 띄지 않는 이 방만큼, 그 간행물의 제목인 『세계*Die Welt*』라는 말과 어울리지 않는 곳은 없을 것이다. 그러나 로스너는 아주 큰 자부심을 가지고 그 제목을 발음했다. 밖에는 전체 세계가 있고, 그는 자신이 써내는 글줄을 통해 그 세계와 연결되어 있었다. 서른두 면으로 된 그 신문은 당의 인쇄소에서 수천 부 발행된다고 했다. 그는 두꺼운 렌즈를 끼운 안경 너머에서 밝은 얼굴로 나를 바라보면서, 인쇄된 말은 그 어떤 장벽도 감당할 수 없는 힘을 갖고 있으며, 그 힘이 뚫고 들어갈 수 있는 틈새는 어디든 늘 있다고 말했다. 그는 내게 전화번호부에서 유대인 이름들을 찾아내, 신문의 견본 수신자 명단에 적어 넣으라고 시켰다. 그는 야콥손, 다니엘손, 로센그렌이라는 이름을 가진 사람들이 스웨덴 출신이라고 믿지 않았다. 머리칼이 헝클어진 머리를 흔들면서 그는 야콥손, 다니엘손, 로센스바이, 그리고 레빈, 블루멘베리라는 이름을 가진 사람들, 이들이 바로 이 나라에 있는 기독교인들이지,라고 말했다. 내가 처음 방문했을 때부터 그는 내게 무한한 신뢰를 보여주었다. 그는 자신에게 자료들을 가져다주고 완성된 원고 뭉치들을 가져가기 위해 당이 그에게 보낸 사람이라면, 절대적으로 신뢰할 수 있다고 믿고 있었다. 이 같은 신뢰 덕분에 나 역시 안심할 수 있었다. 나는 내가 하는 일을, 코피와 하일만과 함께하던 시절에 이미 시작된 작업의 연속으로 받아들였다. 전 세계의 신문을 읽고 발췌를 하던 왕립도서관과 전 세계의 신간들을 뒤적이곤 하던 산드베리의 서점 사이에 있는, 전략적으로 중요한 모퉁이를 지나 훔레고르덴 쪽으로 로잘린데와 함께 가는 동안 나는 로스너의 웃는 얼굴과 근시안의 눈길을 그려보면서 그가 잇새로 꿈의 도시를 흥얼거리며 노래하는 모습을 떠올렸다. 로잘린데는 자신을 비그뷔홀름으로 데려다줄 교외선을 타러 가는 길이었다. 그녀는 오후에 그곳 학교 기숙사 세탁실에서 일해야 했다. 나는 그녀를 도와줄 수 없었고, 그녀에게 위로가 되는 말을 할 줄도 몰랐다. 나는 그녀에게 로스너 이야기를 들려줄 수도 있었을 것이다. 하지만 내가 그 이야기는 한마디도 발설해서는 안 된다는 사실이 우리를 더욱더 갈라놓았다. 로스너는 내게 의치를 심어줄 치과 의사를 찾아봐달라고 요청했다. 또 그는 라디오 한 대를 구해달라고도 했다. 그는 자신의 골방에서 음악을 듣고 싶어 했다. 닥터 볼프라는 의사에게 치료 받기로 주선이 이루어졌다. 특정 종교인을 선호하는 로스너인지라 유대인 의사라면 안심할 수 있었던 것이다. 그에게 방을 내준 동지인 페테르손이 진료 시간이 끝난 저녁 시간에 그를 데려오고 데려가기로 했다. 나는 로스너의 집에서 나와 길고 곧게 뻗은 우플란드 가를 따라 자전거를 타고 미끄러지듯이 내려오는 내 모습을 떠올렸다.

도시의 최북단 지역에 있으며, 시베리아라고 불리기도 하는 이 거리에는 인적이 드물었다. 길거리의 집들은 불법체류자들이 몸을 숨기기 위해 찾을 법한, 단조로움과 익명성을 띠고 있었다. 칼베리 가를 통과해서 오덴 광장을 지나고, 그러고 나서 그 언덕에 나체의 근육질 몸매를 한 스트린드베리 동상이 팔을 뒤로 받치고 앉아 있는 테그네르룬드를 지나, 노라반토르 위쪽에 있는 구릿빛 녹색 지붕들과 반구형 지붕들이 있는 곳에 가까워졌을 때, 나는 스치고 지나가는 바람을 느꼈다. 나는 브레히트의 집을 방문하기까지 몇 시간이 남아 있는지 계산해보았다. 4시였다. 새벽 반 조업이 시작된 지 열두 시간이 지났다. 여덟 시간의 조업, 로스너와 함께한 시간, 로잘린데와 보낸 시간이 각기 따로 떨어진 단위들을 형성했다. 리딩외까지는 아직 30분을 더 가야 했다. 브레히트의 아틀리에에서 두서너 시간을 보내고 돌아오는 데 반시간이 걸릴 것이다. 늦어도 정각 8시에는 집에 도착해 있어야만 한다. 부엌에서의 황급한 식사. 감자, 통조림 고기, 우유 한 잔. 다음 날을 버텨내려면 최소한 일곱 시간은 자야 했다. 나는 오른손으로 자전거 핸들을 잡고 왼손은 로잘린데의 손을 잡았다. 우리는 엥엘브레크트 가에 있는 역에 도착했다. 로잘린데가 차창 밖으로 몸을 내밀며 피곤에 지친 목소리로 자신도 역시 톨러의 예를 따르는 것 말고는 다른 길이 없다고 말했을 때, 우리에게 결여되어 있는 것이 무엇인지 모두 느낄 수 있었다.

오늘만큼은 전문가가 우리에게 무어라고 설명하든 모두 제쳐두기로 합시다. 전쟁은 일어나지 않을 것입니다. 브레히트는 쇳소리가 나는 음성으로 운율을 붙여 말했다. 이 말은 마치 어떤 희곡 작품의 서막과 같은 느낌을 주었다. 하지만 그 말은 잠정적으로 2주 이상을 미뤄온 일련의 작업 회의를 여는 말이었다. 사전 연구를 통해 많은 양의 세부적인 계획을 세웠지만 정작 엥엘브레크트[185]에 관한 작품을 만들어내는 것으로 이어지지는 못했다. 그 이유는 브레히트가 9월 중순에 「억척어멈과 그 자식들」[186]을 집필하기 시작했고, 10월에는 스웨덴 방송국에서 의뢰한 방송극 「루쿨루스의 심문」[187] 때문에 시간이 없었기 때문이라기보다는, 엥엘브레크트 시대와의 연관성 속에서 펼쳐졌던 소재들이 너무 광범위해서 이에 알맞은 희곡 형식을 찾을 수 없었기 때문이었다. 한 작품의 구상과 실행에 필요한 시간이 부족했던 것은 전혀 아니었다. 그는 「억척어멈과 그 자식들」에 한 달을, 「루쿨루스의 심문」에 14일을 썼다. 그는 작품이 이미 자기 내부에 만들어져 있어서 그저 끄집어내기만 하면 되는 것처럼 작업에 임해왔다. 그러나 엥엘브레크트의 이야기는 그가 요구한 단순하고 교훈적인 우화 형식으로 만들어지지 못했다. 나는 그가 왜 그런 형식을 주문했는지 이해할 수 없었다. 그는 매번 지친 기색을 보이며 그 테마를 밀쳐두었다. 그러다가 어느 순간에, 끊임없이 가지를 쳐나가고 새로운 분할이 생기는, 그러면서도 모순과 다의성으로 가득 찬 그 복잡한 사건의 특성에 걸맞은 하나의 극서사시를 구상하는 일에 다시

---

185) Engelbrekt Engelbrektsson(1390?~1436): 중세 스웨덴 민중봉기의 지도자로 오늘날 스웨덴의 국민영웅으로 추앙받는다. 그의 이력과 활동은 이 소설에 자세히 서술되어 있다.

186) 브레히트가 스웨덴에 망명 중이던 1939년에 발표해서 1941년 스위스 취리히에서 초연한 작품.

187) 브레히트가 1939년에 쓴 방송극으로 루쿨루스는 로마의 장군이다. 이 작품은 파울 데사우Paul Dessau가 음악을 맡아 오페라로 만든 작품 「루쿨루스에 대한 심판」의 토대가 되었다.

몰두하는 것 같았다. 내가 들어섰을 때 들은 말은 전쟁이 벌어질 위험이 임박했다거나 전쟁이 벌어진다 하더라도 작업은 계속되어야 한다는 뜻으로 이해될 수 있었다. 어떤 상황에서도 글쓰기라는 수공업은 정치적 사건들과 같은 비중을 차지했다. 8월 31일 오후와 9월 1일에도, 매시간 나오는 라디오 방송을 들으며 브레히트는 세계정세에 대해 짤막하게 언급한 뒤 계획된 작업 이야기를 다시 꺼냈다. 그는 외부의 폭력이 극심해지는 상황에서는 더욱더 자기 힘으로 만들어낸 것에 매달리려고 애를 썼다. 마티스와 융달이 그에게 가져다준 자료들을 파고드는 일은 종종 제자리를 맴돌다가 밀쳐놓았다 하면서, 그리고 한 모티프를 도로 받아들이거나 다른 뜻으로 바꿔보기도 하고 심화해보기도 하면서 진행되었다. 브레히트는 자체적으로 전개되는 힘을 내포한 소재를 끊임없이 찾았는데, 이번에 마티스가 정보를 제공해준 사건이 바로 그런 경우였다. 브레히트는 종종걸음으로 책상 사이의 선을 따라 좌우로 움직이며 방 안을 오갔다. 그는 퇴근 후 시립도서관에 들러 가져온 책을 낭독하던 융달을 중단시키고는, 마티스에게 원래 어떻게 해서 희곡 작품을 만들겠다는 생각을 하게 되었는지, 그 과정을 다시 한 번 설명해보라고 재촉했다. 그런데 그 여자는 도대체 누구야,라고 그는 소리쳤다. 그 여자는 자신이 지금 누구를 상대하고 있는지 알고나 있는 건가. 내 작품을 그런 식으로 취급하다니. 극장에 쳐들어가 무대를 점거해버릴까 보다. 브레히트는 어떻게 그녀가 극단의 최고위직에 오르게 되었는지 알고 싶어 했다. 마티스가 왕립극단의 대표인 브루니우스에게 「갈릴레이의 생애」[188]의 원고를 넘겨주었는데, 그녀에게서 우리는 종교적 작품은 공연하지 않는다는 대답을 들었

188) 브레히트가 스웨덴에 망명 중이던 1939년에 쓰고, 1943년 스위스 취리히에서 초연된 작품이다.

던 것이다. 그는 갈릴리 사람이 아니라 르네상스 시대의 이탈리아 과학자를 다룬 것이라고 말했다고 한다. 그러자 그녀는 그렇다고 해도 전혀 관심거리가 될 수 없다면서 그 원고를 다른 책자들이 있는 책장에 처박아두었다. 그 원고는 아마 최소한 20년 동안은 들춰지지 않은 채 그 책장에 처박혀 있게 될 것이었다. 그 첫번째 보고에 실망하고 화가 난 브레히트는 마티스에게 스웨덴에서는 어떤 세력들이 지배자에게 대항했으며 어떤 해방 전사와 민중 지도자가 있었느냐고 물었다. 곧바로 언급된 인물이 엥엘브레크트, 또는 브레히트가 처음에 그의 원래 이름인 독일식 이름으로 부른 엥겔브레히트였고, 브레히트는 깊은 인상을 받았다. 브레히트는 자신의 격정과 분노를 이 인물에 이입하고는, 그의 성격과 행동방식에 대해 자세히 알지 못하면서도 이미 그를 한 인물로 그려냈다. 엥엘브레크트를 그리는 작업을 시작하면서 브레히트는 자신이 떠밀려 도착한 이 나라의 역사에 대해 입장을 정할 수 있었다. 이 나라에는 이방인이나 다른 유형의 사람들을 강하게 혐오하는 경향이 있는 것 같았다. 사고의 획일화에 순응하는 경향 때문에 자신이 독일에서 추방되었던 것인데, 놀랍게도 바로 그런 경향이 이곳 스웨덴에도 공공연한 것처럼 보였다. 그럼에도 그는 스웨덴에 머물고자 했다. 스코브스보 해변에서처럼 이곳 륀 섬에서도 그에게는 일할 수 있는 집이 제공되었기 때문이다. 그는 민주 세력과 반동 세력 간의 싸움이 어떤 식으로 진행되는지 관찰하는 일에도 관심을 보였다. 그럼에도 그는 언제든지 때가 되면 자신의 활동을 중단하고 다시 길을 떠날 준비를 하고 있다고 말하곤 했다. 그러나 이 말은 단지 망명의 삶에 적응하는 그 나름의 방법을 표현한 말에 지나지 않았다. 스웨덴이라면 6년 전 덴마크에서처럼 독일에 가까이 있는 셈이었다. 그는 기회가 주어진다면 가장 빠른 길로 독일로 돌아갈 수 있기를 소망한다고 했다. 그러나 그 기회는 이제 점점 더 멀어졌다. 그는 만약을 대비해 친구들에게, 예전에 자신이 포기했으나 다시 신청한 미국 비자를 얻기 위해 노력해달라고 다시 부탁했다. 융달은 마치 14세기의 파노라마를 펼치려는 듯한 자세로 옛날까지 거슬러 올라가 상세히 이야기를 늘어놓았다. 그러나 브레히트는 여전히 왕립극단에 집착하고 있었다. 마티스는 다시 세세한 것을 묘사해야 했다. 극단 대표의 집무실은 화려하기보다는 단정한 모습이었으며, 벽은 탁한 회색으로, 각목 장식으로 칸이 나누어져 있었다고 그는 말했다. 책장은 나지막했고, 뉘브로 가 쪽으로 난 두 개의 창문에는 녹색의 벨벳 천으로 만든 커튼이 달려 있었으며, 구석에 놓인 육중한 책상 앞에는 녹색 소파가 있었고, 약 2미터 반 길이의 적갈색 마호가니로 된 회의용 탁자와 함께 붉은 와인색 천으로 덮인 안락의자가 있었다고 했다. 브레히트는, 그 방이 몇 층에 있고, 어떻게 올라가게 되어 있느냐고 물었다. 마티스는 관청의 현관에서 폭이 넓은 계단을 통해 3층으로 올라가서, 그다음에는 다시 나선형 계단을 올라 대기실로 간다고 했다. 신고를 한 뒤 한참을 기다려서 널빤지로 장식된 문을 통해 들어간다고 설명했다. 방 안에는 창문들이 열려 있었다. 비르예르 야를 가의 모퉁이에 있는 펄리아 보험회사의 탑이 펄럭이는 깃발과 함께 보였다. 하얀 바탕에 붉은 글씨로 회사 이름이 쓰여 있었다. 베르셀리 공원 쪽에서 아카시아 향기를 담은 바람이 불어왔다. 뉘브로 수문에 접한 회전교차로는 교통이 혼잡했으며, 암초 해안용 증기선 하나가 칙 소리를 내며 출발 신호를 울렸다. 녹색 갓을 씌운 청동 전등 뒤편에 그 집 여주인이 앉아 있었다. 마티스는 그녀에게 작품의 사본을 건넸다. 갈색 종이에 대형 배판으로 된 원고만으로도 이례적인 느낌을 주었으나 그녀의 마음에 들지는 않았다. 그녀는 손으로 무게를 재보았다. 그녀는 브레히트를 「서푼짜리 오페라」[189]의 저자로 알고 있었다. 그녀는 그를 주로 기존 희곡들을 개작하는 사람으로 생각하고 있었다. 그녀 옆쪽 벽에 붙은 연극 팸플릿이 바스락거렸다. 팸플릿의 맨 위쪽에는 구스타브 바사의 이야기를 담은 작품을 셰베리 연출로 공연한다는 내용이 적혀 있었다. 그녀가 어떻게 생겼느냐고 브레히트는 물었다. 넙죽하고 냉담한 모습이었다고 마티스가 답했다. 개성이 없기 때문에 아름답다고 할 수는 없을 것입니다. 오히려 가면 같다고나 할까요. 마치 여왕의 역할을 연기하는 것처럼 말이죠. 이마는 넓었고, 머리는 반듯이 빗질해서 뒤로 넘겼으며, 귀에는 백색 진주를 걸고, 목에도 백색 진주를 두르고 있었지요. 엥엘브레크트와 1434년의 혁명을 이해하려면 우리는 먼저 마르그레테[190]의 시대와 칼마르 동맹[191]을 이해해야 합니다. 융달이 말했다. 브레히트는 그 말을 듣지 못한 것처럼, 바람이 어느 방향에서 부는지 알 수 있겠더냐고 물었다. 그는 창문이 열린 대표의 집무실을 상상하고 있었던 것이다. 그 밖에 또 눈에 띄는 것이 있었느냐고 마티스에게 물었다. 방 왼쪽에 반쯤 커튼에 가려진 유리문이 하나 있었다고 마티스가 답했다. 유겐트 양식의 덩굴 모양으로 장식된 유리창을 통해 좌석 제2열 앞쪽 통행로의 한 부분이 보였다. 브레히트의 희곡이 거절당한 그 방의 답답함을 유리문이 터주고 있었다. 객석과 무대로 직접 오갈 수 있다는 것, 이

189) 1928년에 베를린에서 초연된 브레히트의 대표 희곡 중의 하나.

190) Margrete(1353~1412): 덴마크 왕 발데마르 4세의 딸로 노르웨이 왕 호콘 6세와 결혼했다. 아버지 사후에는 덴마크를, 남편이 죽은 뒤에는 아들 올라프를 섭정하며 노르웨이를 지배했으며, 아들이 죽은 뒤에는 칼마르 동맹을 통해 스웨덴의 여왕까지 지냈다.

191) 덴마크 여왕으로 노르웨이의 왕위도 겸한 마르그레테가 스웨덴 귀족까지 움직여 알베르트 왕을 폐위시키고 1397년 7월 13일 스웨덴의 항구도시 칼마르에서 세 왕국의 국가연합을 결성한 동맹. 이 연합체제는 1523년 구스타브 1세가 스웨덴 국왕이 되면서 해체되었다.

점이 바로 그 극장에 가보지 않았던 브레히트에게는 아주 흥미로운 듯했다. 셰베리를 우리 쪽으로 끌어들이려는 시도를 해보아야 할 겁니다. 마티스가 말했다. 브레히트는 곧장 거절의 신호를 보냈다. 단장의 여자 대표가 그를 이해하지 못한 것처럼, 그는 이제 이 극단의 다른 대표들에게 경멸감을 드러냈다. 그가 말했다. 우리 자신의 연출을 통해서만 그 작품은 공연될 걸세. 그곳의 연출자들은 우리의 이론에 무지하지. 우리라고 말할 때, 브레히트는 이 말이 공동 준비 작업을 하려는 자신의 자세, 다양한 제안에 대한 자신의 개방적 태도를 염두에 둔 말이라고 했다. 이 경우 선택은 자신의 몫이며, 또한 그는 무대 장식과 인물들의 대립, 줄거리의 진행 등을 놓고 토론을 제기하는 임무를 맡게 될 것이라고 했다. 브레히트는 다른 사람이 대화의 주제에서 벗어날 때는 참지 못했지만, 그가 그럴 때면, 대화에 주의를 기울이지 않았거나 느닷없이 대화를 중단시킬 것처럼 보이다가도 얼마 지나지 않아 그의 말이 논의 내용과 다시 연결된다는 사실이 밝혀지곤 했다. 작품의 얼개는 처음부터 우리 앞에 제시돼 있었다. 두 부분으로 이루어졌는데, 각각의 부분은 모순으로 가득 차 있다고 했다. 하지만 첫 부분에서는 위쪽의 세력들이 지배적이고, 둘째 부분에서는 아래쪽의 세력들이 지배적이라고 했다. 철통같은 성과 교회에 살고 있는 기사와 성직자들의 사회에 대항해 무역을 발전시키고 도시를 건설했던 초기 시민계급이 궐기했다. 윤곽은 아직 불분명했지만 하나의 새로운 계급이 부상하는 세기로, 그들은 한편으로 토착 귀족에 종속되어 있었지만 다른 한편으로는 외국 기업들과 관계를 맺으며 유동자본을 소유함으로써 부동산을 가진 자들에 비해 이점을 누리고 있었다. 두 세계가 충돌하면서 한 세계는 자신들의 오랜 권력 수단을 상실했으나 여전히 외교와 군사적 우위를 통해 특권을 유지할 수 있었으며, 다른 세계는 착취의 봉건적 형태를 제거함으로써 진보적인 모습을 보였으나 동시에 이미 하나의 새로운 경제적 약탈에 손을 뻗고 있었다. 그 아래쪽에서 다수를 차지하고 있는 것은 원시사회의 자유농민에서 유래하는 농민들로 그들은 예속된 노동력을 갖고 있었다. 이들 농민에게서 광범위하고 끈질긴 세력을 발견할 수 있었다. 촌락 공동체에는 독립성의 잔재들이 존속해 있었다. 개별 토지 소유 농민들은 융커, 또는 기사의 가신 서열에 오르기도 했으며, 사회 변화에 휩쓸려 수입이 좋은 광산업으로 눈길을 돌리기도 했다. 이와 반대로 소농들은 몰락해갔으며, 세금의 부담으로 점점 더 곤궁해졌다. 법적 권리도 없었고, 예속에서 벗어날 수도 없었던 종들은 첫번째 산업화 과정에서 일당노동자와 임금노동자가 되어 광산 지역으로 이주하면서 반항적 계층 생성의 토대가 되었다. 왕은 처음에는 귀족들의 압박으로, 그다음에는 중산층의 팽창으로 전제 권한을 상실했다. 이제 왕은 권력을 유지하기 위해 귀족들의 후원과 더불어 수공업자와 자영업자들의 지지를 필요로 했다. 덴마크 왕 아테르다그의 딸인 마르그레테는 열 살의 나이로 노르웨이의 왕과 결혼했으며, 스웨덴 왕족 출신 예언자 비르이타[192]의 딸 마에레타에게 교육을 받았다. 마르그레테는 왕족 가문의 지위를 다시 한 번 더 격상시킬 목적으로, 덴마크와 노르웨이가 결합한 이후 스웨덴도 끌어들여서 덴마크가 이끄는 가운데 북유럽 3국을 하나의 거대한 세력으로 통합하기 위해 선택되었다. 첫번째 장면에서는 어린 소녀가 나중에 나올 여왕의 모습 그대로 치장하고 등장한다. 몸종들이 화장과 빗질을 해준 모습으로, 금빛이

192) Birgitta Birgersdotter(1303~1373): 스웨덴의 가톨릭교회 성녀. 지배계급 출신으로 어린 시절부터 신앙적 환시와 계시를 많이 받았다고 전해진다. 엄격한 규율과 금욕을 토대로 하는 신앙공동체인 '삼위일체회'를 창립했다.

반짝이는, 금가루를 뿌린 천으로 만든 가운을 입고, 어깨를 덮는 망토 위로 빠끔히 드러난 작은 얼굴로, 보석들이 박힌 엄청나게 큰 브로치로 앞섬을 여민 외투에 싸인 채 소녀는 발을 구르며 환호하는 수행원들 앞에 인형 같은 모습으로 서 있다. 소녀는 허약하고 볼품없는 왕에게 건네진다. 왕의 좁은 웃옷에는 도끼를 든 사자들이 가득 수놓아졌으며, 꽉 졸라맨 허리띠의 중간에는 단도가 매달려 있다. 두 가지 색깔로 된 타이즈 양말을 신은 발은 진주를 박아 넣은, 앞이 뾰쪽한 구두 속에 들어가 있다. 어깨는 족제비 모피를 두껍게 덧댄 망토를 입어 넓어 보이게 했다. 무거운 왕관을 쓴 머리를 힘겹게 가누면서 왕은 소녀에게 힘없이 손을 건넨다. 빙 둘러선 기사들은 코 보호대를 갖춘 철모, 눈 보호막을 열어젖힌 뾰쪽 머리 투구를 쓰고, 쇠사슬로 엮은 칼라를 높이 세우고, 광택을 낸 가슴 보호대, 가죽 요대, 철판으로 된 팔뚝 보호대, 다리 갑옷 등을 하고는 엄청나게 큰 칼을 차고 있다. 나팔, 심벌즈, 북 소리와 함께 연도의식이 거행되면서 마르그레테는 1363년 4월 9일, 부활절이 지난 일요일, 대주교와 두 명의 주교가 집전하는 가운데 호콘과 결혼식을 올린다. 같은 해 가을 알브레히트 폰 메클렌부르크는 스웨덴 왕의 칭호를 받기 위해 스톡홀름에 입성했다. 브레히트는 중세 드라마 양식에 따라 마르그레테의 상대역이 등장하는 하나의 동시적 장면을 생각하고 있었다. 그런데 사료를 검토해보니 대조 효과의 필요성이 드러났다. 스웨덴 귀족 족벌들 간의 여러 해에 걸친 싸움은 물론 왕관을 놓고 부자간 또는 형제간에 벌인 싸움에 대한 언급, 성과 봉토를 얻기 위한 투쟁의 기록, 북유럽의 세 왕국 사이에 있었던 끊임없는 국경선 이동, 강탈과 기습, 지역과 운하를 헐값으로 팔아치우거나 저당 잡힌 일들, 토지의 황폐화, 강도 같은 세금에 의한 인민의 수탈, 기아, 암살, 폴쿵아 왕조의 실패한 원정, 그리고 끝으로 죽음의 천사, 죽음의 무도, 악마숭배 의식으로 특징지어진 시대에 대한 보고들이 브레히트로 하여금 알브레히트의 등장 배경을 알 수 있게 해주었다. 또한 인구의 3분의 1 이상을 쓸어 없애고 농업과 광산업 생산 활동의 대부분을 중지시킨 대역병의 후유증이 알브레히트의 도착과 겹쳐졌다. 그는 스웨덴의 언어를 알지 못했고, 한자동맹의 사업상 이해관계를 대변하고 있었으며, 독일 기사단의 군대에서 자신의 용병을 징발해왔다. 지배계급들은 황태자 자리를 둘러싼 음모로 서로 적대 관계가 되어 경쟁하고 있는 족벌들의 외부 출신으로, 이 불행한 상황을 강압적으로 단칼에 해결함과 동시에 자신들의 도구로 남아 있을 만한 독재자를 필요로 했다. 이들이 알브레히트를 끌어들였다는 것과, 그를 투입함으로써 얻게 되는 이익과 위험 부담에 대한 계산, 그리고 자신의 막강한 무역 도시들로부터 후원을 받는 알브레히트가 덴마크의 진출을 막아주고, 자신들의 권력을 유지해줄 것이라는, 지체 높은 사람들의 희망, 그리고 이와 더불어 한자동맹 도시들과의 관계를 확고히 함으로써 자본의 증식, 경제 부흥, 생산 증가를 가져올 것이라는, 지주, 광산 소유주, 상인들의 기대, 다양한 사욕의 속셈으로 이방인 영주에게 바치는 아부, 게다가 높아진 이자율과 세금에 대한 소농들의 두려움, 자신의 어려운 처지를 벗어날 방도를 찾지 못하고 있는 소작농들의 불안, 이 모든 것이 새로운 군주를 등장시킬 때 표현되어야 할 것이다. 열 살배기 소녀는 아직 기다리는 자세로 서 있으면서 다가올 상황을 암시하고 있다. 이와 반대로 저 독일 남자는 곧장 자신의 전면적인 지배권을 내세우며 노브고로드에서부터 브뤼헤에 이르는 자신의 폭넓은 인맥을 과시한다. 또한 그의 부하들은 이미 오래전에 스톡홀름으로 서서히 침투해 들어갔으며, 그들의 끊임없는 활동과 노련함으로 교역 중심지, 상가, 동업자 조합 들을 자신의 손아귀에 넣었다. 항구에는 뤼베크, 비스마르, 로스토크, 슈트랄준트에서 온 화물선들이 정박해 있다. 매우 명망 있는 도시의 가문들에는 독일 출신들이 광범위하게 포진되어 있었다. 그는 변화하는 시대의 흐름을 타고 갔으며, 지배계급의 교활한 대표자로서 자신의 지위를 유리하게 펼쳐가기 위해 앞뒤를 가리지 않았다. 이와 동시에 그는 유럽의 사회 변화에 개방적이었다. 당시 유럽은 농민 봉기에 의해 봉건 지배가 흔들리고 있었고, 시민계급은 영주 계급에게 자신의 권리를 주장하고 있었다. 또한 황제와 교황은 권위를 상실했으며, 국가의 행정기구는 중앙집중화하고 있었고, 수공업, 유통업 그리고 금융업은 점점 더 강한 조직 형태를 갖추어갔다. 그는 자신의 고문 참모진에 전쟁 전문가들 외에 상인, 해상운송, 은행의 대표자들과 더불어 달라르나 지역에서 철광업의 발전을 담당할 광산 전문가를 두었다. 옛날부터 이곳에서는 광산과 주물 공장의 지분을 사들인 독일인들에게 세금과 관세를 면제해주는 특권이 주어졌다. 구리와 질 좋은 철의 생산은 증가하는 수출의 토대가 되었다. 스웨덴은 대륙의 교회 행정기관에서 수요가 끊이지 않는 밀랍과 모피 제품 말고는 내놓을 만한 상품이 없었다. 대상인들과 결탁해 알브레히트를 불러들이는 일을 추진한 것은 다름 아닌 토지 소유주들인데, 이들은 시야가 넓고 사업 의욕이 강했다. 몰락의 시기, 노동력이 부족한 시기에 그들은 광산 소유 지분을 대량 확보했다. 광산의 채굴장은 자원이 풍부하다 못해 거의 무한정이었으며, 이곳을 지배하는 사람은 제국 내의 지도적 위치뿐만 아니라, 국제 금융시장으로의 진출을 보장받을 수 있었다. 농부들에게서 농가를 하나하나 빼앗고 달라르나의 광산들 대부분을 사들인 막강한 지주 욘손 그리프는 추밀원의 우두머리 중 한 사람으로서 대공을 영접할 채비를 했다. 왕족의 아이를 치장할 때와 마찬가지로 알브레히트의 선제후 즉위식에서는, 절대 권력을 쟁취하기 위한 개별 노력과 더불어 그 최고 지위에 대한 상징을 보여주는 것이 중요했다. 그 뒤편에 선 세력들은 아래 계층들을 끌어들여 점차적으로 저항을 충동질하면서 서로 힘을 겨루어야 할 것이다. 기구들은 어디서나 마찬가지로 갈등으로 점철되어 있었으며, 이미 그 내분 속에는 그것들이 쇠퇴해갈 징후가 깃들어 있었다. 중무장한 용병들이 뒤따르는 가운데 완벽한 무장을 갖추고 바르네뮌데에서 출발한 함대를 이끌고 온 한자동맹 도시의 사절은 스웨덴의 귀족들을 멸시하듯 내려다보았다. 알브레히트는 이들이 글을 쓸 줄도 읽을 줄도 모르고 자신이 알고 있는 세계어로 자신들을 표현할 줄도 모르며, 또한 현대적 사업 규칙에도 서투르다고 생각했다. 그들은 엄청난 규모의 농지와 숲, 광산을 관장하고 있었는데도 그의 눈에 그들은 냄새나는 수건과 모피를 두른 더러운 농부들에 지나지 않았다. 그는 그들을 구걸하는 사람들로 대하면서 통역인들에게 통역을 하라고 지시했다. 그는 통역인들을 내세워 기분 내키는 대로 자신이 하는 말에 이중적인 의미를 담아 내뱉었다. 그리프는 너무나 인색해서 매년 열리는 열병식에 무장을 갖추고 말을 타고 참석하지도 않았고, 왕립군대에 복무하지도 않았다. 따라서 그는 기사 의식을 치르지 못했으나, 비교적 높은 고위직의 금융 귀족으로 궁정관 직위를 가지고 있었다. 그는 사자 몸통에 독수리의 머리와 날개를 가지고 부리에서 핏방울을 떨어뜨리고 있는 괴수를 자신의 문장에 그려 넣었다. 모든 종류의 책략에 능숙한 그는 자신이 알브레히트의 상대가 될 만하고 자신이 바라는 대로 이 사람을 움직일 수 있다고 생각했다. 그의 손아귀에 떨어진 관직과 농가, 성채들, 그리고 산처럼 쌓인 곡물, 가축, 철광석을 상상하면서 그는 환영식을 지휘했다. 번쩍이는 금속 장신구를 단 사람들이 도열해 있고, 교회 성직자들의 심홍색, 보라색 옷이 버스럭거리는 가운데 거행된 위계질서가 엄중한 결혼식 장면이 황급히 바뀌어, 시체를 가득 실은 삐걱거리는 똥칠한 수레들이 지나가고, 그 뒤를 무덤 파는 일꾼들, 울부짖는 여인들 그리고 수도사들이 따랐다. 증축 중인 대들보 발치에 볼품없고 초라한 사람들, 거지들이 몰려들었다. 많은 사람들이 불구가 되어 기어가고 목발을 짚고 절뚝거렸다. 잡범과 추방된 자들이 벽으로 차단된 공간 속에 갇혀 앉아 있고, 밧줄을 목에 건 다른 죄수가 간수들의 발에 차이고 창으로 두들겨 맞으며 끌려갔다. 요술쟁이와 재주꾼들이 주변에 관객들을 모으고, 시골풍의 옷을 입은 다른 패거리들이 허리띠에 칼, 도끼를 차고 무언가를 기다리는 듯 따로 떨어져 서 있었다. 우리는 말뚝 도시라는 뜻을 가진 그 당시의 스톡홀름의 성격을 어떻게 조금이라도 전달해볼 수 있을까 논의해보았다. 굵은 지주와 말뚝들이 작은 섬 같은 도시를 둘러싸고 있으며, 거칠게 다듬어진 나뭇가지들로 서로 연결된 두 줄의 두꺼운 판자들이 도시의 성곽 앞쪽에서 물속에 이르기까지 박혀 있었다. 그것은 파도와 더불어, 침입해 들어오는 뱃사람들을 막기 위한 것이었다. 옛날 그림들을 들여다볼 때 얻은 인상들이 한데 모아졌다. 극 진행을 구상하기에 앞서 브레히트는 무대의 외관을 설정했다. 하나의 물질적 공간이 만들어졌을 때 비로소 인물들과 그들의 배열, 분할, 그리고 상호간의 관계들이 구체화될 수 있다는 것이었다. 아래와 위가 기본 구상에 속했다. 그러나 그 안에는 내적 구분들과 끊임없이 발생하는 대립들이 포함되어 있었다. 목재로 만든 연단은 방어벽이자 통로인 동시에 성의 바닥이었으며, 그것이 안과 밖을 하나로 묶어주었다. 브레히트는 샬마이,[193] 피리, 피들[194]이

193) 오보에의 전신이랄 수 있는 더블 리드의 목관악기로 숌 혹은 칼라무스라고도 부른다.
194) 바이올린 형태의 중세 시대 현악기.

울려 퍼지는 가운데 광대들이 출연하는 중세 종교극을 생각하고 있었다. 이 극에서 그들은 해골로 분장하고 큰 낫을 휘두름으로써, 누구보다도 가난한 사람들에게 닥친 불행한 운명을 상기시키며, 반면에 부유한 사람들은 그 운명을 피할 수 있을 뿐 아니라 공포와 황폐함이 지배하는 가운데 삶의 즐거움에 몰두하는 모습으로 그려질 수가 있다는 것이다. 누군가 14세기 말부터 독립 투쟁에 이르는 사건들을 가곡 형식으로 표현한 운문 연대기를 언급했다. 이 말은 그 희곡 작품을 적어도 해당 부분에서 그와 같이 단순하고도 투박한 운율로 써보는 것이 어떨까 하는 생각을 불러일으켰다. 그러려면 거리극으로 시작하는 것이 자연스러울 것이다. 주도권을 잡는 사람이 누구인지 보여주기 위해서 고귀한 신분의 사람들이 등장해 배우들을 아래로 내몰 것이다. 아래쪽에서는 사람들이 쓰레기 더미 속에서 허우적대며 싸움질을 하거나 누워 있고, 위쪽에는 계급별로 나누어진 거대하고 화려한 행렬이 점점 규모를 더해가며 이어졌다. 바깥쪽 항구에서는 삼각 깃발을 단 코게선[195]들의 돛대 앞에 깃발, 깃털장식, 양산을 든 사람들이 몰려들었다. 아래쪽에는 땅의 회색, 검은색, 진갈색, 그리고 위쪽에는 적색, 백색, 은색, 금색이 주를 이루었다. 뿔나팔과 북이 울리면서 옆쪽에서 격식을 갖추어 차려입은 시민계급이 등장하며, 그들의 넓은 외투, 챙 넓은 모자들로 진흙 같은 색깔들을 부분적으로 덮어버렸다. 알브레히트가 시종들과 함께, 영접 나온 사람들 가운데에 자리를 잡자, 아래쪽에 모인 사람들은 모두 무릎을 꿇었다. 다만 농부 무리 중에서 대표로 보이는 자가 무언가 간청하려는 듯 통 위에 올라서서 고개를 쭉 빼고는 손을 쳐들었다. 그러나 쇠사슬로 된 갑옷을

195) 한자동맹 당시의 뱃전이 높은 배, 병선 또는 상선으로 쓰였다.

입은 병사들이 창과 노를 철커덕 소리가 나게 내려놓자 그 시골 사람은 기가 꺾여 물러났다. 알브레히트는 루비와 에메랄드 원석을 빽빽이 박은 소매 없는 망토를 입고 있었는데, 시동이 이를 받아들자 스웨덴 궁정에서 나온 몇몇 사람이 경탄하며 손을 뻗어 그 망토를 만져보았다. 그가 자신에게 뿌리게 한 향수가 담긴 병도 똑같은 호기심을 불러일으켰으며, 그가 집어던지듯 융커들에게 향수를 선사하자 그들은 이를 줄줄이 뿌려가며 냄새를 맡느라 정신이 없었다. 알브레히트는 공작 깃털을 박아 넣고 허리 부분을 재단한 짧은 웃옷과 비단 각반을 하고 왕좌에 앉았으며, 그의 뒤쪽에는 금색 바탕에 은색 뿔을 한 검은 황소 머리를 그린 메클렌부르크의 문장이 높이 내걸렸다. 위쪽에서는 인민들의 노동에서 이익을 얻는 소규모 그룹인 자유농민 귀족과 도시 문화의 대표자들 사이에 대결이 벌어지는데, 전자는 옛날부터 내려오던 대로 하인들을 극도로 혹사하는 반면, 후자들은 이미 생산자들의 생활 여건이 어느 정도 향상될 때, 수익률이 높아진다는 점을 통찰하고 있었다. 위쪽에는 무제한의 권한을 가진 동등한 지위의 사람들이 있었다. 그러나 이들은 서로 다른 원칙들에 따라 행동했다. 세계시장에 밝은 노련한 투기꾼이 있는가 하면 야만적인 약탈 기사가 있었고, 근시안적인 고리대금업자가 있는가 하면 절약하며 계획을 세우는 사람이 있었다. 원시적인 자연경제가 공장제 수공업과 건축노동자용 대규모 판잣집에 대한 지식과 부딪쳤다. 위쪽에는 위기의 압박 때문에 인구밀도가 낮고 드넓은 제국의 문호를 이방의 성장 세력에 개방해야만 하는 세속적 종교적 지배자들과, 인구밀도가 높고 수탈이 심한 지역에서 온 경험 많은 여행자들이 있었다. 아래쪽에는 성장하고 있는 시민계급, 동업인 조합의 대표자들, 시의회 의원들이 있었으며, 머지않아 바로 이들이 저 위쪽의 무대를 차지하게 될 것이었다. 또한 이 아래쪽에도 역시 동질감과 반목이 공존했다. 그들은 상층부의 단독 지배에 반대한다는 점에서는 의견을 같이했지만, 장인 계층의 확고한 자신감과, 자신들이 모은 재산으로 인해 이들보다 더 나은 생각을 갖고 있다고 자부하는 세습 귀족의 교만함이 서로 반목하고 있었다. 위쪽에는 서열과 작위, 그리고 토지 소유권, 봉토, 교회의 녹, 세금 면제, 교역로 이용권을 얻기 위한 치졸한 싸움들이 있었고, 아래쪽에는 계층 간의 반목, 이미 벌어지기 시작한 부유 시민과 소시민의 분열, 그리고 수공업자들과 프롤레타리아트 전 단계의 대중이라는 새로운 구분에 따른 뿌리 깊은 사회적 불안의 시초들이 있었다. 무대 위에 있는 제국의회는, 알브레히트를 왕으로 추대한 것은 그가 스웨덴 귀족의 뜻에 따라 통치할 것이라고 맹세했기 때문임을 공언했다. 그는 단지 명목상 일인자일 뿐 국가 업무는 그들 스스로 관장하고자 했다. 위쪽에서는 서로 말이 어긋나고 이미 합의된 것을 두고 거짓 싸움이 서서히 시작되고 있었다. 아래에서는 소매치기들이 익살을 부리면서 하는 도둑질이 위쪽에서는 서약을 한 사람들에 의해 장엄한 미사여구와 함께 대규모로 실행되었다. 미래의 장군, 총독, 관리인, 법관 들이 예행연습까지 하지만, 손에 넣을 수 있는 것이라곤 훔쳐낸 자루에 불과했다. 메클렌부르크 억양으로 말하는 소리가 들려왔다. 알브레히트는 스웨덴이 그에게 보장해달라고 요구한 내용을 확약했다. 그는 자신과 부하들이 이미 오래전부터 고향으로 생각하는 나라에 이제 들어올 수 있게 되어 대단히 감사하다고 했다. 그는 아래쪽으로 고개를 돌리며 독일인들이 성채, 성당, 수도원, 교역 장소, 항구를 건설한 이 도시를 모두에게 최선이 되도록 살필 것이며, 그 범위를 주변에 있는 도시들로 넓혀갈 생각이라고 말했다. 아래쪽에서 그에게 보내는 칭찬의 소리와 위쪽의 침묵이 도시와 시골 간의 모순을 드러내주었다.

시민들과 수공업자들은 메클렌부르크의 깃발, 뤼베크의 쌍두독수리, 독일에서 유래한 동업조합들의 화려한 깃발들을 치켜듦으로써 그들 스스로가 어디에 소속되어 있다고 생각하는지 보여주었다. 시의회 의원들은 한자동맹 도시들의 명망 있는 군주에게 복종을 맹세하는 내용의, 갑작스러운 선언문을 한목소리로 노래했다. 기사위원회와 성직자위원회가 대관식을 마치기도 전에 그들이 이러한 일을 벌였다는 것은 관습에 크게 어긋나는 것이었다. 그럼에도 불구하고 시민 계층의 대표자들이 이를 감행한 이유는, 자신들의 견해를 묻지 않는 귀족계급에 대항해 발언의 우선권을 가지려는 데 있는 것처럼 보였다. 그 혼란의 틈을 이용해 아까 그 농부가 다시 통 위에 올라섰다. 그는 귀를 덮고 있는 귀마개가 딸린 모자를 벗으면서, 귀하신 분이여, 우리가 당신에게 공손히 청하옵건대,라고 말했다. 그때 한 병사가 그를 끌어내렸다. 우리는 계속해서 서로 앞으로 나오려는 모습을 가시화해야 한다고 브레히트가 말했다. 대공을 묶어두어 자신들의 휘하에 두려는 귀족들의 시도는 대공의 노련한 회피 전술에 부딪혔다. 예를 들어 내국인들이 광산의 지배권을 가져야 한다고 역설하자, 알브레히트는 자신의 통역인으로 하여금, 자신은 생산량을 늘리기 위해 하르츠[196]에 있는 광산에서 한 배 가득히 경험 많은 광부들을 데리고 왔다는 사실을 알리게 했다. 그리프는 이 이방인에게 밀려날 수 있다는 느낌을 받자 그가 가져온 군기를 스웨덴의 주권을 상징하는 문장으로 바꾸도록 요청했다. 그대들이 원하기만 하면 나에게 세 개의 왕관이 그려진 군기를 달라, 그러면 나는 그것을 앞장서서 들고 가리라,라고 알브레히트는 대답했다. 아마도 이 행사 장면은 교회의 목소리,

196) 독일 중부 내륙의 산악 지역.

즉 로마에 있는 비르이타의 사절인 바다테라 주교의 설교로 끝맺을 수 있을 것이라고 브레히트가 말했다. 지금까지는 세속적 세력들이 표현되었다. 이제는 그 세력이 약화되었다는 사실이 드러나긴 하지만, 수세기를 넘어 사람들을 괴롭히고, 눈을 가리면서, 혼란과 전쟁을 불러일으키고, 자신을 주장해온 권력이 입을 열 차례가 되었다. 그 권력은 부를 축적하면서 가난의 미덕을 설교했다. 그들은 저항을 억누르려고 인내를 호소하고, 지상에서 참아낸 고통을 저 세상에서 보상받을 것이라고 유혹했다. 토지와 숲, 광산과 제련소, 성과 궁정, 세금과 관세를 둘러싼 부정한 거래는 복음을 전하는 과정에서 거짓된 경건함과 속죄의 몸짓으로 바뀌었다. 신부의 평상복에 레이스가 달린 치마를 입은, 성모 마리아의 신임을 받는 자는 모여든 사람들에게 그리스도의 죽음에 대한 비르이타의 환상을 묘사해주었다. 융달이 계시록을 읽어나갈 때 브레히트는, 비르이타가 자신을 그리스도의 신부라고 칭한다면 약혼자는 더욱 모욕을 받는 것이죠. 그 남자에게 얼마나 많은 증오를 쏟아부었으며, 그가 모욕과 고문을 당하는 모습을 묘사할 때 얼마나 많은 쾌락을 느꼈을까요. 그녀는 그를, 갈빗대에 이르기까지 채찍이 살을 갈라놓은 모습으로, 완전히 벌거벗은 연인의 모습으로 상상했겠죠,라고 했다. 브레히트는 계시의 순간을 써내려가는 비르이타의 모습을 상상해보았다. 그녀는 돌바닥에 무릎을 꿇고, 그녀에게 손 하나 까딱할 수 없는 십자가형에 처해진 사람의 푸른 납빛 피부를 환상 속에서 바라보면서 손가락을 움직이고 있었다. 그의 얼굴은 흘러나온 침으로 젖어 있었고, 그의 혀는 벌린 입 속에서 피로 물들어 있었다. 오장육부의 모든 액체가 말라버렸기 때문에 그의 배는 등허리에 찰싹 달라붙어 있었다. 그의 손과 발은 못 때문에 찢어져나갈 정도로 벌어져 있었고, 죽음의 순간에 그 구멍들은 몸의 무게로 더욱더 크게 벌어졌다. 최후의 경련을 일으키며 어깻죽지는 나무에 꽉 달라붙어 있었다. 독일군이 폴란드를 침공해 빠른 속도로 행군해 갈 때, 우리는 인간을 찢어발기는 것과 그에 대한 애도를 내용으로 하는 끔찍스럽고 예언적인 설교를 생각하고 있었다. 그 광신녀는 우리에게, 내가 내 손으로 그의 입을 닫아주었고 그의 눈을 감겨주었다,고 소리치고 있었다. 그러나 그를 십자가에서 떼어냈을 때는 그의 뻣뻣해진 팔을 굽힐 수 없었고, 그의 무릎은 내가 아무리 눌러도 뻗지 않았다고 했다. 이런 식으로 그 도시의 기사들과 유지들이 자기 자신을 돌아보고 자신들 때문에 고통을 겪은 자를 생각해보도록 훈계를 들은 다음에, 첫 장면과 연관해서 곧바로 어린 마르그레테가 기독교적 교육을 받는 모습을 보여줄 수 있을 것이라고 브레히트는 생각했다. 마대로 만든 수녀의 가운을 입고 굵은 밧줄로 허리띠를 하고는, 창백하고 여윈 모습으로 삭발을 한, 열여섯 살의 마르그레테는 기도를 하면서 그녀의 양어머니 앞에 무릎을 꿇었다. 그녀가 첫날밤을 보내기 위해 왕의 침실에 들기 전에, 그녀가 앞으로 수행해야 할 의무를 다할 수 있도록 자신을 채찍질한다는 의미에서 격식을 갖춘 매질이 그녀에게 가해졌다. 그녀는 나무로 만든 받침대 위에 배를 깔고 엎드려 겉옷을 걷어 올리고 양손은 기도하는 자세로 마주잡고, 동요하지 않는 얼굴 표정으로 눈을 크게 뜨고는 이를 담담히 받아들였다. 그녀는 벌을 주는 손에 키스를 했다. 다시 시녀가 등장했다. 삼베 두건을 벗기고 가발을 씌웠다. 둥그렇게 재단이 되어 가슴을 꽉 조여 매고 아래쪽으로 넓게 펼쳐지는, 보라색 바탕에 석류 모양을 금실로 수놓고 금가루를 뿌린 옷을 입혔다. 회색빛 수녀에서 위풍당당한 여군주로 갑작스럽게 변신한 모습은 시각적으로 깊은 인상을 심어주어야 하며, 그럼으로써 그녀의 모습이 그다음 장면들에서, 칼마르에서 북유럽의 독립과 세 제국의 연합을 회복하기 위해 그녀가 다시 행동에 들어갈 때까지 계속 빛을 발하게 될 것이라고 브레히트는 말했다.

독일이 승리하고 영국과 프랑스가 참전했다는 뉴스를 접하면서 우리는 마르그레테의 등장 전후의 시대를 눈앞에 그려보았다. 알브레히트는 즉위한 즉시 군대를 강화하기 위해 오래된 철광 산지 예른베라란드의 광산들을 확장하는 공사를 지시했다. 광산과 제련소 소유주들에게는 특권을 부여하는 증명서가 교부되었으며, 이 전체를 지휘하는 건 재정관리인 욘손 그리프였다. 50개소 이상의 광산과 제련시설을 갖춘 사업체들의 생산을 촉진하기 위해서는 무엇보다도 노동력을 끌어들이고, 이들에게 뭔가 이득이 될 만한 것을 약속해야 했다. 그 결과 배고파 떠도는 하인과 하녀들, 석방된 죄수들, 모험가들, 부랑인들이 코파르베리와 노르베리 지역으로 몰려들었다. 그들에게는 임금으로 곡식, 버터, 고기, 생선, 소금뿐만 아니라, 일 년에 한 번씩 그들 스스로 장사꾼들의 가게에서 고른, 3마르크 어치의 상품을 주겠다고 약속했다. 떠돌이 외국인들은 임시체류권을 얻었으며, 심지어 절도나 살인으로 기소된 사람들도 채용되었다. 모집인들은 그것을 엄밀하게 따지지 않았으며, 그들에게 걸린 현상금은 이들이 인원을 충족시킬 경우 받게 되는 보상금보다 적었다. 그러나 이러한 고용 촉진책만으로는 더 이상 자율적 의사에 따른 노동력을 확보할 수 없었다. 잡역부가 모자랄 때면 언제나 그렇듯이 소농도 징집되었다. 관리인들은 농가의 수익성을 결정하고, 그 농가가 충분히 수익을 내지 못하면, 남자, 여자, 어린이 들을 집에서 내몰아 반년 또는 일 년간 광산 근처의 숙소에서 생활하도록 강요했다. 독일 광부들은 갱도 공사 일꾼, 갱부, 그리고 광산의 측량, 배수, 통풍, 광석의 선광, 제련 전문가로 일했으며, 그들이 받는 일당은 비숙련 노동자와 짐꾼이 받는 일당의 두 배가 되었다. 게다가 그들은 임금을 현금으로 받았다. 독일 상인들도 자기 자본으로 개발에 참여했으며, 현지 기업인들은 광산 주식에 대한 감독을 맡았다. 전문지식을 가진 사람들은 서로 치열하게 경쟁하면서 자신들의 작업장 효율을 높일 수 있었다. 이러한 초기 주식회사들 간의 경쟁을 거치면서 대기업이 형성되었으며, 산업가, 금융상인, 수공업자, 그리고 노예 상태에서 벗어난 지 얼마 되지 않은 대중으로 이루어진 새로운 계급들로 구성된 사회 계층이 부각되었다. 수익 전망이 높아짐에 따라 경비 인력을 증강할 필요가 있었다. 임금노예들은 용병들의 통제를 받고 끊임없이 위협당하며, 경고성 벌책을 받을 처지에 놓이게 되었다. 중세의 광산에서는 장인과 갱부들이 서로를 이해하면서 협력 체계 속에서 함께 일해왔다. 새로운 분업은 부농 출신의 본래적인 광산 소유주들과 새롭게 밀고 들어오는 귀족 출신들 간에, 왕에 의해 파견된 관리 공무원과 참여 소유주들 간에, 그리고 십장들과 운송인, 짐꾼, 갱부 들 간에 극심한 대립을 불러일으켰다. 그 아래쪽에는 광산과 제련소 주변의 초라한 오두막에 기거하며 반항심에 들끓는 불안정한 인민들이 있었다. 광구측량술의 장인들만이 무기를 소지할 수 있었으며, 관리자들만이 무장을 갖추고 헬멧을 쓰고 다녔다. 단도나 칼을 지니고 다니다가 고용인에게 적발된 종들에게는 매질이 가해졌다. 그럼에도 불구하고 달라르나에는 농경사회의 규칙들이 존속했다. 마을에는 독자적인 민회법정이 있었으며, 산림소유권은 불가침이었고, 농지 소유주들은 궁정국가에 대해 나름 독립성을 유지했다. 하지만 이러한 특권은 항상 상류 계층에만 해당되는 것이었기 때문에, 예전의 가축 같은 생활에서 한 걸음 벗어나서 이제 자의식을 갖기 시작한 피압박자들의 불만은 높아만 갔다. 우리는 라디오 뉴스를 들으면서 왜 독일의 침공에 대한 소련의 입장 표명과 관련한 언급이 없는지, 왜 서유럽 연합국들은 폴란드를 지원할 아무런 조치도 취하지 않는지 곰곰이 생각해보았다. 아마 소련이 기습을 당해보고 싶어 그러거나, 아니면 독일의 침공에 동의했기 때문일 것이다. 영국과 프랑스는 아마 한편으로는 독일군과 붉은 군대가 충돌하기를 기다리면서, 다른 한편으로는 대비책을 취하고 있다는 인상을 불러일으키려 할 것이다. 우리와 마찬가지로 당도 역시 아는 바가 없어, 기관지를 통해 그 전쟁의 제국주의적 성격을 확인하는 것 이상의 정보를 제공하지 못했다. 스웨덴 입장에서는 이 전쟁에서 무엇보다도 중립성, 즉 국가적 자유를 유지하는 것이 중요했을 것이다. 알브레히트는 자신의 함대를 파견해 덴마크 해안을 초토화했다. 메클렌부르크와 스웨덴 군대는 노르웨이를 침공했다. 호콘은 반격할 여력이 없었고, 아테르다그는 항복할 수밖에 없었다. 1370년 슈트랄준트에서 평화조약이 체결되었다. 이에 따라 패배한 두 나라는 주요 항구와 성에서 퇴각하고 해상항로에 대한 한자동맹의 통제를 인정할 수밖에 없었다. 오늘날 독일이 무적인 것처럼 보이듯이, 77개의 도시를 거느리고 있던 한자동맹은 그 세력의 정점에 있었다. 고틀란드에 있는 비스뷔와 예전에 덴마크가 지배했던 스웨덴 남쪽의 많은 교역지들이 이제 한자동맹 소유가 되었으며, 스톡홀름도 한자동맹 도시가 되었다. 마르그레테가 활약하기 이전 몇 해 동안에 일어난 사건들을 다룰 때 브레히트는 노골적이고 대담하게 한 줄 한 줄 새로운 사건들을 기술해놓은 운문 연대기에 어울리는 형식을 찾아내려 했다. 그는 각 단계를 빠르게 관통하는 축제 행렬과 같은 형식으로, 사현금과 백파이프의 음악이 울리면서, 장돌뱅이

가인, 합창, 무언극, 무용이 등장하는 형식을 생각했다. 다양한 역사적 소재들을 선택해 윤곽을 그렸다. 덴마크 군주에 맞선 알브레히트와 스웨덴 기사들의 전투, 잃어버린 영토를 수복하기 위한 덴마크의 여러 가지 준비, 스웨덴 귀족 계층에서 싹트는 한자동맹의 헤게모니와 왕의 횡포에 맞선 저항, 좌절된 국내의 기대감, 전쟁 초기에 따른 행운으로 안정된 교역보다는 계속적인 군비 확장과 새로운 출정에 힘을 기울임으로써 생겨난 불안정한 정세, 자본 투자를 안정화하는 정책 대신 대상인들에게도 예외 없이 발효된 세금 징수 정책, 인민들의 궁핍이 덜어지기는커녕 다시 곤궁해진 상황, 농경의 재건이 아니라 떠도는 떼거리 병사들에 의한 약탈과 방화, 국가적 통일이 강화되는 것이 아니라 모든 계층에서 첨예화된 반목. 폴란드의 황폐해진 평야와 파괴된 도시들, 엄청난 숫자의 감금된 포로들, 찢어발겨진 시체들, 연이어지는 죽은 자들을 애도하는 모습들을 보면서, 또한 독일군이 소련의 이해관계가 걸려 있는 영토로 쳐들어올 때 어떤 일들이 벌어지게 될까 하는 끔찍한 생각을 하면서, 우리는 메클렌부르크의 식민지가 된 스웨덴의 모습을 표현하고자 애썼다. 스웨덴에서 외국인 봉건 영주들과 관리인들은 현지 토지 소유주들이 소수 특권 계층에 속하지 않는 한 이들을 착취했다. 그러나 이제 2천 호의 농가를 손아귀에 쥔 그리프와 같은 특권층은 계속해서 부를 축적해갈 수 있었다. 브레히트는 곱사병 탓에 몸이 곱은 강도 같은 궁정관이자 대법관인 그 사람에게 열광적으로 관심을 보였다. 그는 스톡홀름에 있는 수도원 교회 제단 앞에서 경쟁자를 칼로 찔러 살해했을 때조차 벌을 받지 않았으며, 곡물과 세공품 교역, 그리고 양초 공장의 독점권을 가지고 있었다. 그는 동전 발행도 관장했으며, 급기야 세력이 너무 커져 왕의 미움을 샀다. 이제 전쟁을 충동질하고, 습격을 대비해 그가 보호자로서 이용해온 알브레히트가 그동안 긁어모은 재산의 일부를 빼앗으려 하고, 자신에게 많은 빚을 진 군주 알브레히트에 의해 살해될지도 모른다는 공포에 휩싸여, 그는 다시 제국의회에서 모반자들을 모았다. 이번에는 자신을 이방인으로부터 해방시키기 위한 것이었다. 그러나 그는 메클렌부르크인에 대한 반역의 시기가 무르익기도 전에 지칠 줄 모르는 탐욕 때문에 죽음을 맞이했다. 그리프가 죽은 뒤 알브레히트는 그의 영지와 광산들을 절취했다. 이제 그 부호는 더 이상 시기의 대상이 되지 못했기 때문에 스웨덴 귀족들은 이에 항거했다. 브레히트는 20여 년에 걸친 이 단계의 묘사에 몰두했다. 세력 관계를 투명하게 보여주는 집약된 연출 방식이 필요했다. 그러나 다양한 사건들을 단순화할 방법을 찾지 못했다. 발생한 문제점들은 언제나 다시 새로운 원인들을 초래했으며, 발전의 새로운 연장선들이 필요했다. 북부독일의 세력이 팽창하고 스웨덴의 귀족 계층과 대상인들 간에 분열이 일어나면서, 한편으로 한자동맹과 거대 금융의 결속이, 다른 한편으로 독자적 스칸디나비아 카르텔을 건설하려는 소망이 가시화되었다. 왕위 계승자를 옹립할 때 우선권을 갖고자 하는 기사 가문들 간의 투쟁, 정부 업무에 끼치는 세습 귀족들의 영향력 증대, 발전을 바라는 시민계급과 수공업자들의 요구, 도시와 농촌 노동자들의 불만, 이 모든 것들이 낡은 국가 형태가 와해되고 혁명적 기운이 발호하는 징후였다. 그리프는 가부장적 지배를 금융자본의 우월권에 의한 지배로 대체했다. 그는 자신의 계급이 갖고 있는 특권을 유지하기 위해 모든 경제적 권력 수단을 이용하면서, 정부 기관들을 군사화했다. 자신이 옹립한 부자들의 후견인이 자신보다 우월한 위치로 성장하게 되자 그는 예전에 자신이 비방했던 과두정치 제도를 다시 도입했다. 그러면서 그는 전제군주에 대항하는 동맹을 맺기 위해 아직 반목 상태에 있던 덴마크와 교섭을 벌였다. 암거래꾼과 자객들이 횡행하는 한편 이 섬광 같고 분망했던 단편적 시기가 지난 뒤인 1386년 7월 13일, 호콘이 죽은 뒤 덴마크와 노르웨이의 지배자가 된 마르그레테와 알브레히트 왕이 한자동맹의 날을 기해 뤼베크에서 만났다. 마르그레테는 그녀의 열여섯 살짜리 아들이자 왕위 계승자인 올라프를 데리고 왔다. 이 만남의 모든 동기가 고려되어야 했다. 국내 반대파 때문에 세력이 약화된 알브레히트는 독일 제후들에게 자신의 군대와 함대들을 증강하고 재정을 충당할 수 있게 해달라고 졸랐다. 마르그레테는 사업 관계의 연결, 해상 항로의 안전, 예전에 한자동맹 도시들에 저당 잡혔다 반환된 소유물에 대한 보증을 염두에 두고 있었다. 스웨덴에서 벌어지는 정권 전복 계획을 알고 있던 알브레히트는 상원의원들의 집회를 화려한 광채로 압도하는 그 여인을 자신의 편으로 끌어들이려 했다. 그가 그녀에게 청혼했다는 소문은 확인되지 않았다. 하지만 알브레히트가 마르그레테에게 청혼한 것 그리고 스웨덴 귀족들보다 더 많은 것을 약속하면서 마르그레테에게 메클렌부르크와 덴마크 연합에서 얻을 수 있는 장점을 설득하려는 그의 노력은 극화할 수 있는 가능성을 갖고 있었다. 마르그레테는 냉혹하게 거절했다. 그것은 재정적인 다툼뿐만이 아니라 양성 간의 대결에서 나타나는 대립이었다. 그것은 왕을 소재로 한 셰익스피어 식 드라마가 될 수 있었다. 알브레히트가 열정적으로 결합의 장점들을 열거한 반면, 마르그레테는 스웨덴 귀족들과의 결탁에서 무엇을 얻어낼 수 있는지 계산했다. 출정 비용이 충당되어야 했다. 덴마크는 인구 수나 농업 생산량 면에서 북유럽에서 가장 부유한 나라였다. 연간 세금의 두 배를 군비로 써야 했다. 스웨덴의 밀사들은 군사 원조를 할 경우 왕위뿐 아니라 많은 규모의 토지, 궁전, 성을 줄 것이라고 그녀에게 약속했다. 그녀는 달라르나에 있는 광산들을 자신에게 양도한다는 협상을 비밀리에 진행했다. 스웨덴 기업가들은 마르그레테가 내건 조건들과 알브레히트의 재건 노력을 신중히 검토해보았다. 두 경우 모두 산업자본의 주요 부분은 한자동맹 도시들의 은행가들 손에 들어가게 될 것이다. 그들은 마르그레테의 지배를 선호했다. 왜냐하면 그녀는 자신들에게서 멀리 떨어져서 덴마크에서 통치하게 될 것이며 그렇게 되면 결국 스톡홀름에 거주하는 왕의 지배 아래 있을 때보다 자기들 마음대로 사업을 운영할 수 있기 때문이었다. 마르그레테가 북독일의 상원의원들과 대화할 때에도 광산업 쪽의 협력 관계를 공고히 하는 것이 주요 사안이 되었다. 서쪽에서는 부르군디 공국이, 동쪽에서는 폴란드와 리투아니아 연합이 경쟁자로 떠오르고, 러시아와 영국도 자신들의 상권을 확장하고자 밀려오는 시점에서 그녀가 그들의 호의를 얻어낼 수 있다면, 그들로서도 덴마크와의 블록을 형성할 수 있게 되는 것이었다. 그리하여 금융상인들은 마르그레테의 뜻에 동조하면서도 계속해서 가능한 한 오랫동안 알브레히트에게서 돈을 벌기를 원했다. 스웨덴에서 승리자가 결정되기 전까지 그들은 이 두 사람을 모두 후원했다. 마르그레테는 한자동맹 도시들의 후원을 얻었다는 생각을 갖고 다시 덴마크로 떠났다. 알브레히트는 마르크그라프 폰 브란덴부르크 영주가 제공한 병사들을 가득 태운 함대를 이끌고 스톡홀름으로 돌아왔다. 그는 이 도시를 난공불락의 요새로 만들겠다고 장담했다. 그의 채권자가 죽고 그가 모든 채무증서들을 찢어버릴 수 있게 된 뒤 그는 앞으로 있을 덴마크 침공 전에 국내를 혼란 상태로 만들어 자신에게 반대하는 조직적인 공격이 불가능하도록, 자신의 부하들에게 가차 없이 국가를 약탈하게 했다. 마르그레테가 그녀의 군대에게 진격 명령을 내리기 전에 다시 한 번 고전적인 형태로, 강력한 왕권에 대한 환상이 어떤 결과를 가져오는지 보여주는 사건이 벌어졌다. 이것은 자신의 족벌 구성원에 대해서도 냉혹한, 가차 없는 의지가 관철된 결과였다. 매질로 교육을 받고 스스로 고행을 감내하면서, 동시에 자신의 죽은 아버지를 뛰어넘고 병든 배우자가 채우지 못한 모든 것을 이루겠다는 야심에 사로잡혀 그녀는 아들인 젊은 황태자를 엄격하게 대했는데, 그 때문에 황태자는 파멸할 수밖에 없었다. 열일곱 살의 나이로 올라프가 죽은 것이다. 브레히트는 이 사건에 담긴 소재를 이용해 홀로 지배하는 자의 왜곡된 상태를 보여주는 장면을 기획하기에 이르렀다. 세속 권력과 종교 권력이 서로 밀착되어 있는 원리를 체화하면서 그녀는 자신의 권력에 때로는 종교적 열정의 외관을, 때로는 국가적 합목적성의 외관을 부여했다. 이 시점에서 그녀는 눈썹도 없이 분필같이 흰 분장을 하고 입술에는 검은 칠을 함으로써 슬픔을 가시적으로 연출했다. 비르이타를 숭배하면서 자라난 그녀는 그 성인이 했던 것처럼 유령 같은 모습으로 자신의 팔에 등을 대고 누워 있는 망자를 안고 있었다. 그녀는 그 시신을 사제들이 안치하도록 넘겨주자마자 사령관들에게 가까이 오라는 신호를 보내고 자신 앞에 전장의 지도를 펼치게 했다. 그러고는 공격 방향을 지정해주었다. 무대에서의 전투, 그런 것은 이제 더 이상 고함 소리, 칼로 내려치는 모습, 죽어 넘어가는 사람들로 표현될 수 없었다. 그렇다고 해서 각 군대의 소속과 병과, 숫자들을 팻말에 써서 무대 위로 올리는 형식을 쓴다면 그것은 오늘날 「주간뉴스」 영화에서 보는 것처럼 전쟁 행위를 지나치게 유희적으로 보이게 할 것이다. 끔찍한 파괴를 기만하는 것은 모두 잘못된 것이며, 압도적인 사건 속으로 관객을 끌어들이는 것은 어떤 일이 있어도 막아야 했다. 전쟁 중에는 그 원인을 따지는 것이 중요할 경우에만 전쟁 이야기를 할 수 있노라고 브레히트는 말했다. 언제나 사람들은 전쟁이 인민들을 덮쳐 왔다는 식으로 얘기해왔다. 오늘날에도 사람들은 높은 권력에 의해 맹목적으로 불행 속으로 끌려들어가며, 마지막 순간까지 신비주의적인 구원을 기구할 뿐이었다. 당도 마찬가지로 전쟁이 일어나기 전날 저녁까지도 전쟁 발발은 불가능하다고 생각했다. 소련 당국의 궁색한 발표 와중에도 당의 언론들은 독일에 선전포고를 한 서유럽 연합국의 공격성과 독일군의 평화 의지에 대한 추측 기사를 늘어놓았다. 바로 그 독일군은 9월 3일 비스툴라에 접근했고, 9일에는 바르샤바 목전까지 진군했으며, 11일에는 산 강을 건너 쿠르존 방어선에 접근했다. 그러고 나자 뉴스 해설을 통해, 폴란드의 존립이 불투명해졌고 그 서쪽은 독일 제국에게 그 동쪽은 러시아에게 강탈당했다는 암시들이 처음으로 전파되었다. 폴란드를 나누어 갖기로 결정한 것이 사실임을 전제로 우리는 준비를 갖추어야 할 것이라고 브레히트는 말했다. 1389년 2월 25일 베스테르예틀란드에 있는 푸른 평야 지대에서는 무장한 기사들의 주력군이 사각형 대형을 형성하고 서로 접근하고 있었고, 그들 뒤쪽에서는 보병들이 눈발을 헤치며 저벅저벅 따르고 있었다. 그러나 막상 전사들이 부딪힐 때는 아무것도 보이지 않았고 아무 소리도 들리지 않았다. 끔찍스러운 고요함과 칙칙함이 내리덮였다. 앞쪽에서는 마르그레테가 뒤쪽을 바라보면서 기사들의 어깨 위에 앉아 있었다. 브레히트는 이름 없는 무수한 이들을 파멸로 몰아넣은 것은 다름 아닌 소수의 사람들이었다는 사실을 보여주고자 했다. 그에게 중요한 것은 희곡 작품의 첫 부분에서 역사 속으로 사라진 사람들과 역사의 정점으로 부상한 왕관 쓴 주인공들 사이에 존재하는 엄청난 간극을 분명하게 표현하는 것이었다. 역사를 지배자의 역사로 보여줌으로써 관객들로 하여금 이 관념을 뒤집어야 한다는 생각을 하게끔 만들어야 했다. 둘째 부분이 바로 그런 뒤집기를 의도하고 있었다. 엥엘브레크트가 나타나고 인민의 반란이 일어나기까지는 아직 40년이 남아 있었다. 하지만 다시 기만당하고 덫에 걸려 있는 오늘날 우리들의 상황을 되돌아보건대, 이 시기 역시 얼마나 분란이 많고 어두웠을지 짐작되었다. 여전히 우리의 운명을 결정하는 이들은 다수가 아닌 한 명 한 명의 사람들이었다. 신분이 낮은 사람들과 그들의 태도에 미친 전쟁의 영향을 묘사하는 작업에 들어가기 전에 브레히트는 그들을 이끌고 오도하는 그 사람들이 어떤 자들인지 보여주고자 했다. 그는 두 인물의 이기심과 그들이 서로 주고받는 경멸을 강조했다. 혼란과 붉게 물든 눈밭 대신에 그는 두 순간, 즉 힘겨루기의 시작과 끝을 개괄적으로 묘사했다. 마르그레테가 기다리며 정세를 살피는 동안 방석 위에 놓인 숫돌 한 개가 그녀에게 전달되었다. 그것은 '바지를 입지 않는 왕'에게 보내는 알브레히트의 선물로, 수신인은 통치하는 일을 그만두고 바늘과 가위를 가는 것이 나을 것이라는 인사말이 들어 있었다. 그녀의 군대가 승리하고 잡힌 적군이 끌려온 뒤, 그녀는 알브레히트에게 15엘레[197] 길이의 바보 광대용 외투를 입히고는 알록달록한 댕기로 장식된 두건을 씌우고 손과 발을 사슬에 묶고 그녀의 야전침대에 눕게 했다. 자신의 신랑이 되겠다고 나선 사람을 이렇게 멸시함으로써 그녀는 결혼식보다 더 큰 기쁨을 느꼈다. 권력의 새로운 상징으로 스웨덴 제국의 국기가 마르그레테에게 전달되었다. 알브레히트를 위해 만들어진 국기의 문장은 청색 바탕에 세 개의 금관을 그린 것이었다. 하나는 위대함을, 다른 하나는 명예를, 그리고 셋째 것은 나라의 부를 상징했다. 외국인 군주를 꺾은 후 협약에 따른 대규모 사업들이 시작되었다. 스웨덴 귀족들은 마르그레테를 자신들의 적법한

197) Elle: 옛날의 길이 단위로 1엘레는 약 55~85센티미터.

군주로 추대하고 칭송했으며, 그녀와 그녀에 의해 추대된 상속인에게 충성을 맹세했다. 카테가트와 외레순에 대한 그녀의 지배권을 확증하기 위해, 일련의 성과 더불어 방어 시설을 갖춘 서해안의 항구들이 그녀에게 귀속되었다. 그녀는 칼마르와 외레스텐에서부터 스웨덴의 반을 거쳐 팔룬, 코파르베리, 노르베리 주변의 광산들, 그리고 핀란드의 동부에서 비보리에 이르기까지 산재해 있던 욘손 그리프의 소유지 대부분을 할당받았다. 그에 반해 스톡홀름은 여전히 그녀의 권한 밖에 있었으며 알브레히트와 그의 아들을 팔셰핑에 있는 성채에 감금했음에도 불구하고 전쟁은 아직 끝나지 않았다. 수도에 있는 병영이 함락되고 스웨덴이 메클렌부르크 사람들에게서 해방되기까지 거의 10년이 소요되었다. 우리가 도서관에서 빌려와 살펴본 자료들의 핵심어들은 다음과 같았다. 루핀, 스타르가르트, 슈베린 출신으로 포로가 된 고위직 인사들을 반환하도록 강요하기 위한 한자동맹 측의 대책. 로스토크에서 출발한 원정대의 도착. 교역을 지배하는 것은 여전히 한자동맹 측이라는 사실을 분명히 보여주기 위한 전면적 해상 봉쇄. 약탈 경제. 전쟁으로 피폐해진 농촌. 메클렌부르크의 무장선에 의한 해안 지역의 불안. 스톡홀름에서 알브레히트를 지지하지 않았던 모든 사람에 대한 살해 또는 추방. 휴전협정과 아울러 알브레히트와 그의 아들을 석방하는 조건으로 한 마르그레테의 협상. 은화 6만 마르크로 결정된 몸값. 그 금액을 청산할 때까지 저당 잡힌 스톡홀름. 독일 기사단의 우두머리에게서 몸값을 대출받기 위한 메클렌부르크 사람들의 노력. 이번에는 알브레히트의 지지자들에게 미끼가 된 스톡홀름. 알브레히트의 석방. 중립적 입장에서 스톡홀름을 방어하기 위한 세력으로 개입한 한자동맹. 뤼베크, 슈트랄준트, 그라이프스발트, 그리고 단치히, 엘빙, 토른으로부터 점령군의 진입. 깃발의 숲, 장엄한 연설, 시민들의 선언. 알브레히트와 기사단의 제후가 꾀한 복수. 전쟁 준비. 상품 교역의 재개를 촉구하는 한자동맹 도시 상인들과의 다툼. 결국 1397년 6월 17일 일요일 삼위일체축일에 칼마르에서 치른 3국 동맹 행사와 함께 마르그레테가 양자로 삼아 연합왕으로 선출한 조카, 즉 폼메른의 젊은 에리크의 대관식이 거행됨. 브레히트는 숫돌을 건네고 참패한 왕에게 멸시를 주는 장면에서 배우들의 태도와 동작에 세심하게 몰두한 것처럼 이 장면에서 동선을 꼼꼼하게 정했다. 등장인물들의 태도와 몸짓들, 그들의 무대 배치, 개개인과 그룹들 간의 관계를 아주 인상 깊게 만들어서 말이 필요 없어야만 했다. 대화를 줄이는 대신 줄거리를 요약하거나 해설을 맡은 가수나 합창을 이용했다. 우리는 마르그레테가 어떻게 해서 민중들에게 해방자로 보였을지 논의했다. 그녀는 가난한 사람들에게 선물을 나누어주게 했다. 언제나 마지막 것까지 빼앗긴 그들에게 동전 한 닢, 한 자루의 밀가루나 빵 한 덩어리를 줌으로써, 그녀는 그것을 받는 사람들에게 구원자로 여겨질 것이다. 그녀는 자신을 경건하고 속죄한 여인으로 연출했으며 비르이타의 그림을 앞세웠다. 그 성녀의 수도원인 바스테나로 가는 그녀의 순례 여행에 대한 합창. 수녀와 수도승들은 그녀가 몸소 그들의 발에 입을 맞추었다고 떠든다. 고위 성직자들은 그녀가 준 뇌물을 자루에 쑤셔 넣고 그녀를 기리는 미사를 올린다. 보잘것없는 사람들은 그녀를 마치 국모인 듯 우러러본다. 마침내 안정과 평화에 대한 희망이 생겼다. 높은 사람들도 마르그레테의 통치로 평화가 오기를 기대했으며, 이 평화는 그녀가 자신의 지위를 확고하게 하기 위해 필요했다. 상층부의 칭송은 그녀가 아니라 소유물 확장의 토대를 닦을 새로운 가능성을 향한 것이었다. 낮은 사람들의 경의 표시는 계속 궁핍하기 때문에 내뱉는 기도 소리 같은 것이었다. 농부들만 위협의 징후를 보이며 다시 잠자코 있었다. 허나 권력이 강화되는 사태에 직면해 그들의 요구를 표출할 능력은 없었다. 종교적 세속적 권력자들로 구성된 위원회는 언제나 자신들의 이익을 위해 수장을 선출했다. 알브레히트에게 당했듯이, 그렇게 다시 기만당하고 싶지는 않았던 것이다. 이제 그들의 공동 목표는 여전히 시골에서 약탈을 일삼는, 메클렌부르크의 낙오된 용병들을 퇴치하고, 바다에서는 해적들을 없애고, 한자동맹에 맞서 독립성을 갖는 것이었다. 세 개의 북유럽 제국으로 이루어진 동맹의 장점 때문에 왕조의 이익을 둘러싼 귀족들 간의 싸움은 잠잠해졌다. 스칸디나비아는 통일을 이룸으로써 북독일의 팽창 노력에 맞설 수 있게 되었다. 동맹 내부에서 세 나라는 서로 우위권을 갖고 싶어 했다. 마르그레테와의 계약 때문이라기보다는 그녀의 군대가 육지와 바다에서 우위에 있었기 때문에, 스웨덴 귀족들은 덴마크 여인의 의지에 굴복할 수밖에 없었다. 그녀는 승리자이자 동맹의 창건자로서 국가 간의 동등한 지위를 내세웠으나, 그녀와 그녀의 궁정 관리들은 동맹이 자기 나라에 우선권을 주게 될 것이라는 사실을 잘 알고 있었다. 회의 참가자들은 무엇보다도 그들이 다시 한 번 상류 계층으로서 자신들의 존립을 과시할 수 있었다는 데 만족했다. 귀족들만이 회의에 참석했던 것이다. 시민계급은 전진을 멈추었고, 도시 경제라는 그들의 자리로 되돌아가야 했다. 같은 시점에서 고틀란드가 독일 기사단의 군대에 점령되었기 때문에 북유럽 동맹의 필요성이 특별히 강조되었다. 대관식이 거행되는 와중에 42척의 군함이 비스뷔에 도착했다는 보고가 들어왔다. 칼마르 성에는 웁살라의 대주교, 10명의 주교들, 교회의 고위 성직자 4명, 그리고 명망 있는 가문 출신의 대표자 50명 이상이 참석해 있었다. 에리크는 133명의 남자들을 기사로 서임했다. 에리크는 비록 왕이긴 했지만, 마르그레테가 죽은 뒤에야 비로소 직권을 행사할 수 있다는 사실을 염두에 두고 있었다. 그녀는 계약을 통해 에리크에 대한 자신의 위치를 확실하게 해두었다. 그녀의 개인 소유인 재물과 산업 시설을 비롯한 모든 것도 불가침이었다. 예전에 자신의 아들이 살아 있을 때와 마찬가지로 그녀는 실제로 즉위한 사람을 대신해 통치했다. 그녀는 외교적 수완을 통해 스칸디나비아 3국 동맹을 이끌어낸 장본인으로서 즉위한 왕보다 높은 위치에 있게 된 것에 만족했다. 브레히트는 강한 어머니와 약한 아들 사이의 갈등을 계속해서 엮어가는 것이 어떻겠느냐는 제안을 거절했다. 그는 그럴 경우 너무 깊이 비극으로 빠져들어 이 작품의 담시적 성격이 변질될 것을 염려했다. 그보다 그가 관심을 두는 것은, 현대적인 성격에 가까운 마르그레테의 원칙들이 인습적인 이기주의에 의해 어떻게 왜곡되고 힘을 잃게 되는지 보여주는 것이었다. 융달이 읽어준, 칼마르에서 제정된 헌장이 그에게 깊은 인상을 심어주었다. 마르그레테의 주도 아래 이 텍스트를 만드는 데 참여한 사람들이 중세에 뿌리를 두지 않고 근대에 속했더라면 하나의 지속적인 동맹이 생겨날 수 있었으리라는 것이다. 아홉 개의 조항으로 이루어진 그 문서는 평등과 정의의 이상을 선포하고 상층부의 결정권을 출발점으로 삼았지만, 민중의 요구는 고려하지 않았다. 국가들의 권한과 책임을 폭넓은 시각으로 다루었지만, 주민 대다수의 운명을 포괄하지는 않았다. 의식은 미래를 지향했으나 사회적으로 주어진 여건을 넘어설 능력이 없다는 사실이 분명하게 드러났다. 세 국가가 하나의 왕 밑에서 영원히 서로 결합되어야 한다는 조항에는 중앙집중화에 대한 생각이 표현되어 있었다. 평화와 친선의 유지를 도모해야 한다는 의무 외에도 개개의 나라들은 독자적인 법과 권리를 유지함으로써 자주성을 보장받았다. 동맹의 군사 정책적인 면은 제국 중 한 나라가 외부의 침략을 받을 경우 모든 나라가 모든 힘을 다해 도와야 한다는 규정으로 표현되었다. 하지만 한 나라에서 추방 판결을 받은 사람은 다른 나라에서도 추방된다는 문장과, 모든 나라는 계약에 반항하는 자에 맞서는 왕을 공동으로 원조해야 한다는 문장에서는 누가 방위권을 주장하고 있는지 분명히 했다. 국가 간의 결합과 초국가적 방위의 보장은 역사를 앞서가는 행동이었다. 그러나 세계무역이 빠르게 발전해가는 상황이 국가의 권력 집중을 요구한다는 통찰과 소규모 지도 계층을 떠받치는 것은 노동하는 민중들이라는 판단 사이에는 아직 가야 할 길이 많이 남아 있었다. 마르그레테는 통일의 이념을 강조했다. 그러나 그녀는 그 직후 이 이념에 역행하는 일을 실행했다. 그녀가 총애하는 인물들에게 갖가지 관직을 안기고, 그들을 성과 궁정의 관리자로 임명한 것이다. 그녀는 불만을 막기 위해 직위의 일부를 스웨덴의 각 위원회에 위임하긴 했다. 하지만 덴마크의 봉건 영주와 관리인들은 그녀를 위해 세금을 거두어들였다. 칼마르의 서한을 비준할 때 이미 스웨덴이 다시 외부의 지배를 받게 되고 국내의 평화는 소요의 싹을 품고 있다는 것을 알 수 있었다. 의식과 더불어 거행된 세속적 종교적 귀족들의 회합은 모든 광채에 눈이 먼 채 그들의 일상적 고난으로 돌아오는 농부들의 행렬로 막을 내려야 한다고 브레히트는 말했다. 9월 15일 전후 며칠 동안 우리는 많은 심리적 압박을 받고 있었기 때문에 작품의 구상을 계속하라는 브레히트의 독촉을 따를 수 없었다. 이제 두려워했던 모든 것이 현실로 나타났다. 몰로토프는 2주간의 전쟁에서 폴란드가 더 이상 버틸 수 없다는 사실이 드러났다고 설명했다. 벨라루스와 서부 우크라이나의 주민들을 보호하기 위해 그 나라로 진격하라는 명령이 붉은 군대에 하달되었다고 했다. 소련군과 독일군의 임무는 분할된 폴란드의 평화와 질서를 유지하는 것이라는 내용의 공동성명서가 발표되었다. 당 기관지들,

그리고 코민테른의 기관지를 통해 로스너는 소련의 결정을 평화가 걸린 사안을 위한 적극적 개입이라고 환영하면서, 봉건적인 폴란드 정권에 의해 억압받는 농부와 노동자들의 해방에 대해 말했다. 그러나 브레히트는 소련과 독일의 의도가 다르다는 사실을 거론하지 않는 것에 아쉬워하면서, 예전에 러시아 제국에 속했던 지방이 점령되었다는 식으로 말하는 민족주의적인 연설을 보고 이 협정이 일종의 배반이라고 생각했다. 다시 민중 스스로가 아니라 정부가 민중을 위해 결정을 내렸다고 그는 말했다. 파시스트 군대와 사회주의 군대가 만나게 되는 날을 기다리면서 슈테핀은 우리가 발췌할 수 있었던 것들을 메모했으며, 나 역시 제안들을 공책에 적어 넣었고, 저녁마다 기억을 되살려 그것을 보완해 나갔다. 1부가 끝나기 직전의 주요 주제는 전쟁으로 얼룩진 세기가 지난 뒤에 이루어진 휴전 상태였다. 마르그레테는 스톡홀름을 제국에 합병하고 바다에서 해적들을 몰아냈으며, 고틀란드를 독일 기사단으로부터 뤼베크 시 발행 화폐 8천 마르크에 사들였다. 농업과 교역의 회복, 광산 지역에서의 생산 재개, 연합군과 함대의 창설, 여왕의 명성 높은 풍모, 이 모든 것이 북유럽 동맹에 안정과 새로운 활력을 불어넣어주었다. 여전히 고난스러웠지만 스웨덴에서는 폭넓은 국가 발전의 길이 열렸다. 대토지 소유주와 산업가들이 이윤을 기대할 수 있었을 뿐만 아니라 상인, 수공업자 그리고 자영업자들도 다시 제 위치를 찾을 수 있었다. 귀족계급은 시민계급과 마찬가지로 덴마크 여인이 세 나라로 이루어진 제국을 선두에서 이끌어가는 한 그녀의 지배를 인정하는 법을 배웠으며 귀족 가문들 사이의 알력은 뒷전으로 물러났다. 죽기 전 마지막 10년 동안 마르그레테는 평화의 보증인이었으며 비록 그녀가 만들어낸 평화에 균열이 있긴 했지만 그녀의 명성은 공고했다. 따라서 플렌스부르크 항구에 정박해 있던 배의 갑판에서 그녀가 급작스럽게 죽음을 맞게 되자 이익을 위해 그녀에게 충성했던 상류 계급 사람들뿐만 아니라 적어도 전쟁에서 벗어나 짐을 덜었던 민중들 역시 그녀의 죽음을 애도했다. 반면에 에리크 왕과 그의 조언자들은 이제 자신들이 권력을 행사할 기회가 왔다고 생각했다. 마르그레테는 북유럽의 국가연합이 형성된 뒤에 생긴 갈등들을 협상으로 해결하고자 했다. 그녀는 출정 시대를 거치면서 훌륭한 기사들을 많이 잃게 되는 군사 행동보다 때로는 외교를 통해 더 많은 것을 거두어들일 수 있다는 것을 배웠다. 그녀는 자기주장을 내세울 수 있을 만큼 강한 군대를 가지고 있었다. 그녀의 통일된 제국은 소요로 분열된 여타 유럽과 구별되었다. 피레네 반도에서는 연합국가들 간의 반목이 있었고, 영국은 프랑스와 전쟁을 벌이고 있었으며, 이와 동시에 지방 민중의 반란이 있었다. 보헤미아에서는 폭동이 시작되었고, 뤼베크에서는 수공업자들이 귀족 가문에 맞서 들고일어났다. 그녀는 엄밀한 계산에 따라 위협과 대응, 공격과 회피를 혼합한 정책을 구사함으로써만 자신의 국가들 내부에 있는 적대 세력들을 장악할 수 있다는 것을 깨달았다. 그녀는 귀족들에게서 빼앗은 재물을 다시 그들에게 선물했으며, 주교들을 구슬리고, 강탈한 보물을 그들에게 보냈다. 그녀는 관세 혜택을 통해 대상인들을 자기편으로 끌어들였으며, 그녀와 광산의 권리를 나누어 갖고 있는 사람들에게는 특권 증서를 갱신해주었다. 그녀는 현물세를 낮추어줌으로써 농부들에게 감사하는 마음을 갖도록 했으며, 제대한 용병들에게는 작은 토지를 나누어주었다. 그녀는 신분이 가장 낮은 사람들을 고려하지는 않았으나, 삶의 마지막 시간에서야 비로소 어둠 속에 가린 이름 없는 대중들에 대해 숙고했을 것이다. 그녀는 홀슈타인 귀족들과의 분쟁을 조정하기 위해 플렌스부르크로 떠났다. 그들은 슐레스비히의 영유권을 주장하면서 이미 덴마크 영토로 기병대를 파견했던 것이다. 그녀는 무장 대결을 종식하기 위해 쉴란드의 일부를 떼어줄 생각을 하고 있었다. 그러나 그녀는 협상 중에 그 도시에 퍼져 있던 흑사병에 걸렸다. 우리가 오랫동안 작업을 중단하기 전에 브레히트는 우리에게 마지막 장면을 그려 보여주었다. 1412년 10월 28일 금요일. 전용 함선의 선실에 열에 달떠 누워 있는 마르그레테. 다시 예비 수녀처럼, 가발을 쓰지 않고 삭발한 모습. 브레히트는 그녀가 무엇보다도 겉치장을 벗어버린 모습으로 있는 걸 보고 싶어 했다. 그녀의 값비싼 의복, 그녀의 장신구와 표장들은 옷걸이에 걸려 있었다. 그녀는 셔츠 차림에 땀에 젖어, 얼굴에는 푸른 반점들이 돋아난 모습으로 침대에 누워 있었으며, 그녀의 주변에는 몇 명의 측근들이 있었다. 이제는 너무 늦어버렸지만, 그녀는 자신의 통치술로 이루어내기에 미흡했던 통일의 꿈과 다시 한 번 더 대면해야 했다. 힘없이 죽음에 내맡겨진 상태에서 그녀는 어쩔 수 없이 자신의 실수를 깨달아야만 할 것이다. 비전을 담은 자신의 서약들을 현실에서의 자기기만과 더불어 충복들에 대한 기만과 비교해볼 때, 그 사이에 존재하는 모순을 몸서리치며 깨달아야 했다. 그녀의 뒤를 이을 많은 군주들보다 그녀가 앞서 나갔으리라는 생각은 아무 위안이 되지 못했다. 그녀 자신의 절대적 지배의 책임은 시대적 한계 때문이었다는 핑계로도 덜어지지 않았다. 쓰러지는 와중에도 그녀는 기운을 내어 자신의 충만한 권력의식을 붙잡으려 했으나 오한 속에서 이만 서로 부딪혔다. 그녀의 보좌진이라 할 쇠릐와 에스롬의 수도원장, 주교와 로스킬데에 있는 리프프라우엔 수도원 원장 수녀가 묵주기도를 중얼거렸다. 그 차원을 알 수 없는 세계에서 오는 심판을 막아보기 위하여 그녀는 자신의 고문이자 재정관리인인 프로이센 출신인 크뢰펠린에게 자신이 처분할 수 있는 돈의 액수를 세어보라고 명령했다. 그것은 뤼베크 화폐로 모두 2만 6천337마르크였다. 그녀는 간헐적으로 목이 막혀 가쁜 숨소리를 내면서 계산을 해보고는, 예루살렘, 베들레헴, 로마, 아시시로의 성지 순례를 위해, 그리고 최후의 심판일에 자신의 영혼을 구원할 미사를 위해 쓰일 기부금액을 정했다. 성직자들은 그녀의 지시를 아멘, 할렐루야 하는 소리와 함께 받아들였다. 그러고 나자 유령들이 그녀를 덮쳤다. 창문을 통해, 갑판의 승강구에서 유령들이 기어 나왔다. 유령들은 천장 아래 들보에 매달려 흔들거리기도 하고, 기둥 뒤쪽에서 나타나기도 했다. 창백하고 더러운 모습들이었으며, 많은 수가 불구였고 피에 젖은 붕대를 감고 있었다. 그들 중에는 소작농도 있었고, 광산의 짐꾼들, 찢어진 옷자락에, 허기진 아이들을 업고 있는 여인들, 거지들, 미치광이들, 사슬에 매인 죄수들도 있었다. 시녀들이 그녀의 얼굴에서 땀을 닦아주었고, 가래침을 받아내기 위해 황금 사발을 받쳐 들고 있었다. 그녀가 자신의 성과 봉토들을 나누어줄 신하들의 이름을 부를 때, 유령들이 그녀의 침대를 에워쌌다. 그녀는 크뢰펠린을 바라보면서 그의 봉사에 대한 감사로 보후스의 관리인으로 임명한다고 말했다. 그러자 그는 스톡홀름이라고 대답했다. 그는 스톡홀름의 성주로 임명되기를 원했던 것이다. 그때 그녀의 침대 시트 앞쪽에 시체들이 누워 손으로 그녀의 뒷덜미를 잡았다. 안 돼, 국유지와 도시는 그곳에 사는 사람들 거란 말이야,라고 그녀는 외쳤다. 성직자들은 소리를 높여 기도했다. 그녀는 몸을 뿌리쳤다. 관세, 외레순, 칼마르순드, 카테가트에서 나오는 관세는 덴마크에 귀속된다고 그녀는 소리쳤다. 다시 손들이 그녀의 목을 눌렀다. 그녀는 토하듯 뱉어냈다. 우리의 우위를 확정한 것은 잘못되었던 거야. 우리의 백작들을 최고위직에 임명한 것은 잘못되었던 거야. 자유선거를 치르지 않고 선출된 위원들과 법관들이 법을 관할한 것은 잘못되었던 거야.

농부와 수공업자들에게 한 번도 귀를 기울이지 않았던 것은 잘못되었던 거라고. 우리가 만든 지배 체제가 확고불변하다고 믿었던 것이 잘못이야. 교회 성직자들이 귀신을 쫓아내기 위해 등장하더니 그녀의 머리 위에 십자가를 흔들고 성수를 뿌렸다. 그러고는 그녀의 고함 소리를 덮고자 연도 기도 소리를 더 높였다. 죽어가는 여인을 이제 민중들이 빼꼭히 에워쌌다. 나를 보아라, 하고 그녀가 외쳤다. 그러자 서기는 강단 앞에 서서 쏟아지는 그녀의 말들을 받아 적느라 펜을 휘갈겼다. 나는 가장 가난한 사람 중 하나이며, 그런 사람 중에서 마지막 사람이다. 나는 가난한 사람으로 사라지고 싶다. 내가 나의 소유물이라고 불렀던 것들은 모든 나라에서 나 때문에 병들고 피폐해진 사람들, 바로 그들에게 나누어주어야 한다. 나의 집들은 집이 없는 사람들의 것이 되어야 하고, 나의 옷들은 지금 넝마를 입고 다니는 사람들이 입어야 한다. 내가 원하는 것은, 내가 원하는 것은, 내가 원했던 것은, 이라고 그녀는 음악 연주와 함께 행해지는 성직자들의 미사에다 대고 외쳤다. 지상에 평화의 제국을 건설하는 것, 나는 그걸 원했다. 그러나 아무도 더 이상 그녀의 말에 귀를 기울이지 않았으며 단지 굉음 같은 노랫소리만 들릴 뿐이었다. 그러자 그녀는 위로 몸을 뻗어 그녀에게 아무런 도움도 줄 수 없었던 존재에게 향하고는 그에게 용서를 빌고 받아줄 것을 애원했다. 그러더니 풀썩 쓰러졌다. 이제 남은 건 썩어가는 한 덩어리의 몸뚱이뿐이었다.

그러자 까마귀들이 날아왔다. 밤 서리가 내리기 시작하면 까마귀들은 떼를 지어 훔레고르덴 공원에 모여들었다가, 까악까악 소리를 지르며

베르셀리 공원으로 날아갔다. 까마귀들은 공원의 나무에 촘촘히 앉아 있다가 누렇게 물든 낙엽들을 흩날리며 솟아올라, 파닥거리는 검은 구름처럼 저 너머 성 쪽으로 날아갔다. 그리고 그곳에서 추녀의 돌림띠 장식 위에 위협적인 자세로 긴 열을 지어 자리를 잡았다. 매일 저녁 해가 지고 나면 그 새들은 기분 나쁘게 날카로운 소리로 짖어대면서 한 시간 동안 이곳저곳으로 몰려다녔다. 그러다가 강가 궁전 앞쪽의 앙상해져가는 너도밤나무 가지들로 되돌아와 그곳에서 밤을 지냈다. 로잘린데에게 소포 하나가 배달되었다. 소포 안에는 그녀의 아버지에게 수여된 노벨상의 황금 메달이 편지 한 통 없이 신문지에 싸인 채 들어 있었다. 그녀가 방 안 작은 탁자에 식탁보 대신 펼쳐둔 갈색의 구겨진 포장지 위에서, 양 날개를 펼친 독수리 모양의 직인들 사이에서 메달이 반짝였다. 세탁실의 뜨거운 증기 속에서 빠져나온 그녀는 들판으로 달려 나갔다. 앞치마, 셔츠, 나막신을 내팽개쳐 던져버리고는 차가운 고랑 바닥에 누웠다. 매일 저녁 그녀는 양동이와 다리미질용 압착롤러에서 감독이 칭찬할 정도로 무섭게 일을 한 뒤, 어둠 속으로 달려 나갔다. 그녀 스스로가 놀랄 만큼 오랜 시간이 지나서야 기침이 나고 열이 났다. 그녀는 밭에서 혼잣말을 하고 웃으면서, 아버지가 자신에게 강한 체질을 물려주었고, 그래서 아버지처럼 자신도 애를 써야만 자살할 수 있으리라는 점을 확인했다. 그녀는 자기 의지로 기력을 소진시켰다. 마침내 거의 기진한 상태에서 그녀는 누운 채 몸을 뻗고는 살포시 이를 드러내며 미소를 지었다. 그녀는 별이 빛나는 밤하늘을 희망에 찬 눈빛으로 올려다보았다. 옛사람들도 알던, 차가운 무한의 느낌이 선물처럼 그녀에게 다가왔다. 그녀가 일터에서 피를 토하고 쓰러졌을 때, 처음에 여감독은 꾀병을 앓는다고 핀잔했다. 그렇지만 학교의 담당 의사가 불려오고 나서 그녀는 뫼르뷔의 병원으로 이송되었다. 나는 10월 말에 그 병원으로 그녀를 방문했다. 한 달 이상 나는 그녀를 만나지 못했다. 그녀의 홀쭉해진 노란 얼굴은 놀라울 정도로 그녀 아버지의 얼굴과 닮아 있었다. 그 얼굴을 바라보면서 나는 내가 전념하고 있는 작가 활동에 대해 그녀에게 얘기하는 것이 무의미하다고 생각했다. 우리 사이에 낯선 느낌이 생기지는 않았다. 나는 그녀의 현실에 바로 다가갈 수 있었을 것이다. 그녀의 얼굴 표정에 나타난 자존심을 나는 이해하고 있었다. 그러나 정치적 망명이 나의 내부에서 무언가를 갉아먹어버렸다. 그것은 나로 하여금 나의 비합법 임무가 요구하는 침묵이 모든 인간관계에도 확장, 적용되어야 한다는 생각을 갖게 해주었다. 나는 무언가를 감추는 모습을 보이고 싶지 않았기 때문에 호단도 오랫동안 만나지 않았다. 로잘린데의 핼쑥해진 얼굴을 마주하며, 나는 내가 무엇을 포기해왔는지 느끼고 있었다. 그러나 내 일상을 규정하는 그 틀을 깰 방법을 찾을 수는 없었다. 어차피 내 의도를 다 실천할 수도 없었다. 로잘린데의 입은 굳게 닫혀 있었다. 그러나 그녀의 눈은 물음을 던지고 있었다. 내가 가고 있는 길이 나를 만족시키는 것이 아니라 잘못된 길로 가고 있지는 않은지 묻는 것 같았다. 꽉 짜인 오후의 활동들이 때로는 내게도 압박으로 느껴지곤 했다. 로예뷔와 비쇼프를 만날 때만이 짧은 시간이나마 마음이 가벼워지곤 했다. 그 경우 서로 질문하지 않고 폐쇄적인 태도를 보이는 것이 곧 서로를 인정한다는 것을 의미했다. 이는 바로 내가 내 일에 대해서는 전적으로 나 혼자 책임을 진다는 것을 전제로 하는 것이었다. 나는 어떤 지원도 기대해서는 안 되고, 당과의 모든 관계를 부정해야 했다. 항상 중립을 가장하면서, 나는, 말하자면 무인지대의 목표점들 사이를 움직였다. 원심분리기 공장의 일부가 군수산업에 병합된 뒤 외국인인 나는 해고될 것을 예상해야 했다. 많은 예비군들이 병역에 소집되면서 노동력이 부족했기 때문에, 또한 아마도 내가 받은 임금이 적기 때문에, 단지 그 이유만으로 나는 아직 생산 공장의 가장 저급한 분야에서 바닥을 기고 있을 수 있었다. 이 공장의 자본금은 8천2백만 크로네, 올해의 순이익은 8백만 크로네에 달했다. 그렇게 나는 얼굴 없는 이방인으로, 원래 방출될 운명이었지만 값싼 보조 노동력으로 이용되며, 저 아래쪽 주석 작업 공장에서 스웨덴의 경제 성장에 기여하고 있었다. 하지만 나는 이민자들의 불안정한 삶보다 애매모호한 현재의 내 상태를 선호했다. 내가 연락책일 때 그들은 내팽개쳐진 존재들이었다. 나의 독립성이 단지 환상에 불과할지라도, 그들의 형벌은 수동성이었다. 그들의 시간은 오로지 기다림으로 가득했다. 구호금, 식량 배급권, 초라한 옷가지를 나눠주기를 기다리며, 또 어딘가로 다시 떠날 비자를 기다리는 것뿐이었다. 그들은 베스테르롱 가에 있는 국제휴게실에 앉아 그곳에서 나누어준 빵을 씹고 비치된 신문들을 읽거나, 또는 쿵스 가에 있는 오고 카페나 스투레 광장에 있는 지하 술집 브렌다 톰텐에 앉아 있었다. 그곳에선 몇 명이 모여 커피 한 잔이나 물 한 잔을 마시며 몇 시간이고 얘기해도 상관없었다. 그들은 질질 끄는 발걸음, 멍한 눈길, 넋이 나간 듯한 얼굴로 갑자기 발걸음을 멈추는 동작 때문에 길거리에서도 도시 주민들과 쉽게 구분될 수 있었다. 내가 브레히트의 집에 받아들여진 것은 아마도 슈테핀 덕분이었을 것이다. 아마도 그녀가 베를린에서 노동자 자녀로 성장했던 자신의 과거 모습 중 어떤 면을 내게서 다시 발견했을지도 모른다. 그러나 내가 받아들여진 것과 관련해 그녀나 브레히트가 내게 개인적으로 질문한 적은 없었다. 나는 그의 작업실에 들어와서 한쪽 구석에 앉아 귀를 기울이도록 허락 받은 것이었다. 그들이 무관심했기에 나는 더 소심해졌다. 나는 왜 사람들이 나를 초대했는지 이해하지 못했다. 그의 작업실에 들어갈 때면 언제나 나는 맨 먼저 얼어붙는 느낌을 가졌다. 브레히트가 황망하게 움직이고 있는데도 특이한 압박감과 침체된 분위기가 감지되었다. 이것은 바이겔이 나타난 것과도 연관성이 있었을 것이다. 자신의 직업으로부터 단절된 그녀는 그 집의 안쪽 높은 골방에서 신발을 질질 끌며 이리저리 왔다 갔다 하고 큰 소리로 호통을 쳤다. 지겹다거나 체념했다거나 하는 표정과는 좀 다른 그녀의 얼굴 표정은, 종종 그녀가 강당으로 통하는 문에 나타났을 때 강한 분노로 바뀌었다. 브레히트는 끊임없이 그녀의 눈치를 살피다가 몸을 움츠렸다. 그러나 그는 일을 할 때 슈테핀으로 하여금 뾰족한 연필과 종이를 들고 그의 옆에 바짝 붙어 있게 했으며, 매력 있는 여자 친구 베를라우[198]가 가죽 옷을 입고 오토바이를 타고 막 떠나는 모습을 보기를 좋아했다. 한번은 브레히트가 갑자기, 드러난 몇 가지 연출상의 문제에 대해 의견을 표명해달라고 내게 요구해왔다. 그래서 나는 내가 더 이상 이곳에 오래 머물지 않게 될 거라는 생각에서, 교훈적인 스토리에는 별로 관심 없다는 것을 강조했다. 또 나는 역사적 세력들 간의 충돌을 통해서 줄거리를 발전시키는 것이 어떻겠는지, 그리고 인물들을 갑작스럽게 정반대의 다른 상황 속에 처하게 하는 것이 어떻겠느냐는 제안을 했다. 그러자 이에 대해 그는, 그 자신도 바로 그런 것들을 염두에 두고 있었기 때문에 가벼운 조롱의 말을 덧붙였다. 하지만 어쨌든 이를 통해 비로소 나는 진행되고 있는 계획 속에 편입되었다. 이와 동시에 내게는 원전 자료들을 검색하라는 임무가 부과되었다. 이는 브레히트라면 마음대로 쓸 수 있는 하루의

198) Ruth Berlau(1906~1974): 덴마크의 배우이자 연출가로 덴마크 공산당 당원이기도 했다. 노동자극단을 창설하고 브레히트의 작품을 번역, 연출했으며, 브레히트와 함께 스웨덴-핀란드-미국 등지에서 망명 생활을 하기도 했다.

일과 시간에 상응하는 양이었겠지만, 나는 밤 시간을 투자해야만 겨우 마칠 수 있는 일이었다. 나는 주석용광로를 다루는 사이사이에, 자전거를 타고 가면서 자료를 읽었다. 나는 한 페이지에서 이용할 수 있는 문장을 한눈에 뽑아내는 법을 배웠고, 찾아낸 그림을 재빨리 다른 조각들의 열에 끼워 넣을 줄 알게 되었다. 비록 브레히트는 조사된 모든 것이 자신의 것임을 전제로 삼고 있었지만, 창작하는 것, 끼워 맞추는 것, 다듬는 것은 또한 나 자신을 훈련하는 일이었다. 나는 그를 위해, 그를 원작자로 하는 그의 작품을 위해 글 쓰는 일을 했다. 하지만 나는 이와 동시에 우리의 노력들을 찢어발기게 될 파국이 도래할 경우를 대비해 몇 가지 자잘한 증거들을 확보하고 이를 후대에 전할 수 있기 위해 그 일을 했다. 제1부의 초안 작업이 집중적으로 진행되다가 중단되자 가능한 한 암시에 머문 것을 실행에 옮겨본다는 나의 원칙이 강화되었다. 나는 글을 쓰는 동안 내 앞에 다른 사람의 작품이 있다는 사실을 종종 잊어버리곤 했다. 그리고 이 점은 다시 내가 전달자로서, 매개체로서, 임무를 수행하는 사람으로서 살아가는 조건에 속했다. 그러면서 나는 종종, 이 인정받지 못하는 노력들이 언젠가는 나 자신의 것이라고 부를 수 있는 과제로 나를 이끌어가게 되리라는 생각에 깊이 잠겼다. 추후에 그 작업이 다시 재개될 것이라는 짤막한 언급과 더불어, 브레히트는 나를 잠정적으로 해고했다. 나는 이제 그가 기분 내키는 대로, 조급하고 난폭하게 실험해왔던 프로젝트에서 더 이상 보조 인력으로 필요치 않았던 것이다. 그렇게 프로젝트는 끝났고, 브레히트는 다른 소재로 눈길을 돌렸다. 단지 슈테핀만이, 그리고 가끔씩은 마티스와 융달이 그를 도왔다. 나는 그의 친구 범위에 속하지 않았다. 스웨덴 입국 허가를 얻어주었기 때문에 그가 신세를 지고 있던 사민당 의원 브란팅과 스트룀, 그리고 의사 호단과 골드슈미트, 작가 블롬베르크와 에드펠트, 배우 그라이트와 비프슈트란트, 학자 슈타이니츠, 숄츠,[199] 치도른, 정치가 엔데를레,[200] 플레니코프스키가 그의 집에 손님으로 드나들었지만, 나는 결코 그의 집에서 손님인 적이 없었다. 추측건대 브레히트는 내가 공장에서 일한다는 사실조차도 몰랐을 것이다. 그에게 그런 이야기를 할 기회도 전혀 없었다. 내가 토론에 기여한 바에 대해 그가 어떻게 생각하든 상관없이, 비록 내가 스페인공화국의 투쟁에 참가했다는 이유로 믿음직스럽다는 인상을 줄지는 몰라도, 그가 보기에 나는 그 외에는 반파시즘연합의 기획과 창설 의무를 지닌 지적 엘리트 모임에 참여할 만한 특징은 없는 젊은 피난민에 속했다. 나는 브레히트가 지식인들에 대해, 그들에게는 신뢰가 가지 않는다는 식으로 경멸적으로 말하는 것을 들은 적이 있기는 하다. 하지만 그가 추구하는 교제의 범위는 누구보다도 대학 교육을 받은, 또는 정치적으로 영향력이 있는 인물들로 이루어져 있었다. 내가 언젠가 마티스를 만났을 때 그는 내게, 이 정신적인 전선, 이 볼테르 클럽의 형성에 대해 어떤 암시를 한 적이 있었다. 스웨덴의 교수, 언론인, 자유주의적 성향의 후원자들이 참여한 가운데 만들어진 것은 하나의 전문위원회로, 그곳에서는 나치즘에 대한 백과사전을 만들고, 또한 망명의 문제점들을 서술하기로 되어 있었다. 이것은 브레히트가 여러 해 동안 몰두해왔던 기획이었으며, 이에 대해 당 간부들은 불신을 가지고 있었다. 왜냐하면 그것은 뮌첸베르크의 프로젝트와 밀접한 연관성이 있었고, 이에 대해 브레히트와 뮌첸

---

199) Wilhelme von Scholz(1874~1969): 독일의 시인이자 평론가, 극작가로 희곡, 서정시, 소설, 기행문 등 여러 장르의 작품을 남겼다.

200) August Enderle(1887~1959): 독일 사민당원이었다가 독립사민당과 공산당으로 이적했다. 1928년 공산당에서 출당되었으며, 1934년 스웨덴으로 망명했다. 자유독일 예술가 동맹 회원으로 1945년 브레멘에서 노동조합 재건 활동을 하기도 했다.

베르크가 생각을 교환했으리라는 점을 가정해볼 수 있기 때문이었다. 그 기획은 너무 거창했기 때문에 조직화, 공론화되는 데는 어려움이 있었다. 마티스가 내게 「억척어멈과 그 자식들」과 「루쿨루스의 심문」에 대해 말해주었기 때문에 나는 그가 우리의 대화에서 나온 모티프들을 이 작품들 속에 집어넣었다는 것을 알아챌 수 있었다. 종군 보부상 여인에 대한 그의 견해는, 그가 3국 동맹의 여왕에 대해 드러낸 것과 똑같이, 독특하게 양가적이었다. 마르그레테가 초안에서는 원한을 품은 인물이었다가 나중에는 위대한 면모를 보여주었던 것처럼, 그가 경악스러운 인물로 묘사하려고 했던 억척어멈도 결국 그에게 어떤 감동을 주었다. 죽어가는 여왕의 환영에서 나타나는 신분이 낮은 사람들과 고통 받는 사람들이 내리는 최후의 심판은, 방송극에서 장군들을 비판하는 사람들이 나오는 방식으로 살짝 변형되어 차용되었다. 지금 이 시간 내게는 로스너에게로 가는 일만 남았다는 것이 심리적 부담을 덜어주었다. 이제 로잘린데의 집에서 나오게 되면 나는 코민테른의 히에로니무스[201]인 그에게 봉사하는 일에 전적으로 시간을 할애할 수 있게 될 것이다. 내가 나올 때 그녀가 잠이 들었기 때문에 나는 그 순간을 마치 이별이 완성되었다는 신호처럼 받아들였다. 나는 기다릴 만한 참을성을 갖게 되기를 바랐으나 불안한 마음이 나를 밖으로 내몰았다. 나는 10월의 차가운 바람을 맞으며 자전거를 타고 황량한 우플란드 가 위쪽으로 올라가 마치 일상적인 것처럼 로스너가 살고 있는 집을 지나쳐 정거장으로 갔다. 바나디스 가까지 가서 그곳에 자전거를 세워놓고 유유자적한 걸음걸이로 가던 길을 되돌

---

201) Eusebius Hieronymus(347?~420?): 암브로시우스, 그레고리우스, 아우구스티누스와 함께 라틴 4대 교부로 불리는 가톨릭 성자로 『구약성서』를 라틴어로 번역한 것으로 유명하다.

아왔다. 지하 공장에서는 양철을 망치로 두드리는 소리와 용접기의 쉭쉭거리는 소리가 났다. 77번지 집의 대문 위쪽은 반원형으로 되어 있었으며, 그 위쪽에는 초라한 장식용 석고 세공품이 얹혀 있었다. 몇 개의 계단을 올라 유리창이 달린 여닫이문을 열면 복도가 나오고, 그 끝에는 중앙의 기둥을 싸고도는 나선형 계단이 있었다. 오른쪽에 있는 초인종으로 약속된 신호를 보내자 안쪽에서는 지팡이가 또닥거리는 소리와 함께 절뚝거리는 발소리가 들렸다. 공장에서 나는 소음을 들으며 한동안 기다리다가 다시 약속된 신호를 보냈다. 파이프 담배를 피우며 기쁜 표정으로, 두 눈을 반짝이며 로스너가 나타났다. 왼편으로는 부엌으로 가는 문이 열려 있었고, 앞쪽의 붙박이 찬장 옆, 길거리 쪽으로, 가족들이 사는 방들로 통하는 문은 닫혀 있었다. 부엌으로 들어서자 여주인이 그를 위해 준비한 식사와 커피가 든 보온병이 놓여 있었다. 계단실 때문에 둥그렇게 된 벽 앞쪽의 식탁에 앉으면서 그는 내게 새로 한 이를 보여주었다. 그러고는 자신이 어떻게 자동차 짐칸에 실려 치과 의사에게 이송되었으며, 어떻게 이 사람이 특별히 마련해준 단 한 번의 야간 진료 시간에 앓는 이를 모두 뽑고 의치를 박아 넣어주었는지 설명했다. 자신과 같은 종교를 가졌고, 또 박애주의자라고 생각했던 그 의사가 그에게 요구한 진료비에 대해 그는 짐짓 낙담한 표정을 지어 보이다가 이내 씩 웃었다. 그로서는 감당할 수 없는 1천5백 크로네나 되는 돈은 공산주의 인터내셔널이 조달해주어야만 했다. 신문을 쌓아놓은 부엌 탁자 앞에 앉아 그는 내게 폴란드가 분할된 이후의 상황에 대해 설명했다. 전 세계 운동의 대표자인 그의 은신처는, 그 운동이 아직 건재하고 두루 영향력을 미친다는 사실과 비교해볼 때 뭔가 모순되는 것처럼 보였다. 하지만 수년 동안 감옥에서 보내고 은신처에서 일을 해나가는 데 익숙한 사람에게 세면대와 난로, 그리고 불쏘시개 상자를 갖춘 이 부엌과, 비록 옷장보다도 크지 않더라도 그에게 주어진 이 방은 자유롭게 움직일 수 있는 공간 그 자체라고 그는 말했다. 말이 나왔으니 말이지만 특정한 시점에서는 감추어진 행동이 공개적인 전략에 필적하고 때로는 이를 능가하는데, 바로 이러한 역사의 변증법이 이곳에서 입증되고 있다고 했다. 독일과의 불가침조약을 친선조약으로 확장한 것은 바로 그 속에서, 지난 대전 말경에 생겨났던 것과 같은 혁명적 가능성들을 되살려내기 위한 것으로 이해될 수 있다고 그는 말했다. 소련 민중과 독일 민중들이 서로를 이해하는 일은 추후에 있을 이데올로기적 공동보조를 위해 그 토대를 닦는 일이라고 했다. 친선의 선언이 담고 있는 뜻은, 그 어느 나라에서도 노동하는 주민들은 전쟁을 원치 않으며, 친선을 맺자는 제의를 받아들여야 할 사람들은 다름 아닌 노동하는 사람들이라고 그가 말했다. 그러나 이것은 동맹관계로 가는 전 단계를 의미하지는 않는데, 왜냐하면 파시즘은 언제나 그 내부에 전쟁을 포함하고 있기 때문이라는 것이다. 이제 중요한 것은 독일의 노동계급이 새로운 상황을 평가할 수 있는 능력을 얼마나 가지고 있느냐이다. 또 전 세계의 프롤레타리아트에게는, 소련의 정책을 신뢰하고, 그 조약을 기만이라고 내세우는 시민계급의 선전에 영향을 받지 않아야 한다는 막중한 요구가 제기된 것이라고 했다. 그는 보온병에 있는 커피를 찻잔에 따르면서, 지난 수주간의 협상에서 합의한 바에 따라 붉은 군대가 진군함으로써 소련과 독일 간의 국경이 그어졌다고 말했다. 서유럽연합국들은 독일이 폴란드 전체를 점령할 것으로 생각했기 때문에 소련의 통행권에 반대했다. 영국과 프랑스에 거절당한 상태에서 소련은 자신의 영토를 지키기 위해 불가피한 행보를 취하면서 독일의 전쟁목표를 제거하고 휴전협정을 체결한 것이라고 했다. 단지 서유럽 여러 나라들만이 독일의 공격이 소련을 겨냥하게 될 것이라는 희망에 전쟁을 계속할 것을 촉구하고 있다는 것이다. 그는 그릇들을 옆으로 치우면서, 서유럽연합국들에 의해 고립으로 내몰린 상태에서 민족들 간의 동맹이라는 방식을 통해 긴장을 완화하려고 노력하고 있는 나라가 바로 소련이라는 사실만큼은 분명히 해두어야 한다고 말했다. 부르주아 정부들은 자신들의 이익을 추구하면서 도발적으로 소련을 외면했으며, 단지 평화를 지키기 위해 투쟁할 뿐인 그 나라가 침략정책을 편다고 죄를 전가했다는 것이었다. 사민주의 운동 역시 국제노조연맹에서 소련의 노조들을 제명함으로써 협력의 마지막 가능성을 없애버렸다고 했다. 그러므로 공산당들을 겨냥한 비방에도 불구하고 우리의 관점을 관철해가는 것이 중요하다고 말하면서 그는 주간 정세 보고서를 작성하기 시작했다. 큰 매부리코에 반짝이는 두더지 눈을 한 로스너, 쩝쩝거리고 헐떡거리는 로스너, 낯선 곳에 살고 있으나 자신의 신념을 고향으로 삼고 있는 로스너, 자유롭게 거리를 돌아다닐 가능성이 막혀 있는 로스너, 바로 그 로스너가 쌓인 신문들을 뒤적이며, 마구 갈겨쓴 종이들을 정서하도록 내게 넘겨주었다. 그는 종종 일을 하는 중에, 당이 그에게 마련해준 라디오를 소리 죽여 틀어두었다. 마음에 드는 곡이 나올 때면 그는 갑자기 잠깐, 하고 소리쳤다. 그는 스코네 출신의 에드바르 페르손이 부르는 민요풍의 노래를 특히 좋아했는데, 그의 노래가 라디오에서 나오자 이를 따라 머리를 뒤로 젖히고는 이리저리 흔들었다. 약간의 사투리가 섞인 감상적인 그 노래를 배경 음악으로 하면서, 나는 그에게 원심분리기 공장 상황을보고했다. 그곳에서는 모든 다른 산업 분야와 마찬가지로 공산주의자들이 전문직 간부들에게 압박을 받고 있었다. 금속노조연맹은 공산당에 소속된 사람들을 대표직에서 사퇴시키라고 종용했다. 공산당은 코민테른과 연결되어 있기 때문에 더 이상 민주주의 테두리 안에 있지 않다는 것이었다. 당의 활동을 금지시키려는 노력이 진행되고 있었으며, 이미 프랑스에서는 그러한 노력이 성공을 거두었다. 페르손이 아무런 사념 없이 평화로움과 고향의 정다움에 잠기게 하는 동안, 나는 현재 많은 공장에서 동지들이 어떻게 날마다 비방과 간섭을 받고 있는지 이야기를 늘어놓았다. 그들의 작업대에 태업 행위를 가하고는, 바로 그들에게 제품의 손상과 결함의 책임을 물렸다. 울부짖는 듯한 멜로디를 따라 흥얼대며 로스너는, 우리는 이곳에서 사소한 예비 전투를 치르는 것이며, 얼마 안 있어 우리는 아주 다른 충돌을 맞이하게 될 것이라고 대답했다. 그는 우리 가까이에 있는, 즉 핀란드에 팽배한 위험을 언급했다. 소련과 독일의 친선에 관해 어떤 말을 듣던 간에 우리는 평화가 단지 무장충돌이 연기된 상태일 뿐이라는 사실을 출발점으로 삼아야 한다고 했다. 스웨덴에서 공산주의에 반대하는 선동은 누구보다도 군 지도부 내부에 있는 무리들에 의해 행해지고 있으며, 그들은 핀란드와 소련 사이에 전쟁이 일어나길 바라고 있는 거라네. 그들은 친파시스트적 성향의 핀란드 정부에 군사원조를 약속하고, 국경선 조정에 대한 소련의 제안들을 거부하는 핀란드 정부에 힘을 실어주고 있지. 부르주아 언론들은 위험에 처한 레닌그라드의 상황을 고려해 핀란드의 북동부 국경을 뒤로 물리고, 핀란드만으로 가는 길목인 항예 지역을 임차하는 대신 카렐리야의 소련 영토를 넘겨주겠다는 제안을 바로 소련의 침략 계획의 징후라고 해석하지. 장군들은 행동에 나설 것을 촉구하면서 핀란드의 투쟁은 곧 스웨덴의 현안이라고 선언했다. 우리는 매일 저녁 전달되어 각별히 조심스럽게 인쇄소로 넘겨질 원고들을 정리하고 일련번호를 매겼다. 당중앙사무소가 있는 정원 안쪽 건물로 가는 쿵스 가 84번지의 정문 출입구는 경찰 밀정들의 감시를 받고 있었다. 공산당이 완전한 합법성을 갖고 있고 제국의회에 의원들을 진출시키고 있는데도, 갑작스러운 체포와 가택수색, 자료 압수가 벌어질 가능성을 항시 염두에 두고 있어야 했다. 마음을 달래주는 기름진 목소리의 노래를 들어가며 로스너는 자기 앞에 스칸디나비아 지도를 펼쳤다. 내게 라플란드에 가본 적이 있냐고 물으면서, 그는 산악 지역에서 아래쪽 보텐 해로 흘러가는 강들을 거칠어진 검지로 따라갔다. 그는 부엌문 옆에 세워둔 끈 달린 지팡이를 가리키면서, 우리는 주머니에 얼어붙은 배급 식량을 넣고 산악 지역을 넘어 이나리 호수와 페트사모로 걸어갈 준비를 해야 한다고 말했다. 아래쪽 이탈리아로 가는 길만큼의 거리에 해당하는 그 긴 구간이, 여기 부엌 탁자 앞에 앉아 있는 그에게는 마치 산책 거리 정도나 되는 듯했다. 하지만 나는, 만일 그럴 경우 시 외곽에 있는 첫번째 초병이 그를 체포하게 될 것이라고 생각했다. 『인터내셔널』을 자신의 등에 지고 가는 이 쑥대머리의 영원한 유대인 아하스베루스[202]보다 더 의심이 가는 사람은 없을 것이기 때문이었다. 그는 내가 공장에서 보내는 시간에 대해 더 많은 얘기를 듣고 싶어 했다. 어떻게 노동하는 사람들이 기계적인 사고에서 해방되어 새로운 방향을 잡아나가고 적극적인 자세를 가질 수 있는지 그는 물었다. 노동계급의 국제적인 행동 통일체는 불변한다고 그는 교정지에 썼다. 나는 지역의 분위기를 알고 싶고, 공장에서, 구내식당에서, 노조회의에서 어떤 일들이 벌어지는지 느끼고 냄새 맡고 싶다네. 그가 말했다. 그는 마치 공장 전체를 그 연기, 소음과 함께 이 작은 부엌으로 끌어들이려는 듯, 내가 열어준 조그만 빛의 틈새

---

202) Ahasverus: 영원한, 또는 영원히 유랑하는 유대인Der Ewige Jude이란 뜻으로, 형장으로 가는 그리스도를 자기 집 앞에서 쉬지 못하게 하고 욕설을 한 응보로 그리스도의 재림 때까지 지상을 유랑한다는 구두장이를 가리킨다.

를 향해 고개를 들이밀 듯한 기세였다. 우리는 이탄을 너무 많이 때고 있어요. 그래서 공장 마당에는 훍냄새가 진동한답니다. 내가 말했다. 주석이 부족하고, 자원을 재활용하기 위해 녹여서 쓸 고철을 가득 실은 화물차들이 들락거립니다. 주석 막대들이 도난당하는데, 운하 옆의 가건물에서는 암시장 거래를 목적으로 하는 창고가 발견되었답니다. 원심분리기들은 농가가 아니라 규모가 큰 목장의 수요를 채우기 위해서만 제작되고 있지요. 좀 넓은 기계실에 있는 선반들은 수류탄을 제조하기 위해 개조되었습니다. 그 자재들은 북부에 있는 철공장에서 운송되는데, 구경 7센티미터와 10.5센티미터 기관총 포탄이 생산되죠. 예비군들이 포장부를 감시하고 있습니다. 저는 눈에 띄지 않게 관찰을 합니다. 듣기만 하고 입을 열지는 않습니다. 저는 또 직능별 회합에 참석합니다. 저는 사민주의 전통을 따른다고 내세웁니다. 제 아버지의 이름이 노조 간부들에게 꽤 알려져 있죠. 노조원으로서 저는 사민당에도 입당해 있습니다. 1898년 전국 조직의 창당대회에서 결정된 바와 같이 입당이 더 이상 의무적인 것은 아닙니다. 하지만 병역의무 대신 예비군에 복무할 권리를 사용하고자 하는 사람은 공산주의자로 인정되거나 적어도 공산당에 동조한다는 의심을 받습니다. 그래서 공산주의자들은 자신의 정당과 사민당에 동시에 가입할 수 있습니다. 스웨덴의 노동운동 투쟁은 노조투쟁과 동일시됩니다. 자신들의 투쟁 목표를 관철하기 위해 노조들은 정권을 잡은 사민당을 필요로 합니다. 이해관계의 상호작용에 의해 당은 노조들로부터 힘을 얻고, 노조들은 당으로부터 힘을 얻고 있죠. 따라서 당이 절대 다수를 얻는 것이 꼭 필요한 겁니다. 끊임없는 줄타기에서 무게중심이 부르주아 정당들에 실릴 때는 노조의 요구가 실현되기 어려워지죠. 작은 정당인 공산당은 이데올로기상의 적으로 금기시되면서도 사민당을 도와 근소한 차이로 사회주의 정당이 다수를 차지하도록 합니다. 갈등에도 불구하고 공산당의 공장 대표들은 노조 내부에서 여전히 위치를 확보하고 있습니다. 그들은 직능별 선거에서 지지를 받거든요. 노조와 당에 가입했기 때문에 나는 투표권을 갖고 있습니다. 나는 내가 속한 부문인 금속노조에 월 5크로네를 회비로 냅니다. 그중에서 연간 4크로네가 사민당으로 송금됩니다. 우리 공장의 경우 대부분의 부문별 활동을 셀린과 대표직에 있는 다른 공산주의자들이 주도하고 있고, 현장에서는 연대감이 우선시되고 있을지라도 금속노조연맹 지도부의 비방들이 통하고 있습니다. 반파쇼 투쟁이 볼셰비키파시스트에 반대하는 투쟁과 함께 가고 있는 거죠. 노조들은 공산당 언론들이 입을 닫고 있는 사안들을 강조함으로써 전략적 우위를 차지하고 있습니다. 공산주의자들이 정당화하는 독일의 정복전은 비난을 받고 있습니다. 공산당이 은폐해서 잃어버린 신뢰를 사민당은 표면상 공개적인 태도를 통해 얻는 거죠. 현장 노동자들은 지속적인 책략에 의해 분열되어 있습니다. 각자가 자신의 자리를 잃을까 두려워하기 때문에 조심스럽고 수동적인 태도가 팽배해 있습니다. 부문별 문제를 다룰 때조차도 당혹스러워하고 묵묵부답인 상황이 벌어지기도 합니다. 위협과 압박들, 또한 갈팡질팡하는 정치적 노선 때문에 많은 사람들이 공산당을 떠나고 있습니다. 넓게 보면 작업대에만 매달리는 상황, 권태와 피로감이 팽배해 있고요. 언제나 그래왔듯이 국가적 단결이 이루어지면서 노동자들이 탈정치화되고 있습니다. 코앞의 이익에만 몰두하는 것이지요. 우리의 문제는 세면장에 비누가 없다는 것이다. 배급된 결정질의 연성비누는 사용할 수 없다. 우리의 문제는 샤워실에 온수가 나오지 않는다는 것이다. 음식이 더 형편없어진다. 양배추가 너무 많이 들어 있고, 벌레 먹은 감자들이 들어 있다. 우리는 자비로 1크로네 50을 내기 때문에 구내식당에서 더 나은 음식이 나오기를 요구한다. 사고로 다친 많은 사람들이 사내 의사의 치료를 받지 못하고 있다. 손가락이 잘린 시커먼 주먹에, 찢어진 발에, 피댓줄에 다친 이마에 간호사가 긴급구호용 붕대만 감아준다. 이런 종류의 불만들에 대해 협의가 이루어지는 것이죠. 기술부문 관리자인 포르스베리에게 보낼 서한이 작성됩니다. 그러나 그는 이런 문제들은 밀쳐두고 생산과 판매를 유지해나가기가 어렵다는 얘기만 되풀이합니다. 우리가 임금인상을 요구할 때면 그는 희생정신이 필요하다고 소리칩니다. 지금이 전쟁 시기라는 것을 생각해본다면 우리는 임금 인상이 아니라 감면을, 그리고 그 이상의 제한들을 염두에 두어야 한다는 것입니다. 노동력 구매자와 노조 지도자들의 판단은 금방 일치하게 되죠. 그런 다음 다시 피로감이 쌓이고, 이런 말들을 듣게 되죠. 자네 스스로 입을 다물게나. 전략적으로 생각해보라고. 이보게, 자네는 저들이 이미 검증된 모델에 따라 우리를 서로 다투도록 충동질하고 있다고 말하고 싶을 거야. 자네는 치직거리는 주석용광로 앞에서나 선동을 해도 될 걸세. 그렇더라도 나는 1430년대 스웨덴의 독립투쟁 지도자였던 엥엘브레크트에 대한 희곡 작품의 기획에 참여해서 일하려 한다고 내가 말했다. 로스너는 벌떡 일어났다. 그것은 노동자들을 끌어 모을 수 있는 소재가 될 테고, 그것에 대해 잡지에 글을 써야 할 거라고 그가 소리쳤다. 그러나 그건 너무 이르다고 나는 말했다. 그건 브레히트의 희곡입니다. 나는 그를 위해 자료를 모으고 있고요. 브레히트는 그것을 겨울에 완성하려고 해요. 그러자 갑자기 맥이 탁 풀리는 느낌이 나를 덮쳐왔다.

우리는 핀란드와 소련의 갈등이 공공연한 전쟁 행위로 전화될 위험에 처해 있던 11월 말에 일을 시작했다. 우리가 하는 일은 나날이 더 심해가는 압박 속에 빠져들었다. 각각의 생각, 각각의 그림, 각각의 말들이 저마다 존재의 권리를 쟁취해내야 하는 것 같았다. 우리가 적어 내려간 모든 것들은 엄청난 거부에 맞서 있었다. 또 브레히트로 하여금 일을 하도록 재촉하는 것이 바로 심리적으로 쫓기는 감정이었다면, 이번에는 아예 회합을 열기도 어려운 데다가 테마도 다루기 까다롭다는 어려움까지 덧붙여졌다. 역사책에 따르면, 엥엘브레크트는 시간이 무르익었을 때 어둠 속에서 갑자기 나타났다가, 한 시대를 호령하고는 흔적 없이 사라졌다. 과거가 없다는 것, 그의 활동 기간이 1434년 한여름부터 1436년 4월 27일까지 일 년 열 달 정도로 짧다는 점, 그가 도끼로 살해되고 암매장된 장소가 불명확하다는 사실 등은 여러 가지 이유에서 그를 무명으로 남겨두려는 이해관계가 있었음을 암시했다. 그 이유는 아마도 그의 개입이 갖는 의미를 축소하고 모범적인 사례로서의 그의 행적을 지움으로써, 그를 모방할 만한 인물이 아니라 실패한 인물로 보여주려는 것이든, 아니면 그의 비밀스러운 면모를 강화함으로써 그를 이상화해 성자로 보이게 하려는 것이었을 테다. 우리는 이 모든 부정적 조건들에서 출발해야만 했다. 그런 남자는 무에서 나오지 않는다고 브레히트가 말했다. 역사적 사실들을 탐색해서 저 모순적인 인물의 진면목을 밝혀내야만 했다. 여전히 얼굴이 가려진 그 인물을 움직이게 하고 행동하게 하며 파멸케 한 메커니즘들을 연구해야만 했다. 마티스가 처음으로 엥엘브레크트에 대해 보고하고 그림베리의 작품을 낭독했을 때 브레히트가 만들어낸 초기의 몇몇 안들은 이미 9월에 있었던 회합들을 거치며 잘못된 것으로 폐기되었다. 그 당시 브레히트는, 엥엘브레크트를 농민 출신의 민중 지도자로 볼 수 없다는 점을 출발점으로 삼았다. 스트렝네스의 토마스 주교가 쓴 시에서, 그는 '덴 리츨라 만then litzla man'으로 묘사되어 있다. 키가 작다는 표현으로 이해될 수 있을 것이다. 15세기의 스웨덴 역사가 에리쿠스 올라이와 올라우스 페트리가 이를 넘겨받았다. 반면에 운문으로 쓰인 카를 연대기에 따르면 이 말은 신분이 낮은 출신을 지칭할 수도 있었다. 그런데 이 문헌이 목표로 삼는 것은, 진실로 위대한 자, 즉 엥엘브레크트의 라이벌이자 후계자였던 카를 크누트손과, 왕으로 선출되기에 앞서 엥엘브레크트와 대원수의 칭호를 나누어야만 했던 기사 가문 출신의 본데, 그리고 노르베리 주변 지방의 광산과 제련소 소유자로서 엥엘브레크트의 지위에 대해 잘 알고 있었던 토마스를 칭송하기 위한 것이었다. 따라서 우리는 그가 육체적으로 왜소하고 키가 작은 광부임에 틀림없다고 생각했었다. 브레히트는 '작은 남자'라는 표현을 개구쟁이 요귀, 룸펠슈틸첸,[203] 숲의 정령의 형상과 연결 지었다. 그는 작은 남자라는 이미지와 연결 짓는 일에 매혹을 느꼈다. 하지만 그것은 엥엘브레크트가 힘이 세고 우렁찬 목소리로 유명했던 사실과 모순되었다. 우리는 9월에 행한 작업을 통해 광범위한 자료들을 모았다. 돌이켜보건대 마르그레테와 그녀의 3국 동맹 제국에 대한 노래를 구상하는 건 사실 쉬운 일이었다. 궁정과 왕들이 확고한 모습으로 그려져 있었기 때문이다. 그러나 이제 그림자 같고, 땅 같기도 하고, 또한 진흙 같기도 한 재료를 가지고, 이 작은 인물을, 외세의 지배에 저항하도록 온 나라를 일깨웠다는 이 작은 인물을 빚어내는 일은 거의 불가능해 보였다. 그런데 우리가 우리의 소속감과 우리의 이해력을 찾아내야 할 곳은 바로 여기였다. 이처럼 우리는 세

203) Rumpelstielzchen: 동화에 나오는 난쟁이 이름.

월이 지남에 따라 형체가 일그러지고, 기력이 쇠진하는 과정을 거치면서 스스로를 낯설어하게 되었다. 그 결과 반란의 신호에서도 회의가 끼어들었고, 반란이 고양될 때마다 이미 속임수에 빠진 사람들이 나타났던 것이다. 더 이상 잃을 것이 없는 철광산 사람들 사이에서 소요가 시작되었다. 광부들, 농촌노동자들이 수탈에 저항했다. 민중이 앞서 나갔고, 곧이어 장사꾼, 상인, 대토지 소유주, 기사, 성직자 들이 가세했다. 혁명적 투쟁이 민족전쟁이 되었다. 그리고 공동의 노력으로 얻게 된 승리를 귀족과 시민계급이 차지했다. 이것이 결코 달라질 수 없다는 통찰에 우리는 다시 한 번 패배감을 느끼면서 전 세계적으로 우월한 힘들에 둘러싸인 채 이 역사적 시기로 눈길을 돌렸다. 과거와 현재의 체험들 사이의 상호작용 속에서 오늘날까지도 영향을 미치는 과정들의 뿌리에 대해 무언가를 발견하기 위해서였다. 하지만 여기서 중요한 것은 기만을 당한 그 당시의 통일운동을 우리 시대의 와해된 전선과 비교하는 것이 아니라, 그 특성들과 특별한 조건들을 발견하는 것이었다. 그다음에 우리는 다른 방법으로 아직 불투명하고 불확실한 현재의 실패에서 교훈을 이끌어내야만 했다. 예전에 나는 이번 겨울처럼 그렇게 가차 없는 대립이 벌어지는 와중에 예술적인 문제를 다루어본 적이 없었다. 또한 사회적 세력들이 가장 격렬하게 충돌하는 바로 그 지점에서 예술적 행위가 벌어진다는 사실이 내게 더욱 분명하게 드러났다. 예술 행위는 모순의 중심부에 서 있을 때 분쇄될 위험에 처하게 되며, 이를 이끌어 가는 추동력은 폭력에 저항해 자신을 주장하고자 하는 소망이었다. 모든 것이 우리를 절멸시키고자 벼르고 있었기 때문에 우리는 우리의 작업에 확고하게 매달렸다. 그 작업은 단편적인 상태에서도 언제나 새롭게 시작되기를 기다렸고, 그러다가 결국 포기할 때까지 여러 번 중단되었다. 돌발적인 것, 일정하지 않은 것은, 우리가 이미 가을에 알게 된 바와 같이 활동의 본질에 상응하는 것으로, 그 속에는 외부 사건들의 격변들뿐만이 아니라, 브레히트와 우리들 사이의 대립 또한 반영되어 있었다. 한 번에 한 가지 이상의 프로젝트에 관여하는 것이 내게는 불가능했다. 융달은 문헌 자료를 조사하는 한편 마르크스주의 세계관에 대한 저서를 준비하고, 비평을 쓰는 일과 더불어 동시에 여러 대상에 몰두했다. 마티스 역시 한편으로 기사를 쓰고 영화를 만들 계획을 세우고 있었다. 허나 브레히트는 끊임없이 많은 착상들과 접하면서도 서로 상이한 테마들을 조정해 진척이 되도록 이끌고, 규정된 체계에 따라 다룰 줄 알았다. 그는 숨 가쁘게 돌아가는 자신의 작업장에서 이리저리 뛰어다니며 모든 부서를 감독하고, 때때로 짤막한 지시를 내리고, 여러 가지 생산품의 공정을 추적하면서 결과물을 검사하는 한편, 항상 그것을 또 다른 곳에 사용할 태세를 갖추고 있었다. 내가 나중에 이해하게 된 바지만, 엥엘브레크트 극에서 브레히트의 최종 목적은, 무엇보다도 양식 연습, 희곡 형식들에 대한 연구였다. 그 중간에 그는 자신이 밤에 받아쓰게 했던 산문 작품, 관찰 기록, 또는 난민들과 나눈 대화의 기록, 문학적 사실주의에 관한 광범위한 논문의 테제들을 슈테핀에게 읽어보라고 시켰다. 그러면서 그는 그녀의 매끈한 옅은 금발을 황급히 쓰다듬었다. 또 그의 말에 따르면, 그는 때때로 기분전환을 위해 시저에 관한 소설 쓰기에 몰두했다. 그는 배우 그라이트가 나가자마자 그를 아마추어라고 경멸하는 어투로 얘기하면서도, 그라이트가 그에게 제공한 생각을 스스로 『전환의 책』이라고 부른 작품에 이용하기도 했다. 반면에 그는 골드슈미트의 얘기를 즐겨 들었다. 빈 출신의 유명한 외과 의사인 그에게는 통상 그렇듯이 스웨덴에서의 직업 활동이 금지되었으며, 기껏해야 용돈을 벌기 위해 카롤린 병원에서 하급 의사의 뢴트겐 사진 분석 작업을 돕는 정도가 허용되었다. 그는 브레히트에게 자신이 하고 있는 그런 일들을 들려주었다. 그것을 브레히트는, 대부분 골드슈미트가 한 말 그대로, 자신이 창작한 인물인 지펠과 칼레의 대화에 집어넣었다. 브레히트의 관심을 끈 것은 골드슈미트의 어투였다. 골드슈미트의 어투에는 불만을 가질 만한 요인들이 많았을 텐데도 망명자들의 습관적 불평불만이 담겨 있지 않았다. 브레히트는 무엇보다도 골드슈미트가 제1차 세계대전 중 러시아에 포로로 잡혀 있던 시기의 얘기를 듣고 싶어 했다. 그건 반쯤은 하시디즘[204]적이고 반쯤은 슬라브적인 익살스러운 보고였다. 골드슈미트의 부하였던 후안이라는 이름의 루마니아 집시 얘기였다. 그는 기발한 익살과 선의의 교활함으로 당시 야전병원 의사였던 골드슈미트가 병영 생활에서 겪는 어려움을 덜어주었다. 브레히트는 그가 슈베이크[205]와 같은 인물이라고 말하면서 벌써 새로운 희곡 작품을 계획하고 골드슈미트를 협력자로 삼았다. 브레히트에게는 이름을 짓는 일이 한 장면을 만들어내는 것만큼이나 중요했다. 작품을 무대에 올릴 때 부닥치게 될 어려움들을 고려해서 유대식 이름이어서는 안 되었다. 에르츠하우어, 슈타인클로퍼, 슈미트, 마우러 같은 이름들이 제안되었고 마지막에는 코흐라는 이름이 거론되었다. 브레히트는 자신의 제작소에서 만들어진 모든 것의 소유권을 다름 아닌 자기 자신이 갖는다는 사실에 한 점의 의혹도 허용치 않았다. 그런 그의 주도권에 이끌려 나는 표면적인 자기 책임에도 불구하고 일종의 피고용인 입장에 머물렀

204) Hasidism: 18세기 동유럽에서 일어난 유대교의 종교운동.

205) 브레히트의 작품 「제2차 세계대전 중의 슈베이크Schweyk im Zweiten Weltkrieg」(1943)에 나오는 주인공 이름. 이 작품은 체코의 소설가 하셰크Jaroslav Hašek의 「세계대전 중의 용감한 병사 슈베이크의 모험」을 토대로 만들어졌다.

다. 하지만 그는 내가 어떤 수입으로 살아가는지 한 번도 물어본 적이 없었다. 나는 나 자신의 것이기도 한 작품을 만드는 일에 참여하고 있는 것이라고 생각함으로써 그 상황에서의 불만을 떨쳐버리고자 했다. 나 자신을 위해, 나의 발전을 위해, 내가 성장해 작가라는 직업을 갖도록 하기 위해 나는 공부를 하는 것이며, 나는 이를 나의 시간 계획 틀에 빈틈없이 짜 맞추어야 했다. 이때 나는 내가 연구를 할 때에는 서두를 수밖에 없는 데 반해 브레히트는 자신의 수중에 들어오는 소재들을 얼마나 쉽게 자기 것으로 만드는지 확인할 수밖에 없었다. 우리가 그를 위해 잡지와 책들에서 번역해주는 내용들이 그에게는 재미있는 것일 따름이었다. 가죽이 아니라 천으로 만든 것이기는 하지만 기름때가 묻어 가죽처럼 보이는 모자를 이마 깊숙이 눌러 쓰고 탐정의 표정을 지으면서 그는 진술서들에서 증거들을 들추어내서 스웨덴 역사 속의 한 사건을 밝히려고 나섰다. 소련은 자신의 이해관계가 걸린 지역들을 확보했으며, 그래서 이제는 핀란드를 침공하려는 것이라는 루머를 퍼뜨리는 언론의 반소련 캠페인도 그에게는 근심거리가 되지 못했다. 그는 서유럽연합국들이 핀란드를 돕거나 또는 스웨덴에서 독일로 가는 광석 수송을 차단하기 위해 스칸디나비아 반도 북쪽에 전선을 구축할 것이라고 믿지 않았다. 그는 단지 소련과 독일의 군사동맹이 생겨날 것을 우려했다. 그가 보기에 피로 맺어진 두 민족 간의 우정이라는 몰로토프의 말이 그걸 암시하고 있었다. 그는 소련을 방위하기 위한 국경선 조정에는 찬성했으나 핀란드 프롤레타리아트의 해방을 목소리 높여 외치는 것은 비난했다. 얼마 안 있으면 군비확충을 위해 필요한 철광산이 독일의 관심사가 될 것이며, 영국인들이 나르비크와 트롬쇠를 건너 스웨덴으로 진격하지 않으면 독일 군대가 필요한 자원을 확보하기 위해 그곳으로 진격할 것이라고 융달이 말했다. 1432년 가을에 달라르나에서 첫번째 소요 사태가 벌어졌을 때도 역시 그 이해관계의 중심에는 광석이 있었다. 13세기부터 엥엘브레크트의 선조들은 광산 지역의 주민이었기 때문에, 희곡 작품의 2부는 거기서 시작되어야 했다. 1296년 비르예르 야를의 섭정통치 아래에서 독일 출신 시민 인길베르투스의 이름이 웁살라 시의 호적에 등록되었다. 1321년의 기록에는 엔길베르투스라는 사람의 이름이 거론되는데, 그는 반쪽짜리 백합꽃 형태의 삼각형 문양으로 된 시민계급 문장을 가지고 있었다. 원래 수공업자인 그들은 그로부터 얼마 안 있어 베스테로스 근교의 봉토에서 살았고, 그다음으로는 달라르나로 이주해, 토지 소유주이자 공동출자자로 광산업에 뛰어들었다. 14세기 초의 토지등기부에는 엥글리카, 엥글리케, 또는 엥글리코라는 이름들이 들어 있었다. 엥글리코라는 사람은 제일 규모가 큰 철광 산지인 노르베리 근처에 정착해 엥글리코 농장을 세우고, 광산을 구입해서 작은 제련소를 차렸다. 1367년의 기록에서는 엥글리코의 아들이 알브레히트에게 세금 감면 승인을 받으면서 귀족 작위 증서를 받았다는 사실이 적혀 있다. 이 엥엘브레크트 엥글리코손의 문장에는 왼쪽 면에 아래로 향해 있는 날개가, 그리고 오른쪽에는 반쪽짜리 백합꽃이 그려져 있었다. 그는 1399년에 죽었고 두 아들을 남겼는데, 그중 장남인 엥엘브레크트 엥엘브레크트손은 백합과 꽃들이 삼각형을 이루는 모양의 인장으로 공공문서에 도장을 찍음으로써 1432년에 와서야 비로소 언급되었다. 그는 몬타누스, 즉 광부로 불렸으며, 그 당시 이미 사십을 훌쩍 넘은 나이였다. 그는 노르베리에 있는 광산과 제련소에 공동출자를 했으며 자신의 형제와 더불어 네 군데의 토지, 즉 엥글리코호프, 슈르보, 스네프링에, 시엔데에 있는 토지들의 유산 상속인이었다. 그의 귀족 작위는 가장 낮은 단계의 것으로 아마도 귀족의 가신으로 봉사하는 위치에 있었을 것이다. 이 가계도를 제시할 수 있다는 것은, 이름들을 열거함으로써 성경의 마술적인 효과와 같은 것을 노릴 수 있고, 또한 그것들을 이미 조사된 이전의 역사적 사실들과 연관 지을 수 있기 때문에, 이미 많은 것을 얻은 것이라고 브레히트는 말했다. 우리는 엥엘브레크트의 성장 과정에 대해서는 알지 못했다. 하지만 우리는 그의 조상들에 관한 기록과 그가 어떻게 역사에 등장했는지를 다룬 보고문을 통해 개인적인 특성과 행동방식을 이끌어낼 수 있었다. 귀족 작위가 주어졌다는 것은, 엥엘브레크트 가문이 부를 일구었고 영향력을 획득하게 되었다는 것을 입증해주는 것이었다. 그들이 자신들의 이름을 독일식이 아니라 스웨덴식 발음에 따라 적었다는 것은, 그 이름의 주인 스스로 자신이 어디에 소속되어 있다고 생각했는지 알려주는 것이었다. 그들은 무역에 종속된, 가장 중요한 산업 분야에 종사함으로써 한자동맹 도시들의 대상인(大商人)들과 가까웠을 것이고, 또한 추측건대 그들과 공동으로 광산에 자본을 투자했을 것이다. 엥글리코손은 알브레히트 왕에게 특권을 부여받은 사람 중 하나였기 때문에 그가 자신의 입장에서 볼 때 메클렌부르크인의 지지자였으리라고 가정할 수 있을 것이다. 욘손 그리프가 달라르나 전역으로 자신의 권력을 확장해가는 시점에도 그는 자신의 토지와 광산, 제련소에 대한 권리를 관철해갈 수 있었다. 이러한 사실에 비추어 볼 때 그는 왕에게 빌려준 돈 또는 충성심을 통해 왕의 후견을 받아낼 줄 아는 사람이었던 게 틀림없다. 또한 알브레히트가 쫓겨갈 때와 마찬가지로 덴마크 여왕이 들어섰을 때도 그가 손해를 입지 않은 걸 보면 그가 사업을 건실하게 운영했다는 것을 알 수 있다. 그가 죽기 직전인 1396년 마르그레테가 광산 지역의 많은 부분을 자신의 지배 아래 두기 시작하면서 비로소 그가 그때까지 누렸던 특권들이 축소되었다. 그는 더 이상 한자동맹 도시들과 자유롭게 교역할 수 없었을 뿐만 아니라, 무역사업을 떠맡기 위해 그 통치자가 파견한 대리인에게 종속되어야 했다. 광산 소유주들은 그들이 투자한 채굴지와 제련소들을 계속 소유하고자 할 경우 광산 주식 한 주에 대해 생산량 규모에 따라 선적 무게로 최고 26파운드의 철을 지불해야 했다. 1402년 덴마크 여왕은 홀슈타인과 전쟁을 하면서 이미 여러 곳에서 이 법령들을 무시하고 생산량이 많은 광산 몇 군데를 점령하게 했다. 그러자 광산업자들은 권리를 위협받기 시작했고, 자신이 소유한 광산 회사의 일부만이라도 계속 보유하기 위해 끊임없이 양보하고 뇌물을 바쳐야만 했다. 젊은 엥엘브레크트 역시 이런 광산업자들 중 하나였다. 그의 내부에서는 불만이 쌓여갔고, 결국 항거로 이어졌다. 하지만 문장을 갖고 있는 그는 항상 특혜를 받는 쪽에 속해 있었다. 그는 교육을 받을 수 있었다. 그가 귀족들과 친교를 맺었다는 점을 감안할 때 그는 영주의 궁전에서, 추측건대 기사인 구스타브손 보트의 소유였던 로스비크에서 교육을 받았을 것이다. 구스타브손의 아들 푸케는 엥엘브레크트와 같은 나이로 해방전쟁 기간 동안 그와 가장 가깝게 지내면서 신뢰를 쌓았다. 그는 광산의 감독관으로서 철광석이 강을 따라 하류로 운반되어 베스테로스로 가서 그곳에서 멜라렌을 거쳐 스톡홀름으로 운송되는 것을 감독했다. 바로 이곳, 갑문 바로 뒤편 철광산이 접해 있는 선적장에서 사람들은 한자동맹 도시들로 가는 화물들의 무게를 재고 이를 대형 코게선에 선적했다. 이 배로 그는 교역 상대자를 방문하기 위해 뤼베크, 비스마르 또는 로스토크로 항해했을 것이며 그곳에서 중부유럽에서 퍼져가고 있는 사회적 투쟁들, 특히 그 영향이 해안 도시들까지 번졌던 보헤미아 지방 농부들의 반란을 알게 되었을 것이다. 엥엘브레크트는 3국 동맹이 자유무역을 견지하고 외국의 기습으로부터 보호해주는 한 이를 지지했다. 그러나 에리크가 정권을 넘겨받자 그가 보기에 절망의 시기, 불안의 시기에 들어선 것처럼 보였다. 그런 상황은 반란이 일어날 때까지 이어졌다. 처음에 그는 마르그레테의 후계자 밑에서 연합국가 안에서 유망한 위치를 차지할 수 있기를 바랐을 것이다. 독일 기사단이 폴란드-리투아니아 연합과의 전쟁 때문에 약화된 시기에 에리크가 홀슈타인과 한자동맹 도시들에 대항해 벌인 원정에 그가 기병대의 일원으로 참가했다는 증거가 있다. 그러나 이것은 그를 이율배반적인 입장에 처하게 만들었다. 왜냐하면 해양 세력으로서의 덴마크에 이점을 가져다주는 것이 그에게는 귀중한 사업망을 잃는 것을 의미했기 때문이었다. 그 뒤 그는 정의감에 따라 살았다. 따라서 한자동맹 도시들에 대한 신뢰를 저버렸을 때는 도덕적 갈등에 빠지기도 했다. 하지만 그러면서 그는 인민의 군대를 조직하고 지도하는 데 도움이 되는 군사적 경험을 얻기도 했다. 에리크가 스웨덴의 자율권을 보장하겠다는 약속을 깨뜨리고 중요한 직위를 모두 자신의 신하들로 채우는 한편, 자신의 재정관, 관리인, 용병 들을 달라르나로 파견해 세금을 배로 올리고 철광석 값을 인하하면서 지나친 남획으로 주민들 사이에 공포를 확산시켰을 때 비로소 엥엘브레크트는 덴마크의 통치자에게 저항하기 시작했다. 기업가이자 재정전문가로서 특정한 계급에 고착되었던 그의 태도와 개인적 손해에 대한 그의 분노는 점차 넓은 시야의 이타적인 생각들로 바뀌어갔다. 만장일치로 그에게 고위직을 맡겼다는 점과 그가 임무를 맡으면서 과감하고 단호한 결정으로 탁월함을 드러냈다는 사실을 감안해볼 때, 우리는 그가 이미 오래전부터 자신의 능력을 보여주었고 광부들의 존경을 받아왔으리라는 결론을 내릴 수 있었다. 그의 등장이 갑작스러워 보이는 이유는 단지 그가 그때까지 활동했던 좁은 범위가 확장되고 새로운 세력권을 얻었기 때문일 것이다. 그는 눈에 띄지 않는 인물에서 단숨에 주요 인물이 된 것이 아니었다. 역사의 조명이 순식간에 한 영역에서 다른 활동 영역으로 옮겨간 것이며, 바로 그 영역에서 그는 오래전에 대표로 선출되었던 것이다. 그가 공공 영역으로 첫걸음을 내딛는 데 사적 이해관계가 보편적 이해관계보다 얼마나 더 많이 작용했는지는 확인할 수 없었다. 또한 그가 무장 항거로 넘어간 것이 자신의 결단에 따른 것인지 아니면 민중의 압력에 의한 것인지도 확인하지 못했기에 이 역시 대답할 수 없었다. 맨 처음 그에게는 자신의 기업을 다시 가동하고 교역을 정상화하는 것이 관건이었지만 결국은 농부와 광부들의 대변자로 알려지게 되었다. 이로써 그는 왕에게 지방의 곤경을 알리고 불만을 제기할 대표자로 선출되었다. 아직 군대를 이끌 시기는 아니었지만 우리의 이 전략가는 혁명 직전의 상황이 도래했음을 인지했다. 그는 자신의 주장을 관철하기 위해 민중을 필요로 했다. 하지만 그가 민중의 분노를 함께 공유했으리라는 점은 충분히 생각해볼 수 있을 것이다. 그때까지 모든 결정권은 속을 알 수 없는 의식 행위를 통해 이루어지는 최고위원회가 쥐고 있었다. 그러나 이제 주민들 속에서, 어떤 형태로 성장할지 알 수 없는 하나의 권력이 만들어지고 있었다. 공구들을 마치 무기처럼 잡고 있는 노동자들의 달라진 태도에서 혁명적 힘이 드러났다. 연극의 제1부에서는 주인들이 지배적이었다. 이제 낮은 사람들을 출발점으로 삼아야 할 것이다. 그러나 우리가 장면들을 기획할 때 다시 지배자의 형상이 많아졌다. 왜냐하면 모든 연대기의 주요 부분을 그들이 차지하고 있었기 때문이다. 그들은 아래쪽 땅바닥과 산속에서 일어나는 일들은 언급할 가치가 거의 없다고 생각했으며, 그 모든 것을 간계로 덮어버렸기 때문이다. 우리는 다시 평화에서 전쟁으로 바뀌고 스웨덴이 폭압정권의 손아귀에 빠져들면서 그들이 여태껏 노력과 희생을 치르며 얻어낸 모든 것을 뒤덮어버리는 시대가 시작되는 시점에 세력이 이동하는 것을 어떻게 표현할 수 있을지 논의했다. 벌어진 일들은 항상 위에서 조종되었고 부당함은 언제나 위에서부터 민중들에게 전가되었기 때문에 바로 이 높은 자리에서 치명적인 매력이 발산되는 법이며, 그 때문에 역사 서술자들 역시 눈이 먼 채 눈길을 위쪽으로 향하도록 미혹되었던 것이다. 독재자들을 피할 방법은 없었다. 1939년 11월, 오늘날에도 그들은 우리의 일상적인 삶을 규정하고 있었다. 우리가 현재 느끼는 답답한 심정을 그 당시의 여건들을 논의하는 과정 속으로 끌어들여야 하며 이는 우리의 패배, 우리의 제한된 시야, 우리의 끊임없는 제안들을 서술에 끌어들이는 식으로 이루어져야 한다고 브레히트는 말했다. 중대한 조처들이 우리와 무관하게, 종종 우리가 닿을 수 없는 먼 곳에서 내려지지만, 그 영향은 바로 우리 옆까지 오는 법입니다. 우리는 우리 자신이 폭력의 피해자가 되는 것을 거부하지만, 결국 큰 혼란을 불러일으킬 결정에 휘말려드는 법이고, 그래서 우리는 최상의 능력을 동원해 스스로 상황을 판단해야 하는 겁니다. 우리가 우리 자신에게 설명한 것은 맞지 않을 수도 있고, 그렇기 때문에 엥엘브레크트의 시대에 생각하고 결정하고 또 철회한 많은 것들 또한 그럴 수 있을 것이다. 하지만 가장 중요한 점은 우리가 노동하는 사람들, 약탈당한 사람들을 전면에 내세우고 있다는 것, 우리가 우리 자신의 차원을 설정하고 여기서 동맹자들을 찾는다는 것, 그 반면에 적들을 멸시하면서 뒤쪽에 가 있으라고 명령하고, 다만 거리를 두고 대면해보기 위해 그들을 끌어들인다는 것이다. 우리가 반항적인 것을 다루고 있다는 점과 이 시작 부분에서 분노마저 비참하게 사그라지는 무기력으로 뒤덮여 있지는 않다는 점은 아주 의미 있는 일이었다. 「주간뉴스」 영화와 신문 사진들이 우리에게 잿빛 이미지로 전달하는 명망 높은 조종자들의 회합 소식과, 그들의 오만하게 미소 짓는, 찡그린 얼굴 표정들, 그리고 우리가 읽게 되는 그들의 발언들은 추상적이다. 하지만 이는 또한 위협적이다. 왜냐하면 그것이 겨냥하는 것은 우리의 목숨이기 때문이다. 바로 이와 같이 희곡 작품 속에서도 높은 사람들이 표현되어야 했다. 마르그레테의 동맹을 와해시키고 그녀가 삶의 마지막 몇 해 동안 이루려고 노력해왔던 것을 없애버린 에리크에 관해 보고하기 전에 노르베리의 환경이 무대에 올려져야 했다. 브레히트가 세부적인 정확성을 원했기 때문에 융달과 마티스, 그리고 나는 여러 도서관에서 연구하고, 찾아내기 어려운 작품들에서 발췌한 것들과 더불어 도구와 기구, 기계들을 본떠 그린 것들을 모았다. 브레히트는 다리가 높은 탁자 위에다 글이나 그래픽으로 확정된 모습들을 대략적으로 본떠서 판지, 나무, 고무점토로 모형을 만들었다. 바위 앞에 장작을 쌓고 불을 붙였다. 달구어진 광맥에 물을 부어 갈라지게 하고 곡괭이, 해머, 지렛대로 산에서 암석을 쪼개고 잘게 부쉈다. 발로 밟아 움직이는 대형 답차의 나선형 기구로 광석을 가득 채운 바구니들을 위쪽으로 운송했다. 지하수로 가득 채운 양동이를 위로 올리고 밧줄에 매단 대들보를 아래쪽으로 내려 보강하기 위해 짜 맞추었다. 측량사, 갱부, 짐꾼, 잡역부, 그리고 맨 끄트머리의 여자와 어린이들 모두 서로 맞물리며 움직였다. 가공되지 않은 광석들을 용광로로 옮기는 수레 짐꾼과 운송인들은 신중하고도 확고한 질서 속에서 서로 맞물려 있었다. 목탄으로 난방을 하는 원추형 제련소 주변에서 벌어지는 활동들도 마찬가지로 진행되었다. 그곳에서는 답차가 송풍기를 돌리고 용해된 금속이 정해진 통로를 따라가며 불순물이 제거되고 정제되며 끝으로 대장간에서 가공되었다. 브레히트는 언어적으로 단순한 운문을 사용하려고 했다. 그런데 이와 반대로 광산 건축 과정을 설명하고 이를 가시화하는 데에는 총체극을 염두에 두고 있는 듯했다. 이는 가장 작은 무대조차도 얻지 못하는 현실에 대한 반항심 때문인 것처럼 보였다. 그는 우리의 질문에 상이한 방식으로 대답했다. 우리는 먼저 복잡한 전체 메커니즘을 알고 있어야 하며, 그다음에 개별적인 것을 한정짓는 작업으로 넘어갈 수 있다고 그는 말했다. 그러고는 노동자의 삶에서 나온 그와 같은 장면들을 미래에, 즉 생산력에 의해 지배되는 미래에 연극적으로 표현하는 것이 불가능하다고 생각하지는 않는다고 했다. 생산에 참여한 사람들을 전면에 내세우는 것과 그들의 육체적 움직임, 그들의 손놀림에서 나타나는 힘찬 동작과 자의식, 그들의 협력, 즉 세계의 건설을 담당하는 것이 그들이라는 인상을 불러일으키는 것, 이 모든 것이 줄거리를 이어가는 데 결정적인 것이 되어야 한다고 했다. 불이 바지직거리며 타는 소리, 해머를 내려치는 동작, 동력을 전달하는 바퀴들이 덜커덩거리는 소리, 버팀목들이 삐걱대는 소리, 기어 올라가고 끌고 가는 동작, 검게 탄 얼굴들, 그을음투성이의 모자들, 더러운 장화들, 가죽 앞치마들, 이 모든 것이 바로 그 속에서 낯선 것, 이질적인 것들이 서로 만나고 부딪히는 전체의 한 요소들이었다. 이전에는 검은 황소 머리 모양을 그려 넣은 깃발을 든 메클렌부르크의 용병들이 곡식과 가축을 빼앗기 위해 농부들을 기습했다. 반면에 이제는 은빛 바탕에 독수리 머리와 사자 몸통을 한 붉은 괴수를 그려 넣은 폼메른의 문장 깃발, 길게 늘인 표범을 그려 넣은 덴마크의 문장 깃발을 든 중무장한 병사들이 등장했다. 그들은 몇 명의 여자를 결박해 끌고 다녔으며, 그중 한 병사는 발에 죽은 아이를 매달고 이리저리 흔들었다. 관할 총독이 파견한 관리가 그들 뒤쪽에 몸을 숨기고 있었다. 갑옷을 입은 사람들은 광택을 낸 다리보호대를 더럽히지 않으려고 조심스럽게 움직였다. 빠끔히 고개를 내민 관리도 박차가 달린 신발로 웅덩이를 밟지 않으려고 신경을 쓰고 있었다. 말에게 먹일 건초를 내놓으라는 명령이 내려지자 한쪽 하인이 축사에서 건초덩이를 지고 왔다. 광산에서는 아직 작업이 중단되지 않았다. 한쪽 옆에서 시골 사람 몇 명이 끌려나왔다. 관리는 세금을 거두러 왔다. 그의 서기가 세금을 내지 않은 사람의 이름을 읽어 내려갔다. 한 남자가 허리에 두 주먹을 얹고 앞으로 나서며 자신은 관리인이 지난번 세금으로 12외레를 쳐서 빼앗아간 황소를 시가인 4마르크를 주고 도로 사와야 했기 때문에 돈이 없다, 그러니 연기해 줄 것을 요청한다고 말했다. 소를 내놔. 서기가 말했다. 소가 없으면 밭을 갈 수가 없다고 농부가 맞섰다. 그러자 두 병사가 그를 잡아채서 끌고 갔다. 자기는 법적으로 정해진 금액을 거두어들이라는 위임을 받았으며 거부할 경우 가축과 농장을 저당 잡을 권리가 있다고 관리가 말했다. 그러자 누군가 응수했다. 이전에는 곡물이나 과일, 가금류, 모피로 내던 세금을 이제 와서 주조된 돈으로 내라니 어디서 돈을 마련한단 말입니까. 게다가 군대를 재우고 먹이는 비용을 부담하고 해마다 성을 축조하는 데 후원금까지 내야 합니다. 그러자 주변 사람들이 이 소리에 귀를 기울이기 시작했다. 사람들은 바구니를 나르던 손을 멈추었고, 손수레를 멈춰 세웠다. 파견인은 광산 책임자를 소리쳐 불렀다. 지방총독인 예세 에릭손이 철근이 운송되기를 기다리고 있다고 했다. 정적이 흐르는 가운데 시골 사람 하나가 감히 나서며, 자신은 일 년 전부터 자신이 행한 일의 대가로 총독에게 임금을 지불해줄 것을 요청해왔는데 이제 자신의 권리를 주장했다는 이유만으로 강제노역을 해야 한다고 말했다. 관리의 신호에 따라 그는 두들겨 맞고 끌려갔다. 마침내 갱도에서 광부들이 나왔다. 사수들이 앞으로 뛰쳐나오고 발로 석궁의 방아쇠를 당길 준비를 하고 있다. 노동자들은 자신들의 연장을 들고 위협하는 군대와 대치했다. 그때 어깨가 넓고 키가 작은 인물이 두터운 갑옷 속옷을 입고 끝이 뾰족한 모자를 쓰고는 흙벽을 기어 올라왔다. 그러고는 무슨 일이 있느냐고 물었다. 나는 광산 소유주를 만나봐야겠다고 관리가 말했다. 흙벽을 기어 올라온 사내가 내가 바로 그 사람이라고 대답하며 옷에서 먼지를 떨어냈다. 관리는 어떤 태도를 취해야 할지 몰라 허둥댔다. 불쑥 나타난 사내는 광산 소유주나 토지 소유주라기보다 일당 노동자 같은 모습이었기 때문이다. 그러나 그는 절을 하는 것이 합당하다고 생각했다. 왜냐하면 연합국의 왕인 폼메른의 에리크, 즉 브라시슬라브 대공의 후손이자 위대한 발데마르의 손자이며 덴마크에서 세 나라를 통치했던 유명한 마르그레테의 양아들이, 들리는 말에 따르면, 이 엥엘브레크트에게 호의를 가지고 있다고 했기 때문이었다. 그렇다면 에리크에 의해 임명된 덴마크 총독의 세금징수관 역시 그에게 존경을 표해야 했다. 그는 병사들에게 무기를 내리라고 명령했다. 20선적 파운드의 담금질된 쇠, 즉 총합계가 리보니아 파운드 단위로 4백 파운드로, 이는 우리 생산량의 10분의 1입니다. 이 물량이 법에 정해진 대로 선적되었고, 우리가 평화롭게 일하고, 우리 직원들을 성가시게 굴어 쫓아내지만 않는다면 이 양은 더 늘어날 수 있을 것이오. 엥엘브레크트가 말했다. 그런데 왜 그 철이 아직 베스테로스에 도착하지 않았소. 관리가 물었다. 철은 지금 운송 중인데, 도로 상태가 아주 나빠서 아직 도착하지 못했습니다. 엥엘브레크트가 답했다. 그러면 당신들은 왜 도로를 정비하지 않는 거요. 관리가 물었다. 그런 일을 할 사람들이 출정을 나가 죽었기 때문이지요. 엥엘브레크트가 답했다. 에릭손 나리께서 아직 민중들이 당하는 배고픔의 고통이 무엇인지 느끼지 못하셨다면, 그분은 식탁에 충분히 소금간이 되지 않은 고기가 올라와서 화를 내보셔야만 할 겁니다. 전쟁이 마침내 끝나고 뤼베크 항에서 기다리고 있는 화물들이 들어올 수 있다면, 그것이 시정될 수 있을 테지요. 그런데 농부들, 그들은 여전히 자신들의 의무를 회피하고 있지 않소. 파견인이 소리쳤다. 그렇습니다. 농부들이 문제입니다. 나 역시 그들을, 강도들을 피해 달아난 숲에서 나오도록 꼬여내고 싶네요. 일꾼이 없어서 우리 땅도 이미 피폐해졌습니다. 엥엘브레크트가 말했다. 주군께 모든 것을 보고드린 다음 다시 오겠소. 파견인이 말했다.

로스너의 식탁에서 그를 돕는 일은 짬이 날 때 할 일로 밀려났다. 우리에게 밀려들어오는 이 모든 것을 어떻게 체계화하고 표제어를 달아 정리할 것인지 생각해보았다. 목록, 도표를 만들어 빠져나가는 것을 막았다. 비전은 색인과 회의록으로 대체되었다. 자유롭게 구성될 수 있는 이야기 속으로 회피하는 것은 더 이상 있을 수 없었다. 뉴스, 전신, 법령, 그리고 신문에 실린 조그맣고 우울한 사진들이 우리로 하여금 무조건 정해진 일에 매달리게 했다. 노르베리의 광산 풍경이 오늘날 벌어지고 있는 사건들의 무대보다 이미 우리에게 더 친숙해 있었다. 5백 년 전의 시간이 해석 가능해지고 우리가 그 속에서 살아갈 수 있을 정도로 현실적으로 다가왔던 반면, 우리는 눈앞의 현실에 대한 우리의 추측이 매번 견지되지 못하고 깨져버리는 것을 목도해왔다. 하지만 로스너는 역사적 동질성을 찾아보는 일에 별 의미를 두지 않았다. 그에게는 주변에서 벌어지는 일들이 파악 가능한 것이었으며, 그는 우리에게서 빠져나가려고 하는 것을 서랍, 상자 속에 분류해 집어넣었다. 그는 여러 가지 복잡한 사안들

간에 연결선을 그었고, 부엌의 희미한 빛 아래에서 거시적 상황을 그려냈으며, 권력이 집중되는 양상과 기호들에 의지해 앞으로의 상황 변화를 계산해냈다. 그가 만들어낸 신문은 하나의 현실을 담고 있었던바, 그 안에서는 사회적 세력들로 뭉뚱그려지지 않은 개별적인 이름들이 들어 있었고, 주식이나 투기 자본 따위가 군대나 함대, 비행 편대의 움직임에 영향을 미쳤으며, 또한 겉보기에 고립된 것처럼 보이는 한 범주가 다른 권역들과 직접적인 관계를 맺을 수 있었다. 그의 탁자 위에서는 모든 것이 합리적이었으며, 나열된 암호들은 해석되어 현실의 상관물들을 표현했다. 그는 더 넓은 범주의 그룹 짓기로 넘어가기 전에, 명령을 내리는 위치에 있는 사람들이 만든 구조를 조금이나마 들여다볼 수 있도록 시야를 열어주었다. 베리스 가의 미결수 감옥에 있는 두 개의 감방이 눈앞에 그려졌다. 침상에는 바른케와 베르너가 누워 있다. 각각 두 명의 경찰관이 그들의 팔과 다리를 잡고 있고, 한 사람은 머리를 아래로 누르고 있으며, 또 다른 한 사람은 그들의 콧구멍에 꽂아놓은 유리관을 통해 우유를 붓고 있었다. 당의 국외지도부 소속인 두 명의 독일 공산주의자들은 단식투쟁 중이었다. 정치적 난민으로 취급해달라는 그들의 요구를 관청이 거부했기 때문이었다. 그들은 독일로 광석을 싣고 갈 배에서 태업 행위를 모의했다는 혐의를 받고 있었다. 그들은 서류에 주모자와 테러리스트로 기록되어 있었다. 영양소들을 함께 섞은 액체의 2분의 1 분량이 도로 뿜어져 나왔는데, 그 안에는 상처가 난 점막의 피가 섞여 있었다. 경찰국 감시부장이자 강도 높은 심문의 전문가인 파울손이 그들에게 자백하라고 강요하고 있었다. 그는 독일 비밀경찰과 가까웠다. 스웨덴 정부청사에 두 개의 작은 고문실이 있었다. 이들은 수주 동안의 무의미한 심문을 받은 뒤 롱모라의 수용소, 팔룬의 감옥, 칼마르에 있는 형무소로 이송될 수백 명의 정치범 가운데 속해 있었다. 그것이 바로 중립적인 민주국가의 실체였다. 동부의 이웃 국가에서는 전쟁이 벌어졌다. 핀란드는 국경을 조정하자는 소련의 제안을 거절했다. 소련은 이제 북서부 국경을 견고하게 다지는 노력에 집중할 수 있었고 이것이 바로 독일과의 협정을 통해 얻은 것이라는 사실이 드러났다. 20년 전에 자국의 혁명가와 러시아에 대항해 백군을 이끌었던 인물이 핀란드 육군을 지휘하고 있었다. 바로 그 만네르헤임[206] 뒤에는, 그 당시 그의 참모진에 속해 있었고, 이제는 다시 그의 애국심에 동조한다는 핑계로 그를 후원하고 있는 스웨덴 군부가 있었다. 그들의 부추김에, 북부에서의 개전이 곧 독일군의 폴란드 진격 신호가 될 것이라는 그들의 기대에 부응해 핀란드는 방어를 위한 무장을 완료한 상태였다. 모두가 강대국의 위협에 대항하는 작은 국가의 권리를 옹호하고 나섰다. 항예 지역을 소련에 임대하고 영토를 교환하는 것, 이것은 핀란드가 적의 행군 지역이 될 가능성을 생각해보건대 아주 작은 요구에 지나지 않았다. 스웨덴 장군들의 입장에서 볼 때 핀란드는 공산주의의 위협에 대항하는 투쟁의 전초기지였다. 1939년 12월 초, 독일과 소련의 협정에 대한 평가를 행동으로 보여준 것도 그들이었던바, 그 평가는 전국적으로 열광적인 반응을 보였던 일반 여론과는 달랐다. 독일의 부담을 덜어주고 핀란드에게 자신들이 갖고 있는 군사력 중 많은 부분을 제공할 자세를 취함으로써, 그들은 불가침조약이 지켜지지 않으리라고 확신한다는 태도를 보여주었던 것이다. 그러나 독일은 스웨덴이나 핀란드 장군들의 의도대로 반응하지 않았다. 전쟁은 오히려 독일의

206) Carl Gustaf Emil von Mannerheim(1867~1951): 핀란드의 정치가이자 군인으로 제1차 세계대전과 러일전쟁에 참전했으며, 제1차 소련-핀란드 전쟁에서 최고사령관이 되었다. 1944~46년엔 핀란드 대통령을 역임했다.

군수뇌부로 하여금 자신들은 손해를 보지 않으면서 붉은 군대의 공격력을 알아볼 수 있는 기회를 제공해주었다. 첫번째 전투에서는 겨울 전쟁에 대비한 장비를 충분히 갖추지 않은 채 죽든 말든 전장으로 내몰린 소련 병사들에 비해 핀란드군이 우월한 듯한 인상을 주었다. 부르주아, 자유주의, 사회민주주의 언론들은 이미 드러난 침략군의 패배에 대한 자신들의 기쁨을 표현하는 데 만족하지 않았다. 그들은 핀란드의 노동 계급을 보호하겠다는 공표된 의도를 조롱했으며, 모스크바에 쿠시넨[207]의 망명정부가 구성된 뒤 핀란드가 내전상황에 돌입하게 된 것이라는 주장을 경멸하는 태도를 보였다. 『뉘 다그』 신문의 편집장인 라예르는 쿠시넨의 정강정책을 공표했다는 이유로 체포되었다. 반면에 핀란드의 아류파시즘을 찬성하는 자들은 아무 검열도 받지 않았으며, 스웨덴군의 지도부는 거리낌 없이 참전을 주장하고 나섰다. 굵게 밑줄이 쳐진 정사각형들이 금융자본의 중심지들을 가리키고 있다. 그 아래쪽에는 참전파 블록의 피라미드가 있고, 제일 위쪽에는 총사령관 퇴르넬 장군, 등급별로 보면 탐 해군 대장, 총사령관의 제1보좌관인 라페 육군 소장, 노르보텐에 있는 육군 제2사단장 더글라스 장군, 방위참모장 에렌스베르드 장군, 비밀정보부장 아들러크로이츠 대령, 그리고 퇴른그렌 장군이 있다. 이들 모두는 전 핀란드 백색근위대 소속이었다. 올해 4월에 들어온 뉴스에 따르면, 퇴르넬과 탐은 독일 독재자의 50회 생일을 맞아 그를 방문해, 그에게 결속의 표시로 러시아의 적이었던 스웨덴의 카를 12세의 동상을 주었다고 한다. 선전 임무를 담당하고 원정대에 참가할 지원병을 모집하고,

---

207) Otto Ville Kuusinen(1881~1964): 핀란드에서 태어난 소련의 정치가이자 혁명가, 시인으로 소비에트 연방의 공화국인 카렐리야-핀란드 소비에트 사회주의 공화국 서기를 역임했다. 핀란드 내전에서 만네르헤임 장군에 패배하자 러시아로 망명했다.

전쟁 물자를 수집, 운송할 무수한 장교들이 임명되었다. 행동의 방향은 금융기관과 독점기업들이 제시했다. 대부분이 열다섯 가문의 손아귀에 있는 대기업들은 거대 은행들과 연결되어 있었다. 극심한 내부 경쟁을 겪고 있는 이 거대한 하나의 제국은 자유로운 기업 활동의 유지라는 공동의 이해 관심사로 결속되어 있었다. 발렌베리 그룹이 이에 연루되어 있다는 증거가 있었다. 야코브 발렌베리는 독일과의 사업 체결을 위한 위원회의 임원으로, 마르쿠스 발렌베리는 스웨덴의 영국상공회의소에 근무함으로써, 이 두 사람이 국가 경제를 통제하고 있었다. 그들의 개인 은행에서부터 대기업 엘엠 에릭손LM Ericsson, 아틀라스 콥코Atlas Copco, 아세아Asea, 세파라토어Separator로 선이 닿아 있었다. 붉은색으로 테두리가 쳐진 가는 선이, 내가 주석을 밀고 다니는 용광로실로 연결되어 있었다. 다른 수백 개의 회사들이 그 밑에 소속되어 있다. 제철소, 화학 기업연합, 성냥 공장, 운수회사 들로부터 서인도회사 및 동아시아회사에 이르는 모든 산업 분야에 적힌 쟁쟁한 이름들이 전율을 일으켰다. 회색의 들판에서 수십만 명이 북적거리며 재벌들을 위해 일하고 있다. 재벌들은 장성들과 직접적으로 연결되어 있다. 한쪽에선 계획을 세우며 탐욕스럽게 탈취를 하고, 다른 쪽에선 무력으로 보호막을 세웠다. 이번에는 영국과의 연결을 주제로, 육군참모장인 융 소장과 군사적 세력 상황에 대한 논의가 이루어졌다. 볼베어링과 광석을 독일로 운송하는 문제와 관련해 더글라스 백작을 저쪽으로 소환했다. 보훔 주철 제작소의 출자자이자 크루프[208]와 친숙한 벤너그렌은 바하마 군도 한편에 있는 그의 해외 대리점 본부에서 한델스방크 은행의 감사기관 대표인 말름에게 지시

208) Alfried Krupp(1907~1967): 독일의 대기업가로 독일 파시즘의 핵심 인물이었다. 1948년 뉘른베르크 전범재판에서 12년 형을 언도받았으나 1951년 석방되었다.

를 내렸다. 공산주의를 물리치기 위한 십자군 원정을 위해, 군부와 경제계의 음모 속에서, 핀란드위원회가 창설되었다. 이에 대해 자본가 측의 입장은 잘 파악되지 않았으나 사용자연맹 주변에서는 보다 분명한 입장을 표명했다. 군참모부, 부르주아 정당들의 지도층에서는 공감의 목소리를 높였으며, 보수적인 교육 기관, 국가 단체들에서는 더 소리를 높였고 언론 기관들은 절대적으로 공감하는 분위기였다. 정부는 한편으로는 권력 위임자인 상층부 세력들과 결탁하고, 다른 한편으로는 자신들의 청렴을 주장하기에 바빴다. 어떤 때는 예전의 전통에 의해 독일과의 친선으로 기우는가 하면, 또 어떤 때는 자유주의를 추구하며 서유럽 열강 쪽으로 기우는 등 저울이 계속 요동쳤다. 지난 25년간 사민당 우파의 수뇌들이었던 외무장관 산들러, 대외교역부장관 뮐러, 국방장관 셸드는 군지도부의 관점을 지지했다. 농민연맹 출신으로 법무장관인 베스트만, 우파 정당의 지도자들인 바예와 도뫼가 이에 동참했다. 또한 제국의회의 사민당 원내의원들 중 핀란드에 대한 군사원조를 찬성하는 사람들이 과반수를 넘었다. 로스너의 손가락은 이 이름에서 저 이름으로 미끄러져 갔다. 반대 입장을 표명한 사람들로는 브란팅 의원과 민중당 소속인 안데르손이 라셴, 사민당 출신의 재무장관 비그포르스, 농민연맹의 농산부장관 브람스토르프, 그리고 사민당 출신의 에릭손 차관, 무소속의 쿠엔셀 차관이 있었다. 모든 정치 세력을 가로질러 찬성과 반대가 공존했다. 우익은 개입을 요구했고, 좌익에서는 중립성 유지를 주장했다. 권력의 수장인 페르 알빈 한손은 균형을 유지해야만 했다. 민족사회주의에 동조하든 아니면 친영국이라는 외피를 두르고 있든 간에 전쟁을 선호하는 호전적 인물들의 공통점은 소련을 분쇄하고 싶어 한다는 것이었다. 한쪽에서는 독일이 이 임무를 맡은 것으로 보는가 하면, 다른 한편에서는 스웨덴 북부지역을 거쳐 핀란드로 진군하겠다는 영국의 요구에 동의하고자 했다. 어떤 동맹이 미래를 위해 더 나은 전망을 갖고 있느냐가 관건이었다. 하지만 독립성을 유지하고 독자적인 계산에 따라 핀란드를 원조하고자 하는 노력이 다수를 차지했다. 12월 13일 개각이라고 로스너는 적었다. 한손은 수상직을 유지했다. 스웨덴군을 올란드로 파견하라고 촉구했던 산들러는 귄터로 대체되었다. 그는 독일계로, 베를린에 잘 맞았지만 또한 외교에 불가피한 회피전술에도 능했다. 묄러는 사회부장관, 즉 경찰부장관으로 정치적 야당의 감시자가 되었으며, 바예는 문화부장관으로, 도뫼는 무역부장관으로 임명되어, 정부의 사업은 극보수파 행정가들 손에 넘어갔다. 안데르손은 통신부를, 에릭손은 재무부를 넘겨받았으며, 셸드, 비그포르스, 베스트만, 브람스토르프, 쿠엔셀은 유임되었다. 군대는 파견하지 않되 대규모의 무기 원조, 그리고 지원병을 비밀리에 잠입시키는 것으로 결정이 났다. 스웨덴 장군들은 프라이헤어 폰 만네르헤임 원수의 전쟁에 함께 참여하지 못하게 된 것에 실망했으며, 하지만 적어도 붉은 군대에 맞선 승리를 물질적으로 지원하기 위해 무기고를 비우게 했다. 전장에서의 개인적인 승리를 누릴 기회가 없어지자 타고난 야전 장군들은 자국의 볼셰비키에 대한 증오를 부채질했다. 특히 더글라스 백작이 두드러졌던바, 그의 아버지는 제국원수로서 이미 세계대전 중에 독일과의 연합을 주장했었다. 로스너의 집에서 우리는 곧 우리를 덮칠 폭력이 점점 결집해나가는 것을 목도하고 있었다. 하지만 그곳에는 저항의 징후들, 민주적 토대를 지켜나가기 위한 노력의 징후들도 있었다. 브레히트의 집에서 우리는 종말의 폭풍이 점점 다가오는 징후들을 목도하고 있었다. 우리는 카렐리야의 눈 속에 뻣뻣하게 얼어 있는 시체들 사진을 보면서, 동시에 자신들의 오두막 연통에 목을 매고, 말뚝에 묶이고, 죄수들이 쓰던

칼을 쓰고, 매질을 당하는 달라르나의 농부들을 보았다. 우리는 쟁기를 끄는 여자들의 신음 소리와 부모를 잃은 아이들이 우는 소리를 들었다.

광산 책임자이자 상인길드 소속원인 엥엘브레크트 엥엘브레크트손이 총독 예세 에릭손의 명령으로 출두했다. 그 덴마크인은 비로드 예복을 입고 방울이 가득 달린 띠를 걸치고 높은 의자에 앉아, 왜 좀더 일찍 오지 않았느냐, 왜 사람들이 데리러 가야 했었느냐고 물었다. 그가 조금만 움직여도 방울 소리가 요란하게 울렸다. 엥엘브레크트도 예방을 위한 복장을 갖추고 있었다. 그는, 소매가 넓고 옷자락은 바닥까지 끌리고, 또한 옆쪽이 터져 있으며 테두리를 모피로 장식한 외투를 입고 챙이 넓은 모자를 쓰고 있었다. 총독은 짐짓 경탄하는 표정을 지으며 늘어뜨려진 옷감의 한 자락을 잡고 흔들었다. 그는 웃음을 터뜨리며, 철지난 유행이군, 하고 말했다. 덴마크 윌란 반도 출신인 엥엘브레크트는 그에게 맞장구를 치면서 콧소리로, 이단자 요한나의 화형식을 치른 뒤 교회에서 울리는 종소리를 떠올리도록 옷차림을 하셨군요,라고 말했다. 그러고는 부모에게서 도망쳐 소요 사태를 확산시켰던 바로 그 로트링엔 시골 출신의 염소지기 여자에 대해 이야기했다. 총독은 외투로 몸을 감싸고 있는 조야한 몰골의 엥엘브레크트에게 얕잡아보는 눈길을 보내며, 그 자그마한 여인네는 말을 탔을 때만 크게 보였고, 콩피에뉴 숲에서 붙잡히기 전까지 거의 언제나 말을 타고 다녔지, 그녀는 극악무도한 사람이었고, 자신의 교만 때문에 루앙에서 정의의 벌을 받은 셈이지,라고 말했다. 하지만 프랑스 인민들은 그녀가 영국인들에 대항한 영웅으로 생각하고 있는걸요,라고 엥엘브레크트는 말했다. 그녀는 미친 여자였고, 마녀였다고 에릭손이 대꾸했다. 그녀를 심판한 사람들, 즉 그녀 위쪽의 법정에 있던 훌륭한 성직자, 신학자, 철학박사 1백여 명은 틀림없이 그걸 알았던 거지. 그러고 나서 그는 요란스러운 방울 소리를 내면서, 나는 왜 네가 출두를 회피했는지 그 이유를 잘 안다, 그것은 바로 네가 법적인 규정에 반해 자신의 외국 금화와 은화를 왕에게 내주지 않고 숨기려 했기 때문이지,라고 그는 말했다. 엥엘브레크트는 놀랍다는 표정을 지었다. 제 돈을 가치가 없는 주조 화폐로 바꾸어간 것은 당신들이었습니다. 그리고 만일 내가 그중 일부를 아직도 가지고 있다손 치더라도, 그건, 이제 얼마 안 있으면 20년이 되어가는 한자동맹과의 전쟁을 승리로 이끄는 데 아무런 도움이 되지 못할 것입니다,라고 그는 말했다. 그가 슬레스비그 호를 출항시켜야 합니다. 그라니, 그게 누구냐,라고 총독은 물었다. 폐하입니다,라고 엥엘브레크트는 대답했다. 네가 그를 배신할 생각이냐고 에릭손 공이 물었다. 저는 그에게 언제나 충실하게 봉사해왔습니다,라고 엥엘브레크트는 말했다. 그러자 총독은, 너의 목소리에는 불만스러운 태도가 엿보인다, 네가 반항하는 무리들에게 동조하려는 것이냐, 하고 물었다. 저는 3국 동맹을 지지했습니다. 그러나 현재 상태에서는 그것이 더 이상 유지될 수가 없습니다. 단결이 이루어져야 하고 노동과 무역이 촉진되어야 합니다,라고 엥엘브레크트는 말했다. 그다음 장면에서 베스테로스에 있는 성의 거실은 찢어진 옷을 걸친 농부와 광부들로 뒤덮였다. 발로 밟아 움직이는 광산의 활차는 멈췄고, 갱도들은 무너져 내렸으며, 용광로와 대장간에는 불이 꺼졌다. 흉갑을 입고 칼을 차고, 그 위에 외투를 걸친 엥엘브레크트는 사람들로 둘러싸였다. 더 이상 핍박에 불만을 드러내는 데 그치지 않고 분노가 폭발했다. 덴마크에 있는 왕에게 민중들의 인내가 끝났음을 알리라는 요구가 비등했다. 사람들은 연설과 협상에 능숙했던 엥엘브레크트에게 주민들의 위임을 받아 코펜하겐으로 가서 그들의 사안을 대변할 생각이 있느냐고 타진했다. 1432년 가을. 철광석 짐꾼들이 사는 지방의 대장인 엥엘브레크트는 자신의 군주와 만나게 되었다. 이 장면은 『신곡』의 「지옥편」 같은 분위기를 띠어야 하지만, 다른 한편으로는 공포소설이나, 흔히 각색해서 전하는 황색언론에서 볼 수 있는 요소들을 집어넣고, 이를 비틀어서 보여주어야 한다고 브레히트는 말했다. 에리크는 노쇠한 젊은이의 모습으로, 밝은 금발의 단발머리에 레이스가 달린 셔츠의 단추를 풀어헤치고, 한쪽 발에는 아무것도 신지 않고 나머지 한쪽 발에는 비단 슬리퍼를 꿰고 있다. 그의 주변에는 서너 명의 궁정 내신들이 헤프게 옷을 입은 창녀들과 함께 먹고 마시는 가운데 엉망인 예복을 입은 주교 한 사람이 서 있다. 궁정의 익살광대가 왕관과 왕홀로 재주를 부리고 성직자는 고함을 질러대며, 새장 속에서는 앵무새들이 꽥꽥 울어댄다. 저들이 아이슬란드에서도 저 친구가 더 이상 직위에 있는 꼴을 못 보겠다면서 저 주교 예레케손을 요하네스 예레키니와 함께 물속에 처박겠다고 위협하고 있으니, 이제 저 주교를 어떻게 해야 한단 말이냐, 하고 에리크가 한탄했다. 그러고는 너는 거기서 손을 떼라고 소리쳤다. 저들이 제게서 웁살라 궁내 최고 관직을 빼앗아 가도록 방관하시지 않았습니까. 저를 도우러 오셨어야 했습니다. 제가 전하를 위해서 하지 않은 일이 무엇이 있습니까. 제가 해적선으로 가져다준 재물들이 없었다면 전하는 패배했을 것입니다,라는 대답이 돌아왔다. 스칼홀트로 돌아가라, 그들이 너를 온천수에 삶아버리게 하라고 에리크는 소리쳤다. 베개에 몸을 던지고 훌쩍거리자 여자들이 그를 애무하며 공작 깃털로 얼굴을 쓰다듬었다. 나의 필리파[209]여, 어찌 네가 나를 떠나갈 수 있느냐고 그는 훌쩍거리며 말했다. 그때 엥엘브레크트가 부하들과 함께 등장했다. 여행용 복장에 진흙이 묻은 장화에는 박차가 달려 있었다. 그는 달라르나 인민의 사절로서, 에리크의 보호 아래 있는 지역에서 벌어지는 폐해를 조사해줄 것을, 신하의 예를 갖추어 청원하기 위해 왔다고 말했다. 왕은, 너는 내가 지금 고통을 당하고 있는 것을 보지 못한단 말이냐고 말했다. 그러고는 다시 울부짖으며, 필리파여, 내가 전에 너를 때린 적이 있었느냐고 소리쳤다. 익살광대는 엥엘브레크트에게, 왕은 자기 아내를 때려 숨지게 한 것을 매우 가슴 아파하고 있다고 속삭였다. 왕은 또다시, 나는 괴롭다, 괴롭도다,라고 외쳤다. 제가 온 곳에서는 수많은 사람들이 고통을 당하고 있습니다,라고 엥엘브레크트는 말했다. 그들은 고통을 덜고, 도움 받기를 원하고 있습니다. 그들은 결코 내 고통이 얼마나 큰지 알지 못할 것이다. 하지만 나는 제국의회에 그 문제를 규정대로 조사하라고 명령함으로써 나의 관용을 보일 것이다. 왕은 양피지 위에 몇 글자를 쓰고 도장을 찍게 해서 엥엘브레크트에게 넘겨주었다. 그에게 손짓으로 물러나라는 신호를 보내고 다시 훌쩍거리며 부드러운 육체들 사이에 몸을 눕혔다. 자, 그럼 이제 1434년 초여름까지의 시간을 묘사해야겠네요,라고 브레히트가 입을 열었다. 어쩌면 대화 형식의 노래나 또는 단편적인 대화 형식으로, 저 아래쪽에서 논의되는 것들과 더불어 높은 상층부의 정황들을 담아 묘사해야 할 겁니다. 그때 의회 사람들이 총독 예세 에릭손을 대동하고 말을 타고 왔다네. 그들은 길이 험한 바람에 맨 위까지 말을 타고 갈 수 없어 분통을 터뜨렸지. 그들은 기아에 허덕이는 사람들 사이를 으스

209) 영국의 왕 헨리 4세의 딸 필리파 공주를 말한다. 에리크 왕과 결혼해 아이를 낳다가 사망했다.

대며 헤젓고 다니다가, 오두막들에서 나오는 냄새에 코를 막고 고개를 끄덕이며 가로젓더니 다시 슬그머니 사라졌다네. 우리가 협정, 계약, 동맹, 불가침조약, 국경 확정, 국경 침범, 방어조치, 방위전쟁을 둘러싼 장기 놀음의 요인들을 파고드는 것과 마찬가지로, 쓰레기 속에 살고 있던 농부와 광부들, 짚더미 속에 있던 죄수들, 숲 속에 살던 부랑자들 역시 이제 그들이 무엇을 해야 할지 자문하게 되었을 것이라고 브레히트는 말했다. 그렇다고 해서 호르센스에서 평화조약이 체결되었다는 말은 없었다네요. 그런데 그곳이 어디였지. 윌란 반도에 있죠. 그곳의 종들은 더 이상 병역의무를 이행하기 위해 끌려갈 필요가 없었답니다. 하지만 덴마크 함대는 다시 서슬라브 지역의 한자동맹 도시들을 공격하기 위해 출정했지요. 왜 그랬을까. 에리크가 발틱 해에 대한 지배를 포기하느니 그 북유럽 나라를 몰락시키려 했기 때문이랍니다. 그러고 나서는 퓐 섬에 있는 스벤보르에서 휴전협정이 이루어졌죠. 그곳에서 그들이 모여 합의를 했답니다. 그래서 결국 평화가 왔단 말인가. 아니죠. 에리크는 홀슈타인 사람들이 윌란 남부 지역을 차지하는 것을 참을 수가 없었지요. 기마군단이 다시 출정하고 다시 전투가 벌어지고 다시 세금을 쥐어짜냈지요. 그러나 이제 팔스테르로 가는 해협 가에 있는 보르딩보리에서 큰 규모의 회합이 이루어지고, 존경할 만한 연설과 서약들이 있었지요. 어떤 사람들이 그곳에 모였지. 뤼베크, 비스마, 함부르크, 뤼네부르크, 플렌스부르크의 사절들, 덴마크와 스웨덴의 귀족들, 그리고 주교 시예 폰 스카라, 토마스 폰 스트렝네스가 참석했지요. 그런데 왜 에리크의 참모들은 많지 않았지. 그건 그의 기사들 대부분이 평화조약 시 더 나은 조건들을 얻어내려고 여전히 출정 중이었기 때문이었죠. 노랫소리, 기도 소리가 빠른 템포로 넘어갔다. 엥엘브레크트는 다시 코펜하겐으로 갔답니다. 지겹게 불만을 늘어놓는군. 이제 그만 꺼져버리라고 왕은 외쳤지. 내 눈앞에 다시는 나타나지 마라. 저는 다시 한 번 더 올 것입니다,라고 대장은 말했지. 이제 해방전쟁, 인민전쟁이 다루어지기 때문에 벌어지는 일들이 구체적으로 표현되어야 한다고 브레히트는 말했다. 더 이상 높은 위치에서 냉담하게 바라보는 눈길, 눈에 보이지 않는 것을 밝히려는 응시의 시선이 아니라, 성을 향해 돌진해가는, 콜타르를 쏟아부은 각목 비계 같은 구체적인 것. 끝을 뾰쪽하게 깎은 말뚝들 뒤에 숨어서 농민과 노동자들의 군대는 도끼, 해머, 쇠스랑, 철봉, 몽둥이, 빼앗은 칼과 창을 들고 적의 요새로 접근해갔다. 앞에서는 단지 주인들만 눈에 띄었던 것과 마찬가지로, 이제는 단지 민중들만 눈에 띄었다. 신적인 것은 아무 흔적도 없었는데, 그것은 저기 들판을 넘어 몰려드는 많은 사람들을 보고 도망쳐버린 것 같았다. 보르가네스로 사람들이 몰려들었다. 불이 나고, 갈고리에 담장이 무너지는 소리가 났다. 이것은 1434년 한여름의 축제였다. 이제 민중의 첫번째 승리를 알리는 종소리가 울려 퍼졌다. 시골에서는 떠돌이 악사들이 자신들과 같은 사람들을 위해 바이올린을 켜고 피리를 불어댔다. 사람들은 계속해 베스트만란드로, 셰핑과 베스테로스로 몰려갔다. 보르가네스는 단숨에 함락되었고, 셰핑성은 더욱 견고한 태세를 갖추고 있었다. 그런데 원래 이탈리아 출신으로 조반니 프란코로 불렸던 성주 요한 발레가 마구를 얹을 시간도 없이 황급히 말에 올라 스테케보리로 도망쳤을 때, 셰핑성도 불에 타 주저앉았다. 아마도 이 성주에 관해선 몇 가지 더 끌어낼 것이 있을 거라고 브레히트는 말했다. 군대는 빠른 행군으로 항구 도시 베스테로스에 도착했다. 성문 앞에 이르자 군중 속에서 엥엘브레크트가 앞으로 나섰다. 키가 작고 수염이 난 그 대장은 입가에 손나발을 만들어 멀리까지 울리는 자신의 목소리를 더 잘 알아들을 수 있게 했다. 그는 주민들에게 자신을 따르라고 호소했다. 그러고 나서는 귀족의 대표들을 집합시킨 뒤 인민의 권력에 복종하라고 명령했다. 만일 그렇지 않으면 그들의 생명과 재산을 빼앗을 것이라고 위협했다. 성벽들이 점점 더 높게 쌓여가면서 사건이 벌어졌다. 그 안쪽의 성문들이 뒤쪽부터 천천히 열렸다. 예세 에릭손이 멀찌감치 떨어진 비상문으로 몰래 달아나는 사이에, 부총독 멜키오르 예르트스가 겁먹은 표정으로 고개를 깊숙이 숙이고 나타나서는 엥엘브레크트에게 시내로 들어가는 관문의 열쇠를 건넸다. 그러자 엥엘브레크트는 이미 약속이 되어 있는 것처럼, 기사 구스타프손 보트를 곧바로 베스테로스의 성주로 임명했다. 이렇게 귀족들이 달려와 전투력을 갖춘 시골 사람들과 합류하면서부터 혁명은 달라르나에서 출정한 지 일주일도 채 되지 않아 이미 다른 면모를 띠게 되었다. 역사 수업을 한다는 인상을 불러일으키면 안 되고, 우리는 단지 엄청난 역사적 변화들을 읽어낼 수 있는 개별적인 중심점들을 그냥 드러내 보여주어야 한다고 브레히트는 말했다. 한 달 사이에 이루어진 변혁의 증거들이 수없이 쌓였다. 제국의 중심지인 달라르나, 베스트만란드, 우플란드가 이제 5만 명으로 불어난 민중군의 손에 떨어졌다. 귀족들은 자신들의 특권 중 많은 부분을 에리크에게 빼앗겼으면서도 덴마크의 지배에 대항하는 투쟁에는 끝까지 반대했다. 연합제국 지배자의 폭력보다는 인민들의 독자적인 움직임의 징후가 그들을 더 불안하게 했던 것이다. 그들은 모든 경고의 징후들에도 불구하고 궁핍을 덜어주기 위한 아무런 조치도 취하지 않았다. 그 대신 그들은 칼마르에서 보장된 자신들의 권리를 되찾기 위해 저울질하면서 덴마크 궁정과 비밀협상을 벌였다. 1433년에 엥엘브레크트가 두번째로 에리크를 방문했을 때 역시 성과가 없었고, 오히려 창피한 꼴만 더 당했기 때문에, 그는 총독을 해임하기 위해 부대를 이끌고 베스테로스로 진격했다. 그때 기사와 성직자들이 그를 가로막고 나서며, 국내 여건을 개선하기 위한 즉각적인 조치를 취하겠노라고 그에게 서약했다. 그러자 엥엘브레크트는 충돌을 피하기 위해 후퇴했다. 이것은 그가 높은 사람들의 말에 따랐다는 것을 의미하는 것이 아니라, 오히려 그가 이미 혁명의 계획을 세우고 있었는지라 이를 위험에 빠뜨리길 원하지 않았으며, 적당한 공격 시점을 기다리는 조심성을 보여준 것이라고 할 수 있었다. 그는 귀족들과 충돌을 일으키거나 그들과 갈라서는 사태가 벌어지는 것을 원치 않았고, 오히려 그들을 민중의 편으로 끌어들이고자 했다. 그는 그들이 없으면 승리를 이룰 수 없다는 것을 알았던 것이다. 처음부터 끝까지 그에게는 단합이 중요했으며, 해방투쟁이 내전으로 비화하는 사태를 막기 위해 어떤 타협도 받아들일 태세를 갖추고 있었다. 책략과 설득을 통해 그는 기사들을 자기편으로 끌어들였으며, 그리고 이제 그를 따르는 군대의 규모가 가장 강력한 설득 요인이 되었다. 결집하고, 무장을 해 군대를 조직하라는 구호가 이 마을에서 저 마을로 전해졌다. 민중의 사기가 계속 고조되었다. 추수감사절이 출정의 날로 정해졌다. 농부와 광부들이 몰려들었을 때 재빠른 귀족들은 이 군대와 손을 잡는다면 어떤 이득을 얻게 되는지 깨닫기 시작했다. 그들은 외국인 영주들에게 빼앗겼던 자신들의 재산과 성들을 민중의 보호 아래에서 다시 찾을 수 있으리라고 생각했던 것이다. 일하는 사람들은 생존을 위해 투쟁한 반면, 그들은 자신들의 축재를 염두에 두고 있었다. 여러 세대가 이방인 지배자들의 침략을 겪었지만, 하층민들에겐 지배자들이 독일인이든 덴마크인이든 별 상관이 없었다. 그들에겐 모두가 억압자일 뿐이었다. 예전부터, 자국민 군주가 통치하던 시절에도, 그들에게 조국은 없었다. 국가, 애국심의 개념은 그들에게 아주 나중에서야 비로소, 위로부터 이식된 것이었다. 그들은 엥엘브레크트가 독일계라는 사실을 개의치 않았으며, 그들에게 그는 자신들이 사는 지역에 같이 살고 있는 정착민이었다. 알브레히트 시대부터 독일 사람들을 증오하긴 했지만, 이 경우 그의 출생은 나무랄 데 없는 사람이라는 그의 명성만 높여줄 뿐이었다. 엥엘브레크트가 민중을 필요로 하고 혁명적 상황에서 실제적인 참여를 이끌어냈다면, 민중들 역시 그가 저항을 주도했을 때, 많은 여행으로 세상물정에 밝고 경험이 많은 바로 그 광산 책임자를 필요로 했던 것이다. 노동하는 사람들이 자신들의 예속을 떨쳐버리고 일어섰으며, 엥엘브레크트가 자신의 사명을 수행하면서 성장해갔다는 것은 명약관화한 일이었다. 그가 자신을 민중의 한 사람으로 생각했다는 것도 역시 가능한 일이었다. 제련소 소유주인 그와 광부들 사이의 경계선은 흐려졌을 수도 있다. 그는 갱도 작업에 직접 참여했고, 기술자, 대장장이들 옆에 서서, 자신의 임금노예들을 위해 총독들과 맞섰다. 하지만 그의 바로 밑에 있는 부하들은 귀족 출신이었다. 거기엔 여러 가지 이유가 있었다. 기사들은 군사 장비와 군마들을 가지고 있었고 무기 제조 기술에 밝았다. 그는 빠르게 진격하여 기습을 통해 적의 요새를 빼앗을 수 있는 기병대가 필요했다. 덴마크는 여전히 강했다. 이제 스톡홀름 앞에서 드러났듯이 주요 요새들에는 중무장한 부대들이 있었다. 즉흥적으로 봉기를 일으킨 민중들에게 규율을 갖춘 전투 규정을 가르쳐야만 했다. 그래서 직업군인들은 혁명의 첫번째 단계를 주도한 사람들과는 다른 계층에서 온 사람들이긴 했지만, 그는 그들을 불러들였다. 그리고 그 뒤에는 모든 계층과 계급을 아우르는 협력과 법치질서의 재건 및 모든 계층을 대표하는 의회 건설이라는 그의 희망이 깔려 있었다. 그에게는 화합이 필요했기 때문에, 이러한 이행기에 귀족들을 끌어들이려고 노력했다. 그들에게 높은 지위를 제안하고 공명심을 자극했으며, 또한 저항할 때면 위협했다. 그러면서 그는 진격이 성공을 거두면 그들에게 충성심을 강요할 수 있게 될 것이라는 계산을 항상 염두에 두었다. 그러나 이것은 결과적으로 그에게 불행을 불러왔다. 그는 관직자들이 국가의 해방에 관심이 있다고 전제했던 반면, 이들은 단지 민중의 권력 지배를 저지할 목적으로 연대를 가장했기 때문이었다. 엥엘브레크트는 민중과 함께 가면서도 그들을 중요한 결정에 참여시키지 않았고, 귀족들을 부리면서 그들에게 영향력 행사를 허용했으며, 시민계급을 후원하면서 이들에게 높은 지위를 보장했다. 민중들은 그가 선동을 하면 언제나 모든 지방에서 그에게 합류할 것이며, 귀족들이 그와 반목해 그의 지위를 빼앗으려고 시도한다면, 그를 지키기 위해 나설 것이라는 말들을 했다. 그러나 전투가 확산되면서 민중들은 뒷전에 선 입장이 되었고, 엘리트들에게 차례차례 이익이 돌아갔다. 엥엘브레크트가 발전시킨 전략은 대부분 동일한 것으로, 게릴라 전투처럼 격렬한 기습전을 벌이고는 빠르게 퇴각하면서 측면을 공격하는 것이었다. 그러나 승리는 결코 민중들 속에서 심화되지 못했다. 그가 점령한 마을마다 자치위원회를 만들긴 했지만 그의 눈길은 언제나 적이 아직 점령하고 있는 성들로 향해 있었으며, 성이 함락되면 곧바로 신분 높은 스웨덴의 관리자가 주요 자리를 차지했다. 민중들은 온 나라에 산재해 있는 권력의 상징인 성들을 단지 불태워 없애려고만 했을 것이다. 자신의 기사들을 그 자리에 앉힘으로써 전투를 계속하기 위한 근거지가 마련되는 것이라고 엥엘브레크트가 말했을 때, 그것은 착각이었다. 그 역시 아직은 요새, 성, 무장된 궁정을 노동하는 사람들의 손에 넘길 수 있다는 생각을 못했을 수도 있다. 그는 분명 귀족들에게서 재산을 몰수하겠다는 계획을 세울 정도로 대담했다. 하지만 그의 눈으로 볼 때 단지 문장(紋章)을 가진 가문 출신의 사람들만이 관직의 후계자로 적합한 것처럼 보였다. 봉건주의 체제가 의식 속에 깊이 뿌리 내리고 있었기 때문에 그것이 쇠락의 징후를 보이는데도 완전히 철폐하겠다는 의지를 일깨우지는 못했다. 봉기는 원초적인 성격을 가지고 있었으며, 그 목적은 무엇보다도 참을 수 없는 압박의 무게를 털어버리는 데 있었다. 난폭하게 때려 부수고 쳐들어가자 마음이 좀 가벼워졌다. 폭동을 일으킨 사람들은 토지나 또는 정권을 직접 손에 넣으려는 생각을 조금도 하지 않았으며, 투쟁하는 사람들은 조그만 땅뙈기, 강제노역 철폐, 세금 감면, 그 이상의 것을 요구하지 않았다. 야전사령관이 그들에게 소망이 충족될 것이라고 약속했을 때, 그들은 그를 새로운 성자 에리크, 즉 전설적인 시대에 자유와 형제애의 제국을 이루었다고 전해지는 바로 그 성자 에리크라고 생각했다. 아마도 엥엘브레크트는 그런 왕이 되고자 했을 것이다. 하지만 야전사령관으로서의 그의 모든 능력, 새로운 국가에 대한 그의 비전들, 그리고 동시대인들이 증언하는 그의 영향력에도 불구하고, 그는 높은 사람들의 음모에 대적하기에는 너무 순진했다. 그의 개방적인 태도는 어떤 배반이나 암살도 겁내지 않는 음모가들에게는 약점이 될 수밖에 없었다. 오늘날 우리가 연구를 해보건대, 그가 너무 늦게 인식한 것들이 우리 눈앞에 분명하게 드러났다. 그가 스톡홀름 앞에 포진해 있던 7월에 이미 적들의 계획은 상당히 진척되어 있었다. 보르딩보리에서 벌어진 한자동맹 대표들과 평화협상에 참여하고 있던 제국위원회 위원들에게 긴급전령이 봉기 소식을 전했다. 천민들이 정권을 잡게 될 위험 앞에서 높은 사람들 간의 합의는 급속도로 진척되었다. 스웨덴의 지배자들은 자치권에 대한 그들의 요구를 철회했으며, 덴마크의 원조를 필요로 했던 그들은 에리크에게 충성을 맹세했다. 이제 에리크는 스웨덴의 지배를 공고하게 하기 위해 한자동맹과의 연합을 필요로 했으며, 한자동맹은 스톡홀름이 계속해서 자신들의 깃발 아래 머물 것이라는 보장을 받아냈다. 엥엘브레크트가 방어 시설을 갖춘 스톡홀름 헬예안드 지역의 섬 앞, 노르말름에 진을 치고 있을 때, 스웨덴과 덴마크의 귀족들은 연합헌장의 조항에 따라 반란군에 맞선 싸움에 상호 협조할 것을 합의했다. 우리가 중세 스웨덴의 농민 병사들이 갖고 있던 용기와 열광에 대해 생각해보았을 때, 우리에게는 스페인에서의 패배가 눈앞에 선히 그려졌다. 시의 북쪽에 자리잡은 엥엘브레크트의 군영을 제쳐두고 우리는 엘마렌에 있는 조그만 섬에서 보낸 그의 마지막 시간들을 살펴보았다. 그때 민중들은 어디에 있었는지, 우리는 생각해보았다. 우리는 세계혁명 과정에서 나타나는 불규칙성, 변동, 단절, 그리고 도약을 인식하는 데 도움을 얻기 위해, 어떻게 힘의 과시에서 힘의 소멸, 패배로 이어지게 되었는지 연구해볼 수 있을 뿐이라고 브레히트는 말했다. 엥엘브레크트는 하일리옝아이스트 섬의 북문을 통해 들어오는 것이 허락되었다. 그는 시의 사령관과 협상할 것을 기대하면서 신학교 앞마당에 부하들과 함께 서 있었다. 강의 좁은 지류 뒤쪽에는 성벽들이 솟아 있었다. 두 개의 사각형 망루탑 사이로 시내로 가는 다리가 놓여 있었다. 아마도 저 위쪽에는 권력자들이 앉아 있으리라. 요새 바로 앞에는 낮은 신분의 사람들이 무기를 들고 서 있었다. 저 위쪽에서 비웃음 소리가 나고 조롱하는 소리가 들려왔다. 도시를 민중의 군대에게 넘기라는 요구가 대담하게 울려 퍼졌다. 앞쪽의 교각 망루에 있는 총안에서, 독일 출신으로 예전에 마르그레테의 신하였으며 현재 스톡홀름의 성주인 크뢰펠린이 나타났다. 그는 엥엘브레크트의 요구를 거절했다. 그러면서 그는 자신이 에리크 왕에게 바친 맹세와 수도의 시장으로서 자신이 져야 할 의무를 들먹였다. 그것은 정중하게 들렸으나, 경멸로 가득 차 있었다. 엥엘브레크트와 그의 부하들 사이에서 갑론을박이 벌어졌다. 함대가 없기 때문에 요새를 정복하기는 어려웠다. 시내에는 양식이 풍족했기 때문에 포위해 진을 친다는 것도 의미가 없었다. 서쪽에서 덴마크군이 쳐들어올 것으로 예상되는 상황에서 시간을 소모하는 것은 심각한 결과를 초래할 것이다. 절대로 진격을 중단해서는 안 되었기 때문에 즉각 다른 요새를 향해 계속 진군해야 했다. 그 도시를 겨울이 시작될 때까지 내버려두자는 제안이 나왔다. 이 나라가 해방되고 나면 그 시는 함락될 것이며, 그렇지 않으면 얼음 위로 길을 내서 함락하자는 것이었다. 휴전협정을 하기로 결정되었다. 11월 11일, 성 마르틴의 날까지,라고 엥엘브레크트는 소리쳤다. 그러면 우리는 성에서 거위구이를 먹겠네요,라고 아래쪽에서 병사들이 말했다. 이 신속한 결정이 시골 사람들의 군대와 도시 귀족의 경비원들 간의 관계를 변화시켰다. 방금 전까지 작고, 보잘것없었던 앞쪽의 사람들이 우위를 점하게 되고, 성벽 위의 무장한 사람들은 굴복해야만 할 것처럼 보였다. 실패했다는 느낌이 아니라 가능하다는 예감이 확산되었다. 푸케는 일단의 군대를 이끌고 노르란드와 핀란드로 향했다. 보트니아 만에 있는 팍사홀름이 불타버렸다. 올란드 군도에 있는 카스텔홀름은 싸우지 않고 투항했다. 8월 초 푸케는 엥엘브레크트를 다시 만났다. 그동안 엥엘브레크트는 웁살라와 그립스홀름을 손에 넣었다. 너무도 견고하게 방어 시설을 갖춘 뉘셰핑은 우회해서 갔다. 하지만 링스타다홀름을 목전에 두고 있을 때, 엥엘브레크트는 덴마크에서 돌아온 제국위원회 위원들과 교회 영주들이 베테른에 있는 바스테나에 모여 있다는 것을 알게 되었다. 귀족들의 회합에 엥엘브레크트가 등장하는 장면은 브레히트가 처음으로 작품을 연구할 때 이미 많이 신경 썼던 것으로, 이제 다시 한 번 틀을 잡았다. 무대 위에서 엄청나게 큰 탁자를 둘러싸고 앉아 있는 나이 든 고관대작들은 처음에는 거만하게 자신들의 권위를 과시할 수 있었다. 하지만 곧 신분이 낮은 사람들이 장화를 신은 채 치고 들어올 것이고, 그들은 할 말을 잃을 것이다. 스트렝네스와 스카라의 주교들은 아직 악마에 관한 이중창을 노래할 수 있을 것이다. 그 악마란 것이 얼마 전 프라하 동쪽에 있는 리파우에서 후스파[210]의 수장인 프로코피우스의 형상으로 나타났다가 끔찍한 죽음을 당했고, 이제 다시 자신들의 나라에 나타나려 하고 있다는 것이다. 그들은 또한 기사들의 합창과 어울려 보헤미안 황제의 승리를 기리려고 했으나 몽둥이와 도리깨로 무장한 일단의 농부들이 나타나 그들을 뒤엎어버렸다. 린셰핑의 주교는, 이 종놈들이 무슨 짓을 하는 거냐고 불평을 늘어놓으면서 손을 들어 십자가를 긋고는, 이성을 찾으라고 경고했다. 지금까지 언제나 순종해오지 않았느냐고 했다. 그때 엥엘브레크트가 그의 위로 의자에 올라서더니 성직자복 칼라를 움켜잡고 주교를 들어 올렸다. 그러고는 만일 민중들과 연합할 것이라는 뜻을 즉각 밝히지 않는다면 다른 모든 사람들과 마찬가지로 농부들에게 집어던져버리겠다고 소리쳤다. 그는 종이를 끄집어내더니 왕에 대한 모든 의무를 파기하겠다는 내용의 편지를 왕에게 쓰라고 명령했다. 그러자 교회 지도자들인 토마스 폰 스트렝네스, 시예 폰 스카라, 크누트 폰 린셰핑, 나트 오크 다그 가문 출신의 기사 보 스텐손과 벵트 스텐손, 보트 출신의 기사 망누스 비르예르손과 구세 닐손, 함마르스타드의 에렌기슬레 닐손과 닐스 에렌기슬레

210) Jan Hus(1372?~1415): 체코의 종교개혁가. 위클리프의 종교개혁 운동에 공명해 로마 교회의 세속화를 비난했다. 1414년 콘스탄츠 공의회에서 이단자로 단죄되어 처형되었다. 이후 보헤미아의 후스파가 교회와 신성로마 황제의 탄압에 항의해 이른바 후스 전쟁을 일으키기도 했다.

손, 에카 가문의 칼 망누손과 그레예르 망누손, 스투레 왕가의 구스타프 알고트손은 탁자 위에 몸을 숙이고는 글씨를 끼적거리는 한편, 낮은 목소리로 읽어가면서 문장을 다듬었다. 이 소리는 때때로 고함 소리로 중단되었다. 폐하, 존경하옵는 국왕폐하. 폐하라는 말은 빼고. 우리는 모였습니다. 우리는 매질을 당했습니다. 황공하옵게도 결정하고자 합니다. 황공이란 말은 빼고. 자유의지에 따라. 강요하에. 무장한 손에 잡혀. 최고 국가 직책의 관리자로서, 엥엘브레크트와 농부들을 따라서, 이로써 우리들의 맹세를 접고자 합니다. 저 덴마크 왕은 이미 오래전에 자신의 서약을 깨뜨렸단 말이야. 하지만 폐하께 대항하는 그 어떤 짓도 하지 않을 것임을. 그대를 스웨덴의 왕좌에서 끌어내고. 곤궁을 박차고 기도를 올립니다. 우리의 군장을 정비하고, 우리의 말에 안장을 얹고, 동의해주시옵기를 간청하옵건대, 이 나라에서 그대의 졸개들을 싹 쓸어 없애고. 종이에 라크가 칠해지고 그 위에 인장이 찍혔다. 그러자 여기저기서 엄지손가락을 들어 보이는 모습들이 눈에 띄었다. 바드스테나의 회합 이후 엥엘브레크트가 보여준 태도는 민족국가를 건설하고자 하는 그의 관심사로 설명될 수 있었다. 그가 행한 일은 마치 맹목적인 것처럼 보였다. 그러나 그것은 합법성에 대한 절대적인 요구의 표현이었다. 그에게 성직자와 기사들은, 그들이 개인적인 폭력으로 그 자리에 올랐다 할지라도 언제나 국가의 통치 권력이었다. 그는 그들에게 대항해서가 아니라 그들과 함께 가장 좋은 국가를 건설하고자 했다. 바드스테나에서는 승리의 제스처가 정의로운 엥엘브레크트를 만족시켰다. 그는 신분이 높은 사람들에게 자신의 신뢰를 보이고 그들과의 동맹을 공고하게 하기 위해 그들을 자기 군대의 최고 직위에 앉혔다. 그 결과, 처음에는 귀족들이 이 작은 광부의 우월성에 대해 확신하고 있는 듯한 모습을 보여주었다. 엥엘브레크트는 보 스텐손과 에렌기슬레 닐손으로 하여금 스테케홀름을 공격할 일개 사단을 지휘하게 했다. 두번째 사단은 융커 헤르만 베르만의 지휘 아래 룸라보리, 트렐레보리, 그리고 픽스보리를 정복하기 위해 스몰란드로 파견되었다. 그 자신은 닐스 에렌기슬레손과 함께 링스타다홀름으로 돌아와 손쉽게 승리를 거둔 후, 그 성을 그에게 선사했다. 그는 자신의 군대를 이끌고 곧바로 스테케보리로 진격하여 재차 조반니 프란코를 몰아내고, 역시 나트 오크 다그 가문 출신인 크누트 주교를 그곳의 성주로 임명했다. 크누트는 뢰뇌 역시 틀어쥐고는 이를 같은 가문 출신의 에리크 스텐손에게 감독하게 했다. 귀족들이 이제 손쉽게 성을 차지할 수 있게 되었다는 소문이 퍼지자 사방의 공작령에서 기사들이 몰려들었다. 그들 중에는 망누스 그렌, 막강한 권력을 가졌던 궁정관 보 욘손의 자손인 보 크누트손 그리프, 그리고 얼마 안 있어 엥엘브레크트의 가장 강력한 적수가 된 젊은 칼 크누트손 본데가 있었다. 엥엘브레크트가 국내의 막강한 요새 가운데 하나인 외레브로의 성채를 1천 마르크의 값을 치르고 넘겨받아 자신의 형제를 그곳의 명령권자로 임명했던 데 반해, 스테케홀름 앞에 진을 치고 있던 귀족들은 운이 없었다. 그들은 몇 번의 돌격을 감행한 끝에 실패하고 다시 칼마르로 진군했으나, 이곳 역시 빼앗지 못했다. 베르만은 스몰란드에 있는 요새들을 정복했고, 엥엘브레크트는 푸케와 함께 베름란드와 베스테르예틀란드로 출정에 나섰다. 그는 도처에서 시골 사람들의 도움을 받았다. 베네른, 아그네홀름, 에드스홀름, 다라보리를 점거하고 푸케로 하여금 악스발을 포위하게 했다. 오펜스텐과 외레스텐을 누르고, 할란드로 쳐들어갔다. 교역 특권을 약속함으로써 바르베리의 시민들을 자기편으로 끌어들이고, 덴마크 총독을 시의 성곽에 유폐시켰다. 팔켄베리의 할름스타드로 돌격해, 그곳에서 그의 대군은 베르만의 군대와 합쳐졌다. 그는 항복한 라홀름과 단독 강화조약을 체결했으며, 스코네도 제국 영토에 편입하고자 했다. 그리고 마지막으로 한 번 더 방문하겠다는 자신의 약속을 지키기 위해 덴마크로 건너가려고 했다. 그러나 에리크가 함대를 이끌고 스톡홀름으로 오는 중이라는 말을 들었고, 게다가 성 마르틴의 날이 가까워지고 있었기 때문에 수도를 향해 급히 진군해갔다. 그것은 그가 4개월 사이에, 버티는 몇몇 성들을 제외한 전 국토를 해방시키고 난 다음이었다. 그가 도착했을 때 항구는 덴마크의 전함들로 가득 차 있었으며, 성령회관에서는 시장 한스 크뢰펠린이 주재하는 가운데 스웨덴 원로원 의원들과 참모들을 대동한 왕이 회의를 열고 있었다. 엥엘브레크트에게는 출입이 허용되지 않았다. 성벽의 총안에서는 투석기들이 버티고 있었으며, 교각들은 들어 올려져 있었고, 성문들은 폐쇄되어 있었다. 군사령관이 또다시 섬 도시의 요새 앞에 멈춰 선 것이다. 귀족들이 그와 민중들을 기만했다는 것은 이제 의심할 나위가 없었다. 엥엘브레크트가 여전히 머뭇거리며 귀족들에게 선전포고를 미룰 이유가 더 이상 없었다. 그는 포위를 시작해, 겨울이 되어 전함들이 언 바다에 묶여 있지 않기 위해 떠나게 되면 도시를 공격할 수 있을 것이다. 그는 일단의 부대를 남문 앞에 집결시키고 다른 부대를 북쪽 요새 앞에 집결시켰으며, 자신은 롱홀멘 섬에 진을 쳤다. 그곳에는 오늘날 베스테르 다리가 멜라렌 호수 위로 거대한 곡선을 그리며 뻗어 있다. 농민군들은 성안에 있는 2~3천 명의 용병들에 비해 훨씬 우세한 입장에 있었다. 귀족들과 통치자가 모든 갈등을 종식시키고 다음 해 가을에 사법회의를 통해 계약을 승인하기로 합의했다는 정보를 접하고도 엥엘브레크트가 왜 아무런 조치도 취하지 않았는지 우리는 곰곰이 생각해보았다. 우리는 크리스마스를 지나서까지, 혁명의 첫번째 단계의 종말을 표현해줄 이 장면을 놓고 작업을 했다. 병사들 중 한 명이 거위구이는 어떻게 되었느냐고 소리쳤다. 그러자 사람들이 주인이 없는 농가에서 거위를 가져왔다. 도시의 방위군들이 전초 기지인 그 지역의 성곽들을 불태웠던 것이다. 불 위에서 거위가 오랫동안 삶아졌다. 김이 펄펄 나는, 종군 상인들의 솥을 사이에 두고 음식을 먹으면서 말이 오갔다. 우리는 개연성을 갖고 그 내용을 추측해볼 수 있었다. 먼저 분노하는 말들이 있었고, 휴전의 폐기를 선언하라는 요구가 있었다. 전쟁의 부담을 지는 것은 기사들이 아니고 우리였다. 우리가 싸워서 승리한 것이고, 우리는 우리의 임금을 받기를 원한다. 저 안에 있는 양반들이 더 이상 우리를 이래라저래라 하지 못하게 만듭시다. 연락병이 헬예안스홀름에서 이루어진 협정의 세세한 내용들을 전달했다. 에리크는 이제까지의 모든 권리를 포기하고 자신의 총독과 관리인들을 철수시키며, 나아가 제국의 모든 행정기구들을 현지 귀족들에게 넘기기로 서약했다고 한다. 스웨덴의 자치권이 확약되었다고 한다. 에리크는 단지 연합제국의 수장으로서, 상징적인 지위로 계속 왕관을 쓰되, 실제로는 권한을 행사하지 않기로 했다고 한다. 원로회는 그 협약을 대단한 성공이라고 칭하면서, 또한 희생정신이 투철한 민중들과 함께 평화의 시대를 만들어낸 엥엘브레크트 대장에게 칭찬과 감사를 보낸다고 했다. 따라서 엥엘브레크트는 복종하고, 광부들과 함께 광산으로 돌아갈 것이며, 농부들을 시골로 보내고 기사와 상인들에게는 그들에게 귀속되었던 것들을 허락하라는 것이다. 엥엘브레크트의 선택은 주어진 여건에 상응하는 것임을 우리는 인정해야만 했다. 그는 그의 시대에 가능한 만큼만 혁명가였다. 즉 그는 자신의 시대를 앞서갔으나, 느리게 흘러가는 사회 발전에 의해 억눌리고 밀려났던 것이다. 그는 마르그레테보다 훨씬 더 멀리 나아갔으나, 오늘날 우리가 갖고 있는 지식을 토대로, 우리가 바람직하다고 생각하는 만큼 전진하기 위해서는 거의 4세기에 이르는 시간이 더 필요했다. 엥엘브레크트가 혁명가가 아니고 모험주의자였다면, 그는 증오에 사로잡혀 이를 귀족들에게 쏟아붓고 그 도시를 공격하도록 지친 군대를 내몰았을 것이다. 그 결과 이를 함락시켰을 수도 있겠지만, 그렇게 되면 내전이 발발하고 덴마크의 기마군, 스웨덴의 기사들, 한자동맹과 독일 기사단에 맞서게 되었을 것이다. 하지만 어쨌든 그가 기만을 당했다는 사실만큼은 달라지지 않았을 것이다. 상층 계급 사람들은 오직 에리크 밑에서만 자신들의 기득권이 유지될 수 있다는 것을 알았기 때문에, 굽힐 줄 모르는 인민군 대장보다는 변덕이 심한 연합제국의 왕을 선호했다고 할 수밖에 없을 것이다. 그러나 그 계급에서도 닐스 구스타프손 보트, 토마스 폰 스트렝네스와 같이, 넓은 시야를 가지고 노력을 기울인 엥엘브레크트를 이해하고 그를 따른 몇몇 사람이 있었다. 푸케, 베르만, 벵트 곳스칼크손, 곳스칼크 벵트손, 요한 카를손 페를라, 클라우스 플라타, 그리고 다른 기사와 융커들은 그를 지지했으며, 반란은 진보적 운동으로서 상류 계층에도 관철되었다. 이 추동력이 보편적으로 발전해가도록 개혁하는 것이 바로 엥엘브레크트에게 주어진 사안이었다. 민족통일이라는 목표는 아무리 어려워도 이루어야 하는 것으로, 엥엘브레크트는 많은 전사들이 요구했음에도 일시적인 멋진 승리를 위해 이를 위험에 빠뜨리려 하지는 않았다. 그들은 그걸 약점, 과단성의 결여라고 말할 수도 있었겠지만, 그가 등장했던 짧은 기간 동안 이 지방에서 그에 앞서 등장한 어떤 정치가보다도 그는 생각이 깊고 결단성이 있었다고 우리는 결론을 내렸다. 그는 상비군은 존속시키고, 모든 다른 병사들은 질서정연한 집단으로 만들어 자신들의 고향으로 돌려보냈다. 그들은 그곳에서 생업을 재개하고 대표들을 선출했으며, 자신들의 위원회를 만들었다. 그리고 그와 상시적인 연결을 유지하면서 필요한 경우 또다시 출정할 태세를 갖추었다. 성탄절 이후 12일 기간 중의 마지막 날인 1월의 공현절 축제날에 그는 모든 계층의 대표들이 제국의 운명을 결정할 회의를 소집하게 될 것이라고 했다.

1월에 브레히트는 병이 들어, 끝자락이 해져 너덜거리는 목욕가운을 입고 목에는 털실 목도리를 두르고는 대부분의 시간을 소파에 누워 보냈다. 바닥과 창문에서는 찬바람이 일었고, 철제 난로에 불을 피웠는데도 방은 추웠다. 작업은 정체되었고, 우리의 모든 감각은 얼어붙었다. 새로운 법률이 공포되었다. 그 법률은 경찰에게 서신을 개봉하고 전화를 도청하고 가택수색과 신체수색을 행하며, 자의적인 판단에 따라 혐의가 있는 모든 사람을 체포해 60일까지, 변호의 기회도 차단한 채 구금할 수 있는 권한을 부여했다. 우리는 엥엘브레크트 극의 끝부분에 해당하는, 아르보 가에서의 회합에 관한 자료들을 수집했다. 그 소재가 갖고 있는 극적 분위기는 바깥쪽의 공기만큼이나 냉랭했다. 우리는 우리의 경직된 상황을 극복하고 마지막 장면을 기획하려고 했다. 그러나 브레히트는 그 작품을 포기한 것처럼 보였다. 그는 여전히 우리에게 역사책을 낭독하게 하고 몇몇 대결 장면의 스케치를 완성하게 했지만, 결코 주의 깊게 듣지 않았다. 언젠가 그라이트가 외투와 머리에 흰 눈을 뒤집어쓰고 팔을 벌리며 우리가 있는 방으로 들어오면서, 마르크시즘의 이데올로기가 유물론으로 전락하지 않게 해줄 도덕적 윤리적 과제에 대한 영감을 받았다고 소리친 적이 있다. 그는 마치 신을 만나기라도 한 것처럼 굴었다. 이 배우이자 아마추어 철학자가 하는 짓만큼이나 도시 분위기는 섬뜩했다. 노조 지도부가 공산주의자들을 직능별 대표직에서 제거하라는 지시를 담은 회람 제11호 44번을 사업장마다 배포했다. 노조연맹의 분과들은 핀란드를 위한 국민연합에 가입했다. 특정한 날을 정해 노동자들이 그날 임금을 핀란드 민중의 투쟁을 위해 헌금하는 방안이 도입되었다. 2월 10일에는 3천 명 이상의 경찰관들이 투입되어 공산당 당사와 편집국을 일제 수색했다. 경찰이 점령한 쿵스 가의 중앙당 사무소에서는 서류들을 가득 담은 자루와 상자들이 보안경찰관서로 이송되었다. 당 기관지의 판매와 수송, 회람용 메모지의 게시가 금지되었다. 이른바 수송 금지 조치로, 1백여 년 이상 헌법에 보장되어왔던 인쇄의 자유에 관한 법이 무력화되었다. 인쇄물을 제작할 수는 있지만 배포해서는 안 된다는 것이었다. 예전에 부르주아 정당들의 조치로 법률적 권리를 제한당한 경험을 갖고 있는 바로 그 사민주의자들의 조치는 전면적인 검열과 거의 같은 것이었다. 브란팅과 같은 의원들조차도 제국의회의 결정에 동의했다. 이렇게 해서 이제 신문을 개인적으로 배포하는 일을 떠맡은 스웨덴 공산주의자들은 비합법 투쟁에 돌입했다. 압류된 명단에 주소가 적힌 많은 당원들은 국가의 적으로 체포되어 심문을 받아야만 했다. 로스너가 은신하던 집 주인 동지들은 아직 노출되지 않았다. 그들이 혐의를 받지 않았거나 아니면 그 집이 이미 특별 감시 대상이 되었을 수도 있다. 그 시점부터 나는 코민테른을 대표하는 그에게 가야 할 때면, 우플란드 가와 나란히 놓인 베스트만나 가에서 정원들을 가로지르는 길을 거쳐 뒤채를 통해 오가곤 했다. 그때까지 로스너는 자신이 쓴 주요 기사에 프란츠 랑이라는 이름으로 서명했다. 12월부터 그는 하우저라는 이름을 썼는데,

이는 아마도 탑에 갇힌 그 남자[211]를 기억하기 위해서였을 것이다. 그의 가명은 디미트로프, 마르티,[212] 피크, 플로린, 울브리히트, 토레즈,[213] 카킨, 스메랄, 안데르센 넥쇠, 라 파시오나리아,[214] 그리고 마오쩌둥과 같은, 많은 유명한 이름들 사이에 있었다. 스웨덴의 당 지도자 린데로, 실렌, 하그베리는, 당 직영 인쇄소 베스테르말름에서 합법적으로 제작되는 신문에 글을 썼다. 외부에 대해 보안은 완벽했다. 신문은 스웨덴 간행물로 2년 전부터 발간되었다. 지금은 독일어 판으로만 나오고 있었다. 내용에 대한 책임은 공산당이 지고 있었다. 편집장의 이름은 거론되지 않았다. 이전에도 자료들은 주로 코민테른이 제공했다. 코민테른 대표자가 현재 스톡홀름에 있다는 증거는 전혀 드러나지 않았다. 경찰은 가명으로 활동하는 인물을 찾아내려 했을 수도 있다. 지하에 있는 익명의 협력자를 추적했을 수도 있다. 하지만 국제적인 정치, 경제 문제를 다루며 독일 망명자들을 독자로 거느린 그 신문을 기소할 수는 없었다. 그러나 수송 금지 조치 이후 발송된 많은 신문들이 중앙우체국 지하창고에 묶여 있었다. 신문이 독자 대중에게 닿을 수 없는 현실은 당이 9월 이후에 처한 고립을 확증해주는 것과 같았다. 당이 내린 지시들이 많은 당원을 혼란

211) 1828년 독일 뉘른베르크의 길거리에서 발견된 고아 소년 카스파 하우저Kaspar Hauser를 가리킨다. 당시 대략 16세 소년으로 특이한 재능과 더불어 정신박약 증세를 보이고 그동안 탑에 갇혀 살았다는 등 횡설수설하여, 숨겨진 왕가의 자녀가 아닌가 하는 의혹과 더불어 커다란 물의를 일으켰다. 의혹에 가득 찬 그의 삶은 오늘날까지도 많은 학자와 예술가들의 관심을 불러일으켜 연구와 예술작품의 소재가 되었다.

212) André Marty(1886~1956): 프랑스의 해양기술자로 스탈린의 추종자였다. 스페인 내전 당시 국제여단의 총사령관으로 활동했다.

213) Maurice Thorez(1900~1964): 프랑스의 정치가이자 공산당 지도자로 프랑스 공산당을 창립하고 당 서기장을 지냈다.

214) 스페인의 여성 정치인으로 본명은 돌로레스 이바루리Dolores Ibárruri다. '라 파시오나리아La Pasionaria'는 '시계꽃'이라는 뜻으로 그녀의 예명이다.

스럽게 한 것이 틀림없었다. 당이 파시즘에 대한 직접적인 비판을 자제하고 계속해서 서유럽 강대국들을 주적으로 다루며 그치지 않는 전쟁의 책임을 이들에게 돌림으로써, 예전에 당을 투쟁 정당으로 만들었던 주도권을 잃어갔다. 지난 몇 달간 1만 9천 명의 당원 중 7천 명이 당을 떠났다. 그러나 당은 붉은 군대의 행위를 정당화함으로써 핀란드에서 벌어진 갈등의 실제적인 동기를 간접적으로 드러내 보였다. 소련의 침략이, 폴란드에서 그랬던 것처럼, 오직 독일과의 충돌을 막거나 연기하기 위한 전략일 따름이라는 사실을 어떤 협정 체결로도 감출 수는 없었다. 영국과 프랑스는 두 강대국 사이에 전쟁이 발발하기를 바랐다. 마지노선 뒤쪽에서 아무런 움직임도 없다는 사실이 이를 뒷받침해주었다. 하지만 당이 평화를 얻기 위한 소련의 의지를 강조하고 코민테른과의 관계에서 중립을 유지한다고 천명하면서 스웨덴의 간섭을 비판했을 때, 당은 언론에게 경멸섞인 조롱을 받아야 했다. 사민당, 진보적 부르주아, 그리고 자유주의적 귀족들조차도 반파시즘을 지지했다. 자신들에 대한 비상사태가 선포되기까지 아무런 조치도 취하지 못했던 공산당과는 달리 왕자, 백작, 은행장, 교수, 변호사, 언론인 들은 유대인 난민과 비공산주의자 난민들에게 관대했으며 후원 활동을 벌였다. 그들은 각종 위원회, 후원회 및 기구들을 통해 문화적 공동체를 강조하는 후원 활동을 벌이거나, 리셉션과 바자회, 그리고 직업 교육을 통해 일자리를 중재하고 주거를 마련하는 등 모범적인 인도주의를 보여주었다. 1939년 9월까지는 개별적인 경우에 적색구호대와의 협력이 가능했다. 그러나 이제 이 기관의 활동은 극도로 제한되었고, 구호 활동은 단지 지하에서만 계속되었다. 호단은 자유와 권리의 개념이 공산주의에 대한 비난과 한데 묶여 있는 편에 합류한 것처럼 보였다. 나는 브레히트의 여자친구 베를라우와 함께 호단을 방문했다. 그녀는 호단이 첫번째 결혼에서 낳은 딸 소냐를 덴마크에 있는 자기 집에서 오랫동안 돌보아왔다. 길거리에 눈이 쌓여 자전거를 타는 것이 불가능했기 때문에, 나는 종종 리딩외로 갈 때 그랬던 것처럼 그녀의 오토바이에 함께 탔다. 호단은 그의 아내, 그리고 약 한 달 전에 태어난 아들과 함께 트라네베리 다리 위쪽, 울브순다 호숫가의 신거주지 중 하나인, 크리스티네베리에 있는 린드너 광장에 접한 집에 살고 있었다. 그는 많이 야위었고, 기운이 빠진 것처럼 보였다. 기저귀 냄새와 함께 내가 너무도 잘 알고 있는, 뱉어낸 가래 냄새가 섞여 있었다. 전차를 타고 끝없이 긴 드로트닝홀름 로를 따라가서 한트베르카르 가를 지나고, 그러고는 테옐바켄에서 갈아탄 다음 다시 바사 가, 쿵스 가를 더 지나 직장으로 갔다가 돌아오는 일이 그의 기운을 소진시켰다. 그는 그 작은 주택을 위해 150크로네의 월세를 지불했는데, 그것은 보조상담자로서 받는 그의 월급의 거의 절반에 해당하는 것이었다. 나는 스페인공화군의 군복을 입고 있는 그의 모습을 상상해보고, 이전에 우리가 나누었던 대화들을 이어보려고 애썼다. 하지만 쿠에바 라 포티타와 데니아에서 보낸 시간은 내게서 멀어져갔다. 지난 몇 년간 어떤 일이 그를 망가뜨린 것이다. 하지만 그는 여전히 친절함을 보이려고 애썼다. 쓰러지기 일보 직전이면서도 그는 내 연수 교육에 도움이 될 방법을 연구해보자고 제안했다. 그는 난민위원회 회장인 테옌[215] 교수, 비르카고르덴 시민대학 학장인 일리스 함마르[216]와 얘기해보겠다고 했다. 그는 바나디 로에 있는 후원회 사무실

---

215) Einar Tegen: 스웨덴 철학교수. 1938년부터 망명자 지원을 위한 스톡홀름 중앙위원회 위원장을 지냈다. 자유독일 예술가동맹 창립 멤버이기도 하다.

216) Gillis Hammar: 스웨덴인으로 무국적 강제수용소 희생자들 및 스웨덴으로 망명한 이주자들을 지원했다.

의 헬네르 양에게 나를 추천하겠다고 했다. 만일 내가 감당키 어려울 정도로 많은 의무를 지고 있지 않았다면, 그리고 만일 피폐한 상태에 있는 호단 스스로 이러한 시도가 모두 부질없다는 사실을 드러내 보이지 않았다면, 나는 이 모든 것을 받아들일 수 있었을 것이다. 베를라우와 프라하 출신인 그의 아내가 가구로 가득 찬 거실에 머무는 동안 우리는 욕실 안에서, 호단은 변기 뚜껑 위에, 그리고 나는 보조의자에 앉아 있었다. 어쩌면 이제 우리가 서로 제대로 이야기를 나눌 수 있으리라고 나는 생각했다. 나는 사람들이 정치적 난민과 비정치적 난민을 구분하고, 적색구호대를 배제한 조치들을 언급했다. 경제적으로 빈약한 좌파 기구들에 비해 부르주아와 사민당이 주도하는 활동들이 망명자들에게는 유일한 안전의 가능성을 제공한다고 그는 말했다. 파시즘의 침략을 공개적으로 승인한 공산당은 더 이상 신뢰를 얻을 수 없다고 했다. 군비 증강과 전쟁 부담을 짊어질 준비가 되어 있는 독일 노동자들이 사회주의를 위한 미래의 전사가 될 것이라고 생각하는 사람은 판단력을 상실한 것이라고 그는 말했다. 소련이 독일 정부에 외교적 승리를 거두었다는 설명은 받아들일 수 없다고 했다. 소비에트 국가가 전위대 세대 전체를 말살하더니 이제는 국제 공산주의 운동을 희생시키는 쪽으로 나아가고 있는 것을 보면 그들의 힘이 강력하다고 볼 수 없는 게 아니냐고 그는 말했다. 예나 지금이나 시민의 절대 다수가 지지하는 파시스트 독일이 주적이라고 했다. 오로지 서유럽 강대국들이 소련의 적이라고 고집하고, 핀란드를 침략함으로써, 소련은 결국 독일과 함께 유럽을 분할하려 한다는 인상을 불러일으키고 있다고 말했다. 만일 영국이 핀란드를 지원하기 위해 스칸디나비아 북부 지역에서부터 개입해 들어갈 경우, 이는 심각한 결과를 초래할 수 있을 것이라고 지적했다. 공산당이 생각하듯이 핀란드의 노동계급과 붉은 군대 간에 형제적 우호 관계가 형성되고 혁명적 핀란드 정부가 구성될 수 있다는 생각은 환상에 불과하다고 그는 말했다. 우리가 이 첨예화된 상황에서 어떤 태도를 취해야 하는지, 우리가 당의 방침에 반발하는 사람들에게서 등을 돌려야 하는지, 또는 우리의 불확실성 속에서 우리 스스로 복잡한 세력 다툼의 정황을 포착하기 위해 모든 전망을 열어두어야 하는지가 초미의 관심사가 되었다. 하지만 나는 비록 나와 대립적인 입장에 서 있다 해도 서로 자유롭게 비판하고 의견을 나눌 권리를 인정하는 친구와 관계를 단절할 수는 없다는 것을 알고 있었다. 나는 언제나 당파성이 도그마와 결합되어서는 안 되며, 자아비판은 결코 포기될 수 없고, 어떤 것도 완성된 것으로, 최종적인 것으로 받아들여서는 안 된다는 것을 전제로 삼아왔다. 부르주아지가 진보성을 만들어내고 그러면서 자신들의 계급 법정을 운영했을 때, 우리는 그만큼 더 인권이라는 개념의 재건을 위해 심혈을 기울여야만 했다. 호단이 보기에 당이 현재의 형태로 존속하는 한 이는 불가능한 것이었다. 그러고 나서 나는 버석거리는 소리가 나는 베를라우의 가죽 재킷에 팔을 두르고 얼음 조각들을 뒤집어쓰면서, 그녀와 함께 오토바이를 타고 시내를 통과해 돌아왔다. 우리는 미끄럽고 가파른 언덕으로 오토바이를 밀고 올라가 소나무 사이에 있는 붉은색 목조 건물 쪽으로 갔다. 아르보 가 1435년 1월 13일. 창문들과 둥근 현관문이 달린 벽돌 건물의 전면, 앞쪽에는 마차를 끌고 온 농부들이 농기구를 들고 서 있으며, 그 밖에도 많은 사람들이 칼과 석궁 따위를 들고 모여 있었다. 그들은 솜을 넣은 웃옷을 입고 귀를 덮은 털모자를 깊숙이 눌러써 얼굴을 가리고는 눈발이 심하게 날리는 가운데 팔짱을 끼고 발을 동동 구르며 이리저리 왔다 갔다 했다. 민중들은 그 회의에 참석할 수 없었기 때문에 우리는 그 회의 장소를 길거리로 옮겨놓아야 하고, 그 안에서 발언하는 사람들이 아니라 밖에서 해설하는 사람들을 보여주어야 한다고 브레히트는 코를 훌쩍거리며 산만한 어조로 말했다. 그 자리에서 처음으로 전복이라는 말이 들먹여졌다. 들어들 보시오, 저 위쪽에는 기사와 성직자들만 모여 있는 것이 아니라 다른 사람들도 있습니다. 모두 어떤 사람들이냐는 질문이 나왔다. 문지기가 말을 전했다. 문지기는 계단참에 있는 파수꾼에게서 위에서 무슨 일이 벌어지는지 들었다고 했다. 파수꾼에게 그 사실을 속삭여준 것은 사환들이었다. 맞습니다, 그곳에는 예전과 같이 귀족위원회 위원들만 앉아 있는 것이 아니라 하급 귀족과 상인, 그리고 농부 대표들도 앉아 있습니다. 그래서 그곳에는 예전처럼 열두 명이 아니라 서른여섯 명이나 있습니다. 이제 하나의 정부와 국가원수가 선출될 것이라는데, 스톡홀름에 있는 귀족들에게 대항하기 위해서랍니다. 저 안에서 벌어지는 일들은, 말하자면 더 이상 스톡홀름에 있는 주인 양반들과 합의해서 이루어지는 것이 아니고 그들에게 반대해 행해지는 것이라는 겁니다. 왕에게 충성하는 엘리트들은 고립되었고, 알모예allmoge, 즉 농민들이 스스로 결정을 내려야 하는 거지요. 그들이 과연 이런 일을 했을까. 우리는 곰곰이 자문해보았다. 현장에 둘러선 사람들도 그 결정의 성격에 대해 질문했을 것이다. 물론 오늘날 우리가 질문하는 방식으로가 아니라 그들의 시대에 따른 형식으로 했을 것이다. 그들이 농업노동자와 광산의 임금노예는 왜 그 홀에 함께 앉아 있지 않는지 의문을 갖고 질문할 능력이 있었더라면, 그들 스스로 혁명을 다시 시작했을 것이다. 하지만 그들은 인민의 압도적 다수였음에도 오늘날까지도 아래로부터의 지휘를 넘겨받지 못하고, 대표자에게 자신을 위임하고 있었다. 그들과 같은 계층에서 선출되는 경우가 드문 그 대표자들은 그들이 무엇을 해야 하는지 말해주었다. 그래서 그 당시에도 그들은 기다리고만 있었던 것이다. 그들은 질문을 통해 요구했으며, 저들이 무슨 일을 하는지 알고자 했다. 그러나 엥엘브레크트 곁에 그의 전우들인 푸케, 베르만, 곳스칼크손, 벵트손, 페를라, 그리고 플라타가 있다는 소식이 전해졌을 때, 그들은 안심했다. 주교 토마스, 시예, 크누트, 기사 망누스 비르예르손, 닐스 구스타프손 보트, 닐스 에렌기슬레손 함마르스타드, 구스타프 알고트손 스투레, 그레예르 망누손 에카, 보 크누트손 그리프, 크누트칼손 외른포트, 보 스텐손과 닐스 스텐손 나트 오크 다그, 이들 모두는 직위를 가졌을 뿐 아니라 대토지 소유주, 광산 소유주였는데, 이들이 동석해 있다고 하자 그들은 이를 자신들에게 유리하게 해석했다. 그들이 생각하기에, 이들이 공개적으로 엥엘브레크트를 지지한다고 선언했기 때문에, 그들은 또한 토지의 분배, 세금 감면, 총독이 내리는 강제 조치의 철폐를 행할 준비가 되어 있을 것이라고 생각했던 것이다. 하지만 그들이 바라던 사소한 사안들은 거론조차 되지 않았으며, 중요한 사안들은 위에서 흥정이 이루어졌다. 아마도 그 안에서 내려진 결정들에 충분히 주목하지 않았을 수도 있다. 왜냐하면 모든 사람의 관심이 엥엘브레크트가 제국대장의 위치에 오르게 되었다는 소식에 쏠려 있었기 때문이다. 그것은 새로운 직책이었다. 그것이 왕을 의미하는 것이냐는 질문이 나왔다. 왕은 아니고 원수라는 것이다. 이제 국내 상황이 어떻게 달라질 것인지 해석이 분분한 가운데 정문 쪽에서 누군가 외치는 소리가 들려왔다. 각각의 지역이 누구에게 귀속되었는지 알리는 소리였다. 엥엘브레크트는 우플란드를 넘겨받았고, 닐스 에렌기슬레손은 외스테르예틀란드를, 시예 주교는 베스테르예틀란드를, 닐스 스텐손은 스몰란드를, 보 크누트손은 슈스트를, 크누트 카를손은 쇠데르만란드를 각각 관장하게 되었다. 결국 그들 대부분이 각 지역의 수장이 되어야 했던 것이다. 어쨌든 그들은 이제 더 이상 에리크와 관계치 않겠다는 의지를 보여준 사람들이었다. 하지만 아랫사람들이 자신의 무기를 모두 반납해야 한다는 것만큼은 받아들이기 힘든 요구였다. 파수대에서 무기를 반납하라는 명령이 하달되었다. 무기를 반납하지 마라, 우리의 아버지들이 그랬고, 우리의 아버지의 아버지들 역시 그랬으나, 그들은 그러지 말았어야 했다는 외침 소리가 들렸다. 그러나 이제 평화가 왔기 때문에 그런 명령이 내려진 거라고 누군가 말했다. 아직 평화가 온 건 아니잖소. 우리는 엥엘브레크트에게 직접 그 말을 듣고 싶소. 그가 창문에 나타났다. 우리는 우리의 무기를 뺏기고 싶지 않다는 외침 소리가 들렸다. 우리는 모든 무기를 거두어서 병기고에 보관하기로 결정했다고 그는 말했다. 우리는 무기를 갖고 있겠다고 누군가 응수했다. 제국이 무기의 관할을 담당할 것이라고 그는 말했다. 우리가 무기를 감시하겠소. 감시인이 선출될 것이며, 무기들은 손에 닿을 수 있는 가까운 곳에 보관할 것이라고 그는 말했다. 이제는, 여전히 우리를 인정하지 않으려는 기사들을 우리 편으로 끌어들이고 그들에게 우리가 평화적인 의도를 가지고 있다는 것을 보여주는 것이 중요하다고 그는 말했다. 엥엘브레크트가 1435년 한 해 동안 귀족들의 당과 연합하려고 애썼던 것에 대해 브레히트는 별 관심을 두지 않았다. 시그투나, 바드스테나, 할름스타드에서 회의가 벌어졌을 때 낮은 계층의 대표자들은 초대되지 않았으며, 정부와 관련된 모든 일은 다시 상층부 사람들에게로 이전된 것처럼 보였다. 엥엘브레크트가 한 가지 일에 성공을 거둘 때, 이는 언제나 귀족들에게 일정한 양보를 하면서 이루어졌다. 이들은 이와 동시에 에리크를 다시 왕좌에 앉히려는 음모를 꾸몄다. 종종 나라가 엥엘브레크트와 그의 심복들의 손에 있는 듯한 인상을 불러일으켰지만, 점차 싹트는 불행은 결코 감출 수가 없었다. 제국 내에서는 여전히 덴마크에게 점령된 칼마르, 뉘셰핑, 스테케홀름, 그리고 악스발 성이 위협적으로 버티고 있었고, 스톡홀름 역시 연합제국의 왕을 지지하며 엥엘브레크트의 민중들에게 문을 열지 않았다. 우리가 몇 줄의 운율연대기 형식으로 엥엘브레크트의 운하 건설을 언급했을 때 비로소 브레히트는 귀를 기울였다. 대장은 그를 제거하려는 생각밖에 하지 않는 적과 끊임없는 외교 협상을 벌이는 한편, 미래지향적인 평화 정책에 대한 자신의 능력을 보여줄 사업을 시작했다. 스톡홀름에 있는 기사와 상류 시민계급의 적대감 때문에 멜라렌 호를 통해 바다로 가는 항로가 막혀 있었다. 철광석 무역이 중단되었고 상품을 내륙으로 운송하는 것도 어려워진 상태였다. 전쟁이 끝나자 기아가 닥쳤다. 연합제국의 귀족 집단은 다시 불행의 나락으로 떨어진 민중들을 분쇄할 의도를 품고 있었다. 귀족과의 대결을 피하고 사회 세력 간의 장기적 힘겨루기가 될 포위전에 대비하기 위해 식량 공급을 원활하게 하고 철을 팔아 자본을 획득할 필요성이 시급했기에, 엥엘브레크트는 전쟁에서 경제 건설로 넘어가는 프로젝트를 시작했던 것이다. 그와 여전히 관계를 맺고 있고, 또한 상업적 관계를 다시 맺는 데 관심이 있었던 몇몇 한자동맹 도시들이 이를 추진하도록 그를 부추겼을 수도 있다. 아르보가에서 회합이 열리고 채 두 달도 지나지 않아 그는 이번에는 괭이와 삽을 챙겨든 일단의 병력을 텔리에로 파견했다. 베스테로스에서 오는 거룻배들에는 짐수레, 양동이, 바구니, 뾰족하게 깎은 말뚝들이 가득 실려 있었다. 폐쇄된 스톡홀름의 남서쪽에 위치한, 멜라렌 호수의 튀어나온 부분인 이곳에는 옛날에 바다로 흐르는 강이 있었으며 지금은 갯벌이 딸린 저지대가 바다 쪽으로 펼쳐져 있었다. 바로 이곳에 배가 다니는 길을 파려는 것이었다. 상타 랑힐드 교회를 둘러싸고 회색의 통나무집들이 모여 있는 도시 앞쪽으로 호수가 좁아지는 곳에 뾰족하게 깎은 말뚝 방책으로 둘러싸인 성채가 자리 잡고 있었다. 그 성은 반대당 지도자 중 한 사람인 벵트 스텐손 나트 오크 다그의 소유였다. 푸케가 병력을 이끌고 방어 시설을 갖춘 그 섬을 감시하는 동안에 노동자들은 남쪽 계곡에서 모래와 진흙을 퍼 올리는 작업에 매달렸다. 봄에 멜라렌 호의 수위가 높아지는 것을 이용해, 그때 북쪽에서부터 운하로 물길을 끌어들이기 위한 것이었다. 운하 건설이라는 소재는 독자적인 작품으로 만들 만한 가치가 있다고 브레히트는 생각했다. 여기서는 공동 작업의 원리가 사리사욕과 이윤 추구의 권력과 대비되어 나타나게 될 것이다. 해방전쟁이 민중들에게 자신들이 갖고 있는 힘을 의식하도록 일깨운 것처럼 보였으나, 억압하는 폭력의 끈질긴 속성이 다시 드러났다. 자연을 지배하기 위한 투쟁은 대중의 노력으로 승리를 거둘 수도 있었을 것이다. 땅을 파는 데 경험이 많기 때문에 데려온 광부들, 수천 명의 농부들이 무른 땅을 파들어 가고, 돌을 날라 오고, 말뚝을 줄지어 박고, 이를 나뭇가지로 엮고, 계속해서 물에 잠기는 바닥을 밤낮으로 파고, 호수의 돌출 부분 위로 수문을 만들기 위한 벽을 쌓았다. 이들은 봇물이 터졌을 때 목까지 잠긴 채 물속에 서 있기도 했다. 봄에도 여름에도 항로가 열릴 전망이 보이지 않았다. 하지만 아마도 그다음 해쯤은 달랐을 것이다. 한자동맹 도시 뤼베크의 코게선 몇 척이 이미 외항에 정박해 있었다. 바닥이 평평한 보트에 화물을 싣고, 땅 위에 놓인 통나무 위로 보트를 굴려 멜라렌 호로 옮겼다. 그 반대 방향으로는 철광석을 담은 통들이 무역선으로 운송되었다. 끌고 당기는 일은 노예노동처럼 힘든 일이었으나 자발적으로 행해지는 만큼 마치 승리한 혁명 이후의 일처럼 의미 있는 것이었다. 그러나 모든 어려움이 기술적인 능력으로 극복되는 것과는 달리 적을 퇴치하는 일은 쉽게 성공을 거두지 못했다. 적들은 도처에서 다시 나타나 세력권을 넓히고, 이제 막 자라나는 민중의 힘을 파괴하려 했다. 그런데 7월 말 갑자기 연합제국의 왕이 스톡홀름 귀족들의 초청을 받고 여행할 채비를 하고 있다는 얘기가 들려왔다. 이는 제국의회가 5월에 할름스타드에서 벌인 협상에서 왕에게 보장했던 것, 즉 왕의 권리와, 그에게서 빼앗은 모든 성채, 성, 도시, 지방 들을 다시 돌려준다는 것을 수도에서 성대한 의식과 함께 확인하기 위한 것이었다. 그 자리에서 혁명의 무효를 선언할 예정이라고 했다. 이제 엥엘브레크트는 자칭 대항정부 앞에 나아가서 결정을 내리도록 압박을 가해야 했다. 주민들은 그를 지지했고, 새로운 전쟁에 출정할 태세를 갖추었다. 그리하여 대규모 공사는 중단되어야 했고 노동자군단은 다시 병사군단이 되었다. 푸케는 운하를 방어하기 위해 텔리에에 남았으며 얼마 지나지 않아 벵트 스텐손과 싸움을 벌였다. 벵트 스텐손이 뤼베크의 코게선 한 척을 약탈하자 푸케가 군대를 몰고 성으로 쳐들어가 벵트 스텐손을 몰아낸 것이다. 8월 초 엥엘브레크트는 세번째로 스톡홀름 앞에, 이번에도 다시 롱홀멘 섬에 진을 쳤다. 그동안 기사와 교회 지도자들은 성령 신학교에 모였다. 도시는 왕을 맞이하기 위해 준비를 갖추었다. 귀족들은 스톡홀름에서, 또는 시골에 있는 그들의 성에서, 적법하게 선출된 제국대장에게로 달려가 그를 달래면서 화해의 만남이 실제로는 에리크의 권력을 빼앗는 것이라고 설명하느라 진땀을 흘렸다. 그렇게 그들의 표리부동한 처신은 계속되었다. 에리크가 예전의 소유지 몇 군데를 다시 되찾게 되겠지만 스웨덴 정부에서 어떤 권한도 행사할 수 없을 것이며, 연합제국은 계속해서 북유럽 나라들의 상호 불가침을 보장할 것이라는 주장이었다. 벵트 스텐손도 수행원들과 함께 도착해 칼 크누트손 본데, 크리스테르 닐손 바사, 그리고 그동안 제국위원회 위원으로 임명된 망누스 그렌과 합류했다는 사실은 덴마크 왕 앞에서 누구의 이해관계가 대변되어야 할지를 명백하게 보여주었다. 그러나 엥엘브레크트는 협상단 중에서 주교 토마스와 닐스 구스타프손 보트를 신임했다. 그는 그들에게 민중의 이름으로 된 서한을 건네주었다. 그 서한에는, 에리크가 나라의 질서와 법을 관장할 능력이 없다는 사실이 입증되었다고 쓰여 있었다. 민중들은 그를 떨쳐버리기 위해 한마음으로 일어선 것이라고 했다. 그러나 폭군에 맞서 승리했는데도 제국에는 아직 평온이 찾아오지 않았다고 했다. 과거의 상태를 복원하기 위해 애쓰고 있다고 했다. 민중들은 그러한 것을 참을 수가 없다고 했다. 총독의 폭력이 다시 되풀이되어서는 안 된다고 했다. 뻔뻔한 세금을 통한 착취가 더 이상 되풀이되어서는 안 된다고 했다. 농부들을 고문하고 사슬에 묶는 행위가 다시 되풀이되어서는 안 된다고 했다. 불명예스러운 동맹을 철폐하라고 했다. 가짜 왕은 물러나라고 했다. 예정보다 늦은 9월 초 허풍선이 에리크가 스톡홀름에 도착했다. 그러자 성곽 뒤편에서는 크뢰펠린이 의장을 맡은 가운데 협상이 벌어졌다. 그러나 지나치게 스웨덴 편에 가까웠다는 사실이 밝혀져 시장은 직위에서 해제되었고, 통치권자가 선호하는 인물로 대체되었다. 또다시 지배자들은 그들끼리 모였고, 민중들은 밖에서 기다렸다. 안쪽에서는 모든 시선이 차단된 가운데 결국 저들 각자에게 이익이 되는 쪽으로 합의가 이루어졌다. 자기들끼리 서로 싸우고 갈취해왔다 하더라도 저들은 협박과 모략에 능숙한지라, 살인마적인 정권이 저들에게 허용한 모든 결과는 항상 저들의 승리로 돌아갈 수밖에 없었다. 에리크는 다시 할란드, 스톡홀름, 칼마르, 뉘셰핑을 차지했다. 나머지 지방과 성들은 토착 영주들이 관할하게 되었다. 이들은 왕에게 충성을 맹세했으며, 왕은 한자동맹의 감옥에 아직도 포로로 잡혀 있는 스웨덴 전사들을 몸값을 치르고 데려오겠다고 약속했다. 향후 법정 판결은 국가의 법에 따라 내려지게 되었다. 이와 반대로 인민의 세금은 에리크가 액수를 정하고, 그의 궁정에 귀속하기로 결정했다. 종교적 세속적 귀족들은 계속 세금을 면제 받으며, 제국의회의 자리는 이들 귀족의 몫이었다. 하지만 궁정관과 원수를 임명할 권한은 왕의 몫으로 남았다. 왕이 선임하면 최고위원회의 승인을 거쳐 법적인 효력을 얻는 것이었다. 에리크의 심복 크리스테르 닐손 바사가 궁정관 직위에 오르고, 이에 맞서 귀족당의 대변자인 칼 크누트손 본데가 원수로 천거됨으로써 합의가 이루어졌다. 두 사람은 엥엘브레크트의 공개적인 적대자들이었기에 영주들의 마음에 들었다. 하지만 이들이 라이벌로 서로 싸우게 될 것이라는 것 또한 명약관화했다. 이렇게 해서 에리크는 왕관을 얻고 귀족들은 과거의 특권을 되찾은 스톡홀름의 화해의 축제는, 동시에 불화의 선언이기도 했다. 수도원과 교회에서 종이 울리는 가운데 크리스테르 닐손은 왕에게 은으로 된 지휘봉을 받고, 칼 크누트손은 칼을 수여받았다. 닐스 구스타프손 보트만이 유일하게 그 계약에 날인하지 않았다. 엥엘브레크트의 이름은 거론되지 않았다. 60척으로 이루어진 덴마크의 함대가 떠난 뒤 그는 자신의 군대를 모았고, 11월에 두번째 혁명을 선포했다.

우리의 전쟁은 두 개의 전선에서 벌어지고 있었다. 눈발을 뚫고 엥엘브레크트를 뒤따르는 한편, 포위된 도시 속에 몸을 숨기기도 했다. 매일 아침 나는 공장에서 해고 통지를 기다렸다. 매일 오후 로스너가 사는 집에 들어설 때면 경찰관에게 제지당할 각오를 해야 했고, 매일 저녁 잠들기 전에는 뭐가 됐든 내 삶을 변화시킬 만한 일이 일어나야만 한다는 생각과 함께 무기력감이 덮쳐왔다. 노조 지도자들은 공산당 대표자들에게 테러를 자행했다. 노조 지도부는 연이은 회람을 통해 공산주의자들을 제외시킬 것을 강요했다. 그러나 많은 산별노조들은 그 지시를 거부했다. 반동 세력이 주도권을 가진 것처럼 보였지만 민주적 전통의 대변자들도 이제 저항하기 위해 뭉쳤다. 엥엘브레크트는 달라르나, 헬싱란드, 옹예르만란드에서 온 농민군과 함께 네번째로 스톡홀름을 향해 출정했다. 에리크의 선원들에게 약탈당했던 셰렌 섬 주민들이 남동쪽으로부터 그에게 합류했다. 그들은 시의 남문 위쪽에 있는 언덕에 진을 쳤다. 이제 다시 민중의 힘이 실체를 드러내고 나라의 모든 지역에서 분노가 들끓었기 때문에, 수많은 귀족들 또한 달려와 제국대장에게 지원을 약속했다. 그러나 어떤 양피지에 쓴다 해도 그들의 서명은 가치가 없었다. 귀족들은 상황에 따라 자신들에게 더 많은 것을 약속해줄 때 손바닥을 뒤집듯이 하나의 맹세를 다른 맹세로 바꾸었고, 하나의 동맹을 다른 동맹으로 바꾸었다. 귀족들이 보기에, 스톡홀름은 눈발이 날리는 가운데 언덕 위에 진을 치고 있는 수만 명의 대군을 견뎌낼 수 없을 것 같았다. 그러기에 그들을 성벽 뒤쪽에서 맞이하는 것보다 그들과 함께 시내로 진격하는 편이 더 나았던 것이다. 또한 계속 진격하는 대군에 합류한다면, 귀족들은 연합제국의 왕과 관계를 끊을 필요도 없이 그 책임을 민중들에게 전가하면서 나머지 성곽 도시들을 자신들의 손에 넣게 될 것이라고 생각했다. 엥엘브레크트가 그들, 즉 닐스와 벵트, 그리고 보 스텐손 나트 오크 다그 형제들, 보 크누트손 그리프, 망누스 그렌, 그리고 또한 왕의 원수인 칼 크누트손마저도 어떻게 다시 자기편으로 받아들일 수 있었는지 우리는 자문해보았다. 우리는 그가 결국 지배계급의 한 사람으로 머물렀고,

그들의 이익을 위해 싸웠으며, 민중을 버렸다고밖에는 달리 설명할 수 없다고 생각했다. 엥엘브레크트의 최후를 살펴보고 이를 통해 하나의 해석을 내리고자 했을 때에도, 귀족들이 자신들에게 이익이 될 수 있는 한에서 그를 이용했고, 그 임무가 완수되었을 때 그를 제거했다는 생각을 우리는 떨쳐버릴 수가 없었다. 이것은 맞는 말이었다. 하지만 질문에 적합한 답이 되지는 못했다. 반란을 통해 시작된 변화는 한 가지 관점에서 해석하기에는 너무도 다층적이고 모순으로 가득 차 있었다. 역사가들은 엥엘브레크트를 귀족, 시민계급, 한자동맹, 민중의 대변자로, 또는 성인이나 국가의 창건자로 평가해왔다. 우리는 그가 물질적으로 무엇을 이루었나 하는 점을 출발점으로 삼을 수밖에 없었다. 그는 약탈기사 시대[217]에 성장했다. 그는 한자동맹 도시들과의 교역에 예속되어 있었다. 자국과 덴마크 영주들의 행위는 그의 생산 활동에 해를 입혔다. 경제적 이유에서 그는 평화를 원했다. 고위귀족들은 내적으로 분열되어 있었으며, 자신들의 권좌를 확고히 하기 위해 하층 계급의 지원을 얻고자 했다. 그들은 어떤 때는 이국 출신의 왕에게 반대했고, 또 어떤 때는 국내의 라이벌에 대항하기 위해 왕과의 결탁을 이용할 목적으로 왕을 지지하기도 했다. 알브레히트 정권 이후의 상황은 그랬다. 민중들을 짓밟아가며 싸움이 계속되었고, 민중들의 노동, 민중들의 삶은 황폐해졌다. 광산업자인 엥엘브레크트는 자신의 광산이 몰락하는 것을 막으려고 했던 것이다. 기업가 엥엘브레크트는 한자동맹과의 단절된 사업 관계를 재개하고자 했던 것이다. 작위를 받은 사람으로서 엥엘브레크트는 약탈을 막기 위해 영향력 있는 그룹을 끌어들여 자신의 집단 안에서 합의점을 찾고자 했다. 시민

217) 중세 후반기 기사들이 강도, 약탈을 자행하던 시기를 일컫는다.

계급으로서 엥엘브레크트는 기생적 존재인 귀족에 대항해 대상인(大商人)의 세력을 강화하고자 했다. 시골 사람으로서 엥엘브레크트는 단지 인민의 힘으로써만 변혁이 이루어질 수 있다는 것을 알았기 때문에 인민들을 지원하고자 했다. 대규모 농민군이 주축이 된 혁명이 발발했다는 것은, 자잘하고 날강도 같은 의도들이 판을 치던 시대가 종식되었고, 방화와 약탈을 일삼는 무리들을 이끄는 기사가 아니라 비참한 현실에 염증을 느낀 일반 대중이 출정에 나섰다는 것을 의미했다. 엥엘브레크트가 처음에 어떤 목적을 추구했든지 간에 그가 개입하고 조종할 줄 알았던 그 권력은, 억압으로부터의 해방, 적법한 상황의 건설을 목표로 했다. 그가 이루려 했던 통일은 아마도 국가적인 것도 아니고 민주적인 성격의 것도 아니며, 단지 실용적인 성격의 것에 지나지 않았을 것이다. 위기를 끝내려면 가능한 한 많은 사람들이 결집해야만 했다. 다수의 의지가 강하면 강할수록 반동적 세력의 기세는 약해질 것이다. 그가 기사들을 받아들인 것은 신뢰감 때문도 아니었고, 의견이 일치해서는 더더구나 아니었다. 그것은 그의 군대가 우세함으로써 그들에게 존경심을 강요하게 될 것이라는 기대감에서였다. 그가 잘못된 결정을 내렸다는 것은 그가 살해당하는 순간에 드러났다. 바로 이 순간에 그에게 가차 없는 결단과 최후의 혁명적 폭력에 대한 각오가 부족했다는 사실이 드러났다. 엥엘브레크트는 자신의 등 뒤에서 끊임없이 자신을 공격했던 그들을, 그들이 가야 마땅한 지옥으로 밀쳐내지 않았다. 왜냐하면 그는 에리크 닐손 푸케, 헤르만 베르만, 곳스칼크 벵트손 울브, 닐스 옌손 옥센셰르나, 요한 칼손 페플라, 클라우스 플라타 같은 동지들이 곁에 있어, 그들이 모든 공격으로부터 자신을 보호해줄 것이라고 확신했기 때문이었다. 그리하여 그는 자신의 선발대와 함께 산악 지역으로 가서 아래쪽 다리로 내려가는 길에 들어섰다. 노르보텐에서는 아르시발드 더글라스 백작과 그의 장군들인 노르드크비스트, 회그베리, 뉘그렌이 지방에 있는 공산주의자들의 요새를 분쇄할 준비를 하고 있었다. 육군 소장인 더글라스 백작은 북극권 근처 모르예르브 지역의 동쪽에 있는 스토르시엔에 첫번째 집단수용소를 설치하는 작업을 지휘했다. 당 지역사무소들과 『노르셴스플람만*Norrskensflamman*』 신문의 인쇄소 철폐는 백작의 부관인 스반봄 대위가 계획했다. 지방행정관 다니엘손, 룰레오에 있는 경찰회계관 할베리, 보덴의 시장 메위에르회퍼와 협의가 이루어졌다. 우파 신문인 『노르보텐스 쿠리렌*Norrbottens Kuriren*』의 언론인 하덴스트룀, 린드베리, 모베리, 그리고 사민당 성향의 신문인 『노르렌스칸*Norrländskan*』의 홀름베리와 에릭손에 의해 공산주의자들에 대한 박해 분위기가 조장되었다. 제2사단의 정예부대 소속원인 사관후보생 보리스트룀, 노르스트룀, 크렌델, 그리고 징집병인 팔름크비스트, 이 네 명에게 암살의 실행이 맡겨졌다. 살인 계획을 진행하는 거대한 체제에는 직통 연결선들이 있었다. 군대와 경찰기구 사이에, 그리고 핀란드위원회의 회장 린드홀름 교수, 노르웨이 박물관과 국립공원의 재단이사장인 스칸센, 민중당 스톡홀름 당위원장인 기술자 브레틀린트, 또한 이미 1914년에 극우반동 정부의 각료였으며 현재는 국내에서 공산주의자 퇴치의 책임을 맡고 있는 독일통 법무장관 베스트만 사이에 직접적인 연결선이 닿아 있었다. 관계들의 촘촘한 네트워크에서, 죽음의 냄새를 풍기는 냉혹한 대열에서 줄줄이 이름들이 떠올랐다. 높은 곳에서, 언제나 높은 곳에서 낮은 곳으로 그어진 그 흔적들은 막강한 동맹자들에 의해 지워졌다. 높은 곳, 그곳에는 왕, 총참모장이 있었으며, 높은 곳, 그곳에는 국가공무원, 당 간부, 의원, 산업가 들이 있었고, 높은 곳, 그곳에는 문화적 기득권자들이 있었다. 낮은 곳에서는 이상주의

적이며 애국적인 성향을 가진, 앳된 얼굴을 한 소수의 젊은 남자들이 발탁되었다. 1436년 1월 15일, 도시는 언덕 위에 무장을 하고 있는 사람들 앞에서 몸을 숨기고 있었다. 거센 바람 속에 눈보라가 휘감기며 치솟아 올랐다. 얼음 속에 박혀 있는 말뚝 뒤쪽에서 단지 두 개의 교각 망루와 성벽의 일부만 가끔씩 그림자처럼 떠올랐다. 우리가 그 장면을 기획하면서 발견했던 그림에서 브레히트는 눈을 떼지 못했다. 그 그림은 반사되는 햇살을 천문도처럼 표현한 중세 스톡홀름의 모습이었다. 스톡홀름이 하나의 보석으로, 섬세하고도 선명하게 화폭에 담겨 있었다. 우아하게 거품이 이는 파도와 녹색으로 뒤덮인 섬들로 둘러싸였고, 그 위쪽의 높고 맑은 하늘에는 태양고리시계와 무지개, 타원형 궤도, 혜성의 궤적, 그리고 북극광과 비슷한 궁형이 그려졌다. 브레히트는 거대한 시간대를 암시하면서 혁명적 순간과 대비를 이루는 한편, 또한 동시에 이를 연속성 안에 편입시키는 그 우주적 현상을 포기하지 않으려고 했다. 아마도 천체와 함께 탁한 색채의 북극광을 그려 넣은 도시 안내 간행물이 발간될 수도 있을 것이라고 그는 말했다. 반란군들이 성내의 멋진 건축물들을 손에 넣으려면, 그 전에 우선 외성과 방책, 다리, 성벽 들을 넘어가야만 했다. 광대한 연관성들을 가까이 끌어당겨 표현하고자 하는 것인 만큼, 무대의 조망 역시 마치 망원경을 통해 바라보는 것처럼 축소되어야 한다고 브레히트는 말했다. 그것은 성벽과 그 뒤쪽의 가물거리는 주택의 담장들이 한 평면 위에 놓인 것처럼 보여야 하고, 그 앞쪽의 거대한 탑은 평평하게 하며, 탑은 마치 그 사이에 통로가 없는 것처럼 그 앞의 요새 망루에 바짝 접근시켜야 할 것이고, 또한 망루 앞에는 높은 암벽을 만들어, 거기서부터 엥엘브레크트와 그의 동행자들이 내려오도록 만들어야 한다는 것이다. 그 대열은 원형의 성문을 향해 가면서 수직으로 아래로 사라졌다가 곧 다시 판자벽 앞으로 올라왔다. 회색 내피에 사슬 갑옷을 받쳐 입고 가죽 투구를 쓰고 여러 종류의 무기를 든 병사들이 뒤따랐다. 위쪽의 총안에는 궁수들이 배치되어 있고, 덴마크의 수성대장 에리크 닐손이 모습을 드러냈다. 성문을 열라고 요구하자 왕의 지시가 있어야만 열 수 있다는 대답이 돌아왔다. 제국의회가 도시를 넘겨줄 것을 요구한다고 칼 크누트손이 외쳤다. 그가 원수라는 사실을 저편에서 알아보았다. 너희들 스스로 스톡홀름은 에리크의 것이라고 결정하지 않았느냐고 그들이 소리쳤다. 그 결정은 무효라고 대답했다. 성내에 머물고 있는 크뢰펠린님과 협의를 해보아야 한다고 닐손이 말했다. 그러나 병사들은 벌써 도끼로 성문을 찍어댔다. 에리크 닐손은 자신의 성내에 5천 명의 무장 병력이 있다고 경고했다. 하지만 뒤쪽 탑에서, 그건 채 5백 명도 되지 않으며 그들은 감히 성 밖으로 나설 생각도 못하고 있다고 외치는 소리가 들렸다. 그때 저쪽 편에서 도시의 성문이 열리고, 또한 앞쪽에서 빗장이 젖혀지는 소리, 차단기가 들어 올려지는 소리가 나고, 다리 위에서 쿵쾅대며 걷는 발소리가 났다. 도시의 노동자들이 농민군을 환영했다. 룰레오에 있는 당사 건물에서 폭발물 점화장치가 폭발했다. 지역당위원장 헬베리, 그의 아내, 청소년연맹의 출납 담당 여직원 그란베리, 그리고 그녀의 두 아이들까지 모두 다섯 명이 사망했다. 이들의 시체는, 경찰이 접근을 차단한 가운데 외진 골목길을 통해 무덤으로 옮겨졌다. 신문사들은 부고 광고를 접수하지 않았고, 조문객들을 위한 연회장도 대여할 수 없었다. 같은 시각에 많은 사람들이 핀란드전에 지원병으로 참전했다가 전사한 몇 사람의 관을 들고 스톡홀름의 대로를 행진했다. 브레히트는 우리에게 그 암살에 대해 알아낸 모든 것을 소리 내어 읽어보라고 시켰다. 재판은 4월 말에 있을 것이라고 했다. 범인들은 가벼운 처벌을 받게 될 것으로 예상된다고 했다. 그들은 단지 적에게 경고를 하고 겁을 주려고 했으며, 또한 육군 소장이 전선 신문을 만들기 위해 필요하다고 말해왔던 인쇄소를 확보해주려 했을 뿐이라고 진술했다. 브레히트는 부대 내부에서의 지원자 모집 활동, 행동대의 선발, 무기고에서 폭발물과 도화선을 조달한 과정을 듣고 싶어 했다. 자신들은 명령에 따라 행동했다는 피의자들의 진술, 명령을 내린 자와 중간 연락책의 도피, 살인에서 공산주의자들의 불법적인 활동으로 재빠르게 관심을 돌리는 태도, 국가는 죄가 없다는 태도 따위를 듣고 싶어 했다. 대주교 홀트그렌, 주교 쿨베리와 기타 교회의 고위성직자들, 구세대 사회주의자들인 스트룀, 회그룬드, 킬봄, 네르만, 린드하겐, 노동계급 출신으로 명망이 높은 작가들인 빌헬름 모베리, 에위빈드 욘손, 하리 마르틴손은 인상 깊은 발언으로 지원에 나섰다. 우리는 다시 엥엘브레크트로 되돌아가려고 했다. 하지만 브레히트는 이미 「배후 조종자」라는 제목의, 소송 형식으로 된 하나의 새로운 기록극을 계획하고 있었다. 이는 무대에 올릴 수 없는 작품으로, 국가가 반대하고 나설 작품이었다. 작품의 새로운 제목은 「브레히트의 추방」이었다. 이 나라에서 위험 분자들을 청산하겠다는 맹세를 한 영웅인 더글라스가 저 위쪽 어둠 속에서 나타났다. 그는 위대한 애국적 연설을 했다. 노조기구의 보스인 린드베리는 붉은 깃발들로 둘러싸인 가운데 그에게 동조했다. 엥엘브레크트가 그들을 위해 해방시킨 스톡홀름에서는 기사와 성직자들이 모여 비밀회의를 열었다. 그들은 크뢰펠린, 그리고 대상인들과의 협의로, 덴마크로부터 독립한 정부의 직위들을 분배했다. 엥엘브레크트는 봄에 있을 교역에 대비해 항만과 창고들을 짓도록 하고 접근로의 건설을 지시했다. 그러고 나서 그는 자신의 군대와 함께 뉘셰핑을 향해 출발했다. 그가 요새를 포위하기 시작하자마자 수도에서 최고

위원회가 열렸다는 소식이 들려왔다. 엥엘브레크트에게 스톡홀름의 행정과 성채의 인수를 위탁받은 칼 크누트손이 제국대장으로 임명될 것이라고 했다. 그는 푸케, 베르만, 페를라, 플라타에게 뉘셰핑의 포위를 맡기고 서둘러서 되돌아왔다. 모반자들이 검은 형제 수도원에 모여 있다는 것을 알았다. 웁살라의 대주교 올로프, 린셰핑의 크누트 주교, 스카라의 시예 주교를 비롯해 참석자들은 모두 서른 명이었으며, 그들은 방금 엥엘브레크트의 직위를 박탈하고 이를 기사 본데에게 넘긴다는 결정을 내렸다. 엥엘브레크트의 손을 들어준 표는 단 세 표뿐이었다. 도시에서는 소요가 일어났으며, 노동자, 수공업자, 농부 들이 예른토리 위쪽의 가파른 골목에 있는 그 건물을 에워쌌다. 그들은, 제국대장의 직위는 단지 엥엘브레크트만의 것이라고 외쳤다. 하지만 귀족들은 상황을 제대로 파악하고 있었다. 비록 인민들이 그들을 습격할 태세를 갖추긴 했지만, 엥엘브레크트는 자신의 출정이 마지막 단계에 접어드는 시점에 자신들과 공개적인 적대 관계를 형성함으로써 내전을 일으키지는 않으리라는 것을 그들은 알았던 것이다. 그들은 또한 그가 직위에 무관심하다는 것을 알고 있었으며, 이미 이전부터 제국대장의 직위를 그와 칼 크누트손이 나누어 갖게 될 가능성을 염두에 두고 있었다. 그들은 그의 군사적 능력을 칭송하기 시작했으며, 그가 국가 운영에서 얻을 수 있는 것과는 다른 명예를 얻게 될 것이라며 그를 속이고자 했다. 그의 자리는 군대의 맨 꼭대기이며, 기사들은 승리의 행진에서 그의 뒤를 따르는 것을 최고의 명예로 생각하고 있다는 말들을 늘어놓았다. 그러자 그들이 기대했던 대로 일이 진행되었다. 엥엘브레크트는 전투가 종료될 때까지 칼 크누트 본데와 최고위직을 나누어 갖겠다고 선언했다. 귀족들이 전제로 삼은 것은, 그가 결코 그 직위를 자기 혼자만 누릴 수 없다는 것이었다. 왜냐하면 그가 자신의 임무를 완수했을 때 그의 삶 역시 끝나게 될 것이며, 국가가 해방될 때 인민들은 지치게 될 것이기 때문이었다. 그렇게 해서 엥엘브레크트는 도시의 노동자들을 진정시키고 난 뒤 다시 뉘셰핑을 향해 떠났으며, 페를라와 플라타에게 계속해서 성을 포위하라고 명령했다. 그는 다른 전우들과 함께 외스테르예틀란드를 향해 떠났으며, 에렌기슬레닐손에게 스테케보리의 포위를 위임하고 슈스트에서는 보 크누트손 그리프에게 스테케홀름을 공격하게 했으며, 칼마르로 출정해 닐스 스텐손 나트 오크 다그로 하여금 칼마르를 정복하게 했다. 그러고 나서 그는 블레킹에로 돌격하여 론네뷔 성을 빼앗고 클라우스 랑에를 성주로 앉혔다. 그러고는 서쪽 해안에 도달해 라홀름을 함락하고 그 감독권을 아르비드 스반스에게 넘겼다. 할름스타드를 보 스텐손에게, 바르베리를 헤르만 베르만에게 맡기고 엘브스보리와 평화협정을 체결했으며, 끝으로 푸케와 함께 중무장한 악스발에 도착했다. 엥엘브레크트가 지나온 길, 동부 해안을 따라 내려와 스코네 앞에서 서쪽으로 꺾어 다시 덴마크의 할란드 지역을 지나 위로 올라간 이 길을 횃불과 함께하면서 그는 모든 마을에 호소했다. 전국을 빙 둘러 하나의 원을 그리고, 민중의 지배를 확인한 이 길은 동시에 그를 소진시키고 무너지게 만든 길이기도 했다. 겨울과 추운 봄 내내 끊임없이 말을 타고 야외에서 밤을 보낸 결과 그의 건강은 엉망이 되었다. 고열과 근육통에 시달려 제대로 설 수조차 없는 상태에서 그는 스톡홀름으로 가기 전에 외레브로에 있는 자신의 성에서 짧은 휴식을 취하기 위해, 푸케에게 감시를 맡기고 악스발을 떠났다. 병들고 나이 먹은 엥엘브레크트의 마지막 시간들을 살펴보려고 다시 그에게 관심을 기울였던 2월 말에 우리는 작업을 중단하지 않을 수 없었다. 말끔히 떨어지지 않던 브레히트의 감기가 다시 재발했기 때문이었다. 텔리에에서 쫓겨난 뒤 외레브로 근처로, 옐마렌의 남쪽 해안에 있는 예크스홀름 성에서 살고 있던 벵트 스텐손 나트 오크 다그가 엥엘브레크트에게 화해를 청하기 위해 성으로 그를 찾아왔다. 출정 중 엥엘브레크트의 신임을 얻어 그의 시종이 된 벵트의 아들 몬스 벵트손도 함께 왔다. 대장은 그 기사와 평화를 맺는 데 동의한 다음, 통풍으로 굽은 몸을 목발에 의지해 절뚝거리며 손님들을 대접했다. 젊은 몬스가 참석해 있었기 때문에 그는 어떤 의심도 하지 않았다. 그러나 방문자들은 민중의 지도자가 어떤 상태에 있는지 알아보기 위해 온 것뿐이었다. 그들은 그가 위급할 때 자신을 방어하기 위해 칼을 쳐들 수도 없으며, 스톡홀름에 있는 위원회들이 의결했던 바와 같이, 적당한 기회에 그를 죽이는 것은 식은 죽 먹기라는 걸 알았다. 기회는 빨리 왔다. 엥엘브레크트는 자신이 다음 날 힘을 아끼기 위해 보트를 타고 스톡홀름으로 가려 한다는 사실을 그들에게 알려주었다. 그는 걱정해주는 그들과 함께 어떤 길로 가는 것이 좋을지 의논했으며, 그들은 그에게 헴페르드와 에스 순드를 거치고, 그다음에 멜란페르드를 거쳐 비에르크순드와 순드홀멘으로 노를 저어가 그곳에서 휴식을 취할 것을 제안했다. 그러나 밤에는 여전히 춥다고 벵트 스텐손은 말하면서 그 섬들이 예크스홀름 근처에 있으니 자신의 성에 들러달라고 그에게 제안했다. 엥엘브레크트는 감사를 표하면서, 시간을 지체할 수 없고 다음 날 저녁 닐스 구스타프손 보트가 자신을 기다리고 있는 옐마렌 동쪽 끝, 로스비크에 도착하기 위해서는 일찍 출발해야 한다고 말했다. 그렇다면 불을 피우기 위한 장작들이 많은 큰 섬 중 한 곳을 야영지로 선택하는 것이 좋을 것이라고 몬스는 말했다. 우리는 계속해서 설명했지만, 브레히트는 거부감을 보였다. 계속 작업하기가 불가능했던 이유는, 말하자면 그를 폭 싸고 드러누워 있게 만든 그의 병뿐만이 아니라, 그가 받아들이기 어려운 엥엘브레크트의 최후를 갑작스럽게 외면했기 때문이었다. 그는 콜록거리는 기침으로 대화를 끊으면서 패러독스한 역사적 조건들에 대해 말을 늘어놓았다. 그 조건에 따라 엥엘브레크트는 자신이 민중들과 함께 승리했는데도 결코 민중들에게 지도적인 직위를 맡기지 않았으며, 또한 민중들도 그들이 이미 앞서 있으면서도 마치 자신들의 결정 능력을 깨닫지 못하는 것처럼 다른 사람들에게 지도권을 넘겨주었다는 것이었다. 내가 노트에 적어두었던 그 프로젝트에 대한 브레히트의 마지막 언급은, 나트 오크 다그Natt och Dag 가문의 사람들을 우리가 만든 판본에서는 나흐트 운트 타크Nacht und Tag[218]로 부르자는 것이었다. 그때가 바로 소련과 핀란드의 겨울 전쟁이 끝난 3월 12일 직후였다.

브레히트의 집에서는 일종의 지적인 자유가 조성되었다. 그것은 우리로 하여금 현재의 압박감을 극복하게 하고 역사적 조망을 가능하게 해주었다. 공장에서 돌아와 로예뷔를 만날 때는 일상적인 것이 나를 지배했다. 폭넓은 해석과 종합적 판단의 세계로 이르는 길은 닫혔고, 우리를 억누르고 있는 것, 가까이에 있는 것들이 해명을 요구했다. 엥엘브레크트에 관한 희곡 작품에 몰두하는 동안 내 마음속에서는 이 나라에 대한 어떤 소속감 같은 것이 생겨났다. 나는 나 자신이 스웨덴에 정착한 것으로 생각했으며, 독일은 내 근원과 더 이상 아무런 관계도 없었고,

---

218) Nacht und Tag: 독일어로 '밤과 낮'이라는 뜻.

그곳에는 다만 몇몇 친구들이 지하 활동을 하고 있을 따름이었다. 한때 내가 국적을 가지고 있었던 체코슬로바키아는 내게 낯설었고 파리는 멀리 있었으며, 스페인은 폐허가 되어버렸다. 부모님이 어디 계신지는 알 수 없었다. 나를 둘러싸고 있는 정치적 현실이 어떤 것인지, 내 삶을 적응시키려고 애쓰는 조건들이 무엇인지 머릿속에 그려보고자 할 때, 이것은 말하자면 끊임없이 관점이 변화하는 두 개의 양극 사이에서 생겨났다. 브레히트의 영역에서는 밝은 것과 자유로운 판타지가 있었으며, 로에뷔가 내게 전해주는 것은 노동하는 삶의 어려움과 혼탁한 공기로 뒤덮여 있었다. 대립적인 그것들은 서로 간섭을 일으키고 뒤섞이면서 나의 현재적 삶의 배경이 될 수 있는 그물망을 만들었다. 나는 내가 태어난 시점을 기준으로 이 나라의 과거를 알고 싶었다. 중세를 조망해보거나, 또는 과거에 그랬듯이 고대를 조망해볼 때면, 내 마음속에는 세계적인 연관성의 감각이 생겨나곤 했다. 세척용 솥이나 용광로에서, 또는 외풍이 심한 지하실과 복도에서, 아니면 지지대와 관, 그리고 피댓줄이 마치 열대 덩굴식물 숲과 같이 뒤엉킨 기계작업실에서 일을 마치고 난 지금, 내게는 주체할 수 없는 열망이 밀려왔다. 그것은 임시적인 상태에서의 관찰자로만 머물러 있을 것이 아니라, 지난 수십 년간의 체험으로 채워진 현재 속으로 들어가보고자 하는 소망이었다. 국가적 소속감을 갖고자 하는 것이 아니었다. 내게 고향이라는 개념은 아무런 의미가 없었다. 중요한 것은 전체와의 관계를 강화함으로써 나 자신의 역할을 확고하게 하는 것이었다. 나는 일 년 이상 특정한 작업장에서 임금노동자로서 다른 사람들과 함께 일했으며, 부서의 실제적인 문제들에 참여해왔다. 그러나 나를 동료들과 구분 짓는 것은 일과 후의 활동이었다. 외국인으로서 공산당에 들어갈 수 없었던 나는 사민당 당원이 되는 다수의 길을 택함으로써 정부 여당 지지자로 위장했다. 내가 비밀스럽게 독일 공산주의자들과 만나는 것이 발각될 위험이 크기 때문에 같은 생각을 갖고 있는 사람들도 끊임없이 경계하고 조심스러운 태도를 가질 필요가 있었다. 코민테른을 위해 일하는 연락책을 맡고 있으면서도 나는 어떤 조직에도 소속되어 있지 않았다. 반파시즘 투쟁을 위해 이용되는 자료를 모으는 데 협력하면서, 당이 독일에 불법적인 거점을 만들려고 노력하고 있다는 사실을 알고 있으면서도 나는 독일로 돌아갈 생각은 하지 않았다. 부분적으로는 마치 진공 상태에 있는 것과 같고, 또 부분적으로는 다양하고 생생한 현실적 사안들 사이를 통과해 가는 이러한 존재 방식은 하나의 통일체로 결집되어야만 했다. 국적이 없고, 언제나 단지 3개월까지만 유효한 외국 여권을 가진 상태에서, 나는 일 년 반 전까지만 해도 생각해보지도 않았던 나라에서 나의 미래에 대처해야 했다. 내가 망명하면서 함께 짊어지고 온 언어, 읽고 쓰면서, 또한 브레히트, 호단, 비쇼프와 함께 있을 때만 모습을 드러내는 이 언어만이 새로운 환경과의 조화를 저해하는 요소가 되었다. 아마도 이러한 구분은 내가 마치 자국민처럼 표현할 수 있다손 치더라도 계속 남아 있게 될 것이다. 나는 내 속에 하나의 다른 언어가 존재한다는 사실을 받아들여야만 했다. 이 내면의 언어는 나의 유일한 자산이었으며, 이를 지키는 것은 나를 지키는 것이기도 했다. 물론 이러한 나의 출발 조건은 이미 완성된 사람, 자기중심이 확고한 사람인 브레히트가 낯선 환경에서 자신의 어법을 구사하는 데 주저함이 없었던 것과는 아주 달랐다. 나는 스스로 국경선들이 지양된 지역, 다만 공통된 생각에 따른 활동들만 의미를 갖는 지역들을 통과해 가는 과정에서 얻은 통찰들을 이용함으로써 내 언어를 작업 도구로 만들기 시작했다. 나는 브레히트에게서 처음으로 오늘날의 것이 얼마만큼 역사적인 의미를 갖는지 알아보게끔 자극을 받았다. 언젠가 내가 그 집을 방문했을 때, 예전에 좌파 정당, 즉 공산당 창당 멤버였으나 다시 사민당으로 돌아갔던, 시의 조례제정위원회 위원장 스트룀이 나타났다. 이 의원이 한 말 때문에 화제가 시저에 관한 브레히트의 책으로 옮겨가게 되었다. 1915년 가을 제국의회의 상원에 진출했을 때 우파 언론들은 자신을 카틸리나[219]에 비유했다고 스트룀은 말했다. 선동가가 상원에 진출했다는 것이었다. 파시스트 권력이 탄생하기 직전의 시기를 비유적으로 표현하기 위해 브레히트가 소재로 이용했던 카틸리나의 모반을 스트룀이 지난번 대전 시기로 옮겨놓은 셈이었다. 그런데 브레히트는, 시저나 엥엘브레크트가 자신들의 행위를 통해 우리 시대에 논쟁이 되고 있는 사안들을 어느 정도 가시화할 수 있는 인물들로 이용될 수 있는가 하는 점에 갑자기 의문을 갖는 것처럼 보였다. 우리에게 닥친 파국을 설명하는 것이 어려워졌을 때 그는 인식의 틀이 내재된 것처럼 보이는 사건들을 찾아보려고 애써왔다. 브레히트가 3월 중순에 시저에 관한 소설과 엥엘브레크트에 관한 희곡 작업을 포기한 이유는, 그 모델들이 자신들의 역사적 법칙성에 예속되어 있기 때문에, 우리가 위기 상황을 벗어나는 데 도움이 될 수 없다는 통찰 때문이었을 수도 있다. 스트룀은 청소년기에, 브레히트도 알고 있는 책인, 덴마크의 역사가 방Bang이 쓴 책을 읽었다고 했다. 그 책에서 카틸리나는 그를 폭력범이자 선동가로 묘사한 시민계급의 역사 서술과는 반대로, 사회 개혁가로 묘사되어 있었다. 로마의 자본 소유자들과 가난한 민중들 간의 대결이 이 작품의 주요 모티프였다. 여기서도 역시 브

---

219) Lucius Sergius Catilina(기원전 108~기원전 62): 로마 공화정 말기의 정치가로 아프리카 총독을 지냈으며, 집정관을 암살하고 국가를 전복하려는 음모를 꾸미다가 키케로 등에게 쫓겨 살해되었다.

레히트의 소설에서와 마찬가지로, 명예욕이 강하고 많은 빚을 진 시저가 반란세력에 매달렸다가 이 세력이 꺾이자 스스로 권좌에 오른 것이 강조되었다. 자신을 카틸리나라고 부른 것은 틀린 말도 아니었다고 스트룀은 말했다. 왜냐하면 그 당시 사민당 서기이면서 사민당 좌파연합의 지도자였던 자신 역시, 길거리 모임의 주모자이면서 노예 패거리의 지도자였던 그 사람과 마찬가지로 재산가 가문 출신이었다는 것이다. 그리고 그가 서른다섯 살이 넘은 뒤에 상원위원에 입후보할 자격을 갖게 된 데는, 정치적인 술책 말고도, 결국은 경제적 조건들을 충족시킬 수 있었다는 점이 결정적이었다고 했다. 다시 말해 그는 5만 크로네 이상의 값이 나가는 대지를 소유하고 있었으며 연간 수입이 최소한 3천 크로네에 해당하는 만큼의 세금을 내고 있었던바, 이것은 그 당시의 화폐 가치로 따져볼 때 소수 상류층에게만 가능한 일이었다. 일반 선거가 아니라 시의회 위원들 간의 내부적 협약으로 그는 엘리트 모임에 들어갈 수 있었던 것이다. 상류층 선거인들은 다시 선거를 거쳐 지방행정관직을 차지하게 되는데, 그 선거 결과는 소유 계급에 의해 좌지우지되었다. 왜냐하면 그 선거에는 28세 이상으로, 최소한 수입이 450크로네를 넘어야 하고, 지원금을 받은 적이 없어야 하며, 채무가 없고, 일정한 거주지가 있는 사람만 참여할 수 있기 때문이었다. 게다가 지방 선거는 40등급으로 나뉘어 행해지는데, 그 말은 수입이 많은 사람들의 투표권이 이제 막 첫번째 등급에 이른 사람의 투표권에 비해 40배의 가치가 있다는 뜻이었다. 1909년에 확정된 이 40등급 선거 제도에서는 자본, 부동산 재산, 소유하고 있는 생산품 사업장의 숫자와 크기뿐만이 아니라 소유한 가축의 규모와 고용한 노동력의 규모가 고려되었다. 하지만 이 제도는 권리를 박탈당한 민중들에 대한 몇몇 세력가들의 지배를 보장하는, 그전의 5천 등급 선거

제도에서 진일보한 것이었다. 하원 선거의 경우에는 한 남자가 한 표라는 원칙이 적용되었다. 하지만 최소한 연간 수입이 8백 크로네를 넘는 금액에 해당하는 세금을 내고, 6천 크로네 이상의 가치가 있는 집과 토지 소유를 입증할 수 있는 사람만이 투표권을 가질 수 있었다. 그럼으로써 여기서도 역시 안정된 직장이 없고 자주 거주지를 옮겨 다니는 대부분의 노동자들, 특히 젊은 노동자들이 배제되었다. 이 재정적 검열 제도는 1902년과 1909년에 있었던 대규모 파업을 비롯해 대중의 단체행동을 통한 압박과 사민당의 영향력 증대로 철폐되었다. 다만 나이 제한과 지난 3년간 세금을 납부했다는 증명을 요구하는 조항만이 유지되었다. 1911년 새로운 규정이 발효되었다. 하지만 여성들에게는 그 후로도 10년간이나 투표권이 주어지지 않았다. 이제 노동자들은 하원에서 자신들의 정당을 우파연합과 같은 크기의 세력으로 만들 수 있었지만, 자유당의 큰 정파를 이루는 시민계급은 그들에 비해 여전히 거의 3배에 가까운 우위를 점하고 있었다. 또한 시민계급은 자신들이 장악하고 있는 상원을 통해 아래쪽에서 올라오는 모든 요구를 거부할 수 있었다. 브레히트는 선거권의 역사에서 계급투쟁이 가장 끈질긴 형태로 진행되는 것을 알 수 있다고 했다. 선거권을 통해 법적인 토대를 가진 요새를 마련할 수 있었고, 낡은 것을 해당 국회 임기로 묶어두고, 어떤 급진적 이념의 징후도 막아내는 전략이 지속적으로 개발될 수 있었다고 했다. 브레히트는 스트룀이 우리에게 스웨덴의 의회주의에 관해 더 많은 것을 얘기해주기를 원했다. 그 발전 과정은 먼저 민주주의가 시작된 해로 꼽는 1911년까지, 그다음에 사민당이 처음으로 정권을 잡은 1920년 3월까지, 그러고는 계속해서 1930년대에 이르기까지 부르주아지의 위치와 노동운동의 본질을 규정해왔다. 스웨덴 사회에서 사민당이 갖는 영향력을 이해하기 위해 우리는 그것을 시민계급이 자유주의화한 과정과 연관해 보아야만 했다. 최초의 사회주의 세포에서 노조들과 당이 건설되는 과정과 더불어 자유주의 역시 발전해 왔다. 이러한 발전은 개혁의 압박에 적응력을 갖추고, 때로는 앞서 나가고, 잠재적인 경향들을 받아들이며, 또한 이를 다른 방향으로 유도하고 자신들의 이해관계와 결합하며 이루어졌다. 생산수단을 소유한 부르주아지는 진보적 정파에서 사민당 지도 그룹과의 협력을 실천하는 한편, 경찰과 군부를 통해 우익에 대한 자신들의 입장을 확고히 다지면서 자신들의 지배권을 유지해왔다. 사민당은 개혁이 평화적인, 의회주의의 수단으로 이루어져야 한다는 원칙에 입각해, 각 발전 단계에서 점점 더 자신들의 이념적 적대자들에게 예속되어갔다. 그들이 적에게 얻어낸 것은, 동시에 자신들의 원래 목표를 희생하면서 얻어낸 대가였다. 사회주의가 자본주의 내부에서 과반수 유권자들의 힘으로 서서히 성장해간 것이 아니라 자본주의가 사회주의 운동을 수용해왔던 것이다. 어느 틈엔가 혁명적 사상의 유산은 실용적 개혁주의 형태로 변해 있었고, 종종 전복의 힘을 과시했던 앞서 나가는 민중의 투쟁 조직들은 수정주의의 도구가 되었다. 소요 사태가 발생할 때면 곧바로 시민계급의 경호대가 동원되었을 뿐만 아니라, 프롤레타리아트당의 지도자들 역시 바로 그 프롤레타리아트의 요구들을 외면하고, 이성적 인내가 필요하다는 주장을 내세우면서 이를 무산시켰다. 그달에 오후 시간에 두어 번에 걸쳐 나눈 대화에서 스트룀은 이 타협의 과정이 자유주의적 민주주의적 법치 질서를 건설하기 위한 유일한 가능성이었다고 주장했다. 그 몇 년간은 사민당이 원칙에서 벗어나 빠르게 얻을 수 있는 대안을 추구하는 시기였으며, 그 시기가 바로 자신의 관점이 옳다는 것을 확인해주었다고 그는 말했다. 그는 자신의 당이 내세우는 정책의 방어적 성격은 사회주의적 이념을 저버리는 것이 아니라 역사적으로 주어진 조건들을 따르는 것이라고 생각한다고 말했다. 그는, 개인의 삶이라는 가치에서 출발하면서, 합의에 근거한 변화라는 비전에 확신을 가지고 있었다. 시민계급의 요지부동인 폭력 때문에 이러한 공동체, 이러한 자유로운 연대의 국가가 생겨날 수 없다는 사실이 계속 확인되고 있는데도 그는 그런 확신을 가지고 있었던 것이다. 1845년 무렵 파리에서 카베,[220] 프루동, 블랑[221]의 이론을 접하고 돌아온 수공업자 도제들이 최초의 독서회를 만들었을 때, 이미 시민계급은 개혁애호가협회를 만들었다. 독서회에서 인민의회와 보통선거권을 쟁취하기 위한 투쟁과 최장 열여섯 시간에 이르는 노동 시간을 단축하기 위한 투쟁을 시작했을 때, 개혁애호가협회는 수공업자조합이 해체된 뒤 마이스터의 억압에서 벗어나게 된 젊은 도제들에게 새로운 아버지처럼 후원을 제공해줄 교육단체들을 만들기 시작했다. 프랑스에서 시작된 움직임에 자극받아 스톡홀름에도 정의로운 사람들의 연맹이 이식되었다. 하지만 인쇄공인 예트레크가 선전했던 것과 같은 카베의 이카리아,[222] 즉 그 안에서는 모든 것이 모두에게 귀속되며, 완전한 평등이 지배하고 인민 스스로가 주권을 행사하며, 모두가 모든 자리에 선출될 수 있고, 또한 진정한 기독교의 형제애가 실현되는 평화로운 공산주의의 제국은 너무도 유토피아적이기 때문에 자유주의자들이 제안한 원칙들을 위협하지는 못했다. 따라서 예트레크는 아직 반쯤은 봉건적 농업국가에서 가능한 만큼만 1848년 유럽을 뒤흔들었던

220) Étienne Cabet(1788～1856): 프랑스의 법률가이자 언론인이면서 공상적 사회주의자였다.

221) Jean Joseph Charles Louis Blanc(1811～1882): 프랑스의 언론인, 역사가로 계급 간 화해를 주장한 사회주의자였다. 보통선거제와 노동의 국가 관리를 주장했다.

222) 프랑스의 공상적 사회주의자 카베가 쓴 『이카리아 여행기*Voyage en Icarie*』(1840)에서 이카리아는 이상적 공산주의 사회로 그려졌다.

혁명운동에 접근해갔다. 이 해에 이미 「공산당 선언」을 번역해 발간한 것도 바로 그였으며, 그는 인쇄공들이 처음으로 산별 모임을 갖도록 자극했고, 또한 노동계급의 권리를 대변하다가 경찰의 매질과 투옥을 겪은 첫번째 사람이기도 했다. 낡은 신분의회를 양원제 대표의회로 바꾸기 위한 준비 과정은, 아직 노동자들이 포괄적인 조직을 갖추지 못하고 그들의 주도권을 내세울 수가 없는 시점이었기 때문에 시민계급의 영향 아래 있었다. 부르주아지는 경제적으로 국가를 조종하고 산업 발전의 길을 열면서, 또한 들끓는 사회적 갈등을 다른 길로 유도해 헌법 개혁을 이끌어가면서 진보 세력을 자처했다. 부르주아 혁명의 마지막 단계는 19세기 중반에 뒤늦게 완성되었다. 봉건적 지배 체제에서 자본주의 지배 체제로의 이행은 상류 계급 내부에서의 타협과 강압적 합의로 진행되었다. 경제혁명, 즉 지방 귀족 세력가들에서 금융산업 고위직으로 권력이 이동되는 과정의 이면에서는 의식의 혁명적 변화가 일어났는데, 이러한 변화는 바로 노동자들의 권리 주장에 의해 촉발된 것이었다. 상층부에서는 시민계급이 돈이라는 무기를 가지고 이윤 증대만을 생각하면서 더 커진 약탈의 가능성을 향해 헤엄쳐가고 있었으며, 아래쪽에서는 새로운 시대를 담지한 세력들이 움직이고 있었다. 자본가들은 생산방식을 혁신하고 재산을 효과적으로 이용하는 한편, 일하는 대중들의 힘을 두려워해 그들에게 어느 정도의 호응과 호의를 보이지 않을 수 없었다. 자본가들은 상대를 기만하는 능력의 소유자로, 그들은 이를 통해 언제나 폭력을 막아내곤 했다. 자유사상의 이중성은 가부장제의 최고 직위인 왕에게까지 뻗혀 있었다. 지배자는 프랑스와 독일에서의 소요 사태로 어쩔 수 없이 매년 독일 은화[223] 5백 마

223) Reichstaler: 1566년부터 약 1750년까지 사용된 독일의 은화 화폐.

르크에 해당하는 돈을 노동자 교육 단체 건립을 위해 기부했다. 반면에 왕은 궁정관료와 명망 높은 시민들이 그곳에서 정치적 사회적 문제를 토론하기보다 윤리적 도덕적 성격의 강연을 하도록 관리하게 했다. 그러나 알름크비스트[224]와 블랑셰에서부터 50년 후의 스트린드베리에 이르기까지, 가장 훌륭한 정신적 지도자들은 민주운동 좌파의 편을 들었으며, 노동자당도 사회주의적 성향과 자유주의적 성향이 혼합해 있었지만 처음부터 비판적인 좌익 분파를 가지고 있었다. 이후에 벌어진 반란자들에 대한 우파의 투쟁은 결국 사민당 내에서의 보수주의의 승리로 귀결되었는데, 이 투쟁은 계급들 간의 화해를 지지하는 경향이 우세했던 초기의 성격을 반영했다. 1866년 시민계급이 의회를 개혁했을 때, 이는 그때까지 관철되어왔던 족벌주의에 비추어 민주주의를 향한 결정적인 진일보로 보였다. 제1차 인터내셔널이 구성된 뒤 감시가 심해진 상황에서 정치집회를 사격연맹에서 비밀리에 열었던 노동자들은 중앙지도부가 없는 상태에서 부르주아지의 의지에 굴복했다. 그 이유 중 또 다른 하나는 무엇보다도 부르주아지가 그들에게 하원을 인민대표들로 구성하겠다고 약속했기 때문이었다. 그전에 4개 계층의 의원들은 서로 떨어져서 의회를 열었다. 1만 명을 포괄하는 첫째 계층은 기사회관에 따로 회의 장소를 가지고 있었다. 둘째 교회 계층에는 1만 4천 명이 속해 있었으며, 셋째 시민 계층에는 6만 6천명이, 넷째 농부 계층에는 2백만 명이 속해 있었다. 다섯째 프롤레타리아트 계층은 그 어느 곳에도 대표를 보내지 못했다. 하지만 4개의 통치 계층은 각자의 규모에 비례해서 결정권을 갖는 것이 아니라 각기 전체의 4분의 1에 해당하는 결정권을 갖고 있었다. 각각의

224) Carl Jonas Love Almqvist(1793~1866): 19세기 스웨덴의 작가.

집단에서 논의된 것은 그다음에 기사 계층과 성직자 계층에 유리하도록 공동의 협의 사안으로 상정되어, 정치적 결탁과 동맹을 맺는 식으로 결정이 이루어졌다. 계층적 지배체제 아래 불균형한 투표권 분배 제도가 철폐되고, 자유주의적이고 개혁 지향적 조직들이 빠르게 성장해감으로써 이제 상류층의 헤게모니가 철폐된 듯한 인상을 불러일으켰다. 하지만 사실상 시민계급은 대토지 소유 농민과 연합하고 귀족들과 합의한 가운데 프롤레타리아트가 계급을 형성하려는 첫번째 진격 기세를 꺾고, 자신들의 위로부터의 혁명을 통해, 농촌에서 도시로, 수공업과 자영업에서 공장으로 몰려드는, 다종다양의 노동자 대중들에게서 몇 년 동안 추진력을 빼앗는 데 성공했던 것이다. 그들은 투표권을 법적으로 재산 상태에 비례하게끔 묶어둠으로써 귀족의 특권을 보호해주었으며, 귀족들은 사회주의의 해악이 근접해오는 상황에서 자신들이 살아남기 위해서는 부르주아지와의 동맹이 필요하다는 점을 인식했던 것이다. 현재에 이르기까지 사민당 정책의 기조를 이루는 사회개혁은 데 예르De Geer 장관 체제 아래에서 이루어졌다. 고위귀족 출신으로 은행가, 기업인, 지주였던 그는 지배계급들 간의 결탁을 개인적으로 구현하고 있었다. 문화적 엘리트 계층은 때로는 민주적 색채를 내보이고 때로는 선민의식을 거침없이 드러내면서, 노동자들의 교육 단체들과 각종 조직에 영향력을 발휘했다. 사민당보다 20년 이상이나 앞서 1868년에 창설된 자유당은 이상주의적 성향을 띤 주제들을 끌어들임으로써 많은 노동자 클럽의 면모를 이미 결정해버렸다. 저축은행 활동, 보험조약 체결, 소비조합 결성, 금주 문제, 도덕 문제들이 일반 및 평등 선거에 대한 요구, 노동 시간 단축에 대한 요구들을 대체하도록 만들었다. 파리코뮌의 패배 이후 부유한 시민들의 연합체가 노동자 단체를 위한 후원회를 만들어주었다. 여기서는 후원이라는 명목 아래 종종 우익 노동자 지도자들과 손을 잡고 혁명적 성향들을 정탐하는 기구들이 조직될 수 있었다. 스웨덴의 베벨인 마이스테르팔름이 최초의 사회주의자 총회를 열었던 1880년에 자유당은 노동자 조직들의 텃밭들을 지배하고 있었다. 그들은 인터내셔널과 연계된 사회주의자 클럽에 대항해 전국노동자연맹을 만들었으며, 그 지도자들은 사회주의에 대항해 투쟁했다. 노동자들은 선거 참여에서 배제되자 자신들의 견해를 표명하고 파업을 벌이며 대중 시위를 벌였다. 이 운동은 결국 사민당의 모태가 되었는데, 이 과정에서 이미 분열이 시작되었다. 한쪽에서는 단일의회, 상비군 제도의 철폐, 인민의 무장, 사회주의 사회로의 혁명적 이행을 요구했으며, 다른 한쪽에서는 의회주의를 통해 국가를 정복하자는 방안에 찬성했다. 개혁주의와 혁명이 서로 부딪혔으며, 당내의 이러한 대립들은 곧 부르주아 진영에게 유리한 결과를 가져다주었다. 브란팅은 자유주의 진영에서 넘어왔다. 그는 곧바로 팔름을 옆으로 밀쳐내는 한편, 자유주의자들과 긴밀한 유대관계를 유지하면서 동시에 급진적인 구호를 가지고 프롤레타리아트들을 끌어들일 줄도 알았다. 그는 국제연대주의의 붉은 깃발 아래 모든 억압받는 사람들과 착취당하는 사람들의 해방을 설파하면서, 노력을 기울여 만들어야 하는 정당은 혁명정당이라고 말했다. 브란팅이 모욕적인 기사를 간행한 죄로 징역형을 선고받은 뒤, 사람들은 그를 혁명가로 간주하기도 했다. 그러나 진보적 성향의 시민계급은 그가 하는 대로 내버려두었다. 그들은 그가 믿어도 되는 사람이라는 것을 알고 있었다. 왜냐하면 좌익 지도자들인 팔름, 베르멜린, 다니엘손이 축출되어 망명을 떠나게 만든 것이 바로 그였기 때문이었다. 우리에게 공산당 과도정부 이야기를 해주기 전에, 스트룀은 브란팅이 간 길이 올바른 길이었다고 생각한다고 말했다. 현실 정치가인 브란팅은 부르주아 국가를 거부하는 것이 아니라 국가에 참여하는 쪽을 옹호했다. 그는 국가가 자신들의 권력 수단이 될 수 있다고 보았다. 그는 무정부 상태가 발생하고 국민의 과반수가 지지하지 않는 활동이 돌출되는 것을 비판했으며, 선거권과 여덟 시간 노동제의 관철과 같은 초미의 사안들에 역량을 집중했다. 자본주의 체제는 위기로 흔들리는 것이 아니라 이미 오래전에 위기에서 치유가 되었으니, 자본주의 체제의 틀 안에서 이룰 수 있는 것을 위해 투쟁하고자 했다. 이때 그는 다수를 차지하기 위해 민중의 권리 확대를 지지하는 노동계급 이외의 그룹들과 연합하고자 노력했다. 점점 더 거세게 제기되는 요구들을 실현할 투쟁의 도구인 대중정당이 생겨나면서 시민계급 연합 역시 의회 개혁을 위한 태세를 갖추게 되었으며, 전국선거권연맹 안에서, 사회민주노동자당과 경쟁적으로 의회 개혁을 찬성하는 표를 얻기 위해 노력했다. 자유당과 우익 그룹들이 지배하는 상원의 후원을 받는 부르주아 정부는 사회를 위험에 빠뜨릴 변화는 일어나지 않을 것이라고 확신할 수 있었다. 사민당은 하원에서 자신들의 의석을 늘리기 위해 내적인 대립을 숨기고 단합을 과시해야만 했다. 수정주의적 희망과 혁명적 환상 사이에서 투쟁을 벌이던 노동자 계급은 선거에서는 당의 노선을 따랐으나 중간 시기에는 점점 더 많이 의회를 넘어 장외 활동에 나섰다. 부르주아들은 산별노조연맹위원회에 대항해 곧바로 일자리 중재와 개인적인 임금 협상 사업을 운영하는 노동자연합이라는 기구를 만들었던 것과 같은 방식으로, 노조 조직들이 당에 편입된 것에 대항해 자신들의 노동자연맹을 만들었다. 이 노동자연맹은 갈등이 커지는 곳에 노동법의 보호를 받는 파업 훼방꾼들을 보냈다. 부르주아가 노동자들에게 제시하는 안은 여전히 인민의회였다. 하지만 노동자들은 지배자들의 국가가 그 기능을 상실하고 마비되자 총파업을 시작했다. 1902년 4월에 벌어진 최초의 대규모 단체행동은 프롤레타리아 연대와 우익 당 지도부에 대한 결별 선언이기도 했다. 이제 견해들 간의 대립이 분명하게 드러났다. 경찰이 파업 참여자에게 매질을 가하게 만드는 부르주아와 협력하기를 거부하는 사람들과, 계속해서 적과의 협력 태세를 갖추는 브란팅 지지자들 간에는 더 이상 화해가 불가능해졌다. 대중들은 이 며칠간 당의 지배권을 장악했으며, 각 도시의 거리와 광장에서 사회민주주의적 권력을 행사하는 한편, 의회에서 벌어지고 있는 투표권 법안 협상에 압력을 가했다. 미흡하고도 잠정적인 선거개혁안이 헌법으로 보장되기까지는 그로부터 7년이 더 걸렸다. 하지만 이제 좌파 이념주의자들, 급진적 청년동맹, 인내가 한계에 달한 노동자들이 당을 점점 더 혁명적인 방향으로 이끌고 가는 동안, 자본가들도 자신들의 조직을 강화해갔다. 파업이 끝난 직후 자본가들은 사용자연맹으로 결집했으며, 이전에 노동자들이 그들을 상대로 고려했던 것보다 더 극심하고 가혹한 조치들을 취했다. 파업 지도자들은 해고되었고, 그들의 이름은 블랙리스트에 올랐으며, 파업에 참가한 많은 노동자들은 공장 사택에서 쫓겨났다. 그 결과 노동자들은 일정한 거주지가 없는 부랑인 법의 추적을 받으면서 선거권 또한 잃었다. 파업 훼방꾼 집단은 그때부터 계속해서 몽둥이와 권총으로 무장을 갖추었다. 그로부터 35년 뒤, 경제를 좌지우지하는 기업인들은 여전히 노조의 대변인 역할에 머물고 있는 사민당 정부 아래에서 살트셰바덴 협약 정관 23개조로 원칙들을 정했다. 오늘날에는 32개조로 바뀐 조항으로 노동의 무제한적인 지도와 분배, 노동력의 자유로운 채용과 해고의 권리가 기업인들에게 귀속되었다. 이에 대한 반대급부로 그들은 1938년 12월에 정한 바와 같이 노동자들이 아무런 간섭을 받지 않고 자신들의 산별조직을 구성할 권리를 승인했다. 그러나 이제 선거가 있을 때면 부르주아지가 그들의 경제적 독점 권력으로 노동자 계급 내부에 쐐기를 박고, 세기 전환 무렵에 생겨났던바, 특혜를 받는 층과 임금노예 대중 사이의 대립을 심화시킬 수 있다는 사실이 드러났다. 개혁주의 노선을 옹호하는 사람들은 검열 아래에서도 여전히 폭력적인 수단을 취하고자 하는 사람들에게 맞설 수 있게 되었다. 그리하여 기득권이 유지되기를 바라는 한편, 자본주의에 의해 보장된 개혁을 계속 추구하려는 노동자 귀족들은 좌편향 노선에 대한 막강한 감시자가 되었다. 브란팅은, 짧은 시간에 산업화를 이루고 생산력을 증가할 수 있는 자본주의 국가는 민주주의 생성에 필수적인 물질적 안정 상태를 만들어낸다는 베른슈타인[225]의 테제를 따랐다. 그러면서 그는 선거연합을 염두에 두고 자유당과의 관계를 확고하게 다져갔다. 그는 또 다른 한편, 다시 총파업으로 운집하려는 노동자들의 폭풍 같은 기세에 맞서 사려 깊은 생각을 갖고 평화를 유지하며, 지금까지 이룬 것에 만족할 것을 호소함으로써 총파업을 막으려고 시도했다. 이 시점에서 브란팅에게는 무엇보다도 제국의회에서 사민당의 의석을 늘리는 것이 초미의 관심사였을 것이라고 스트룀은 말했다. 하원에서는 자유당이 1백여 석, 우익 부르주아가 약 60석을 차지한 반면, 그의 정당은 단지 34석을 가지고 있었다. 인민의 대다수가 자신들의 투표권을 제대로 행사할 수 없었다고 말하는 것은 아무런 소용이 없었다. 정의는 합법적으로 관철되어야만 했기 때문이다. 모든 사람이 열심히 노력하고 한 곳에 정착해 있으며, 지속적으로 노

225) Eduard Bernstein(1850~1932): 독일 사민당의 대표적 정치가로 이른바 수정주의적 마르크스주의 이론의 창시자다. 1917년 룩셈부르크, 카우츠키와 함께 독립사민당 창당에 참여했지만, 소비에트 10월 혁명을 반대하고 의회 중심의 개혁노선을 지지하면서 이들과 결별하고 사민당으로 복귀했다.

동을 하고 정확히 세금을 치름으로써 투표권의 요건을 충족시킨다면 이것이 가능하다는 전망을 할 수도 있었다. 길거리에서의 단체행동은 당의 좋은 명성에 해가 될 수 있다고 했다. 그러나 1909년 8월, 브란팅이 부르주아의 요구에 굴복해 하원 선거 참정권의 최소 연령을 제안한 바대로 23세가 아니라 24세로 하고, 종래대로 여성을 배제하는 안을 승인하자 두번째 대규모 파업이 일어났다. 다시 자율적인 태도와 지속적인 인내를 가지고 대중들만이 홀로 이를 견지해나갔다. 당 지도부와 노조 지도부가 파업에 거리를 둠으로써 그들은 일반인들이 노동운동을 경멸하게끔 만들었으며, 데모를 무시하는 끔찍한 반응을 보이도록 했다. 국왕은 테니스 경기를 하러 세뢰로 떠났고, 총리이자 우익의 지도자인 린드만은 헬싱란드에 있는 그의 여름 별장으로 들어갔으며, 자유당 당수인 스타프는 온천 휴양지인 푸루순드로 떠났고, 브란팅은 휴가차 독일로 떠났다. 그들 모두는 경찰대와 그리고 사용자연맹의 대표인 쉬도브에 의해 소집된 시민방위군이 수십만 명의 노동자들을 꼼짝달싹 못하게 할 거라고 믿었던 것이다. 단지 자유당 의원 한 사람만이 연민과 놀라움이 뒤섞인 감정으로 그 과정들을 예의 주시했다. 그는 노동계급이 가난과 기아때문에 정신적으로 왜곡되어 있으며, 식량을 배급하고 주거 환경을 정비하고 교육 환경을 안정시키면 그들에게 애국심을 고취할 수 있다는 굳은 신념을 가지고 있었다. 팔름셰르나는 경건주의적 성향을 가진 귀족 가문의 일원으로 장교, 궁정관리, 외교관 사이에서 성장했다. 그는 엄격한 교육을 받고 자랐으며, 열두 살 때 자신의 의지와는 달리 해군 장교로 앞날이 결정되어, 견습선원을 거쳐 해군대학에 입학했다. 그는 음악적 성향을 가지고 있으면서 양심에 따라 행동했으며, 성경을 읽고 스콜라 철학을 공부했다. 성인이 되어 부선장으로 경력을 마치고, 사회봉사활동에 뛰어들었다. 그는 가족들의 반대에도 불구하고 사회복지 중앙연맹 서기, 빈민구호를 위한 제1회 총회 회장, 그리고 자유당 시의원이 되었다. 그는 이 늦여름에 인민들이 겪는 절망과 고통을 보게 되었다. 기업인들은 적기에 은행에서 장기대출을 받았으며, 4주 동안 임금을 받지 못한 노동자들은 지쳐 무너지고 있었다. 그는 노동자 가정이 얼마나 비좁고 옹색한 방에서 사는지 알고 있었다. 그는 종종 그 안을 들여다보았으며, 퀴퀴한 냄새 탓에 구역질을 했다. 청소년기에 겪었던 뱃멀미와 마찬가지로 그 불쾌감은 결코 극복되지 않았다. 하지만 그는 매번 또다시 죽을 배식해주는 사회복지과의 마차를 따라 이 낯선 사람들의 집 안으로 들어가려고 했으며, 그들에게 쫓겨나는 경우도 적지 않았다. 그는 이상하게도 그들에게 이끌리는 느낌을 받았다. 그는 자신이 그들의 구원자가 될 것이며, 반종교적 태도와 광폭한 혁명적 사고에 빠지는 위험에서 그들을 보호하게 되리라는 것을 알았다. 이제 그는 자신 앞에 큰 가능성이 열려 있다고 생각했다. 파업자들은 제재를 받았고, 노조 지도자들은 그들 몰래 사용자들과 협상을 벌이고 있었으며, 노동자들에게는 다시 노동을 재개하는 것, 공장으로 돌아가는 것 말고는 다른 선택권이 없었다. 그는 그들의 굴욕감에 공감할 수 있었다. 그 역시 함대에서 학대를 당해보았기 때문이었다. 이제 그는 그들을 위해, 그가 보기에 오류와 광적인 열광만 청산한다면 미래의 주역이 될 그들의 당에서 활동하고 싶었다. 그는 오랫동안 브란팅이 고립되어 있는 것을 눈치챘다. 그는 이 위대한 선구자를 돕고 싶었다. 그는 브란팅에게, 당신과 나, 우리 두 사람은 서로 비슷한 천재들입니다. 우리 두 사람은 고통과 불행을 끝내고자 하며, 상호신뢰와 인간의 존엄성을 이루어내려고 합니다. 그러나 당신은 평범한 사람들, 배우지 못한 사람들에게 둘러싸여 있습니다. 그 때문에 당신은 고통을 겪고 있습니다. 나는 당신을 도와 당의 정신적인 수준을 높이고, 당을 진정한 민주적 정당으로 만들고자 합니다,라고 말했다. 그러자 브란팅은 그를 받아들였으며, 팔름셰르나가 입당함으로써 사민주의와 자유주의의 동맹이 체결되었던 것이다. 그럼으로써 몇 명의 사민당원을 장관직에 앉힌 자유당 정권의 실현이 가시권 안에 들어왔다. 하지만 2년 뒤 총리 린드만이 스타프로 대체되었을 때도 장관들의 눈높이에서 바라본 사회주의 사상을 중심으로 구성된 이 연합은 실현되지 못했다. 그 이유는 다른 생각을 가지고 있는 좌파들이 자유주의적 시민계급과의 모든 합의를 거부했기 때문이었다. 사민당이 하원에서 의석을 배로 늘리면서, 보호무역주의 그룹과 자유무역을 열망하는 온건한 그룹, 그리고 농민당과 국민진보당으로 이루어진 우파 블록과 대등한 세력을 이루게 된 이 시점에서, 당내 반대파를 추방하는 예방조치가 불가피했다. 팔름셰르나가 바로 이 임무를 맡는 데 적임자였다. 짧은 기간에 당 대표부, 원내의원의 위치에 오르면서 그는 그때까지 해왔던 자신의 노력, 즉 쓸모 있는 사람이 되고자 하는 노력을 제대로 펼쳐갈 수 있었다. 그는 노동자들이 다음번에는 자신들의 승리에 불리한 불경기 시점에서 요구를 제기하는 것이 아니라 호경기 시점에서 요구를 제기하게 될 것이라는 두려움에 휩싸였기 때문에, 그들의 생존 투쟁에서의 어려움을 덜어주고 생활비를 낮추며 임금을 올리는 일에 모든 노력을 경주했다. 그는 그들이 창백한 표정과 구부정한 자세로 공장에서 돌아오는 모습을 볼 때마다 현기증을 느꼈다. 그는 자신의 이상주의를 그들에게 심고자 했으며, 그들을 거칠고 파괴적인 항의로 내모는 선동가들을 증오했다. 밤에 높은 돛대에 매달리고 깊은 곳으로 추락했던 자신의 끔찍스러운 체험을 되새겨볼 때면 망설여지기도 했지만, 그들 또한 자신이 배웠던 바와 같이, 감정을 자제하고 스스로를 극복할 것을 요구했다. 자신의 계급적 유산을 관리하기 위해 충분히 강한 모습을 보여야 한다는 끊임없는 압박감에 시달리고 있었던 그는, 자신의 엄격한 기질로 민중의 위대한 운동을 정화하고 품격 있게 만들고 사회적 규범에 부합시키고자 했다. 도시의 거리와 광장으로 나선 대중의 모습이 한시도 그의 뇌리를 떠나지 않았다. 그러므로 그는 시간이 나는 대로 달라르나에 있는 자신의 영지에서 숲과 실리안 호수의 아름다움을 즐기면서 휴식을 취해야만 했다. 휴식을 취하고 나서 그는 당내에 독자적인 단체를 구성한 좌파에 맞선 투쟁을 재개했다. 더 강력한 효과가 있을 것이라는 판단에서, 더 이상 노동자당의 외부에서가 아니라 그 내부에서부터 반군국주의자들을 향한 공격으로 넘어가고, 방위비 예산 증액에 찬성하면서 볼셰비즘을 퇴치하는 것이 가장 중요한 사안이라고 선언하는 과정을 거치며, 그는 자신이 무엇을 염두에 두고 힘의 정책을 펴는 길로 접어들게 되었는지 보여주었다. 그가 겪은 희생은 그의 본성에 어울리는 것이었다. 자신이 등을 돌린 귀족들이 자신에게 침을 뱉는 수모를 겪어야 했으며, 우파 언론이 자신을 비방하고 대부르주아지가 자신의 가족들을 위협하는 것을 받아들여야만 했다. 하지만 그는 자신이 정의로운 일에 헌신한다는 것을 알았으며, 노동자 대중이 그의 말에 귀를 기울이려 하지 않는다 해도 그는 계속해서 그들이 최선의 것을 가질 수 있게 하기 위해 투쟁했다. 그는 콧수염을 기른 브란팅 옆에 서서 검은 눈은 전체 유럽을 향하면서, 자신의 눈앞에 놓인 사명을 보았다. 헌법에 입각해 노동과 자본 사이의 연대를 완성하는 것, 그것이 바로 자신의 시대의 위대한 사명이었다.

노조 지도부가 파업을 무산시키고 나자 노조에 대한 노동자들의 신뢰가 전폭적으로 흔들리는 첫번째 커다란 위기가 닥쳤다. 3년 동안에 조합원 숫자가 18만 6천 명에서 8만 명으로 줄어들었다. 당이 그들의 투쟁 행위를 비난하고 사용자들이 보복 조치를 취함으로써, 더 이상 일자리를 찾을 가망성이 없는 많은 활동가들이 어쩔 수 없이 이민을 떠나야만 했다. 지난 세기 말엽에는 누구보다도 가난한 농촌 프롤레타리아트들이 스웨덴을 떠났다. 그런데 이제는 혁명적 발전을 추동하기 위해 꼭 필요한 우수한 산업노동자들이 대부분 이민을 떠났다. 전쟁이 일어나기 전 몇 해 동안 이 손실과 점차 확산되는 상실감이 사회 분위기를 지배했다. 1914년 8월에는 새로 구성된 왕당파 함마르셸드의 우파 정권에 은행가 발렌베리가 외무부장관으로, 해운업자 브로스트룀이 해양부장관으로, 거대산업 자본가 벤네르스텐이 재무부장관으로, 대토지 소유주 베크 프리스가 농산부장관으로, 사용자연맹의 회장 쉬도브가 내무장관으로, 그리고 독일 편에 서서 전쟁에 참여하자고 선동하는 베스트만이 교육부장관으로 입각했다. 이 정권의 등장과 더불어 사민당 내의 정쟁이 중단되었는데 이는 스웨덴에서의 제2인터내셔널의 몰락을 의미했다. 그럼에도 당내 좌파는 분열 사태를 원치 않았으며, 당내에서 사회주의 원칙을 위해 활동할 수 있는 권리를 주장했다. 하지만 그들이 부르주아지에 대한 전면적 공격을 위해 당의 역량 강화에 집중하고 있을 때, 우파 사민당원들은 당을 통해 소요 사태와 경제적 위기에서 국가를 보호하겠다는 생각을 품고 있었다. 당은 모든 노동운동 그룹의 이해관계를 대변했기 때문에 규모를 키울 수 있었으며, 좌익 지도자들 역시 여전히 거리낌 없이 자신들의 주장을 관철해나갔다. 1912년 좌파연맹 창설에 참여했던 스트룀은 당서기에 올랐으며, 당 대표부 내의 우파인 팔름셰르나, 페르 알빈 한손 외에도, 브란팅을 지지하면서 또한 진보적인 견해들을 대변하는 새로운 세력으로 비그포르스, 묄러, 슐뤼테르, 운덴이 있었다. 그 당시 산들러가 속해 있던 당내 좌파 대변자들의 풍부한 아이디어는 브란팅을 둘러싼 무리들을 능가했지만, 그들이 여전히 적합한 행동방식을 찾느라 시간을 보내는 동안 우파는 대중을 끌어 모을 전술을 개발해냈다. 민족을 하나로 결집하고 중립성을 확보하며, 동시에 사회개혁을 위해 투쟁함으로써 브란팅은 1917년 가을에 노동자 정당을 제국의회에서 가장 많은 의석을 가진 정당으로 만드는 데 성공했다. 그다음 해에 좌파 대표들이 치머발트 회의[226]에 참석한 뒤, 당내 반대파에 대한 공격이 증대됨으로써 비로소 분열이 시작되었다. 모두의 평가에 따르면, 대다수 노동자들이 당수를 지지했다고 스트룀은 말했다. 좌파들에게서 반동의 편에 섰다는 비난을 듣기도 했던 이 사람은 이제 당내에서 첨예화된 반군국주의에 동의하면서, 전쟁의 성격을 자본주의 강대국들 간의 대결로 규정짓고 군비 경쟁을 비난했다. 그는 자신의 비판자들의 호소에 부응해 구속력은 없지만 외견상 급진적인 인상을 불러일으키는 대답을 내놓았던 것이다. 그는 또한 제3인터내셔널을 창설하자는 호소는 노동계급에 대한 배반이라고 규정하면서, 당이 분열될 경우 그 죄를 볼셰비즘에 의해 오도된 좌파에게 뒤집어씌울 채비를 하고 있었다. 청년사회주의자들과 좌파연맹은 정당성을 견지하고자 노력했다. 하지만 그들이 제국주의 전쟁을 억압자들에 맞선 피억압자들의 전쟁으로 바꾸자는 구호를 넘겨받았

---

226) 1915년 9월 5~8일에 스위스 베른의 시골 마을 치머발트Zimmerwald에서 비밀리에 개최된 국제사회주의자대회. 레닌도 참여했던 이 회의에서 당시 사회주의 운동의 중요한 쟁점들에 대한 합의가 이루어지지 못했다. 제2차 대회는 베른의 계곡 마을 킨탈의 호텔에서 1916년 4월에 열렸다.

을 때, 우파들은 그들을 국민 앞에서 극심하게 비방하는 방향으로 선회했다. 한손은 청년들의 사고에 끔찍스러운 단순화 현상이 팽배해 있다고 비판했으며, 브란팅은 치머발트 노선을 뿌리를 잃어버린 망명자들의 낭만주의적 혁명사상이라고 불렀다. 그러나 노동자들은 격분한 속물근성이 폭발한 것에 불안해하지 않았으며, 혁명을 알리는 전단보다는 혼란의 위험을 결연한 의지와 이성으로 대처하자는 브란팅의 노력에 더 많은 신뢰를 보였다. 좌파들이 다음 타격을 준비하기보다 건전한 당 활동으로 돌아와 충성 의지를 보이지 않는다면, 면직을 각오해야만 할 것이라는 경고가 나왔다. 바로 이 시기에 스트룀은 상원의원이 되었다. 브란팅은 그를 길들이고 그의 동지들에게서 그를 떼어놓기 위해 자유당과의 합의 아래 그를 내세웠던 것이다. 브란팅과 마찬가지로 사민당 내 반대파의 분열을 획책하고 있는 우파 정당의 집단들도 그들에게 동의했다. 치머발트 그룹의 대변자인 스트룀은 좌파연맹에 소속된 또 다른 상원의원인 린드하겐과 어울렸다. 극단적인 개인주의자인 린드하겐은 팔름셰르나와 마찬가지로 자유당 출신으로 남성과 여성의 동등한 선거권을 얻기 위한 투쟁을 이끌면서 스톡홀름 시장의 지위에 올라 있었다. 급진 사회주의자가 그러한 지위에 올랐다는 것은, 당이 이미 의회주의를 통해 국가의 주도권을 넘겨받기 시작했다는 것을 보여주는 것이라고 스트룀은 말했다. 좌파들도 의회주의가 사회 변화의 토대라고 생각했다. 시민계급과의 합의를 출발점으로 삼는 브란팅 그룹과는 반대로 그들은 부르주아지가 저항하리라는 것을 염두에 두고 있기는 했다. 하지만 그들은 그러한 경우를 대비해 전략을 개발하는 대신, 불행하게도, 사회주의로의 민주적 이행이라는 신념에 매달렸다. 사회주의적 질서에 대한 그들의 생각 역시 불명료하고, 여러 가지로 갈라져 있었다. 마르크스주의 교육을 받았으며, 모더니즘 시인 네르만과 함께 치머발트에서 레닌의 인터내셔널을 지지했던 회그룬드조차도 반쯤은 무정부주의적인 경향을 자신의 자유 개념과 결합시켰다. 새로운 정당을 설립하는 데 가장 강력하게 투쟁할 수 있는 역량을 갖고 있던 스트룀은 이미 그 당시 유물론적 힘보다는 정신적인 힘이 갖는 의미를 더 많이 내세웠다. 언론인 벤네르스트룀과 칼레손은 보편적 인도주의 사상의 유산을 계승하고 있었으며, 반면에 파비안 몬손은 대중추수주의적 자발성과 반관료주의 노선을 따르고 있었다. 몬손이 선동가로서 인기가 있었던 것처럼 콜론타이[227]와 발라바노프의 친구인 카타 달스트룀은 원시기독교적 의미의 구원론을 설파하면서, 자신을 공개적으로 공산주의자라고 소개했다. 하지만 그녀는 접신교적인 사상 나부랭이에 사로잡혀 있었으며, 결국 몇 년 후 신비주의에 빠지고 말았다. 이 좌파 인물들의 목표가 대체적으로 이상주의적, 유토피아적, 철학적이며, 또한 시적 비전 같은 성격을 가지고 있기는 했지만, 브란팅에게는 그들의 기반을 무너뜨리는 것이 중요했다. 왜냐하면 실천적이고 전문적인 일에 능숙한 킬봄과 린데로트 같은 지도자들이 이끄는 혁명적 성향의 청년동맹에 의해 그들은 대중정당을 점점 더 대립 정치의 도구로 만들어 갔기 때문이었다. 자유주의자들과 함께 공동으로 정권을 잡고자 했던 브란팅은 이제 당의 단결을 유지하기 위해 당내 좌파가 주도하는 모든 활동을 거부했다. 비판적 소수 그룹을 계속 포함시키면서 개혁주의를 개진해가는 것이 더 이상 가능하지 않았던 것이다. 스파르타쿠스단[228]이 첫

227) Aleksandra Mikhaylovna Kollontai(1872~1952): 러시아 혁명가, 노동운동가이자 여성해방운동가.

228) Spartakusbund: 제1차 세계대전 기간 중 프롤레타리아 계급의 혁명을 고수했던 독일의 급진적 사회주의자 단체로 독일 사회민주당(SPD)의 극좌 성향 당원들이 카를 리프크네히트와 로자 룩셈부르크를 중심으로 결성했다. 1919년 코민테른에 가입하면

번째 공개서한을 공표하기에 이른 독일의 발전 추세를 경고하면서, 브란팅은 당내 반대자들에 대항하는 언론 캠페인을 시작했다. 그는 청년동맹과 좌파동맹이 동등한 선거권, 여덟 시간 노동제, 사회복지를 쟁취하는 데 방해가 된다는 주장을 펴면서 노동자들에 대한 선전을 강화했다. 그런 다음 노동자들이 이 주장에 동의한다는 확신이 생기자 그들에게 최후통첩을 보냈다. 그는 군비 축소와 세계 평화를 위한 청년사회주의자 총회가 경찰에 의해 해산되도록 내버려두었으며, 2월 17일 의장인 회그룬드를 반역자이자 민중의 적으로 체포하는 것을 승인했다. 그럼으로써 브란팅은 분당을 하도록 반대파를 자극했다. 우리는 당내 상이한 노선들이 서로 호의를 가지고 역할 분담을 하도록 마지막까지 노력했으나, 우파의 지시에 복종해야 한다는 당 대표부의 결정이 우리를 탈당할 수밖에 없도록 만들었다고 스트룀은 말했다. 브란팅은 국제정세가 첨예화하는 시점에서 당이 해체될 수도 있는 위험 부담을 감수한 것이라고 스트룀은 말했다. 그는 전체 청년동맹, 급진적 간부들, 유명한 이론가들을 잃어버렸습니다. 하지만 만일 그가 그렇게 하지 않았더라면 우리가 당을 좌익 노선으로 끌고 가버렸을 것이기 때문에 그는 달리 행동할 수 없었을 겁니다,라고 스트룀은 자신의 견해를 표명했다. 러시아의 2월 혁명에 고무되어 우리는 사회주의인민당 창설을 호소했어요,라고 스트룀은 말했다. 그러면서 오늘날에도 여전히 당 대표부와 정부 관직을 맡고 있는 우파사회주의자들의 이름과 더불어, 몇몇 예외적인 경우를 제외하고는 다시 사민당에 입당한 좌파의 이름들이 거론되었습니다. 이런 이름들을 보면서 사민당의 정치적 연속성이 생생하게 느껴졌습니다. 이와 동시에 10월 혁

서 독일 공산당으로 재조직되었다.

명이 있기 반년 전에 국제 연대주의에 토대를 두고 공산주의로 이행해가는 당을 태동시켰던 당시의 개혁 의지와, 그런 당의 모습에서 점차 멀어져가는 그 창건자들 사이의 모순도 분명하게 느낄 수 있었다고 스트룀은 말했다. 하지만 그들의 행동방식에 대한 연구는 다층적인 자료 연구를 통해 밝혀져야만 했다. 그러한 변절의 이유들을 암시하는 듯한 징후와 경향들을 추적하면서 우리는 우리가 의도했던 바를 회의하곤 하는 모순에 빠졌다. 스트룀과 브레히트가 나눈 대화에서도 글쓰기의 메커니즘을 엿볼 수 있는 기회가 생겨났다. 내적인 모순을 가지고 있는 테마들을 수용하고, 관점을 끊임없이 옮겨보면서, 서로 대립되는 동기들을 추적하는 한편, 새로운 제안에 항상 개방적인 태도를 취하는 데서 브레히트식 작업의 한 단면을 알 수 있었다. 그는 소설의 자료로 이용한 수많은 책의 저자들을 세어나갔다. 자료의 주요 부분을 뽑아놓으면 글쓰기는 몽타주 방식으로 마치 저절로 써지는 것처럼 이루어진다고 그는 말했다. 자신의 작품도 마찬가지로 하찮다는 식의 태도를 취하면서, 브레히트는 엥엘브레크트에 관한 희곡 작품도, 자신은 그림베리, 쉬크, 뢴로트, 쿰리엔, 칼손, 뉘스트룀 같은 역사가들이 그에게 제공해준 것을 단지 계속해서 끌고나가면서 이를 장면으로 옮겨놓는 작업을 했을 뿐이라고 말했다. 그는 자기 자신을, 항상 다른 사람이 앞서 이루어놓은 작업을 토대로 자신의 실험실에서 여러 요소들을 화학적으로 결합해 새로운 생산물을 얻어내는 과학자에 비교했다. 그는 생산물이, 이용된 재료와 근본적으로 얼마나 다른지에 대해서는 입을 다물었다. 원고 한 장 한 장을 세심하게 다루는 그의 모습은 자신이 여러 번 수정된 것, 그 위에 수정지가 붙고 명확한 문장으로 배열된 결과물을 유일무이하고 독자적인 것으로 여긴다는 걸 암시해주었다. 하지만 작품을 완결하는 일보다는 실험을 해보는 것에 그는 더 끌렸다. 그에게는 실패라는 개념이 없는 것처럼 보였다. 모든 조각들, 부분적으로 완성된 것도 그 나름대로 가치를 갖는다는 것이다. 그는 스트룀에게, 주식 투기가 벌어지고 부패한 원로원이 있으며, 당파 싸움과 부정 선거가 벌어지고 테러범과 같은 상류층이 있으며, 또한 정복전쟁에 쉽게 동원될 수 있는 평민들이 있는 시저 시대의 로마를 묘사할 때, 과거 속에서 현재적인 것을 너무도 많이 찾으려 했었다고 말했다. 그처럼 너무도 깊숙이 일종의 역사주의에 빠지다 보니 오히려 역사에서 정말 배울 수 있는 무언가를 놓쳐버린 것 같다고 했다. 마치 역사가 반복되는 것인 양, 자신은 시저의 시대를 파시즘으로 물든 부르주아 사회와 비교했다고 했다. 반란군은 섬멸되고 카틸리나는 쫓겨 도망가다 야전전투에서 전사했으며, 시저의 졸개들은 카틸리나의 동지들을 체포해 기원전 63년 11월 6일에서 7일로 넘어가는 밤에 감옥에서 교살했다. 시저는 자본가들의 지지로 독점적 독재자가 되었으며, 국가의 모든 모순을 일거에 청산할 목적으로 전쟁을 일으켰다. 갈리아와 브리타니아 정복을 위한 연습이라 할 그의 스페인 출정은 오늘날의 틀에도 딱 들어맞았다. 그러나 그다음으로는 유사점이 보이지 않았다. 현재의 전쟁은 지난번의 제국주의 전쟁이 시작했던 것을 이어가고 있었다. 하지만 그 당시는 거대한 파괴에서 혁명이 솟아올랐던 데 반해 이제는 처음부터 반혁명 세력이 그 싸움의 뒤쪽에 도사리고 있으면서 전투에 투입된 대중들을 기만함으로써, 분노를 결집할 주도권이 생겨나지 못하도록 획책하고 있다. 스트룀은 자신이 카틸리나 역할을 했던 이야기로 되돌아갔다. 로마의 상인들, 군인들, 부패한 정부 관료들, 선동가들, 노예부대, 사망보험조합연맹은 1917년의 궁핍해진 스톡홀름에도 그대로 옮겨놓을 수 있을 것이었다. 카틸리나 역을 맡은 스트룀은 키케로 역을 맡은 브란팅에게 상원에서 극심하게 공격을 당했다. 그것은 더 이상 저 로마의 집정관이 배반자에게 쏟아붓는 단순한 욕설이 아니라, 선동가가 자신의 목숨을 노렸다는 뜻을 은밀하게 내포한 비난이었다. 온화하고 양심적인 성품, 철학적 성향과 공화주의자다운 개방성을 지닌 린드하겐은 카토 역을 맡았다고 할 수 있으며, 반면에 네르만은 카툴을 중심으로 모였던 네오테리커 시인들[229] 중 한 명인 킨나에 비교할 수 있었다. 또한 킬봄은 술라로 생각해볼 수 있었는데, 바로 이 4명의 모의자들이 1917년 4월 13일 아침에 취리히에서 온 레닌을 마중하러 스톡홀름역으로 갔다. 그들은 레닌과 그 일행을 데리고 바사 가를 건너 드로트닝 가로 갔다. 스트룀이 그 거리에 있는 레기나 호텔에 손님들을 위한 방을 잡아두었던 것이다. 그는 약 스무 명의 사람들 가운데서 크룹스카야, 이네사 아르망, 지노비예프, 소콜니코프, 라데크를 알아보았다고 말했다. 레닌은 놀라울 정도로 키가 작았으며, 거의 바닥에까지 끌리는 초라한 외투에 낡아빠진 펠트 모자를 쓰고, 투박한 등산화 차림에 손에는 우산을 들고 있었다고 했다. 레닌은 저녁에 다시 출발할 생각으로 사람들을 재촉했으며, 그 그룹은 사람들의 이목을 끌지 않았다. 길거리에서 빵을 주고 어린이를 위해 우유를 나누어주는 곳으로, 또는 기근에 항의하기 위해 어딘가로 데모 행렬을 지어 가는 허접한 사람들의 무리를 보는 일에 익숙해 있었던 것이다. 다만 호텔 안내원만이 보따리와 유행에 뒤진 낡은 가방을 들고 있는 여행객들을 불신의 눈초리로 바라보면서 선불을 요구했다. 레닌은 수중에 돈이 없어 스트룀이 지불했으며, 그는 관할 지역당에 긴급히 연락해

229) 네오테리커Neoteriker는 '새로운 사람들'이란 뜻으로 기원전 50년경 고대 로마에서 활약했던 시인들을 일컫는다. 이들은 이 시대의 다른 시인들과는 달리 정치에 비판적이거나 무관심한 태도를 보이며 개인적인 감정의 표현을 전면에 내세웠다.

핀란드 국경으로 가는 차표를 구입할 수백 크로네를 모으게 했다. 스트룀은 그들을 아침 식사에 초대했으며, 그러고 나서 볼셰비키 지도자와 둘만의 대화를 나누기 위해 조그만 방에 마주 앉았다. 스트룀은 처음에 무슨 말을 해야 할지 몰라 괜히 이런저런 이야기를 하면서, 헤우마르크트에 있는 베르그스트룀 백화점을 한번 가보는 것이 어떻겠느냐는 말을 늘어놓았다고 했다. 옷이 필요했던 것이다. 그는 레닌의 닳아빠진 바지와 구두끈으로 매는 구멍 난 부츠를 묘사했다. 브레히트가 재촉하자, 그는 그 대화를 하나씩 하나씩 우리에게 들려주었다. 브레히트는 독자적인 정당을 결성하려는 스웨덴 좌파를 레닌이 어떻게 평가했는지 알고 싶어 했다. 그 며칠 전 고타에서 독일 독립사회민주당이 창당되었고, 스파르타쿠스단이 그 당에 가입했다. 레닌의 입장에서는 좌파 정당의 구성에 대한 정보를 얻는 것이 중요했을 것이라고 브레히트는 말했다. 러시아에서 벌어지는 일들은 단지 서부유럽 국가들에 닥칠 변혁의 서막에 지나지 않는다는 레닌의 이론은 입증되는 것처럼 보였다. 하지만 그는 또한 이곳에서는 반혁명 세력이 폭동에 맞서 러시아에서보다 더 강한 조치를 취하게 될 것이라는 점을 인식하고 있었다. 독일 독립당은 이미 그 내부에 모순을 가지고 있었다. 그 당의 임무는 사민당으로부터 독립하는 것보다는 좌파 세력들을 중립화하고 그들이 볼셰비즘으로 넘어가는 것을 막는 것이었다. 혁명적 방향으로의 발전을 가속화하고 있는 스파르타쿠스단은 조만간 배제될 것이다. 레닌이 새로운 당의 지도자 가운데 한 사람과 대화를 나눈다면, 아마도 그는, 독일에서 나타나는 위험성을 스웨덴에서는 어떻게 피할 수 있을지 거론했을 것이라고 브레히트는 말했다. 레닌은 노동자들의 단체행동이 시민계급에 의해 포섭될 수 있다는 점을 우리에게 경고했다고 스트룀은 말했다. 러시아에서는 사회애국주의자들이라고 부르는 노동운동의 우파 세력들이 프롤레타리아 혁명을 저지하기 위해 사관후보생들을 토지 소유주와 부르주아지 편에 서게 했다고 레닌은 말했다. 노동자, 사병 그리고 농민들의 집회가 만들어져야만 한다고 했다. 국민들을 그렇게 나누면 혁명이 무너지지 않겠느냐고 스트룀이 물었다고 한다. 그러자 레닌은, 혁명은, 우리가 행동하지 않고 지도권을 잡지 않을 때 몰락하게 된다고 대답했다. 소시민적 혁명들은 자본과 제국주의의 도구가 됩니다. 사민당 우파에 속한 우리의 당 동지들은 이 점을 이해하려고 하지 않으며, 아무 생각 없이 시간과 역사를 흘려보내고 있습니다. 레닌과 나는 새로운 당의 성격에 대해 이야기를 나누었고, 그러자 우리의 견해가 서로 다르다는 것이 드러났죠,라고 스트룀은 말했다. 레닌은 엄격하게 규율이 잡힌 엘리트 정당을 만들 것을 요구했죠. 반면에 우리는 당이 노동하는 민중의 모든 부분 집단과 긴밀한 결합을 유지할 때만이 제 기능을 발휘할 수 있을 것이라고 말했습니다. 레닌은 또한 대중의 도구로서의 정당, 계급의식을 가진 프롤레타리아트에 의한 권력 인수를 언급했으나, 그가 민주적 중앙집중제를 언급할 때 나는 그 속에서 복종의 요구, 즉 노동계급은 지도를 받아야지만 비로소 혁명 의식에 도달할 수 있다는 입장을 간파하지 않을 수 없었습니다,라고 스트룀은 말했다. 스웨덴의 좌파가 스파르타쿠스단원들처럼 볼셰비키에 대해 똑같은 모순에 빠져 있다는 점을 레닌은 분명히 이해했을 것이라고 브레히트는 말했다. 스트룀은 민주주의 개념을 두고 토론할 때 룩셈부르크와 레닌의 논쟁이 다시 되풀이되었다고 강조했다. 레닌은 스웨덴 당이 혁명의 전위대라는 생각을 인정하지 않았으며 당의 모든 지도자들에 대해 불신을 표명했다고 스트룀은 말했다. 아마도 나는 우리가 평화와 개인적 행동의 자유를 옹호하는 사람들이라고 주장했던 것 같아요. 왜냐하면 나는 아직도 레닌의 대답, 즉 당신들은 평화주의자들이다, 극단적인 좌파의 편에 있는 당신들조차도 소시민적 평화주의자다,라는 말이 귀에 쟁쟁하게 들리기 때문이죠. 당신들은 평화를 사랑하지요. 하지만 당신들은 평화를 위해 투쟁할 준비가 되어 있지 않습니다. 차르 체제 하의 러시아는 스칸디나비아 민중들에게도 역시 위험 요소입니다. 차르의 군대를 기도로 이길 수는 없습니다. 러시아 혁명은 무장을 하게 될 것입니다. 무장함으로써 끊임없는 전쟁의 위험을 제거할 것이며, 핀란드에게도 역시 독립을 되돌려줄 것입니다. 혁명이 군사독재가 될 가능성은 없느냐고 스트룀이 묻자 레닌은 이렇게 대답했다고 한다. 그렇습니다. 병사와 노동자들이 군대를 인수하지 않으면 그들은 여전히 장성들과 기업연합 우두머리들의 지배 아래 있게 되며, 한 나라에 이어 다른 나라에서도 부르주아의 군사독재가 승리할 것입니다. 이번엔 레닌이 스트룀에게 당의 정강정책에 대해 물었는데, 스트룀은 그러한 것은 아직 없으며, 인민 스스로가 국내 여건에 따라 기획하게 될 것이라고 대답했다고 했다. 레닌은 당신들은 결단력이 없고 인식 능력이 없다면서 화를 냈다고 스트룀은 말했다. 당신들의 과제는 상황을 예측하고, 러시아 혁명의 첫 단계에서 쌓았던 경험을 이용해서 대중들을 계몽하고, 그들에게 줄 지침을 미리 계획하는 것이라고 레닌은 말했고, 하지만 우리는 여전히 극소수자의 입장에 처해 있다고 스트룀은 대답했다. 그렇다면 무엇이 당을 소수자의 위치로 묶어두고 있는지 규정해보고 노동자들에게 잘못된 현실을 설득력 있게 설명한 뒤 이를 극복할 대안을 제시함으로써 그들을 끌어들이는 것이 가장 중요한 일이라고 레닌은 말했다. 우리는 민주적 사상 속에서 성장해왔으며, 자신은 당의 민주적 토대라는 개념을, 지도부가 아래쪽, 즉 당원들에게 있다는 의미로, 이들을 위로부터의 결정으로 강요하지 않는 것으로 이해한다고 스트룀은 말했다. 레닌은 모든 유럽 국가 중 스웨덴에서 민주주의가 가장 발전했다는 스트룀의 말에 동의했다고 했다. 그러나 곧이어서 그는 회그룬드가 어떤 상태에 있는지, 그가 독일의 리프크네히트, 영국의 맥도날드처럼 감옥에 있지 않은지 물었습니다. 그렇다면 어디에 민주주의가 있고 표현의 자유가 있으며, 개인적 안전이 있다는 겁니까. 스웨덴에서는 모든 노동자가 투표권을 가지고 있고 착취로부터 보호를 받고 있습니까. 안 그렇잖습니까. 당신들은 브란팅과 관계를 단절했습니다. 하지만 당신들은 여전히 실질적인 자유와 민주주의는 다만 혁명의 길을 통해서만 이루어질 수 있다는 사실을 깨닫지 못하고 있습니다. 혁명의 성공이 어떻게 보장될 수 있느냐고 스트룀이 물었다고 했다. 그 보장은 노동계급이 생산수단을 넘겨받는 데 있다고 레닌이 대답했다고 했다. 우리에게는 프롤레타리아 독재라는 원칙이 적용될 수 없으며, 또한 프롤레타리아트에게만 배타적으로 혁명의 사명을 부과할 이유도 없습니다. 민주화운동을 지지해왔던 세력은 처음부터 다양한 출신의 사람들이었으니까요,라고 스트룀은 말했다고 했다. 그러자 레닌은, 프롤레타리아 독재라는 말은 기층 생산 계급이 짧은 이행 기간 동안 혁명을 보호하기 위해 모든 전권을 가진다는 뜻이라고 했다. 프롤레타리아 독재는 힘을 최대한 집중시킬 수 있다는 겁니다. 그래서 바로 그 중앙집중제, 그 비민주적 조치들 때문에 우리는 브란팅에게서 고개를 돌린 것입니다,라고 스트룀은 말했다고 했다. 브란팅은 당신들보다 더 현명하다고 레닌은 반박했다. 그러나 그의 정책은 잘못되었다. 그는 멘셰비키이고, 노동자 계급 대신에 동맹협약에 토대를 두고 있다고 스트룀은 말했다. 그러자 레닌은, 당신들은 스스로가 혁명의 정신을 소유하고 있다고 믿는다, 정신, 매우 좋은 말이다, 하지만 당신들에게 필요한 것은 방법이다, 아마도 역사가 당신들에게 올바른 방법을 가르쳐줄 것이라고 말했다. 이미 그 당시에 자신은 우리가 레닌의 혁명 목표와 얼마나 멀리 떨어져 있으며, 볼셰비키의 구상과 우리가 우리 당을 위해 만들어낸 방침들이 합치될 수 없다는 점을 분명히 알게 되었다고 스트룀은 말했다. 민주주의적 기구들을 위한 토대가 놓여 있고 1백여 년간 평화를 이룬 전통을 갖고 있는 우리나라는 후진국이면서 고립되어 있고, 또한 이제 비로소 봉건제와 절대왕정에 대항해 시민혁명이 벌어지고 있는 러시아와는 다른 행보를 걸어야만 할 것입니다. 민주적이고, 또한 노동조합에 대해 잘 알 수 있는 교육을 받고 자란 산업노동자들이 있고 아직 덜 정치화된 많은 숫자의 농업노동자들이 있으며, 또한 부분적으로는 진보적인 중산층이 두텁고 많은 지식인들이 급진적이면서 또한 휴머니즘 성향을 갖고 있는 환경에서 우리는 직업혁명가의 비밀 전위대로서 공세로 전환해가는 방법이 아니라, 모든 형태의 억압에 맞선 투쟁을 공통분모로 하는 무수한 그룹들을 하나의 블록으로 엮어내는 대중정당을 필요로 한다는 것을 잘 알고 있습니다. 우리가 역사에서 무언가를 배웠다면, 그것은 다름 아닌, 우리가 결코 우리의 자립성에서, 우리의 특별한 계급적 현실에서 벗어나서는 안 된다는 것이죠. 내가 레닌과 대화를 나누고, 또 이어서 더 많은 사람들이 참석한 가운데 기록을 남기면서 행한 토론에서 거론된 문제들을 그 당시 레닌은 이해하지 못했으며, 그 후 이 문제들은 소련의 당과 코민테른의 테제들이 서로 충돌하는 결과를 낳았습니다,라고 스트룀은 말했다. 우리는 우리나라 노동자들의 관심사에 상응하는 당을 만들 생각을 했습니다. 우리는 우리 자신의 모습을 아직 확정하고자 하지 않았으며, 인민들에게 접근하는 우리 나름의 방식을 가지고 있었죠. 우리는 무수한 국제금주협회 회원과 공리주의자들이 애착을 갖는 것을 받아들이기를 거부하지 않았으며, 산상수훈을 공산당 선언과 연결하고 있는 달스트룀, 파비안 몬손이 발휘하는 영향력을 부정하지 않았어요. 우리들은 권위주의적 주장들에 대한 민중들의 거부감을 잘 알고 있었으며, 엄격한 규율로 당을 만들기보다는 차라리 낭만적인 형제애의 선언을 선호했죠. 우리는 우리의 길, 우리 자신의 길을 가고자 한 겁니다. 새로운 당에 대한 욕구는 폭넓은 지지기반을 가지고 있었으며, 파업 활동이 예고되었습니다. 평등한 투표권과 여덟 시간 노동제 이외에도 노동자를 위한 생필품 공급을 늘리고, 빵과 우유 가격을 내리고, 집세로 폭리를 취하는 것을 법적으로 금지할 것, 그리고 정치범을 사면하라는 요구가 제기되었죠. 이런 면에서 우리 당은 지도적인 위치를 점하면서 현안 문제를 다루는 것이 더 이상 우파 사민당 선전원들만의 소임이 아니라는 사실을 유권자들에게 보여주게 될 것이라고 생각했습니다. 스트룀의 말이 이어졌다. 1917년 4월에 우리는 희망에 가득 찼으며, 그러고 나서 우리는 아마도 레닌의 인격에서 나오는 힘과 젊은 소비에트 국가에 대한 우리의 감탄이 그 이유였던바, 우리의 독자적 결정권을 포기하는 쪽으로 이끌려갔다. 그 결과 당은 연이은 실패의 단계들을 겪었다. 5월 12일에 열렸던 사회민주주의 좌익정당의 창당대회에 뮌첸베르크와 함께 참석하기 위해 스톡홀름에 남은 라데크는 그로부터 10년 뒤 레닌을 기리기 위해 그가 도착하는 장면을 캐리커처로 그렸는데, 그림에서 보면 스트룀과 그의 동지들에 대한 볼셰비키의 신임이 크지 않았으리라는 점이 드러난다. 지금은 지노비예프, 소콜니코프와 마찬가지로 자신의 동료들에 의해 제거된 그 풍자가는 모든 뉘앙스와 의혹, 망설임의 징후들을 날카롭게 포착하면서 그 대회가 레닌을 마중 나온 사람들을 어디로 끌고 갈 것인지 잘 묘사해냈다. 레닌도, 러시아인 일행들도, 또한 주목할 만한 인물인 아르망까지도, 아무도 음식으로 가득 찬 식탁 옆에 있지 않았다. 거의 알려진 것이 없는 그녀[230]에 대해 과연 누가 책을 쓰게 될까,라고 브레히트가 말을 던졌다. 왜냐하면 극좌 지식인들에게는 레닌을 포함한 그의 동료들과의 동맹이 중요한 것이 아니었으며, 그들은 이미 그 무리 중에서 다른 참석자들을 찾고 있었던 것이라고 라데크는 말하고 싶어 하는 것 같았다. 극좌파 지식인들은 혁명에 대해서가 아니라 시민계급 우파 정당의 지도자들인 린드만, 트뤼예르, 헤데르셰르나를 위해 건배했다. 스트룀은 우리에게 그 그림을 보여주면서, 이 그림에는 서부 유럽의 정치적 상황에 대해 볼셰비키가 당황하고 있는 모습이 표현되었다고 말했다. 라데크는 스웨덴의 창당인들이 결코 공산주의자가 될 수 없다는 것을 보여주고자 했다는 것이다. 우리가 당을 떠났을 때, 라데크가 보기에 이는 단지 그전부터 반복해온 반동적인 행동일 뿐이었을 거라고 그는 말했다. 그럼으로써 우리에게 취해진 조치들이 정당화되었어요. 우리가 물러난 것이 아니라 코민테른의 지원을 받는 분파가 끊임없는 계략으로 우리를 당에서 밀쳐낸 것으로 말이죠. 우리는 우리에게 가능한 것이 무엇인지 고민해서 당을 만들고, 노동자 국가의 영웅적인 시대에 대한 확신을 가지고 소련의 지시에 무조건적이고 비합리적으로 맹종하라는 주장에 승복하지 않았다는 이유로 죄인이 된 겁니다. 스트룀은 자신의 흰 턱수염을 쓰다듬으며, 자신은 열광주의와 전체주의의 적이라고 말했다. 하나의 새로운 당을 만들기 위해 투쟁하면서, 실망과 환멸 그리고 갈등을 겪는 와중에도 견고하게 유지될 수 있는 것은 인도주의적 가치뿐이라는 사실이 입증되었다고 그는 말했다. 브레히트는 조롱하는 표정으로 그를 바라보았다. 브레히트는 이 의원

230) 아르망을 가리킨다.

이 곧바로 다시 기고와 연설을 통해 소련을 공격하리라는 것을 알았던 것이다. 스트룀이 정치적 난민들을 도울 준비가 되어 있다는 것은 확실했다. 그는 회그룬드, 그리고 브란팅의 아들과 함께 망명권을 축소하려는 조치에 저항했다. 하지만 그는 불법 노동을 하는 반파시스트들의 보호자라는 의심을 받는 것을 피하려고 조심했다. 그는 브레히트의 공산주의에 대해서는 그냥 모르는 체했다. 그가 보기에 브레히트는 당을 초월해 있는 사람이었다. 브레히트는 스트룀이 그렇게 믿도록 내버려두었다. 왜냐하면 그를 필요로 했기 때문이었다. 스트룀, 회그룬드, 브란팅은 체류허가 연장 시에, 그리고 필요할 경우 출국 서류를 만드는 데 그에게 도움을 줄 수 있을 것이다. 스트룀은 레닌에게 기차표를 넘겨주었다. 하파란다에서는 핀란드 동지들이 그를 마중 나와 페트로그라드로 데려다줄 것이다. 하지만 레닌과 그의 일행이 북쪽으로 차를 타고 가는 동안 사민당 참모진은 부산하게 움직였다. 브란팅은 4월 14일 페트로그라드에서 돌아왔다. 페트로그라드에서 브란팅은 케렌스키[231]에게 레닌의 여행에 대해 보고했다. 국제정세에 관한 모든 소식이 단절된 그곳 사람들은 독일에서도 역시 부르주아 혁명이 임박했을 것이라고 믿었다. 평화조약이 체결될 공산은 아직 없다고 브란팅은 말했으며, 동맹국에 대한 압박을 덜어주기 위해 러시아를 계속해서 전쟁에 묶어두도록 해야 한다고 케렌스키에게 촉구했다. 이러한 목적으로 그는 임시정부와 노동자위원회들 간의 중재를 이루는 데 성공했다고 보고했다. 가장 중요한 사안은 어떻게 되었느냐고 팔름셰르나가 물었다. 그는 브란팅에게, 케렌스키에게 발휘할

---

231) Aleksandr Fyodorovich Kerensky(1881~1970): 소련의 정치가. 1917년 2월 혁명 후 사회혁명당 당수로서 임시정부 수장 겸 총사령관에 취임하여 반혁명 세력의 중심이 되었다. 10월 혁명으로 실각한 뒤 1918년 미국으로 망명했다.

수 있는 모든 영향력을 발휘해서 러시아 수도로 이동 중인 레닌을 살해할 기회를 잡도록 사주하라는 임무를 부과했었다. 그 일이라면, 케렌스키가 혁명지도자의 귀환에 별다른 의미를 부여하지 않는 것처럼 보였다고 했다. 오히려 케렌스키는 러시아에서는 민주주의가 지배하고 있다는 것을 과시하고자 했으며, 이 말에 브란팅은 맞장구를 쳤다. 레닌이 도착하는 것을 두려워하는 사람이 있다면, 그건 얼마 전 자유를 획득한 인민이라고 브란팅은 말했다. 주민들의 아주 작은 일부만을 대표하는 노동자위원회들은 오직 자신들의 조직을 유지하는 데만 관심이 있을 뿐, 정권을 넘겨받는 일에는 관심이 없다고 했다. 정부를 전복하는 일에는 유용하지만, 무언가 새로운 것을 건설할 능력이 없는 그들은 아무런 모순도 느끼지 않고 부르주아지에게 권력을 위임해버렸다는 것이다. 브란팅은 오페라 극장의 황제 관람석에서 청중들에게 환영을 받으며, 이들에게 혁명의 승리를 축하했던 그 저녁의 기억에 고무되어 러시아의 예를 따라 민주화라는 무기로 좌익의 활동에 맞설 것을 권했다. 러시아의 조국 없는 무리들이 아무것도 이룰 수 없었던 것처럼 스웨덴 반란군의 당 역시 아무런 힘이 없게 될 것이라고 했다. 팔름셰르나는 그럼에도 이틀 동안이나 케렌스키에게 급전을 쳤다. 케렌스키, 당신에게 어떤 일이 다가오는지 생각해 보시오. 케렌스키, 위험을 과소평가하지 마시오. 케렌스키, 우리의 긴급제안에 따르시오. 몇 년 뒤 영국 대사가 된 팔름셰르나는 불행히도 놓쳐버린 그 기회를 언급했다. 그 당시 그가 한 제안을 따랐다면, 모든 것이 아주 달라졌을 것이라고 그는 목청을 높였다. 하지만 레닌은 4월 17일 아침 타우루수 궁전에서 10개 항목의 테제를 발표했다.

실제로 팔름셰르나는 실망하고 후회하면서 모태 정당의 품으로 돌아온 반란의 무리들보다 더 강경했었다고 로예뷔는 말했다. 왜냐하면 그는 모든 혁명적 소요를 질식시키겠다는 자신의 의도를 결코 숨기지 않았으며, 당이 바로 다름 아닌 볼셰비즘에 대항하는 요새라고 생각했기 때문이라는 것이다. 선거법 개혁에 따르면 대다수의 인민 대중은 자동적으로 자신들의 과반수 지위를 행사할 수 있는 것이 아니라 주도면밀한 교육을 받은 뒤 비로소 시민으로서의 권리를 누릴 수 있다는 것인데, 그런 교과서적인 가르침은, 전쟁 기간 중 그가 했던 말에서 유래했던 거지. 로예뷔는 가난한 집안의 아이로서, 뗏목꾼들의 숙소에서 일하는 어린 보조노동자로서, 당의 변화 과정을 지켜보았던 나이 많은 사람들이 보여주던 절망적인 분노를 잘 알고 있었다. 많은 사람들은 그 당시, 세기가 시작될 무렵 조직들이 견고해지면서 품었던 기대감들을 얘기하곤 했다. 특히 팔름, 다니엘손, 베르멜린을 알고 있던 사람들이 그 몰락에 충격을 받았다. 독일로 양복 재단사 일을 배우러 갔던 아우구스트 팔름은, 사회주의 선동을 학습했다는 이유로 추방되었으며, 당내 불화로 큰 타격을 겪었다. 다리를 저는 양복 재단 마이스터인 그는 모든 프롤레타리아트에게 잘 알려져 있었으며, 나중에는 독일어, 덴마크어, 스웨덴어가 뒤섞인 말로 도덕의 타락과 알코올 중독에 대해 구약성서적인 열변을 토해냈다. 이와 반대로 브란팅에 의해 쫓겨난 다니엘손, 베르멜린은 그들의 혁명적 신념을 견지했다. 스트룀이 그저 지나가는 말로 언급했던 베르멜린과 다니엘손은 로예뷔가 보기에 노동운동의 선두에 서 있던 사람들이었다. 그들은 야심가들 사이에서 자신들의 뜻을 관철하기에는 너무도 고집이 세었고 청렴결백했다. 다니엘손은 당의 이데올로기적 원칙에 깊은 영향을 남겼으며, 브란팅은 이를 넘겨받아 자유당 사람들과의 상호협력 시 외교적 판단을 고심할 때 이를 적용했다. 브란팅이 결코 자신의 본 모습을 드러내지 않았던 반면, 다니엘손은 모든 공격에 자신을 노출했고 보호막을 치는 그 어떤 조치도 경멸했다. 노동자들은 그를 통해 자본주의적 권력집중의 본질을 알게 되었으며, 브란팅에 의해 당 기관지의 편집부에서 축출되자, 자신의 신문 『아르베테트*Arbetet*』에서 마라라는 이름으로 사회주의 목표들을 소개할 뿐만 아니라, 스웨덴 노동문학의 효시를 이루며 인민들이 사는 환경을 묘사했다. 1888년, 스물다섯 살인 그는 정부를 비방했다는 죄목으로 일 년 반 동안 투옥되었으며, 이는 당의 창설을 앞둔 브란팅을 유리하게 해주었다. 감옥 생활은 키가 크고 힘이 센 그의 건강을 갉아먹었다. 석방된 뒤 그는 병원 생활과 자신의 신문에 대한 끊임없는 간섭, 그리고 당 지도부의 비방으로 쇠잔해져 10년을 더 살다가 새로운 세기가 시작되기 이틀 전에 죽었다. 지배도구로서의 국가를 거부했던 그는, 의회주의를 통해 국가를 정복하고 국가사회주의를 건설하려는 브란팅의 노력과 충돌할 수밖에 없었다. 그는, 사람들은 현존하는 국가기구들을 노동계급이 넘겨받는 것을 결코 허용하지 않을 것이며, 따라서 이것들을 사회주의 사회가 건설되기 전에 파괴함으로써, 낡은 것이 새것에 해를 입히지 못하도록 해야 한다고 주장했다. 그는 또한, 혁명은 단지 인민 대다수에 의해 수행되고 국제적 차원에서 이루어질 때만 성공을 거둘 수 있다고 말했다. 그는 파리코뮌을 공부하면서, 프롤레타리아 폭력의 문제는 시민계급이 노동자에게 가하게 될 폭력에 달려 있다고 했다. 그의 가까운 동료이자, 그가 젊었을 때 그로 하여금 마르크스주의 저작들에 관심을 갖도록 해준 베르멜린은 국외로 추방되었으며, 둥글고 창백하며 달덩이 같은 얼굴을 한 그 시인은 다니엘손의 유배지인 말뫼로 그를 방문하기 위해 미국에서 오기도 했다. 오, 말뫼여, 속물들이 너의 이성의 목을 조르고 있는 곳, 미지근한 것들, 게으른 것들 사이에서 네가 죽어야만 하는 곳, 바로 그 도시여. 로예뷔는 이 두 사람의 망명객을 눈앞에 그렸다. 한 사람은 거인 같고, 다른 사람은 왜소한 데다 키가 작은 형상을 한 두 사람은, 이 시대의 다른 예술가들인 프뢰딩, 요셉손, 힐, 스트린드베리 역시 광기로 몰아넣은, 칙칙하고 끈질긴 평범함 속에 우뚝 선 독창적인 사상가들이었다. 그들이 외레순에서 불어오는 습기 찬 바람 속에서 부두를 따라 걸으면서 무슨 이야기를 했을까 하고 로예뷔는 자문해보았다. 그건 아마도 병, 조소, 축출에 관한 것이 아니라, 그들이 야만화에 저항한 지식인의 투쟁, 불모성에 맞선 판타지의 투쟁이라고 불렀던 것에 대한 이야기였을 것이다. 여기서 그들은 우리의 현 시점에서도 시의성을 갖는 테마들, 다시 말해 계급 개념의 새로운 이해, 지식노동자와 육체노동자라는 구분의 철폐, 무의식적으로 문화적 가치 창조를 가능케 하는 사람들이 문화적 가치를 넘겨받아야 한다는 테제, 그리고 과거에서, 즉 예트레크나 카베에서부터 이어지는 동맹들에 관한 테제 등을 기획했다. 그런데 카베Cabet의 이름이 거론되자 나는 갑자기 「마라의 집」이라는 제목으로 메리용이 그린 그림과 그 안의 모퉁이 탑에 적힌 카바Cabat라는 글자가 생각났다. 그러면서 나는 이제야 마라와 카베라는 이름의 연관성을 깨닫게 되었다고 생각했다. 로예뷔가 언급한 것 중에서 많은 것들이 마치 옛 동판화처럼 비밀스럽게 느껴졌다. 그는 구시가에 있는 예른토리를 지나치면서, 저곳에서 이카리아의 도제들이 살았었다고 중얼거리며 몇 개의 낮고 좁은 창문들을 가리켰으며, 강가에서 자신의 손가락으로 반원을 그리며 섬들을, 성 앞에 있는 다리 아래쪽의 술집을, 왕립공원에 있는 대로를 가리켰다. 1917년 6월에 대중시위가 벌어졌을 때 노동자들에게 발포하기를 거부하는 부대원들을 장교들이 저곳에 집결시켜야 했었다고 했다. 스트륌이 말한 것을 보충하거나 또는 수정하는 이런 암시들을 통해 나는 정치적 발전 과정이 어떠했는지 생각해볼 수 있었다. 치욕과 고통으로 종종 한숨 소리가 커졌을 때도, 이제 더 이상 압박을 견딜 수가 없다고 말했을 때도, 다시 무기력과 기진한 상태가 엄습할 때도, 노동자들은 결코 자신들의 본능을 잃지 않았다고 로예뷔는 말했다. 그들이 기만당했다는 주장이 또다시 제기되었으나, 그들은 자신들이 할 수 있는 것을 했다고 했다. 노동자들은 필요한 것을 갖추어야 한다고 말하기는 쉬웠겠지. 하지만 전술적 요충지에 설치된 단 한 대의 기관총에 대항해 그들이 무엇을 할 수 있었겠어,라고 그는 물었다. 뒤편에 돈과 군사력을 가진 자들에게는 모든 것이 가능했으며, 거대한 문명의 건축물들은 가진 자들에게는 활짝 열려 있었다. 이미 첫번째 발걸음에서, 누가 아래쪽에 머물러 있고, 누가 위쪽으로 올라가야 하는지 결정되어 있다. 학교에서, 병영에서, 그 구분은 이미 오래전에 정해져 있었다. 어떤 사람은 보장된 관직으로, 또 다른 사람은 작업대로 가게 되어 있었다. 재산이 없는 사람들이 이루려 하는 것은 전적으로 다른 어떤 것이었다. 그것은 모든 습관적인 것, 모든 삶의 형식들을 뒤집어버리는 것이었다. 그들이 바친 노력과 희생은, 매번 다른 편이 자신들의 존재를 증명하기 위해 쏟아부은 에너지들을 훨씬 능가했다. 그렇기에 그들이 끝내 포기했다거나 무릎을 꿇었을 뿐이라고 말하는 것은 너무 쉽게 말하는 것이다. 스트륌은 인내심을 가지고 계산을 하면서 이룰 수 있는 것들에 몰두하는, 현실 정치의 옹호자들에 대해 말했다. 그렇다, 그들은 작은 이익을 거둘 수 있으며, 그것은 너무도 높은 목표를 향해 매진하다가 지쳐서 정체되는 것보다는 낫다. 로예뷔는 굴복과 소진, 그리고 겹겹이 쌓인 불안한 고민에서 비어져 나오는 목소리들에 대해, 마비 상태로 끌어내리는 소용돌이를 알고 있는 아웃사이더들에 대해 말했다. 스트룀은 곧 정부 관직을 갖게 되고, 부르주아지와의 경쟁에서 그 관직을 잃었다가 다시 얻고, 유지했다가 다시 반납해야만 하는 사람들을 따랐다. 로예뷔는 익명성을 극복하고, 개인적인 목소리를 찾으려고 노력하는 사람들을 목도했으며, 애써 얻은 글쓰기 기술을 입증해주는 결과물들이 증가하는 것을 보았다. 마치 매체들처럼 주변에 축적된 역량들을 끌어 모아 표현해내는 시인과 연설가 중에 이제 프롤레타리아 출신 작가들이 나타났다. 메난데르라는 이름의 코르크 재단사, 일당 노동자 가브리엘손, 조판 제조공 헬보리, 삯바느질하는 마리아 산델, 제재공 외스트만, 뗏목꾼이자 선로공인 헤덴빈드 에릭손, 기계공 라르손, 농업노동자 모아 마르틴손이 그들이었다. 교양의 개념이 달라졌다. 현실이라는 학교는 도처에서 찾을 수 있었다. 도처에서 비전이 생겨났으며, 모든 경험은 하나의 공통성 속에서 목소리를 내기 시작했다. 개별 체험과 집단 지식, 국가 언어와 세계어가 서로 뒤섞이며, 천천히 계급 없는 사회라는 이념의 토대를 구축했다. 1930년대 초 파업운동이 벌어지기까지는 노동자들 사이에서 언제나 진정한 대변자를 찾을 수가 있었으며, 빈틈없는 억압이 자행되는 오늘날에도 모든 사업장에는 실정을 잘 아는 사람들이 많았다고 로예뷔는 말했다. 그러나 금융 지배가 저지되지 못한 것은 누구의 잘못이며, 왜 노동하는 사람들은 변혁을 이끌어내지 못했는가,라고 우리는 자문해보았다. 로예뷔는, 브란팅의 첫번째 정부 이후에 임금노동자의 상황과 계급 간의 관계에서 결정적인 변화가 일어나지 않은 것은, 단지 사민당이 타협했기 때문만이 아니라, 확신할 만한 정치적 대안을 전달하지 못한 공산당의 무능 때문이기도 했다고 말했다. 1917년 6월에 혁명적 상황이 발현하기 위한 객관적 조건들이 갖추어져 있었다고 그는 말했다. 좌파사회주의자들은 총파업을 선언했으며, 노동자들이 시 외곽에서부터 제국의회 의사당 건물로 행진했다. 노동자와 병사들 간에 형제애가 생겨났으며, 사민당 정책을 철폐할 기회가 있었다. 하지만 이미 첫번째 힘겨루기에서 새로운 정당은 실패했다. 대중들은 행동할 준비를 하고 있었으나, 다만, 이 다양한 동기들을 연결하는 한편, 파업 노동자들과 부대를 이탈한 젊은 징집병사들의 즉흥적인 연대를 견고히 하고, 봉기에 절대적으로 필요한 무기를 인민의 편에 가져다줄 지도부가 없었다. 수만 명의 사람들이 헬예안스홀름과 그 주변의 거리, 광장에 서서 한 목소리로 상원과 왕정의 폐지, 노동자평의회의 창설을 촉구했다. 그러나 브란팅은 좌파 정당이 창립된 직후, 자신이 행동력이 있음을 보여주기 위해 노동자협회를 구성했다. 하지만 이 협회의 임무는 파업 기세를 누그러뜨리고 선거를 준비하는 활동으로 유도하는 것이었다. 사관후보생 부대들이 군중을 분산시키고, 총검을 꽂은 자세로 구스타브 아돌프 광장의 라이히 다리를 폐쇄했다. 그 위쪽 성의 정원에는 이미 1909년에 중대장 신분으로 예비군을 소집했던 더글라스 백작이 전쟁 채비로 중무장한 군대와 함께 대기하고 있었다. 기마경찰이 운집한 사람들 속으로 뛰어들었다. 6월 5일의 이 몇 초간, 내려치는 칼의 둔탁한 울림 소리, 꼬리를 짧게 자른 날뛰는 말들, 산지사방으로 흩어져 도망치는 무리들, 외무부 건물 전면의 창문들에 몰려 있는 구경꾼들, 무릎을 가슴에 대고 양팔로 몸을 감싸며 웅크리고 있는 거꾸러진 남자, 뜯겨 있는 주변의 포석, 그 남자를 개의치 않고 멀찌감치 떨어져 있는 경관들, 다리 주변 공지로 몰려드는 사람들, 한 젊은이가 가로등을 타고 올라가자, 곧바로 채찍이 그를 내려치려 한다. 제복을 입은 두 사람이 체포된 노동자를 양쪽에서 잡고 있다. 두 손은 등 뒤로 모은 채 결박되어 있다. 좌우측에는 긴 외투, 줄지어 달린 반짝이는 단추들,

손잡이에 술이 달린 번쩍이는 칼들, 턱끈을 조이고 정수리 부근에 뾰족한 창끝을 단 가죽 헬멧을 쓰고, 입을 꽉 다문 회색빛 얼굴들, 그 중앙에 높이 솟구친 밝은 얼굴, 풀어헤친 셔츠에 솟아 있는 목, 그 표정에 드러난 자부심, 정신 없이 놀랐던 마음보다 더 큰 그 자부심. 자신이 바로 호민관임을 입증한 사람은, 제국의회의 발코니에 서서 의회로 가는 길을 지시했던 회그룬드가 아니라, 급히 달려나와 군중들에게 질서를 호소하고 이들을 바른후스 가의 인민의 집으로 이끈 브란팅이었다. 이전에 좌파에서부터 시작되었던 단결하자는 호소는 이제 브란팅의 당에 넘겨졌으며, 노조 지도자들은 해당사항이 없는 무리들이 일으킨 파업을 중지하라고 경고했다. 가을 선거에서는 사민당의 승리가 확실시되었다. 의석의 증가뿐만이 아니라 장관직을 얻을 확률이 높았으며, 비폭력적인 방법에 의한 정권 참여가 임박해 있었다. 스웨덴 노동자들은 며칠 동안이긴 하지만, 자본의 지배를 타도함으로써만 권력을 쟁취할 수 있다는, 정권 반대 구호로 서부 유럽에서의 발전보다 앞서 있었다. 부르주아지는 처음으로 자신들의 안전이 뒤흔들리는 것을 체험했다. 그 순간 망설임과 혼란이 덮쳐왔다. 노조연맹에서 제명하겠다는 위협 때문에 노동자들은 좌파가 선포한 파업을 중단하도록 강요받았다. 노동자들은 6월 5일까지도 여전히 단결하려 했으나, 자신의 조직과 결별하는 상황 또한 원치 않았다. 산별노조원 신분을 잃어버리면 그들은 고립된 속죄자들이 될 판이었다. 다시 보수당 대표부와 노조 지도부의 결탁이 변혁을 지향하는 대중의 결집된 의지보다 더 강하다는 것이 드러났다. 확고한 기반을 다진 사민당에 비해 경험이 없는 좌파 정당은 자신들의 주장을 관철할 수 없었다. 노동자들의 실망감이 2~3주 동안 지속되자, 브란팅이 권했던, 조심스럽게 뒤로 물러서는 태도가 소요 충동을 압도하게 되었다. 1909년 대파업 이후와 마찬가지로 1917년 6월에도 노조 간부들은 노동계급의 단체행동에 대한 자신들의 결정권을 강화했다. 제재를 받은 사람들은, 총파업에는 중앙의 발의와 지도가 필요하다는 사실에 복종해야만 했다. 또한 예고된 사용자연맹과의 협상이 진행되려면, 계약에 명시된 바와 같이, 노동자와 사용자 간의 평화협상 원칙이 지켜져야 했다. 노동자들이 후퇴해 공장으로 돌아간 뒤 브란팅의 노동자협회는 해체되었다. 협회는 더 이상 필요치 않았던 것이다. 독일 사민당에서는 스웨덴에서 벌어진 일들을 걱정하며 주의 깊게 그 과정들을 지켜보았으며, 일 년 뒤 거기서 얻은 교훈들을 실천에 옮겼다. 인민의 권력은 강한 정당과 시야가 넓은 지도력이 없다면 아무것도 할 수 없다는 사실이 드러났으며, 그렇기 때문에 독일 혁명의 탁월한 인물들을 살해하는 것이 부르주아와 사민당 연합의 첫번째 현안이 된 것이었다. 스트룀이 스웨덴에서는 혁명적 상황이 존재하지 않았다고 말했을 때, 이 말은 결과론으로 보면 맞는 말이었다. 하지만 동시에 이 말은 또한, 그러한 상황의 조성에 기여할 가능성이라는 측면에서 볼 때, 좌파사회주의자들이 결단력이 없었다는 사실을 증명해주는 것이기도 했다. 독일 사민당의 예를 따라 브란팅 주변에는 개인숭배 분위기가 팽배해지고 있었으며, 그러므로 우리가 단결했다고 하더라도 우리는 브란팅 때문에 아무것도 할 수 없었을 것이라고 그 의원은 말했다. 1917년 10월 자유주의자 에덴 밑에 새로 구성된 연합정권에 네 명의 사민주의자들, 즉 브란팅은 재무장관으로, 팔름셰르나는 해군부장관으로, 뤼덴은 문화교육부장관으로, 그리고 운덴은 무임소장관으로 각기 입각했다. 그다음 정권은 브란팅이 이끌게 될 예정이었으며, 이는 노동자들, 그리고 사민당과 선거연합을 이룬 좌파 정당의 당원들이 주도할 판이었다. 좌파 정당은 조직상의 약점에도 불구하고 2만 명의 당원을 가지고 있었으며, 하원에 11석을 획득했다. 거리 투쟁 역량이 부족했던 그 지도부는 더 많은 성공을 가져다줄 의회 내 대결에 집중했다. 노동대중의 급진화 기세는 멈출 수 없는 것처럼 보였다. 이제는 보통선거권, 여덟 시간 노동제뿐만 아니라, 사회주의공화국의 건설, 노동계급에 의한 국가 자원과 생산수단의 인수가 문제시되었다. 그럼에도 좌파의 진취성보다는 사민당 우파의 중용의 자세가 강함의 표시로 받아들여졌다. 당내 반대파에서 벗어나서 사민당은 노동자들에게 근접한 목표들을 담은 프로그램을 제시할 수 있었다. 반면에 좌파 정당 내부 관점의 다양성은 상황의 복잡함에 상응하는 것일 수도 있었으나, 그 이론적인 내용들 때문에 대중을 끌어들일 수가 없었다. 좌파사회주의자들의 프로그램에 들어 있는 내용인, 사민당 내의 권력철학, 권위에 대한 맹신, 관료화의 위험성에 대한 논쟁보다, 유권자들에게 결정적으로 더 중요한 점은, 두 정당이 의회주의 문제에서 합의를 이루었다는 점이었다. 이런 상황에서 그들은 사민당을 선호했는데, 그 이유는 80석 이상의 의석으로 하원에서 월등하게 최대 정파를 구성하게 된 이 정당이 자신들의 이해관계를 가장 잘 대변할 것이라고 생각했기 때문이었다. 선거에 대한 권리가 완전히 쟁취되기만 하면 사회적 정의도 실현될 것이라는 것이 지배적인 믿음이었다. 두 노동자 정당은 선거연합을 이루면서, 상호간에 의석을 확보하기 위한 경쟁을 벌이기는 했으나, 서로 배타적이면서 동시에 종속적인 블록을 형성했다. 만일 이런 선거연합이 없었다면 그들은 오늘날까지 부르주아지의 헤게모니에 대항할 수 없었을 것이다. 다양한 그룹으로 구성된 우익 정당, 자유당, 새로 창설된 농민연맹과의 투쟁에서 공산당의 전신인 좌파사회주의자당은 결정적인 역할을 했다. 이때 그들은, 그 창설자들이 애써 피하려 했지만, 결국 전위대 역할을 담당한 셈이었다. 그럼에도 내적 통일성이 이루어지지 않았기 때문에, 그들은 노동계급에게 혁명 의식을 불어넣기보다는 개혁주의의 견인차 역할을 했다. 안면이 넓고 코가 납작한 로예뷔는 깍지 낀 양손으로 턱을 받치고, 자신의 어린 시절과 정치적 전환점이 담긴 어둠 속을 응시했다. 그는 숨이 막힐 듯 답답한 아버지의 부엌방에 있는 자신의 모습을 보았다. 그의 앞에는 실패한 봉기의 퇴적물들을 뚫고 힘겹게 전진했던 몇 해의 시간들이 놓여 있었다. 11월 7일 전날 밤에 레닌은 혁명을 감행할 시간이 되었다는 사실을 입증했다. 스웨덴은 그 역사적인 순간을 놓쳐버렸다. 러시아만이 우세한 힘에 대항하는 결단력이 있었다고 그는 말했다. 독일 혁명이 실패하고, 유럽의 프롤레타리아트들이 패배했으며, 자본 세력이 급격히 팽창하고, 러시아에 대한 서유럽 열강의 모의를 생각해볼 때, 버텨낸다는 것이 얼마나 대단한 일이었는지 알 수 있었다. 우리나라에서는 사민당이 부르주아지, 군대와 연합해 핀란드 침공에 가담했지,라고 로예뷔는 말했다. 핀란드에서는 독립이 선언된 뒤에, 인민정부를 선포한 노동자들이 만네르헤임의 백색근위대와 독일 무장단체에 맞서고 있었지. 자유, 즉 부르주아지가 자유롭게 지배할 자유를 지키기 위해 팔름셰르나는 만네르헤임에게 무기를 제공케 했다. 이때 그는 핀란드 국민에게 공감한다는 선언을 하면서, 이를 이유로 중립성 법안에 저촉되는 것을 정당화하고자 했다. 더글라스는 독일 외무장관 퀼만과 비밀협상에 따라 파병부대를 구성했다. 핀란드의 사회주의자들을 말살하면서 한 세대의 스웨덴 총참모부 장교들은 경험을 쌓았으며, 이 경험은 오늘날 같은 장소에 또다시 적용될 수 있었다. 좌파당은 스웨덴의 핀란드 침공을 비난하고, 러시아와 핀란드 혁명 세력과의 연대를 선언하는 한편, 즉각적인 휴전을 요구함으로써, 자신들의 국제적 연대주의를 보여주었다. 많은 노동자들이 핀란드에서 반혁명이 승리한 데 동요하고, 분열과 불행을 전파하는 볼셰비키 혁명을 비방하는 사민당의 선전에 귀를 기울이는 경향을 갖게 되었다. 그러나 다른 사람들은 11월의 며칠간 독일에서 벌어진 일들 때문에 좌파의 구호에 공감했다. 다시 한 번 시민계급은, 노동자들이 평의회 창설, 왕의 폐위, 군대의 해산, 인민의 무장, 생산 통제권을 요구하면서 결집하게 될 것이라는 두려움에 휩싸였으며, 차단물을 설치한 집 안에 앉아, 외국으로 돈을 송금하고, 가방을 쌌다. 1914년 8월처럼 사민당은 종전의 시기에도 기존 사회를 유지하기 위해 노력했다. 팔름셰르나는 장갑차의 순시를 명령했으며, 대포들이 노동자들을 겨냥했다. 노동자들은 다시 동요했고, 참자는 분위기가 지배했다. 독일 혁명이 어떤 결과를 낳을지 미지수였으며, 그곳에서도 역시 프롤레타리아트가 반동 세력에 굴복해야 하는 것처럼 보였다. 독일의 막강한 노동 세력도 이루지 못한 승리가 스웨덴에서 이루어지는 일은 결코 없을 것 같았다. 피로 얼룩진 독일의 1월[232]이 지나자 시민들은 다시 가게 문을 열 수 있었다. 금융 과두정치 체제는 그 끔찍한 경험 이후 빠르게 회복되었으며, 이미 오래전에 세계경제에 참여한 그들의 배후에서는 방금 겪은 위험한 일이 스웨덴에서 다시 일어나지 못하도록 만들 동맹체제가 고개를 들었다. 1919년 3월에 공산주의 인터내셔널[233]이 창설되었을 때, 제2차 인터내셔널 역시 자본가, 장성들과의 협약을 통해 세력을 강화하며, 새로운 시대로의 진입을 준비하고 있었다. 모든 노동자가 참여하는 공동전선이 구축되기를 바랐던 사람들은 여전

232) 1919년 1월, 독일 공산당의 전신인 '스파르타쿠스단'의 지도자였던 로자 룩셈부르크Rosa Luxemburg와 리프크네히트Karl Liebknecht가 우익 용병대들에게 살해당한 사건을 가리킴.

233) 제 3차 인터내셔널 또는 코민테른이라고 부른다.

히 자신들이 속았다는 것을 깨달아야만 했으며, 그 후 20년 동안 통일 사상을 이어가고자 했던 모든 시도는 근본적인 기만에 부딪혀 산산이 부서질 수밖에 없었다. 사민당은 왕정과 상원의 유지를 보장하면서 정부 각료 자리를 배분받는 정당으로 부상했으나, 좌파당은 6월에 제3차 인터내셔널에 참여한 뒤 간부 중심의 정당이 되어, 그 당원 숫자가 다시는 첫해의 수치에 미치지 못했다. 1920년, 여전히 제한 사항들이 있기는 했지만, 보통 및 평등 선거제와 여덟 시간 노동제가 도입되고, 이 해에 형식적 민주주의가 정착됨으로써, 실제적인 인민권력이 행사될 수 있는 길이 막혀버렸다고 로예뷔는 말했다. 노동자들이 자신들의 대중정당으로 하여금 정부를 구성하게 한 뒤, 그들은 계급투쟁으로 더 이상 아무것도 이루어내지 못했으며, 이제 그들에게 모든 것은 위로부터, 당으로부터, 국가로부터 주어졌다. 또한 이제 패배라는 말도 더 이상 대규모의, 연대에 의한 단체행동의 패배가 아니라 위에서, 즉 의회에서, 또는 노조 지도부와 사용자 연맹 간의 협상이 결렬되는 것을 일컫는 말이 되었다. 투표용지로 착취가 철폐되었다고 하는 1920년대를, 우리들 대부분은 잃어버린 세월이라고 생각한다고 로예뷔는 말했다.

그러나 사민당은 소수 정당으로서 통치를 했다고 스트룀은 말했다. 하원에서는 133명의 시민계급 정당 대표들에 86명의 사민당 의원과 11명의 좌파사회주의자들이 맞서고 있었으며, 상원에서는 시민계급 대표들이 두 배나 많았다. 거의 1백여 년 동안의 노력 끝에 이룬 성공을 손에 넣을 수 있었던 대신에, 사민당은 기업가들에 의해 파산된 국가를 이끌어야만 했다. 통치자들은, 너희들이 그 일을 어떻게 해낼지 두고 보자,라는 소리를 듣곤 했다. 그리고 그들이 얼마 안 있어 포기할 수밖에 없으리라는 게 명백해졌다. 종전 후 호경기는 산업가들에게 최대치의 이윤을 가져다주었다. 노동자들은 마지막 한 방울까지 착취당했으며, 공장주들에게 임금을 받지 못하는 산업예비군이 될 경우, 한동안 스스로 생계를 해결해야 하는 처지에 놓일 수밖에 없었다. 경기가 하락하고 공장들이 문을 닫기 시작하자 임금은, 많게는 최고 50퍼센트까지 하락했다. 반항하는 개별 노조들은 폐쇄 조치를 당했다. 파업으로 위기가 극복되지는 않았다. 곧 실업자 숫자는 수십만 명으로 불어났다. 금속산업 부문에서만 1만 명 이상 노동자들이 해고되었다. 사회개혁은 생각해볼 수도 없었으며, 모든 신청서는 기각되었다. 이제는 단지 생계가 어려운 가정에 나누어줄 지원금을 마련하는 것이 관건이 되었다. 협박으로 궁지에 몰렸던 사민당이 민주주의 원칙을 저버리지 않았기 때문에 발전을 이끌 수 있었다는 사실을 우리는 오랜 시간이 지난 뒤에야 확인하게 될 것이라고 스트룀은 말했다. 이제 우리 프로그램에서 인정하는 프롤레타리아 독재보다는, 사민당이 내세우는 주장들, 즉 폭력을 거부하고 무력에 의한 국가 전복을 비판하는 것이 우리에게는 더 설득력을 얻고 있습니다. 소련에 대한 우리의 유대감은 도덕적인 성격을 갖고 있습니다. 브란팅은 신념으로서의 사회주의보다는 사회주의적 진화 사상을 강조했습니다. 그리고 룩셈부르크의 추종자였던 우리들에게, 그녀가 예전에 가졌던 염려, 즉 프롤레타리아 독재는 프롤레타리아에 대한 당 기구의 독재가 될 수 있다는 논거를 들이대며 비난하곤 했습니다. 따라서 우리가 브란팅을 반대한다는 것은 곧 우리가 우리 자신과 다투는 셈이 된 것입니다. 스트룀의 말은 계속되었다. 소련의 방어를 지원하는 데 모든 역량을 기울여야 한다는 의무와, 우리 당의 노선들을 결정하기 위한 국가적 차원의 토대를 만들어야 한다는 통찰 사이에서 벌어지는 갈등으로 우리는 마비 상태에 빠져 있었습니다. 우리가 소련의 당으로부터 넘겨받은 혁명적 구호들은 과거 어느 때보다도 더 우리나라의 역학관계에 들어맞지 않았습니다. 그럼에도 이를 포기할 수는 없었는데, 만일 그렇게 되면 우리는 코민테른에서 제명될 것이기 때문이었습니다. 우리가 소련의 당이 지도하는 전 세계 조직의 한 부분으로서만 존재할 수 있다는 관점은, 우리가 우리의 자율성을 획득할 때만 비로소 살아남을 수 있게 될 것이라는 견해와 충돌했던 것입니다. 이 두 관점은 모두 옳았습니다. 소비에트 질서를 저버리는 것은 우리 자신을 저버리는 것과 같은 의미였습니다. 마찬가지로 일상적 문제에 대한 실제적인 제안들을 내놓지 못했기 때문에, 신화가 아니라 빵과 일자리를 요구하는 보통 사람들의 신뢰를 상실했던 겁니다. 우리는 이 두 개의 극단적인 당위성을 서로 연결하려고 노력했습니다. 린드하겐, 회그룬드, 킬봄, 그리고 은행가인 아시베리는 소비에트 러시아와 외교 관계를 단절한 정부와 싸우면서, 원조를 위한 단체행동을 시작하고 교역로를 개설하기 위해 여러 번 모스크바를 다녀왔습니다. 이와 동시에 우리는 인도주의적 토대 위에서, 모든 민주적 권리를 포함해서, 사회주의적 정당에 대한 우리의 관념을 다시 한 번 규정하는 데 몰두했습니다. 우리에게 지배적이었던 의도들을 실현할 수 있었다면, 미래를 담지한 하나의 당이 생겨났을 것입니다,라고 스트룀은 말했다. 하지만 1920년 제2차 인터내셔널과 선을 가르기 위해 코민테른의 테제들이 발표되었을 때, 우리는 이미 분파주의자, 기회주의자, 소시민적 요소들로서, 공산주의 인터내셔널 분과의 중앙위원회에 소속될 가치조차 없는 것으로 간주되었습니다. 우리가 원했던 것들은 마치 이전의 초기 사회주의자들의 이론들이 그랬던 것처럼 왜곡되었고 경멸의 대상이 되었습니다. 엄격한 규율에 따른 위계질서로 구성된 당이 생겨나면서 바뵈프,[234] 부오나로티,[235] 오언,[236] 블랑, 카베 같은 사람들의 사상은 비과학적이라고 치부되었습니다. 그들은 기껏해야 자극을 준 사람들로 인정되거나, 아니면 몽상가, 환상가로 간주되었습니다. 우리가 보기에 그들이 말하는 유토피아는 여전히 실현되도록 노력해볼 만한 가치가 있는 것이었습니다. 또한 그것이 경제적 인식들에 의해 보완되어 하나의 미래적 사회상 속에 녹아들어갈 수 있다면, 그것은 우리가 복종해야 되는 권위적인 틀에 비해 우리의 세계관과 우리나라의 전통에 더 잘 부합할 수 있는 것이었습니다. 그러자 로예뷔가 말했다. 하지만 소련의 당은 내전과 봉쇄 조치, 그리고 연합국들의 침공 계획이 세워지던 시기에 외국의 당들을 신뢰할 수 있어야만 했습니다. 방위 거점들이 필요했고, 이것들이 사민당의 이해관계에 좌지우지되지 않는다는 확신을 가질 수 있어야만 했습니다. 러시아에서 실행되어 시험대에 오른 것은 서유럽에서 받아들여 계속 추진되어야만 했다. 하지만 이때 군사 및 경제 기구들, 그리고 노동운동을 단독으로 좌지우지할 권한을 가지려는 사민당에 대해 프롤레타리아트는 또다시 무력함을 드러냈다. 당 지도부는 급진성을 내세우면서 노동과 자본을 적대적 갈등으로 정의하는 그들의 새로운 강령으로 되돌아왔으며, 착취 체제를

---

234) François-Noël Babeuf(1760~1797): 프랑스의 언론인이자 좌파혁명 선동가로 프랑스 혁명기에 활동했다.

235) Filippo Michele Buonarroti(1761~1837): 이탈리아에서 태어나 자랐지만 로베스피에르에 심취해 프랑스로 귀화했다. 바뵈프와 만나 혁명운동에 뛰어들었으며 평등사회와 혁명독재를 주장했다.

236) Robert Owen(1771~1858): 영국의 사회주의자로 방적 공장을 경영한 경험을 토대로 미국에 공산사회를 건설하려다 실패하고 노동조합 운동을 이끌었다.

제거할 수 있는 유일한 수단은 더 이상 조정과 화해가 아니라 계급투쟁이라고 말했다. 그러나 이와 동시에 자본주의가 증가하는 생산력을 이용할 줄 모른다는 주장을 근거로, 전투적 입장에 대해서는 반대했다. 자본축적이 최고 단계에 도달한 이후에 자본주의는 생산력이 소진되어 산업민주주의로 대체되리라는 것이었다. 이에 따라 사민당은 그 쇠퇴 단계에서, 자본가들에 의해 야기된 위기가 이미 사회주의 사회의 전단계라는 인상을 부추겼다. 언제나 그래왔듯이 그 후 몇 년간 사민당은 좌파 편에서 제기한 주장들을 자극제로 삼아 이를 넘겨받았다. 사민당의 재정 전문가인 비그포르스는, 좌파당에서 제기한 문제들, 즉 노동자들이 생산과정에 어떻게 영향력을 행사할 것인가 하는 문제와 사용자의 강제 조치에 대항하는 경제 투쟁 문제를 받아들이되, 그 해결책으로 좌파당이 요구한 노동자평의회 방안을 배제한 채, 이를 곧바로 개혁주의 노선으로 흡수하는 노련함을 발휘했다. 실용적 공산주의 노선을 걷는 킬봄과 린데로트가 노조를 아래쪽에서부터 활성화하기 위해 노조 안에서 활동하고 있었던 반면, 사민당 간부들은 사실상 작업장에서 벌어지는 일들을 통제할 목적으로 만들어진 기구지만, 겉으로는 공동 결정권을 얻어내기 위한 교두보라고 내세우는 노사협의회를 만들 것을 선전했다. 좌파당이 구체제를 복원하려는 시민계급에 대항해 장외 행동과 노동계급의 무장을 호소할 때, 사민당은 자신들이 벌이는 사업의 조용하고, 실험적인 진행을 강조했다. 무엇보다도 좌파당 내부에 있는 자유주의적이고 평화주의적인 태도들이 공격적인 노선과 충돌했다고 로예뷔는 말했다. 린드하겐 그룹은 공산당 선언의 대안으로 인도주의적 선언을 제시했으며, 불교로 개종한 카타 달스트룀은 종교의 자유를 위한 선전 활동을 했다. 당수인 회그룬드와 당서기인 스트룀은 프롤레타리아트의 무장화보다는 부르주아지의 탈무장화에 대해 말하기를 선호했다. 우리는 시간이 필요했던 겁니다,라고 스트룀은 말했다. 그러나 시간이 없었다고 로예뷔가 반박했다. 우리나라에서는 아직도 레닌의 저작이 출간되지 않았다고요,라고 스트룀은 말했다. 우리는 정치적 전략과 국가론을 개발하고, 사민당과의 연합 가능성을 연구하고 있었습니다. 그러나 우리는 러시아의 전시공산주의에 적응하라는 지시를 받았으며, 라데크와 지노비예프는, 그들이 보기에 수정주의자들인 우리와 코민테른에 예속되기로 결심한 사람들 사이에 쐐기를 박았습니다. 우리는 서로 다른 견해들을 하나로 통일하고 통합된 당을 통해 우리의 특별한 조건들에 알맞게 좌익으로 발전해갈 수도 있었을 겁니다. 그러나 우리는 부정적 결과를 뻔히 예측할 수 있었음에도 분할의 방향을 선택할 수밖에 없었습니다. 이제 사민당이 국내의 궁핍을 해소할 능력이 없다는 사실이 입증되자, 시민계급이 노동관계를 조정하기 위해 다시 입각해야 한다는 요구가 확산될 수 있었다. 사민당이 11석의 의석을 잃은 하원 선거가 끝난 10월이 지나기도 전에, 15석을 늘린 우파 정당이 국왕에게 정권 구성을 위임받게 되었다. 로예뷔는 자신의 어린 시절을 생각할 때마다, 노동계급이 물려받은 유산의 일부가 된, 위축감을 느꼈다. 시골에는 후진성이 가장 폭넓게 확산되어 있었다. 그곳에는 여덟 시간 노동제가 없었으며, 사람들은 기아를 면할 임금을 받기 위해 하루 12시간 내지 14시간, 많은 경우에 그보다 더 많은 시간을 일했다. 선거권은 하원 선거의 경우 남자는 24세가 되어야 비로소 투표하러 갈 수 있었고, 여자는 아예 그러지도 못했으며, 지방의회 선거는 27세가 되어야 비로소 가능했다고 로예뷔는 말했다. 이는 다음 선거까지 오랜 시간을 기다려야 하는 경우, 실제로 투표권이 실행되는 나이가 더 늦어진다는 것을 의미했으며, 많은 젊고 능동적인 노동자들이 배제된다는 것을 뜻한다고 그는 말했다. 1921년 3월에 우리는 코민테른 회원국의 조건인 21개항의 테제를 수용할 것이냐 말 것이냐를 놓고 싸움을 벌인 끝에 결국 당을 분열시킴으로써 사회주의 블록을 더욱더 약화시키고 말았습니다. 우리는 어쩔 수 없이 독일 당에서도 이미 진행하고 있는, 이른바 숙청 작업을 단행하지 않을 수 없었습니다. 자율적 당을 원했던 린드하겐, 벤네르스트룀, 파비안 몬손이 탈당 조치를 당했습니다. 우리는 코민테른에 결속되는 것이 어떤 결과를 가져오게 될지 여전히 몰랐던 것입니다. 그동안 1만 6천 명으로 줄어든 당원 숫자에서 다시 6천 명이 더 줄어들었다. 그러면서 당의 의석수도 거의 반으로 줄었다. 린드하겐이 이끄는 가운데 예전의 당명을 고수하면서 2년 동안 존속했다가, 사민당에 합류한 정파는 5석의 의석을 가지고 있었으며, 반면에 이제 새롭게 공산당으로 이름을 바꾼 당은 하원의원이 단지 2명뿐이었다. 여성들도 투표권을 갖게 된 1921년 가을에 사민당은 75석에서 93석으로 의석수를 늘렸으며, 이처럼 숫자들이 춤추는 가운데, 72석에서 10석을 잃은 우익 정당이 새롭게 정부 요직을 넘겨받았다. 기업가들은 곧바로 공세로 전환했다. 1922년 1월에는 청년들을 포함해서 모든 취업 가능 인구의 거의 20퍼센트에 해당하는 20만 명 이상의 실업자가 생겼다. 이제 사민당이 급진 야당이 되었다. 팔름셰르나가 런던 대사로 전출되고 경제학자 비그포르스가 대두함으로써 낡은 가부장적 자유주의 경향이 현대적이고 합리화된 생산 체계에 적합한 노선으로 교체된 것처럼 보였다. 스트룀이 말했다. 크론시타트에서 반란이 일어나고, 독일에서 벌어진 봉기들은 실패했으며, 세계혁명 노선이 철폐되고 일국 사회주의 건설을 위한 신경제정책이 도입되었죠. 레닌이 병이 들자 후계자 자리를 차지하기 위한 투쟁이 벌어지는 상황에서, 우리도 반목에 빠지면서 다시 분열이 시작되었습니다.

이 상황에서도 줄기차게 의회주의 활동을 펼치는 가운데, 수년 동안 똑같은 지도부를 가지고 있던 사민당은 연대감을 드러내야만 했습니다. 이제 소련의 당이 자본주의적 노동 조건들을 되살리면서 산업과 농업에 특허권과 이윤 혜택을 줌으로써, 사민당 역시 국가자본주의를 넘어서 국가사회주의로 가기 위해 추구해왔던 전략들을 본격적으로 꺼내 들었습니다. 스트룀의 말이었다. 사민당 이데올르그들은, 독재적 폭력에 반대하는 자신들의 평화적 대안을 내세우면서, 이런 상황을 선거운동에 효과적으로 이용할 수 있었습니다. 그러자 로예뷔가 말했다. 5월 1일에 수만 명의 사민당 노동자들이 적기를 들고 인터내셔널가를 부르면서, 카를라 가를 따라 상층 부르주아지들이 사는 지역을 지나면서, 창문에서 들리는 조롱 소리를 들으며, 집회가 열리는 라두고르스펠드로 행진해갈 때, 노동자 정당간의 목표는 서로 달라 보이지 않았습니다. 그러나 근무일에는 반목이 드러났습니다. 투쟁가는 여전히 하나였지만, 공산주의자들은 자신들의 노력이 다른 나라에서 벌어지는 일과 연결되어 있다고 생각했으며, 자본주의에 대항하는 전선을 강화하고자 애를 썼습니다. 반면에 대다수 나머지 사람들은 굴복과 타협의 정책 때문에 자주 의욕을 잃다가도 다시 힘을 내기도 하면서, 1923년 4월의 패배를 겪고, 1924년 가을에 다시 자신들의 당이 여당의 지위를 재탈환하는 것을 보면서, 일상적 개혁의 길을 갔습니다. 그 길은 오로지, 모두가 복지를 누릴 것을 약속한 당의 역량을 강화하는 것에 집중되었다. 그러나 노동운동의 토대는 노조였다. 그곳에서는 정당들이 노동자들의 지도권을 쟁취하기 위해 경쟁을 벌였다. 노조 스스로의 힘으로 노조 중심적 사고를 넘어설 수 없다는 명제가 매번 다시 증명되는 것처럼 보였다. 사민당 간부들은 노조를 이른바 대중정당의 틀, 다시 말해 노조를 수정주의적 목적으로 이용하는 바로 그 정당에 의무적으로 복속시키는 틀에 묶어두려고 노력했던 반면, 공산당 간부들은 그들에게 혁명적 행동을 준비시키려고 애썼다. 두 정당은 산업노동자와 농업 프롤레타리아트의 동맹을 이루어내려는 과정에서 대립했으며, 이 대립으로 적대감이 깊어져 공산당 안에 두번째 분열을 초래했다. 회그룬드와 스트룀은 공동전선을 형성하기 위해 사민당 대표들과 협력하고자 했다. 그러나 코민테른은 당 정책의 분리를 지시했다. 독점자본에 대항하는 효과적인 전선이 되어야 할 통일전선은 공산당의 지도 아래 있어야 한다는 것이다. 이 전선을 위해 노동자들이 결집되어야 했다. 당의 최고회의에서는 자본주의가 쇠퇴기에 접어들었기 때문에 프롤레타리아트의 혁명적 집결이 요구되는지, 아니면 자본주의가 안정화 단계에 진입했으므로 전술적 후퇴가 필요한지를 두고 벌이는 소모적 논쟁이 되풀이되었다. 당의 하부 대열에서는 그런 논쟁이 벌어지는 걸 이해할 수 없었다. 사민당 노동자들과 협력할 태세를 갖춘 9천4백 명의 당원들은 그 분열에 경악했다. 레닌이 죽은 뒤 공산주의 인터내셔널 집행위원회는 심문을 하고, 벌을 주고, 청원, 고백, 속죄를 요구하는 기관에 지나지 않았다. 트로츠키를 옹호했던 회그룬드는 모스크바에서 지노비예프와 부하린에게 욕을 먹었다고 스트룀은 말했다. 나 역시 어떤 책에서 얼마 전 소련의 당에서 축출된 발라바노프를 언급했다는 이유로 비마르크스주의적이며, 비혁명적 태도를 갖고 있다는 낙인이 찍혔습니다. 사민당이 발의한 주민선거를 코앞에 두고, 이렇게 우리는 오직 자신만이 진실하다는 믿음 때문에 불화를 일으켰습니다. 인터내셔널과의 관계를 끊고 행동의 자유를 되찾자고 요구하는 그룹과, 고립되어가는 소련을 보호하는 것을 주된 임무로 삼는 그룹이 선거가 끝날 때까지 당을 유지했다. 그들은 그 전해에 얻은 7개의 의석에서 두 석을 잃었고, 좌파당의 해체로 세력을 키운 사민당은 하원에서 11개의 새로운 의석을 얻었다. 11월에 개최된 총회에서 분열이 일어나, 두 개의 공산당이 만들어졌다. 당수였던 회그룬드와 당서기였던 스트룀이 중앙위원회와 당원 다수의 지지를 받았다. 그들은 당의 합법적인 지도권을 주장하면서 당 기관지의 편집국에서 다수를 차지하고 있던 킬봄, 린데로트, 실렌, 네르만에게 출당 조치를 내렸다. 한편 코민테른으로부터 당의 권리를 위임받은 쪽은 또 그들대로 회그룬드 그룹을 제명했다. 『폴케츠 다그블라드*Folkets Dagblad*』 신문을 둘러싼 치고받는 싸움에서 소수파가 승리를 거두었고, 독립론자들은 경쟁지인 『뉘아 폴케츠 다그블라드*Nya Folkets Dagblad*』를 창간했다. 이 두 그룹은 서로 자신들이 올바른 공산당을 대표한다고 주장함으로써 일 년 동안 노동자들의 혼란을 가중시켰습니다. 그 후 회그룬드와 스트룀 당신을 추종했던 사람들 중 대부분이 코민테른당으로 돌아왔죠. 로예뷔가 말했다. 그 말에 스트룀이 다시 말했다. 독립당 내의 수정주의적 경향들이 점점 더 확연하게 드러났으며, 사민당에 대한 코민테른의 공격이 설득력을 얻었음에도 프롤레타리아 정당이 반드시 하나로 뭉쳐야 한다는 인식이 높아졌습니다. 사실상 우리는 레닌이 염두에 두었던 이행 기간을 전제로 프롤레타리아 독재라는 원칙을 잠정적으로나마 인정했으며, 또한 민주적 중앙집중제가 실제로 아래에서부터 위로 이루어질 때, 이 원칙에 따라 결정을 내릴 태세를 갖추고 있었습니다. 하지만 소비에트의 중앙집중제가 우리들이 결정해야 할 문제들을 미리 결정해버리자 우리는 우리의 원래적 개념으로 되돌아가도록 강요받는 느낌을 가질 수밖에 없었습니다. 우리는 코민테른과 가까운 관계를 유지하려고 했었습니다. 그러나 그들의 독트린은 이를 허용하지 않았죠. 우리는 이단자로 낙인 찍혔고, 그 결과 우리 자신이 예전부터 생각해왔던 방식대로 사회주의 정당을 건설하고자 하는 의도를 강화해갈 수밖에 없었습니다. 그러나 1926년, 브란팅이 죽고 산들러가 짧은 기간 동안 정권을 넘겨받았을 때, 우리는, 작은 정당으로는 아무것도 이룰 수 없으며, 기껏해야 기각되거나 사민당이 넘겨받게 될 신청서를 제출하는 역할을 넘어서지 못할 것이라는 사실, 다시 말해 우리는 대중정당을 통해서만 모든 노동자 계층과 소통할 수 있기 때문에 이를 필요로 한다는 사실을 깨닫게 되었습니다. 처음에 우리는 우리의 귀환을 굴욕으로 느꼈습니다. 그러나 사민당 역시 이 해에 패배를 겪었고, 시민계급에게 다시 정권을 반납해야만 했습니다. 반동의 파고가 새롭게 고조되는 상황에서 어떤 지원이라도 간절했던 겁니다. 그러자 로예뷔가 말했다. 그래서 스트룀 당신은 곧바로 예전 동지들에게 굴복하고 글을 통해 대장격인 브란팅을 찬양하는 쪽으로 넘어간 거죠. 개혁주의자들을 떨쳐버린 것 자체가 공산당에는 이익이었다는 사실이 입증되었다. 1928년에 당원 숫자는 4천 명에서 1만 8천 명으로 증가했다. 같은 해 선거에서 공산당은 이제까지의 득표율 중 가장 높은, 거의 6.5퍼센트에 달하는 득표율로 8석을 얻었다. 그 당시 공산주의자가 된 우리에겐 당이 서유럽 강대국들로부터 위협받는 사회주의 국가와 협의 아래 행동하는 것이 당연한 것이었습니다,라고 로예뷔는 말했다. 우리는 소련에서 폭압적인 통제보다는 산업화와 집단화의 성공을 보았어요. 또다시 우파 정당의 지도자인 린드만을 수상으로 내세운 시민계급 정부는 외교 정책에서는 소비에트 건설을 파괴하고자 하는 서유럽 강대국들과 생각을 같이했고, 내정 면에서는 산별 조직을 없애려고 투쟁을 벌였으며, 파업 이탈자로 구성된 조직을 강화하고 공산주의 선동자들에게 감옥형을 선고했다. 비그포르스가 당의 프로그램으로 설정한 산업 민주화는 점차 사용자와 노동자 간의 이해를 이끌어내기 위한 도구라는 사실이 밝혀졌다. 비그포르스는 무엇보다도 진보적이라고 알려졌기 때문에, 노동자들을 오도하는 데 가장 적합한 인물이었다. 그는 노동자들이 혁명으로 사회를 변혁할 힘이 없으며 또한 산업계와 국가에서 고위직을 맡을 능력도 부족하다고 강변했다. 하지만 그는 사회화 계획을 아주 외면하지는 않았다는 것을 보여주기 위해, 노조의 관리 아래서 노동자를 미래의 경영 지도자로 양성하기 위한 학교와 다른 기구들을 만들 계획을 제시했다. 외견상의 산업민주화는, 공동 결정권도 아닌 공동 협의권을 내세움으로써 노동자들의 기술적 경험과 통찰을 생산력을 향상시키는 데 이용할 수 있었기 때문에 기업가들에게만 이익을 가져다주었다. 코민테른의 분석에 따르면 이제 스웨덴의 금융자본은 제국주의 단계에 도달해 있었다. 그런데 반년 동안 지속된 광산 지역에서의 파업은, 금융자본에 맞서는 대규모의 단합된 투쟁이 아니라 협약으로 귀결되었으며, 그 결과 다시 노동자 조직의 무기력함만이 두드러졌다. 1902년의 총파업이 항복으로 끝난 뒤 노조 관료들과 사용자연맹 사이에 맺어진 협약이 법제화되고 새로운 조항들이 입안되었으며, 이는 그로부터 10년 뒤 살트셰바덴에서 확증되었다. 사용자의 상황에 따른 집단적 임금계약 제도가 산별노조연맹에 강요되었다. 적용되는 계약 기간 동안의 파업 금지 조항으로 노사간의 평화가 이루어졌다. 사업가들에게는 자신들이 계산해 노동력을 채용하고 해고할 수 있으며, 사업장을 병합하거나 폐쇄할 수 있는 특권이 주어졌다. 갈등 상황에서는 파업 이탈자들이 자유롭게 노동할 수 있는 권리가 주어졌다. 이제부터는 업무 부서뿐만이 아니라 모든 개별 노동자가 규정을 준수할 책임을 지게 되었다. 이를 위반할 경우 노동법원으로부터 제재를 받았다. 생산수단의 소유자에게 도움이 되는 것은 합법적인 것이고, 노동자가 제 손으로 하는 것은 불법적인 것이 되었다고 로예뷔는 말했다. 이 시기에 관해 말할 때 스트룀은 항상 사민당의 논거를 대변하는 것처럼 보였다. 사민당이 세워놓은 틀은 그렇게 지속적인 영향력을 발휘했던지라, 이를 벗어나는 모든 이견이나 우연성은 그 안에서 희석되어버렸다. 그는 적에게 협력하는 노조 지도부의 정책이 배반이라고 생각하지 않았다. 그것은 단지 주변 여건에 상응하도록 실행했을 따름이라는 것이었다. 생산수단은 자본가들의 손에 있고, 호경기인 만큼, 기존 사회에 대한 공격은 자신의 취업 가능성을 해치는 행위라는 것이었다. 하원에서는 90명의 사민당 의원과 8명의 공산당 의원이 73명의 우파 정당 대표, 27명의 농민연맹 소속 의원, 그리고 32명의 자유당 의원에 맞서 있었다. 상원에서는 52명의 사민당 의원과 한 명의 공산당 의원을 97명의 부르주아지 의원들이 압도하고 있었다. 우리가 여태껏 이룬 모든 사회개혁을 무산시키지 않으려면, 경제 문제에서는 우리가 물러서야만 했다고 스트룀은 말했다. 자본가뿐만 아니라 사민당에 대항하고 있는, 계급 대 계급이라는 코민테른의 구호는 정당했다고 로예뷔는 말했다. 제국주의에 대한 투쟁이 선포되어야 한다면, 그 조력자가 된 사민당도 포함되어야 했다. 그러나 사민주의자들을 사회주의 파시스트라고 칭함으로써 노조들 내부의 분위기가 험악해졌다. 공산당 안에서는 어떤 방식으로 산별노조 활동을 해나갈 것인지에 대해 다시 의견이 갈렸다. 코민테른의 평가에 따르면 자본주의 체제는 과잉 생산과 무차별적인 투기의 결과로 전 세계적 위기에 직면해 있었다. 혁명의 가능성이 보이는 시점이 온 것이다. 노동계급의 통일전선은 제국주의가 약화되었을 때, 이를 거꾸러뜨릴 수 있다는 것이다. 그러나 사민당에 대한 공격에서 노동자 대중과 지도부는 엄격하게 구분되어야만 했다. 린데로트와 실렌은 노조원을 동원하기 위한 통일위원회의 구성을 발의했다. 반면에 플뤼그와 킬봄을 둘러싼 그룹은 호경기가 지속될 것이라고 생각했다. 위원회의 조직에서도 사민당의 대항 조치를 견뎌내기에는 반대파가 너무 약한 것으로 평가되었다. 지도적인 위치에 있는 공산주의자들은 즉각 제외되었으며, 그 위원회에 참가하거나 동조하는 모든 사람은 노조에서 제명하겠다는 위협을 받았다. 킬봄과 산별노조 간부 대다수는 통일전선이 사민당과의 협력에 의해서만 결성될 수 있다는 것을 전제로 삼고 있었다. 노조들은 제 기능을 발휘하는 상태로 머물러 있어야만 했다. 공산당 간부들은 다른 노동자 정당의 당원들로부터 분리되거나 고립되지 않아야 했다. 그들의 딜레마는 해결될 수 없었다. 사민당 지도부는 어떤 동맹도 체결할 생각이 없었으며, 코민테른 역시 사민당 대표들과 동맹을 맺어 위에서부터 통일전선을 형성하자는 제안을 평화주의적이고 기회주의적인 것이라고 거부했다. 통일위원회는 통일을 이루려던 것이 아니라 이 나라의 조직들을 갈가리 찢어놓으려 했다고 스트룀은 말했다. 코민테른에 가까운 그룹들은 노동자들이 아래에서부터 형성된 전선에 합류하게 될 것이라는 기대를 갖고 있었다. 그러나 단지 소수의 사람들만이 반대파에 가입함으로써 산별노조에서 제명되고, 이와 더불어 일자리를 잃을 각오를 하고 있었다. 코민테른은 예리하게 각을 세워 대립할 것을 촉구했으며, 킬봄의 그룹은 노조 질서를 유지하라고 요구했다. 이번에도 역시 당이 논쟁 속에서 산산조각 나게 되리라는 걸 아무도 상상하지 못했다고 로예뷔는 말했다. 당원들은 당의 세력이 강화된 시점에서 중앙위원회가 자신이 옳다는 주장을 내세우기 위해 당의 운명을 위험에 빠뜨리지는 않을 것이라고 생각했다고 스트룀은 말했다. 하지만 당은 산별노조 활동을 진척시키는 대신에 자신들의 토대를 허물어뜨렸습니다. 1929년 10월에 벌어진 일들은 마르크스주의의 과학성, 규율, 프롤레타리아의 책임과 아무런 관계가 없는 일들이었다고 그는 말했다. 당수인 플뤼그와 당 기관지의 편집장인 킬봄은 중앙위원회, 의원, 노조 대표 다수의 지지를 받으며 실렌과 린데로트, 그리고 그 추종자들을 제명했다. 마누일스키와 울브리히트가 이끄는 코민테른의 한 위원회가 이들이 당의 지도권을 행사하는 것을 인정함으로써 이들은 당의 다수파 그룹을 제명할 수 있었던 것이다. 5년 전에 코민테른의 지시에 의해 벌어졌던 일이 또다시 반복된 것이었다. 그러나 이번에는, 광기가 확산되는 가운데 장차 소련 당내에서 벌어질 퇴행이 이미 윤곽을 드러냈다고 스트룀은 말했다. 다른 의견을 가진 사람들에 대한 박해가 형이상학적 차원으로 접어들기 시작한 것입니다. 공산주의자들이 두들겨 맞고 권총 탄알이 날아드는 가운데, 당사와 금고, 당원 명부를 지키기 위해, 신문사와 문서보관소를 지키기 위해 투쟁했던 10월 9일에 나는 왜 이 나라의 노동자들이 사민당 편을 드는지 알게 되었죠,라고 그는 말했다. 그들의 비타협성에는 그 나름대로 이유가 있다고 로예뷔는 말했다. 다시 말해 사민당원들, 그리고 그들과 더불어 사민당 이데올로기로 기운 공산주의자들 역시 자본주의 경제의 견고함에 대한 철저한 믿음을 갖고 있었던 것이다. 그럼으로써 그들은 파국으로 치달을 수밖에 없는 발전 과정을 방치했던 것이다. 프롤레타리아 전선의 형성이 저지되었다. 일부 사람들이 너무도 이른 시점에, 폭력으로 주도권을 빼앗으려고 했기 때문이라고 스트룀은 말했다. 다른 사람들이 여전히 부르주아지와 협상할 수 있다고 믿고 있었기 때문이라고 로예뷔는 말했다. 사민주의자들은 해결되지 못한 모든 문제를 덮어버리기 위해 페르 알빈 한손이 선포한 인민의 집[237]이라는 비전에 몰두하고, 공산주의자들

---

237) Folkhemmet: 인민의 가정, 민중의 집으로도 불리는데 1930년대 스웨덴 사민당 지도자들인 에른스트 비그포르스와 페르 알빈 한손 등이 만든 개념으로 스웨덴식 사회주

은 자신들의 당을 파괴하면서, 킬봄 그룹은 룬트마카르 가에 있는 『폴케트스 다그블라드』의 인쇄소를, 실렌의 무리들은 토르스 가에 있는 중앙당사를 나누어 가졌다. 7천 명의 당원은 독립당에 모이고, 4천 명은 코민테른 분파에 남고, 나머지 7천 명은 몇 년간 당 활동을 중지했다. 반면에 자본은 코민테른의 예견에 따르자면, 최대한의 팽창에 도달했으며, 자기 자신을 파괴적으로 새롭게 분할하는 길을 걷고 있었다. 노동계급을 무력화하고, 그들이 요구를 제기할 가능성을 빼앗아버릴 시간이 다시 찾아온 것이었다. 소련을 말살하는 데 성공하지는 못했지만, 불행과 궁핍을 조장함으로써 적어도 노동자들과 그들의 조직에 해를 입힐 수는 있었다. 그러면서 무정부주의적인 금융 지배는 자기 자신의 진영에도 해를 입혔다. 그들은 자신들의 체제를 유지하기 위해 엄청난 손실을 감수했다. 10월 3일에 월스트리트에서는 주가가 급락하자 약자들을 절멸시키고 거대 자본의 최종적인 승리를 이끌어낼 수법이 도입되었다. 제일 먼저 자산이 없는 사람들이 타격을 입었다. 실업이 그들을 빠른 시간 안에 피폐하게 하고, 고분고분하게 굴복하도록 만들었다. 중소상인들과 예금소유주들은 몰락했으며, 단지 강한 자들만이, 파산 매물을 싼값에 사들이면서, 홀로 남을 때까지, 회사는 회사를 상대로, 독점기업은 독점기업을 상대로, 콘체른은 콘체른을 상대로, 트러스트는 트러스트를 상대로 싸웠다. 그리고 노동자 정당의 지도자들은 서로 반목하느라 눈이 멀어, 다시 한 번 더 제국주의에게 자신을 회복해, 착취의 최고 단계, 즉 전쟁을 위해 무장할 수 있도록 시간을 내주었다.

의를 가리키는 용어로 쓰이기도 한다.

제2의 공산당이 존재하는 것에 개의치 않았다고 로예뷔는 말했다. 그가 1930년 8월에 가입한 린데로트와 실렌의 당이 소규모라는 사실도 그에게는 아무 상관 없었다. 그 당은 전 세계를 포괄하는 운동에 속해 있었던 것이다. 그가 보기에 가난과 부의 싸움은 국제적 차원에서 벌어졌다. 또한 나중에 독일의 당이 풍비박산이 나고, 소련의 당이 제 살을 깎아먹고 있을 때도, 그는 중국에서, 인도차이나에서, 스페인에서 무슨 일이 벌어지는지 알았으며, 바로 이런 것들이 그에게 프롤레타리아 연대가 지속되고 있다는 것을 가르쳐주었다. 그리고 사민당이 부르주아와 함께 정권을 잡고 있는 지금, 아직 발설하진 않았지만 그는 스웨덴의 지하에서 미래를 지향하는 활동을 벌이고 있었다. 1930년에 당은 밑바탕에서부터 새롭게 건설되었다고 그는 말했다. 많은 사람들은 플뤼그와 킬봄이 제시한 민족공산주의라는 중간 노선에 여전히 확고하게 매달려 있었으며, 다른 사람들은 코민테른당에 다시 합류했다. 이 당은 가을 선거에서 단지 1퍼센트의 표만 얻은 반면 킬봄의 당은 3퍼센트에 이르는 득표율을 기록했다. 그러나 독일 파시즘의 상승, 스웨덴에서의 국수주의 행동 단체의 결성, 차츰차츰 드러나는 경제위기의 영향, 급진적 노동자들을 추적하기 위한 국가경찰 특별부서의 존재, 파업자들에 대한 군사적 행동, 실업자의 증가, 임금 인하와 공장 폐쇄 등, 이 모든 일이 방어를 조직할 수 있는 당을 필요로 했다. 그러나 노조의 모든 공산당 간부는 킬봄을 지지하고 있었던바, 그곳에서도 역시 작업은 처음부터 다시 시작되어야만 했다. 산별노조 안에 결성된 반대파들은 개혁주의적 지도부뿐만 아니라 노조에 충성하는 공산당에게도 배척을 당했다. 그럼에도 우리는 종종 공동의 단체행동을 펼쳤다고 로예뷔는 말했다. 그는 오달렌에서의 학살이 기억난다고 말했다. 기억 속의 그 모습은 마드리드의 반란자들을 처형하는 장면과 더불어 게르니카의 장면들과 이어지며 불타올랐다. 그 잔혹한 행위는 사건들과 하나의 통일체를 이루는, 고야와 피카소의 유령 같은 음울함을 배경으로 한 것이 아니라, 이른 여름 스웨덴의 밝은 녹색과 대비되면서 벌어졌다. 전쟁이 벌어진 것도 아니고, 외국 군대가 나라를 점령한 것도 아니었다. 단지 마르마, 그라닝에, 우탄셰, 그리고 옹예르만 엘브스의 합류 지점인 산드비켄에 있는 재제소와 제지 공장들에서 파업이 일어났고, 콘체른의 관리자인 베르스테그가 파업 방해꾼들을 끌어들였을 따름이었다. 1931년 5월 14일 목요일 정오, 8천 명의 파업 노동자, 사민당원, 공산당원, 노조 조합원이 항의 시위행진을 벌이기 위해 프로뇌에 있는 인민의 집 앞에 집결했다. 햇살이 화창한 가운데 그 대열은 룬데 방향으로 움직였는데, 그곳에는 파업 방해꾼들을 실은 배들이 항만에 정박해 있었다. 대열 속에서 걸어가고 있는 나이 든 사람들에게는 20년, 30년 전의 대규모 시위가 눈앞에 그려졌다. 노동자들은 브라스 밴드를 앞세우고 정장 차림으로 각종 깃발과 노조별 깃발을 들고, 들판 길을 따라, 햇살에 반짝이는 강과, 마을의 붉은색 목조 건물들, 꽃이 만개한 사과나무들이 어우러진 언덕 사이를 지나 행진해 갔다. 그들이 목표 지점에 도달하기 직전 기병대와 더불어 공장의 행정부서에 의해 급히 동원된 구사대가 그들을 기다리고 있었다. 기업과 군대가 동맹을 맺고 노동자들의 공동체에 맞선 것이었다. 노동자들은 언제나 그렇듯이 자신들의 숫자만 믿고 무장하지 않았다. 몇 십 자루의 소총도 이들에게는 감히 넘볼 수 없는 우세한 화력이었다. 2시가 조금 넘어 데모 행렬은 중대장 메스테르톤의 가시권 안에 들어왔다. 시위대는 차분히 앞으로 걸어갔다. 그들은 국가를 전복하려는 것이 아니라, 노동과 수입에 대한 그들의 권리를 되찾고자 했을 뿐이었다. 그들은 자신들을 겨냥하고 있는 총구를 보지 못했다. 악기 소리에 가려 멈추라는 명령 소리가 들리지 않았고, 그러자 중대장은 사격 명령을 내렸다. 총에 맞은 사람들이 먼지 속으로 거꾸러졌고, 피가 흘러나왔다. 찰나의 순간이 지나고 평화로운 초여름의 분위기를 뒤흔드는 비명 소리가 울려 퍼졌다. 다섯 명의 노동자가 죽었다. 질서 유지의 의무가 있던 중대장은 합법성의 편에 서 있었다. 명령을 따라야 했던 징집병들도 합법성의 편에 서 있었다. 파업 방해꾼들도 자유롭게 노동을 행사할 권리를 가지고 있었기 때문에 합법성의 편에 서 있었다. 공공의 복지를 위해 경제 방해 행위를 저지할 의무가 있는 공장주들도 합법성의 편에 서 있었다. 에이라 쇠데르베리, 에리크 베리스트룀, 빅토 에릭손, 에베르트 뉘그렌, 그리고 스투레 라르손의 삶을 희생시킨 자본주의적 생산 조건들은 합법성과 동일한 의미를 가지고 있었다. 공산주의 선동가들인 노르스트룀, 셰딘, 포르스만은 합법성을 위험에 처하게 했다는 이유로, 그리고 공산당 당수인 린데로트는 항의 집회를 소집했다는 이유로 장기 징역형을 선고받았다. 노조 지도부는 계급 법정에 찬동하고, 노동자들의 자의적인 단체행동을 범죄시했다. 그러나 작업장 안에서의 분노는 질식되지 않았으며, 노조 운동에서 두번째로 큰 규모로, 지도부에 대한 불신임 위기가 닥쳤다. 오달렌에서는 총파업이 선포되었으며, 스톡홀름에서는 15만 명의 노동자들이, 살해된 동료들의 장례식 날에 시위를 벌였다. 전국 도처에서 산별노조들이 노조중앙회의 뜻에 반해 파업에 돌입했다. 하지만 이와 동시에 노동자들은 사민당이 다시 정권을 잡게 할 필요가 있다는 생각을 하게 되었다고 로예뷔는 말했다. 1932년 사민당의 선거전은 뇌물 사건으로 풍비박산이 난 부르주아지에 대한 공세가 아니라, 두 공산당에 대한 비방이 주가 되었다. 이들 또한 서로 적대성을 드러내는 것 말고는 별다른 활동을 벌이지 못했다.

킬봄이 사민당과 동맹을 맺으려는 노력을 계속했던 반면, 린데로트의 당은 사민당을 계속해서 주적으로 삼고 공격했다. 이 과정에서 당의 역량이 필요 없이 소모되었던바, 왜냐하면 전자의 경우 한손의 당이 결코 양보 하려 들지 않았고, 후자의 경우 그들은 단지 더 강하게 반격을 하는 데만 모든 수단을 동원했기 때문이었다. 두 공산당 그룹의 파벌 싸움이 과도해짐에 따라 사업장에서는 여전히 단합을 이루고 있는 노동자들이 입장 표명을 하기가 어려워졌다. 하지만 이 단합 또한 같은 계급이라는 데서 생겨나는 자연발생적인 단합에 머물러 있었다. 당 지도부의 완고함 때문에 단합이 효과를 가져올 수가 없었던 것이다. 이에 따라 시민계급은 테러를 수단으로 4선 이상 정권을 유지할 수 있었으며, 1932년 9월에야 비로소 크로이거의 제국은 자신의 권력을 새롭게 이전시켜 재집권하는 데 실패하고 몰락했다. 그들은 퇴진할 수밖에 없었으며 유권자들이 힘을 모아준 덕에 다시 104석을 얻게 된 사민당에 정부 구성권을 넘겨줄 수밖에 없었다. 하지만 사민당은 하원에서 3퍼센트의 득표율에 해당하는 코민테른당의 두 석과 5퍼센트를 얻은 킬봄 당의 여섯 석을 합쳐도 부르주아 정파에 비해 여전히 세 석이 모자랐다. 이 해에 16만 명이 일자리가 없었으며, 독일에서 파시스트의 지배가 시작된 해에는 실업자의 숫자가 18만 6천 명에 이르러, 그들의 가족까지 합치면 거의 백만에 가까운 사람들이 궁핍을 겪고 있었다. 우리에게는 직업 활동 보장을 요구하는 노동자들과 수익 증가를 요구하는 기업가들 사이에서 균형을 맞추고 조치를 취하는 것 말고는 방법이 없었어요, 라고 스트룀은 말했다. 우리는 국제적인 금융 압박에 시달리고 독일의 파시즘과 국내의 국수주의적 현상들로부터 위협을 받고 있었으며, 실업률을 줄이기 위해 산업에 투자하고 시장 상황을 안정시키기 위해 노조연맹과 기업가들 사이의 협상을 체결하도록 종용해야만 했습니다. 이러한 조건 아래에서는 단지 조심스러운 개혁만이 가능했죠. 하지만 사민당 정부는 노동자들의 요구에 틀림없이 부응할 만한 것을 갖추고 있었다고 그는 말했다. 수상인 한손은 브란팅이 그랬던 것처럼 국부와 같은 존재였다. 외무부장관 산들러는 노동자교육연합의 창시자로 알려져 있었다. 국방부장관 벤네르스트룀, 사회부장관 묄러, 그리고 법무부장관 슐리테르는 진보적 휴머니스트로 존경을 받았다. 농업부장관 셸드는 농업노동자들의 생활 조건 향상에 기여했으며, 재무부장관 비그포르스는 사회주의적 과학성을 대표했다. 산들러는 곧바로 노조에서 공산당 대표들을 쓸어버리라는 경고를 담은 회람문을 각 산별노조분과로 우송했으며, 비그포르스가 약속했던 미래의 경영 지도자를 위한 학교와 사회화 조치 대신에 국가권력의 팽창만이 있었다고 로예뷔는 말했다. 요컨대 산업체에서의 노사 공동 결정권을 논할 수 있도록 우선 국가와 노조의 기금 형식으로 이를 위한 경제적 토대를 만들어야만 했다고 스트룀은 말했다. 사민당이 항상 타협적인 태도를 취했기 때문에 시민계급이 다시 세력을 키워 1936년 6월에 정권을 잡을 수 있게 만들었다고 로예뷔는 말했다. 그러나 그건 9월까지뿐이었고, 그때 사민당이 처음으로 의회에서 다수석을 얻어 정권을 다시 잡았으며, 오늘날까지 그 주도권을 유지하고 있다고 스트룀은 반박했다. 그는 코민테른당이 새롭게 부상하는 것에 큰 의미를 두지 않으며, 그들이 다시 얻은 1만 8천 명의 당원은 사민당의 수십만 당원과 비교해볼 때 무의미한 숫자라고 했다. 우리가 우리 자신의 힘으로 얻은 112석으로 세 개의 부르주아 정당들의 의석보다 다섯 석이 많은 것과 견주어볼 때 그들의 다섯 석과 킬봄 당의 여섯 석이 무슨 가치를 갖겠습니까. 내적으로 적대 관계에 있는 노동자 정당들이 부르주아 정파보다 열여섯 석이 많다는 사실은 경제적 상황에 아무런 변화도 가져오지 못했습니다. 생산수단은 자본가의 손에 있고, 그건 상원에서 의석수가 같아진다 할지라도, 변하지 않을 것입니다. 하지만 우리는 실업보험, 연금법, 농업노동자의 작업 시간 규정, 산모 지원금, 다자녀 세대의 집세 보조, 양로원, 의무적인 2주간의 휴가와 같이, 투쟁을 통해 얻은 개혁으로 모범적인 복지국가로 가는 과정에 있습니다. 1930년대 초에 제정된 한손의 위기 극복 프로그램은 노동계급을 더욱 확고하게 사민당에 결속시키기 위한 것이었다고 로예뷔는 말했다. 사민당 통치의 국가 기구들과 독점자본의 결탁은 1938년 12월, 살트셰바덴에서 임금노동자와 기업가의 파트너 관계가 체결되었을 때 명백히 드러났다. 핵심 문제에 대한 법률 제정을 회피한 것이 바로 결탁의 증거가 되었으며, 발생한 모든 갈등을 다루기 위해 노동자와 사용자가 향후 한 자리에 앉게 될 때 가지게 된다는 이른바 자율성과 평등권은 화합을 강조하고 있는데, 이것이 이제 존중되어야 한다는 것이다. 사민주의적이며 부르주아적인 혼합경제체제가 노사 평화를 위한 확고한 배경이 되었던 것이다. 노동력 구매자들은, 이전에는 유예 기간 없이 효력이 발생했던 해고에 앞서 이제 해고 통지를 보내고, 또한 파업 시에 파업 방해꾼을 투입하기를 포기하는 의무를 지는 아량을 베풀었다. 여타의 경우는 이전과 마찬가지로 그들 자신만이 노동의 지도와 분배, 생산의 확대와 축소에 대한 권한을 갖게 되었다. 이른바 제3자, 즉 소비자의 권리를 옹호한다는 명목으로 임금 협약 기간 동안 파업을 금지하는 법안은, 기업인들이 사업체를 구조조정하고 효율성을 높이려 할 경우 노동자를 확실하게 일에 묶어둘 수 있는 방편이 됨으로써, 이들에게 유리하게 작용했다. 부로 가는 길이 열렸고, 사용자들은 노동자들에게 일자리를 주었으며, 노동자들은, 긴 기간을 두고 한 푼 두 푼 많아지긴 했지만, 그럼에도 도급제로 일한 실제 성과에는 미치지 못하는 임금을 받았다. 사민당은 가능한 한 최대치의 표를 얻어, 이제 하원에서 134석을, 상원에서는 74석을 확보했다. 이로써 그들은 상원에서 공산당의 한 석을 보태면 부르주아 정파와 동등한 세력을 갖게 되었다. 킬봄의 당은 1934년부터 사회주의당이라는 당명을 갖고 있었는데, 1937년 봄 사민당으로 돌아갈 생각을 하고 있던 킬봄과, 일국공산주의자였다가 독일로부터 재정 지원을 받는 국가사회주의자로 돌변한 플뤼그 사이에 균열이 생겼을 때, 1만 5천 명의 당원 중에서 1만 명을 잃었다. 코민테른에 충실한 공산주의자들은 별다른 변동 없이 3퍼센트의 지지율을 얻고 있었다. 이들이 이렇게 의미 없는 소수파로 전락해가는 것을 보면서 스트룀은 자신의 결정을 만족스럽게 돌이켜보았다. 그의 얼굴은 선하고 사람 좋아 보이는 인상이었다. 그가 이제 부유한 자기 나라의 국경 너머로 눈길을 줄 때, 그것은 사회주의적 비전을 탐색하기 위한 것이 아니라, 프랑스-영국 블록의 생명력을 다시 기대할 수 있게 해줄 징후를 찾아보기 위한 것이었다. 언젠가 식민지배의 억압에서 벗어나 전 세계의 자산에서 자신들의 몫을 요구하게 될 국가들과 충돌할 가능성에 대해 그는 생각해본 적이 없었다. 한때 혁명적 이념들을 지향했다가, 1915년 부르주아지가 제대로 평가한 바와 같이, 사회를 지키는 세력으로 다시 돌아온 그는 유명한 스웨덴의 복지국가로 가는 문을 지키는 노회한 근위대들과 함께 자의식 가득 찬 모습으로 나란히 서 있었던 것이다. 그렇게 나는 로예뷔의 집에서, 콜디뉘 계단 옆, 피퍼의 앙상한 정원이 바라다 보이는 그의 방에서 사민주의 신드롬을 보았다. 그것에는 어떤 희생을 치르더라도 지켜내려는 고집스러움과 근본적 변화에 대한 공포의 엑기스가 담겨 있었다. 스트룀은, 이 고집 덕분에 많은 사회적 불의가 제거될 수 있었다고 말했을 것이다. 그는 소비에트 체제와 비교해보건대 자기 나라의 민주적 자유가 더 낫다고 했을 것이다. 그는, 파시즘이 엄청난 규모로 사람의 사고 속으로 침투해 들어오지 못한 것은 바로 자신의 당이 갖고 있던 인도주의적 전통 때문이며, 많은 시험을 이겨낸 평화주의적 태도가 중립성이 지속될 수 있도록 보장해준 것이라고 말했을 것이다. 어떤 개혁도 교육과 직업 선택의 불평등한 기회를 지양하지 못했다고 로예뷔가 반박했을 때, 당은 대학에 존재하는 부르주아의 우세한 비중을 상쇄하고자 노력하고 있다고 스트룀은 말했을 것이다. 그는, 초등학교에 대해, 이것이 마치 계급사회를 유지하기 위한 기관이 아니라, 이행기에 맞추어져 있는 것처럼 말했을 것이며, 프롤레타리아 출신의 많은 작가들과 예술가들에 의해 문화적 가치들이 이미 오래전에 공공의 자산이 되었다고 말했을 것이다. 노동자들의 특별한 목표들이 이루어졌느냐는 질문에 스트룀은, 당이 계급 개념을 확장하는 데 기여했다고 대답했을 것이다. 지식인, 대학 졸업자들, 관리들의 폭넓은 계층을 자신들에게 끌어들여, 예전에는 부르주아지에게 종속되어 있던 그들에게 새로운 사회적 소속감을 제공해준 것도 자신들의 업적이라고 했을 것이다. 로예뷔도 그 부분은 어느 정도 동의했을 것이다. 왜냐하면 오늘날 전복적인 변화는 더 이상 혁명적 역할로 규정된 노동계급에 의해서만 수행되는 것이 아니라, 인민들 내부의 모든 진보적 세력의 연합에 의해서만 수행될 수 있기 때문이었다. 그러나 사민당은 모든 생산 부문에서 공동으로 결정하고, 지도할 노동자들의 권리 주장을 외면했다고 로예뷔는 말했다. 그들은 급진성을 지워버리고 소유 상태를 불가침적인 것으로 만듦으로써 보수적인 권력이 되었다. 당의 하부에서는 예전에 사민당 조직의 얼굴이었던 노동자들을 찾아볼 수 있었는데, 위로부터 끊임없이 소시민적 출세주의가 침투해 들어와, 스스로 사태에 능동적으로 개입하면서 현실에 대한 연구와 인식을 발전시키려고 노력하는 사람들을 억눌렀다고 그는 말했다. 그들은, 단지 사용자들의 단순한 이익단체가 되어버린 사민당 안에서 더 이상 존중받지 못하기 때문에 그들이 있을 자리는 공산당이라고 로예뷔는 말했다. 물론 여기서도 그들 또한 일정한 제약을 받게 되어, 그것이 그들 자신의 발전을 저해하기도 할 것이다. 사민당이 당원들의 비정치화를 촉진했던 반면 공산당은 그들의 철저히 낡은 신앙적인 원칙으로 당원들을 묶어두었다. 우리는 프롤레타리아 독재를 동맹 정책으로 대체했습니다. 독일에서의 지하 활동과 스페인에서의 활동을 통해 우리가 알게 된 것은, 특정한 계급적 소속에 의해서가 아니라 밖으로 드러나 확인된 입장으로만 전선의 성격이 판단될 수 있다는 것이었죠. 우리가 계급의식을 말할 때, 이 말은 우리가 억압을 가장 많이 받는 사람들의 편에 서고 착취의 메커니즘에 대항해 공동으로 저항한다는 것을 의미했습니다. 모든 미흡함과 이론적 불화들, 독일 파시즘을 잘못 평가한 데 따른 자아비판의 부족, 코민테른의 독트린을 지지했음에도, 두 정당의 결정적인 차이점은, 공산주의자들이 역사의식을 견지하고 있는 데 반해, 사민주의자들은 노동자를 계급투쟁의 연결고리에서 떼어놓음으로써 그들을 비역사적으로 만들었다는 데 있습니다, 라고 로예뷔는 말했다. 로예뷔와 다른 공산주의자들이 고립되었는데도 활기를 잃지 않은 이유는 바로 그들 속에서 작용하고 있는 전통 때문이었다. 부르주아 문명의 찌꺼기를 먹고 사는 사람들과는 반대로, 그들은 자신들의 사명을 확고하게 견지하고 있었다. 그들은 자본주의가 자신들을 고분고분한 앞잡이의 손에 떨어뜨리기 위해 노동에서 소외시키고자 하는 것에 한사코 저항했다. 소속감과 원래의 의도를 잃어버리고 마비 상태에 있는 노동자들은 모든 공장에서 찾아볼 수 있었다. 기계 앞에 서 있는 그들의 얼굴은 공허하고 텅 빈 표정을 하고 있었다. 브레히트의 집에서 나누었던 대화에서는 이미 해방된 문화가 전제되었다면, 내가 지금 로예뷔와 함께 있는 곳에서 우리가 문화라는 말로 이해하는 지점까지 가려면, 우리는 아직도 먼 길을 더 걸어가야만 했다. 그 길은 특정 지역들을 통과해야 하는 길로, 그 길에서 어떤 사람들은 탁월하고 책임감 있는 기획자로, 보호자이자 후원자로, 쾌활한 언변가이자 민중의 친구로 자처하며 우리 주변 도처에 널려 있는 다른 사람들을 위해, 피로한 다리를 질질 끌고 가고, 뼈를 닳게 하고, 허파를 헐떡거리고 있었다. 감시자들은 우리에게, 우리가 벌써 많이 앞서왔다고 외치고 있었다. 아직 흐릿한 가운데 멀리 보이는 저 위쪽 계단에서는 최대 이윤의 원리가 다수의 약자와 소수의 강자들이 존재할 것을 끊임없이 요구하고 있었다.

이 대화의 메모를 작성하는 일은 마치 합창곡을 듣고 구술하는 것과 같았다. 나는 로예뷔, 스트룀의 목소리뿐만 아니라, 이름이 거명되고, 불현듯 나타나서 이제 그 모습이 그려지는 모든 사람의 목소리를 들었다. 나는 공유하는 생각을 받아 적는 연대기 기술자로서의 나의 새로운 활동을 시작했다. 도서관에서 빌려온 책들이 내 책상 위에 펼쳐져 있었고, 나는 내가 암시적으로 들었던 것들을 보완했다. 처음에 나는 빽빽한 혼잡 속에서 거의 알아볼 수 없이 모습을 드러내는 단순한 이정표 이상의 것을 발견하지 못했다. 그러나 그것들로부터 계측을 시작해 관계망을 그려볼 수 있었다. 그 관계망은 지금까지 내가 몰랐던 광대한 영역을 개략적으로나마 이해할 수 있게 해주었다. 그때부터 나의 의식은 글

쓰기 과정으로 채워졌으며, 그 속에는 자극, 진술, 기억의 상, 행위의 순간 들을 기록한 것이 들어 있었다. 지금까지의 모든 것은 단지 연습에 지나지 않았으며, 모든 흔들리는 것, 부스러져 흩어져 있는 것, 다의적인 것, 여기저기서 불쑥불쑥 솟아오르는 모든 독백은 나의 생각과 성찰을 위한 공명판이 되었다. 나는 가려낸 것과 여과된 것, 겉보기에 연관성이 없는 것들을 배열하고, 들었던 것과 체험했던 것을 문장으로 정리했으며, 끊임없이 형식화를 추구하며 명확히 하려고 노력하는 메커니즘을 들여다보았고, 매번 새로운 차원의 생생함을 접할 수 있었다. 이미 아침 일찍 깨어나면서부터, 그리고 공장에서 보내는 시간 중에도, 나는 단어들을 조합하는 일에 빠져들었으며, 눈이 녹던 그 계절에 내 방으로 돌아올 때마다 문장들을 기록하곤 했다. 출퇴근 시간 기록부에 묶여 있는 우리와, 자유롭게 문학과 예술에 몰두할 수 있는 사람들 사이에 존재하는 엄청난 간극은 더 이상 괴로운 일이 아니었다. 오히려 바로 그 현실 상황의 압박이, 내가 표현하고자 하는 바를 내게 더 가깝게 가져다주는 것처럼 느껴졌다. 내가 이 나라의 언어에 뿌리를 둔 자료들을 나의 언어로 번역하면서 둘 사이에 존재하는 보편타당성을 발견하게 되자, 언어 사이의 간격은 사라졌다. 내가 이용하는 언어는 세계를 이해하기 위한 학문에 속한, 하나의 도구에 불과했다. 주석 막대들을 운반해오고, 화덕을 가열하고, 황산이 담긴 통에 원심분리기를 담그면서, 이와 동시에 나는 스웨덴 현대사의 조각들을 끼워 맞추며, 엥엘브레크트의 궤적을 뒤쫓고, 브레히트는 더 이상 아무것도 알고 싶어 하지 않지만, 그 서사시의 대미를 장식하는 장면의 윤곽을 그려보았다. 엥엘브레크트는 길을 떠나야만 했다. 그는 넓은 호수 한가운데 자리한, 네 개의 땅딸막한 원형탑들이 딸린 성에서 테라스로 다시 상륙용 계단으로 옮겨져, 그곳에 정박되어 있던, 길이가 길고 폭이 좁으며, 타르가 칠해진, 노로 젓는 보트에 태워졌다. 그 보트는 외레브로에 정박할 수 없었으며, 돌이 있는 곳을 밀치고 떠나 다리 아래를 지나고, 스바르토를 따라 옐마렌 호수를 향해 갔다. 1436년 4월 27일 아침이었다. 연대기에 적힌 바에 따르면, 몇 명의 부하들과 그의 아내가 동행했는데, 그녀의 이름은 알려지지 않았으며, 다른 곳에서는 한 번도 언급되지 않았다. 화물선들이 정박해 있고 방어설비를 갖춘 해안을 지나 보트는 일정한 박자로 노를 젓는 가운데 미끄러져 갔다. 엥엘브레크트는 자신의 성에 머물러야 할 만큼 아프지는 않았지만, 너무나 쇠약해졌기 때문에, 여행의 목적, 즉 스톡홀름에서 제국위원회 위원들과 만날 생각을 할 때, 불안해지고 오한을 느끼지 않을 수 없었다. 보트는 되돌아올 수 없었으며, 넓은 호수로 밀치고 나아가야 했다. 봄이 시작되어 앙상한 나뭇가지에는 황녹색 기운이 어른거렸다. 저녁에 보트는 해협에 있는 한 섬, 추정컨대 베스트라 순드홀름, 발렌, 또는 다른 작은 암초 섬들 중 한 곳에 도착했다. 해안가 절벽이 제법 가파르게 솟아 있었다. 뒤쪽에서 노 젓는 사람들이 나타나 엥엘브레크트를 들것으로 옮겼다. 전나무 가지로 진영이 만들어지고 엥엘브레크트는 침대 위에 눕혀졌으며, 불이 지펴졌다. 한 사내가 등 뒤쪽 어둠을 가리키면서 저쪽 남쪽 해안가에 불빛이 보인다고 말했다. 그곳은 나흐트 운트 타크 가문의 예크스홀름 성이 있는 곳이었다. 얼마 후 그들이 식사를 하고 있을 때, 보트 한 대가 육지 쪽에서 접근해온다고 경비병이 소리쳤다. 그들이 우리를 초대하려는 모양이군. 내가 베풀었던 손님 접대에 보답하려고 그들이 우리에게로 오는 거야,라고 엥엘브레크트는 말했다. 보트가 정박하는 소음이 들리고 노가 부딪치는 소리가 들려왔으며, 그러고는 불온한 기색을 느끼게 하는 철거덕거리는 발소리가 뒤따랐다. 몬스 벵트손이 나타났다. 갑옷을 입고 손에는 전투용 도끼를 들고 있었으며, 그 뒤를 석궁 사수들이 뒤따르고 있었다. 엥엘브레크트는 힘겹게 몸을 일으켜 목발에 의지한 채 구부정하게 서서, 그 기사의 종자에게 친절하게 인사할 자세를 갖추었다. 이 남자가 아무 말이 없자, 엥엘브레크트는 그의 방문에 감사하며, 자신이 내일 일찍 길을 떠나야만 하기 때문에 그와 그의 아버지의 성에 들를 수가 없다고 다시 한 번 해명했다. 그러자 벵트손은, 나는 네가 가는 길을 끝장내려고 왔다,라고 말했다. 엥엘브레크트의 아내는 놀라움에 손으로 입을 막으며 그를 물끄러미 바라보았다. 그러지 않으면 네가 있는 곳에 결코 평화가 없을 테니까,라고 외치면서 벵트손은 도끼를 쳐들었다. 바로 그 끝없이 긴 순간 동안 엥엘브레크트는 평화, 우리는 평화를 체결했지 않았는가,라고 말했다. 그러자 도끼가 바로 그 시간을 쪼개며 날아들었다. 엥엘브레크트는 막으려고 목발을 들어 올렸다. 날카로운 쇳덩이는 그의 손을 맞추어 손가락 세 개를 잘라버렸다. 엥엘브레크트는 외마디 소리를 지르는 그의 아내 쪽으로 몸을 돌렸으며, 몬스 벵트손은 다시 내려치려고 도끼를 들어 올렸다. 그 무기는 바람을 가르는 소리를 내며 엥엘브레크트의 목을 향해 내리꽂혔다. 세번째로 내려치는 도끼가 앞으로 고꾸라지고 있던 그의 맨머리에 꽂혔다. 용병들이 몇 명뿐인 사내들을 향해 화살을 쏘았고, 엥엘브레크트의 몸도 화살에 꿰뚫린 채 쓰러졌다. 죽은 자들, 그리고 엥엘브레크트의 아내를 포함해서 아직 살아 있는 자들 모두가 높은 언덕 위로 끌려갔다. 엥엘브레크트의 시체는 피로 뒤범벅이 되고 한 손은 목발의 손잡이에 끼어 있는 그대로 발목이 잡혀 끌려올라갔다. 그런 다음 사람들은 그들을 아래로 끌어내렸다. 이 몰락 이후 인민들의 모습은 완전히 사라지고 높은 분들만 화려한 권력을 뽐내며 등장하는 마지막 장면을 향한 상승의 움직임이 다시 전면에 펼쳐졌다. 중앙의 넓은 연단에는 세 사람의 주교 토마스 폰 스트렝네스, 시예 폰 스카라, 크누트 보손 나흐트 운트 타크 폰 린셰핑이 번쩍이는 예복을 입고 예배용 향로에서 솟아나는 연기로 가득 찬 가운데 자리 잡고 있다. 그들은 자신들과 세속의 권력자들이 스스로 분배한 특권들을 열거한 양피지 편지를 높이 치켜들고 있다. 편지에는 인장을 찍은 장식물들이 촘촘히 달린 채 흔들리고 있다. 그들의 오른쪽에는 제국원수 칼 크누트손 본데, 닐스 형제, 보 스텐손과 벵트 스텐손 나흐트 운트 타크, 몬스 벵트손 나흐트 운트 타크, 닐스 에렌기슬레손과 에렌기슬레 닐손 함마르스타드, 보 크누트손 그리프와 망누스 그렌, 그리고 왼쪽에는 크리스테르 닐손 바사, 크누트 칼손 외른포트, 구스타브 알고트손 스투레, 크누트 욘손 트레 로소르, 칼 망누손과 그레예르 망누손 에카, 망누스 비르예르손과 구세 닐손 보트, 그리고 닐스 옌손 옥센셰르나가 자리 잡고 있었다. 그들에 더해 엥엘브레크트의 전우들인 헤르만 베르만, 곳스칼크 벵트손과 벵트 곳스칼크손 울브, 요한 칼손 페를라, 클라우스 랑에, 그리고 아르비드 스반도 등장했다. 단지 플라타와 푸케만이 빠져 있었다. 철과 은으로 치장하고 자색 외투를 입고는, 최고의 단결된 무리임을 과시하며 저 위쪽에 서 있는 사람들은, 그 내부에 시기와 탐욕, 살의로 가득 찬 채 분열되어 있었으며, 엄청난 재산, 강고한 성들, 높은 직위, 그리고 왕위를 얻기 위한 질긴 싸움을 내재하고 있었다. 그리고 그들의 뒤쪽 합각머리 지붕을 한 집들의 창문 안쪽에서는 대부르주아지들이 빌로드와 양털 모직으로 차려입고 노획물 중에서 자신들에게 돌아올 몫을 기다리고 있었다. 그때 그들의 발치로 한 사람의 포로가 끌려와 내팽개쳐졌다. 그는 팔과 다리가 밧줄로 묶인 농부였으며, 두번째 포로가 그 뒤를 따랐다. 저기 마지막 남은 저놈들이 있군. 저것들이 우리가 기사 닐스 에렌기슬레손의 집을 방문해 머물고 있을 때 예크스홀름에 불을 지르려고 했다,라고 벵트 스텐손 나흐트 운트 타크가 소리쳤다. 저놈들이 엥엘브레크트인가 뭔가 하는 놈의 복수를 하겠다고 하더군. 그런데 엥엘브레크트란 놈이 어떤 놈이지, 하고 칼 크누트손이 소리치자 왁자지껄한 웃음소리가 터져나왔다. 엥엘브레크트란 놈에 대해선 한번도 들어보지 못했거든. 그는 포로들을 가리키면서 저기 있는 저놈들처럼 이름도 없는 놈이지,라고 말했다. 한 포로가 몸을 일으켰다. 내 이름은 한스 모르텐손이다. 연단 아래쪽에 있던 용병 하나가 창으로 그를 한 대 후려갈겼다. 너는 이름도 없는 놈이다,라고 칼 크누트손이 소리쳤다. 내 이름은, 이라고 그 농부가 다시 말하자 아래쪽에서 다시 일격이 가해지면서 그는 쓰러졌다. 또 다른 포로가 내 이름은, 이라고 말하자 칼 크누트손은 네 놈의 이름은 무명씨다,라고 소리쳤다. 그 시골 사람에게 창으로 매타작이 가해졌다. 제국원수는 그들에게서 각기 손 하나와 발 하나를 잘라버리라고 명령했다. 한스 모르텐손이 몸을 일으켰다. 그는 기사 에렌기슬레손 쪽으로 피해 달아나면서 너희들은 엥엘브레크트의 살인자들이다,라고 소리쳤다. 저놈은 두 팔과 두 발을 잘라라, 하고 칼 크누트손이 명령했다. 인민이 어디 있느냐, 방금 전까지만 해도 그렇게 떠들어대더니 어디 있단 말이냐, 하고 크리스테르 닐손 바사가 소리쳤다. 마르텐손은 코와 입에서 피를 흘리면서 우리가 바로 인민이다,라고 말했다. 왁자한 웃음소리가 터져나왔다. 저놈들을 끌어내라고 시예, 크누트 그리고 토마스 주교가 소리쳤다. 농부들이 그곳에서 끌려 나가고, 엥엘브레크트의 아내가 등 뒤로 양손이 결박된 채 밀쳐져 나왔다. 저년이 엥엘브레크트의 처입니다,라고 페를라가 소리쳤다. 그녀는 그에게 침을 뱉었다. 용병 하나가 그녀의 따귀를 때렸다. 그녀를 탑에 가둬라,라고 페를라가 소리쳤다.

아니다, 그녀를 석방해라,라고 벵트 스텐손이 소리쳤다. 그년은 온 나라를 정처없이 떠돌며 조롱을 당해야 한다. 돌아갈 데는 아무 데도 없다. 엔글리코호프는 내가 점령했다. 그러자 크누트손 그리프는, 슈르보는 이제 내 것이야,라고 소리쳤다. 그렇다면 스네프링에와 시엔데는 내 것이네,라고 칼손 외른포트가 말했다. 아냐, 그것도 내 것이야,라고 그리프가 소리쳤다. 아니야, 내 것이야,라고 외른포트가 응수했다. 칼 크누트손은 짜증을 내며 그 여자를 끌고 가라는 신호를 보냈다. 그년을 그 전에 병사들의 막사에 집어넣어라,라고 베르만이 소리 질렀다. 조롱하는 웃음소리가 터져나왔다. 그때 클라우스 플라타와 에리크 푸케가 사슬에 묶인 채 밀쳐져 나왔다. 정적이 흘렀다. 네놈들이 우리에게 대항하는 당을 만들려고 했단 말이지,라고 칼 크누트손이 말했다. 푸케, 네놈은 카스텔홀름과 텔리에, 레카르네에 있는 라스보 훈다레와 로스비크로는 만족하지 못한단 말이지. 그러면 네놈은 무얼 더 바라는 것이냐. 푸케, 내 말이 안 들리느냐. 푸케는 고개를 떨군 채 잠자코 있었다. 병사 한 명이 그의 턱을 치켜들었다. 네놈들이 우리를 제거하려고 했단 말이지. 칼 크누트손이 고함을 질렀다. 너와 네 애비, 네놈들이, 그 이름이 뭐라든가 하는 그 병신을 영접해서 함께 스톡홀름으로 갈 채비를 했단 말이지. 네놈들이 레카르네 지역의 농부들에게 투쟁하자고 호소했단 말이지. 그런데 그 작자는 오지 못했지,라고 그는 고함쳤다. 로스비크는 내 것이다,라고 구세닐손 보트가 소리쳤다. 그리고 텔리에를 내가 도로 갖겠다,라고 벵트 스텐손 나흐트 운트 타크가 소리 질렀다. 그러면 나는 카스텔홀름을 넘겨받겠다,라고 칼 크누트손 본데가 소리쳤다. 너희들의 권력은 모두 박탈될 것이다,라고 클라우스 플라타는 말했다. 비웃는 웃음소리가 터져나왔다. 저놈들을 형틀에 묶어 오장을 꺼내고, 사지를 절단해라,라고 스반, 베르만 그리고 페를라가 외쳤다. 그렇게 되어야 할 것이다,라고 칼 크누트손이 말했다. 그는 푸케를 가리키면서, 그리고 여기 이자는 그에게 주어진 특권에 따른 대접을 받도록 하라,고 말했다. 그러자 나는 내 신분에 따른 특권을 포기하겠다,고 푸케가 소리쳤다. 너, 스스로 본데라고, 농부라고 부르면서도 농부들을 가장 괴롭힌 너, 네가 나를 농부처럼 바퀴에 매달아, 화형장에서 죽게 하라,라고 그는 말했다. 그를 각목틀에 묶어라,라고 크누트손이 말했다. 생각을 하지 않으려는 머리가 어떻게 칼날의 일격에 떨어지는지, 그 광경을 보여주기 위해 모든 사람들을 축제일에 초대하겠다. 그러고 나서 그가 신호를 보내자, 플라타와 푸케는 매를 맞으며 끌려 나갔다. 그리고 인민의 손을 빌려 승리를 거둔 귀족들, 그들은 고개를 꼿꼿이 세우고, 금융 부르주아지들을 뒤편에 거느리면서, 높고 고귀한 신분의 사람들이 언제나 그러하듯이, 찡그리는 미소를 지으며, 이를 앙다문 모습으로 자신들을 과시했다. 그때 저들은 다리를 쩍 벌리고 서 있고, 그들 밑에 있는 땅은 견고해서 오랫동안 꿈쩍도 하지 않을 것이다. 땅과 건축물과 하늘의 소유자인 그들은 현란한 모습으로 몸을 일으켰으며, 그들 주변에는 쉬익 하며 철썩이는 매질 소리와 한숨 소리, 울음소리가 울려퍼졌다. 칼 크누트손 본데는 다시 목소리를 높여, 정의를 찬양하고, 나라에서 반란자들을 쓸어버리도록 하소서,라고 외쳤다. 반란자가 한 놈이라도 눈에 띈다면, 미친개처럼 두들겨 패줄 것이라고 했다. 우리를 위한 평화가 올지니. 귀족들과 부르주아지의 승리의 합창이 울린다. 자유와 평화, 그리고 중간중간에 매질하는 소리, 고통에 찬 고함이 들린다. 평화, 그리고 매질하는 소리와 외마디 비명 소리, 그리고 평화, 자유와 평화.

그러나 스웨덴 농부들은 농노 신분이 되는 것을 면했다. 그들은 비록 패배했지만, 봉건주의는 그들에게 최후의 폭력을 가할 수 없었다. 그들을 더 이상, 엥엘브레크트가 대규모 원정을 나서기 이전 시기에 겪어야 했던 굴욕 상태로 도로 전락시킬 수는 없었던 것이다. 잊히고 묻힌 것들은, 그것이 노동운동의 토대가 될 때까지, 그 위로 새로운 투쟁들이 벌어지면서, 확신과 함께 강화된 의식으로 매번 다시 수면 위로 솟아올랐다. 브레히트는 내가 하는 말에 귀를 기울이지 않았다. 그는 책상 사이를 이리저리 왔다 갔다 했다. 슈테핀은 초고 원고, 일기, 공책, 오려낸 신문 기사들을 차곡차곡 쌓아 정리했다. 집 안쪽에서는 바이겔과 그녀의 여자 친구 라자르와 산테손, 그리고 아이들이 가구를 쿵쾅대며 여닫고 있었다. 서랍을 열어 뒤지고, 짐을 빼곡히 쑤셔 넣은 배낭과 가방들을 계단 아래로 끌어내렸다. 브레히트는 완전히 정신이 없었다. 평소 필요하다면 즉각 일을 중단할 줄 알았던 마흔두 살의 이 남자가 벌여놓은 이 놀라운 광경을 보고, 호단, 골드슈미트, 융달, 마티스 그리고 브란팅은 망연자실할 뿐이었다. 그것은 마치 자신만이 이 엄청난 파국을 당하고, 자신만이 유일하게 추적의 멍에를 짊어진 사람 같았다. 하지만 그것은 작품 때문이었다. 그가 7년의 망명 생활 동안 써왔고, 그중 대부분이 간행되지 못한 모든 것들이 여기 있었다. 문학에서 그의 존재를 입증해줄 소중한 것들이었다. 그는 사실 거의 무명의 인물이었고, 특별한 대접을 받는 존재는 아니었다. 그가 지지한 당에서조차도 그를 이해하는 사람은 많지 않았다. 소련에 있는 그의 지지자들인 트레티야코프와 콜초프[238]가 숙청된 후, 최초의 노동자 국가는 그에게도 불신과 거부감을 노골적으로 드

238) Mikhail Koltsov 또는 Kolzov(1898~1942): 소련의 언론인. 1936~37년에 스페인 내전에 참전했으며 1938년 소련에서 체포되어 수형생활 중 사망했다.

러냈다. 그는 자신의 발상과 작업이 문학이라는 수공업의 발전에 결정적인 기여를 했다는 것을 입증해야만 했다. 이 엄청난 양의 자료들이 안전한 곳으로 옮겨져야 했다. 4월 9일 화요일. 아침 7시에 뉴스가 날아들었다. 독일군이 코펜하겐에 입성했고, 코펜하겐은 곧 항복했다. 노르웨이 해안에서는 전투가 벌어졌다. 폭격기 편대가 오슬로 상공을 날아다녔다. 독일군의 스웨덴 침공이 임박한 것으로 보였다. 독일 군함들이 영해선 바로 너머에 대기하고 있었다. 강가의 항만에는 독일 화물선들이 정박해 있었으며, 그 안으로는 출입이 금지되었다. 추측건대 그 안에는 국제법상 주권이라는 보호막 아래 군비들이 실려 있을 것이다. 스웨덴에는 아직 동원령이 내려지지 않았고, 다만 강화된 경계 태세 명령이 내려졌다. 그러나 브란팅은 제국의회와 정부의 다른 의원, 각료들과 마찬가지로 떠날 채비를 하고 있었으며, 위험에 처한 사람들을 위한 비행기가 대기 중이라는 소문이 들렸다. 자신과 가족들을 위한 미국 비자가 아직 도착하지 않았던 수주 전에 브레히트는 이미 여성 작가 보울리요키에게서 핀란드 초대장을 받아놓은 상태였다. 그가 필요한 서류들을 갖추도록 브란팅과 스트룀이 도와주었다. 그러나 헬싱포르스로 가는 배가 아직도 출항할 수 있는지 불확실했다. 집의 여주인이 숨넘어가는 소리로 보안경찰이 찾아왔다고 알려주었던 3월에 브레히트는 스웨덴을 떠나겠다는 결정을 내렸다. 경찰은 브레히트가 로젠바움이라는 이름의 공산주의자 여인을 자기 집에 숨겨두고 있는지 확인하고자 했다. 이 인물이 이전에 결혼을 통해 로젠바움이라는 이름을 갖게 된 슈테핀과 동일 인물이라는 사실이 확인된 뒤, 스웨덴 친구들의 보증과 더불어 그녀가 폐병을 앓고 있다는 증명서를 마련해 제출하자 비로소 체포 명령이 철회되었다. 그 당시 경찰관들은, 슈테핀이 브레히트의 가정에서 어떤 위치에 있는지, 브레히트가,

외국인으로서 금지된 행위로, 그녀에게 급여를 지불하는지, 그리고 그녀가 외국인으로서 처벌 받은 적이 있는지 물었다. 이에 대해 브레히트는, 아닙니다, 우리는 그녀를 가족처럼 대하고 있으며, 그녀는 급여를 받지 않고, 이웃집에 있는, 가구가 딸린 셋방에 사는데, 그 집세를 내가 내줄 뿐입니다,라고 대답했다. 이러한 문제들이 해명되고 나자 경찰관들은 책꽂이에 있는 책들과, 여기저기 놓인 신문과 원고들에 관심을 보였으며, 다시 올 것이라는 여운을 남겼다. 그렇기 때문에 브레히트는 정치적 저작들의 일부를 상자에 담아, 맞은편 뢰브스티그 거리에 살고 있으며 위험한 물건을 지하실에 보관해주겠다고 나선 함석수공업자 안데르손의 집으로 옮겨놓게 했다. 다른 책들을 어떻게 하는 것이 좋을지도 의논했다. 융달은 왕립도서관에 전화를 걸어 브레히트의 책들을 기부하겠다고 했으나 거절당했다. 나는, 골라낸 책을 포장해서, 브레히트가 핀란드에 도착한 뒤, 그에게 우송해달라는 부탁을 받았다. 나머지 책들은 산테손과 근처에 살고 있는 젊은 의사 에크가 넘겨받기로 했다. 한밤중에 브레히트의 전화를 받고 달려온 그라이트는 풀어헤친 자세로 머리칼을 쥐어뜯으며 불평을 늘어놓고, 자기도 모르게 브레히트를 흉내 내며 이제 모든 게 끝이라고 한탄했다. 그러면서 그는 융달과 함께 브레히트의 여행길에 동행하고자 했다. 얼마 전 연극 일로 덴마크로 갔던 베를라우가 스웨덴으로 도망쳐 오는 데 성공할 경우, 그들과 핀란드에서 만나기로 되어 있었다. 소련을 경유해 미국이나, 또는 그것이 불가능하다면, 멕시코나 아이티로 계속해서 길을 가기로 계획이 잡혀 있었으며, 이에 대해 브레히트는 상당히 겁을 내고 있었다. 남은 우리들, 그리고 점령된 뒤에 불법 신분으로 체류하게 될 모든 사람이 어떻게 될지는 안중에도 없었다. 지금은 다만 여행길에 무엇을 가져가야 할지에만 골몰해 있었다. 검은색의 선원용 물품보관함에 중요한 원고들, 메모노트, 일기장, 그리고 고르고 고른 책 몇 권이 들어갔다. 나는 책 목록을 적어 내려갔다. 푸블리우스 베르기리우스 마로가 쓰고 포스가 독일어로 옮긴 『란트바우의 가곡집』, 크네벨의 개작으로, 1821년에 발행된 티투스 루크레티우스 카루스의 서사시집 『자연에 대하여』, 1882년 라이프치히의 토이브너 출판사에서 학교 교재용으로 펴낸 오비디우스와 카툴루스의 시 모음집, 1791년 베를린의 밀리우스 출판사에서 펴낸 푸블리우스 오비디우스 나소의 『변신이야기』, 1913년 랑겐 뮐러 출판사에서 펴낸 가죽 장정의 『플루타르크 영웅전』, 랑엔샤이트 출판사에서 펴낸 유베날리스의 풍자집, 1912년 디데리히스가 출판한 핀다로스의 『승리의 노래』, 1796년 라이프치히에서 간행된 플리니우스 세쿤두스의 『트라야누스 찬양연설집』, 1829년판 플리니우스의 서간집, 1912년 랑겐 뮐러 출판사에서 펴낸 키케로의 서간집, 한 권으로 된 이솝우화집, 랑엔샤이트 비브리오테크 시리즈의 『헤시오도스와 킨투스』, 풍자집과 송가집을 포함하는 두 권의 킨투스 호라티우스 플라쿠스의 저작, 『타키투스 연대기』, 코타 출판사에서 나온 것으로, 두 권으로 나누어져 너덜거리는 호메로스 서사시집, 웨일리가 옮긴 영역본 유교 저작 선집과 두보 시선집, 중국 시 모음집, 코타 출판사에서 나온 대중판 횔덜린 시집, 셸리 시집, 스턴의 『트리스트럼 섄디』, 조이스의 『율리시스』, 1939년 파리 프레스 출판사에서 나온 두 권의 『오디세이아』, 하셰크의 『세계대전 중의 용감한 병사 슈베이크의 모험』, 제목이 지워지고 감탄부호가 그려진, 파리코뮌에 관한 그리그의 세 권짜리 희곡집, 마르그리트의 『코뮌』, 옐리네크의 『파리코뮌』, 1931년 베를린에서 출간된 『파리코뮌, 동시대인의 보고와 기록들』. 브레히트가 포기할 수 없었던 다른 몇 권의 책들은 다른 가방에 집어넣었다. 선원용 물품보관함이 너무 무거워지지 않도록 하기 위해서는 작은 라디오 한 대, 라크 칠을 한 일본 가면 세 개, 사진기, 은제 수통 한 개, 수집한 칼들, 그리고 양끝에 대나무를 댄 중국산 양피지 그림만 더 넣을 수 있었다. 거친 수염을 하고 외투를 앞쪽으로 여미고 앉은 자세로, 음험하지만 또한 영감을 담고 있는 듯한 눈빛으로 응시하고 있는 그 철학자의 그림이 둘둘 말렸다. 바이겔과 아이들이 이미 반쯤은 옷가지로 채운 가방에 브레히트는 가죽 장정의 성 아우구스티누스 『고백록』, 보른그레버 출판사에서 펴낸 샤를 드 코스테르의 『윌렌스피헬』, 레크람판 루소의 『사회계약론』, 몇 권의 싸구려 판 데카르트, 칸트, 텐의 보급판 몇 권, 울슈타인 출판사에서 나온 헤로도토스의 『오리엔트 왕족사』, 봉 출판사의 클라이스트 작품집, 포의 단편, 키플링의 『병사의 노래』, 1928년 피셔 출판사에서 나온 앙드레 모루아의 『디즈레일리』, 1935년 케리도 출판사에서 나온 것으로 『독일 공화국의 전설』이란 제목을 달고 있는 에밀 루드비히의 힌덴부르크에 관한 책, 뒤프렌의 『체스 교본』, 1927년 노이어부르크 출판사에서 펴낸 것으로 값비싸게 장정되어 있으며, 그 내용에 담배의 유럽 반입과 흡연 문화라는 장이 들어 있는, 쿠델의 담배에 관한 책을 가져왔다. 거기에 더해, 아마도 그 책 때문에 흡연의 필요성이 기억나서 그랬는지는 모르겠지만, 그는 각기 스물다섯 개비가 들어 있는 바타비아 상표의 담배 두 갑을 더 가져왔다. 한 갑당 7크로네 50외레로, 내 하루 일당에 해당되었다. 바이겔이 청동 그릇, 찻주전자, 냄비, 프라이팬을 넣어 헬싱포르스로 부치기로 한 가방과 종이 상자들 속에 브레히트는 틈이 있는 곳이면 어디나, 우리가 주변에 쌓아놓은 책더미에서 몇 권을 집어내 쑤셔 넣었다. 서가를 해체할 때 내게는 책들이 알파벳순이나 전문분야별로 정리되어 있지 않다는 점이 눈에 띄었다. 그러나 그것들은 결코 아무런 규칙도 없이 세워져 있는 것이 아니었으며, 인접 관계나 또는 논쟁에서 서로 공감하거나 같은 부류에 속하는 것들을 체계에 따라 정리해놓은 것이었고, 때로는 극심하게 대비되는 것들을 나란히 꽂아놓음으로써 그 내적인 동질성을 느낄 수 있게 해주는 경우도 있었다. 브레히트는 카프카를 높게 평가했는데, 그 이유는 그가 책에 결말이 있는지 없는지에 개의치 않았으며, 대부분의 작품을 미완성인 채 남겨두었고, 바로 그 파편적인 것들에 완벽함을 부여했기 때문이었다. 『소송』과 『아메리카』를 손에 들고, 석고와 청동으로 만든 카프카의 흉상들 사이에 꽂으면서 그는, 실제로 미완의 책만이 진정성의 흔적을 담고 있는데, 왜냐하면 그것이 바로 생산의 내적인 기능들, 즉 숨을 쉬는 것과 순전한 존재에 상응하며, 방금 체험했던, 스쳐 지나가는 의식의 시간을 표현하는 생산에 가장 근접해 있기 때문이라고 말했다. 카프카와 가까운 것으로, 한편에는 1839년 에어푸르트판 골드스미스의 『웨이크필드의 목사』, 레크람 출판사에서 나온 새커리의 『댄디의 책』, 보들레르의 『악의 꽃』, 베를렌의 『나의 감옥과 나의 병원』, 쉴레르만이 번역한, 와일드의 『감옥의 발라드』 요약본, 조이베르트 번역의 바이런의 연극적 시 『만프레드』, 릴케의 『말테의 수기』와 『기도시집』, 디 파켈 출판사에서 나온 크라우스의 『인류 최후의 날』, 뮈잠의 시집 『불타는 대지』, 쿠르트 볼프 출판사에서 나온 베즈루치의 『한 체코 광부의 노래』 등이 있다. 또 다른 편에는 두 권으로 된 로크의 『인간 이성에 관한 소론』, 프란시스 베이컨의 『신 오르가논』, 스피노자의 『오성의 발전을 위한 논문』, 헤르더의 『인도주의의 향상을 위한 서한집』, 멘델존의 『파이돈, 혹은 영혼의 불멸성에 관하여』, 1877년 슈투트가르트에서 인쇄된 다윈의 『인간과 동물에 있어서의 감정의 표현』, 그리고 한 권으로 된 프로이트의 『심리분석의 기술』 등이 있었다. 이 모든 작품들은 실제로 일종의 메모장과 같았으며, 밑줄과 메모로 가득 차 있었다. 브레히트는 잠시 동안 탈출의 공황 상태를 잊고 읽기 시작했으며, 우리에게 가바르니에 관한 공쿠르의 책과 두 권으로 된 브뤼헐의 화보집, 빈의 배우 알렉산더 기라르디의 전기를 들여다보라고 했다. 그는 변두리 무대 출신으로 그곳에서 익살극과 오페레타에 등장했던 이 뜨내기 희극배우에 관한 책을 놓고 갈 수 없었다. 노래극 「예술가의 피」에 나오는 그의 토렐리는 틀림없이 카프카가 『소송』에서 화가 티토렐리를 묘사할 때 본보기가 되었을 것이라고 그는 말했다. 1905년 독일출판협회에서 나온 그 얇은 책은, 1919년 출간되고, 엘리아스베르크에 의해 편찬된 『유대 희곡집』, 슈바프의 『고전적 고대의 전설』, 레클람판으로 된 『괴테 이전 시기의 장돌뱅이 가인들의 노래에 관한 책』과 마찬가지로 선원용 물품보관함으로 들어갔다. 소설 『시저』에 관한 문헌자료들은 별도의 상자에 포장했다. 1857년에 편집된, 두 권으로 된 몸젠의 『로마사』, 브레히트가 이미 1919년에 자신의 이름을 적어 넣은 마이어의 『카이사르의 왕정과 폼페이우스의 제정』, 1921년 판으로 세 권으로 된 페레로의 『로마제국 흥망사』, 스벤보르 시립도서관 인장이 찍혀 있는, 덴마크어로 된 브란데스의 『율리우스 카이사르』, 그리고 스트룀이 언급했던 책으로 방스의 『카틸리나, 문화사적 배경을 토대로 한 전기』, 1939년에 출간된 것으로 바인슈토크 번역으로 된, 로마의 역사가 살루스티우스의 『혁명의 세기』, 슈타르 번역의 로마의 전기 작가 수에토니우스의 『열두 명의 시저』, 1911년 랑겐 뮐러 출판사 간행의, 아피아누스의 『로마사』, 막스 베버의 『로마 농경사』, 1930년 라이프치히에서 간행된 바르트 편 『키케로 시대의 서간 모음집』, 1897년 출간된 지엘린스키의 『세기 변환기의 키케로』, 그리고 코펜하겐 도서관에서 빌려온 입센의 희곡 『카틸리나』 등이 이에 속했다.

우리는 정치가, 장군, 산업가 들의 이름이 담긴 목록을 만들었다. 이 모든 이름을 세어나가는 일은 우리에게 우리의 사고를 위협하는 억압적 폭력에 대해 무언가를 알려주었다. 이와 반대로 책들은 각각의 사람들에게 이곳 또는 저곳으로 향하는 길을 열어주었다. 책들은 적대적 힘에 맞선 우리 투쟁의 동맹군이었다. 그러나 이것들을 묻어야만 하는 시간이 되었다. 상자에 넣어야만 했던 것이다. 많은 책들이 브레히트의 어린 시절부터 함께해왔다. 그는 매번 다시 망설이면서 그로스즈의 『지배계급의 얼굴』, 미라보의 『자연의 체계』, 헤겔 전집, 라이프니츠의 책, 리히텐베르크의 책을 들어 올렸다. 그는 이 책과 저 책이 어떻게 자신과 연관되어 있는지 설명하고 싶어 했으며 책에서 한두 구절씩 읽어주려고 했다. 그러나 외치는 소리가 그를 황급하게 서두르게 했다. 저 위쪽 함석세공장이의 집에는 약품을 보관하는 찬장에서 꺼낸 작품들이 보관되어 있었다. 트로츠키의 『러시아의 실제적인 상황』 『러시아 혁명사』 『나의 삶』 『문학과 혁명』 『파시즘이 실제로 승리를 거둘 것인가』 『제4인터내셔널과 소련』 『스탈린주의와 볼셰비즘』, 지노비예프의 『소련공산당사』, 부하린의 『제국주의와 자본의 축적』 『공산주의의 ABC』, 로자 룩셈부르크의 저작들, 스피노자 그리고 탈하이머의 『변증법적 유물론』, 코르쉬 전집, 모스크바의 재판보고문, 그리고 마르크스, 엥겔스, 라살레, 베벨, 레닌의 선집들, 몇 권의 스탈린 저작들. 브레히트는 두꺼운, 그림 형제의 독일어사전을 들고 나와, 자신에게는 이것이 절대적으로 필요하다고 말했다. 또한 그것만으로도 상자 두 개가 필요한, 『브리태니커 백과사전』을 가져가려고 했다. 나는 적어도, 겉표지가 검은색과 빨간색으로 나뉘어 있는 독영, 영독사전을 나중에 우송해주겠다고 약속해야만 했다. 그런데 이 혼란스러운 와중에 두 명의 비밀경찰관이 수색영장을 보여주면서 문 앞에서 있었다. 그들은 우리에게 신분증을 요구하다가 브란팅을 발견하고는 주춤거렸다. 브란팅은 그들에게 조롱 섞인 말로, 스웨덴의 우익 군부 쿠데타가 벌어진 것이냐고 물었다. 나의 신상명세와 주소, 그리고 근무처가 기록되고, 내가 가까운 시일 안에 심문에 출석해야 할 것이라는 암시가 있었다. 그런데 위험이 코앞에 닥친 바로 이 순간에 다시 기이하게도 아무런 불안감 없이, 나는 로스너와 약속한 대로 라플란드 가 쪽으로 어슬렁거리며 걷고 있는 내 모습을 상상해보았다. 나는 나 자신을 삼림노동자라고 말할 것이며, 내가 스웨덴어를 아주 절제해서 쓰기 때문에 아무도 내가 외국인이라는 것을 눈치채지 못할 것이라고 생각했다. 내가 가지고 갈 것들은 자루 하나 또는 윗저고리 주머니면 충분히 담을 수 있었다. 관리들은 정치적 출판물들이 있는지 물었다. 브레히트는 흥분하여 여기 있는 건 자신의 예술적 재산뿐이라고 그들에게 소리쳤다. 그는 몸으로 막으려는 듯이 책더미 앞에 버티고 섰다. 그의 얼굴은 푸른빛으로 창백해지면서, 역겨움으로 일그러졌다. 그는 책장을 넘기는 손의 움직임을 주시하면서, 당신들이 왜 그걸 만지느냐, 손가락에 침을 묻히지 말라고, 덴마크어와 스웨덴어를 섞어가며 소리쳤다. 마티스는 그를 진정시키려고 애쓰면서 그를 뒤로 끌고 가 독일어로, 여기서도 역시 야만이 문학을 유린하고 있다고 말했다. 호단과 골드슈미트는 발코니 아래쪽 구석으로 물러나 있었다. 골드슈미트는 피곤한 듯 가죽 소파에 깊숙이 몸을 파묻고 있었는데, 그 소파는 브레히트가 아니라 슈테핀의 것이었다. 그리고 그것은, 덴마크에서 가구 운반용 차량으로 싣고 온 시골풍의 의자, 탁자 그리고 궤짝들과 함께, 산테손이 갖기로 하고, 그 밖의 것들과 함께 호단이 넘겨받기로 했다. 라자르와 바이겔은 아이들을 곁에 두고 꼭 붙어 있었다. 라자르는 관리들이 자신의 필명인 에스터 그레넨을 알지 못한다는 사실에 여전히 화를 냈으며, 나는 스트린드베리와 프리다 울스의 아들과 결혼했다고 그녀는 외쳤다. 그러나 경찰관 중 한 사람은 그게 무슨 상관이냐는 제스처만 보일 뿐이었다. 유일하게 슈테펜만이 침착하게 계속해서 일을 했으며, 두꺼운 회색 종이로 만든, 일련번호가 매겨진 파일에 묶인 종이들을 집어넣었다. 경찰관들은 의심스럽게 보이는 것을 찾아낼 수 없었다. 그들은 결국 조용히 앉아, 북유럽이 강대국이었던 첫번째 시기에 대해 쉽게 쓴 산드스트룀의 책을 뒤적거렸다. 그동안 우리는 그림멜스하우젠과 세르반테스, 페트로니우스, 베네데토 크로체와 마키아벨리를 같은 무덤에 집어넣었으며, 그 속에서 그들은 보카치오, 사보나욜라, 에라스무스와 나란히 비좁은 자리에 누워 있어야만 했다. 이 얼마나 어둠 속에서 허우적대고 킥킥거리며 혼잡을 이루는 모습인가. 게다가 크리스토퍼 말로, 벤 존슨 그리고 셰익스피어가 추가되었다. 그들의 시 구절이 어떻게 펼쳐지고 있으며, 그들에 의해 창조된 인물들이 얼마나 무성해지고 있는가. 과연 어떤 권력의 세계와 지옥으로의 추락이 그들을 둘러싸고 있던가. 그들 위로 프랑수아 비용, 라블레, 스위프트가 뉘어졌다. 음산한 웃음소리, 기이한 광경, 광포한 꿈이 끝이 없었다. 괴테는 자신을 경애하는 실러 옆에 누울 자리를 차지했으며, 실러는 노발리스 그라베, 렌츠, 뷔히너 앞에서 그를 막아서고 있었다. 블레이크는 다시 한 번 더 들어 올려졌다. 그에게는 어떤 무덤 자리도 적당하지 않았다. 그러나 예이츠, 로버트 번스, 퀸시가 그를 위로했고, 그 뒤를 디드로, 볼테르, 스탕달이 따랐다. 그들은 자신들의 멜랑콜리한 모험을 반추하면서 호프만, 키르케고르, 하이네 옆으로 몸을 뻗었다. 위고, 발자크, 졸라는 털거덕거리는 소리를 내며 떨어졌으며, 그들은 쉬 역시 그들 편에 속한다는 것을 받아들여야만 했다. 르사주와 방탕한 브르통, 가로등에 목을 맨 불쌍한 네르발, 그들 역시 여전히 사막의 먼지 속에 누워 있는 랭보가 그들을 능가하는 빛을 발하고 있다는 것을 감수해야만 했다. 스티븐슨과 멜빌로 한 시기가 닥쳐왔으며, 그들의 숨결은 아직도 우리의 현재 속으로 밀려오고 있다. 이 시기는 디포, 매리어트, 콘래드를 담고 있는 바다와 같다. 고골과 곤차로프, 푸시킨, 톨스토이, 고리키가 왔으며, 그들에게로 예세닌, 알렉산드르 블로크, 만델스탐, 그리고 열변을 토하며 자기 자신을 파멸시킨 마야콥스키, 또한 자신의 주변에 있는 모든 사람들이 파멸하는 것을 보았으나, 자기 자신을 지킬 줄 알았던, 표리부동한 에렌부르크가 떨어졌다. 그를 찬양하라, 죽은 자로서 그는 아무런 가치가 없으나, 산 자로서 그는 언젠가 보고문을 쓸 수 있을 것이다. 이제 그들은 모든 방향에서 왔다. 합창지도자 하우프트만, 넥쇠, 롤랑, 베데킨트, 트롬본 연주자 하임, 트라클, 뢰르케, 관악주자이며 드럼을 연주했던 데멜, 몸베르트, 베르펠, 칸토로비치, 카이저, 핀투스, 낡은 시대의 죽음과 새로운 시대의 탄생을 알린 슈테른하임. 거기에 또한 브레히트가 있었으며, 그는 살아남은 자였다. 그의 곁에는 톨러, 오시에츠키, 투홀스키, 그리고 오라니엔부르크의 화장실에서 그들이 목을 졸라 매단 뮈잠을 둘러싼 끔찍스러운 정적이 흐르고 있었다. 게다가 그라나다 근교의 마을 비즈나르 외곽에 있는 모래더미에서 피를 흘리며 나온 로르카, 그리고 호텔에서 승강기를 타기보다는 모든 계단을 걸어서 올라갈 정도로 겁이 많았으나, 결국 밝은 대낮에 엘리제궁에서 잠깐 바람이 부는 사이에 나무에서 떨어진 가지에 목을 다쳐 숨진 호르바트가 있었고, 멀리 파리에서 절망과 술에 취해 죽은 로트가 있었다. 그 파리에서는 되블린, 포이히트방거, 아르놀트 츠바이크, 하인리히 만, 벤야민, 폴가, 노이만, 프랑크, 그리고 모든 다른, 집 없이 이리저리 떠도는 사람들, 추방된 사람들, 반목하는 사람들이 그 어딘가로 떠날 비자를 기다리고 있었다. 그리고 뉴욕에서 빈민구제금으로 연명하고 있는 브로흐가 있었으며, 예루살렘에 있는 통곡의 벽에서 춤을 추고 있는, 기이한 라스커 쉴러, 잉골슈타트에서 숨어사는 플라이서가 있었다. 그리고 보른홀름에서 오르간을 연주하는 얀을 두고, 독일인들은 그를 덴마크 시골 사람이라고 생각했다. 그리고 취리히에서 배고프고 고독하게 살고 있던 무질이 있었으며, 아이티로, 멕시코로 떠나는 중인 여행객들 키쉬, 올덴, 그라프, 브레델, 렌, 레글러, 클라우스 만, 제거스, 우제가 있었다. 그 중간에 우리는 매번 다시 개별적인 사람들, 아무 데도 속하지 않은 사람들, 즉 드라이렌더 출판사에서 나온, 이상적인 공산주의 제국 이카리아에 관한 책을 쓴 카베, 1920년 취리히의 라셰르 출판사에서 펴낸 『유토피아』를 쓴 토마스 모어, 런던탑에 갇혔다가 목이 잘려 그곳에 묻힌 바로 그 이단자 모어, 그리고 독일 최초의 공산주의 이론가 중 한 사람이자 존중받는 사람들의 연맹, 그 이후에는 정의로운 사람들의 연맹 소속원이었으며, 『노동자 공화국』이라는 잡지, 절판된 채 겨우 몇 권이 남아 있는 『감옥의 시』라는 잡지, 『인류, 그들은 지금 어떤 상태에 있고, 어떠해야만 하는가』라는 잡지의 창간자였던 바이틀링, 1928년 바가분덴 출판사에서 나온 조그만 책 『시골길 철학에 대한 서막』으로 대표되는 그레고르 고크와 마주치게 되었다. 1883년부터 1917년 11월호까지 있는 『신시대*Die Neue Zeit*』 그리고 『현대』 『횃불』 『세계무대』 『좌선회』 『모음』 『미래』 『말』, 이 제목들, 지난 50년간의 역사를 기록한 이 잡지들, 이 재앙의 징조들은 어디에다 넣어야 하는가. 이제 새로운 10년, 전면적으로 뿌리가 뽑히게 된 10년, 데이논[239]이 시작

239) Deinon: 소포클레스가 「안티고네」에서 인간 존재의 이중성을 표현한 데서 비롯된 말로, '이상한' '두려운' '경이로운' '위험한' 등의 의미로 이해될 수 있다.

되지 않았는가. 브레히트는 공포에 사로잡혀 이를 덜덜 떨었다. 나는 잠깐 동안 폭이 좁고 얇은 종이에 인쇄되고, 녹색의 가죽 장정으로 되어 있는 『신곡』을 펼쳐보았다. 그것은 코타 출판사에서 나온 것으로 내가 베를린에서 하일만, 코피와 함께 읽던 것과 같은 판이었다. 나는 마침내 점점 더 높아지는 이 소음, 주변의 공기를 흔드는 한숨 소리와 신음 소리, 훌쩍이는 소리, 여러 가지 언어들, 기분 나쁘게 웅얼대는 소리, 고통과 분노의 외침 소리, 날카로운 울음소리와 신음 소리, 손으로 치는 소리를 묘사한 구절을 찾아낼 수 있었다. 그러자 나는 브레히트가 날카롭게 웃음을 터뜨리는 소리를 들었다. 그는 경찰관들이 원고 파일에 손을 대는 것을 저지했다. 슈테핀은 몇 개의 파일에서 뚜껑들을 열었으며, 브란팅은, 그 원고는 문학 텍스트일 뿐이라는 것을 보증한다고 말했다. 브레히트는 거의 흐느끼는 목소리로, 그렇다, 아름다운 시, 노래들, 세련된 산문들이다,라고 말했다. 경찰관들은 떠나기 전에 한동안 더 탁자들 사이를 망설이면서도 위풍당당한 자세로 이리저리 돌아다녔다. 탐정소설, 너희들은 탐정소설들을 잊어버렸다고 브레히트는 소리치면서 간이 복층 침실 계단을 뛰어올라갔다. 그러고는 그가 저녁에 즐겨 읽던, 너덜거리는 싸구려 책 뭉치를 들고 뛰어내려와, 창문을 열어젖히고 정원에 있는 경찰관들을 향해 집어던졌다. 그래서 그들, 즉 월리스, 도일, 크리스티, 챈들러, 카, 카터, 크웬틴, 사이어스는 정원에 누워 있게 되었다. 그리고 그 이름이 무엇이든 그들은 웅덩이에 처박히고, 썩어가는 낙엽 더미에 묻힌 것이다. 그러자 아틀리에에서는 사민주의자인 마리아 라자르와 브레히트 간에 싸움이 벌어졌다. 그녀는 작금의 상황이 공산당의 정책 때문이라고 말했다. 당신들의 당 기관지는 기뢰를 이용한 영국의 해상 봉쇄가 도발이라고 말했으며, 그럼으로써 독일의 반격을 미리 앞서 변호했다고 그녀는 소리쳤다. 당신들은 독일이 덴마크와 노르웨이를 보호하기 위해 와야만 한다고 말하는데, 나는 당신들이 왜 그렇게 무서워 벌벌 떠는 건지 모르겠어요. 소련의 친구이자 동맹자인 독일군이 오는 것인데 말이에요. 브레히트는 마치 때릴 듯이 그녀에게 달려들었고, 쌍둥이 자매처럼 비슷한 바이겔이 그녀를 막아섰다. 그녀는 브레히트를 마구 몰아붙였다. 하지만 사실 다른 문제가 있었다. 그녀는 베를라우가 그들의 뒤를 따라오는 것을 원치 않았으며, 그 덴마크 여자가 자신의 집에 있는 것을 더 이상 참을 수 없다고 말했다. 그러자 전화를 받던 브란팅이 서둘러 나오면서, 방금 외무부에서 다음번에 출발하는 배의 침대석이 예약되었다는 소식을 들었노라고 소리쳤다. 언제라고, 4월 17일, 일주일 뒤라고, 일주일 안에 무슨 일이 벌어질지 누가 아는가. 브레히트 집에서의 활동이 아무런 구속력 없이 시작되었던 것과 마찬가지로 그것은 또한 아무런 구속력 없이 끝났다. 단지 슈테핀만이 나를 포옹했으며, 브레히트는 마치 도망치듯 내게 손을 내밀었다. 그라이트는 마치 세균 감염자에게 놀라듯이 내게서 자신의 손을 빼냈다. 바이겔은 내게, 가사에 필요한 모든 것들과 함께 상자와 가방들을 가능한 한 빨리 헬싱포르스로 우송해줄 것을 다짐받았으며, 하브스 가 7번지 A-12라는 주소를 건네주었다. 그러고 나서 그녀는 열린 창문 앞에 서서 벌써 봄기운을 담고 있는 부드러운 공기를 깊이 들이마시며, 내 쪽을 바라보면서 어두운 표정으로 예의 그 미소를 짓고 있는 호단에게 가볍게 손짓한 뒤 밖으로 사라졌다. 지금 이 늦은 오후, 기관총이 거치된 초소가 지키고 있는 다리에서 나는 다시 한 번 검문을 받았다. 내가 섬을 방문한 이유를 댔다. 한 친구와의 이별이었다. 내 친구는 아니었지만 나의 선생이었던 사람과의 이별이었다.

바로 옆에 그들이 서 있었다. 내가 그들 틈에서 자라던, 바로 그때의 내 나이 또래의 그들이 그곳에 정렬해 있었다. 우리는 같은 거리를 걸었고, 같은 도시와 시간들을 알았으며, 같은 언어로 말하고 꿈을 꿔왔다. 우리는 초대받지 않은 손님으로 이 북쪽 나라에 왔다. 한쪽은 샛길을 통해 숨을 곳을 찾으면서, 또 다른 쪽은 아주 어릴 때부터 알고 있는 장화 소리를 내면서, 우리 모두는 거짓말을 앞세우고 왔다. 재앙으로 가득한 한 나라가 우리를 밀쳐냈다. 한쪽은 음흉한 침묵으로, 다른 쪽은 약탈과 살인을 하라고 밀어냈다. 우리의 지난 세월에는 똑같은 위협과 명령과 체벌이 있었으며 석고와 청동으로 만든 똑같은 조각상들이 있었고, 바지 엉덩이가 닳도록 앉아 있던 똑같은 의자들이 있었다. 우리의 지난 세월에는 우리의 얼굴과 몸짓을 만들어준 하나의 역사가 있었다. 나는 그들과 구분될 수 없을 것이며, 그들은 나를 자기들 중 한 사람이라고 생각할 수도 있을 것이다. 브레멘이나 베를린 출신 사람들끼리 모인다면 놀라울 정도의 친밀감을 발견할 수도 있을 것이다. 그들은 화물선을 타고 이곳에 왔으며, 많은 화물선이 폭격에 의해, 어뢰에 맞아 침몰했다. 나와 숨결을 섞은 많은 사람이 해안가에 둥둥 떠다니고, 자루같이 떠밀려 다니며, 그들이 느끼지 못하는 모래 속에, 자갈 더미 속에, 조개들 사이에 누워 있다. 다른 모든 사람은 오슬로의 칼 요한 강을 따라, 코펜하겐의 시청 광장을 지나 행군에 행군을 거듭했고, 보초를 서고, 점령하고, 징발하고, 전사한 사람들에 대한 예식을 행하기 위해 브라스밴드와 함께 도열했다. 그러자 평소에는 눈길을 피하던 어린이들이 그들을 경외하는 눈초리로 바라보았다. 그들은 단지 회색의, 비할 수 없이 우중충한 납빛의 군중으로만 존재했다. 그 옆을 지나면서 나는 그들 팔의 움직임을 느꼈으며, 그들이 웃는 소리, 휘파람을 부는 소리, 그들이 나누는 모든 말의 시끌벅적한 소리를 들었다. 그들은 내 옆에 있었다. 나는 그들과 함께 남아 있을 수도 있었으나, 그들에게서 도망쳐 왔다. 그들이 나를 쫓아낸 것은 아니었지만, 나는 그들 사이에 더 이상 머물 곳이 없었다. 나는 그들이 나를 절멸시키고자 한다는 것을 배워서 알고 있다. 나는 스페인에서 그들이 얼마만큼 절멸시키는 일에 능숙한지 보았다. 그들은 그러기 위해 태어난 것은 아니었다. 그들은 단지 점점 더 많이, 점점 더 어쩔 수 없이, 점점 더 냉혹하게 그 일에 끌려들어갔을 뿐이다. 그들 가운데 많은 사람은 무릎을 덜덜 떨고, 목까지 심장이 쿵쾅거리며 올라왔을지도 모른다. 그들 가운데 하일만과 코피 같은 사람도 있을지 모른다. 그리고 여기 우리 편에 로스너라는 이름의, 키가 작고, 그들에게서 도망쳐온 유대인이 있었다. 그들은 그를 곧바로 잡아서, 두들겨 패고는 창문 밖으로 집어던졌을 수도 있다. 그런데 바로 이 사람은 4월 9일 저녁에 라디오에서 흘러나오는 지상의 노래를 들으며 기이하게도 그들을 칭송하는 말을 종이에 끼적거리고 있다. 그는 고개를 끄덕이고, 낮게 속삭이며, 이제 스웨덴은 어떤 위험으로부터도 위협 받지 않는다, 저쪽에 있는 저들은 스칸디나비아 제국들을 보호하기 위해 왔다, 현재의 상황에서 덴마크와 노르웨이를 점령한 것은 또한 소련을 위한 안전장치를 의미한다고 중얼거렸다. 코민테른의 밀사인 로스너는 잠옷 차림으로 웅크리고 앉아 내가 가져다준 신문들을 펼쳐 들고, 지금의 상황을 어떻게 보아야 하는지 내게 설명해주었다. 나는 그가 인공 치아 사이에서 흘러나오는 불분명한 목소리로, 독일은 북쪽에 하나의 전선을 구축하려는 영국과 프랑스의 계획에 한발 앞서 행동을 개시한 것이라고 말하는 소리를 들었다. 그들이 핀란드를 원조할 계획을 세우던 지난겨울 이래로 연합국의 정책은 잘못된 희망, 시기를 놓친 정책이었다고 했다. 독일은 전쟁 규칙에 따라 행동한 거라고 말했다. 침략에 대한 죄는 서유럽 강대국들이 져야 한다는 것이다. 나는 노르웨이 해안을 봉쇄하기 위해 기뢰를 설치한 것은 독일의 침략 준비를 막기 위한 것이 아니었느냐고 물으면서 오후에 발간된 당 기관지를 언급했다. 그 안에는 놀랍게도 그 전쟁을 제국주의 전쟁으로 명시하는 변화가 있었다. 제국주의 세력들이 서로 맞섰다는 것이다. 그럼으로써 연합국들이 독일로 하여금 소련에 대항하는 전쟁을 하도록 부추기려 한다는 테제가 철회되었다. 독일은 사전에 소련의 동의를 받고 행동한 것이 틀림없었다. 나는, 조약을 맺음으로써 소련은 전쟁을 막으려고 했다고 중얼거리는 그의 목소리를 들었다. 영국과 프랑스의 도발로 전쟁이 확대되었다고 했다. 조약이 존속되는 한, 소련은 전쟁을 종식하려는 노력을 계속하리라는 것이다. 로스너는 가쁘게 숨을 쉬면서 의자에서 몸을 일으켰다. 그러자 그의 키는 더 작아졌다. 그는 신문 더미 안에서 술병을 꺼내고 몇 개의 잔을 가져와 술을 따랐다. 그는 자리에 앉으면서, 전쟁의 현 단계에서는 철광석이 문제라고 했다. 영국은 나르비크에서 독일로 가는 수출을 봉쇄하려고 했고, 독일은 스웨덴의 철광석이 영국의 손에 넘어가는 것을 원치 않는다는 것이다. 이제 스웨덴으로서는 독일에게 우선권을 주는 것 말고는 선택의 여지가 없게 되었다고 말했다. 그는 중얼거리며 잔을 들어 올려 내 잔에 부딪혔다. 내 눈앞에 그의 얼굴의 턱수염 자국, 헝클어진 머리칼, 렌즈 뒤편에 있는, 거의 장님에 가까운 눈이 다가왔다. 말러도 빈이 고향이었다. 그의 감정과 사고는 그곳에서 형성되었다. 자신의 적대자들이 갖고 있는 불안과 방랑의 충동, 갈기갈기 찢긴 깊이와 관념성의 영향을 받아 그는 그들의 선창자가 되었다. 국경선 너머 저편에 있는 많은 사람들은, 그들이 아직도 살아 있느냐고 외치면서 그를 보도블록 위에 눕히고 찍어 누르며 돌로 그의 입을 비벼 뭉개버릴 때까지, 그의 노랫소리에 귀를 기울이고, 아마도 눈물을 흘리기까지 했을 것이다. 로스너가 따라 부르고 있었다. 존재가 한낱 꿈에 지나지 않는데, 노력과 비탄이 무슨 소용인가요. 노랫소리 뒤편에서 고통에 가득 찬 고함이 묻어났다. 그는 외딴 방에 자신만의 세계를 건설하고 있었다. 모든 것이 몰락한 것처럼 보이는 지금, 기댈 수 있는 체계를 건설하는 것이 필요하다고 했다. 그는 이제 나에게 왜 스웨덴이 피해를 입지 않게 될지 설명해주겠다고 말했다. 그것은 소련의 전략 덕분이라고 했다. 이 전략은 그들이 강하다는 사실을 입증해주고 있다고 했다. 나는 나의 계급적 동지들이 총기의 방아쇠에 손가락을 걸고 있는 모습을 그려보았다. 그들은 이 스칸디나비아 땅에 서 있었다. 그들은 자신들을 부르는 곳이면 어디든 진군해갈 것이다. 그리고 동쪽에는 돌처럼 굳은 각진 얼굴을 한 인물들이, 10월 혁명을 이끌었던 자국의 군사지도자 대부분을 맹목적으로 살해한 뒤 묘지 위에 버티고 서 있었다. 그들의 대변인은 도나우 제국에서 젖을 빨고 요람 안에서 흔들리던 키 작은 남자였다. 핀란드와의 분쟁은 종식되었다. 카렐리야 서쪽 지역을 넘겨받음으로써 레닌그라드를 방어하는 데 필요한 것이 확보된 셈이었다. 더 이상의 요구는 없었다. 패배한 것은 전쟁을 충동질했던 스웨덴인들이었다. 로스너는 목록을 뒤적이면서 핀란드에 지원된 물자들을 헤아려나갔다. 소총 8만 4천 자루, 기관총 450자루, 권총 1천216자루, 대전차포 85문, 중화기포 112문, 실탄 4천5백만 발, 수류탄 10만 7천5백 발, 무선국 50개소, 그리고 7개 포병사단을 위한 화물차량과 기타 군비들. 공군의 23퍼센트, 방공포대의 72퍼센트, 그리고 스웨덴에서 조립된 미국 비행기 수백 대가 핀란드에 투입되었다. 그리고 모금한 돈 4억 크로네가 추가되었다. 나는 잔을 새로 채운다네, 그리고 단숨에 비운다네. 그는 만취해서 웅얼거리며 더듬더듬

말을 이어갔다. 어두운 음악이 배경으로 흐르고 있었다. 독일에서는 스웨덴의 군비가 약해지는 것을 흡족해하며 계속 주목해왔다고 했다. 이 나라는 침공을 버텨낼 수 없을 것이라고 했다. 그러나 바로 그 사실이 침공을 불필요하게 만들었다고 했다. 이제 더 이상 위협할 필요조차 없었으며, 독일은 자신들이 원하는 것을 스웨덴으로부터 얻어내게 될 것이라는 것이다. 침공할 경우 광산이 폭파될 수도 있었을 것이다. 따라서 독일은 조용히 철광석 운송을 진행시키는 방법을 택했다. 이 나라에서 생산되는 전체 철광석이 철, 양질의 강철, 베어링 등을 만드는 독일의 군수산업에 유용한 자원이 될 거라고 했다. 일부 대기업가들이 서유럽 강대국들에 동조하고 있었지만, 왕과 육군 지도부는 독일 편에 서 있었다. 이러한 합의가, 스웨덴의 중립성 유지에 독일과 소련의 이해관계가 일치했다는 점 말고도, 직접적인 점령을 막아주었다. 이제 수일 전부터 협박을 받아왔던 정부가 이에 부응한다는 증거를 보여줘야만 했다. 혹시 있을지도 모르는 영국군의 침략에 대비하기 위해 광산 지역이 위치해 있는 노르보텐에 더글라스 소장이 수십만 명의 육군을 배치했다는 사실, 동원령을 내리지 않겠다는 스웨덴의 입장을 분명하게 전달하기 위해 보헤만 차관이 런던에 머물고 있다는 사실, 이 모든 것은 스웨덴이 대외적 자주성을 드러낸다는 것과 동맹 의무를 지켜야 하는 조건이 이미 사라졌다는 것을 증명해주고 있다고 로스너는 말했다. 우려했던 것과 달리 전쟁이 스웨덴으로 확산되지 않았다는 사실에 안도하면서, 정부와 그리고 베를린으로 파견될 예정인 대독일 제국의 친구 탐 원수는 강화된 요구들을 거부할 그 어떤 방법도 없을 것이라고 했다. 그렇기 때문에 우리의 작업은 중단되지 않을 것이며, 철광석 덕분에, 브레히트 역시 그대로 머무를 수 있으리라는 것이다. 로스너는 종이 더미를 집고 몸을 일으키며 쿳 노래를 흥얼거렸다. 봄이 왔지만 무슨 상관이란 말이냐. 나를 취하게 내버려둬라. 새날이 왔다. 용해된 주석이 끓고 있었다. 공고문에서는 언제나 그랬던 것처럼 썩은 고기 냄새만 풍겨 나왔다. 권력을 쥔 사람들이, 희생해야 한다, 허리띠를 더 졸라매야 한다고 외칠 때, 이 말은 노동자들에게는 임금 지불 정지와 더 힘들여 일해야 하는 것을 의미했으며, 자산가들에게는 이윤 상승을 의미했다. 모든 세력이 서로 논쟁을 벌였다. 당 언론들이 너무도 성급하게 독일을 제국주의 세력이라고 칭했던 것을 무마하려고 영국과 프랑스의 공격적 태도를 강조할 때, 공산주의 노동자 코뮌은 독일이 스칸디나비아의 이웃 나라를 침공한 사실을 비판했다. 부르주아 그룹이 독일과의 결속을 강화하고 핀란드를 위한 공동의 복수전을 벌일 것을 촉구할 때, 다른 편에서는 그 나라를 소련으로부터 보호하기 위해 영국과 동맹을 맺자고 호소했다. 또한 공산당은 제국주의 전쟁이 반자본주의 전쟁으로 전화될 수 있으며, 그 전쟁에서 사회주의는 소련의 영향으로 틀림없이 승리할 것이라는 점을 우리에게 믿게 하려고 애썼다. 이 점에서 자본주의에 대한 투쟁은 반파시즘과 불가분의 관계에 있다는 말 또한 성립될 수 있었다. 그러나 노르웨이가 방어전을 벌일 것이라는 첫번째 징후가 뉴스로 전해지자, 코민테른은 조약 당사자들 간에 균열이 생긴다는 인상을 주지 않기 위해, 독일군은 노르웨이 왕국의 존속을 존중하고 노르웨이 인민의 자유를 보장할 것이라는, 팔켄호르스트[240]의 호소를 믿으라는 지시를 내렸다. 그러나 왕과 정부는 도망쳤고, 크위슬링[241]은 단지 거부감을 불러일으킬 뿐이었다. 점령된 나라에 있는 공

---

240) Nikolaus von Falkenhorst: 제2차 세계대전 당시 독일 육군 장성으로 노르웨이 침공군의 총사령관이었다.

241) Vidkun Abraham Lauritz Quisling(1887~1945): 노르웨이의 극우 정치가. 제2차

산주의자와 사회주의자들에게 어떤 일이 벌어질 것이냐는 문제가 제기되었다. 우리는 조약의 테두리 안에서 그들의 사회적 편입이 보장되리라고 믿을 수가 없었다. 독일에서는 텔만과 다른 수만 명의 사람들이 여전히 감옥에 갇혀 있었던 것이다. 린드너는 덴마크에서 이미 체포가 실행되고 있다고 보고했다. 그녀는 반대파들이 희생됨으로써 조약이 존속되는 거라고 말했다. 그러므로 붉은 군대에 합류하겠다는 폴란드 공산주의자들의 제안 역시 거부되었으며, 소련으로 도망친 반파시스트처럼 그들도 독일로 이송되었다고 했다. 이에 대해 로스너의 입장에서 보면, 폴란드 당의 노선은 코민테른의 노선과 일치하지 않으며, 현재 자신의 존속을 위해 투쟁하고 있는 소련으로서는 충성심이 의심스러운 모든 사람을 추방하는 것이 중요한 일이라는 식으로 설명될 수도 있을 것이다. 또한 프랑스 정부 역시 전쟁을 핑계로 정치적 반대파들을 제거하고 있다고 린드너는 말했다. 달라디에는 활동이 금지된 공산당 지도자들, 전 국회의원이었던 그들에게 장기 구금형을 선고했으며, 거의 모든 망명자들을 집단수용소에 가두게 하고, 스페인 공화파 사람들을 총통이 지배하는 스페인으로 이송하겠다고 위협한다고 했다. 신문 더미 너머에서 불쑥 나타난 로스너는, 더 큰 손실을 막기 위해 얼마나 많은 사람의 삶이 희생되어야 하는지는 단지 계산상의 문제에 지나지 않는다고 말했다. 소련의 지시에 따라 노르웨이 공산당은 중립성을 지키고 점령군에 협력하겠다는 선언을 했다고 한다. 그들은 국민에게 모든 적대 행위를 중지할 것을 호소했다. 도망친 뉘가르스볼드 정부는 더 이상 합법성을 가지고 있지 않다는 것이다. 크위슬링의 연립정권 퇴진을 요구했는데, 그 이유는 소련

세계대전 중 독일이 노르웨이를 점령했을 당시 노르웨이 정부의 수반이었다. 전후 나치와 협력한 죄로 처형되었다.

과 독일의 조약을 자국에 적용하기 위해서인 것처럼 보였다. 공산당과 독일 점령군 사이에 동맹을 맺을 가능성이 있다는 이야기가 돌았다. 이러한 헛소문은 공산당이 어쩔 수 없이 취했던 수동적 태도 때문에 생긴 것이었으며, 스웨덴 당에 대한 공격이 거세지는 빌미가 되었다. 공산당을 금지시켜야 한다는 요구가 새롭게 제기되었다. 노르웨이의 사민당 지도자들이 자국의 해방을 위한 투쟁을 준비하기 위해 영국으로 간 반면, 공산당은 노르웨이가 전쟁에 휩쓸려 들 수 있는 모든 계기를 피하라고 경고했다. 그러나 이러한 자제 선언에도 불구하고, 내가 호단에게서 들은 바로는, 작가이자 공산주의자인 그리그가 노르웨이 제국은행에 보관되어 있던 금궤를 보트에 싣고 수송대와 함께 영국으로 건너가버렸다. 영국군 부대는 노르웨이 부대의 후퇴를 엄호하면서 나르비크에서 전투를 벌였다. 스웨덴에 도착한 난민들은 수용되었고, 공산주의자로 의심되는 사람들은 롱모라와 스메스보에 있는 수용소로 보내져 엄한 감시를 받았으며, 독일군 탈영병들은 전시법에 따라 총살형에 처해질 것을 알면서도 국경 너머로 되돌려 보냈다. 11일에 동원령이 내려지고 다음 날 페르 알빈 한손이 횡단 진격권에 대한 독일의 모든 요구를 거부할 것이라는 맹세와 함께 연설을 했지만, 베를린에서 협상을 벌이고 있는 스웨덴 전권대사에게 힘을 실어주려는 의도에서 그랬을 수도 있다. 하지만 독일은 그런 것에 신경 쓸 필요가 없었다. 왜냐하면 스웨덴 남부에서는 페이론 장군이 단지 1개 연대의 기마대만을 이끌고 진격했으며, 탐 원수는 제국수상에 대한 경외심 때문에 침묵했을 뿐, 오히려 독일군의 공격력에 경탄을 드러냈으며, 카린할에서 바이드만과 포옹했기 때문이었다. 외무부장관 귄터는 식량과 의료물자의 국내 통과를 보장했다. 간호 인력과 휴가 병사들이 통과하는 문제는 일주일 또는 하루에 얼마만큼의 숫자를 허용할 것이냐 하는 문제만 남아 있었다. 연료, 군수물자, 증원군의 운송 문제 또한 승인될 것으로 보였다. 따라서 동원령은 누구보다도 일반 국민들로 하여금 상황의 심각성, 다시 말해 생활수준을 낮추고 절약을 하며 생산을 증가할 필요성을 인식하게 하는 방법에 지나지 않았다. 로스너는 스웨덴 정부의 정책을 이성적이고 실제적이며, 자멸로 가는 모든 영웅심을 막는 것이라고 평가했다. 셀린도 생각이 같았다. 공장의 지하 주석 창고에 직원들이 빼곡히 몰려 있는 가운데 그는 공산당의 입장을 설명했다. 현재 평화를 유지하려는 노력은 자유를 제한하는 것보다 상위에 놓여야 한다는 것이다. 우리가 현재 노르웨이와 덴마크에서 벌어지고 있는 투쟁을 후원해야 하느냐는 질문에 그는 군대가 인민에 의해 통제되지 않는 한 우리에게는 방위를 준비하는 것도, 군비를 갖추는 것도, 거기서 한 걸음 더 나아가 전쟁에 참여하는 것도 아무런 도움이 되지 않는다고 대답했다. 전쟁을 통한 대결이 우리에게 득이 된 적이 한 번도 없었으니만큼, 제국주의의 이해관계를 위해 한 방울의 피도 흘리지 말아야 한다는 노르웨이 정당의 지시 또한 같은 의미로 이해될 수 있을 것이라고 말했다. 오늘날 우리가 평화 정책이 불가능한 기술이라는 것을 이해한다면, 탈출구나 비상 대책을 찾으려는 소련의 태도를 이해할 수도 있을 겁니다. 비록 그런 태도 때문에 많은 사람이 소련을 미심쩍어 하지만 말입니다. 세계대전을 막고자 한다면 어떤 수단도 정당한 겁니다. 셀린의 말이었다. 그러나 국경 너머 저편에 진을 친 사람들을 어찌해야 한단 말인가. 신문 사진에서 우울한 표정으로 우리를 바라보고 있는데, 그들을 어떻게 해야 하는가. 그들 각자가 스스로 어떻게 변화될 수 있단 말인가. 혹시 그들은 이미 발을 구르며 전진하기 시작했을까. 전진하라는 신호를 받으며, 아마 그들의 내면에 있는 짓밟고 싶은 충동이 제대로 발휘될 것이다.

짓밟으며 전진하지 못하도록 그들을 꺾어 눌러야 하지 않겠는가. 이미 오래전에 그들과 나는 돌이킬 수 없게 멀어졌다. 우리의 체험은 더 이상 같은 것이 아니었다. 나는 하일만, 코피와 마찬가지로 자멸에 저항하는 사람들에 속해 있었다. 그러나 우리 사이의 모든 공통점은 단지 피상적인 것에 지나지 않았다. 내가 어떻게 그 예속에 저항하고 벗어날 수 있었는지, 이제는 더 이상 상상조차 제대로 되지 않았다. 나 역시 그 일원이 될 수도 있었던 그들, 하지만 다른 판단과 결정으로 내가 벗어날 수 있었던 그들이 바로 옆에 와 있었다. 나는 그들과의 평화가 가능하지 않다는 것을 안다. 그들과의 마지막 힘겨루기가 곧 시작될 것이다. 저 너머에 있는 저들이, 이제 검은 유니폼을 입을 사람들까지 가세해서, 이미 모든 것을 이룬 것처럼, 이제 단지 몇 번의 소규모 전투를 치르기만 하면 되는 것처럼, 갑작스럽게 조용해졌다는 사실은 엄청난 폭발이 있을 전조였다. 이처럼 상황이 조용해지면서 4월 17일 헬싱포르스행 배는 스톡홀름의 셉스브로에서 출항하는 것이 허가되었다. 브레히트와 그 일행을 배웅하기 위해 산테손, 라자르, 골드슈미트와 함께 부두에 갔던 마티스는 내게 그 순간을 묘사해주었다. 가는 길 왼편으로 블라지에홀름에 독일 대사관 건물이 있었고, 오른편으로는 나치의 갈고리 십자가 깃발이 나부끼는 독일 화물선이 스타스고르드 항구에 정박해 있었는데, 승선용 잔교를 걸어가는 도중에 브레히트는 거의 졸도할 지경이 되어, 부축을 받으며 거의 업힌 상태로 배에 탔다고 했다.

옮긴이 해설

박물관의 붉은 깃발
—문화유산에서 일구어낸 저항의 이념[1)]

동서양을 막론하고 급진주의Radicalism는 가급적 경계해야 할 대상으로 인식되어왔다. 하지만 적지 않은 예술가들과 그들의 작품은 '뿌리까지 파고드는' 급진성으로 인해 오늘날까지도 새로운 감동과 영감의 원천이 되기도 한다. 페터 바이스와 그의 장편소설 『저항의 미학』 역시 그러한 범주에 속할 것이다. 어디서나 항상 국외자, 이방인으로 좌충우돌하던 그의 삶을 반영하듯, 1천여 쪽에 이르는 방대한 그의 소설 역시, 처음부터 끝까지 완급이나 고저장단에 대한 고려도 없이, 시종일관 급진적 이념의 파토스로 채워져 있다. 그렇기에 많은 평자들은 이 소설을—서유럽 좌파의 역사와 예술사에 등장하는 거의 모든 인물과 화두를 총망라한 소재로 고도의 예술적 성취를 보여주었다는 의미에서—'좌파의

1) 이 글은 격월간지 『시를 사랑하는 사람들』에 실렸던 옮긴이의 글을 수정, 보완한 것이다. 졸고 「정치적 이념의 뿌리에서 길어 올리는 영감의 샘물-페터 바이스의 『저항의 미학』」, 『시를 사랑하는 사람들』, 2007, 7~8, 제29호, 266~275쪽 참조.

세기적 기념비'라고 부르는 데 주저하지 않았다. 루카치에 의하건대 19세기 사실주의 소설의 미덕이 삶의 '총체성'을 담아낸 데 있었다면, 바이스의 『저항의 미학』은 서유럽 좌파의 정치적·예술적 이념과 실천의 총체성을 담아낸 것이다. 하지만 '현대 문학에서 가장 정치적인 문학작품'인 이 소설이 이들 좌파의 우상이 되었을 뿐만 아니라, 정치와 예술은 별개라는 입장을 고수하는 평자들에게까지도—그 '정치성'에 대한 비난과 더불어—'예술성'으로 상찬 받는 이유는 무엇일까?

전체 소설 내용과 마찬가지로 이 소설의 제2권도 대략 세 가지 층위로 이루어져 있다. 그 첫째 층위에서는, 일인칭 화자가 국제여단의 일원으로 스페인 내전에서 패배해 파리에 머물렀던 시점에서부터 망명지 스웨덴에 정착해 반파시즘 지하활동에 참여하면서 겪은 직간접적인 체험들이 기술되고 있다. 이와 더불어 둘째 층위에서는, 등장인물들의 대화, 보고, 회상을 통해 중세기 스웨덴의 농민전쟁에서부터 1940년대에 이르기까지의 스웨덴의 노동운동사, 그리고 혁명기 전후에서부터 제2차 세계대전 발발 무렵까지의 러시아 노동운동사가 서술되고 있다. 또한 이와 더불어 셋째 층위에서는, 제리코의 「메두사 호의 뗏목」을 비롯한 예술작품과 예술가들의 이야기가 서술되고 있다. 이를 통해 작가 바이스는—무엇보다도 예술작품을 매개로—인류 역사를 관류하는 저항의 역사를 읽어내는 한편, 바로 그 저항하는 사람들의 미학을 정립해보고자 했다. 또한 그는 여기서 한 걸음 더 나아가, 미학의 이념을 토대로 한 새로운 '저항'의 정치적 이념을 제시해보고자 했다. 따라서 이 작품에서는 예술사적 또는 예술비평적인 내용과 사회주의 노동운동사, 반파시즘 투쟁운동사의 역사적·정치적 내용이 서로 유기적으로 한데 어우러져 있다. 그만큼 이 작품의 내용과 형식이 아우르는 폭과 의의는—종종 『오디세이아』『율리시스』 혹은 『신곡』에 비교될 만큼이나—정교하고도 광대하다.

그런데 이 소설을 좀더 자세히 들여다보면, 통상적으로 '소설'에서 기대할 수 있는 내용들보다는, 역사적 사건이나 배경들에 대한 지식, 그리고 예술작품들을 이해하기 위한 지식과 감수성을 필요로 하는, 전문 서적에나 걸맞을 듯한 내용들이 더 많은 비중을 차지하고 있다. 더욱이 이 '소설'을 접하게 되는 독자들은 이런 내용에 접근하기에 앞서 이 소설책의 겉모습에서부터 질리기가 십상이다. 그 모양부터가 통상의 '소설'에서 벗어나 있기 때문이다. 이 소설은 모두 세 권으로 이루어져 각 권이 탈고된 시기인 1975년, 1978년, 그리고 1981년에 각각 출간되었는데, 각 권은 다시 1부와 2부로 나누어져 있다. 그리고 각 권은 다시 각기 33개, 37개, 19개의 이른바 '블록'으로 구성되어 있다. 이 '블록'은 원문으로 4~19쪽에 걸쳐 쉼표와 마침표를 제외한 어떤 문장부호도 없고, 문단도 나뉘지 않은 모습으로 구성되어 있다.[2] 따라서 우선 시각적으로 읽어내기가 쉽지 않음은 물론, 그 내용 또한, 예를 들어 간접화법의 경우 도대체 누가 그런 말을 했다는 것인지, 아니면 일인칭 화자가 머릿속에서 그런 생각을 했다는 것인지, 가려내기 어려운 경우가 대부분이다. 게다가 일인칭 화자의 관찰, 보고, 대화, 제3자의 회상 등의 내용과 층위들이 마구 뒤섞여 있어 그 경계가 불분명하다. 더욱이 사실적인 묘사와 회상이 아무런 전후 설명도 없이 초현실주의적 묘사로 건너뛰는 부분 또한 한두 군데가 아니다. 그렇기에 독자들에게는, 예를 들어 「메두사 호의 뗏

2) 하지만 이 번역본에서는, 독자의 편의를 위해—원문과는 달리—꺾쇠 등의 문장부호를 첨가했다. 아울러 작가가 이전 작품과 산문에서는 간결한 문장의 정수를 보여주고 있는데 반해, 이 작품에서는—때로는 쉼표로 연결된 하나의 문장이 한 쪽을 넘길 정도로—중문과 복합문이 주를 이루는 만연체를 사용하고 있다. 이 또한 다분히 의도적이겠지만, 번역본에서는 가급적 단문을 사용하고자 했다.

목」을 서술하는 부분에서, 파도에 휩쓸리고 있는 '우리'가 조난자들을 말하는 것인지, 아니면 스페인 내전에서 패배하고 각자 살길을 찾아 흩어지고 있는 '나'와 국제여단 대원들을 가리키는 것인지 불분명해지기도 한다. 16세기 스웨덴 농민전쟁 얘기와 제2차 세계대전 중 독일군의 북부 유럽 침략 얘기가 뒤섞이면서, 지금 이 전장에 날리는 눈발이 어느 때의 것인지 불분명해진다.

따라서 이 불친절한 소설은 시간의 흐름에 따른 서술과, 등장인물을 구분 짓는 데 익숙한 독자들에게 첫인상에서부터 거부감을 준다. 그렇기에 이미 세계적인 작가의 반열에 올라선 작가 자신이 이 책의 출판 과정에서 편집인에게 '독일어를 쓸 줄 모르는 작가'라는 비난을 들었음은 물론 제3권에서 몇 개의 단어들이 수정을 당하는 수모를 겪기도 했다. 여하튼 결과적으로 이 소설은 마치 발굴된 유적의 파편들이 아무런 설명도 없이 그냥 몇 가지 분류 기호만 붙여진 채 독자들 앞에 죽 늘어세워져 있는 형국을 하고 있다. 독자들 스스로가 이 바윗덩어리 '블록'들을 하나하나 살펴보고 현미경을 들이대보면서, 또 여기저기서 낡은 문헌들을 찾아보면서, 그 원래의 위치와 의미를 찾아내고, 파편들을 끼워 맞춰보라는 숙제를 떠안은 셈이다.

이와 같이 불친절한 첫인상에는 '긴장하라, 여기에 무언가 간단치 않은 내용이 들어 있다, 이건 소일거리로 읽을 만한 '소설'이 아니다, 당신 스스로가 글자 하나하나를 캐내면서 그 의미를 새김질해야만 할 것이다'라는 식의 메시지가 담겨 있는 것이다. 일인칭 화자 자신도 소설의 제3권 끝머리에서, 이제는 누구도 대신해줄 수 없고, 우리 노동자 각자가 혁명의 헤라클레스가 되어야 한다고 말하지 않았던가! 이 메시지가 바로 소설의 내용을 구성하는 갖가지 층위들의 조합과 구성에도 그대로 적용되고 있다. 화자의 어머니의 모습이 대지의 여신 가이아의 모습과 중첩되는가 하면, 사실적인 보고 가운데 초현실주의적 환상이 불쑥 개입해 들어와 오버랩되기도 한다. 중세의 농민전쟁 이야기에 몰입하고 있는 '나'의 귀에 독일군의 폴란드 침공을 알리는 라디오 뉴스가 들렸다는 식이다. 서로 다른 시간과 공간이 얽혀 있고, 이 사람과 저 사람의 생각과 실천들이 부딪히면서 정파와 이념들이 서로 뒤엉킨 혼란스러운 형상 속에서, 무엇이 진실인지, 무엇이 더 옳은 것인지, 독자 스스로 한 가닥씩 가려내어 정리하는 작업, 또는 이와 반대로 시·공간적으로 멀리 떨어진 사람과 사람, 사건과 사건들을 서로 연관 짓는 작업, 그것이 바로 '저항'의 시작이자 사회주의의 미래를 담보하는 행위라는 것이다. 인류사에 퇴적되어온 모순의 결과로 나타난 피지배자의 죽음과 고통에 대한 연민으로 기억과 언어를 상실한 어머니가 작품 속에서는 끝내 말없이 숨을 거두고 말지만, 이와 같이 조각품처럼 굳어진, 그림으로 '형상화'되어 갇혀 있는 아픔이 신음 소리를 내기 시작하고, 이 신음 소리가 언어로, 다시 이 언어가 글로 옮겨질 수 있을 때, 이것이 바로 지배와 피지배의 역사를 종식시킬 수 있는 '저항'의 단초가 된다는 것이다. 예술작품 속에 표현된 '고귀한 것들'이 지배자 자신들의 모습을 담은 것이라면, 그 속에 표현된 '무릎을 꿇고 있는 동물적인 존재들'이 바로 피지배자인 '우리'의 모습이었다는 인식에 도달하게 될 때, 이러한 연대의식이 바로 '저항'의 시작이라는 것이다. '현실'의 내면에 깃든 '초현실'의 모습을 제대로 볼 수 있게 될 때, 이러한 '예술적' 인식은 곧 혁명적 실천의 단초가 될 수 있다는 것이다.

그런데 이와 같은 시각에서 보자면 페터 바이스의 이러한 정치적 이념이나 예술적 지향점은 이른바 '정통 좌파'의 입장에서 어느 정도 벗어나 있음을 알 수가 있다. 서유럽의 68 학생운동이 현실 사회주의를 비판하면서 새로운 개혁적 사회주의를 지향했다면, 바이스 역시 이러한 '신좌파'의 입장에 가깝다고 할 수 있을 것이다. 따라서 그의 입장은, 스탈린보다는 트로츠키에 가깝고, 지식인과 예술가의 역할에 상대적으로 더 많은 신뢰를 갖는 한편, 정치적 투쟁과 예술을 통한 이념적 혁신의 유기적 결합에 많은 기대를 거는 입장이라고 할 수 있을 것이다. 이와 같은 관점에서 바이스는 1960년대 중반 많은 동료 작가들이 혁명적 전술에 입각한 실천을 요구할 때, 순수한—또는 순진한—열정에 입각한 '이상주의적' 주장으로 목소리를 높이기도 했다. 그렇기에 그는 이미 1960년대 초반에 자신이 '두 의자 사이에' 낀 위치에 있음을 공개적으로 천명하기도 했다.

그 결과 바이스가 제시하는 '저항'의 정치적 이념은 (파시즘에 대한) '투쟁'에서 한 걸음 물러선 이념이라는 비판을 받기도 했다. 하지만 바이스는 자본주의의 모순을 지배와 피지배로 얼룩진 전 인류 역사의 모순으로, 자본가와 노동자 간의 계급투쟁의 역사를 지배자와 피지배자 간의 투쟁의 역사로 확장해보고자 하는 시각[3]을 갖고 있었기 때문에, 이러한 결론을 이끌어내게 된 것이다. 그에게 예술의 문제는 항상 정치적 문제였듯이, 역사적·정치적 모순의 궁극적인 극복 가능성은 무엇보다도 예술적·문화적 영역에서 찾을 수 있다는 확신을 보여주고 있는 것이다.

이와 같은 작가의 모습을 통해 『저항의 미학』을 다시 음미해보건대, 페터 바이스가 이 작품에—이미 현실 사회주의의 모순이 적나라하

3) 이러한 확장된 시각은—특히 스탈린 시대의—사회주의적 실천에 대한 비판에 그 뿌리를 두고 있다. 따라서 『저항의 미학』에는 현실 사회주의의 모순에 대한 비판 또한 적지 않은 부분을 차지하고 있다.

게 노출되고, '신좌파'의 한계 역시 드러난 시점에서—'사회주의의 미래' '개혁 사회주의'와 같은 메시지들을 담을 수 있었던 이유 중 하나는 그가 바로 어디서나 망명자, 이방인, 국외자였기 때문이기도 할 것이다. 이들은 일반적으로 경계 또는 한계선에 대한 예리한 감각을 지니게 된다. 이들이 바로 그러한 경계와 한계를 넘어서본 경험자들이며 그에 따라 누구보다도 한계, 경계, 구분 짓기의 피해와 모순을 체험해온 사람들이기 때문이다. 따라서 한 사회 체제가, 한 시대의 이념이 한계에 부닥치게 되었을 때, 그 사회, 그 시대의 이방인의 목소리에 귀를 기울이는 것 또한 충분히 의미가 있는 일일 것이다. 어쩌면 한계를 뛰어넘는다는 것이 그에게는 일상적인 것에 지나지 않으며, 그렇기에 다름 아닌 바로 그가, 그 사회, 그 이념의 한계와 모순이 어디에 있고, 그 원인은 무엇이며, 또한 그것이 어떻게 '극복'될 수 있는지 누구보다도 잘 알 수 있기 때문이다.

페터 바이스 역시 '노동자, 농민의 국가'에서 끌어안기에는 너무 '부르주아적'으로 지식인, 예술가 태가 강했으며, 반면에 보수화된 서유럽 사회와, 또한 나름대로 '진보적인' 서유럽의 좌파 지식인들이 끌어안기에는 너무도 '순진한' 이상주의적 주장을 펴는 작가였다. 더욱이 그는 언제든지 현장을 벗어나 '한적한 스톡홀름의 집으로 돌아갈 수 있는', 스웨덴 국적의 독일 작가가 아니었던가! 그렇기에 그는 얼마든지 '급진적'으로, 정치적 혁명과 예술적 혁명의 조합을 논하면서, 한계에 봉착한 사회주의 이념의 돌파구를 '예술적 상상력'에서 찾아야 한다는, 일견 한가해 보일 수 있는 주장을 펼 수 있었는지도 모르겠다. 예술을 통해 냉철한 사고와 판단력을 기를 것을 주장한 브레히트와 달리, 바이스는 다른 시대, 다른 사람의 아픔에 공감할 수 있는 역사적·사회적 상상력을 가져다주는 것이 바로 예술의 역할이며, 이것이 바로 '저항'을 담보하는 '미학'의 원천이자, 지배를 종식시킬 수 있는, 새로운—또는 '오래된 미래'의—정치적 이념이 되어야 한다고 주장한 것이다.

이런 관점에서 보자면 문학과 예술이 사회와 역사에 대해 어떻게 자기존재의 정당성을 주장할 수 있는가 하는 질문에 하나의 답변이 주어질 수 있을 것이다. 그것은 바로 지배계급에 대한 '저항'은 피지배계급의 연대를 통해 가능할진대, 이 연대는 무엇보다도 타자에 대한 상상력을 토대로 한 것이며, 이 상상력은 다시 무엇보다도 문학과 예술을 통해 가능하다는 확신일 것이다. 그런데 여기서 바이스가 말하는 상상력은 일반적인 의미에서의 예술적 상상력이나, 정치 사회적인 의미에서 거론되는—예를 들어 사회학적 상상력이나 미래 비전에 대한 정치적 상상력과 같은—상상력의 개념과는 상당히 거리가 있음을 간과해서는 안 될 것이다. 바이스적 의미에서의 문학적 상상력이란 타자, 즉 역사적 피해자의—정확히는 역사적 폭력으로 희생된 자의—고통에 대한 상상력을 의미한다. 그렇기에 한 비평가가 『저항의 미학』을 "순교와 패배들, 그리고 시체들로 가득 찬 상상의 박물관"[4]이라고 부를 정도로 이 작품이 끔찍한 죽음과 고통에 대한 묘사로 가득 차 있는 것도 우연이 아니다. 그 이유는 바로—피카소의 「게르니카」에서 보듯이—"저항하는 인간이 살아 있는 한, 상상력도 살아 있"[5]기에, 바이스는 작품을 통해 그러한 상상력을 보여주고자 했기 때문이었다.

페터 바이스에게 '새로운 방향을 모색하는 좌파 지식인들의 우상'이라는 명성을 가져다준 『저항의 미학』은, 이와 같이 '그럼에도 불구하고'

---

4) Klaus Herding, "Arbeit am Bild als Widerstandsleistung," Alexander Stephan(Hrsg.), *Die Ästhetik des Widerstands*(Frankfurt a. M.: 1983), S. 248.

5) 페터 바이스, 『저항의 미학1』,(문학과 지성사, 2016), 504쪽

식의 낙관주의와 더불어 '예술가적이고 이상주의적인' 메시지를 담고 있다. 그런데 바로 이 작품이 주목을 끈 이유는 비단 멜랑콜리에 빠진 좌파 지식인들이 이런 '자기 암시적' 메시지로 위안을 삼고자 했기 때문만은 아닐 것이다. 예를 들어 하버마스는 '근대'라는 프로젝트가 완성되기 위해서는 삶과 예술, 전문가와 비전문가의 구분이 지양되어야 하며, 우리는 그 가능성의 역사적 사례를 『저항의 미학』에 등장하는 젊은 노동자들에게서 찾아볼 수 있다고 말했다. 이 작품 속에 역사적 계몽주의의 모순을 지양할 수 있는 단초가 들어 있다는 것이다. 이처럼 많은 분야의 다양한 사람들이 이 작품에서 저마다 새로운 가능성의 싹들을 찾아보고자 했다. 그렇다면 이 소설이 우리 독자들에게는 어떤 모습으로, 어떤 가능성의 단초로 비추어지게 될지 문득 궁금해진다.

작가 연보

1916 11월 8일 베를린 근교 노바베스(오늘날의 노이바벨스베르크)에서 출생. 아버지는 헝가리 유대인으로, 1차 세계대전 참전 후 체코슬로바키아 국적을 취득한 방직공장주. 어머니는 스위스 바젤 태생의 배우였으며, 첫번째 결혼에서 낳은 두 아들을 데리고 아버지와 재혼.

1919 브레멘으로 이주.

1929 베를린 노이 베스텐트로 이주. 인문계고등학교 진학.

1933 상업학교로 전학.

1934 여동생 마그리트 베아트리체Magrit Beatrice 사망. 초현실주의적 미술 작품 창작.

1935 히틀러 체제가 강화되면서 가족과 함께 런던으로 이주. 사진전문학교에서 수강.

1936 런던의 주차장 공간에서 첫 번째 미술전시회. 방직 공장 경영을 맡게 된 아버지를 따라 보헤미아의 바른스도르프로 이주.

1937 미술창작과 문학 습작 병행. 도보여행으로 몬타놀라에 있는 헤르만 헤세를 방문하여 그곳에서 여름을 지낸 후, 헤세의 주선으로 가을에 프라하 미술대학에 입학.

1938 브뤼헐과 보스의 영향을 받은 작품으로 프라하 미술대학 전시회에서 수상. 친구들과 함께 스위스의 테신에 있는 헤르만 헤세를 다시 방문하여, 장기간 체류. 급료를 받고 그의 단편소설에 그림을 그려주기도 함. 1월 10일 독일군이 주데텐란트를 점령하자 가족들은 스웨덴으로 이주.

1939 부모를 따라 스웨덴으로 이주. 1942년까지 아버지의 방직 공장에서 직물 인쇄와 문양 도안을 맡음.

1940 정신과의사이며 성과학연구자인 막스 호단Max Hodann과 만남.

1941 스웨덴에서의 첫번째 미술 전시회 개최. 5개월 동안 심리치료를 받음.

1943 스웨덴 북부에서 벌목공으로 일함. 화가이자 조각가인 헬가 헨셴Helga Henschen과 결혼했으나 곧 이혼.

1944 스웨덴어로 된 첫번째 산문집 『섬에서 섬으로*Från ö till ö*』 탈고(1947년 스톡홀름에서 출간).

1946 스웨덴 국적 취득.

1947 스웨덴의 한 일간지 특파원으로 베를린 체류. 일곱 편의 르포기사와 산문 송고(이를 한데 묶어 1948년 스톡홀름에서 『패배자들*De Besegrade*』이라는 제목으로 출간).

1948 독일 주어캄프 출판사가 산문집 『추방된 자*Der Vogelfreie*』 출간을 거절함(이 원고는 1949년 스웨덴에서 『문서 I *Dokument I*』라는 제목으로 자비 출판. 1980년에 독일 주어캄프 출판사에서 싱클레어라는 필명에 『이방인*Der Fremde*』이라는 제목으로 출간).

1949 방송극 「탑*Der Turm*」탈고(1950년 스웨덴에서, 그리고 1967년 독일에

서 초연됨). 두 번째 결혼과 이혼.

1950 1952년까지 3년간 심리치료를 받음.

1951 산문집 『결투*Duellen*』 집필. (1953년 스웨덴에서 자비로 출판. 1972년 독일어판 출간.)

1952 초현실주의적 세부묘사가 돋보이는 중편소설 『마부의 몸의 그림자*Der Schatten des Körpers des Kutschers*』 완성. 실험영화 제작 그룹에 가입. 이후 1960년까지 실험영화 제작과 더불어 활발한 미술 창작 활동.

1955 초현실주의 영화 이론서 『아방가르드 영화*Avantgardefilm*』 탈고(1956년 스웨덴어로, 1991년 독일어로 출간).

1956 1958년까지 몇 편의 실험, 상업 및 기록영화 감독.

1960 『마부의 몸의 그림자』 출간으로 독일 문단 데뷔.

1961 자전적 중편소설 『부모와의 이별*Abschied von den Eltern*』 출간.

1962 자전적 중편소설 『소실점*Fluchtpunkt*』 출간. 베를린에서 '47그룹' 모임에 참가.

1964 무대장식가 구닐라 팔름셰르나Gunilla Palmstierna와 재혼. 혁명가 마라와 개인주의자 사드의 허구적 만남을 소재로 한 희곡 「마라/사드Marat/Sade」가 초연되면서 전 세계적 명성을 얻음.

1965 '레싱 문학상' 수상. 나치의 범죄를 법정 기록극 형식으로 다룬 「수사Die Ermittlung」가 동서독과 영국의 16개 극단에서 동시 초연됨. 사회주의 지지를 공개적으로 표명.

1966 동독의 '독일 예술아카데미'가 수여하는 '하인리히 만 문학상' 수상. 베트남전 반대 입장을 공개적으로 표명. 영국에서 「마라/사드」가 피터 브룩의 연출로 영화화 됨.

1967 식민주의를 다룬 희곡 「루지타니아 도깨비의 노래Gesang vom Lusitanischen Popanz」초연. 베트남 전쟁에 대한 반전 운동 참여. 쿠바 방문.

1968 희곡 「베트남 논쟁Viet Nam Diskurs」 초연. 약 6주간 하노이를 방문하며 공개적인 연대 표명. 소련의 체코침공에 공개적 항의. 스웨덴의 '공산주의 좌파당' 입당.

1970 운동권 학생들의 방해로 「망명 중의 트로츠키Trotzki im Exil」 뒤셀도르프 초연이 중단됨. 동독에서 입국 금지 조치가 내려짐. 심근경색 발병. 약 5개월간 병상에 머무르는 동안 자신의 정치, 예술 활동을 성찰하며, 산문집 『회복기*Rekonvaleszenz*』 집필.

1971 마르크스와 횔덜린의 가상적 만남을 다룬 희곡 「횔덜린*Höderlin*」 초연.

1972 소설 『저항의 미학*Die Äthetik des Widerstands*』 집필을 위한 자료 조사, 인터뷰, 현장 답사 등 준비 작업 착수.

1974 모스크바에서 열린 작가회의 참석차 소련 방문.

1975 카프카의 소설을 극화한 희곡 「소송Der Prozeß」 초연. 『저항의 미학』 제1권 출간.

1976 전시회 '페터 바이스-회화, 콜라주, 스케치들 1933~1966'가 유럽 5개 도시를 순회하며 개최됨.

1978 『저항의 미학』 제2권 출간. 베트남 문제를 둘러싸고 언론을 통해 공개적인 논쟁을 벌임.

1980 화가로서의 바이스를 소개하는 미술 전시회가 독일의 보훔 박물관에서 열림.

1981 『저항의 미학』 제3권 출간. 창작활동 과정을 일기와 메모 형식으로 기술한 『작업일지1971~1980*Notizbucher 1971~1980*』 출간.

1982 '게오르크 뷔히너 문학상' 수상. 『작업일지 1960~1971』 출간. 희곡 「새로운 소송Der neue Prozeß」 초연. 5월 10일 스톡홀름에서 사망.

‘대산세계문학총서’를 펴내며

2010년 12월 대산세계문학총서는 100권의 발간 권수를 기록하게 되었습니다. 대산세계문학총서의 발간은 앞으로도 계속될 것이고, 따라서 100이라는 숫자는 완결이 아니라 연결의 의미를 지니는 것이지만, 그 상징성을 깊이 음미하면서 발전적 전환을 모색해야 하는 계기가 된 것은 분명합니다.

대산세계문학총서를 처음 시작할 때의 기본적인 정신과 목표는 종래의 세계문학전집의 낡은 틀을 깨고 우리의 주체적인 관점과 능력을 바탕으로 세계문학의 외연을 넓힌다는 것, 이를 통해 세계문학을 바라보는 우리의 시각을 전환하고 이해를 깊이 해나갈 수 있도록 한다는 것이었다고 간추려 말할 수 있습니다. 그리고 궁극적으로는 우리의 인문학을 지속적으로 발전시켜나갈 수 있는 동력이 될 수 있기를 희망하는 것이었습니다. 이러한 기본 정신은 앞으로도 조금도 흩트리지 않고 지켜나갈 것입니다.

이 같은 정신을 토대로 대산세계문학총서는 새로운 변화의 물결 또한 외면하지 않고 적극 대응하고자 합니다. 세계화라는 바깥으로부터의 충격과 대한민국의 성장에 힘입은 주체적 위상 강화는 문화나 문학의 분야에서도 많은 성찰과 이를 바탕으로 한 발상의 전환을 요구하고 있습니다. 이제 세계문학이란 더 이상 일방적인 학습과 수용의 대상이 아니라 동등한 대화와 교류의 상대입니다. 이런 점에서 대산세계문학총서가 새롭게 표방하고자 하는 개방성과 대화성은 수동적 수용이 아니라 보다 높은 수준의 문화적 주체성 수립을 지향하는 것이며, 이것이 궁극적으로 한국문학과 문화의 세계화에 이바지하게 되리라고 믿습니다.

또한 안팎에서 밀려오는 변화의 물결에 감춰진 위험에 대해서도 우리는 주의를 게을리하지 말아야 할 것입니다. 표면적인 풍요와 번영의 이면에는 여전히, 아니 이제까지보다 더 위협적인 인간 정신의 황폐화라는 그늘이 짙게 드리워져 있는 것이 사실입니다. 대산세계문학총서는 이에 대항하는 정신의 마르지 않는 샘이 되고자 합니다.

'대산세계문학총서' 기획위원회

대 산 세 계 문 학 총 서

001–002 소설 **트리스트럼 섄디**(전 2권) 로렌스 스턴 지음 | 홍경숙 옮김

003 시 **노래의 책** 하인리히 하이네 지음 | 김재혁 옮김

004–005 소설 **페리키요 사르니엔토**(전 2권)
호세 호아킨 페르난데스 데 리사르디 지음 | 김현철 옮김

006 시 **알코올** 기욤 아폴리네르 지음 | 이규현 옮김

007 소설 **그들의 눈은 신을 보고 있었다** 조라 닐 허스턴 지음 | 이시영 옮김

008 소설 **행인** 나쓰메 소세키 지음 | 유숙자 옮김

009 희곡 **타오르는 어둠 속에서/어느 계단의 이야기**
안토니오 부에로 바예호 지음 | 김보영 옮김

010–011 소설 **오블로모프**(전 2권) I. A. 곤차로프 지음 | 최윤락 옮김

012–013 소설 **코린나: 이탈리아 이야기**(전 2권) 마담 드 스탈 지음 | 권유현 옮김

014 희곡 **탬벌레인 대왕/몰타의 유대인/파우스투스 박사**
크리스토퍼 말로 지음 | 강석주 옮김

015 소설 **러시아 인형** 아돌포 비오이 까사레스 지음 | 안영옥 옮김

016 소설 **문장** 요코미쓰 리이치 지음 | 이양 옮김

017 소설 **안톤 라이저** 칼 필립 모리츠 지음 | 장희권 옮김

018 시 **악의 꽃** 샤를 보들레르 지음 | 윤영애 옮김

019 시 **로만체로** 하인리히 하이네 지음 | 김재혁 옮김

020 소설 **사랑과 교육** 미겔 데 우나무노 지음 | 남진희 옮김

021–030 소설 **서유기**(전 10권) 오승은 지음 | 임홍빈 옮김

031 소설 **변경** 미셸 뷔토르 지음 | 권은미 옮김

032–033 소설 **약혼자들**(전 2권) 알레산드로 만초니 지음 | 김효정 옮김

034 소설 **보헤미아의 숲/숲 속의 오솔길** 아달베르트 슈티프터 지음 | 권영경 옮김

035 소설 **가르강튀아/팡타그뤼엘** 프랑수아 라블레 지음 | 유석호 옮김

036 소설 **사탄의 태양 아래** 조르주 베르나노스 지음 | 윤진 옮김

037 시 **시집** 스테판 말라르메 지음 | 황현산 옮김

038 시 **도연명 전집** 도연명 지음 | 이치수 역주

039 소설 **드리나 강의 다리** 이보 안드리치 지음 | 김지향 옮김

040 시 **한밤의 가수** 베이다오 지음 | 배도임 옮김

041 소설 **독사를 죽였어야 했는데** 야샤르 케말 지음 | 오은경 옮김

042 희곡 **볼포네, 또는 여우** 벤 존슨 지음 | 임이연 옮김

043 소설 **백마의 기사** 테오도어 슈토름 지음 | 박경희 옮김

044 소설 **경성지련** 장아이링 지음 | 김순진 옮김

045 소설 **첫번째 향로** 장아이링 지음 | 김순진 옮김

046 소설 **끄르일로프 우화집** 이반 끄르일로프 지음 | 정막래 옮김

047 시 **이백 오칠언절구** 이백 지음 | 황선재 역주

048 소설 **페테르부르크** 안드레이 벨르이 지음 | 이현숙 옮김

049 소설 **발칸의 전설** 요르단 욥코프 지음 | 신윤곤 옮김

050 소설 **블라이드데일 로맨스** 나사니엘 호손 지음 | 김지원 · 한혜경 옮김

051 희곡 **보헤미아의 빛** 라몬 델 바예-인클란 지음 | 김선욱 옮김

052 시 **서동 시집** 요한 볼프강 폰 괴테 지음 | 안문영 외 옮김

053 소설 **비밀요원** 조지프 콘래드 지음 | 왕은철 옮김

054-055 소설 **헤이케 이야기**(전 2권) 지은이 미상 | 오찬욱 옮김

056 소설 **몽골의 설화** 데. 체렌소드놈 편저 | 이안나 옮김

057 소설 **암초** 이디스 워튼 지음 | 손영미 옮김

058 소설 **수전노** 알 자히드 지음 | 김정아 옮김

059 소설 **거꾸로** 조리스-카를 위스망스 지음 | 유진현 옮김

060 소설 **페피타 히메네스** 후안 발레라 지음 | 박종욱 옮김

061 시 **납** 제오르제 바코비아 지음 | 김정환 옮김

062 시 **끝과 시작** 비스와바 쉼보르스카 지음 | 최성은 옮김

063 소설 **과학의 나무** 피오 바로하 지음 | 조구호 옮김

064 소설 **밀회의 집** 알랭 로브-그리예 지음 | 임혜숙 옮김

065 소설 **붉은 수수밭** 모옌 지음 | 심혜영 옮김

066 소설 **아서의 섬** 엘사 모란테 지음 | 천지은 옮김

067 시 **소동파사선** 소동파 지음 | 조규백 역주

068 소설 **위험한 관계** 쇼데를로 드 라클로 지음 | 윤진 옮김

069 소설 **거장과 마르가리타** 미하일 불가코프 지음 | 김혜란 옮김

070 소설 **우게쓰 이야기** 우에다 아키나리 지음 | 이한창 옮김

071 소설 **별과 사랑** 엘레나 포니아토프스카 지음 | 추인숙 옮김

072-073 소설 **불의 산**(전 2권) 쓰시마 유코 지음 | 이송희 옮김

074 소설 **인생의 첫출발** 오노레 드 발자크 지음 | 선영아 옮김

075 소설 **몰로이** 사뮈엘 베케트 지음 | 김경의 옮김

076 시 **미오 시드의 노래** 지은이 미상 | 정동섭 옮김

077 희곡 **셰익스피어 로맨스 희곡 전집** 윌리엄 셰익스피어 지음 | 이상섭 옮김

078 희곡 **돈 카를로스** 프리드리히 폰 실러 지음 | 장상용 옮김

079-080 소설 **파멜라**(전 2권) 새뮤얼 리처드슨 지음 | 장은명 옮김

081 시 **이십억 광년의 고독** 다니카와 슌타로 지음 | 김응교 옮김

082 소설 **잔지바르 또는 마지막 이유** 알프레트 안더쉬 지음 | 강여규 옮김

083 소설 **에피 브리스트** 테오도르 폰타네 지음 | 김영주 옮김

084 소설 **악에 관한 세 편의 대화** 블라디미르 솔로비요프 지음 | 박종소 옮김

085-086 소설 **새로운 인생**(전 2권) 잉고 슐체 지음 | 노선정 옮김

087 소설 **그것이 어떻게 빛나는지** 토마스 브루시히 지음 | 문항심 옮김

088-089 산문 **한유문집-창려문초**(전 2권) 한유 지음 | 이주해 옮김

090 시 **서곡** 윌리엄 워즈워스 지음 | 김숭희 옮김

091 소설 **어떤 여자** 아리시마 다케오 지음 | 김옥희 옮김

092 시 **가윈 경과 녹색기사** 지은이 미상 | 이동일 옮김

093 산문 **어린 시절** 나탈리 사로트 지음 | 권수경 옮김

094 소설 **골로블료프가의 사람들** 미하일 살티코프 셰드린 지음 | 김원한 옮김

095 소설 **결투** 알렉산드르 쿠프린 지음 | 이기주 옮김

096 소설 **결혼식 전날 생긴 일** 네우송 호드리게스 지음 | 오진영 옮김

097 소설 **장벽을 뛰어넘는 사람** 페터 슈나이더 지음 | 김연신 옮김

098 소설 **에두아르트의 귀향** 페터 슈나이더 지음 | 김연신 옮김

099 소설 **옛날 옛적에 한 나라가 있었지** 두샨 코바체비치 지음 | 김상헌 옮김

100 소설 **나는 고故 마티아 파스칼이오** 루이지 피란델로 지음 | 이윤희 옮김

101 소설 **따니아오 호수 이야기** 왕정치 지음 | 박정원 옮김

102 시 **송사삼백수** 주조모 엮음 | 이동향 역주

103 시 **문턱 너머 저편** 에이드리언 리치 지음 | 한지희 옮김

104 소설 **충효공원** 천잉전 지음 | 주재희 옮김

105 희곡 **유디트/헤롯과 마리암네** 프리드리히 헤벨 지음 | 김영목 옮김

106 시 **이스탄불을 듣는다**
오르한 웰리 카늑 지음 | 술탄 훼라 아크프나르 여 · 이현석 옮김

107 소설 **화산 아래서** 맬컴 라우리 지음 | 권수미 옮김

108-109 소설 **경화연**(전 2권) 이여진 지음 | 문현선 옮김

110 소설 **예피판의 갑문** 안드레이 플라토노프 지음 | 김철균 옮김

111 희곡 **가장 중요한 것** 니콜라이 예브레이노프 지음 | 안지영 옮김

112 소설 **파울리나 1880** 피에르 장 주브 지음 | 윤 진 옮김

113 소설 **위폐범들** 앙드레 지드 지음 | 권은미 옮김

114-115 소설 **업둥이 톰 존스 이야기**(전 2권) 헨리 필딩 지음 | 김일영 옮김

116 소설 **초조한 마음** 슈테판 츠바이크 지음 | 이유정 옮김

117 소설 **악마 같은 여인들** 쥘 바르베 도르비이 지음 | 고봉만 옮김

118 소설 **경본통속소설** 지은이 미상 | 문성재 옮김

119 소설 **번역사** 레일라 아부렐라 지음 | 이윤재 옮김

120 소설 **남과 북** 엘리자베스 개스켈 지음 | 이미경 옮김

121 소설 **대리석 절벽 위에서** 에른스트 윙거 지음 | 노선정 옮김

122 소설 **죽은 자들의 백과전서** 다닐로 키슈 지음 | 조준래 옮김

123 시 **나의 방랑—랭보 시집** 아르튀르 랭보 지음 | 한대균 옮김

124 소설 **슈톨츠** 파울 니종 지음 | 황승환 옮김

125 소설 **휴식의 정원** 바진 지음 | 차현경 옮김

126 소설 **굶주린 길** 벤 오크리 지음 | 장재영 옮김

127-128 소설 **비스와스 씨를 위한 집**(전 2권) V. S. 나이폴 지음 | 손나경 옮김

129 소설 **새하얀 마음** 하비에르 마리아스 지음 | 김상유 옮김

130 산문 **루테치아** 하인리히 하이네 지음 | 김수용 옮김

131 소설 **열병** 르 클레지오 지음 | 임미경 옮김

132 소설 **조선소** 후안 카를로스 오네티 지음 | 조구호 옮김

133-135 소설 **저항의 미학**(전 3권) 페터 바이스 지음 | 탁선미 · 남덕현 · 홍승용 옮김